外国文学名著丛书

〔俄〕契诃夫／著

契诃夫小说选

汝 龙／译

"外国文学名著丛书"编委会

人民文学出版社
PEOPLE'S LITERATURE PUBLISHING HOUSE

А. ЧЕХОВ

РАССКЗАЫ

据 А. П. ЧЕХОВ, СОБРАНИЕ СОЧИНЕНИЙ (ГОСУДАРСТВЕННОЕ ИЗДАТЕЛЬСТВО ХУДОЖЕСТВЕННОЙ ЛИТЕРАТУРЫ, МОСКВА, 1956) 选译。

图书在版编目(CIP)数据

契诃夫小说选/(俄罗斯)契诃夫著;汝龙译.—2版.— 北京:人民文学出版社,2020(2024.7重印)
(外国文学名著丛书)
ISBN 978-7-02-015850-8

Ⅰ.①契… Ⅱ.①契…②汝… Ⅲ.①短篇小说—小说集—俄罗斯—近代 Ⅳ.①I512.44

中国版本图书馆 CIP 数据核字(2019)第 253326 号

责任编辑　李丹丹
装帧设计　刘　静
责任印制　王重艺

出版发行　人民文学出版社
社　　址　北京市朝内大街 166 号
邮政编码　100705

印　　刷　北京盛通印刷股份有限公司
经　　销　全国新华书店等

字　　数　368 千字
开　　本　850 毫米×1168 毫米　1/32
印　　张　17.5　插页 3
印　　数　14001—17000
版　　次　1960 年 2 月北京第 1 版
　　　　　1962 年 12 月北京第 2 版
印　　次　2024 年 7 月第 5 次印刷

书　　号　978-7-02-015850-8
定　　价　65.00 元

如有印装质量问题,请与本社图书销售中心调换。电话:010-65233595

契诃夫

出版说明

人民文学出版社自一九五一年成立起，就承担起向中国读者介绍优秀外国文学作品的重任。一九五八年，中宣部指示中国科学院文学研究所筹组编委会，组织朱光潜、冯至、戈宝权、叶水夫等三十余位外国文学权威专家，编选三套丛书——"马克思主义文艺理论丛书""外国古典文艺理论丛书""外国古典文学名著丛书"。

人民文学出版社与中国科学院文学研究所，根据"一流的原著、一流的译本、一流的译者"的原则进行翻译和出版工作。一九六四年，中国社会科学院外国文学研究所成立，是中国外国文学的最高研究机构。一九七八年，"外国古典文学名著丛书"更名为"外国文学名著丛书"，至二〇〇〇年完成。这是新中国第一套系统介绍外国文学作品的大型丛书，是外国文学名著翻译的奠基性工程，其作品之多、质量之精、跨度之大，至今仍是中国外国文学出版史上之最，体现了中国外国文学研究界、翻译界和出版界的最高水平。

历经半个多世纪，"外国文学名著丛书"在中国读者中依然以系统性、权威性与普及性著称，但由于时代久远，许多图书在市场上已难见踪影，甚至成为收藏对象，稀缺品种更是一书难求。在中国读者阅读力持续增强的二十一世纪，在世界文明交流互鉴空前频繁的新时代，为满足人民日益增长的美好生活的需要，人民文学出版社决定再度与中国社会科学院外国文学研究所合作，以"网罗经典，格高意远，本色传承"为出发点，优中选优，推陈出新，出版新版"外国文学名著丛书"。

值此新版"外国文学名著丛书"面世之际，人民文学出版社与中国社会科学院外国文学研究所谨向为本丛书做出卓越贡献的翻译家们和热爱外国文学名著的广大读者致以崇高敬意！

"外国文学名著丛书"编委会
二〇一九年三月

编委会名单

目　次

译 本 序

契诃夫是举世闻名的小说家。列夫·托尔斯泰说:契诃夫是一个"无与伦比的艺术家"。托马斯·曼断言:"毫无疑问,契诃夫的艺术在欧洲文学中属于最有力、最优秀的一类。"海明威也十分赞赏契诃夫的艺术:"人们对我说,卡特琳·曼斯菲尔德写了一些好的短篇小说,甚至是一些很好的短篇小说;但是,在读了契诃夫再看她的作品,就好像是在听了一个聪明博学的医生讲的故事后,再听一个尚年轻的老处女竭力编造出来的故事一样。"更有意思的是,这位被誉为"英国契诃夫"的卡特琳·曼斯菲尔德本人对契诃夫也佩服得五体投地,她在给丈夫的一封信中说:"我愿意将莫泊桑的全部作品换取契诃夫的一个短篇小说。"在一篇札记中她写道:"如果法国的全部短篇小说都毁于一炬,而这个短篇小说(《苦恼》)留存下来的话,我也不会感到可惜。"在我国,契诃夫也备受推崇,茅盾生前曾号召作家学习契诃夫的"敏锐的观察能力","高度集中概括的艺术表现能力和语言的精练"。

一八六〇年一月二十九日契诃夫出生在塔甘罗格市,一九〇四年七月十五日他病逝于法国巴登维勒的疗养院。他的祖先是农奴;祖父在一八四一年赎得了本人及家属的人身自由。父亲经营过一个杂货铺,一八七六年破产后给人当伙计。

契诃夫自幼备尝人间艰辛,他自己说他"小时候没有童年生活"。一八七九年,勤奋的契诃夫凭助学金进莫斯科大学攻读医学。一八八四年毕业后,在莫斯科近郊开始行医。

契诃夫的文学生涯始于一八八〇年,为当年风靡一时的幽默刊物撰稿,常用笔名契洪特。当时契诃夫年纪尚轻,又迫于生计,写下了大量无聊的滑稽小品,《不平的镜子》和《谜样的性格》便是这类故事。但比起专门供小市民消遣解闷的滑稽报刊的众多撰稿者来,年轻的契诃夫的目光较锐利,笑声更健康。他以契洪特为笔名,发表了许多幽默佳作,揭露当时社会中的丑恶。他描写卑躬屈节、不知自尊的小官吏(《在钉子上》《喜事》《一个文官的死》《胖子和瘦子》),刻画凌辱弱者的士绅和老爷(《英国女子》),嘲笑见风使舵的奴气(《变色龙》),讥嘲专制制度的卫道士(《普里希别耶夫军士》),暴露金钱的腐蚀作用和上层社会的道德败坏(《在海上》)。这类幽默作品脍炙人口,而《变色龙》可说是契洪特送给世人的一面镜子,读者从中可以看到一些现代人的影子。对生活在贫困之中的劳动者,年轻的契诃夫深表同情,写下了《牡蛎》《哀伤》《苦恼》《万卡》《歌女》《安纽黛》《风波》和《渴睡》等优秀短篇小说。正是在这些作品中,欢乐俏皮的契洪特逐渐成长为严肃深沉的契诃夫。

到八十年代下半期,契诃夫的小说在思想内容和艺术技巧方面都有明显进展。他在《草原》中描绘和歌颂了祖国的大自然,思考了农民的命运。在《命名日》《公爵夫人》《跳来跳去的女人》中,他暴露了伪善、庸俗和虚荣。

这时契诃夫声誉日增。一八八八年十月帝俄科学院授予他"普希金奖金"。可贵的是,契诃夫并未陶醉于日益增长的荣誉和地位，他越来越意识到作家责任重大。他迫切寻求"明确的世界观"，深深感到，如果没有明确的世界观，"自觉的生活……就不是生活，而是一种负担，是一种可怕的事情。"中篇小说《没意思的故事》正是契诃夫这种内心折磨的产物，其中主人公老教授体现了当时知识分子在思想探索中体验到的苦恼，也反映了作家本人寻求"明确的世界观"的迫切心情。

正是在这种心情的驱使下，一八九〇年春病弱的契诃夫前去库页岛。他在这座人间地狱里的见闻提高了他的思想认识，使他觉察到为《新时报》撰稿所带给他的只是"祸害"。库页岛之行也拓宽和加深了他的创作意境，使他写出了《在流放中》和《第六病室》，否定"勿以暴力抗恶"的托尔斯泰主义，控诉监狱一般的沙皇统治下的俄国。《第六病室》标志着契诃夫创作中的转折。从此以后，契诃夫的中短篇小说具有了更强烈的社会性、批判性和民主性，其艺术形式也日趋完善，内容和形式达到了完美的统一：真实，朴素，深刻，动人。

在十九世纪九十年代，俄国的解放运动开始进入无产阶级革命运动时期，必须解决双重的历史任务：既要完成反对专制、争取民主、反对封建残余、发展经济、文化和科学的民主主义革命，又要完成推翻资本剥削和创建社会主义制度的社会主义革命。在新的历史条件下，契诃夫是站在民主力量这一边的。一八九七年冬到一八九八年春，他反对法国反动派诬陷犹太籍军官德莱福斯，并指责在此案中助纣为虐的苏沃林及其《新时报》。一九〇〇年春他协助安排政治流放犯、社会民主党人拉金到雅尔达肺病疗养院疗养。一九〇二年春，他同柯罗连科一起抗议帝俄科学院撤销高尔基名誉院士的称号。一九〇二至一九〇四年间,他不止一次地在物质上支援为争取民主而蒙难的青年学生。这些事实都表明,契诃夫晚年的民主主义思想和立场更为坚定,而这正是他后期小说创作的思想前提。

契诃夫在晚期作品中,以细腻的笔触描绘了农村、工厂、小市民和知识阶层的日常生活。这些作品展示俄国农村的贫困、落后、愚昧和矛盾(《农民》《新别墅》《在峡谷里》),暴露和否定资本主义,指出它的不合理性和不道德性(《女人的王国》《三年》《出诊》),剖析庸俗、自私和铜臭对人的灵魂的腐蚀(《文学教师》《挂在脖子上的安娜》《醋栗》《约内奇》),反映典型的社会心理"不能再这样生活下去"(《套中人》《醋栗》《带狗的女人》《出差》),描写已经开始觉醒的知识分子,写他们与不劳而获的寄生生活决裂和对"新生活"的憧憬(《出差》《醋栗》《新娘》)。这些作品充满浓厚的时代气息和强烈的道德激情,既展示了农村、工厂和其他社会阶层的生活画面,也反映了进步知识青年的觉醒和"不能再这样生活下去"的社会情绪。

契诃夫的显著特色是他能够从最平常的现象中揭示出生活的本质。他高度淡化情节,只是截取平凡的日常生活片段,凭借精巧的艺术细节对生活和人物作真实描绘和刻画,从中揭示重要的社会现象。但他不陷入日常生活的"泥沼",恰恰相反,他的深刻的现实主义形象常常升华为富有哲理的象征。在展现人物内心世界方面,契诃夫不重细致交代人物的心理活动过程,只求从人物的行为举止中看出其内心活动和变化。契诃夫具有高超的抒情艺术才能,善于找到适当的时机和场合,巧妙而多样地流露出他对觉醒者的同情及赞扬,对堕落者的厌恶和否定,对美好未来的向往,以及对丑恶现实的抨击,而且浓郁的抒情意味常以"客观"而含蓄的叙述笔法为载体。契诃夫是一个有强烈幽默感的作家,在他的小说中,基于所描绘的人物和事件的性质各异,他巧妙地发出有着微细不同的感情色彩的笑声,淡淡的幽默往往与辛辣的讽刺相交织。契诃夫的小说紧凑精练,言简意赅,给读者以独立思考的余地。

无论是作为一个作家,还是作为一个历史人物,契诃夫的成长和发展道路都有深刻的教育意义,他的作品的社会价值和艺术价值是永远不可磨灭的。

契诃夫是人民的作家,他的优秀作品是人民的宝贵财富。

朱 逸 森
1994 年 7 月于上海

不平的镜子

圣诞节故事

我和我的妻子走进客厅里。那儿弥漫着霉气和潮气。房间已经有整整一个世纪不见亮光，等到我们点上烛火，照亮四壁，就有几百万只大老鼠和小耗子往四下里逃窜。我们关上身后的房门，可是房间里仍然有风，吹拂墙角上堆着的一叠叠纸张。亮光落在那些纸上，我们就看见了古老的信纸和中世纪的画片。墙壁由于年陈日久而变成绿色，上面挂着我家祖先的肖像。祖先们神态傲慢而严厉，仿佛想说：

"应该揍你一顿才是，老弟！"

我们的脚步声响遍整个房子。我咳嗽一声，就有回声来接应我，这类回声从前也接应过我家祖先发出的响声呢……

房外风声呼啸和哀叫。壁炉的烟囱里似乎有人在哭，哭声响着绝望的音调。大颗的雨点敲打乌黑昏暗的窗子，敲打声惹得人满心愁闷。

"啊，祖宗呀，祖宗！"我说，意味深长地叹气，"假使我是作家，那么我瞧着这些肖像，就会写出篇幅很大的长篇小说来。要知道，这些老人当初每一个都年轻过，每一个男的或者女的都有过爱情故事……而且是什么样的爱情故事呀！比方说，看一看这个老太婆吧，她是我的曾祖母。这个毫不俊俏、

1

其貌不扬的女人,却有过极其有趣的故事。你看见吗?"我问妻子说,"你看见挂在那边墙角上的镜子吗?"

我就对妻子指着一面大镜子,它配着乌黑的铜框,挂在墙角上我曾祖母肖像旁边。

"这面镜子有点邪气:它生生把我的曾祖母毁了。她花很大的一笔钱买下它,一直到死都没有离开过它。她黑夜白日地照这面镜子,一刻也不停,甚至吃饭喝水也要照。每次上床睡觉,她都带着它,放在床上。她临终要求把镜子跟她一块儿放进棺材里。她的心愿没有实现,也只是因为棺材里装不下那么大的镜子罢了。"

"她是个风骚的女人吧?"我的妻子问。

"就算是吧。然而,难道她就没有别的镜子? 为什么她单单非常喜欢这面镜子,却不喜欢别的镜子呢? 莫非她就没有更好点的镜子? 不,不,亲爱的,这当中包藏着一宗吓人的秘密呢。事情也不可能不是这样。据人们传说,这面镜子里有个魔鬼作祟,偏巧曾祖母又喜爱魔鬼。当然,这些话都是胡扯,可是,毫无疑问,这面配着铜框的镜子具有神秘的力量。"

我拂掉镜面上的灰尘,照一照,扬声大笑。我的大笑声由回声低沉地接应着。原来这面镜子不平整,把我的脸相往四下里扯歪,鼻子跑到左边面颊上,下巴变成两个,而且溜到旁边去了。

"我曾祖母的爱好可真是奇怪!"我说。

我的妻子迟疑不决地走到镜子跟前,也照一下,顿时发生了一件可怕的事。她脸色煞白,四肢发抖,大叫一声。烛台从她手里掉下来,在地板上滚一阵,蜡烛灭了。黑暗包围了我们。我立刻听见一件沉重的东西掉在地板上:原来妻子倒在地下,人事不知了。

风哀叫得越发凄厉,大老鼠开始奔跑,小耗子在纸堆里弄得纸张沙沙响。等到一扇百叶窗从窗口脱落,掉下去,我的头发就一根根直竖起来,不住颤动。月亮在窗外出现了⋯⋯

我抓住我的妻子,抱起她,把她从祖宗的住所搬出去。她一直到第二天傍晚才醒过来。

"镜子! 把镜子拿给我!"她醒过来以后说,"镜子在哪儿?"

这以后她有整整一个星期不喝水,不吃东西,不睡觉,老是要求把那面镜子拿给她。她痛哭,扯着脑袋上的头发,在床上翻来覆去。最后医师宣布说她可能死于精力衰竭,她的情况极其危险,我才勉强克制恐惧,又跑到楼下去,从那儿取来曾祖母的镜子拿给她。她一看见它,就快乐得哈哈大笑,然后抓住它,吻它,目不转睛地瞅着它。

如今已经过去十多年,她却还是在照那面镜子,一会儿也不肯离开它。

"难道这就是我?"她小声说,脸上除了泛起红晕以外,还现出幸福和痴迷的神情,"对,这就是我! 大家都说谎,只有这面镜子例外! 人们都说谎,我的丈夫也说谎! 啊,要是我早点看见我自己,要是我早知道我实际上是什么模样,那我就不会嫁给这个人! 他配不上我! 我的脚旁边应当匍匐着最漂亮和最高贵的骑士才对!⋯⋯"

有一次我站在妻子身后,无意中看一下镜子,这才揭开可怕的秘密。我看见镜子里有一个女人,相貌艳丽夺目,我生平从没见过这样的美人。这是大自然的奇迹,融合了美丽、优雅和爱情。然而这究竟是怎么回事? 发生了什么事情呢? 为什么我那难看、笨拙的妻子在镜子里却显得这么漂亮？这是什么缘故？

这是因为不平的镜子把我妻子难看的脸往四下里扯歪，脸容经过这样的变动，说来也凑巧，倒变得漂亮了。负乘负等于正嘛。

现在我俩，我和妻子，坐在镜子跟前，眼巴巴地瞧着它，一刻也不放松：我的鼻子跑到左边面颊上，下巴变成两个，而且溜到旁边去了，然而我妻子的脸却妩媚迷人，我心里猛然生出疯狂而着魔的热情。

"哈哈哈！"我狂笑着。

我的妻子却在小声说话，声音低得几乎听不见：

"我多么美啊！"

1883 年

谜样的性格

头等客车的单间车房。

一个俊俏的小女人在蒙着深红色丝绒的长沙发上半躺半坐着。她手里使劲攥紧一把贵重的毛边扇子,扇得沙沙地响。她那夹鼻眼镜不时从好看的小鼻子上掉下来。她的胸针在胸口起伏不定,犹如波涛中的帆船。她心情激动……她对面小长沙发上,坐着一个省政府的特任官。他是新进的青年作家,在本省报纸上发表些取材于上流社会生活而又篇幅不大的小说,或者,按他自己的说法,就是"novelli"①……他瞧着她的脸,带着行家的神情仔细端详她。他在观察,研究,揣摩这个离奇的和谜样的性格,他在领会它,了解它……她的灵魂,她的全部心理,他已经了若指掌。

"啊,我了解您!"特任官说,吻一下她手上靠近镯子的地方,"您那敏锐善感的灵魂,正在迷宫里寻找出路……对了!这场斗争又可怕又艰巨,不过……您别灰心! 您会成为胜利者的! 对了!"

"您描写我吧,沃尔德马尔!"小女人说,忧郁地微笑,"我的生活那么丰富,那么错综复杂,那么五光十色。……不过主要的是我身世不幸！我是陀思妥耶夫斯基笔下那种受苦受难的女人……您把我的灵魂写出来，让全世界看一看，沃尔德马尔，让大家都来看一看这个可怜的灵魂吧！您是心理学家。我们在这个单间里坐着谈话还没满一个钟头，您就已经完全理解我，完全理解我了！"

"您讲吧！我求求您，您讲吧！"

"您听着。我生在穷苦的文官家庭里。我父亲是个善良的人，头脑聪明，不过……时代和环境的风气啊……vous comprenez①，我也不怪我那可怜的父亲。他喝酒，打牌……受贿……还有我的母亲……可是说这些有什么用呢！无非是贫穷，为一小块面包而挣扎，自己觉得自己渺不足道……唉，您不要逼着我去回忆！总之，我得为自己打开一条路……可是我只受过贵族女子中学那种不健全的教育，读过愚蠢的长篇小说，犯过青年人常犯的错误，有过胆怯的初恋……同环境斗争吗？可怕呀！还有彷徨！那些使得我对生活和对自己都失去信心的痛苦！……唉！您是作家，您了解我们女人。您明白这些……不幸的是我的性格开阔……我期望幸福，而且是什么样的幸福！我渴望做自由人！对了！做自由人，我认为就是我的幸福！"

"美妙的性格！"作家喃喃地说，吻她手上靠近镯子的地方，"我吻的不是您，好女人，而是人类的痛苦！您记得拉斯科尔尼科夫②吗？他就是这样吻的。"

"啊，沃尔德马尔！我要赫赫的声名……要轰轰烈烈，要

① 法语：您明白。
② 俄国作家陀思妥耶夫斯基的长篇小说《罪与罚》中的男主人公。

荣华富贵,就像每个(何必假装谦虚呢?)不平凡的性格那样。我渴望一种不平凡的……不是女人所想望的东西! 可是后来……后来……我在生活道路上碰到一个阔绰的老将军……您要了解我,沃尔德马尔! 要知道这是自我牺牲,这是放弃个人利益,您要了解我! 我不能不那样做。我总算使得家里人富裕了,我能出外旅行,干点善事了……可是我多么痛苦,我觉得将军的拥抱多么难受,多么卑贱庸俗啊。不过呢,也应该替他说句公道话,他当初是勇敢地作过战的。那种日子……那种日子可真难熬! 可是有一种想法稳住了我的心:反正老头子不是今天就是明天总要死掉,那我就可以要怎么生活就怎么生活,把我自己献给我所爱的人,那就幸福了……而且那样的人我是有的,沃尔德马尔! 上帝看得见,确实有!"

小女人用力摇扇子。她脸上现出要哭的神情。

"后来老头子死了……他给我留下一点财产,我自由得像鸟一样。现在我总算可以幸福地生活了……不是这样吗,沃尔德马尔? 幸福来敲我的窗子。只要推开窗子就可以把它放进来了,可是……不! 沃尔德马尔,您听我说,我求求您!现在我总算可以把我自己献给我所爱的人,做他的伴侣和助手,为他的理想奋斗,生活幸福……可以有个归宿了……可是在这个世界上,一切事情是多么庸俗,恶劣,愚蠢! 一切事情是多么卑鄙,沃尔德马尔! 我真是不幸,不幸,不幸呀! 我的道路上又出现一个障碍! 我又感到我的幸福遥远,遥远了!唉,我多么痛苦,要是您知道才好! 多么痛苦啊!"

"不过到底是什么东西呢? 什么东西拦住您的去路呢?我求求您,您说出来! 到底是什么东西呢?"

"又是一个阔绰的老头子……"

那把断裂的扇子盖住她俊俏的小脸。作家伸出拳头支住他那苦苦思索的脑袋，不住叹气，带着精通心理学的行家气派开始沉思。这时候火车头拉响汽笛，嘘嘘地放气，车窗上的帘子给西下的夕阳照红了……

1883 年

一个文官的死

在一个挺好的傍晚，有一个也挺好的庶务官，名叫伊万·德米特里奇·切尔维亚科夫①，坐在戏院正厅第二排，举起望远镜，看《哥纳维勒的钟》②。他一面看戏，一面感到心旷神怡。可是忽然间……在小说里常常可以遇到这个"可是忽然间"。作者们是对的：生活里充满多少意外的事啊！可是忽然间，他的脸皱起来，眼珠往上翻，呼吸停住……他取下眼睛上的望远镜，低下头去，于是……阿嚏！！！诸位看得明白，他打了个喷嚏。不管是谁，也不管是在什么地方，打喷嚏总归是不犯禁的。农民固然打喷嚏，警察局长也一样打喷嚏，就连三品文官偶尔也要打喷嚏。大家都打喷嚏。切尔维亚科夫一点也不慌，拿出小手绢来擦了擦脸，照有礼貌的人的样子往四下里瞧一眼，看看他的喷嚏搅扰别人没有。可是这一看不要紧，他心慌了。他看见坐在他前边，也就是正厅第一排的一个小老头正用手套使劲擦他的秃顶和脖子，嘴里嘟嘟哝哝。切尔维亚科夫认出小老头是在交通部任职的文职将军③布里兹扎洛夫。

① 这个姓可意译为"蛆"。
② 一出三幕小歌剧。
③ 帝俄的文官，相当于三品或四品文官。

"我把唾沫星子喷在他身上了!"切尔维亚科夫暗想,"他不是我的上司,是别处的长官,可是这仍然有点不合适。应当赔个罪才是。"

切尔维亚科夫就嗽一下喉咙,把身子向前探出去,凑着将军的耳根小声说:

"对不起,大人,我把唾沫星子溅在您身上了……我是出于无心……"

"没关系,没关系……"

"请您看在上帝面上原谅我。我本来……我不是有意这样!"

"哎,您好好坐着,劳驾!让我听戏!"

切尔维亚科夫心慌意乱,傻头傻脑地微笑,开始看舞台上。他在看戏,可是他再也感觉不到心旷神怡了。他开始惶惶不安,定不下心来。到休息时间,他走到布里兹扎洛夫跟前,在他身旁走了一会儿,压下胆怯的心情,叽叽咕咕说:

"我把唾沫星子溅在您身上了,大人……请您原谅……我本来……不是要……"

"哎,够了……我已经忘了,您却说个没完!"将军说,不耐烦地撇了撇下嘴唇。

"他忘了,可是他眼睛里有一道凶光啊,"切尔维亚科夫暗想,怀疑地瞧着将军,"他连话都不想说。应当对他解释一下,说我完全是无意的……说这是自然的规律,要不然他就会认为我是有意啐他了。现在他不这么想,可是过后他会这么想的!"

切尔维亚科夫回到家里,就把他的失态告诉他的妻子。他觉得妻子对待所发生的这件事似乎过于轻率。她先是吓一跳,可是后来听明白布里兹托洛夫是"在别处工作"的,就放心了。

"不过你还是去一趟,赔个不是的好,"她说,"他会认为你在大庭广众之下举动不得体!"

"说的就是啊!我已经赔过不是了,可是不知怎么,他那样子有点古怪……他连一句合情合理的话也没说。不过那时候也没有工夫细谈。"

第二天,切尔维亚科夫穿上新制服,理了发,到布里兹扎洛夫那儿去解释……他走进将军的接待室,看见那儿有很多人请托各种事情,将军本人夹在他们当中,开始听取各种请求。将军问过几个请托事情的人以后,就抬起眼睛看着切尔维亚科夫。

"昨天,大人,要是您记得的话,在'乐园'①里,"庶务官开始报告说,"我打了个喷嚏,而且……无意中溅您一身唾沫星子……请您原……"

"简直是胡闹……上帝才知道是怎么回事!您有什么事要我效劳吗?"将军扭过脸去对下一个请托事情的人说。

"他话都不愿意说!"切尔维亚科夫暗想,脸色发白,"这是说,他生气了……不行,这种事不能就这样丢开了事……我要对他解释一下……"

等到将军同最后一个请托事情的人谈完话,举步往内室走,切尔维亚科夫就走过去跟在他身后,叽叽咕咕说:

"大人!倘使我斗胆搅扰大人,那我可以说,纯粹是出于懊悔的心情!……这不是故意的,您要知道才好!"

① 帝俄时代夏季露天花园和剧院常用的名字。

将军做出一副要哭的脸相,摇了摇手。

"您简直是在开玩笑,先生!"他说着,走进内室去,关上身后的门。

"这怎么会是开玩笑呢?"切尔维亚科夫暗想,"根本连一点开玩笑的意思也没有啊!他是将军,可是竟然不懂!既是这样,我也不想再给这个摆架子的人赔罪了!去他的!我给他写封信就是,反正我不想来了!真的,我不想来了!"

切尔维亚科夫这样想着,走回家去。那封给将军的信,他却没有写成。他想了又想,怎么也想不出这封信该怎样写才对。他只好第二天亲自去解释。

"我昨天来打搅大人,"他等到将军抬起问询的眼睛瞧着他,就叽叽咕咕说,"并不是像您所说的那样为了开玩笑。我是来道歉的,因为我打喷嚏,溅了您一身唾沫星子……至于开玩笑,我想都没想过。我敢开玩笑吗?如果我们居然开玩笑,那么结果我们对大人物就……没一点敬意了……"

"滚出去!!"将军脸色发青,周身发抖,突然大叫一声。

"什么?"切尔维亚科夫低声问道,吓得愣住了。

"滚出去!!"将军顿着脚,又说一遍。

切尔维亚科夫肚子里似乎有个什么东西掉下去了。他什么也看不见,什么也听不见,退到门口,走出去,到了街上,慢腾腾地走着……他信步走到家里,没脱掉制服,往长沙发上一躺,就此……死了。

1883 年

嫁　妆

　　有生以来我见过很多房子，大的、小的、砖砌的、木头造的、旧的、新的，可是有一所房子特别生动地保留在我的记忆里。不过这不是一幢大房子，而是一所小房子。这是很小的平房，有三个窗子，活像一个老太婆，矮小，伛偻，头上戴着包发帽。小房子以及它的白灰墙、瓦房顶和灰泥脱落的烟囱，全都隐藏在苍翠的树林里，夹在目前房主人的祖父和曾祖父所栽种的桑树、槐树、杨树当中。那所小房子在苍翠的树林外边是看不见的。然而这一大片绿树林却没有妨碍它成为城里的小房子。它那辽阔的院子跟其他同样辽阔苍翠的院子连成一排，形成莫斯科街的一部分。这条街上从来也没有什么人坐着马车路过，行人也稀少。

　　小房子的百叶窗经常关着：房子里的人不需要亮光。亮光对他们没有用处。窗子从没敞开过，因为住在房子里的人不喜欢新鲜空气。经常居住在桑树、槐树、牛蒡当中的人，对自然界是冷淡的。只有别墅的住客们，上帝才赐给了理解自然界美丽的能力，至于其他的人，对这种美丽却全不理会。无论什么东西，只要有很多，就不为人们所看重。"我们拥有的东西，我们就不珍惜"。其实还不止于此：我们拥有的东西，我们反而不喜欢呢。小房子四周是人间天堂，树木葱茏，栖息着快乐的鸟雀,可是小房子里面,唉!夏天又热又闷,冬天像澡堂里那样热气腾腾,有煤气味,而且乏味,乏味得很……

我头一次访问小房子是很久以前为办一件事而去的:房主人是奇卡玛索夫上校,他托我到那儿去探望他的妻子和女儿。那第一次访问,我记得很清楚。而且,要忘记是不可能的。

请您想象一下当时的情景:您从前堂走进大厅的时候,一个矮小虚胖、四十岁左右的女人带着恐慌和惊愕的神情瞧着您。您是"生人",客人,"年轻人",这就足以使得她惊愕和恐慌了。您手里既没有短锤,也没有斧子,更没有手枪,您满面春风地微笑,可是迎接您的却是惊恐。

"请问,您贵姓?"上了年纪的女人用颤抖的声音问您说,而您认出她就是女主人奇卡玛索娃。

您说出您的姓名,讲明您的来意。惊愕和恐惧就换成尖细而快活的"啊"的一声喊,她的眼珠不住往上翻。这"啊"的一声喊,像回声一样,从前堂传到大厅,从大厅传到客厅,从客厅传到厨房……连续不断,一直传到地窖里。不久,整所房子都充满各种声调的、快活的"啊"。过了五分钟光景,您坐在客厅里一张又软又热的大长沙发上,听见"啊"声已经走出大门,顺着莫斯科街响下去了。

房间里弥漫着除虫粉和新羊皮鞋的气味,皮鞋就放在我身旁的椅子上,用手巾包着。窗台上放着天竺葵和薄纱的女人衣服。衣服上停着吃饱的苍蝇。墙上挂着某主教的油画像,镜框玻璃的一角已经破裂。主教像旁边,是一排祖先们的肖像,一律生着茨冈型的柠檬色脸庞。桌上有一个顶针、一团线和一只没有织完的袜子。地板上放着一件黑色女上衣,潦草地缝在一块纸样上。隔壁房间里有两个惊恐慌张的老太婆，正从地板上拾起纸样和一块块裁衣用的画粉……

"我们这儿，请您原谅，凌乱得很!"奇卡玛索娃说。

奇卡玛索娃一边跟我谈话，一边困窘地斜起眼睛看房门，房门里的人们还在忙着收拾纸样。房门也似乎在发窘，时而微微启开，时而又关上了。

"喂，你有什么事?"奇卡玛索娃对着房门说。

"Où est ma cravate, laquelle mon père m´avait envoyée de Koursk?"①房门里面有个女人的声音问。

"Ah, est-ce que, Marie, que…②……唉，难道可以……Nous avons donc chez nous un homme très peu connu par nous③……你问露凯丽雅吧……"

"瞧，我们的法国话说得多么好!"我在奇卡玛索娃的眼睛里读到这样的话。她高兴得满脸通红。

不久房门开了，我看见一个又高又瘦的姑娘，年纪十九岁左右，身穿薄纱的长连衣裙，腰间系着金黄色皮带，我还记得腰带上挂着一把珍珠母扇子。她走进来，行个屈膝礼，脸红了。先是她那点缀着几颗碎麻子的长鼻子红起来，然后从鼻子红到眼睛那儿，再从眼睛红到鬓角那儿。

"这是我的女儿!"奇卡玛索娃用唱歌般的声音说，"这个年轻人，玛涅奇卡④，就是……"

我介绍我自己，然后我对这里纸样之多表示惊讶。母女

---

① 法语:我父亲从库尔斯克寄给我的那个领结在哪儿?
② 法语:啊，难道，玛丽亚，难道……
③ 法语:现在我们这儿有一个我们不大熟识的人。
④ 玛丽亚的爱称。

俩都低下眼睛。

"耶稣升天节①，我们此地有一个大市集，"母亲说，"在市集上我们总是买些衣料，然后做整整一年的针线活，直到下个市集为止。我们的衣服从不交给外人去做。我的彼得·谢梅内奇挣的钱不算特别多，我们不能容许自己大手大脚。那就只得自己做了。"

"可是谁要穿这么多的衣服呢？这儿只有你们两个人啊。"

"嗨，……难道这是现在穿的？这不是现在穿的！这是嫁妆！"

"哎呀，妈妈，您在说些什么呀?!"女儿说，脸上泛起红晕，"这位先生真会这样想了……我绝不出嫁！绝不！"

她说着这些话，可是说到"出嫁"两个字，她的眼睛亮了。

她们端来茶、糖、果酱、黄油，然后她们又请我吃加鲜奶油的马林果。傍晚七点钟开晚饭，有六道菜之多。吃晚饭的时候，我听见很响的呵欠声，有人在隔壁房间里大声打呵欠。我惊讶地瞧着房门：只有男人才那样打呵欠呢。

"这是彼得·谢梅内奇的弟弟叶戈尔·谢梅内奇……"奇卡玛索娃发现我吃惊，就解释说，"他从去年起就住在我们这儿。您要原谅他，他不能出来见您。他简直是个野人……见着生人就难为情……他打算进修道院去……他原来做官，后来受人家的气……所以他挺伤心……"

晚饭后，奇卡玛索娃把叶戈尔·谢梅内奇亲手刺绣、准备日后献给教会的一件肩袈裟拿给我看。玛涅奇卡一时也丢开

_____
① 基督教的节日，在复活节后第四十日。

16

羞怯,把她为爸爸刺绣的一个烟荷包拿给我看。等到我露出赞叹她的活计的样子,她就脸红了,凑着母亲的耳朵小声说了几句话。母亲顿时容光焕发,邀我跟她一块儿到堆房里走一趟。在堆房里,我看见五口大箱子和许多小箱子、小盒子。

"这……就是嫁妆!"母亲对我小声说,"这些衣服都是我们自己做的。"

我看了看那些阴沉的箱子,就开始向两个殷勤好客的女主人告辞。她们要我答应日后有空再到她们家里来。

这个诺言,一直到我初次访问过了七年以后,我才有机会履行。这一回我奉命到这个小城里来,在一个讼案中充当鉴定人。我走进我熟悉的那所小房子,又听见"啊"的一声喊……她们认出我来了……当然了!我的头一次访问,在她们的生活里成了十足的大事,凡是很少出大事的地方,大事就记得牢。我走进客厅里,看见母亲长得越发胖了,头发已经花白,正在地板上爬来爬去,裁一块蓝色衣料。女儿坐在长沙发上刺绣。这里仍旧有纸样,仍旧有除虫粉气味,仍旧有那幅画像和残破一角的镜框。不过变化还是有的。主教像旁边挂着彼得·谢梅内奇的肖像,两个女人都穿着丧服。彼得·谢梅内奇是在提升为将军后过一个星期去世的。

回忆开始……将军夫人哭了。

"我们遭到很大的不幸!"她说,"彼得·谢梅内奇……您知道吗?……已经不在人世了。我和她成了孤儿寡母,只得自己照料自己了。叶戈尔·谢梅内奇还活着,不过关于他,我们没有什么好话可说。修道院不肯收他,因为……因为他好喝酒。现在他由于伤心而喝得越发厉害了。我打算到首席贵族那儿去一趟,想告他的状。说来您也不信,他有好几次打开箱子……拿走玛涅奇卡的嫁妆,送给他那些朝圣的香客。有两口箱子已经全拿空了! 要是这种情形继续下去,那我的玛涅奇卡的嫁妆就会一点也不剩了……"

"您在说什么呀,妈妈!"玛涅奇卡说,发窘了,"这位先生真不知道会想到哪儿去呢……我绝不出嫁,绝不出嫁!"

玛涅奇卡抬起眼睛来,兴奋而又带着希望,瞧着天花板,看来她不相信她说的话。

一个矮小的男人身影往前堂那边溜过去,他头顶秃一大块,穿着棕色上衣,脚上穿的是套鞋而不是皮靴。他像耗子那样鬼鬼祟祟地溜过去,不见了。

"这人大概就是叶戈尔·谢梅内奇吧。"我暗想。

我瞧着她们母女俩:两个人都苍老消瘦得厉害。母亲满头闪着银白的光辉。女儿憔悴,萎靡不振,看样子,母亲似乎比女儿至多大五岁光景。

"我打算到首席贵族那儿去一趟,"老太婆对我说,却忘记这话她已经说过了,"我想告状! 叶戈尔·谢梅内奇把我们缝的衣服统统拿走,为拯救他的灵魂而不知送给什么人了。我的玛涅奇卡就要没有嫁妆了!"

玛涅奇卡涨红脸,可是这一回却什么话也没说。

"衣服我们只好重新再做,可是话说回来,上帝知道,我们不是阔人! 我和她是孤儿寡母啊!"

"我们是孤儿寡母!"玛涅奇卡也说一遍。

去年,命运又驱使我到我熟悉的那所小房子去。我走进客厅,看见老太婆奇卡玛索娃。她穿一身黑衣服,戴着丧章①,坐在长沙发上做针线活。跟她并排坐着的,是个小老头,穿着棕色上衣,脚上蹬着套鞋而不是皮靴。小老头看见我,就跳起来,从客厅里一溜烟跑出去了⋯⋯

为了回答我的问候,老太婆微微一笑,说:

"Je suis charmée de vous revoir, monsieur."②

"您在缝什么?"过一会儿,我问。

"这是女衬衫。我做好,就送到神甫那儿去,托他代我保管,要不然,叶戈尔·谢梅内奇就会把它拿走。我现在把所有的东西都交托神甫保管了。"她小声说。

她面前桌子上放着女儿的照片,她看一眼照片,叹口气说:

"要知道我成了孤魂!"

那么她女儿在哪儿呢? 玛涅奇卡在哪儿呢? 我没问穿着重丧服的老太婆,我不想问。不论是我在这所小房子里坐着,还是后来我站起来告辞的时候,玛涅奇卡都没走出来见我,我既没听见她的说话声,也没听见她那轻微胆怯的脚步声⋯⋯一切都明明白白,于是我的心头感到沉重极了。

1883 年

---

① 缀在妇女黑色丧服的臂部或衣领上的白布。
② 法语:我现在又见到您,很高兴,先生。

胖子和瘦子

尼古拉铁路①一个火车站上,有两个朋友相遇:一个是胖子,一个是瘦子。胖子刚在火车站上吃过饭,嘴唇上粘着油而发亮,就跟熟透的樱桃一样。他身上冒出白葡萄酒和香橙花的气味。瘦子刚从火车上下来,拿着皮箱、包裹和硬纸盒。他冒出火腿和咖啡渣的气味。他背后站着一个长下巴的瘦女人,是他的妻子。还有一个高身量的中学生,眯细一只眼睛,是他的儿子。

"波尔菲里!"胖子看见瘦子,叫起来,"真是你吗?我的朋友!有多少个冬天,多少个夏天没见面了!"

"哎呀!"瘦子惊奇地叫道,"米沙!小时候的朋友!你这是从哪儿来?"

两个朋友互相拥抱,吻了三次,然后彼此打量着,眼睛里含满泪水。两个人都感到愉快的惊讶。

"我亲爱的!"瘦子吻过胖子后开口说,"这可没有料到!真是出其不意!嗯,那你就好好地看一看我!你还是从前那样的美男子!还是那么个风流才子,还是那么讲究穿戴!啊,天主!嗯,你怎么样?很阔气吗?结了婚吗?我呢,你看得明

~~~~~~~~~~

① 在莫斯科和彼得堡之间的一条铁路,以沙皇尼古拉一世命名。

白,已经结婚了……这就是我的妻子路易丝,娘家姓万采巴赫……她是新教徒……这是我儿子纳法奈尔,中学三年级学生。这个人,纳法尼亚①,是我小时候的朋友!我们一块儿在中学里念过书!"

纳法奈尔想了一会儿,脱下帽子。

"我们一块儿在中学里念过书!"瘦子继续说,"你还记得大家怎样拿你开玩笑吗?他们给你起个外号叫赫洛斯特拉托斯②,因为你用纸烟把课本烧穿一个洞。他们也给我起个外号叫厄菲阿尔忒斯③,因为我喜欢悄悄到老师那儿去打同学们的小报告。哈哈……那时候咱们都是小孩子!你别害怕,纳法尼亚!你自管走过去,离他近点……这是我妻子,娘家姓万采巴赫……新教徒。"

纳法奈尔想了一会儿,躲到父亲背后去了。

"嗯,你的景况怎么样,朋友?"胖子问,热情地瞧着朋友,"你在哪儿当官?做到几品官了?"

"我是在当官,我亲爱的!我已经做了两年八品文官,还得了斯坦尼斯拉夫勋章。我的薪金不多……哎,那也没关系!我妻子教音乐课,我呢,私下里用木头做烟盒。很精致的烟盒呢!我卖一卢布一个。要是有人要十个或者十个以上,那么你知道,我就给他打个折扣。我们好歹也混下来了。你知道,我原来在衙门里做科员,如今调到这儿同一类机关里做科长……我往后就在这儿工作了。嗯,那么你怎么样?恐怕已经做到五品文官了吧?啊?"

①　纳法奈尔的爱称。
②　希腊人,公元前三五六年放火烧掉了以弗所城狄安娜神庙,因而闻名。
③　希腊人,公元前五世纪,为波斯军队带路,出卖同胞,引敌入境。

"不，我亲爱的，你还要说得高一点才成，"胖子说，"我已经做到三品文官……有两枚星章了。"

瘦子突然脸色变白，呆若木鸡，然而他的脸很快就往四下里扯开，做出顶畅快的笑容，仿佛他脸上和眼睛里不住迸出火星来似的。他把身体缩起来，哈着腰，显得矮了半截……他的皮箱、包裹和硬纸盒也都收缩起来，好像现出皱纹来了……他妻子的长下巴越发长了。纳法奈尔挺直身体，做出立正的姿势，把他制服的纽扣全都扣上……

"我，大人……很愉快！您，可以说，原是我儿时的朋友，现在忽然间，青云直上，做了这么大的官，您老！嘻嘻。"

"哎，算了吧！"胖子皱起眉头说，"何必用这种腔调讲话呢？你我是小时候的朋友，哪里用得着官场的那套奉承！"

"求上帝饶恕我……您怎能这样说呢，您老……"瘦子赔笑道，把身体缩得越发小了，"多承大人体恤关注……有如使人再生的甘霖……这一个，大人，是我的儿子纳法奈尔……这是我的妻子路易丝，在某种程度上说，是新教徒……"

胖子本来打算反驳他，可是瘦子脸上露出那么一副尊崇敬畏、阿谀诌媚、低首下心的丑相，弄得三品文官恶心得要呕。他扭过脸去不再看瘦子，光是对他伸出一只手来告别。

瘦子握了握那只手的三个手指头，弯下整个身子去深深一鞠躬，嘴里发出像中国人那样的笑声："嘻嘻嘻。"他妻子微微一笑。纳法奈尔并拢脚跟立正，把制帽掉在地下了。三个人都感到愉快的震惊。

1883 年

变 色 龙[*]

　　警官奥丘梅洛夫穿着新的军大衣，手里拿着个小包，穿过市集的广场。他身后跟着个警察，生着棕红色头发，端着一个粗笸，上面盛着没收来的醋栗，装得满满的。四下里一片寂静……广场上连人影也没有。小铺和酒店敞开大门，无精打采地面对着上帝创造的这个世界，像是一张张饥饿的嘴巴。店门附近连一个乞丐都没有。

　　"你竟敢咬人，该死的东西！"奥丘梅洛夫忽然听见说话声，"伙计们，别放走它！如今咬人可不行！抓住它！哎哟……哎哟！"

　　狗的尖叫声响起来。奥丘梅洛夫往那边一看，瞧见商人皮丘金的木柴场里窜出来一条狗，用三条腿跑路，不住地回头看。在它身后，有一个人追出来，穿着浆硬的花布衬衫和敞开怀的坎肩。他紧追那条狗，身子往前一探，扑倒在地，抓住那条狗的后腿。紧跟着又传来狗叫声和人喊声："别放走它！"带着睡意的脸纷纷从小铺里探出来，不久木柴场门口就聚了一群人，像是从地底下钻出来的一样。

　　"仿佛出乱子了，长官！……"警察说。

---

　　[*]　蜥蜴类动物，其肤色随环境不同而改变。

奥丘梅洛夫把身子微微往左边一转,迈步往人群那边走过去。在木柴场门口,他看见上述那个敞开坎肩的人站在那儿,举起右手,伸出一根血淋淋的手指头给那群人看。他那张半醉的脸上露出这样的神情:"我要揭你的皮,坏蛋!"而且那根手指头本身就像是一面胜利的旗帜。奥丘梅洛夫认出这个人就是首饰匠赫留金。闹出这场乱子的祸首是一条白毛小猎狗,尖尖的脸,背上有一块黄斑,这时候坐在人群中央的地上,前腿劈开,浑身发抖。它那含泪的眼睛里流露出苦恼和恐惧。

　　"这儿出了什么事?"奥丘梅洛夫挤到人群中去,问道,"你在这儿干什么?你干吗竖起手指头?……是谁在嚷?"

　　"我本来走我的路,长官,没招谁没惹谁……"赫留金凑着空拳头咳嗽,开口说,"我正跟米特里·米特里奇谈木柴的事,忽然间,这个坏东西无缘无故把我的手指头咬一口……请您原谅我,我是个干活的人……我的活儿细致。这得赔我一笔钱才成,因为我也许一个星期都不能动这根手指头了……法律上,长官,也没有这么一条,说是人受了畜生的害就该忍着……要是人人都遭狗咬,那还不如别在这个世界上活着的好……"

　　"嗯!……好……"奥丘梅洛夫严厉地说,咳嗽着,动了动眉毛,"好……这是谁家的狗?这种事我不能放过不管。我要拿点颜色出来叫那些放出狗来闯祸的人看看!现在也该管管不愿意遵守法令的老爷们了!等到罚了款,他,这个混蛋,才会明白把狗和别的畜生放出来有什么下场!我要给他点厉害瞧瞧!……叶尔德林,"警官对警察说,"你去调查清楚这是谁家的狗,打个报告上来!这条狗得打死才成。不许拖延!这多半是条疯狗……我问你们:这是谁家的狗?"

"这条狗像是日加洛夫将军家的!"人群里有个人说。

"日加洛夫将军家的?嗯!……你,叶尔德林,把我身上的大衣脱下来……天好热!大概快要下雨了……只是有一件事我不懂:它怎么会咬你的?"奥丘梅洛夫对赫留金说,"难道它够得到你的手指头?它身子矮小,可是你,要知道,长得这么高大!你这个手指头多半是让小钉子扎破了,后来却异想天开,要人家赔你钱了。你这种人啊……谁都知道是个什么路数!我可知道你们这些魔鬼!"

"他,长官,把他的雪茄烟戳到它脸上去,拿它开心。它呢,不肯做傻瓜,就咬了他一口……他是个无聊的人,长官!"

"你胡说,独眼龙!你眼睛看不见,为什么胡说?长官是明白人,看得出来谁胡说,谁像当着上帝的面一样凭良心说话……我要胡说,就让调解法官①审判我好了。他的法律上写得明白……如今大家都平等了……不瞒您说……我弟弟就在当宪兵……"

"少说废话!"

"不,这条狗不是将军家的……"警察深思地说,"将军家里没有这样的狗。他家里的狗大半是大猎狗……"

"你拿得准吗?"

"拿得准,长官……"

"我自己也知道。将军家里的狗都名贵,都是良种,这条狗呢,鬼才知道是什么东西!毛色不好,模样也不中看……完全是下贱货……他老人家会养这样的狗?!你的脑筋上哪儿去了?要是这样的狗在彼得堡或者莫斯科让人碰上,你们知

---

① 帝俄时代的保安法官,只审理小案子。

道会怎样？那才不管什么法律不法律,一转眼的工夫就叫它断了气! 你,赫留金,受了苦,这件事不能放过不管……得教训他们一下! 是时候了……"

"不过也可能是将军家的狗……"警察把他的想法说出来,"它脸上又没写着……前几天我在他家院子里就见到过这样一条狗。"

"没错儿,是将军家的!"人群里有人说。

"嗯! ……你,叶尔德林老弟,给我穿上大衣吧……好像起风了……怪冷的……你带着这条狗到将军家里去一趟,在那儿问一下……你就说这条狗是我找着,派你送去的……你说以后不要把它放到街上来。也许它是名贵的狗,要是每个猪猡都拿雪茄烟戳到它脸上去,要不了多久就能把它作践死。狗是娇嫩的动物嘛……你,蠢货,把手放下来! 用不着把你那根蠢手指头摆出来! 这都怪你自己不好! ……"

"将军家的厨师来了,我们来问问他吧……喂,普罗霍尔! 你过来,亲爱的! 你看看这条狗……是你们家的吗?"

"瞎猜! 我们那儿从来也没有过这样的狗!"

"那就用不着费很多工夫去问了,"奥丘梅洛夫说,"这是条野狗! 用不着多说了……既然他说是野狗,那就是野狗……弄死它算了。"

"这条狗不是我们家的,"普罗霍尔继续说,"可这是将军哥哥的狗,他前几天到我们这儿来了。我们的将军不喜欢这种狗。他老人家的哥哥却喜欢……"

"莫非他老人家的哥哥来了? 弗拉基米尔·伊万内奇来了?"奥丘梅洛夫问,他整个脸上洋溢着动情的笑容,"可了不得,主啊! 我还不知道呢! 他要来住一阵吧?"

“住一阵……”

“可了不得,主啊！……他是惦记弟弟了……可我还不知道呢！那么这是他老人家的狗？很高兴……你把它带去吧……这条小狗怪不错的……挺伶俐……它把这家伙的手指头咬一口！哈哈哈！……咦,你干吗发抖？呜呜……呜呜……它生气了,小坏包……好一条小狗……”

普罗霍尔把狗叫过来,带着它离开了木柴场……那群人就对着赫留金哈哈大笑。

“我早晚要收拾你！”奥丘梅洛夫对他威胁说,然后把身上的大衣裹一裹紧,穿过市集的广场,径自走了。

1884 年

凶　犯

　　法院侦讯官面前站着一个身材矮小、异常消瘦的庄稼汉，穿一件花粗布衬衫和一条打过补丁的裤子。他那生满毫毛和布满麻点的脸，以及藏在突出的浓眉底下、不容易让人看见的眼睛，都露出阴沉的严峻神情。他脑袋上的头发无异于一顶皮帽子，很久没有梳过，纠结蓬乱，弄得他像一个蜘蛛，越发显得阴沉了。他光着脚。

　　"丹尼斯·格里戈里耶夫!"侦讯官开口说，"你走过来一点，回答我的问题。本月七日，铁路看守人伊万·谢苗诺夫·阿金佛夫早晨沿线巡查，在一百四十一俄里处，碰见你在拧掉一个用来连结铁轨和枕木的螺丝帽。喏，这就是那个螺丝帽! ……他把你连同螺丝帽一起扣住。事情是这样的吗?"

　　"啥?"

　　"这件事是像阿金佛夫所说的那样吗?"

　　"当然，就是那样。"

　　"好。那你为什么拧掉螺丝帽?"

　　"啥?"

　　"你不要啥啊啥的，你要回答我的问题:为什么你拧掉螺丝帽?"

　　"要是没有用处，俺才不会去拧它呢。"丹尼斯声音沙哑地说,斜起眼睛看着天花板。

"那么你要这个螺丝帽做什么用?"

"螺丝帽?俺们拿它做坠子……"

"这个俺们是谁?"

"俺们,老百姓呗……就是克里莫沃村的庄稼汉。"

"听着,老乡,你不要对我装傻,要说正经的。这儿用不着撒谎,说什么坠子不坠子的!"

"我一辈子也没撒过谎,现在撒啥谎……"丹尼斯嘟哝说,眨巴着眼睛,"再说,老爷,能不用坠子吗?要是你把鱼饵或者蚯蚓安在钓钩上,难道不加个坠子,钓钩就能沉到水底?还说俺撒谎呢……"丹尼斯冷笑道,"鱼饵这种东西,要是漂在水面上,还顶个啥用?鲈鱼啦,梭鱼啦,江鳕啦,素来在水底上钩。要是鱼饵漂在水面上,也许只有鲶鱼来吃,不过那样的事也不常有……俺们的河里就没有鲶鱼……那种鱼喜欢大河。"

"你跟我讲鲶鱼干什么?"

"啥?咦,您自己在问嘛!俺们那儿,连地主老爷也这么钓鱼。就连顶不济的孩子,没有坠子也不去钓鱼。当然,也有那种不明事理的人,嗯,他们没有坠子也要去钓鱼。傻瓜办事就说不上什么章法了……"

"这么说来,你拧下螺丝帽就是为了要拿它做坠子?"

"不为这个还为啥?又不是拿来当羊拐子①玩!"

"可是要做坠子,你尽可以用铅块、子弹壳……钉子什么的……"

① 一种儿童游戏用具。

"铅块在大路上可找不着,那得花钱去买。讲到钉子,那东西不中用。再也找不着比螺丝帽更好的东西了……它又重,又有个窟窿眼。"

"他老是装傻! 好像他昨天刚生下地或者从天上掉下来似的。难道你就不明白,蠢材,这样拧掉会惹出什么乱子来吗? 要不是看守人看到,火车就可能出轨,很多人就会丧命! 你会害死很多人!"

"天主保佑别出这种事才好,老爷! 为啥害死人呢? 难道俺们不信教,或者是坏人? 谢天谢地,好老爷,俺活了一辈子,慢说是害死人,就连那样的想法也没有过……求圣母拯救和宽恕吧……您这是说的啥呀!"

"那么依你看来,火车是怎么翻的? 你拧掉两三个螺丝帽,火车就翻了!"

丹尼斯冷冷地一笑,怀疑地眯细眼睛瞧着侦讯官。

"得了吧! 俺们全村的人拧螺丝帽已经有年月了,天主一直保佑我们,现在却说火车出事……害死人了……要是俺把铁轨搬走,或者,比方说,把一根大木头横放在铁轨上,嗯,那就说不定火车会翻掉,可是现在……呸! 一个螺丝帽罢了!"

"可是你要明白:螺丝帽是用来把铁轨钉紧在枕木上的!"

"这个俺们明白……俺们又不是把所有的螺丝帽都拧掉……还留着不少呢……俺们办事可不是不动脑筋的……俺们明白……"

丹尼斯打了个呵欠,在嘴上画一个十字①。

"去年此地就有一列火车出了轨,"侦讯官说,"现在才明白这是什么缘故……"

"您说啥?"

"我说,去年有一列火车出了轨,现在才明白那是什么缘故……我懂了!"

"您受教育就为的是懂事,俺们的恩人……主才知道该叫谁懂得事理……喏,您评断事情,就说得出道理来,可是那个看守人也是个庄稼汉,啥也不懂,揪住俺的脖领,拉着就走……你先得讲理,然后才能拉人嘛!俗语说得好,庄稼汉长着庄稼汉的脑筋……还有一件事您也要记下来,老爷:他动手两次,打俺一个嘴巴,当胸又给了俺一拳。"

"先前搜查你家的时候,又找着一个螺丝帽……你是在什么地方把它拧下来的,在什么时候?"

"您说的是放在小红箱子底下的那个螺丝帽吗?"

"我不知道放在你家里什么地方,反正是搜到了。你是在什么时候把它拧下来的?"

"那不是俺拧下来的,那是伊格纳希卡送给俺的,他就是独眼谢苗的儿子。俺说的是小箱子底下那一个。院子里雪橇上的那一个,是俺跟米特罗凡一块儿拧下来的。"

"哪一个米特罗凡?"

"就是米特罗凡·彼得罗夫呗……难道您没听说过?他在俺们村子里编渔网,卖给地主老爷们。那种螺丝帽,他可要的多。编一个渔网,估摸着,总要用十来个……"

---

① 按迷信说法,魔鬼在人们打呵欠时进入口中,画十字是为了驱邪。

"你听着……刑法第一千零八十一条说:凡蓄意损坏铁道,致使铁路运输发生危险,而肇事者明知此种行为将造成不幸后果……听明白了吗?明知!你不可能不知道拧掉螺丝帽会造成什么后果……当判处流放及苦役刑。"

"当然,您知道得多……俺们都是些无知无识的人……难道俺们能懂吗?"

"你全懂!你这是撒谎,装样!"

"撒谎干啥?要是您不信,您就到村子里去打听好了……不用坠子只能钓着欧鲌。鲍鱼最差不过了,可是就连它,缺了坠子也还是钓不着。"

"你再讲一讲鲶鱼吧!"侦讯官微笑着说道。

"鲶鱼俺们那儿没有……俺们把没有坠子的钓丝漂在水面上,安上蝴蝶做饵,倒有圆鳍雅罗鱼来上钩,不过就连那样的事也少有。"

"好,你别说了……"

随后是沉默。丹尼斯站在那儿,不时换一只脚立定。他瞧着铺有绿呢面的桌子,使劲眨巴眼睛,好像他眼前看见的不是呢子,而是太阳。侦讯官很快地写着。

"俺该走了吧?"丹尼斯沉默了一会儿问道。

"不。我得把你看押起来,再送到监狱里去。"

丹尼斯不再眨巴眼睛,拧起浓眉,探问地瞧着那个文官。

"怎么会要俺去坐监狱?老爷!我可没有那个闲工夫,我得去赶集。叶戈尔欠着我三个卢布的腌猪油钱,我得跟他要……"

"别说了,不要碍我的事。"

"要俺坐监狱……要真是做了坏事,那就去吧,可是现在……啥缘故也没有……俺犯了啥王法？俺觉得,俺没偷过东西,也没打过人……要是您,老爷,疑心俺欠缴了税款,那您可别听信村长的话……您去问常任委员先生好了……他,那个村长,是个没有良心的人……"

"别说了!"

"俺本来就没说啥……"丹尼斯嘟哝说,"村长造了假账,这俺敢起誓……俺们是弟兄三个,那就是库兹马·格里戈里耶夫,叶戈尔·格里戈里耶夫,和俺丹尼斯·格里戈里耶夫……"

"你碍我的事……喂,谢苗!"侦讯官叫道,"把他押下去!"

"俺们是弟兄三个,"丹尼斯一面由两个强壮的兵押着,走出审讯室,一面嘟哝说,"弟兄不一定要替弟兄还钱……库兹马没给钱,那么你,丹尼斯就得承担……这也叫法官!俺们的东家是个将军,已经死了,祝他升天堂吧,要不然他就会给你们这些法官一点厉害看看……审案子要知道怎么个审法,不能胡来……哪怕用鞭子抽一顿也可以,只要有凭有据,打得不屈就成……"

1885 年

普里希别耶夫军士

"普里希别耶夫军士！您被控在今年九月三日用言语和行动侮辱本县警察日金、乡长阿利亚波夫、乡村警察叶菲莫夫、见证人伊万诺夫和加夫里洛夫，以及另外六个农民，而且前三个人是在执行公务的时候受到您的侮辱。您承认犯了这些罪吗？"

普里希别耶夫是个满脸皱纹的军士，生着一张好像有刺的脸。这时候他垂下两条胳膊，两只手贴着裤缝，用闷声闷气的沙哑嗓音答话，咬清每个字的字音，仿佛在下命令似的：

"老爷，调解法官先生！当然，根据法律的一切条款，法庭有理由让双方陈述当时的各种情况。有罪的不是我，而是另外那些人。这件事全是由一具死尸惹出来的，祝他的灵魂升天堂！三号那天我跟我妻子安菲莎正在心平气和、规规矩矩地走路，可是抬头一看，却瞧见河岸上站着一大群各式各样的人。我要请问：老百姓有什么充分的权利聚在一起？这是什么缘故？难道法律上写着人可以成群结伙吗？我喊道：'散开！'我就动手推那些人，叫他们散开，各回各的家，我还吩咐乡村警察揪着他们的脖子把他们赶走……"

"容我插一句嘴，您根本就不是县里的警察，也不是村长，难道赶散人群是您的事？"

"他管不着！他管不着！"从审讯室的各个角落里响起人们的说话声，"他闹得人没法活了，老爷！我们受他的气有十五年了！自从他脱离军队回家以后，大家就恨不得逃出村子去才好。他骑在大家的脖子上！"

"正是这样，老爷！"作证的村长说，"我们整个村子都在抱怨。说什么也没法跟他一块儿生活下去了！不管我们抬着圣像游行也罢，办喜事也罢，或者，比方说，出了什么岔子，他处处都管，嚷啊叫的，吵吵闹闹，老是要人家守规矩。他拧小伙子的耳朵，暗地里监视娘们儿，深怕出什么事，好像他是她们的公公似的……前几天他跑遍全村各户人家，吩咐大家不许唱歌，不许点灯。他说，根本就没有一条法律准许唱歌。"

"请您等一下，回头您还有机会发言，"调解法官说，"现在先让普里希别耶夫继续讲下去。您接着说，普里希别耶夫！"

"是，先生！"军士声音沙哑地说，"您，老爷，多承指教，说赶散人群不是我的事……好……可要是乱了套呢？难道可以容许老百姓胡闹吗？法律上有哪一条写着老百姓可以由着性儿干？我不能容许，先生。要是我不把他们赶走，不管他们，还有谁来管？谁都不懂什么叫做真正的规矩，全村子，老爷，可以说，只有我一个人才懂得该怎么对付那些老百姓，老爷，我什么都懂。我不是庄稼汉，我是军士，是退役的军需中士，在华沙的司令部里当过差，这以后，不瞒您说，我堂堂正正退了伍，进了消防队，后来因为身体不好，我又离开消防队，在一个古典男子初级中学当过两年看门人……所有的规矩我都懂，先生。可是庄稼汉是普通人，什么也不懂，应当听我的话，因为我是为他们好。比方就拿这件事来说吧……我赶散人群,可是在河边沙地上却躺着一具从水里打捞上来的尸首。我要请问,他有什么理由躺在那儿? 难道这合乎规矩? 本县的警察是管什么的? 我就说:'你,本县的警察,为什么不报告长官? 也许这个淹死的人是投河自尽的,可也许这件事里头有西伯利亚的味道呢①。说不定这是犯刑事罪的杀人案⋯⋯'可是县里的警察日金满不在乎,只顾抽他的烟。他说:'这个人是谁,在这儿指指点点的? 他是打哪儿来的?'他说,'难道缺了他,我们就不会办事?'我就说:'既然你站在那儿,满不在乎,可见你这个傻瓜就是什么也不懂。'他说:'昨天我就已经报告县警察分局的局长了。'我就问:'干什么报告县警察分局的局长? 这是根据法典里哪一条? 像淹死啦、吊死啦,和这一类别的案子,难道能由县警察分局的局长办?'我说,'这是刑事案子,民事诉讼嘛⋯⋯'我说,'眼下得赶紧派专人呈报侦讯官先生和法官先生。'我说,'你首先就得打个报告,送到调解法官先生那儿去。'可是他,县里的警察,一直听着笑。那些庄稼汉也这样。大伙儿都笑,老爷。我敢为我的供词发誓。这个人就笑过,那一个也笑过,日金也笑过。我说:'你们干吗龇着牙笑?'不料县里的警察说:'这样的案子不归调解法官管。'我一听这话,简直火冒三丈。警察,你不是说过这话吗?"军士转过脸对县里的警察日金说。

"说过。"

"大家都听见你当着所有老百姓的面说出这种话来:'这样的案子不归调解法官管。'大家都听见你说过这种话⋯⋯

<hr />

① 意谓"这可能是凶杀案";在帝俄时代,杀人犯要流放到西伯利亚去做苦工。

我,老爷,顿时火冒三丈,甚至都吓坏了。我就说:'你再说一遍,混蛋,你把你说过的话再说一遍!'他就把那句话又说一遍……我走到他跟前。我说:'你怎么能这么说调解法官先生?你是警察局的警察,居然要反对官府?啊?'我说:'你知道吗?要是调解法官先生高兴的话,他们就能因为你说过这话而认定你行为不端,把你送到省里的宪兵队去。'我说:'你知道调解法官先生们会因为你说出这种有政治色彩的话而把你发配到哪儿去?'可是乡长说话了:'调解法官根本就不能管他职权以外的事。只有小案子才归他审。'他就是这么说的,大家都听见了……我就说:'你怎么敢藐视官府?'我说:'喂,你不要跟我开玩笑,要不然,老兄,事情可就要不妙。'当初我在华沙,或者在古典男子初级中学当看门人的时候,一听见有什么不成体统的话,就往街上瞧,看有宪兵没有。'老总,'我说,'你到这儿来。'我就把事情原原本本地报告他。可是在这村子里,你去跟谁说呢?……我心里的火就上来了。我看见如今的人又放肆又犯上,心里就有气,我就抡起胳膊来给了他一下子……不过,当然,不是打得很使劲,而是正正经经而又轻轻地随手给了一下,让他不敢再用那样的话说老爷……县里的警察却给乡长撑腰……于是我也打县里的警察……这一下子就乱打起来了……我是一时兴起,老爷,嗯,不过话说回来,不打人也不行。如果你见了蠢人不打,你的灵魂就背上了罪过。何况这是为了正事……出了乱子……"

"容我插一句嘴!出了乱子自有人管。县里的警察、村长、村里的警察就管这种事……"

"县里的警察不能样样事都管到,而且警察又不如我这么明白事理……"

"可是您要明白,这不关您的事!"

"什么,先生? 这怎么会不关我的事? 奇怪,先生……人家胡闹,却不关我的事! 那该怎么样,要我称赞他们还是怎么的? 喏,他们对您抱怨,说我不准唱歌……可是唱歌有什么好处? 放着正事不干,他们却唱歌……还有,他们养成风气,晚上点起灯坐着。应该躺下睡觉才对,可是他们又说又笑。我已经记下来了!"

"您记下了什么?"

"记下谁点起灯坐着。"

普里希别耶夫从衣袋里取出一张油污的纸片,戴起眼镜,念道:

"'点了灯闲坐着的农民计有伊万·普罗霍罗夫、萨瓦·米基佛罗夫、彼得·彼得罗夫。大兵的寡妇舒斯特罗娃同谢苗·基斯洛夫私姘。伊格纳特·斯韦尔乔克行巫术,他的妻子玛夫拉是巫婆,每到夜间就去挤别人家奶牛的奶。'"

"够了!"法官说,然后开始审问证人。

普里希别耶夫军士把眼镜推到额头上,惊讶地瞧着调解法官,那个法官分明不是站在他这一边。他那对暴眼睛发亮,鼻子变得通红。他看了看调解法官,看了看证人,无论如何也不明白何以调解法官那么激动,何以从审讯室的各个角落里时而响起抱怨声,时而响起抑制的笑声。法官的判决他也不理解:坐一个月的牢!

"这是什么缘故?!"他说,大惑不解地摊开两只手,"根据哪一条法律?"

他这才明白过来:这个世界已经变了,在这个世界上无论如何也没法活下去了。他脑子里满是阴郁沮丧的思想。然而

临到他从审讯室里走出去,看见农民们在那儿互相拥挤和谈话,他却拗不过老习惯,把两只手贴在裤缝上,用沙哑的气愤声调嚷道:

"老百姓,散开! 不许成群结伙! 回家去!"

1885 年

苦　恼

我向谁去诉说我的悲伤？① ……

　　暮色昏暗。大片的湿雪绕着刚点亮的街灯懒洋洋地飘
飞，落在房顶、马背、肩膀、帽子上，积成又软又薄的一层。车
夫约纳·波塔波夫周身雪白，像是一个幽灵。他在赶车座位
上坐着，一动也不动，身子往前伛着，伛到了活人的身子所能
伛到的最大限度。即使有一个大雪堆倒在他的身上，仿佛他
也会觉得不必把身上的雪抖掉似的……他那匹小马也是一身
白，也是一动都不动。它那呆呆不动的姿态、它那瘦骨棱棱的
身架、它那棍子般直挺挺的腿，使它活像那种花一个戈比就能
买到的马形蜜糖饼干。它多半在想心思。不论是谁，只要被
人从犁头上硬拉开，从熟悉的灰色景致里硬拉开，硬给丢到这
儿来，丢到这个充满古怪的亮光、不停的喧嚣、熙攘的行人的
漩涡当中来，那他就不会不想心事……
　　约纳和他的瘦马已经有很久停在那个地方没动了。他们
还在午饭以前就从大车店里出来，至今还没拉到一趟生意。
可是现在傍晚的暗影已经笼罩全城。街灯的黯淡的光已经变

---

① 引自宗教诗《约瑟夫的哭泣和往事》。

得明亮生动,街上也变得热闹起来了。

"赶车的,到维堡区①去!"约纳听见了喊声,"赶车的!"

约纳猛地哆嗦一下,从粘着雪花的睫毛里望出去,看见一个军人,穿一件带风帽的军大衣。

"到维堡区去!"军人又喊了一遍,"你睡着了还是怎么的? 到维堡区去!"

为了表示同意,约纳就抖动一下缰绳,于是从马背上和他肩膀上就有大片的雪撒下来……那个军人坐上了雪橇。车夫吧嗒着嘴唇叫马往前走,然后像天鹅似的伸长了脖子,微微欠起身子,与其说是由于必要,不如说是出于习惯地挥动一下鞭子。那匹瘦马也伸长脖子,弯起它那像棍子一样的腿,迟疑地离开原地走动起来了……

"你往哪儿闯,鬼东西!"约纳立刻听见那一团团川流不息的黑影当中发出了喊叫声,"鬼把你支使到哪儿去啊? 靠右走!"

"你连赶车都不会! 靠右走!"军人生气地说。

一个赶轿式马车的车夫破口大骂。一个行人恶狠狠地瞪他一眼,抖掉自己衣袖上的雪,行人刚刚穿过马路,肩膀撞在那匹瘦马的脸上。约纳在赶车座位上局促不安,像是坐在针尖上似的,往两旁撑开胳膊肘,不住转动眼珠,就跟有鬼附了体一样,仿佛他不明白自己是在什么地方,也不知道为什么在那儿似的。

"这些家伙真是混蛋!"那个军人打趣地说,"他们简直是故意来撞你,或者故意要扑到马蹄底下去。他们这是互相串

①　地名,在彼得堡。

通好的。"

约纳回过头去瞧着乘客,努动他的嘴唇……他分明想要说话,然而从他的喉咙里却没有吐出一个字来,只发出哑哑的声音。

"什么?"军人问。

约纳撇着嘴苦笑一下,嗓子眼用一下劲,这才沙哑地说出口:

"老爷,那个,我的儿子……这个星期死了。"

"哦!……他是害什么病死的?"

约纳掉转整个身子朝着乘客说:

"谁知道呢!多半是得了热病吧……他在医院里躺了三天就死了……这是上帝的旨意哟。"

"你拐弯啊,魔鬼!"黑地里发出了喊叫声,"你瞎了眼还是怎么的,老狗!用眼睛瞧着!"

"赶你的车吧,赶你的车吧……"乘客说,"照这样走下去,明天也到不了。快点走!"

车夫就又伸长脖子,微微欠起身子,用一种稳重的优雅姿势挥动他的鞭子。后来他有好几次回过头去看他的乘客,可是乘客闭上眼睛,分明不愿意再听了。他把乘客拉到维堡区以后,就把雪橇赶到一家饭馆旁边停下来,坐在赶车座位上伛下腰,又不动了……湿雪又把他和他的瘦马涂得满身是白。一个钟头过去,又一个钟头过去了……

人行道上有三个年轻人路过,把套靴踩得很响,互相诟骂,其中两个人又高又瘦,第三个却矮而驼背。

"赶车的,到警察桥去!"那个驼子用破锣般的声音说,"一共三个人……二十戈比!"

约纳抖动缰绳,吧嗒嘴唇。二十戈比的价钱是不公道的,然而他顾不上讲价了……一个卢布也罢,五戈比也罢,如今在他都是一样,只要有乘客就行……那几个青年人就互相推搡着,嘴里骂声不绝,走到雪橇跟前,三个人一齐抢到座位上去。这就有一个问题需要解决:该哪两个坐着,哪一个站着呢?经过长久的吵骂、变卦、责难以后,他们总算做出了决定:应该让驼子站着,因为他最矮。

"好,走吧!"驼子站在那儿,用破锣般的嗓音说,对着约纳的后脑壳喷气,"快点跑!嘿,老兄,瞧瞧你的这顶帽子!全彼得堡也找不出比这更糟的了……"

"嘻嘻,……嘻嘻……"约纳笑着说,"凑合着戴吧……"

"喂,你少废话,赶车!莫非你要照这样走一路?是吗?要给你一个脖儿拐吗?……"

"我的脑袋痛得要炸开了……"一个高个子说,"昨天在杜克马索夫家里,我跟瓦西卡一块儿喝了四瓶白兰地。"

"我不明白,你何必胡说呢?"另一个高个子愤愤地说,"他胡说八道,就跟畜生似的。"

"要是我说了假话,就叫上帝惩罚我!我说的是实情……"

"要说这是实情,那么,虱子能咳嗽也是实情了。"

"嘻嘻!"约纳笑道,"这些老爷真快活!"

"呸,见你的鬼!……"驼子愤慨地说,"你到底赶不赶车,老不死的?难道就这样赶车?你抽它一鞭子!唷,魔鬼!唷!使劲抽它!"

约纳感到他背后驼子的扭动的身子和颤动的声音。他听见那些骂他的话,看到这几个人,孤单的感觉就逐渐从他的胸中消散了。驼子骂个不停，诌出一长串稀奇古怪的骂人话，直骂得透不过气来，连连咳嗽。那两个高个子讲起一个叫娜杰日达·彼得罗夫娜的女人。约纳不住地回过头去看他们。正好他们的谈话短暂地停顿一下，他就再次回过头去，嘟嘟哝哝说：

"我的……那个……我的儿子这个星期死了！"

"大家都要死的……"驼子咳了一阵，擦擦嘴唇，叹口气说，"得了，你赶车吧，你赶车吧！诸位先生，照这样的走法我再也受不住了！他什么时候才会把我们拉到呢？"

"那你就稍微鼓励他一下……给他一个脖儿拐！"

"老不死的，你听见没有？真的，我要揍你的脖子了！……跟你们这班人讲客气，那还不如索性走路的好！……你听见没有，老龙①？莫非你根本就不把我们的话放在心上？"

约纳与其说是感到，不如说是听到他的后脑勺上啪的一响。

"嘻嘻……"他笑道，"这些快活的老爷……愿上帝保佑你们！"

"赶车的，你有老婆吗？"高个子问。

"我？嘻嘻……这些快活的老爷！我的老婆现在成了烂泥地啰……哈哈哈！……在坟墓里！……现在我的儿子也死了，可我还活着……这真是怪事，死神认错门了……它原本应该来找我，却去找了我的儿子……"

约纳回转身，想讲一讲他儿子是怎样死的，可是这时候驼

---

① 原文是"高雷内奇龙"，俄国神话中的一条怪龙。在此用做骂人的话。

子轻松地呼出一口气,声明说,谢天谢地,他们终于到了。约纳收下二十戈比以后,久久地看着那几个游荡的人的背影,后来他们走进一个黑暗的大门口,不见了。他又孤身一人,寂寞又向他侵袭过来……他的苦恼刚淡忘了不久,如今重又出现,更有力地撕扯他的胸膛。约纳的眼睛不安而痛苦地打量街道两旁川流不息的人群:在这成千上万的人当中有没有一个人愿意听他倾诉衷曲呢?然而人群奔走不停,谁都没有注意到他,更没有注意到他的苦恼……那种苦恼是广大无垠的。如果约纳的胸膛裂开,那种苦恼滚滚地涌出来,那它仿佛就会淹没全世界,可是话虽如此,它却是人们看不见的。这种苦恼竟包藏在这么一个渺小的躯壳里,就连白天打着火把也看不见……

约纳瞧见一个扫院子的仆人拿着一个小蒲包,就决定跟他攀谈一下。

"老哥,现在几点钟了?"他问。

"九点多钟……你停在这儿干什么?把你的雪橇赶开!"

约纳把雪橇赶到几步以外去,伛下腰,听凭苦恼来折磨他……他觉得向别人诉说也没有用了……可是五分钟还没过完,他就挺直身子,摇着头,仿佛感到一阵剧烈的疼痛似的;他拉了拉缰绳……他受不住了。

"回大车店去,"他想,"回大车店去!"

那匹瘦马仿佛领会了他的想法,就小跑起来。大约过了一个半钟头,约纳已经在一个肮脏的大火炉旁边坐着了。炉台上,地板上,长凳上,人们鼾声四起。空气又臭又闷。约纳瞧着那些睡熟的人,搔了搔自己的身子,后悔不该这么早就回来……

"连买燕麦①的钱都还没挣到呢，"他想，"这就是我会这么苦恼的缘故了。一个人要是会料理自己的事……让自己吃得饱饱的，自己的马也吃得饱饱的，那他就会永远心平气和……"

墙角上有一个年轻的车夫站起来，带着睡意嗽一嗽喉咙，往水桶那边走去。

"你是想喝水吧?"约纳问。

"是啊,想喝水!"

"那就痛痛快快地喝吧……我呢,老弟,我的儿子死了……你听说了吗? 这个星期在医院里死掉的……竟有这样的事!"

约纳看一下他的话产生了什么影响,可是一点影响也没看见。那个青年人已经盖好被子,连头蒙上,睡着了。老人就叹气,搔他的身子……如同那个青年人渴望喝水一样,他渴望说话。他的儿子去世快满一个星期了,他却至今还没有跟任何人好好地谈一下这件事……应当有条有理,详详细细地讲一讲才是……应当讲一讲他的儿子怎样生病,怎样痛苦,临终说过些什么话,怎样死掉……应当描摹一下怎样下葬,后来他怎样到医院里去取死人的衣服。他有个女儿阿尼西娅住在乡下……关于她也得讲一讲……是啊,他现在可以讲的还会少吗? 听的人应当惊叫,叹息,掉泪……要是能跟娘们儿谈一谈,那就更好。她们虽然都是蠢货,可是听不上两句就会哭起来。

"去看一看马吧,"约纳想,"要睡觉,有的是时间……不

_____

① 马的饲料。

用担心,总能睡够的。"

他穿上衣服,走到马房里,他的马就站在那儿。他想起燕麦、草料、天气……关于他的儿子,他独自一人的时候是不能想的……跟别人谈一谈倒还可以,至于想他,描摹他的模样,那太可怕,他受不了……

"你在吃草吗?"约纳问他的马说,看见了它的发亮的眼睛,"好,吃吧,吃吧……既然买燕麦的钱没有挣到,那咱们就吃草好了……是啊……我已经太老,不能赶车了……该由我的儿子来赶车才对,我不行了……他才是个地道的马车夫……只要他活着就好了……"

约纳沉默了一会儿,继续说:

"就是这样嘛,我的小母马……库兹马·约内奇不在了……他下世了……他无缘无故死了……比方说,你现在有个小驹子,你就是这个小驹子的亲娘……忽然,比方说,这个小驹子下世了……你不是要伤心吗?"

那匹瘦马嚼着草料,听着,向它主人的手上呵气。

约纳讲得入了迷,就把他心里的话统统对它讲了……

1886 年

阿 加 菲 娅

　　我住在某县的时候,常有机会到杜博沃村的菜园,在守园人那儿做客,他名叫萨瓦·斯图卡奇,或者简单点,叫萨夫卡。那些菜园是我在所谓"专诚"钓鱼的时候最喜欢去的地方,每逢那种时候,我一走出家门就不知道何日何时才会回来,总是把各种钓鱼工具统统带在身边,一样也不少,还随身准备下干粮。认真说来,使我发生兴趣的与其说是钓鱼,还不如说是那种逍遥自在的游逛、不定时的进餐、同萨夫卡的闲谈、在宁静的夏夜里的久坐。萨夫卡是个小伙子,年纪二十五岁上下,身材魁梧,相貌漂亮,结实得像是打火石。大家都称道他是个通情达理、头脑清醒的人,他能读会写,很少喝酒,然而讲到做一个工人,这个年轻强壮的人却连一个铜钱也不值。在他那粗绳般结实的筋肉里,有一种沉重而无法克制的怠惰跟他强大的体力同时并存。他在村子里住着,像大家一样有自己的小木房,分到一块份地,可是他不耕田,不播种,任什么手艺也不学。他的老母亲沿街乞讨,他自己却像天上的鸟那样生活:早晨还不知道中午吃什么。这倒不是说他缺乏意志、精力或者对他母亲的怜悯,而不过是他没有劳动的兴致,也感觉不到劳动的益处罢了……他周身散发出逍遥自在的气息,从来不卷起袖子干活,对闲散的生活抱着一种先天的、几乎是艺术家的爱好。每逢萨夫卡年轻健康的身体在生理上渴望活动一下筋肉,这个小伙子就暂时专心干一件随意做做而又毫无意义的事情,例如把一根没有丝毫用处的木橛子削一削尖,或者同村妇们互相追逐。他最喜爱的姿态就是呆然不动。他能够一连几个小时站在一个地方纹丝不动,眼睛看着一个东西出神。他一时心血来潮,也会活动一下,然而那也只是在需要他做出急骤而突兀的动作的时候,例如揪住一只正在奔跑的狗的尾巴,扯下一个村妇的头巾,跳过一个宽阔的深坑。不消说,由于这样不爱活动,萨夫卡就一贫如洗,生活比任何一个孤苦赤贫的农民都不如。随着时光的流逝,他欠交的税款势必愈积愈多,于是他,这个年轻力壮的人,就由村社派去干老年人的活儿,做村社菜园的看守人和茅草人了①。尽管别人嘲笑他过早地成了老年人,他却毫不在乎。这个差使清静,适合于沉思默想,倒恰好投合他的脾胃。

有一次,那是五月间一个天气晴和的傍晚,我正巧在萨夫卡的菜园里做客。我记得,我在破旧的车毯上躺着,那是在一个窝棚旁边,窝棚里冒出浓重的干草气味,使得人透不出气来。我把两只手垫在脑袋底下,眼睛望着前方。我的脚旁放着一把木制的干草叉。干草叉的那一边站着萨夫卡的小狗库特卡,像一块黑斑似的映入我的眼帘。离库特卡不远,大约两俄丈开外,平地急转直下,成为一条小河的陡岸。我躺在那儿,看不见那条河。我只能看见岸边丛生的柳林的树梢,以及对岸那仿佛经谁啃过而弯弯曲曲的边沿。对岸的远处,在乌黑的山丘上,就是我的萨夫卡居住的村子,村子里那许多小木

① 指放在菜园中用以惊吓鸟雀的草人。

房像受惊的小山鹑似的彼此挤紧。山丘后边是满天的晚霞，正在渐渐暗下去。目前只剩下一条暗红色的长带了，就连它也开始蒙上薄薄的一层碎云，犹如快要烧完的煤块蒙上一层灰烬似的。

菜园右边是一片小小的赤杨林，颜色发黑，正在低声细语，偶尔刮过去一阵风，它就战栗一阵。左边伸展着一片广漠无垠的田野。那边，在目力不能从黑暗中分清哪是田野和哪是天空的地方，有个灯火在明亮地闪烁。萨夫卡在离我不远的地方坐着。他像土耳其人似的盘腿坐定，低下头，呆呆地瞧着库特卡。我们的钓钩挂着活饵，早已放进河水，我们没有别的事可做，只能静静地养神，从没劳累过、一直在休息的萨夫卡极其喜爱这种养神。晚霞还没完全消退，夏夜却已经带着温存而催人入睡的抚爱拥抱大自然了。

一切东西都静止不动，沉进第一阵酣睡，只有一只我不熟悉的夜鸟在赤杨林里懒洋洋地拖着长音发出抑扬顿挫的长声，像是在问一句话："你见到尼基达了？"然后又立刻回答自己说："见到了！见到了！见到了！"

"为什么今天晚上夜莺不歌唱呢？"我问萨夫卡说。

那个人慢腾腾地转过脸来对着我。他脸庞很大，然而脸容开朗，富于表情，神色柔和，就跟女人一样。随后他抬起温和而沉思的眼睛看一下赤杨林，看一下柳丛，慢腾腾地从口袋里取出小笛子，放在嘴上，悠扬地吹出雌夜莺的叫声。立刻，仿佛回答他的悠扬的笛声似的，一只秧鸡在对岸嗞啦嗞啦地叫起来了。

"这也叫夜莺啊……"萨夫卡笑着说，"嗞啦！嗞啦！倒好像它在拉钓钩似的。不过话说回来，它大概也认为它是在唱歌呢。"

"我倒喜欢这种鸟……"我说,"你知道吗? 候鸟南飞的时候,秧鸡不是飞,而是在陆地上跑。只有遇到河和海,它才飞过去,否则就一直在陆地上走。"

"好家伙,跟狗一样……"萨夫卡咕哝了一句,带着敬意向正在叫唤的秧鸡那边望去。

我知道萨夫卡非常喜欢听人讲话,就把我从狩猎书上看到的有关秧鸡的事一五一十讲给他听。我不知不觉从秧鸡讲到候鸟南飞。萨夫卡专心听我讲下去,连眼睛也不映一下,自始至终愉快地微笑。

"这种鸟觉得哪儿亲一些呢?"他问,"是我们这边呢,还是那边?"

"当然是我们这边。这种鸟本身就是在这儿出生的,又在这儿孵出小鸟,这儿就是它的故乡嘛。至于它飞到那边去,那也只是为了免得冻死罢了。"

"有意思!"萨夫卡说,伸个懒腰,"不管讲什么,都满有意思。拿鸟儿来说,或者拿人来说,……再不然,拿这块小石头来说,样样东西都有它的道理!……唉,老爷,要是我早知道您来,我就不会叫那个娘们儿今天到这儿来了……有个娘们儿要求今天晚上到这儿来……"

"哎,你请便,我不会打搅你们!"我说,"我可以到小树林里去躺着……"

"得了吧,这是什么话! 她要是明天来,也死不了……如果她能坐在这儿,听人讲话倒也罢了,可她老是要胡说八道。有她在,就不能正正经经地谈话了。"

"你是在等达里娅吧?"我沉默了一会儿,问道。

“不……今天是另一个女人要来……铁路扳道工的老婆阿加菲娅……”

萨夫卡是用平素那种冷漠的、有点低沉的声调说这些话的，仿佛他讲的是烟草或者麦粥似的，可是我听了却吃一惊，猛然欠起身来。我认得扳道工的妻子阿加菲娅……她是个还十分年轻的少妇，年纪不过十九岁或者二十岁，去年刚刚嫁给铁路的扳道工，一个威武的年轻小伙子。她在村里住着，她的丈夫每天晚上从铁路线回到她那儿去过夜。

“老弟，你跟那些女人来往早晚会惹出祸事来的!”我叹道。

“随她们去吧……”

萨夫卡沉吟了一下又补充说:

“我对那些娘们儿也这么说过，她们就是不听嘛……她们那些傻娘们儿简直满不在乎!”

紧跟着是沉默……这当儿天色越来越黑，样样东西都失去原有的轮廓了。山丘后面的一长条晚霞已经完全消散，天上的繁星变得越来越明亮，越灿烂……草螽忧郁、单调的鸣声，秧鸡的嗞啦嗞啦的啼叫和鹌鹑咕咕的叫声都没有破坏夜晚的寂静，反而给它增添了单调。似乎那些轻柔悦耳的叫声不是来自飞禽，也不是来自昆虫，而是来自天上俯视着我们的繁星……

首先打破沉默的是萨夫卡。他慢腾腾地把眼睛从乌黑的库特卡移到我身上，说:

“我看，老爷，您觉得烦闷了。那就吃晚饭吧。”

他没有等我同意，就肚皮朝下，爬进窝棚，在那儿摸索着，这时候整个窝棚就开始像树叶似的战栗起来，随后他爬回来，把我的白酒放在我面前,另外还放了个土碗。碗里有几个烧硬的鸡蛋、几块荤油黑麦饼和几块黑面包,另外还有点别的东西……我们用一只弯腿的、站不稳的杯子喝酒,然后吃起那些东西来……盐粒很大,而且是灰色的,麦饼油腻而肮脏,鸡蛋老得跟橡胶似的,可是另一方面,这些东西吃起来又是多么香!

"你孤苦伶仃,可是你这儿的吃食倒不少呢,"我指着土碗说,"你是从哪儿拿来的?"

"那些娘们儿送来的……"萨夫卡嘟嘟哝哝地说。

"她们为什么给你送这些来呢?"

"不为什么……怜惜我呗……"

不单是萨夫卡的吃食,就连他的衣服也带着女人"怜惜"的痕迹。例如这天傍晚,我发现他腰上系着一条新的绒线带,他肮脏的脖子上套着一根猩红色丝带,丝带上挂着一个小小的铜十字架。我知道女性对萨夫卡的钟爱,也知道他不乐意谈女人,所以我没有继续问下去。况且也没有时间谈话……库特卡本来在我们跟前转来转去,着急地等我们丢给它食物,这时候忽然竖起耳朵,汪汪地叫起来。远处响起了断断续续的溅水声。

"有人蹚着水来了……"萨夫卡说。

过了三分钟光景,库特卡又汪汪地叫起来,而且发出一种咳嗽似的声音。

"嘘!"主人吆喝它说。

在黑暗中低沉地响起了胆怯的脚步声,从小树林里露出一个女人的身影。尽管天色很黑,我却认出她来,她就是扳道工的妻子阿加菲娅。她胆怯地走到我们跟前,站住,气喘吁吁。她透不过气来，多半不是由于走累了，而可能是由于她心里害怕，再者，她有一种不愉快的感觉，大凡夜间蹚着水过河的人都会有那种感觉的。她看见窝棚旁边不是一个人而是两个人，就轻微地惊叫一声，倒退一步。

"哦，……是你啊！"萨夫卡说，把一块饼塞进自己嘴里。

"我……是我，"她支吾道，手里拿着的一包东西掉在地下，斜起眼睛来瞟我，"雅科夫问您好，吩咐我交给您……喏，这点东西……"

"算了，你干吗撒谎？什么雅科夫不雅科夫的！"萨夫卡笑着说，"用不着撒谎，老爷知道你是干什么来的！你坐下，做我们的客人吧。"

阿加菲娅斜起眼睛瞟我，犹疑不决地坐下。

"我还当是你今天晚上不来了……"萨夫卡经过长久的沉默后说，"你呆坐着干什么？吃嘛！莫非要我给你点白酒喝？"

"你想到哪儿去了！"阿加菲娅说，"你把我当成酒鬼了……"

"你就喝吧……喝了心里热乎一点……喏！"

萨夫卡把那只弯腿的杯子递给阿加菲娅。她就慢慢地把酒喝下去，却没吃下酒的菜，光是长吁了一口气。

"你带东西来了……"萨夫卡解开那个包袱，带着满不在意、开玩笑的口气接着说，"娘们儿总不能不带点东西。啊，馅饼和土豆……他们的日子过得挺不错呢！"他转过脸来对着我，叹口气说，"全村子只有他们家里才有去年冬天留下的土豆！"

在黑地里我看不清阿加菲娅的脸，不过从她肩膀和头部的动作来看,我觉得她的目光一刻也没离开过萨夫卡的脸。我不愿意在这场幽会中做第三者,就决定到别处去溜达一下,于是我站起来。可是这时候,小树林里有一只夜莺突然发出两声女低音般的啼鸣。过了半分钟它又发出一串尖细的颤音,它照这样试了试歌喉后,就开始歌唱。萨夫卡跳起来,听着。

"这就是昨天的那一只!"他说,"你等着!……"

他猛地离开原来的地方,不出声地跑到小树林里去了。

"喂,你去找它干什么?"我对着他的背影喊道,"算了吧!"

萨夫卡摇一下手,意思是说别嚷嚷,然后就消失在黑暗里了。萨夫卡遇到高兴的时候,无论是打猎还是钓鱼,都很擅长,然而就连在这类事情上,他的才能也像他的力气那样白白糟蹋了。他懒得照规矩办事,却把他对猎捕的全部热情用在无益的花招上。比方说,他捉夜莺一定要空手去捉,他捕梭鱼是用鸟枪打,他往往在河边一连呆站几个钟头,用尽全力拿大鱼钩钓小鱼。

剩下来只有我和阿加菲娅两个人了。她噏一下喉咙,好几次举起手掌摩挲她的额头……她喝过酒后,已经有点醉意了。

"你生活得怎样,阿加霞①?"我问她说。已经沉默了很久,再沉默下去就要觉得别扭了。

"谢天谢地,挺好……您可别对外人说,老爷……"她忽然小声补充了一句。

~~~~~~~~~~

① 阿加菲娅的爱称。

"好,你别担心,"我安慰她说,"不过你也真大胆,阿加霞……万一雅科夫知道了呢?"

"他不会知道……"

"哼,这可说不定!"

"不……我会比他先到家。眼下他在铁路线上,要把邮务列车送走才会回来。那班列车什么时候走过,这儿听得见……"

阿加菲娅又把手伸到额头上,往萨夫卡走去的方向看了一阵。那只夜莺在歌唱。一只夜鸟低低地挨着地面飞过去,它一发现我们,就吃一惊,把翅膀扇得呼呼的响,往河对岸飞去。

夜莺不久就不出声了,可是萨夫卡没有回来。阿加菲娅站起身子,不安地迈出几步,又坐下。

"他这是在干什么?"她忍不住说,"那班列车又不是明天才来! 我一会儿就得走了!"

"萨夫卡!"我叫道,"萨夫卡!"

我的叫声甚至没有引起回声。阿加菲娅不安地扭动身子,又站起来。

"我该走了!"她用激动的声调说,"火车马上就要来! 我知道火车什么时候经过!"

可怜的少妇说得不错。还没过一刻钟,就远远地响起了轰隆声。

阿加菲娅久久地凝神望着小树林,着急地活动两只手。

"咦,他到哪儿去了?"她开口说,烦躁地笑着,"魔鬼把他支使到哪儿去了? 我要走了! 真的,我要走了!"

这时候,轰隆声越来越清楚,已经可以听清车轮的滚转声和火车头沉重的喘息声了。后来汽笛鸣叫,火车轰轰响地经过大桥……再过一分钟,一切又归于沉寂。

"我再等一分钟吧……"阿加菲娅叹道,毅然决然地坐下来,"就这样吧,我等着!"

最后萨夫卡总算在黑暗里出现了。他光着脚,不出声地踩着菜园的松软地面,嘴里轻声哼着曲子。

"真倒运,不知怎么搞的!"他快活地笑着说,"喏,我刚刚走到矮树丛跟前,刚刚对准它伸出手去,它就不唱了!嘿,这条脱了毛的狗!我等啊,等啊,等着它再唱,可是后来只好吐口唾沫,算了……"

萨夫卡在阿加菲娅身旁笨拙地一屁股坐下去,为了稳住身子而伸出两条胳膊去搂住她的腰。

"你干吗愁眉苦脸的,倒好像你是你舅母生的?"他问。

萨夫卡尽管心肠软,又厚道,却看不起女人。他对待她们随随便便,态度傲慢,甚至不顾自己的体面,鄙夷地讪笑她们对他本人的感情。上帝才知道,也许这种随随便便的鄙夷态度正是村子里的杜尔西内娅[①]们心目中认为他有强大而不可抗拒的魔力的一个原因吧。他生得漂亮匀称,他的眼睛即使在看他貌视的女人的时候,也总是闪着平静的爱意,然而单凭外貌还不足以说明他的魔力。除了他那招人喜爱的外貌和独特的待人态度以外,萨夫卡既是一个大家公认的失意者,一个不幸从自家的小木房里被放逐到菜园里来的流亡者,那么,必须认为,他扮演的这种动人角色对女人也自有影响。

---

① 西班牙作家塞万提斯的《堂吉诃德》中男主人公的理想的情人。在此借喻"情人"。

"那你对老爷讲一讲你是干什么来的!"萨夫卡仍然搂住阿加菲娅的腰,继续说,"喂,快点说呀! 你这个有夫之妇! 哈哈……那么,我的好妹子阿加霞,咱们再喝点白酒?"

我站起来,往菜畦中间走去,在菜园子里到处转悠。乌黑的菜畦像压扁的大坟堆。那儿散发出掘松的土地的气味,农作物新沾了露水而冒出细腻的潮香……左边那个红色的亮光仍然在闪烁。它亲切地眨眼,似乎在微笑。

我听见快乐的笑声。那是阿加菲娅在笑。

"可是那班列车呢?"我想起来,"那班列车可是早就来了。"

我等了一阵,又走回窝棚。萨夫卡像土耳其人那样盘腿坐着不动,嘴里轻轻地哼着一首歌,声音低得几乎听不见,歌词却很简短,类似"你滚开,去你的……我和你……"阿加菲娅刚喝过酒,又受到萨夫卡轻蔑的爱抚,再加上夜晚的闷热,已经陶醉了。她在他旁边土地上躺着,把脸紧紧贴着他的膝盖。她完全沉湎在她的感情里,一点也没有留意到我走过去。

"阿加霞,要知道那班列车早就来了!"我说。

"你该走了,该走了,"萨夫卡附和我的想法说,摇头,"你躺在这儿干什么? 你这个不要脸的!"

阿加菲娅打了个冷战,把头从他的膝盖那儿移开,看了我一眼,又依偎着他躺下去。

"早就该走了!"我说。

阿加菲娅翻个身,坐起来,屈着一条腿跪在地上……她心里痛苦……我在黑暗中看出她全身有半分钟之久表现出挣扎和动摇。有那么一瞬间,她似乎清醒过来,挺直身子要站起来了,然而这时候却似乎有一种不可战胜和不肯让步的力量在推动她的整个身子,她就又倒下去,依偎着萨夫卡。

"去他的!"她说着,发出一阵来自内心深处的狂笑。在这种笑声里,可以听出不顾一切的果断、软弱、痛苦。

我悄悄往小树林里走去,在那儿走下坡来到河边,我们的钓鱼工具都放在那儿。那条河在安睡。有一朵柔软的双瓣花长在高高的茎上,温柔地摸一下我的脸,就像一个小孩要叫人知道他没睡着似的。我闲着没事做,摸到一根钓丝,把它拉上来。它没有绷紧,松松地垂着,可见什么东西也没有钓到……对岸和村子一概看不见。有所小木房里闪着灯火,可是不久就熄了。我在岸上摸索着走去,找到我白天看好的一块洼地,在那里坐下,就跟坐在安乐椅上似的。我坐了很久……我看见繁星渐渐暗淡,失去原有的光芒,一股凉气像轻微的叹息似的在地面上吹拂过去,抚摸着正在醒来的柳树的叶子……

"阿加菲娅!……"一个低沉的声音在村里响起来,"阿加菲娅!"

这是那个丈夫,他回到家里,心慌意乱,正在村里找他的妻子。这时候菜园里传来了抑制不住的笑声:他的妻子已经忘掉一切,心醉神迷,极力用几个钟头的幸福来抵补明天等着她的苦难。

我睡着了……

等到我醒过来,萨夫卡正在我身旁坐着,轻轻地摇我的肩膀。那条小河、小树林、绿油油的像冲洗过的两岸、树木、田野,都沉浸在明亮的晨光里。太阳刚刚升起,它的光芒穿过细长的树干,直照着我的背脊。

"您就是这样钓鱼啊?"萨夫卡笑着说,"得了,您起来吧!"

我就站起来，舒服地伸了个懒腰，我那苏醒过来的胸脯贪婪地吸着润湿清香的空气。

"阿加霞走了？"我问。

"她就在那儿。"萨夫卡对我指一下河边的浅滩，说。

我凝神细看，瞧见了阿加菲娅。她撩起衣裙，正在渡河，头巾已经从她头上滑下来，头发披散着。她的腿几乎没怎么移动……

"这只猫知道它偷吃了谁的肉！"萨夫卡嘟哝说，眯细眼睛看着她，"她夹着尾巴走路了……这些娘们儿淘气得像猫，胆怯得像兔子……这个傻娘们儿，昨天晚上叫她走，她却不走！现在她可要倒霉了，连带着我也会给拉到乡公所去……又要为这些娘们儿挨一顿打了……"

阿加菲娅已经走到对岸，穿过旷野往村子走去。起初她相当大胆地走着，然而不久，着急和恐惧就占了上风：她战战兢兢地回转身来看一下，站住，歇一歇气。

"这不，她害怕了！"萨夫卡苦笑一下说，瞧着阿加菲娅在带着露水的草地上走过去后留下的碧绿的小径，"她还不想去呢！她的丈夫已经在那儿站了整整一个钟头，等着她……您看见他了吗？"

萨夫卡是笑吟吟地说出最后那句话的，然而我的心口却发凉。雅科夫正在村子尽头一所小木房附近的大道上站着，定睛瞧着他那归来的妻子。他一动也不动，呆呆地立在那儿，像是一根柱子。他眼睛瞧着她，心里在怎样想呢？他会说些什么话来迎接她呢？阿加菲娅站了一会儿，又回过头来看一眼，仿佛期望我们帮忙似的，然后又往前走去。像她那样的步伐，我不论是在醉汉身上还是在清醒的人身上都从来也没见到过。丈夫的眼光似乎弄得阿加菲娅周身不自在。她时而歪歪斜斜地走去,时而在原地踏步,两个膝盖软得往下弯,两只手摊开,时而又往后倒退。她再走一百步光景,又回过头来看一眼,索性坐下了。

"你至少也该躲在灌木丛后面呀……"我对萨夫卡说,"千万不要让她的丈夫看见你才好……"

"他就是没看见我,也还是知道阿加霞从谁那儿回去的……娘们家不会三更半夜到菜园里来摘白菜,这是大家心里都明白的。"

我看一眼萨夫卡的脸。他脸色苍白,露出又厌恶又怜悯的神情,就跟人们看见受折磨的动物一样。

"猫的笑声就是老鼠的眼泪啊……"他叹道。

阿加菲娅忽然跳起来,摇一下头,迈开大胆的步子往她丈夫那边走去。显然,她鼓足力量,下定决心了。

1886 年

歌 女

有一天,那是她还比较年轻漂亮,嗓音也比较清脆的时候,她的捧场人尼古拉·彼得罗维奇·科尔帕科夫坐在她那别墅的楼上房间里。天气闷热不堪。科尔帕科夫刚刚吃过中饭,喝过满满一瓶质量很差的烈性葡萄酒,觉得心绪恶劣,浑身不舒服。两个人都感到烦闷,就等着炎热消退,好出外去散一散步。

突然,出人意料,前堂响起了门铃声。科尔帕科夫本来没穿上衣,趿拉着拖鞋,这时候就跳起来,用疑问的眼光瞧着帕莎。

"大概是邮差,或者,也许是我的女朋友吧。"女歌手说。

不论被帕莎的女朋友还是邮差撞见,科尔帕科夫一概不在乎,不过为了稳妥起见,他还是抱起他的衣服,到隔壁房间去了。帕莎就跑去开门。使她大吃一惊的是,门口站着的并不是邮差,也不是女朋友,却是个素不相识的女人,年轻,美丽,装束上流,从各种迹象来看,也正是个上流女人。

这个陌生的女人面色苍白,费力地呼吸着,仿佛刚爬上一道很高的楼梯似的。

"请问您有什么事?"帕莎问。

太太没有立刻答话。她往前迈出一步,慢腾腾地对房间里扫一眼,坐下来,看样子似乎累了,或者有病,因而站不住了。后来她那苍白的嘴唇努动很久,极力要说出话来。

"我的丈夫在您这儿吗?"她终于问道,抬起哭得眼皮红肿的大眼睛瞧着帕莎。

"什么丈夫?"帕莎小声说,忽然心惊胆战,手脚一齐冰凉了,"什么丈夫?"她又说一遍,开始发抖。

"我的丈夫……尼古拉·彼得罗维奇·科尔帕科夫。"

"没有……没有,太太……我……我根本不认得您的丈夫。"

在沉默中过去了一分钟。陌生女人有好几次用手绢擦苍白的嘴唇,屏住呼吸,为了克制内心的战栗。帕莎站在她面前一动也不动,像是脚下生了根似的,带着困惑和恐惧瞅着她。

"那么您是说他不在这儿?"太太问道,这时候她的声音已经稳定下来,脸上现出古怪的微笑。

"我……我不知道您问的是谁。"

"您卑贱,下流,坏透了……"陌生女人喃喃地说,带着痛恨和憎恶打量帕莎,"对,对……您卑贱。我到底能有机会对您说出这句话,实在高兴得很,高兴得很!"

帕莎感到她给这个身穿黑衣服、眼神气愤、手指头又白又细的太太留下一种卑贱和丑恶的印象,不由得为自己胖胖的红脸蛋、鼻子上的麻斑、额头上的刘海害臊,那绺刘海偏偏无论如何也梳不上去。她觉得要是她长得瘦一点,不涂脂抹粉,不留刘海,那就可以掩盖她那并非上流的身份,她站在这个陌生而神秘的女人面前也就不会这么害怕,这么害臊了。

"我的丈夫在哪儿?"太太接着说,"不过他在不在这儿,我倒也无所谓,可是我得告诉您:盗用公款的事已经败露,人家正在捉拿尼古拉·彼得罗维奇……人家要逮捕他。这都是您干的好事!"

太太站起来,心情极其激动,在房间里走来走去。帕莎呆望着她,吓得没有听懂她的话。

"今天他们就会找到他,逮捕他,"太太说,哭起来,从这种哭声可以听出她的烦恼和激愤,"我知道是谁把他弄到这种可怕地步的!卑贱的坏女人!可恶的、出卖肉体的畜生!"太太憎恶地撇着嘴唇,皱起鼻子,"我是个弱女子……您听着,下贱的女人!……我弱,您比我强,不过总会有人来给我和我的孩子撑腰!上帝全看得见!他是公道的!他会为我流过的每滴眼泪,为我熬过的那些失眠的夜晚惩罚您!这一天终究会来到,您会想起我的话的!"

紧跟着又是沉默。太太在房间里走来走去,绞着手。帕莎仍然大惑不解,呆望着她,不明白她的来意,等她说出什么可怕的话来。

"我,太太,什么也不知道!"她说,忽然哭起来。

"您撒谎!"太太嚷道,恶狠狠对她瞪起眼睛,"我全知道!我早就知道您!我知道最近一个月他天天待在您家里!"

"是的。那又怎么样呢?那有什么稀奇?我有很多客人,可是我并没有硬拉什么人来啊。来不来随各人的便。"

"我跟您说:盗用公款的事败露了!他在衙门里盗用了别人的款子!为您这么一个……为了您,他居然决心去犯罪。您听着,"太太在帕莎面前站住,用坚决的口气说,"您不可能有节操,您活着就只为了做坏事,这就是您的目标,可是谁也想不到您堕落得这么深,连一丁点儿人的感情也没有!他可是有妻子儿女的……要是他受了审,流放在外,我和孩子就会活活饿死……您要明白这一点！不过眼前还有办法挽救他，挽救我们免得受穷和丢脸。要是今天我交上去九百卢布，他们就不会找他的麻烦。只要九百卢布就成！"

"什么九百卢布？"帕莎轻声问道，"我……我不知道……我没拿过……"

"我不是跟您要九百卢布……您没有钱，再者我也不要您的钱。我要的是别的东西……像您这样的人，男人照例会送给您贵重物品的。只要把我丈夫送给您的物品还给我就成！"

"太太，他没有送给我什么东西！"帕莎尖声叫道，开始明白她的来意了。

"那么钱到哪儿去了？他挥霍了他的钱，我的钱，别人的钱……可是这些钱都上哪儿去了？您听我说，我求求您！我刚才冒了火，对您说过许多不中听的话，那么我道歉就是。您一定恨我，这我知道，不过要是您还能怜悯人的话，那就替我设身处地想一想！我求求您，把那些物品还给我！"

"哼……"帕莎说，耸一耸肩膀，"我倒乐于奉还，可是，我说了假话就叫上帝惩罚我，他什么东西也没送给我。请您相信我的良心话。不过，您说得也对，"女歌手慌张地说，"有一次他送过我两件小东西。好吧，如果您要的话，我就退还……"

帕莎拉开梳妆台的一个抽屉，从里面取出一个包金的镯子和一个镶红宝石的细戒指。

"收下吧！"她把那两件东西交给客人说。

太太猛然涨红了脸。她的脸颤抖起来。她觉得受了侮辱。

"您给我什么东西?"她说,"我又不是来乞讨的,我是来要那些不该归您有的东西……那些您利用您的地位逼着我丈夫……这个软弱而不幸的人……买给您的东西……星期四那天,我看见您和我的丈夫在码头上,那时候您戴着贵重的胸针和镯子。所以您用不着在我面前装成没事人似的! 我最后一次问您:那些东西您给不给我?"

"天呐,您这个人可真奇怪……"帕莎说,开始生气了,"我对您保证:我从您的尼古拉·彼得罗维奇那儿,除了这个镯子和戒指以外,什么也没拿到过。他只给我带来些甜馅饼。"

"甜馅饼……"陌生女人冷笑道,"在家里,孩子们什么吃的也没有,这儿却有甜馅饼。您坚决不肯退还那些东西吗?"

太太没有得到回答,就坐下来,望着空中发呆,想心事。

"现在可怎么办?"她说,"要是我交不出九百卢布,那么不但他完了,我和孩子们也完了。我到底该把这个下贱的女人打死呢,还是对她下跪?"

太太把手绢蒙住脸,大哭起来。

"我求求您!"她一面大哭,一面数说,"要知道,是您害得我丈夫破了产,把他断送了,您就救救他吧……您不顾念他,可是孩子……孩子……孩子有什么过错呢?"

帕莎想象那些小孩站在街上,饿得直哭,她自己就也哭了。

"可是我能有什么办法呢,太太?"她说,"您说我是下贱的女人,我害得尼古拉·彼得罗维奇破了产,可是我,要像在真正的上帝面前一样……向您保证:我一点也没沾过他的光……我们这个班子里只有莫佳才有阔绰的姘夫,我们这些人,却只能勉强过日子。尼古拉·彼得罗维奇是个受过教育的、文雅的先生,所以我才接待他。我们不能不接待客人。"

"我要东西!把东西给我!我在哭……我在低声下气……好吧,我下跪就是!只要您乐意就行!"

帕莎吓得叫起来,挥舞两只手。她感到这个苍白而美丽的太太像在舞台上似的表演得那么高尚,而且真的会纯粹出于骄傲,出于高尚而在她面前跪下,为的是抬高自己而贬低歌女。

"好,我把东西拿给您!"帕莎说,擦着眼泪,开始手忙脚乱,"遵命。不过这些东西都不是尼古拉·彼得罗维奇的……我是从别的客人手里拿到的。就按您的意思办……"

帕莎拉开五斗橱的最上面一个抽屉,从中取出一个钻石胸针、一串珊瑚、几个戒指、一个镯子,把它们统统交给那个女人。

"要是您乐意,就都拿去,只是我没有从您丈夫那儿得到过任何好处。您拿去,您发财吧!"帕莎继续说,下跪的威胁使她感到受了侮辱,"如果您是高贵的女人……他的合法的妻子,您就该叫他守在您身边。就是嘛!又不是我叫他来的,是他自己来的……"

太太泪眼模糊地瞧了瞧拿给她的东西,说:

"东西还没有全拿出来……这点东西连五百卢布也不值。"

帕莎就急急忙忙从五斗橱里又扔出一个金表、一个烟盒、一副袖扣,摊开两只手说:

"我一点东西也没剩下了……自管搜吧!"

客人叹了口气,伸出发抖的手把那些东西包在手绢里,一句话也没说，甚至也没点一下头，就走出去了。

隔壁房间的门开了，科尔帕科夫走进屋来。他脸色苍白，一个劲儿摇头，仿佛刚刚吃了一种很苦的东西似的。他的眼睛里闪着泪光。

"您送过我什么东西？"帕莎朝着他发脾气说，"请问什么时候送过？"

"东西……东西不东西都是小事！"科尔帕科夫说，摇一下头，"我的上帝啊！她在你面前哭，低三下四……"

"我问您：您送过我什么东西？"帕莎嚷道。

"我的上帝啊，她上流，骄傲，纯洁……居然打算……对这个娼妇下跪！是我把她逼到这一步的！是我闹出来的！"

他抱住头，哀叫道：

"不，我为这件事永远也不能原谅我自己！永远也不能原谅！你躲开我……贱货！"他厌恶地叫一声，从帕莎面前往后退，用发抖的手推开她，"她刚才打算下跪，而且是……向谁下跪呀？向你！啊，我的上帝！"

他很快地穿上衣服，厌弃地推开帕莎，走到门口，出去了。

帕莎躺下来，开始放声痛哭。她已经舍不得一时赌气拿出去的那许多东西，她感到委屈。她想起三年前有个商人无缘无故地把她打一顿，就哭得越发响了。

1886 年

万　卡

　　九岁的男孩万卡·茹科夫三个月前被送到靴匠阿利亚兴的铺子里来做学徒。在圣诞节的前夜,他没有上床睡觉。他等到老板夫妇和师傅们出外去做晨祷后,从老板的立柜里取出一小瓶墨水和一支安着锈笔尖的钢笔,然后在自己面前铺平一张揉皱的白纸,写起来。他在写下第一个字以前,好几次战战兢兢地回过头去看一下门口和窗子,斜起眼睛瞟一眼乌黑的圣像和那两旁摆满鞋楦头的架子,断断续续地叹气。那张纸铺在一条长凳上,他自己在长凳前面跪着。

　　"亲爱的爷爷,康斯坦丁·马卡雷奇!"他写道,"我在给你写信。祝您圣诞节好,求上帝保佑你万事如意。我没爹没娘,只剩下你一个亲人了。"

　　万卡抬起眼睛看着乌黑的窗子,窗上映着他的蜡烛的影子。他生动地想起他的祖父康斯坦丁·马卡雷奇,地主席瓦列夫家的守夜人的模样。那是个矮小精瘦而又异常矫健灵活的小老头,年纪约莫六十五岁,老是笑容满面,眨着醉眼。白天他在仆人的厨房里睡觉,或者跟厨娘们取笑,到夜里就穿上肥大的羊皮袄,在庄园四周走来走去,不住地敲梆子。他身后跟着两条狗,耷拉着脑袋,一条是老母狗卡什坦卡,一条是泥鳅,它得了这样的外号,是因为它的毛是黑的,而且身子细长,像是黄鼠狼。这条泥鳅倒是异常恭顺亲热的,不论见着自家人还是见着外人,一概用脉脉含情的目光瞧着,然而它是靠不住的。在它的恭顺温和的后面,隐藏着极其狡狯的险恶用心。任凭哪条狗也不如它那么善于抓住机会,悄悄溜到人的身旁,在腿肚子上咬一口,或者钻进冷藏室里去,或者偷农民的鸡吃。它的后腿已经不止一次被人打断,有两次人家索性把它吊起来,而且每个星期都把它打得半死,不过它老是养好伤,又活下来了。

眼下他祖父一定在大门口站着,眯细眼睛看乡村教堂的通红的窗子,顿着穿高统毡靴的脚,跟仆人们开玩笑。他的梆子挂在腰带上。他冻得不时拍手,缩起脖子,一会儿在女仆身上捏一把,一会儿在厨娘身上拧一下,发出苍老的笑声。

"咱们来吸点鼻烟,好不好?"他说着,把他的鼻烟盒送到那些女人跟前。

女人们闻了点鼻烟,不住打喷嚏。祖父乐得什么似的,发出一连串快活的笑声,嚷道:

"快擦掉,要不然,就冻在鼻子上了!"

他还给狗闻鼻烟。卡什坦卡打喷嚏,皱了皱鼻子,委委屈屈,走到一旁去了。泥鳅为了表示恭顺而没打喷嚏,光是摇尾巴。天气好极了。空气纹丝不动,清澈而新鲜。夜色黑暗,可是整个村子以及村里的白房顶,烟囱里冒出来的一缕缕烟子,披着重霜而变成银白色的树木、雪堆,都能看清楚。繁星布满了整个天空,快活地眨着眼。天河那么清楚地显出来,就好像有人在过节以前用雪把它擦洗过似的……

万卡叹口气,用钢笔蘸一下墨水,继续写道:

"昨天我挨了一顿打。老板揪着我的头发,把我拉到院子里,拿师傅干活用的皮条狠狠地抽我,怪我摇他们摇篮里的小娃娃,一不小心睡着了。上个星期老板娘叫我收拾一条青鱼,我从尾巴上动手收拾,她就抓过那条青鱼,把鱼头直戳到我脸上来。师傅们总是要笑我,打发我到小酒店里去打酒,怂恿我偷老板的黄瓜,老板随手捞到什么就用什么打我。吃食是什么也没有。早晨吃面包,午饭喝稀粥,晚上又是面包,至于茶啦,白菜汤啦,只有老板和老板娘才大喝特喝。他们叫我睡在过道里,他们的小娃娃一哭,我就根本不能睡觉,一股劲儿摇摇篮。亲爱的爷爷,发发上帝那样的慈悲,带着我离开这儿,回家去,回到村子里去吧,我再也熬不下去了……我给你叩头了,我会永远为你祷告上帝,带我离开这儿吧,不然我就要死了……"

万卡嘴角撇下来,举起黑拳头揉一揉眼睛,抽抽搭搭地哭了。

"我会给你搓碎烟叶,"他接着写道,"为你祷告上帝,要是我做了错事,就自管抽我,像抽西多尔的山羊那样。要是你认为我没活儿干,那我就去求总管看在基督面上让我给他擦皮靴,或者替菲德卡去做牧童。亲爱的爷爷,我再也熬不下去,简直只有死路一条了。我本想跑回村子,可又没有皮靴,我怕冷。等我长大了,我报这个恩,养活你,不许人家欺侮你,等你死了,我就祷告,求上帝让你的灵魂安息,就跟为我妈佩拉格娅祷告一样。

"莫斯科是个大城。房屋全是老爷们的。马倒是有很多,羊却没有,狗也不凶。这儿的孩子不举着星星走来走去①,唱诗班也不准人随便参加唱歌。有一回我在一家铺子

<hr>

① 指基督教的习俗:圣诞节前夜小孩们举着用箔纸糊的星星走来走去。

的橱窗里看见些钓钩摆着卖,都安好了钓丝,能钓各式各样的鱼,很不错,有一个钓钩甚至经得起一普特重的大鲶鱼呢。我还看见几家铺子卖各式各样的枪,跟老爷的枪差不多,每支枪恐怕要卖一百卢布……肉铺里有野乌鸡,有松鸡,有兔子,可是这些东西是在哪儿打来的,铺子里的伙计却不肯说。

"亲爱的爷爷,等到老爷家里摆着圣诞树,上面挂着礼物,你就给我摘下一个用金纸包着的核桃,收在那口小绿箱子里。你问奥莉加·伊格纳季耶夫娜小姐要吧,就说是给万卡的。"

万卡声音发颤地叹一口气,又凝神瞧着窗子。他回想祖父总是到树林里去给老爷家砍圣诞树,带着孙子一路去。那种时候可真快活啊!祖父咔咔地咳嗽,严寒把树木冻得咔咔地响,万卡就学他们的样子也咔咔地叫。往往在砍树以前,祖父先吸完一袋烟,闻很久的鼻烟,讪笑冻僵的万卡……那些做圣诞树用的小云杉披着白霜,站在那儿不动,等着看它们谁先死掉。冷不防,不知从哪儿来了一只野兔,在雪堆上像箭似的窜过去。祖父忍不住叫道:

"抓住它,抓住它……抓住它! 嘿,短尾巴鬼!"

祖父把砍倒的云杉拖回老爷的家里,大家就动手装点它……忙得最起劲的是万卡喜爱的奥莉加·伊格纳季耶夫娜小姐。当初万卡的母亲佩拉格娅还活着,在老爷家里做女仆的时候,奥莉加·伊格纳季耶夫娜就常给万卡糖果吃,闲着没事做便教他念书,写字,从一数到一百,甚至教他跳卡德里尔舞。可是等到佩拉格娅一死,孤儿万卡就给送到仆人的厨房去跟祖父住在一起,后来又从厨房给送到莫斯科的靴匠阿利亚兴的铺子里来了……

"你来吧,亲爱的爷爷,"万卡接着写道,"我求你看在基督和上帝面上带我离开这儿吧。你可怜我这个不幸的孤儿吧,这儿人人都打我,我饿得要命,气闷得没法说,老是哭。前几天老板用鞋楦头打我,把我打得昏倒在地,好不容易才活过来。我的生活苦透了,比狗都不如……替我问候阿廖娜、独眼的叶戈尔卡、马车夫,我的手风琴不要送给外人。孙伊万·茹科夫草上。亲爱的爷爷,你来吧。"

万卡把这张写好的纸叠成四折,把它放在昨天晚上花一个戈比买来的信封里……他略为想一想,用钢笔蘸一下墨水,写下地址:

寄交乡下祖父收

然后他搔一下头皮,再想一想,添了几个字:

康斯坦丁·马卡雷奇

他写完信而没有人来打扰,心里感到满意,就戴上帽子,顾不上披皮袄,只穿着衬衫就跑到街上去了……

昨天晚上他问过肉铺的伙计,伙计告诉他说,信件丢进邮筒以后,就由醉醺醺的车夫驾着邮车,把信从邮筒里收走,响起铃铛,分送到世界各地去。万卡跑到就近的一个邮筒,把那封宝贵的信塞进了筒口……

他抱着美好的希望而定下心来,过了一个钟头,就睡熟了……在梦中他看见一个炉灶。祖父坐在炉台上,奔拉着一双光脚,给厨娘们念信……泥鳅在炉灶旁边走来走去,摇尾巴……

1886 年

吻

五月二十日傍晚八点钟，某炮兵后备旅的所有六个连，到露营地去的途中，在梅斯捷奇金村停下来过夜。他们那儿乱哄哄，有的军官在大炮四周忙碌，有的军官会合在教堂围墙附近的广场上听设营官讲话，这时候忽然从教堂后边闪出一个穿便服的男子，骑着一头奇怪的马。那头浅黄色的小马生着好看的脖子和短短的尾巴，一步步走过来，然而不是照直地走，却像是斜着溜过来，踩着一种细碎的舞步，仿佛有人用鞭子抽它的腿似的。骑马的人走到军官们面前，抬了抬帽子说：

"本地的地主，陆军中将冯·拉别克大人请诸位军官先生马上赏光到家里去喝茶……"

马低下头，踩着舞步，斜着身子往后退去。骑马的人又抬了抬帽子，一刹那间跟他那头奇怪的马隐到教堂后面，不见了。

"鬼才知道这是怎么回事！"有几个军官嘟哝道，他们正在走散，要回到自己的住处去，"大家都想睡觉了，这位冯·拉别克却要请人喝什么茶！什么叫做喝茶，我们心里可有数！"

所有六个连的军官们都清楚地记得去年的一件事：在阅兵期间，他们跟一个哥萨克团的军官们，也像这样受到一位伯爵地主，一位退伍军人的邀请去喝茶；那位好客、殷勤的伯爵款待他们，请他们吃饱、喝足之后，不肯放他们回到村里的住处去，却把他们留在自己家里过夜。所有这些当然都很好，简直没法希望更好的了，然而糟糕的是那位退伍军人有这些年轻人做伴，高兴得过了头。他对军官们讲他光辉的过去的业绩，领他们走遍各处房间，给他们看名贵的画片、古老的版画、珍奇的武器，给他们念大人物的亲笔信，一直忙到太阳东升。那些疲乏厌倦的军官看着，听着，一心想睡觉，小心地对着袖口打呵欠。临了，主人总算放他们走了，可是要睡觉已经太迟了。

也许这个冯·拉别克就是这种人吧？是也好，不是也好，反正也没办法了。军官们换上整齐的军服，把周身收拾干净，成群结伙地去找那个地主的家。在教堂附近的广场上，他们打听出来要到那位先生的家可以沿着下面的路走——从教堂后面下坡到河边，沿着河岸走到一个花园，顺一条林荫路走到那所房子；或者走上面的路也成——从教堂照直顺着大路走，在离村子不到半俄里①的地方就到了地主的谷仓。军官们决定走上面的路。

"这个冯·拉别克是什么人？"他们一面走一面闲谈，"就是从前在普列夫纳统率 H 骑兵师的将领吧？"

"不，那人不叫冯·拉别克，单叫拉别克，没有冯。"

"多好的天气啊！"

大路在第一个谷仓那儿分成两股：一股照直往前去，消失在晦暗的暮色里。另一股往右去，通到主人的房子。军官们

———————
① 1 俄里等于 1.06 公里。

往右拐弯,讲话声音开始放低……路的两边排列着红房顶的石砌谷仓,笨重而森严,很像县城里的营房。前面,主人宅子的窗子里灯光明亮。

"好兆头,诸位先生!"有一个军官说,"我们的猎狗跑到大家前头去了;这是说,他闻出我们前头有猎物了!……"

中尉洛贝特科走在众人前面,他生得又高又结实,可是没长唇髭(他已经过二十五岁了,可是不知什么缘故,他那保养得很好的圆脸上却连一根胡子也没有),善于远远地辨出前面有女人,因此在这个旅里以这种嗅觉出名。他扭转身来说:

"对了,这儿一定有女人。我凭本能就觉出来了。"

冯·拉别拉克本人在正屋门口迎接军官们,他是一位仪表优雅、年纪大约六十岁的老人,穿着便服。他跟客人们握手,说他见到他们很高兴,很幸福,可是诚恳地请求军官先生们看在上帝的分上原谅他不留他们过夜。有两个带着孩子一起来的姐妹、几个弟兄、几个邻居来看望他,弄得他一个空房间也没有了。

将军跟每个人握手、道歉、微笑,可是凭他的脸色看得出他决不像去年那位伯爵那么高兴接待这些客人,他之所以邀请这些军官,只是因为他觉得这是一种必要的礼节罢了。军官们自己呢,走上铺着柔软的毡毯的楼梯,一面听他讲话,一面觉得他们之所以受到邀请,也只是因为不好意思不请他们罢了。他们看见听差们匆匆忙忙点亮楼下门道里和楼上前厅里的灯,觉得他们好像随身把不安和不便带进了这个宅子。既然已经有两个带着子女的姊妹、弟兄、邻人大概由于家庭的喜事或者变故而聚会在这所房子里,那么十九个素不相识的军官的光临会受到欢迎吗?

到了楼上,在大厅门口,军官们遇到一位身材高大、匀称的老太太,长脸上生着黑眉毛,很像厄热尼皇后①。她殷勤而庄严地微笑着,说她看到客人很高兴,很幸福,道歉说她丈夫和她这回不能够邀请军官先生们在这里过夜。每逢她从客人面前扭转身去办点什么事,她那美丽、庄严的笑容立刻就消失了,那么,事情很清楚:她这一辈子见过很多军官,现在她对他们不感兴趣,即使她邀他们到家里来,而且表示歉意,那也只是因为她的教养和社会地位要求她这样做罢了。

军官们走进一个大饭厅,那儿已经有十来个人,男男女女,老老少少,坐在长桌的一边喝茶。在他们的椅子背后可以隐约看见一群男人笼罩在雪茄烟的轻飘的云雾里,他们当中站着一个瘦长的青年,正在谈论什么,他留着红色的络腮胡子,讲英国话,声音响亮,可是咬字不清。这群人的背后有一扇门,从门口望出去可以看见一个明亮的房间,摆着淡蓝色的家具。

"诸位先生,你们人数这么多,简直没法跟你们介绍了!"将军大声说,极力说得很快活,"自己介绍吧。诸位先生,不要客气!"

军官们有的带着很严肃甚至很严厉的脸相,有的现出勉强的笑容,大家都觉得很别扭,就好歹鞠一个躬,坐下来喝茶。

其中觉得最别扭的是里亚博维奇上尉。他是一个戴眼镜的军官,身材矮小,背有点伛偻,生着山猫样的络腮胡子。他的同伴们有的做出严肃的神情,有的露出勉强的笑容,他那山猫样的络腮胡子和眼镜却好像在说:"我是全旅当中顶腼腆、

① 厄热尼皇后(1826—1920),拿破仑三世的妻子。

77

顶谦卑、顶没光彩的军官!"起初他刚走进饭厅以及后来坐下喝茶的时候,无论如何也不能够把注意力集中在一张脸或者一个东西上。那些脸、衣服、盛着白兰地的玻璃长颈酒瓶、杯子里冒出来的热气、有着雕塑装饰的檐板,这一切合成一个总的强大印象,在里亚博维奇心里引起不安,使他一心想把脑袋藏起来。他像第一回当众表演的朗诵者一样,虽然瞧见他眼前的一切东西,可是对看到的东西却不十分理解,按照生理学家的说法,这种虽然看见然而不理解的情况叫做"意盲"。过了一会儿,里亚博维奇渐渐习惯新环境,眼睛亮了,就开始观察。他既是一个不善于交际的、腼腆的人,那么首先引起他注意的就是他自己最不行的事情,也就是他那些新相识的特别大胆。冯·拉别克,他的妻子,两位上了岁数的太太,一位穿淡紫色连衣裙的小姐,一个留着红色络腮胡子的青年(冯·拉别克的小儿子),仿佛事先排演过似的,很灵敏地夹在军官们当中坐好,立刻热烈地争论起来,弄得客人不能不插嘴。那位穿淡紫色衣服的小姐热烈地证明,做炮兵比做骑兵或者步兵轻松得多,冯·拉别克和上了岁数的太太们的看法则相反。紧跟着,大家七嘴八舌地谈起来。里亚博维奇瞧着淡紫色小姐十分激烈地争辩她所不熟悉的,完全不感兴趣的事情,看着她脸上时而现出不诚恳的笑容,时而把笑容又收敛起来。

冯·拉别克和他的家人巧妙地把军官们引进争论中来,同时一刻也不放松地盯紧他们的杯子和嘴,注意他们是不是都在喝茶,是不是茶里都放了糖,为什么有人不吃饼干或者不喝白兰地。里亚博维奇看得越久,听得越久,他就越喜欢这个不诚恳的可是受过很好训练的家庭。

喝完茶以后,军官们走进客厅。洛贝特科中尉的本能没有欺骗他,客厅里果然有许多小姐和年轻女人。"猎狗"中尉不久就站在一个穿黑色连衣裙的、年纪很轻的金发女郎身旁,神气十足地弯下腰来,仿佛倚着一把肉眼看不见的军刀似的,微微笑着,风流地耸动肩膀。他大概在讲些很有趣味的荒唐话,因为金发女郎带着鄙夷的神情瞧着他那保养得很好的脸,淡漠地问一句:"真的吗?"猎狗倘若乖巧一点,从这不关痛痒的"真的吗",应该可以推断出她未必喜欢这样的猎狗!

钢琴响了;忧郁的华尔兹舞曲从大厅里飘出敞开的窗口,不知什么缘故大家都想起来窗外现在是春天,五月的黄昏,人人都觉出空中有玫瑰、紫丁香、白杨的嫩叶的香气。里亚博维奇在音乐的影响下,喝下的那点白兰地正在起作用。他斜眼看着窗口,微微地笑,开始注意女人们的动作。他觉得玫瑰、白杨、紫丁香的气息好像不是从花园里飘来,而是从女人的脸上和衣服上冒出来的。

冯·拉别克的儿子请一位瘦弱的姑娘跳舞,跟她跳了两圈。洛贝特科在镶木地板上滑过去,飞到淡紫色小姐面前,带着她在大厅里翩翩起舞。跳舞开始了……里亚博维奇站在门旁,夹在不跳舞的人们当中,旁观着。他这一辈子从没跳过一回舞,他的胳臂也从没搂过一回上流女人的腰。一个男人当着大家的面搂着一个不认得的姑娘的腰,让那姑娘把手放在自己的肩头,里亚博维奇看了总是很喜欢,可是他无论如何也不能想象自己会成为那样的男人。有些时候他嫉妒同伴们胆大、灵巧,心里很难过;他一想到自己胆小,背有点伛偻,没有光彩,腰细长,络腮胡子像山猫,就深深地痛心,可是年深日久,他也就习惯了,现在他瞧着同伴们跳舞,大声说话,不再嫉妒,光是觉得感伤罢了。

等到卡德里尔舞开始，小冯·拉别克就走到没跳舞的人们跟前，请两位军官去打台球。军官们答应了，跟他一块儿走出客厅。里亚博维奇没事可做，心想参加大家的活动，就慢腾腾地跟着他们走去。他们从大厅里出来，走进客厅，然后走过一个玻璃顶棚的窄过道，走进一个房间。他们一进去，就有三个带着睡意的听差从沙发上很快地跳起来。小冯·拉别克和军官们穿过一长串房间，最后走进一个不大的房间，那里有一张台球桌子。他们就开始打台球。

里亚博维奇除了打纸牌以外从没玩过别的东西，他站在台球桌旁边，冷淡地瞧着打台球的人，他们呢，解开上衣扣子，手里拿着球杆走来走去，说俏皮话，不断地嚷出一些叫人听不懂的词。打台球的人没注意他，只是偶尔有谁的胳臂肘碰着他，或者一不小心，球杆的一头戳着他，才扭转身来说一声：“对不起！”第一盘还没打完，他就厌倦，开始觉得他待在这儿是多余的，而且碍人家的事了……他想回到大厅里，就走出去了。

在回去的路上，他遇到一桩小小的奇事。他走到半路上，发现自己走错了地方。他清楚地记得在路上应当遇见三个带睡意的听差，可是他穿过五六个房间，那几个带着睡意的人好像钻到地底下去了。他发觉自己走错了，就扭转身退回一小段路，往右转弯，走进了他到台球房间去的时候没见过的一个昏暗的房间。他在那儿站了一会儿，犹豫不决地打开一扇他的眼睛偶然看见的门，走进一个漆黑的房间。他看见前面，正对面有一道门缝，从那道缝里射进一条明亮的光。门外面传来隐隐约约的、忧郁的玛祖卡舞曲的声音。这儿也跟大厅里一样，窗子敞开，有白杨、紫丁香和玫瑰的气味……

里亚博维奇迟疑地站住……这当儿,他出乎意外地听见匆匆的脚步声、连衣裙的沙沙声、喘吁吁的女人低语声:"到底来了!"有两条柔软的、香喷喷的、准定是女人的胳膊搂住他的脖子,温暖的脸颊贴到他的脸颊上来,同时发出了亲吻的声音。可是那个亲吻的人立刻轻轻地惊叫了一声,抽身躲开他,而且里亚博维奇觉得她是带着憎恶躲开的。他也差点儿叫起来,就向门边的亮光跑过去……

他回到大厅里,心怦怦地跳,手抖得厉害,他连忙把手藏到背后去。起初他羞得不得了,生怕满大厅的人知道他刚刚被一个女人搂抱过,吻过。他畏畏缩缩,不安地往四下里看,可是等到他相信大厅里的人们跟先前一样平静地跳舞、闲谈,他就完全让一种生平从没经历过的新感觉抓住了。他起了一种古怪的变化……他的脖子刚才给柔软芳香的胳膊搂过,觉得好像抹了一层油似的。他左脸上靠近唇髭、经那个素不相识的人吻过的地方,有一种舒服的、凉酥酥的感觉,仿佛擦了一点薄荷水似的。他越是擦那地方,凉酥酥的感觉就越是厉害。他周身上下,从头到脚充满一种古怪的新感觉,那感觉越来越强烈……他情不自禁地想跳舞、谈话、跑进花园、大声地笑……他完全忘了他的背有点伛偻,他没有光彩,他有山猫样的络腮胡子,而且"貌不惊人"(这是有一回他偶然听到几个女人在谈到他相貌时候所用的形容词)。正巧冯·拉别克的妻子走过他面前,他就对她亲切而欢畅地笑一笑,笑得她站住了,探问地瞧着他。

"我非常喜欢您这所房子!……"他说,把眼镜端一端正。

将军的妻子微笑着,说是这房子原是她父亲的。后来她问起他的父母是否还在世,他在军队里待得是不是很久,为什么他这么瘦,等等……她的问题得到答复后,她便往前走去。他跟她谈过话以后,他的笑容比先前越发亲切,他觉得他的四周尽是些好人……

进晚餐的时候,里亚博维奇漫不经心地吃完给他端来的一切菜,自管喝酒,什么话也没听进去,极力要弄明白他方才遇到的究竟是怎么一回事。这件奇事具有神秘的、浪漫的性质,可是要解释却也不难。一定是有个姑娘或者太太跟别人约定在那个黑房间里相会。她等了很久,又烦躁又兴奋,竟把里亚博维奇当做她的情人了,尤其因为里亚博维奇走过那个黑房间的时候迟迟疑疑地站住,仿佛也在等什么人似的,那么这就更近情理了……里亚博维奇就照这样解释他何以会受到那样的一吻。

"不过她是谁呢?"他瞧了瞧四周女人的脸想道,"她一定年轻,因为老太太是不会去幽会的。而且她是个受过教育的女人,这只要凭她衣服的沙沙声、她的香气、她的声调,就可以揣摩出来……"

他的眼光停在淡紫色小姐的身上,他很喜欢她。她有美丽的肩膀和胳膊、聪明的脸、好听的声音。里亚博维奇瞧着她,希望那个不相识的女人就是她,而不是别人……可是她笑起来不怎么真诚,而且皱起她的长鼻子,这就使他觉得她显老了。然后他掉过眼睛去瞧那个穿黑色连衣裙的金发女郎。她年轻些,朴素些,真诚些,两鬓秀气,端起酒杯喝酒的样子很潇洒。现在里亚博维奇希望那个女人是她了。可是不久他又觉得她的脸平平常常,就掉过眼睛去瞧他身旁的那个女人……

"这是很难猜的,"他暗想,沉思着,"如若只要淡紫色小姐的肩膀和胳膊,再配上金发女郎的两鬓和洛贝特科左边坐着的那位姑娘的眼睛,那么……"

他暗自把这些东西搭配起来,就此凑成了吻过他的那个姑娘的模样。他希望她有那样的模样,可是在饭桌上又找不到。

晚餐以后,军官们酒足饭饱,精神抖擞,开始告辞和道谢。冯·拉别克和他的妻子又开始道歉,说是可惜不能留他们过夜。

"诸位先生,跟你们见面很高兴,很高兴!"将军说,这一回倒是诚恳的(大概因为人们在送走客人的时候总比在迎接客人的时候诚恳得多,也和蔼得多),"很高兴!希望你们回来路过的时候再光临!别客气!你们怎样走?你们要走上面的路吗?不,穿过花园走吧,下面那条路要近一点。"

军官们走出去,到了花园里。从充满亮光和闹声的地方走出来,花园里显得十分黑暗而宁静。他们沉默地一路走到花园门口。他们都有点醉意,兴致很好,心满意足,可是黑暗和静寂使他们沉思了一会儿。大概他们每个人都有着一种跟里亚博维奇相同的感触:将来是不是有一天他们也会像冯·拉别克一样有一所大房子、一个家庭、一个花园,即使本心并不诚恳,也能欢迎人们来,请他们吃得酒醉饭饱,使他们心满意足呢?

他们一走出花园门外,就开始争着讲话,无缘无故地大笑。他们现在顺小路走着,那条小路通到下面河边,然后沿着河岸向前伸展,绕过岸上的矮树丛、沟道、枝条垂在水面上的柳树。河岸和小路都看不大清,对岸完全沉没在一片漆黑中。

黑色的水面上这儿那儿映着星星,它们颤抖着,破碎了,只凭这一点才能推断河水流得很急。空中没有一丝风。河对岸有些带着睡意的麻鹬在悲凉地鸣叫,在这边岸上一个矮树丛里有一只夜莺一点也不理会这群军官,仍然在放声歌唱。军官们在矮树丛四周站了一会儿,拿手指头碰一碰它,可是夜莺仍旧唱下去。

"这家伙可真了不得!"他们赞许地叫道,"我们站在它旁边,它却一点也不在乎! 好一个坏蛋!"

在道路的尽头,小路爬上坡去,在教堂的围墙附近跟大路会合了。军官们爬上坡,累了,就在这儿坐下,点上纸烟。河对面现出一块暗红色的光亮。他们反正没事可做,就花了不少工夫推断那是野火呢,还是窗子里的灯亮,还是别的什么东西……里亚博维奇也瞧那亮光,他觉得那一块光在向他微笑,眨眼,仿佛它知道那一吻似的。

里亚博维奇回到驻营地,赶快脱掉衣服,上了床。洛贝特科和美尔兹里亚科夫中尉(一个和气而沉静的人,在他那伙人中被看做很有学问的军官,他一有空儿就老是看《欧洲通报》,这份杂志他随便到哪儿去都随身带着)跟里亚博维奇住在同一所农民的小木房里。洛贝特科脱了衣服,带着还没玩畅的人的神情在房间里走来走去,走了很久,随后打发勤务兵去买啤酒。美尔兹里亚科夫上了床,在枕头旁边放一支蜡烛,专心看那份《欧洲通报》。

"她是谁呢?"里亚博维奇瞧着被烟熏黑的天花板暗想。

他的脖子仍旧好像涂了油似的,嘴角旁边也仍旧带点凉意,仿佛擦了薄荷水一样。淡紫色小姐的肩膀和胳臂,穿黑衣服的金发女郎的两鬓和诚恳的眼睛,柳腰,衣服,胸针,在他的想象中闪动着。他极力注意这些形象,可是它们跳动着,逐渐变得模糊起来,摇曳不定。等到这些影子在每个人一闭上眼睛就会看见的宽阔的黑色背景上完全消失,他就开始听到匆忙的脚步声、衣裙的沙沙声、亲吻的响声,一种没来由的、强烈的欢乐就涌上他的心头……他正在尽情享受这种欢乐,却听见勤务兵回来报告,说是没有啤酒。洛贝特科气得要命,又开始走来走去。

"嘿,是不是蠢货?"他不断地说,先是在里亚博维奇面前站住,后来又在美尔兹里亚科夫面前站住,"连啤酒都买不着,真是个十足的蠢货,笨蛋! 对不对? 嘿,恐怕是个坏蛋吧?"

"在这一带当然买不到啤酒。"美尔兹里亚科夫说,眼睛却没离开《欧洲通报》。

"哦? 您是这样看的吗?"洛贝特科坚持自己的意见,"主啊,我的上帝,哪怕你把我送到月亮上去,我也会马上给您找着啤酒和女人! 好,我马上就去找来……要是我找不着,您骂我是混蛋好了!"

他用很久的工夫穿上衣服,登上大皮靴,然后默默地抽完烟,走出去了。

"拉别克,格拉别克,拉别克,"他嘴里念着,却在前堂里站住了,"我一个人不高兴去,真该死! 里亚博维奇,您肯出去溜达吗? 啊?"

他没听见答话,就走回来,慢腾腾地脱掉衣服,上了床。美尔兹里亚科夫叹口气,收起《欧洲通报》,吹熄蜡烛。

"哼! ……"洛贝特科嘟哝着,在黑暗里点上一支烟。

里亚博维奇拉起被子来蒙上头,蜷起身子,极力想把幻想中那些飘浮不定的影子拼凑起来，合成一个完整的人。可是任凭怎么样也拼凑不成。他不久就睡着了，他的最后一个思想是：不知一个什么人，对他温存了一下，使他喜悦，一件不平常的、荒唐的，可是非常美好快乐的事来到了他的生活里。哪怕在睡乡里，这个思想也没离开过他。

等到他醒来，他脖子上涂油的感觉和唇边薄荷的凉意都没有了，可是欢乐的波浪还是跟昨天一样在他的心中起伏。他痴迷地瞧着给初升的阳光镀上一层金的窗框，听着街上行人走动的声音。贴近窗子，有人在大声讲话。里亚博维奇的连长列别杰兹基刚刚赶到旅里来，由于不习惯低声讲话，正在很响地跟他的司务长讲话。

"还有什么事？"连长嚷道。

"昨天他们换马掌的时候，官长，他们钉伤了'鸽子'的蹄子。医士给涂上黏土和醋。现在他们用缰绳牵着它在边上走。还有，官长，昨天工匠阿尔捷米耶夫喝醉了，中尉下命令把他拴在一个后备炮架的前车上。"

司务长还报告说，卡尔波夫忘了带来喇叭上用的新绳和支帐篷用的木桩，还提到各位军官昨天傍晚到冯·拉别克将军家里去做客。话正谈到半中腰，窗口出现了列别杰兹基的生着红头发的脑袋。他眯细近视的眼睛瞧着军官们带着睡意的脸，跟他们打招呼。

"没什么事儿吧？"他问。

"那匹备了鞍子的辕马戴上新套具，把脖子磨肿了。"洛贝特科打着呵欠回答道。

连长叹口气，沉吟一下，大声说：

"我还要到亚历山德拉·叶夫格拉福夫娜那儿去一趟。

我得去看看她。好，再见吧。到傍晚我会追上你们的。"

过了一刻钟，炮兵旅动身上路了。这个旅沿着大道走，经过地主粮仓的时候，里亚博维奇瞧了瞧右边的房子。所有的窗口都下着百叶窗。房子里的人分明都在睡觉。昨天吻过里亚博维奇的那个女人也在睡觉。他极力想象她睡熟的样子。卧室的敞开的窗子，伸进窗口的绿树枝，早晨的新鲜空气，白杨、紫丁香、玫瑰的幽香，一张床，一把椅子，昨天沙沙响、现在放在椅子上的连衣裙，小小的拖鞋，桌上的小表，所有这些，他暗自描摹着，清楚而逼真，可是偏偏那要紧的、关键的东西，她的脸相和梦中的甜蜜的微笑，却从他的幻想里滑出去，就跟水银从手指缝中间漏掉了一样。他骑着马走出半俄里远，回过头来看：黄色的教堂、房子、河、花园，都沉浸在阳光里；那条河很美，两岸绿油油的，水中映着蓝天，河面上这儿那儿闪着银色的阳光。里亚博维奇向梅斯捷奇金村最后看了一眼，心里觉得很难过，好像跟一个很接近、很亲密的东西拆开了似的。

他眼睛前面的路上，只有那些早已熟悉的、没有趣味的画面……左右两旁是未成熟的黑麦和荞麦的田野，有些乌鸦在田野上蹦来蹦去。往前看，只瞧见灰尘和人的后脑勺。往后看，也只瞧见灰尘和人脸……打头的是四个举着佩刀步行前进的人，他们是前卫。后面，紧挨着的是一群歌手，歌手后面是骑马的司号员。前卫和歌咏队，像送葬行列中擎火炬的人一样，常常忘记保持规定的距离，远远地赶到前头去了……里亚博维奇随着第五连的第一门炮走着。他可以看见在他前面走动的所有四个连。在不是军人的人们看来，这个在行进的炮兵旅所形成的那条笨重的长行列好像是个复杂的、叫人不能理解的、杂乱无章的东西，谁也不明白为什么有那么多人围着一尊大炮,为什么那尊炮由那么多套着古怪的挽具的马拉着,仿佛那尊炮真是很可怕、很沉重似的。在里亚博维奇看来,这一切却十分清楚,因此一点也引不起他的兴趣。他老早就知道为什么每个连的前头除了军官以外还要有一个身材魁梧的士官骑在马上,为什么他叫做前导。紧跟在士官背后的是拉前套的马的骑手,随后是走在中间的马的骑手。里亚博维奇知道他们所骑的马,在左边的叫鞍马,在右边的叫副马,这些都很乏味。在那些骑手后面跟着两匹辕马。其中一匹马上坐着一个骑手,背上布满昨天的尘土,右腿上绑着一块粗笨的、样子可笑的小木头。里亚博维奇知道这块木头做什么用,并不觉得可笑。所有的骑手随便地摇动短皮鞭,不时嚷一声。炮本身也不好看。前车上面堆了一袋袋的燕麦,盖着帆布。炮身上挂着茶壶、兵士的行囊、口袋,看上去那尊炮像是一头小小的、不伤人的动物,不知什么缘故被人们和马匹包围着。炮的两旁,有六个兵,都是炮手,背着风走路,挥动着胳膊。在这尊炮后面又是另外的前导、骑手、辕马,这后面又来了一尊炮,跟前面那尊同样难看,不威严。这第二尊炮过去以后,随后来了第三尊、第四尊,靠近第四尊炮有一个军官,等等。这个旅一共有六个连,每个连有四尊炮。这行列有半俄里长;殿后的是一串货车,货车旁边有一头极可爱的牲口,驴子玛加尔,那是一个连长从土耳其带来的,它耷拉着耳朵挺长的脑袋,沉思地迈着步子。

里亚博维奇冷淡地瞧瞧前面和后面,瞧瞧人的后脑勺和脸。换了别的时候,他大概已经迷迷糊糊,要睡着了,可是现在他却完全沉浸在愉快的新体验到的思绪中了。起初在炮兵旅刚刚启程的时候,他想说服自己:那件亲吻的事,如果有趣味,也只因为那是一个小小的、神秘的奇遇罢了,其实那是没什么意思的,把这件事看得认真,至少也是愚蠢的。可是不久他就顾不得这些道理,想入非非了……他一会儿想着自己在冯·拉别克的客厅里,挨着一个姑娘,长得挺像淡紫色小姐和穿黑衣服的金发女郎;一会儿闭上眼睛,看见自己跟另一个完全不认得的姑娘待在一起,那人的脸相很模糊。他暗自跟她谈话,跟她温存,低下头去凑近她的肩头。他想象战争和离别,然后重逢,跟妻子儿女一块儿吃晚饭……

"刹住车!"每回他们下山,这个命令就响起来。

他也嚷着:"刹住车!"可是又生怕这一声喊搅乱他的幻梦,把他带回现实里来……

他们走过一个地主的庄园,里亚博维奇就隔着篱墙向花园里望。他的眼睛遇到一条很长的林荫路,像尺那么直,铺着黄沙土,夹道是新长出来的小桦树……他带着沉浸在幻想里的人的那份热情暗自想着女人的小小的脚在黄沙土上走着,于是突然间,在他的幻想中清清楚楚地出现了吻过他的那个姑娘的模样,正是昨天吃晚饭时候他描摹的那个样子。这个模样就此留在他的脑子里,再也不离开他了。

中午,后面靠近那串货车的地方有人嚷道:

"立正!向左看!军官先生们!"

旅长是一位将军,坐着一辆由一对白马拉着的马车走过来了。他在第二连附近停住,嚷了一些谁也听不懂的话。好几个军官,里亚博维奇也在内,策动马,跑到他面前去。

"啊?怎么样?什么?"将军问,映着他的红眼睛,"有病号吗?"

将军是个瘦小的男子,听到回答,就动着嘴,好像在咀嚼什么。他沉吟一下，对一个军官说：

"你们第三尊炮的炮车辕马的骑手摘掉了护膝，把它挂在炮的前车上了，那混蛋。您得惩罚他。"

他抬起眼睛看看里亚博维奇，接着说：

"我觉得你们那根车带太长了……"

将军又说了几句别的乏味的话，瞧着洛贝特科，微微地笑了。

"今天您看起来很忧愁，洛贝特科中尉，"他说，"您在想念洛普霍娃吧？对不对？诸位先生，他在想念洛普霍娃！"

洛普霍娃是个很胖很高的女人，年纪早已过四十了。将军自己喜欢身材高大的女人，年纪大小倒不论，因此猜想他手下的军官们也有同样的爱好。军官们恭敬地赔着笑脸。将军觉得自己说了句很逗笑很尖刻的话，心里痛快，就扬声大笑，碰了碰他的车夫的后背，行了个军礼。马车往前驶走了……

"我现在所梦想的一切，我现在觉得不能实现的、人们少有的一切，其实是很平常的，"里亚博维奇瞧着将军车子后面的滚滚烟尘，暗自想着，"这种事平常得很，人人都经历过……比方说，那位将军当初就谈过恋爱，现在结了婚，有了子女。瓦赫捷尔大尉，虽然后脑勺很红很丑，没有腰身，可也结了婚，有人爱……萨尔玛诺夫呢，很粗野，简直跟鞑靼人一样，可是他也谈过恋爱，最后结了婚……我跟大家一样，我早晚也会经历到大家经历过的事……"

他想到自己是个平常的人，他的生活也平平常常，不由得很高兴，而且这给了他勇气。他由着性儿大胆描摹她和他自己的幸福，什么东西也不能束缚他的幻想了……

傍晚炮兵旅到达了驻扎地，军官们在帐篷里安歇，里亚博维奇、美尔兹里亚科夫、洛贝特科围着一口箱子坐着吃晚饭。美尔兹里亚科夫不慌不忙地吃着，他一面从容地咀嚼，一面看一本摆在他膝头上的《欧洲通报》。洛贝特科讲个没完，不断地往自己的杯子里斟啤酒。里亚博维奇做了一天的梦，脑筋都乱了，只顾喝酒，什么话也没说。喝过三杯酒，他有点醉了，浑身觉着软绵绵的，就起了一种熬不住的欲望，想把他的新感觉讲给他的同事们听。

"在冯·拉别克家里，我遇到一件怪事……"他开口说，极力在自己的声调里加进满不在乎的、讥诮的口吻，"你们知道，我走进了台球房……"

他开始详详细细地述说那件亲吻的事，过一会儿就沉默了……一会儿的工夫他已经把前后情形都讲完了，这件事只要那么短短的工夫就讲完，他不由得大吃一惊。他本来以为会把这个亲吻的故事一直讲到第二天早晨呢。洛贝特科是个爱说谎的人，因此什么人的话也不相信。他听里亚博维奇讲完，怀疑地瞧着他，冷冷地一笑。美尔兹里亚科夫动了动眉毛，眼睛没离开《欧洲通报》，说：

"上帝才知道这是怎么回事！……这女人一下子就搂住一个男人的脖子，也没叫一声他的名字……她一定是个心理变态的女人。"

"对了，一定是个心理变态的女人……"里亚博维奇同意。

"有一次我也遇见过这一类的事……"洛贝特科说，装出惊骇的眼神，"去年我上科甫诺去……我买了一张二等客车的票……火车上挤得很，没法睡觉。我塞给乘务员半个卢布……他就拿着我的行李，领我到一个单人车室去……我躺下来,盖上毯子……你们知道,那儿挺黑。忽然我觉得有人碰了碰我的肩膀,朝我的脸上吹气。我动一动手,却碰到了不知什么人的胳膊肘。我睁开眼,你们猜怎么着,原来是一个女人!眼睛黑黑的,嘴唇红得好似一条新鲜的鲑鱼,鼻孔热情地呼气,胸脯活像一个软靠枕……"

"对不起,"美尔兹里亚科夫平静地插嘴,"关于胸脯的话,我倒能懂,可是既然那儿挺黑,你怎么看得清嘴唇呢?"

洛贝特科极力圆他的谎,嘲笑美尔兹里亚科夫缺乏想象力。这惹得里亚博维奇讨厌。他离开那口箱子,上了床,赌咒再也不向别人谈起这件事。

露营生活开始了……日子一天天流过去,这一天跟那一天简直差不多。在那些日子,里亚博维奇的感情、思想、举动都像是在谈恋爱。每天早晨他的勤务兵给他送水来洗脸,他用冷水冲头的时候,总想起他的生活里有了一件美好而温暖的事。

到傍晚,他的同事们一谈到爱情和女人,他就走近一点听着,脸上现出一种表情,仿佛兵士在听人述说他参加过的一个战役似的。有些天的傍晚,带几分醉意的尉官们由"猎狗"洛贝特科领头到"城郊"去冶游,每逢里亚博维奇参加这类游乐的时候,他总是很难过,觉得深深的惭愧,暗自求"她"原谅……遇到空闲的当儿,或者失眠的夜晚,他回忆自己的童年、父亲、母亲,总之回想亲人的时候,他一定也会想起梅斯捷奇金村、那头怪马、冯·拉别克、他那长得像厄热尼皇后的妻子、那黑房间、门缝里漏进来的那一线亮光……

八月三十一日,他从露营地回去,然而不是跟整个炮兵旅,而是只跟其中的两个连一块儿走。他一路上梦想着,激动着,好像在回故乡似的。他热烈地盼望着再看见那匹怪马、那个教堂、冯·拉别克那个不诚恳的家庭、那黑房间。常常欺骗情人的那种"内心的声音",不知什么缘故,向他悄悄说,他一定会看见她……他给种种疑问折磨着:他会怎样跟她见面?他跟她谈什么好呢? 她忘了那回的亲吻没有? 他想,就算事情真糟到这种地步,他竟不能再见到她,那么光是重走一遍那个黑房间,回想一下,在他也不失为一种乐趣……

将近傍晚,远远的地平线上出现了那熟悉的教堂和白色的谷仓。里亚博维奇的心怦怦地跳起来……他没听见跟他并排骑着马的军官对他说了些什么,他把一切都丢在脑后,眼巴巴地瞧着在远处发亮的那条河,瞧着那所房子的房顶,瞧着鸽子窝,在夕阳的残辉中鸽子正在那上面飞来飞去。

他们走到教堂那儿,听设营官指定宿营地的时候,他时时刻刻巴望有一个骑马的人会从教堂的围墙后面走出来,请军官们去喝茶,可是……设营官讲完话,军官们下马,溜达到村里去了,那个骑马的人并没有来……

"冯·拉别克马上会从农民那儿听说我们来了,于是派人来请我们。"里亚博维奇想,这时候他走进农舍,不明白为什么一个同事点亮了一支蜡烛,为什么勤务兵忙着烧茶炊……

他心神不定。他躺下去,随后又起来,瞧着窗外,看那骑马的人来了没有。可是骑马的人没来。他就又躺下去,可是过了半个钟头他起来,压不住心里的不安,就走到街上,向教堂走去。靠近教堂围墙的广场上又黑又荒凉……在下坡路那儿有三个兵士默默地排成一行,站在那儿。他们一看见里亚博维奇,就挺起腰板,行军礼。他回礼,开始顺着那条熟悉的小路走下去。

河对面,整个天空一片紫红色:月亮升上来了。有两个农妇大声说话,在菜园里摘白菜叶子。菜园后面有些小木房,颜色发黑……这边岸上的一切跟五月间一样:小路、矮树丛、挂在河面上的垂柳……不过那只勇敢的夜莺的声音却没有了,白杨和嫩草的香气也没有了。

里亚博维奇走到花园,往门里瞧,花园里黑暗而安静……他只看见近边桦树的白树干和一小段林荫路,别的东西全都化成漆黑的一团。里亚博维奇聚精会神地瞧着,听着,可是站了一刻钟工夫,既没听见一点儿声音,也没看见一点亮光,他就慢慢地往回走……

他走下坡,到了河边。将军的浴棚和挂在小桥栏杆上的浴巾,在他前面现出一片白色……他走到小桥上,站了一会儿,完全不必要地摸了摸浴巾,浴巾又粗又凉。他低下头看水……河水流得很快,在浴棚的木桩旁边发出勉强能听见的潺潺声。靠近左岸的河面上映着红月亮。小小的涟漪滚过月亮的映影,把它拉长,扯碎,好像要把它带走似的……

"多么愚蠢,多么愚蠢啊!"里亚博维奇瞧着奔流的水,想着,"这是多么不近情理啊!"

现在他什么也不再盼望了,他这才清清楚楚地了解了那件亲吻的事、他的焦躁、他的模糊的希望和失望。他想到他没有看见将军的使者,想到他永远也不会见到那个原该吻别人却错吻了他的姑娘,不再觉得奇怪了。刚好相反,要是他见到了她,那倒奇怪了……

河水奔流着,谁也不知道它流到哪儿去,为什么流。五月间它也像这样流,五月间它从小河流进大河,从大河流进海洋,然后化成蒸汽,变成雨水,也许如今在里亚博维奇面前流过去的仍旧是原先的那点儿水吧……这是为什么?为什么呢?

里亚博维奇觉得整个世界,整个生活,都好像是一个不能理解的、没有目的的玩笑……他从水面上移开眼睛,瞧着天空,又想起命运怎样化为一个不相识的女人对他偶然温存了一下,想起他的夏天的迷梦和幻象,他这才觉得他的生活异常空洞,贫乏,没有光彩……

他回到他的农舍里,没有碰见一个同事。勤务兵报告他说,他们都到"冯特利亚勃金将军"家里去了,因为将军派了一个骑马的使者来邀请他们……一刹那间里亚博维奇心里腾起一股欢乐,可是他立刻扑灭它,上了床。他存心跟他的命运作对,仿佛要惹它气恼似的,偏不到将军家去。

1887 年

渴　睡

夜间。小保姆瓦丽卡,一个十三岁的姑娘,摇着摇篮,里面躺着个小娃娃。她嘴里哼着歌,声音低得几乎听不见:

> 睡吧,好好睡,
>
> 我来给你唱个歌儿……

神像前面点着一盏绿色的小长明灯;房间里,从这一头到那一头绷起一根绳子,绳子上晾着小孩的尿布和一条很大的黑色裤子。天花板上印着小长明灯照出来的一大块绿色斑点,尿布和裤子在火炉上、摇篮上、瓦丽卡身上投下长长的阴影……小长明灯的灯火一摇闪,绿斑和阴影就活了,动起来,好像被风吹动一样。房间里很闷。有一股白菜汤的气味和做皮靴用的皮革味。

小娃娃在哭。他早已哭得声音嘶哑,筋疲力尽,可是仍旧号个不停,谁也不知道他什么时候才会止住哭。瓦丽卡却已经困了。她的眼皮粘在一起,脑袋往下耷拉,脖子酸痛。她的眼皮也好,嘴唇也好,都不能动一下,她觉得她的脸好像枯干了,化成木头,脑袋也小得跟针尖一样。

"睡吧,好好睡,"她哼着,"我会给你煮点儿粥……"

火炉里有只蟋蟀在叫。老板和帮工阿法纳西隔着门,在毗邻的房间里打鼾……摇篮悲凉地吱吱叫,瓦丽卡本人嗯嗯啊啊地哼着,这一切合成一支夜间的催眠曲,要是躺在床上听,可真舒服极了。然而现在这种音乐反而刺激她,使她苦恼,因为它催人入睡,她却是万万睡不得的。求上帝保佑不要发生这种事才好,要是瓦丽卡一不小心睡着,老板就会把她痛打一顿。

小长明灯不住地眩眼。绿色斑点和阴影活动起来,爬进瓦丽卡半睁半闭、呆然不动的眼睛,在她那半睡半醒的脑子里合成蒙眬的幻影。她看见一块块乌云在天空互相追逐,像小娃娃那样啼哭。可是后来起风了,乌云消散,瓦丽卡看见一条布满稀泥的宽阔大道。顺着大道,有一长串货车伸展出去,行人背着背囊慢慢走动,有些阴影在人前人后摇闪不定。大道两旁,隔着阴森的冷雾,可以瞧见树林。忽然,那些背着行囊的人和阴影一齐倒在地下的淤泥里。"这是怎么了?"瓦丽卡问,"要睡觉,睡觉!"他们回答她说。他们睡熟了,睡得可真香,乌鸦和喜鹊停在电线上,像小娃娃那样啼哭,极力要叫醒他们……

"睡觉吧,好好睡,我来给你唱个歌儿……"瓦丽卡哼着,这时候她看见自己在一个乌黑而闷热的农舍里。

她去世的父亲叶菲姆·斯捷潘诺夫正躺在地上打滚儿。她看不清他,然而听见他痛得在地下翻腾,嘴里哼哼唧唧。据他说,他的"疝气发了"。他痛得厉害,一句话也说不出来,只有吸气的份儿,牙齿不住地打战,就像连连击鼓那样:

"卜–卜–卜–卜……"

她母亲佩拉格娅跑到庄园去,对老爷说叶菲姆就要死了。她去了很久,这时候也该回来了。瓦丽卡躺在炉台上,没有睡,听她父亲发出"卜-卜-卜"的声音。不过,后来她听见有人坐车到农舍这边来。原来老爷打发一个年轻的医师来了,这个医师刚巧从城里到老爷家里做客。医师走进农舍,在黑暗里谁也看不见他的模样,可是听得见他在咳嗽,而且咔嚓一声推上门。

"点上灯。"他说。

"卜-卜-卜……"叶菲姆回答说。

佩拉格娅扑到炉台这边,动手找那个装火柴的破罐子。在沉默中过去了一分钟。医师摸一阵自己的口袋,点亮一根火柴。

"我去去就来,老爷,去去就来。"佩拉格娅说,跑出农舍,过了一会儿拿着一个蜡烛头走回来。

叶菲姆脸色通红,眼睛发亮,目光显得特别尖利,好像那眼光穿透了农舍和医师似的。

"哦,怎么了? 你这是想干什么呀?"医师说着,弯下腰凑近他,"哎! 你病了很久吗?"

"什么,老爷? 要死了,老爷,我的大限到了……我不能再在人世活下去了……"

"别胡说……我们会把你治好的!"

"随您就是,老爷。我们感激不尽,不过我们心里明白……要是大限已到,那可就没有办法了。"

医师在叶菲姆身边忙了一刻钟,然后直起腰来说:

"我没法治……你得到医院去才成,在那儿人家会给你动手术。马上动身……一定得去! 时间迟了一些,医院里的人都睡了,不过那也没关系,我给你写个字条就是。你听见吗?"

"可是,老爷,叫他怎么去呢?"佩拉格娅说,"我们又没有马。"

"不要紧,我去跟你的主人说一声,他们会给你马的。"

医师走了,蜡烛熄了,"卜–卜–卜"的声音又响起来……过了半个钟头,有人赶着车到农舍来。这是老爷打发一辆板车来把叶菲姆送到医院去。叶菲姆收拾停当,就坐车走了……

可是后来,一个美好晴朗的早晨来临了。佩拉格娅不在家,她到医院去探望叶菲姆,看看他怎么样了。不知什么地方,有个小娃娃在啼哭,瓦丽卡听见有人用她的声调唱道:

"睡吧,好好睡,我来给你唱个歌儿……"

佩拉格娅回来了。她在胸前画个十字,小声说:

"他们夜里给他动了手术,可是到早晨,他就把灵魂交给上帝了……祝他升天堂,永久安息……他们说治得太迟了……应该早点去才对……"

瓦丽卡走进树林,在那儿痛哭。可是忽然,有人打她的后脑壳,弄得她一头撞在一棵桦树上。她抬起眼睛,看见她的老板,那个鞋匠站在她面前。

"你是怎么搞的,贱丫头?"他说,"孩子在哭,你却睡觉?"

他使劲拧她的耳朵,她甩一下头,就接着摇那个摇篮,哼她的歌。绿色的斑点、裤子和尿布的阴影摇摇晃晃,对她睐眼,不久就又占据了她的脑子。她又看见那条布满稀泥的大道。那些背着行囊的人和影子已经躺下,睡熟了。瓦丽卡看着他们,恨不能也睡一觉才好。她很想舒舒服服躺下去,可是她母亲佩拉格娅却在她身旁,催她快走。她们两个人赶进城去找活儿做。

"看在基督分上赏几个钱吧!"她母亲遇见行人就央求道,"发发上帝那样的慈悲吧,善心的老爷!"

"把孩子抱过来!"一个熟悉的声音回答她说,"把孩子抱过来呀!"那个声音又说一遍,这一回粗暴中带着怒气,"你睡着了,下贱的东西?"

瓦丽卡跳起来,往四下里看一眼,才明白是怎么回事。这儿既没有大道,也没有佩拉格娅,更没有行人,只有老板娘站在房间中央,是来给她的孩子喂奶的。这个身材肥胖、肩膀很宽的老板娘一面喂孩子吃奶,一面哄他安静下来,瓦丽卡站在一旁瞧着她,等她喂完奶。窗外的空气正在变成蓝色,天花板上的阴影和绿色斑点明显地淡下去。早晨很快就要来了。

"把孩子接过去!"老板娘说,系好衬衫胸前的纽扣,"他在哭。一定是有人用毒眼看了他。"

瓦丽卡接过小娃娃,放在摇篮里,又摇起来。绿色的斑点和阴影渐渐消失,再也没有什么东西钻进她脑子里,弄得她脑子昏昏沉沉了。可是她仍旧犯困,困极了!瓦丽卡把脑袋搁在摇篮边上,用全身的力气摇它,想把睡意压下去,然而她的眼皮仍旧粘在一起,脑袋沉甸甸的。

"瓦丽卡,生炉子!"房门外传来老板的声音。

这是说已经到起床和干活的时候了。瓦丽卡就丢下摇篮,跑到小板棚去取柴火。她暗暗高兴。人一跑路,一走动,就不像坐着那么困了。她拿来柴火,生好炉子,觉得她那像木头一样的脸舒展开来,她的思想也清楚起来了。

"瓦丽卡,烧茶炊!"老板娘叫道。

瓦丽卡就劈碎一块小劈柴,可是刚把它们点燃,塞进茶炊,又听见新的命令:

"瓦丽卡,把老板的雨鞋刷干净!"

她就在地板上坐下,刷那双雨鞋,心里暗想:要是能把自己的头伸进这双又大又深的雨鞋里,略为睡上一会儿,那才好呢……忽然间,那双雨鞋长大,膨胀,填满整个房间,瓦丽卡把刷子掉在地下,然而她立刻摇一下头,瞪大眼睛,极力观看各种东西,免得它们长大,在她眼睛前面浮动。

"瓦丽卡,把外边的台阶洗一洗,要不然,让顾客看到,多难为情!"

瓦丽卡就洗台阶,收拾房间,然后生好另一个炉子,再跑到小铺里去买东西。活儿很多,连一分钟的空闲也没有。

然而再也没有比站在厨房桌子跟前削土豆皮更苦的事了。她的头往桌子上奔拉下去,土豆在她眼前跳动,刀子从她手里掉下,那个气冲冲的胖老板娘卷起衣袖,在她身旁走来走去,说话声音那么响,闹得瓦丽卡的耳朵里嗡嗡地响。伺候吃饭、洗衣服、缝缝补补,也是苦事。有些时候她恨不得什么也不管,往地下一躺,睡它一觉才好。

白天过去了。瓦丽卡看见窗外黑下来,就按住像木头一样的太阳穴,微微地笑,自己也不知道笑什么。傍晚的幽暗抚摩着她那总也睁不开的眼睛,应许她不久可以美美地睡一觉。晚上,老板家里来了客人。

"瓦丽卡,烧茶炊!"老板娘叫道。

老板家里的茶炊很小,她前后得烧五次,客人才把茶喝够。他们喝完茶,瓦丽卡又呆站了一个钟头,瞧着客人,等候吩咐。

"瓦丽卡,快去买三瓶啤酒来!"

她拔脚就走,极力跑得快点,好赶走她的睡意。

"瓦丽卡，快去买白酒！瓦丽卡，开塞钻在哪儿？瓦丽卡，把青鱼收拾出来！"

最后，客人们总算走了。灯火熄灭，老板夫妇上床睡了。

"瓦丽卡，摇娃娃！"传来最后一道命令。

蟋蟀在火炉里叫。天花板上那块绿色斑点，那些裤子和尿布的阴影，又爬进瓦丽卡半睁半闭的眼睛，不住地向她眨眼，弄得她的脑袋昏昏沉沉。

"睡吧，好好睡，"她哼道，"我来唱个歌儿……"

那个小娃娃不住地啼哭，哭得声嘶力竭。瓦丽卡又看见那条泥路、背着行囊的人、佩拉格娅、父亲叶菲姆。她什么都明白，个个人都认得，可是在半睡半醒中，她就是弄不明白到底是什么力量捆住她的手脚，压得她透不出气，不容她活下去。她往四下里看，找那种力量，好躲开它，可是她找不着。最后，她累得要死，使出全身力气，睁大眼睛，抬头看那不住摇闪的绿色斑点，听着娃娃的啼哭声，这才找到了那个不容她活下去的敌人。

原来敌人就是那个娃娃。

她笑了。她觉得奇怪：这么一点小事，以前她怎么会没有弄明白？那块绿色斑点、那些阴影、那只蟋蟀好像也在笑，也觉得奇怪似的。

这个错误的念头抓住了瓦丽卡。她从凳子上站起来，畅快地微笑着，在房间里走来走去，连眼睛也不眨一下。她想到马上就可以摆脱这个捆住她手脚的娃娃，不由得感到畅快，心里痒酥酥的……弄死这个娃娃，然后睡吧，睡吧，睡吧……

她笑着，挤了挤眼，伸出手指头向那块绿色斑点威胁地摇一下。瓦丽卡悄悄地溜到摇篮那儿，弯下腰去，凑近那个娃娃。她把他掐死后,赶快往地下一躺,高兴得笑起来,因为她可以睡觉了。过了半分钟,她就已经睡熟,跟死人一样了。

1888 年

草　原

游　记

一

七月里一天清早,有一辆没有弹簧的、破旧的带篷马车驶出某省的某县城,顺着驿路轰隆隆地滚动着,像这种非常古老的马车眼下在俄罗斯只有商人的伙计、牲口贩子、不大宽裕的神甫才肯乘坐。车子稍稍一动就要吱吱嘎嘎响一阵,车后拴着的桶子也来闷声闷气地帮腔。单听这些声音,单看挂在外层剥落的车身上那些寒碜的碎皮子,人就可以断定这辆车子已经老朽,随时会散成一片片了。

车上坐着那个城里的两个居民,一个是城里的商人伊万·伊万内奇·库兹米乔夫,胡子剃光,脸上戴着眼镜,头上戴着草帽,看样子与其说像商人,倒不如说像文官,还有一个是神甫赫利斯托福尔·西里斯基,县里圣尼古拉教堂的主持人,也是个小老头子,头发挺长,穿一件灰色的帆布长外衣,戴一顶宽边大礼帽,拦腰系一根绣花的彩色带子。商人在聚精会神地想心事,摇着头,为的是赶走睡意。在他脸上,那种习常的、正正经经的冷淡表情正在跟刚同家属告别、痛痛快快喝过一通酒的人的温和表情争执不下。神甫呢,用湿润的眼睛惊奇地注视着上帝的世界,他的微笑洋溢开来,好像连帽边也挂上了笑。他脸色挺红,仿佛挨了冻一样。他俩,赫利斯托福尔神甫和库兹米乔夫,现在正坐着车子去卖羊毛。刚才跟家人告别,他们饱吃了一顿奶油面包,虽然是大清早,却喝了几盅酒……两个人的心绪都好得很。

除了刚描写过的那两个人和拿鞭子不停地抽那一对脚步轻快的栗色马的车夫杰尼斯卡以外,车上还有一个旅客,那是个九岁的男孩,他的脸给太阳晒得黑黑的,沾着泪痕。这是叶戈鲁什卡①,库兹米乔夫的外甥。承舅舅许可,又承赫利斯托福尔神甫好心,他坐上车子要到一个什么地方去进学校。他妈妈奥莉迦·伊万诺夫娜是一个十品文官的遗孀,又是库兹米乔夫的亲姐姐,喜欢念过书的人和上流社会,托她兄弟出外卖羊毛的时候顺便带着叶戈鲁什卡一路去,送他上学。现在这个男孩自己也不知道自己上哪儿去,为什么要去,光是坐在车夫的座位上,挨着杰尼斯卡,抓住他的胳膊肘,深怕摔下去。他的身子跳上跳下,像是放在茶炊顶盖上的茶壶。由于车子走得快,他的红衬衫的背部鼓起来,像个气泡。他那顶新帽子插着一根孔雀毛,像是车夫戴的帽子,不住地溜到后脑壳上去。他觉得自己是个最不幸的人,恨不得哭一场才好。

马车路过监狱,叶戈鲁什卡瞧了瞧在高高的白墙下面慢慢走动的哨兵,瞧了瞧钉着铁格子的小窗子,瞧了瞧在房顶上闪光的十字架,想起来上个星期在喀山圣母节他跟妈妈一块儿到监狱教堂去参加守护神节典礼,又想起来更早以前的复

---

① 叶戈鲁什卡和下文的叶戈尔卡都是叶戈尔的爱称。

活节他跟厨娘柳德米拉和杰尼斯卡一块儿到监狱去过,把复活节的面包、鸡蛋、馅饼、煎牛肉送给犯人们,犯人们就道谢,在胸前画十字,其中有个犯人还把亲手做的一副锡袖扣送给叶戈鲁什卡呢。

这个男孩凝神瞧着那些熟地方,可恨的马车却飞也似的跑过去,把它们全撇在后面了。在监狱后面,那座给烟熏黑的打铁店露了露头,再往后去是一个安适的绿色墓园,周围砌着一道圆石子墙。白十字架和白墓碑快活地从墙里面往外张望。它们掩藏在苍翠的樱桃树中间,远远看去像是些白斑点。叶戈鲁什卡想起来每逢樱桃树开花,那些白斑点就同樱桃花混在一起,化成一片白色的海洋。等到樱桃熟透,白墓碑和白十字架上就点缀了许多紫红的小点儿,像血一样。在围墙里的樱桃树荫下,叶戈鲁什卡的父亲和祖母季娜伊达·丹尼洛夫娜一天到晚躺在那儿。祖母去世后,装进一口狭长的棺材,用两个五戈比的铜板压在她那不肯合起来的眼睛上。在她去世以前,她是活着的,常从市场上买回松软的面包,上面撒着罂粟籽。现在呢,她睡了,睡了……

墓园后面有一个造砖厂在冒烟。从那些用茅草铺盖的、仿佛紧贴在地面上的长房顶下面,一大股一大股浓重的黑烟冒出来,懒洋洋地升上去。造砖厂和墓园上面的天空一片阴暗,一股股烟子投下的大阴影爬过田野和道路。有些人和马在那些房顶旁边的烟雾里走动,周身扑满红灰……

到造砖厂那儿,县城算是到了尽头,这以后就是田野了。叶戈鲁什卡向那座城最后看了一眼,拿脸贴着杰尼斯卡的胳膊肘,哀哀地哭起来……

"哼,还没号够,好哭鬼!"库兹米乔夫说,"又一把鼻涕一把眼泪了,娇孩子!既是不想去,就别去。谁也没有硬拉着你去!"

"得了,得了,叶戈尔小兄弟,得了……"赫利斯托福尔神甫很快地唠叨着说,"得了,小兄弟……求主保佑吧……你这一去,又不是于你有害,而是于你有益。俗话说得好:学问是光明,愚昧是黑暗……真是这样的。"

"你想回去吗?"库兹米乔夫问。

"想……想……"叶戈鲁什卡呜咽着,回答说。

"那就回去吧。反正你也是白走一趟,正好应了那句俗话:为了吃一匙果冻,赶了七里路。"

"得了,得了,小兄弟……"赫利斯托福尔神甫接着说,"求主保佑吧……罗蒙诺索夫①当初也是这样跟渔夫一块儿出门,后来却成了名满欧洲的人物。智慧跟信仰合在一块儿,就会结出上帝所喜欢的果实。祷告词上是怎样说的?荣耀归于创世主,使我们的双亲得到安慰,使我们的教堂和祖国得益……就是这样的。"

"那益处往往并不一样……"库兹米乔夫说,点上一支便宜的雪茄烟,"有的人念上二十年书,也还是没念出什么道理来。"

"这种事也是有的。"

"学问对有些人是有益处,可是对另一些人,反倒搅乱了他们的脑筋。我姐姐是个不懂事的女人,她一心要过上流人那种日子,想把叶戈尔卡栽培成一个有学问的人,却不明白我

---

① 罗蒙诺索夫(1711—1765),俄国启蒙运动杰出的倡导者,科学家和诗人,出身于渔民家庭。

可以教叶戈尔卡做我这行生意,美满地过上一辈子。我干脆跟你说吧:要是人人都去求学,想做上流人,那就没有人做生意,种庄稼了。大家就都要饿死了。"

"不过要是人人都做生意,种庄稼,那就没有人懂得学问了。"

库兹米乔夫和赫利斯托福尔神甫想到双方都说了一句叫人信服的、有分量的话,就做出严肃的面容,一齐嗽了嗽喉咙。杰尼斯卡听他们讲话,一个字也没听懂,就摇摇头,微微欠起身子,拿鞭子抽那两匹栗色马。随后是沉默。

这当儿,旅客眼前展开一片平原,广漠无垠,被一道连绵不断的冈峦切断。那些小山互相挤紧,争先恐后地探出头来,合成一片高地,在道路右边伸展出去,直到地平线,消失在淡紫色的远方。车子往前走了又走,却无论如何也看不清平原从哪儿开的头,到哪儿为止……太阳已经从城市后面探出头来,正悄悄地、不慌不忙地干它的活儿。起初他们前面,远远的,在天地相接的地方,靠近一些小坟和远远看去像是摇着胳膊的小人一样的风车的地方,有一道宽阔而耀眼的黄色光带沿地面爬着,过一会儿,这道光带亮闪闪地来得近了一点,向右爬去,搂住了群山。不知什么温暖的东西碰到了叶戈鲁什卡的背脊。原来有一道光带悄悄从后面拢过来,掠过车子和马儿,跑过去会合另一条光带。忽然,整个广阔的草原抖掉清晨的朦胧,现出微笑,闪着露珠的亮光。

割下来的黑麦、杂草、大戟草、野麻,本来都晒得枯黄,有的发红,半死不活,现在受到露水的滋润,遇到阳光的爱抚,活转来,又要重新开花了。小海雀在大道上面的天空中飞翔,快活地叫唤。金花鼠在青草里互相打招呼。左边远远的,不知什么地方,凤头麦鸡在哀叫,一群山鹬被马车惊动,拍着翅膀飞起来,柔声叫着"特尔尔尔",向山上飞去。螽斯啦、蟋蟀啦、蝉啦、蝼蛄啦,在草地里发出一阵阵吱呀吱呀的单调乐声。

可是过了一会儿,露水蒸发了,空气停滞了,被欺骗的草原现出七月里那种无精打采的样子,青草耷拉下来,生命停止了。太阳晒着的群山,现出一片墨绿色,远远看去呈浅紫色,带着影子一样的宁静情调;平原,朦朦胧胧的远方,再加上像拱顶那样笼罩一切,在没有树木、没有高山的草原上显得十分深邃而清澄的天空,现在都显得无边无际,愁闷得麻木了⋯⋯

多么气闷,多么扫兴啊!马车往前跑着,叶戈鲁什卡看见的却老是那些东西:天空啦,平原啦,矮山啦⋯⋯草地里的乐声静止了。小海雀飞走,山鹬不见了。白嘴鸦闲着没事干,在凋萎的青草上空盘旋,它们彼此长得一样,使得草原越发单调了。

一只老鹰贴近地面飞翔,均匀地扇动着翅膀,忽然在空中停住,仿佛在思索生活的乏味似的,然后拍起翅膀,箭也似的飞过草原,谁也说不清它为什么飞,它需要什么。远处,一架风车在摇着翼片⋯⋯

为了添一点变化,杂草里偶尔闪出一块白色的头盖骨或者鹅卵石。时不时地现出一块灰色的石像,或者一棵干枯的柳树,树梢上停着一只蓝色的乌鸦。一只金花鼠横蹿过大道,随后,在眼前跑过去的,又只有杂草、矮山、白嘴鸦⋯⋯

可是,末后,感谢上帝,总算有一辆大车载着一捆捆的庄稼迎面驶来。大车顶上躺着一个姑娘。她带着睡意,热得四肢无力,抬起头来,看一看迎面来的旅客。杰尼斯卡对她打个呵欠,栗色马朝那些粮食伸出鼻子去。马车吱吱嘎嘎响着,跟大车亲一个嘴,带刺的麦穗像笤帚似的扫过赫利斯托福尔神甫的帽子。

"你把车子赶到人家身上来了,胖丫头!"杰尼斯卡叫道,"嘿,好肥的脸蛋儿,好像给黄蜂螫了似的!"

姑娘带着睡意微笑,动了动嘴唇,却又躺下去了……这时候山上出现一棵孤零零的白杨树。这是谁种的?它为什么生在那儿?上帝才知道。要想叫眼睛离开它那苗条的身材和绿色的衣裳,却是困难的。这个美人儿幸福吗?夏天炎热,冬天严寒,大风大雪,到了可怕的秋夜,只看得见黑暗,除了撒野的怒号的风以外什么也听不见,顶糟的是一辈子孤孤单单……过了那棵白杨树,一条条麦田从大道直伸到山顶,如同耀眼的黄地毯一样。山坡上的麦子已经割完,捆成一束束,山麓的麦田却刚在收割……六个割麦人站成一排,挥动镰刀,镰刀明晃晃地发亮,一齐合着拍子发出"夫希!夫希!"的声音。从捆麦子的农妇的动作,从割麦人的脸色,从镰刀的光芒可以看出溽暑烘烤他们,使他们透不出气来。一条黑狗吐出舌头从割麦人那边迎着马车跑过来,多半想要吠叫一阵吧,可是跑到半路上却站住,淡漠地看那摇着鞭子吓唬它的杰尼斯卡。天热得狗都不肯叫了!一个农妇直起腰来,把两只手放到酸痛的背上,眼睛盯紧叶戈鲁什卡的红布衬衫。究竟是衬衫的红颜色中了她的意呢,还是使她想起了她的子女,那就不知道了,总之,她站在那儿一动也不动,呆呆地瞧了他很久……

可是这时候麦田过去了。眼前又伸展着干枯的平原、太阳晒着的群山、燥热的天空。又有一只老鹰在地面上空飞翔。远处,跟先前一样,一架风车在转动叶片,看上去仍旧像是一个小人在摇胳膊。老这么瞧着它怪腻味的,仿佛永远走不到它跟前似的,又仿佛它躲着马车,往远处跑去了。

赫利斯托福尔神甫和库兹米乔夫一声也不响。杰尼斯卡不时拿鞭子抽枣红马,向它们嚷叫。叶戈鲁什卡不再哭了,冷淡地瞧着四周。炎热和草原的单调弄得他没精神了。他觉得好像已经坐着车走了很久,颠动了很久,太阳把他的背烤了很久似的。他们还没走出十俄里,他就已经在想:"现在总该停下来休息了!"舅舅脸上的温和表情渐渐消失,只留下正正经经的冷漠,特别是在他脸上戴着眼镜,鼻子和鬓角扑满灰尘的时候,总是给那张刮光胡子的瘦脸添上凶狠无情像拷问者一样的神情。赫利斯托福尔神甫却一直不变,始终带着惊奇的神情瞧着上帝创造的这个世界,微微笑着。他一声不响,正在思忖什么快活而美好的事情,脸上老是带着善意的温和笑容。仿佛美好快活的思想也借了热力凝固在他的脑袋里似的……

"喂,杰尼斯卡,今天我们追得上那些货车队吗?"库兹米乔夫问道。

杰尼斯卡瞧了瞧天空,欠起身子拿鞭子抽马,然后才答道:

"到夜里,要是上帝高兴,我们就会追上……"

传来狗叫的声音,六条草原上的高大的看羊狗,仿佛本来埋伏着,现在忽然跳出来,凶恶地吼叫着,朝着马车跑来。它们这一伙儿都非常凶,生着毛茸茸的、蜘蛛样的嘴脸,眼睛气得发红,把马车团团围住,争先恐后地挤上来,发出一片嘶哑的吼叫声。它们满心是恨,好像打算把马儿、马车、人一齐咬得粉碎似的……杰尼斯卡素来喜欢耍弄狗,喜欢拿鞭子抽狗,一看机会来了,高兴得很,脸上露出幸灾乐祸的表情,弯下腰去,挥起鞭子抽打着看羊狗。那些畜生叫得更凶了,马儿仍旧飞跑。叶戈鲁什卡好不容易才在座位上坐稳,他眼望着狗的眼睛和牙齿,心里明白:他万一摔下去,它们马上就会把他咬得粉碎。可是他并不觉得害怕,他跟杰尼斯卡一样幸灾乐祸地瞧着它们,惋惜自己手里没有一根鞭子。

马车碰到了一群绵羊。

"站住!"库兹米乔夫叫道,"拉住缰! 吁! ……"

杰尼斯卡就把全身往后一仰,勒住枣红马。马车停了。

"走过来!"库兹米乔夫对牧羊人叫道,"把狗喊住,这些该死的东西!"

老牧羊人衣服破烂,光着脚,戴着一顶暖和的帽子,腰上挂着一个脏包袱,手里拿一根尖端有个弯钩的长拐杖,活像《旧约》上的人物。他喊住狗,脱下帽子,走到马车跟前。另一个同样的《旧约》上的人物一动不动地站在羊群的另一头,漠不关心地瞅着这些旅客。

"这群羊是谁的?"库兹米乔夫问道。

"瓦尔拉莫夫的!"老人大声回答。

"瓦尔拉莫夫的!"站在羊群另一头的牧羊人也这样说。

"昨天瓦尔拉莫夫从这条路上经过没有?"

"没有……老爷……他的伙计路过这里来着,这是实在的……"

"赶车走吧!"

马车往前驶去,牧羊人和他们的恶狗留在后面了。叶戈鲁什卡不高兴地瞧着前面淡紫色的远方,渐渐觉得那摇动翼片的风车好像近一点了。那风车越来越大,变得十分高大,已经可以看清它的两个翼片了。一个翼片旧了,打了补丁,另一个是前不久用新木料做的,在太阳底下亮闪闪的。

马车一直往前走。风车却不知为什么,往左边退下去。他们走啊走的,风磨一个劲儿往左退,不过没有消失,还是看得见。

"博尔特瓦替儿子开了一个多好的磨坊呀!"杰尼斯卡说。

"怎么看不见他的庄子?"

"庄子在那边,在山沟后边。"

博尔特瓦的庄子很快就出现了,可是风车还是没有往后退,还是没有留在后面。仍旧用它那发亮的翼片瞅着叶戈鲁什卡,不住地摇动。好一个魔法师!

二

天近中午,马车离开大道,往右拐弯,缓缓地走了几步,站住了。叶戈鲁什卡听到一种柔和的、很好听的淙淙声,觉得脸上碰到一股不同的空气,像是一块凉爽的天鹅绒。前面是大自然用奇形怪状的大石头拼成的小山,水从那里通过不知哪位善人安在那儿的一根用鼠芹做成的小管子流出来,成为一股细流。水落到地面上,清澈,欢畅,在太阳下面发亮,发出轻微的淙淙声,很快地流到左面什么地方去,好像自以为是一条汹涌有力的激流似的。离小山不远的地方,这条小溪变宽,成了一个小水池。炽热的阳光和干焦的土地贪馋地喝着池里的水,吸尽了它的力量。可是再过去一点,那小水池大概跟另一条这样的小溪会合了,因为离小山百步开外,沿着那条小溪,长着稠密茂盛的薹草,一片苍翠。马车驶过去的时候,从那里面飞出三只鹬来,啾啾地叫。

旅客在溪边下车休息,喂马。库兹米乔夫、赫利斯托福尔神甫、叶戈鲁什卡,在马车和卸下来的马所投射的淡淡阴影里铺好一条毡子,坐下吃东西。借了热力凝固在赫利斯托福尔神甫脑袋里的美好快活的思想,在他喝了一点水、吃了一个熟鸡蛋以后,就要求表达出来。他朝叶戈鲁什卡亲热地看一眼,嘴里嚼着,开口了:

"我自己也念过书,小兄弟。从很小的年纪起,上帝就赐给我思想和观念,因而我跟别人不一样,还只有你这样大的时候就已经凭了我的才智给爹娘和教师不少安慰了。我没满十五岁就会讲拉丁语,用拉丁文做诗,跟讲俄语、用俄文做诗一样好。我记得我做过主教赫利斯托福尔的执权杖的侍从。有一次,我现在还记得那是已故的、最最虔诚的亚历山大·帕夫洛维奇皇上的命名日,主教做完弥撒,在祭坛上脱掉法衣,亲切地看着我,问道:'Puer bone, quam appellaris?'①我回答:'Christophorus sum.'②他就说:'Ergo connominati sumus.'那是说,我们是同名的人……然后他用拉丁语问:'你是谁的儿子?'我也用拉丁语回答说,我是列别金斯克耶村的助祭西利伊斯基的儿子。他老人家看见我对答如流,而又清楚,就为我祝福,说:'你写信告诉你父亲,说我不会忘记提拔他,也会好好照应你。'站在祭坛上的大司祭和神甫们听见我们用拉丁语谈话,也十分惊奇,人人称赞我,都很满意。小兄弟,我还没生胡子就已经会读拉丁文、希腊文、法文的书籍,学过哲学、数学、俗世的历史和各种学科了。上帝赐给我的记性可真惊人。

_____

① 拉丁语:好孩子,你叫什么名字?
② 拉丁语:我叫赫利斯托福尔。

一篇文章我往往只念过两遍,就背得出来。我的教师和保护人都奇怪,料着我将来会成为一个大学者,成为教会的明灯。我自己也真打算到基辅去继续求学,可是爹娘不赞成。'你想念一辈子的书,'我爹说,'那我们要等到你什么时候呢?'听到这些话,我就不再念书,而去找事做了。当然,我没成为学者,不过呢,我没忤逆爹娘,到他们老年给了他们安慰,给他们很体面地下了葬。听话,比持斋和祷告更要紧呢!"

"您那些学问现在恐怕已经忘光了吧!"库兹米乔夫说。

"怎么会不忘光? 谢谢上帝,我已经七十多岁了! 哲学和修辞学我多少还记得一点,可是外国语和数学我都忘光了。"

赫利斯托福尔神甫眯细眼睛,沉思一下,低声说:

"本体是什么? 本体是自在的客体,不需要别的东西来完成它。"

他摇摇头,感动地笑了。

"精神食粮!"他说,"确实,物质滋养肉体,精神食粮滋养灵魂啊!"

"学问归学问,"库兹米乔夫叹道,"不过要是我们追不上瓦尔拉莫夫,学问对于我们也就没有多大好处了。"

"人又不是针,我们总会找到他的。现在他正在这一带转来转去。"

他们先前见过的那三只鹬,这时候在薹草上面飞着,在它们啾啾的叫声中可以听出惊慌和烦恼的调子,因为人家把它们从小溪那儿赶走了。马庄重地咀嚼着,喷着鼻子。杰尼斯卡在它们身旁走来走去,极力装得完全没理会主人们正在吃的黄瓜、馅饼、鸡蛋,一心一意地扑打那些粘满马背和马肚子的马虻和马蝇。他无情地拍死那些受难者,喉咙里发出一种特别的、又恶毒又得意的声音。每逢没打中,他就烦恼地嗽一嗽喉咙,盯住那只运气好、逃脱了死亡的飞虫。

"杰尼斯卡,你在那儿干什么! 来吃东西啊!"库兹米乔夫说,深深地吁一口气,那意思是说,他已经吃饱了。

杰尼斯卡忸怩地走到毡子跟前,拿了五根又粗又黄、俗语所说的"老黄瓜"(他不好意思拿细一点儿、新鲜一点儿的),拿了两个颜色发黑、裂了口的煮鸡蛋,然后犹犹豫豫,仿佛担心自己伸出去的手会挨打似的,手指头碰了碰甜馅饼。

"拿去吧,拿去吧!"库兹米乔夫催他说。

杰尼斯卡坚决地拿起馅饼,走到旁边远一点的地方,在地上坐下,背对着马车。马上传来了非常响的咀嚼声,连马也回转头去怀疑地瞧了瞧杰尼斯卡。

吃完饭,库兹米乔夫从马车上拿下一个装着什么东西的袋子,对叶戈鲁什卡说:

"我要睡了,你小心看好,别让人家从我脑袋底下把这袋子抽了去。"

赫利斯托福尔神甫脱掉法衣,解了腰带,脱下长外衣,叶戈鲁什卡瞧着他,惊呆了。他怎么也没料到神甫也穿裤子,赫利斯托福尔却穿着帆布裤子,裤腿掖在高统靴子里,还穿着一件花粗布的又短又瘦的上衣。叶戈鲁什卡瞧着他,觉得他穿着这身跟他尊严的地位很不相称的衣服,再配上他的长头发和长胡子,看上去很像鲁滨孙·克鲁梭[1]。库兹米乔夫和赫利斯托福尔神甫脱下外衣,面对面在马车下面的阴影里躺下

---

[1]　英国文学家笛福(1661—1731)所著《鲁滨孙漂流记》中的主人公。

来,闭上眼睛。杰尼斯卡嚼完吃食,在太阳地里仰面朝天躺下,也闭上眼睛。

"小心看好,别让人家把马牵去!"他对叶戈鲁什卡说,立刻就睡着了。

一片沉静。什么声音也没有,只听见马在喷鼻子、嚼吃食,睡觉的人在打鼾。远处不知什么地方,有一只凤头麦鸡在悲鸣。有时候,那三只鹬发出啾啾的叫声,飞过来看一看这些不速之客走了没有。溪水潺潺地流着,声音轻柔温和,不过这一切并没有打破寂静,也没有惊动停滞的空气,反倒使得大自然昏昏睡去了。

叶戈鲁什卡吃过东西以后觉得天气特别闷热,热得喘不过气来,就跑到薹草那边去,在那儿眺望左近一带地方。他这时候看见的跟早晨看见的一模一样,无非是平原啦、矮山啦、天空啦、淡紫色的远方啦。不过山近了一点,风车不见了,它已经远远地落在后面了。在流出溪水的那座乱石山背后,耸起另一座小山,平得多,也宽得多。山上有一个不大的村子,住着五六户人家。在那些农舍四周,看不见有人,有树,有阴影,仿佛那村子在炎热的空气中透不出气来,正在干枯似的。叶戈鲁什卡没有事可干,就在青草里捉住一只蟋蟀,把它放在空拳头里,送到耳朵旁边,听那东西奏它的乐器,听了很久。等到听腻它的音乐,他就去追一群黄蝴蝶,那群蝴蝶往薹草中间牲畜饮水的地方飞去。他追啊追的,自己也没有留意又回到马车旁边来了。他舅舅和赫利斯托福尔神甫睡得正酣,他们一定还要睡两三个钟头,等马休息过来为止……他怎样打发这么长的一段时间呢?他上哪儿去躲一躲炎热呢?真是个难题……叶戈鲁什卡不由自主地把嘴凑到水管口上接那流出来的水；他的嘴里一阵清凉，并且有鼠芹的味道。起初，他起劲地喝，后来就勉强了，他一直喝到一股尖锐的清凉感觉从他的嘴里散布到全身，水浇湿了他的衬衫才罢休。然后他走到马车跟前，端详那些睡熟的人。舅舅的脸跟往常一样现出正正经经的冷淡表情。库兹米乔夫热衷于自己的生意，因此哪怕在睡梦中或者在教堂里做祷告，听人家唱"他们啊小天使"的时候，也总是想着自己的生意，一刻也忘不掉，现在他多半梦见了一捆捆羊毛、货车、价钱、瓦尔拉莫夫……赫利斯托福尔神甫呢，是个温和的、随随便便的、喜欢说笑的人，一辈子也没体会到有什么事业能够像蟒蛇那样缠住他的灵魂。在他生平干过的为数众多的行业中，吸引他的倒不是行业本身，而是从事各种行业所必需的奔忙以及跟人们的周旋。因此，在眼前这次远行中，使他发生兴趣的并不是羊毛、瓦尔拉莫夫、价钱，而是长长的旅程、路上的谈天、马车底下的安睡、不按时间的进餐……现在，从他的脸容看来，他梦见的一定是主教赫利斯托福尔、拉丁语的谈话、他的妻子、奶油面包以及库兹米乔夫绝不会梦见的种种东西。

叶戈鲁什卡正在瞧他们那睡熟的脸容，不料听见了轻柔的歌声。远处不知什么地方，有个女人在唱歌，至于她究竟在哪儿，在哪个方向，却说不清。歌声低抑，冗长，悲凉，跟挽歌一样，听也听不清楚，时而从右边传来，时而从左边传来，时而从上面传来，时而从地下传来，仿佛有个肉眼看不见的幽灵在草原上空飞翔和歌唱。叶戈鲁什卡看一看四周，闹不清古怪的歌声是从哪儿来的。后来他仔细一听，觉得必是青草在唱歌。青草半死不活，已经凋萎，它的歌声中没有歌词，然而悲凉恳切地向什么人述说着，讲到它自己什么罪也没有，太阳却平白无故地烧烤它。它口口声声说它热烈地想活下去,它还年轻,要不是因为天热,天干,它会长得很漂亮,它没罪,可是它又求人原谅,还赌咒说它难忍难挨地痛苦,悲哀,可怜自己……

　　叶戈鲁什卡听了一阵,觉得这悲凉冗长的歌声好像使得空气更闷,更热,更停滞了……为了要盖没这歌声,他就哼着歌儿,使劲顿着脚跑到薹草那儿去。在那儿,他往四面八方张望,这才看见了唱歌的人。在小村尽头一个农舍附近,站着一个农妇,穿一件短衬衣,腿脚挺长,跟苍鹭一样,正在筛什么东西,她的筛子底下有一股白色的粉末懒洋洋地顺着山坡洒下来。现在看得明白,就是她在唱歌。离她一俄丈远,站着一个没戴帽子,穿一件女衬衣的小男孩,一动也不动。他仿佛给歌声迷住了似的,呆站在那里,瞧着下面什么地方,大概在瞧叶戈鲁什卡的红衬衫吧。

　　歌声中止了。叶戈鲁什卡溜达着走回马车这边来,没什么事可干,又到流水的地方喝水去了。

　　又传来了冗长的歌声。还是山那边村子里那个长腿的农妇唱的。叶戈鲁什卡的烦闷无聊的心情忽然又回来了。他离开水管,抬头往上看。他这一看,真是出乎意外,不由得有点惊慌。原来他脑袋的上方,在一块笨重的大石头上,站着个胖乎乎的小男孩,只穿一件衬衫,鼓起大肚子,两腿很细,就是原先站在农妇旁边的那个男孩。他张大嘴,眼也不眨地瞧着叶戈鲁什卡的红布衬衫和马车,眼光里带着呆滞的惊奇,甚至带着点恐怖,仿佛眼前看见的是从另一个世界来的鬼魂。衬衫的红颜色引诱他,打动他的心。马车和睡在马车底下的人勾起他的好奇心。也许他自己也没觉得那好看的红颜色和好奇心把他从小村子里引下来，这时候他大概在奇怪自己胆子大吧。叶戈鲁什卡瞧了他很久，他也瞧了叶戈鲁什卡很久。他俩一声不响，觉得有点别扭。沉默很久以后，叶戈鲁什卡问：

"你叫什么名字？"

陌生的孩子的脸颊比先前更往外鼓。他把背贴着石头，睁大眼睛，努动嘴唇，用沙哑的低音回答说：

"基特！"

两个孩子彼此没有再说话。神秘的基特又沉默了一阵，然后仍旧拿眼睛盯紧叶戈鲁什卡，同时用脚后跟摸索到一块可以下脚的地方，顺势登到石头上，从那儿他一面往后退，一面凝神瞧着叶戈鲁什卡，好像害怕他会从背后打他似的。他又登上一块石头，照这样一路爬上去，直到爬过山顶，完全看不见了为止。

叶戈鲁什卡用眼睛送走他以后，伸出胳膊搂着膝盖，低下了头……炎阳晒着他的后脑壳、脖子、背脊。悲凉的歌声一会儿消失，一会儿又在停滞而闷热的空气里飞过。小溪单调地淙淙响，马嚼吃食，时间无穷无尽地拖下去，好像也呆住不动了似的。仿佛从早晨到现在，已经过了一百年……难道上帝要叫叶戈鲁什卡、马车、马儿，在这空气里呆住，跟那些山似的变成石头，永远定在一个地方？

叶戈鲁什卡抬起头来，用无精打采的眼睛看着前面；淡紫色的远方在这以前原本稳稳不动，现在却摇晃起来，随同天空一齐飞到更远的什么地方去了……它顺带把棕色的野草、蓬草拉走，叶戈鲁什卡跟在奔跑的远方的后面非常快地追着。有一种力量一声不响地拖着他不知往什么地方去，炎热和使人烦闷的歌声在后面追随不舍。叶戈鲁什卡垂下头，闭上了眼睛……

杰尼斯卡第一个醒过来。不知什么东西螫了他一下,因而他跳起来,急忙搔自己的肩膀,说:

"该死的鬼东西!巴不得叫你咽了气才好!"

然后他走到溪旁,喝饱水,洗了很久的脸。他的喷气声和泼水声把叶戈鲁什卡从昏睡中惊醒。男孩瞧着他那挂一颗颗水珠、点缀着大雀斑、像大理石一样的湿脸,问道:

"我们马上要走了?"

杰尼斯卡看一眼高高挂在天空的太阳,回答道:

"大概马上就要走了。"

他用衬衫的下襟擦干脸,做出很严肃的脸相,用一条腿跳来跳去。

"来,看咱俩谁先跑到薹草那儿!"他说。

叶戈鲁什卡给炎热和困倦弄得一点劲儿也没有,可是他还是跟着他跳。杰尼斯卡已经将近二十岁,当了马车夫,就要结婚了,可是还没脱尽孩子气。他很喜欢放风筝,放鸽子,玩羊拐,追人,老是加入孩子们的游戏和争吵。只要主人一走开,或者睡了,杰尼斯卡就玩起来,比如用一条腿跳啊,丢石子啊。凡是成年人,看见他真心诚意、十分入迷地跟大孩子们一起蹦蹦跳跳,谁也忍不住要说:"好一个蠢材!"孩子们呢,看见这个大车夫闯进他们的世界里来,却不觉得奇怪:让他来玩好了,只要不打架就成!这就好比小狗看见一只热心的大狗跑过来,开始跟它们一块儿玩耍,它们也不会觉着有什么可奇怪的。

杰尼斯卡赶过了叶戈鲁什卡,而且分明因此很满意。他眯了眯眼,为了夸耀自己可以用一条腿跳到随便多么远去,就向叶戈鲁什卡提议要不要顺着大路跳,然后一刻也不休息,再从大路上跳回马车这边来。叶戈鲁什卡谢绝了他的提议,因为他喘得厉害,一点劲儿也没有了。

忽然,杰尼斯卡做出很庄重的脸色,就连库兹米乔夫骂他或者向他摇手杖的时候,他都没有这样过。他注意地听着,悄悄地屈一个膝头跪下去,他的脸上现出严厉和惊恐的表情,人只有在听到异教邪说的时候才会有那样的表情。他用眼睛盯紧一个地方,慢慢地抬起一只手来握成一个空拳头,忽然扑下去,肚子贴着地面,空拳头扣在青草上。

“逮住了!”他得意地喘着气说,站起来,把一只大螽斯举到叶戈鲁什卡眼前。

叶戈鲁什卡和杰尼斯卡用手指头摸了摸螽斯那宽阔的绿背,碰一碰它的触须,以为这样会使得它感到舒服。然后杰尼斯卡捉到一个吸足了血的肥马蝇,送给螽斯吃。螽斯爱理不理,好像跟杰尼斯卡早就相熟一样,活动着像护眼甲那样的大下巴,一口咬掉了马蝇的肚子。他们放了螽斯。它把翅膀的粉红色里层闪了一闪,跳进草里去了,立刻唧唧地唱起歌来。他们把马蝇也放了。它张开翅膀,尽管没有肚子,却仍旧飞到马身上去了。

马车底下传来深长的叹气声。那是库兹米乔夫醒来了。他连忙抬起头来,不安地瞧一瞧远方,他的眼光漠不关心地掠过叶戈鲁什卡和杰尼斯卡;从他的眼光看得出,他一醒来就想起了羊毛和瓦尔拉莫夫。

“赫利斯托福尔神甫,起来,到时候了!”他着急地说,“别睡了,已经睡得误了事!杰尼斯卡,套上马!”

赫利斯托福尔神甫醒来,脸上仍旧带着睡熟时候的笑容。

他睡过一觉,脸上起了很多皱纹,以致他的脸好像缩小了一半似的。洗完脸,穿好衣服以后,他不慌不忙地从衣袋里拿出一本又小又脏的《诗篇》来,脸朝东站着,低声念起来,在胸前画十字。

"赫利斯托福尔神甫!"库兹米乔夫责备地说,"该走了,马已经套好,您呢,真是的……"

"马上就完,马上就完……"赫利斯托福尔神甫嘟哝着说,"圣诗总得念……今天还没念过呢。"

"留着以后再念也可以嘛。"

"伊万·伊万内奇,这是我每天的规矩……不能不念。"

"上帝不会惩罚您的。"

赫利斯托福尔神甫脸朝东,一动也不动地站了足足一刻钟,努动嘴唇;库兹米乔夫几乎带着痛恨的神情瞧着他,不耐烦地耸动着肩膀。特别惹他冒火的是,赫利斯托福尔神甫每次念完赞美辞总要吸进一口气,很快地在身上画十字,而且故意提高声音连念三次,好叫别人也在身上画十字:"阿利路亚①,阿利路亚,阿利路亚! 赞美吾主!"

末后,赫利斯托福尔神甫微微一笑,抬起眼睛望着天空,把《诗篇》放回口袋里,说:

"Fini!"②

过了一分钟,马车在大道上走动起来。马车仿佛在往回走,不是往前走似的,旅客们看见的景致跟中午以前看见的一模一样。群山仍旧深藏在紫色的远方,看不见它们的尽头。

①　犹太教习用的欢呼语,后为基督教沿用,意为"赞美上帝"。
②　拉丁文:完了!

眼前不住地闪过杂草和石头。一片片残梗断株的田地掠过去，然后仍旧是些白嘴鸦，仍旧是一只庄重地拍着翅膀、在草原上空盘旋的鹧鹰。由于炎热和沉静，空气比先前更加停滞了。驯顺的大自然在沉静中麻木了……没有风，没有欢畅新鲜的声音，没有云。

可是末后，等到太阳开始西落，草原、群山、空气却已经受不了压迫，失去耐性，筋疲力尽，打算挣脱身上的枷锁了。出乎意外，一团蓬松的、灰白的云从山后露出头来。它跟草原使了个眼色，仿佛在说："我准备好了。"天色就阴下来了。忽然，在停滞的空气里不知有什么东西爆炸开来；猛然刮起一阵暴风，在草原上盘旋，号叫，呼啸。立刻，青草和去年的枯草发出怨诉声，灰尘在大道上卷成螺旋，奔过草原，一路裹走麦秸、蜻蜓、羽毛，像是一根旋转的黑柱子，腾上天空，遮暗了太阳。在草原上，四面八方，风滚草踉踉跄跄，跳跳蹦蹦奔跑不停，其中有一株给旋风裹住，跟小鸟那样盘旋着，飞上天空，变成一个黑斑点，不见了。这以后，又有一株飞上去，随后第三株飞上去，叶戈鲁什卡看见其中两株在蓝色的高空碰在一起，互相扭住，仿佛在角力似的。

大道旁边有一只小鸨在飞。它拍着翅膀，扭动尾巴，浸在阳光里，看样子像是钓鱼用的那种小鱼形的金属鱼钩，或者像一只池塘上的小蝴蝶，在掠过水面的时候，翅膀和触须分不清楚，好像前后左右都生出了触须……小鸨在空中颤抖，好像一只昆虫，现出花花绿绿的颜色，直线样飞上高空，然后大概给尘雾吓住，往斜刺里飞去，很久还看得见它一闪一闪地发亮……

这当儿，一只秧鸡受了旋风的惊吓，不知道出了什么事，从草地里飞起来。它不像所有的鸟那样逆着风飞，而是顺着风飞，因此它的羽毛蓬蓬松松，全身膨胀得像母鸡那么大，样子很愤怒，很威武。只有那些在草原上活到老年、习惯了草原上种种纷扰的乌鸦，才镇静地在青草上飞翔，或者冷冷淡淡，什么也不在意，伸出粗嘴啄坚硬的土地。

山后传来沉闷的隆隆雷声，刮起一阵清风。杰尼斯卡欢喜地打了个呼哨，拿鞭子抽马。赫利斯托福尔神甫和库兹米乔夫拉紧帽子，定睛瞧着远山……要是痛痛快快下阵雨，那多好啊！

好像再稍稍加一把劲，再挣扎一下，草原就会占上风了。可是那肉眼看不见的压迫力量渐渐镇住风和空气，压下灰尘，随后像是没出什么事似的，沉寂又回来了。云藏起来，被太阳晒焦的群山皱起眉头，空气驯顺地静下来，只有那些受了惊扰的凤头麦鸡不知在什么地方悲鸣，抱怨命运……

这以后不久，黄昏来了。

三

在昏暗的暮色中出现一所大平房，安着锈得发红的铁皮房顶和黑暗的窗子。这所房子叫做旅店，可是房子旁边并没有院子。它立在草原中央，四周没有遮挡。旁边不远的地方，有一个破败的小樱桃园，四周围着一道篱墙，看上去黑沉沉的。窗子底下立着昏睡的向日葵，耷拉着沉甸甸的脑袋。小樱桃园里有架小风车嘎啦嘎啦响，那里安这么一个东西是为了用那种响声吓退野兔。房子近旁除了草原以外，什么也看不见，听不见。

马车刚刚在有遮檐的门廊前面停住,房子里就传出欢畅的声音,一个是男人的声音,一个是女人的。一扇安着滑轮的门咿咿呀呀地开了,一刹那间马车旁边钻出一个又高又瘦的人,挥着手,摆动着衣服的底襟。这是旅店主人莫伊谢·莫伊谢伊奇,一个脸色很苍白、年纪不很轻的汉子,胡子挺漂亮,黑得跟墨一样。他穿着一件破旧的黑上衣,那件衣服穿在他那窄肩膀上就跟挂在衣架上一样。每逢莫伊谢·莫伊谢伊奇因为高兴或者害怕而拍手,他的衣襟就跟翅膀似的扇动。除了上衣以外,主人还穿着一条肥大的白裤子,裤腿散着,没塞在靴腰里,他还穿着一件丝绒坎肩,上面绣着大臭虫般的棕色花朵。

　　莫伊谢·莫伊谢伊奇认出了来客是谁,起初感情激动,呆住了,后来拍着手,嘴里哼哼唧唧。他的上衣底襟摆动着,背脊弯成一张弓,苍白的脸皱出一副笑容,仿佛他看见了马车不但觉着快乐,而且欢喜到了痛苦的程度。

　　"哎呀,我的上帝! 哎呀,我的上帝!"他用尖细的、唱歌样的声调说,喘着气,手忙脚乱,他的举动反而妨碍客人走下车来。"今天对我来说是多么快活的日子呀! 唉,可是我现在该做点什么呢? 伊万·伊万内奇! 赫利斯托福尔神甫! 车夫座位上坐着一位多么漂亮的小少爷啊,如果我说了假话就叫上帝惩罚我! 啊呀,我的上帝,我为什么站在这儿发呆,不领着客人到屋里去? 请进请进……欢迎你们光临! 把你们的东西全交给我吧……哎呀,我的上帝!"

　　莫伊谢·莫伊谢伊奇正在马车上搬行李,扶客人下车,忽然扭转身,用着急的、窒息的声音嚷叫起来,好像淹在水里,喊人救命似的:

"索罗蒙！索罗蒙！"

"索罗蒙！索罗蒙！"一个女人的声音在屋里随着叫道。

安着滑轮的门咿咿呀呀地开了，门口出现一个身材不高的年轻犹太人，生着鸟嘴样的大鼻子，头顶光秃，四周生了些很硬的鬈发。他上身穿一件短短的、很旧的上衣，后襟呈圆形，短袖子，下身穿一条短短的紧身裤，因此看上去显得矮小，单薄，像是拔净了毛的鸟。这人就是索罗蒙，莫伊谢·莫伊谢伊奇的弟弟。他默默地向马车走来，现出有点古怪的微笑，没有向旅客问候。

"伊万·伊万内奇和赫利斯托福尔神甫来了！"莫伊谢·莫伊谢伊奇用一种仿佛生怕弟弟不相信的口气说，"哎呀嘿，多么想不到的事情，这些好人一下子都来了！来，搬东西，索罗蒙！请进吧，贵宾！"

过了一会儿，库兹米乔夫、赫利斯托福尔神甫、叶戈鲁什卡已经在一个阴暗的、空荡荡的大房间里，坐在一张旧的柞木桌子旁边了。那桌子几乎孤零零地没个倚傍，因为这个大房间里除了一张蒙着满是窟窿的漆皮的长沙发和三把椅子以外，就再也没有别的家具了。而且，那样的椅子也不见得人人都会叫做椅子。它们只是一种可怜的、看上去像是家具的东西罢了，蒙着破旧不堪的漆皮，椅背不自然地向后猛弯过去，看上去倒跟小孩子们的雪橇十分相像。当初那位无人知晓的细木匠究竟着眼于什么样的舒适才那么无情地弄弯椅背，这是不容易想明白的，人只好想象那不是细木匠的过错，也许是一位力大无比的旅客为了要显一显本事才把它扳弯的，后来再想把它扳正，反而扳得更弯了。房间显得阴森森的。墙壁灰白，天花板和檐板被烟熏黑。地板上有些来历不明的裂缝和窟窿(人们会猜想那也是大力士的脚后跟踩穿的)。看来,即便房间里挂上十盏灯,也仍旧会挺黑。墙壁上或者窗台上没有一点儿像是装饰品的东西。不过有一面墙上挂着一个灰色的木框,装着一张不知什么规章,上面画着双头鹰。另一面墙上也有一个木框,装着一张版画,题着几个字:"人类的淡漠"。究竟人类对什么淡漠,那就闹不清了,因为那张画儿年代过久,画面发黑,布满蝇屎。房间里有一股发霉的酸臭气。

莫伊谢·莫伊谢伊奇一面领着客人走进房间,一面不住地弯腰,拍手,耸肩膀,发出快活的叫声。他认为这些举动是非做不可的,为的是显得非常有礼貌,和气。

"我们的货车什么时候走过这儿的?"库兹米乔夫问他。

"有一队货车是今天一清早走过这儿的,另一队呢,伊万·伊万内奇,是在这儿歇下来吃中饭,黄昏以前才上路的。"

"啊……瓦尔拉莫夫路过这儿没有?"

"没有,伊万·伊万内奇。他的伙计格利戈利·叶戈雷奇,昨天早晨经过这儿,说是今天他大概要到莫罗勘派①的农场去。"

"好。那我们赶紧去追货车,然后上莫罗勘派那儿去。"

"上帝保佑,这可使不得,伊万·伊万内奇!"莫伊谢·莫伊谢伊奇惊慌地说,合起掌来,"夜里您还赶什么路? 您痛痛快快吃一顿晚饭,在这儿住一宿,明天早晨,求上帝保佑,再去赶路,随您要去追谁就去追谁好了!"

---

① 基督教的一个派别,十八世纪后半期出现于俄国,反对设神甫和教堂。教徒不吃肉,只吃牛奶和鸡蛋。

"没这些闲工夫,没这些闲工夫了……对不起,莫伊谢·莫伊谢伊奇,下回再住好了,现在没有工夫。我们坐一刻钟就动身,可以在莫罗勘派那儿过夜。"

"一刻钟!"莫伊谢·莫伊谢伊奇尖叫一声,"您得惧怕上帝才成,伊万·伊万内奇!您这是逼我藏起您的帽子,拿锁来锁上门!您总得吃点什么,喝一点茶呀!"

"我们来不及喝茶吃糖了。"库兹米乔夫说。

莫伊谢·莫伊谢伊奇偏着头,屈着膝盖,把手掌往前伸出去,好像招架别人打来的拳头似的,同时现出痛苦的快乐笑容,开始央求道:

"伊万·伊万内奇!赫利斯托福尔神甫!求你们赏个光,在我这儿喝杯茶吧。难道我是个坏人,弄得你们在我这里连喝杯茶都不行?伊万·伊万内奇!"

"行,喝杯茶也好,"赫利斯托福尔神甫同情地叹一口气,"反正耽误不了多大工夫。"

"哦,好吧!"库兹米乔夫答应了。

莫伊谢·莫伊谢伊奇一下子来了劲,快活得大叫一声,耸起肩膀,好像刚刚钻出冷水,到了温暖地方似的;他跑到门口去,用先前喊叫索罗蒙所用的那种着急的、窒息的声调喊道:

"罗扎!罗扎!拿茶炊来!"

过了一分钟,门开了,索罗蒙走进房间,两只手端着一个大盘子。他把盘子放在桌上,眼睛讥诮地瞧着别处,仍旧古怪地微笑着。现在,借了灯光,可以看清楚他的笑容了,那笑容是很复杂的,表现许多种情绪,可是其中占主要地位的只有一种,那就是露骨的轻蔑。他仿佛正在想着一件什么可笑而愚蠢的事,正在看不惯、看不起一个什么人,正在为一件什么事暗暗高兴,正在等个适当的机会用挖苦话讽刺一下,哈哈地笑一阵似的。他的长鼻子、厚嘴唇、狡猾的暴眼睛,好像饱含着大笑的欲望。库兹米乔夫瞧着他的脸,讥诮地微微一笑,问道:

"索罗蒙,今年夏天你为什么不上我们县城来赶集,表演犹太人?"

叶戈鲁什卡记得很清楚,两年前在县城的市集上一个棚子里,索罗蒙说过书,讲犹太人生活的故事,结果十分成功。这件事经人提起后,却没引起索罗蒙什么感触。他一句话也没回答,走出去,过一会儿端着茶炊回来了。

他把桌上的事办完,就站到一旁去,把手交叉在胸口上,伸出一条腿,他那讥诮的眼睛盯紧赫利斯托福尔神甫。他的姿态带点挑衅、傲慢、轻蔑的意味,同时又极可怜,极可笑,因为他的姿态越是显得庄严,他的短裤子,短上衣,滑稽的鼻子,鸟样的、像是拔净了毛的整个身体,也就越发惹眼。

莫伊谢·莫伊谢伊奇从另一个房间里拿来一张凳子,在离桌子稍稍远一点的地方坐下。

"祝你们胃口好!喝茶,吃糖!"他开始忙着招待客人们,"请多用点。这样的稀客,这样的稀客啊。我有五年没见到赫利斯托福尔神甫了。难道没有人肯告诉我这位漂亮的小少爷是谁家的吗?"他温柔地看着叶戈鲁什卡,问道。

"他是我姐姐奥莉迦·伊万诺夫娜的儿子。"库兹米乔夫回答。

"他上哪儿去?"

"上学校去。我们带他去进中学。"

为了表示有礼貌,莫伊谢·莫伊谢伊奇脸上做出惊奇的样子,含有深意地摇头晃脑。

"嘿,这是好事!"他说,朝茶炊摇摇手指头,"这是好事啊!等到你从学校毕业出来,就成了上流人,我们大家见着你就都得脱帽鞠躬了。你将来会变得有学问,有钱,有雄心,妈妈就高兴了。嘿,这是好事!"

他沉默一会儿,摸摸自己的膝头,用半诙谐半尊敬的声调讲起来:

"你得原谅我,赫利斯托福尔神甫,我打算写一封信给主教,告诉他说您打掉商人的饭碗了。我要拿一张公文纸,写道:赫利斯托福尔神甫大概短钱用,因为他做生意,卖起羊毛来了。"

"不错,我这么大的年纪,真是异想天开……"赫利斯托福尔神甫说,笑起来,"老弟,我不做神甫而改行做商人了。现在我本该坐在家里,向上帝祷告,可是我坐着车子东跑西颠,像坐着战车的'法老'①似的……瞎忙啊!"

"可是钱倒会多起来哩!"

"得了吧!碰一鼻子灰哟,哪儿谈得到钱。货色又不是我的,是我女婿米海罗的!"

"为什么他自己不去呢?"

"因为……他娘的奶在他嘴唇上还没干呐。他买羊毛倒还行,可是讲到卖啊,他就没本事了,他还年轻。他花光了所有的钱,想发财,冒尖儿,可是他在这儿试试,在那儿试试,谁也不赏识他。这小伙子照这样混了一年,然后跑来找我,说:'爹,请您替我把羊毛卖掉,劳驾帮个忙吧!我做不来这些

~~~~~~~~~~~~

① 古埃及国王的称号。

事！'事情就是这样的。只要出了什么事，就马上爹啊爹的，平时呢，没有爹也行了。他买羊毛的时候不来跟我商量，可是等到现在出了麻烦，就轮着爹了。其实爹哪儿成呢？要不是有伊万·伊万内奇，爹也没法办。他们这种人不知惹出多少麻烦哟！"

"对了，我老实跟您说吧，孩子总要惹出不少烦恼！"莫伊谢·莫伊谢伊奇叹道，"我有六个子女。一个要上学，一个要看病，一个要人抱。等他们长大了，麻烦还要多。不但如今是这样，就是在《圣经》上也是一样。雅各①有了小孩子的时候，尽是哭，等到孩子长大，他哭得更伤心了！"

"嗯，是啊……"赫利斯托福尔神甫同意，沉思地瞧着茶杯，"讲到我自己嘛，其实倒没有什么可以抱怨主的。我太太平平地活到了头，就跟别人托天之福活了一辈子一样……我已经把女儿们嫁给好人，给儿子们成家立业，现在我没有什么牵挂，已经尽了我的本分，四面八方，哪儿都可以去了。我跟我老婆过得挺和睦，有吃有喝，睡得挺香，有孙儿女们解闷儿，天天向上帝祷告，此外我也不要什么别的了。我的日子过得舒舒服服，用不着去巴结什么人。我有生以来就没受到过什么磨难，现在假定沙皇来问我：'你需要什么？你希望有什么东西？'那我是什么也不要！样样我都有了，感谢上帝，什么都有了。全城的人，谁也及不上我这么幸福。唯一的烦恼是我有那么多的罪，不过话说回来，也只有上帝才没有罪。这话该对吧？"

"当然对。"

_____

① 《圣经·旧约·创世记》载，雅各有十二个孩子，曾招来不少麻烦。

"自然,我没有牙了。岁数一大,背酸痛了,这样那样的……喘病什么的……有了病,身体衰弱了,不过话说回来,也要想一想我活到这么大的年纪了!七十多了!人总不能长生不死。总得知足才成。"

赫利斯托福尔神甫忽然想起什么,对着杯子扑哧一声笑了,而且笑得咳嗽起来。莫伊谢·莫伊谢伊奇出于礼貌也笑,也咳嗽。

"真滑稽!"赫利斯托福尔神甫说,摆了摆手,"我的大儿子加夫里拉来看望我。他是做医生的,是切尔尼戈夫省地方自治局的医师……很好……我对他说:'现在我害了气喘病什么的……你是大夫,那就给你爸爸看看病吧!'他当场脱掉我的衣服,敲呀,听呀,玩了种种花样……揉我的肚子,然后说:'爸爸,您应当用压缩空气治一治才成。'"

赫利斯托福尔神甫哈哈大笑,笑得流出了眼泪,站起来了。

"我就对他说:求上帝保佑,保佑那个什么压缩空气吧!"他把手一挥,在笑声中数说着,"求上帝保佑它,保佑那个什么压缩空气吧!"

莫伊谢·莫伊谢伊奇也站起,用手捧着肚子,尖声笑起来,就跟叭儿狗的叫声一样。

"求上帝保佑它,保佑那个什么压缩空气吧!"赫利斯托福尔神甫笑着又说一遍。

莫伊谢·莫伊谢伊奇的笑声提高了两个调门,而且笑得那么厉害,站也站不稳了。

"哎呀,我的上帝……"他在笑声中呻吟道,"让我缓口气吧……笑得人简直要……哎哟!……笑死我了!"

他连笑带说,同时他又胆怯而怀疑地看一眼索罗蒙。索罗蒙还是照先前那种姿势站着,微微地笑。从他的眼神和笑容看来,他的轻蔑和憎恨出于内心,可是这表情跟他那好像拔净了毛的身体那么不相称,照叶戈鲁什卡看来,他仿佛故意装出那种挑衅的态度和恶狠狠的轻蔑神情,为了显一显小丑的身手,逗贵宾们一笑似的。

库兹米乔夫默默地喝完大约六杯茶,在面前的桌子上理出一块空地方,拿过袋子来,就是先前他睡在马车底下用来垫在脑袋底下的那个袋子。他解开细绳,抖一抖。成捆的钞票从袋子里滚出来,落在桌子上。

“趁现在有工夫,赫利斯托福尔神甫,我们来点一点。”库兹米乔夫说。

莫伊谢·莫伊谢伊奇一看见钱,就窘了,他站起来,如同一个有礼貌的、不愿意刺探别人隐私的人一样,踮起脚尖,张开胳膊稳住身子,走出房间去了。索罗蒙仍旧站在原来的地方。

“一卢布钞票是多少钱一捆?”赫利斯托福尔神甫开口说。

“一卢布钞票是五十卢布一捆……三卢布钞票是九十卢布一捆。……一百的和二十五的是一千一捆。您为瓦尔拉莫夫数出七千八百,我来数出给古塞维奇的钱。可是小心,别数错……”

叶戈鲁什卡生平从没见过像此刻放在桌子上的那许多钱。钱一定很多,因为赫利斯托福尔神甫为瓦尔拉莫夫点出来放在一边的七千八百,跟整堆票子相比显得很小。换了在别的时候,这么多的钱也许会使得叶戈鲁什卡震惊,引得他暗自盘算用这一堆钱可以买来多少面包圈、羊拐子、带罂粟籽的甜点心。现在他却漠不关心地瞧着钱,只觉着钞票冒出来的烂苹果味和煤油的臭味惹得他恶心。他一路上给马车颠得没了精神,现在乏了,只想睡觉。他的脑袋往下耷拉,眼睛张不开,思想跟线一样的搅乱了。要是可以的话,他就会舒舒服服地把脑袋垂倒在桌子上,闭上眼睛,免得看见灯光和在那一捆捆钞票上活动的手指头,让疲顿困倦的思想变得越乱越好。现在他却得极力不睡着,于是灯火、茶碗、手指头都变成双份,茶炊摇摇晃晃,烂苹果的气味越发刺鼻,惹人恶心了。

"唉,钱啊,钱啊!"赫利斯托福尔神甫叹口气,微微一笑,"你们带来多少烦恼! 现在我的米海罗大概在睡觉,梦见我会给他带回去这么一大堆钱呢。"

"您那米海罗·季莫菲伊奇是个糊涂人,"库兹米乔夫低声说,"他不会干他的行当,不过您明白事理,能够判断。您不如照我先前所说的那样把您的羊毛让给我,您自己回去的好,我呢,好吧,比我的价钱多给您半个卢布就是,这可纯粹是表一表敬意……"

"不行,伊万·伊万内奇,"赫利斯托福尔神甫叹道,"承您关照,我很感激……当然,要是我能做主的话,那就用不着多说了,可是眼前这批货,您自己知道,可不是我的……"

莫伊谢·莫伊谢伊奇踮着脚尖走进来。他出于礼貌极力不去看那堆钱,悄悄走到叶戈鲁什卡身边,在他背后拉一拉他的衬衫。

"跟我来,少爷,"他低声说,"我带你去看一只挺好的小熊! 好一头吓人的、脾气暴躁的小熊! 嘿嘿!"

带着睡意的叶戈鲁什卡就站起来,没精打采地跟着莫伊谢·莫伊谢伊奇去看熊。他走进一个不大的房间，还没看见什么东西，先就闻到一股发霉的酸味，比在大房间里闻到的浓得多，多半从这个房间散发到整个房子里去了。这房间有一半地方摆着一张大床，铺着油腻的绗过的棉被，另外一半地方摆着一个衣柜和一堆堆形形色色的破旧衣服，从女人的浆硬的裙子到小孩的短裤和吊裤带，样样都有。衣柜上燃着一支油烛。

叶戈鲁什卡没看见原来犹太人应许下的熊，却看见了一个高大、很胖的犹太女人，披散着头发，穿一件红地黑花点的法兰绒连衣裙。她在大床和衣柜中间的狭窄过道上费劲地转来转去，发出哀伤的长声叹息，好像牙痛似的。一看见叶戈鲁什卡，她就做出要哭的脸相，长长地叹了一口气，转眼间，就拿一片抹了蜂蜜的面包送到他唇边。

"吃吧，乖乖，吃吧！"她说，"你在这儿没有妈妈，没有人来照应你的吃喝。吃吧。"

叶戈鲁什卡果然吃了，不过他每天在家里吃的是冰糖和罂粟籽甜点心，觉得这种搀了一半蜂蜡和蜜蜂翅膀的蜂蜜没什么好吃。他吃东西的时候，莫伊谢·莫伊谢伊奇和犹太女人瞧着他叹气。

"你上哪儿去，乖乖？"犹太女人问道。

"上学去。"叶戈鲁什卡回答。

"你妈有几个孩子？"

"就是我一个。另外没有了。"

"哎哟！"犹太女人叹道，眼珠往上翻，"可怜的妈妈呀！可怜的妈妈！她会怎样地惦记，怎样地哭哟！过一年，我们也要送我们的纳乌木上学去了！哎哟！"

"唉,纳乌木,纳乌木!"莫伊谢·莫伊谢伊奇叹道,他那白脸上的皮肤紧张地抽动着,"他的身子那么单薄呀。"

油腻的被子颤动起来,从被子底下探出一个小孩的卷发的头,下面是一段很细的脖子,两只黑眼睛发亮,好奇地瞅着叶戈鲁什卡。莫伊谢·莫伊谢伊奇和犹太女人不住地叹气,走到衣柜那边去,开始用犹太话谈天。莫伊谢·莫伊谢伊奇用男低音低声讲话,他的犹太话归总起来,像是连续不断的"呱呱呱呱……"他妻子呢,用尖细的像是火鸡般的声音回答,她的话大致像是"嘟嘟嘟嘟……"他们正商量什么事,不料从油腻的被子底下探出另一个卷发的头和另一段瘦脖子,然后钻出第三个头,随后第四个头……要是叶戈鲁什卡有丰富的想象力,他就会想到被子底下躺着一个百头的怪物呢。

"呱呱呱呱……"莫伊谢·莫伊谢伊奇说。

"嘟嘟嘟嘟……"犹太女人回答。

这场商谈的结局是那个犹太女人长叹一声,钻进衣柜,解开一个破破烂烂的绿布包,拿出一大块心形的黑面蜜饼。

"拿着,乖乖,"她说,把蜜饼递给叶戈鲁什卡,"你现在没有妈妈,没有人给你点心吃了。"

叶戈鲁什卡把蜜饼塞到口袋里,退到门口,因为老板夫妇生活在其中的那种发酸的霉气他再也闻不得了。他回到大房间里,在长沙发上找个地方舒舒服服地坐下,就专心想自己的心事了。

库兹米乔夫一点完票子,就把票子放回袋子里。他对待那些票子并不特别尊敬,毫无礼貌地把它们往袋子里乱扔,漠不关心,好像那些票子不是钱,而是废纸似的。

赫利斯托福尔神甫跟索罗蒙攀谈起来。

"喂,怎么样,聪明人索罗蒙①?"他说着,打了个呵欠,在嘴上画十字,"事情怎么样?"

"您说的是什么事情?"索罗蒙问,露出挺凶的样子,好像人家在说他犯了什么罪似的。

"一般的事情啊……你最近在做什么?"

"我做什么?"索罗蒙反问一句,耸了耸肩膀,"还不是跟人家一样……您看得出来,我是奴才。我是哥哥的奴才,哥哥是客人们的奴才,客人们是瓦尔拉莫夫的奴才。要是我有一千万卢布,瓦尔拉莫夫就会做我的奴才。"

"这是什么意思? 他怎么会做你的奴才?"

"为什么? 因为没有一位老爷或财主不愿意为了多得一个小钱而去舔满身疥疮的犹太人的手。现在我是个满身疥疮的犹太人,叫花子,人人把我看做一条狗,不过要是我有钱,瓦尔拉莫夫就会巴结我,就跟莫伊谢巴结你们一样。"

赫利斯托福尔神甫和库兹米乔夫互相瞧了一眼。他俩都不明白索罗蒙的意思。库兹米乔夫严厉地冷眼瞧着他,问道:

"你这蠢材怎么能拿自己跟瓦尔拉莫夫相比?"

"我还不至于蠢到把我自己跟瓦尔拉莫夫比,"索罗蒙答道,讥讽地瞧着讲话人,"虽然瓦尔拉莫夫是个俄罗斯人,他本性却是满身疥疮的犹太人,他的全部生活就是为了赚钱和谋利,我呢,却把钱扔进炉子里去烧掉! 我不要钱,不要土地,不要羊,也不要人家怕我,在我路过的时候对我脱帽子。所以我比您那个瓦尔拉莫夫聪明得多,也更像一个人!"

---

① 根据《圣经》传说,所罗门是大卫的儿子,纪元前十世纪以色列的国王,以机智聪明著称。在这儿是因为名字的音相同用来取笑的意思。

过了不多一会儿,叶戈鲁什卡在半睡半醒中听见索罗蒙用一种因为痛恨而透不出气的、低沉而嘶哑的声音讲犹太人,讲得又快又不清楚。起初他的俄国话倒还讲得好,后来他加进了讲犹太人生活的说书人的声调,开始用浓重的犹太口音讲话,像那回在市集上棚子里一样了。

"等一等……"赫利斯托福尔神甫打断他的话,"要是你不喜欢你的宗教,你可以改信别的宗教。嘲笑宗教是罪恶,只是顶顶下贱的人才嘲笑自己的宗教信仰。"

"您压根儿没听明白!"索罗蒙粗鲁地打断他的话,"我跟您讲的是一件事,您讲的却是另一件事……"

"现在谁都看得出来你是个蠢材,"赫利斯托福尔神甫叹道,"我尽我的心教训你,你倒生气了。我照老前辈那样平心静气地对你说话,你却像火鸡似的'卜拉,卜拉,卜拉!'你真是个怪人……"

莫伊谢·莫伊谢伊奇走进来了。他不安地瞧一眼索罗蒙,又瞧一眼客人,脸上的皮肤又紧张得抽动起来。叶戈鲁什卡摇了摇头,往四下里看一眼,偶尔看见了索罗蒙。这当儿索罗蒙的脸正好有四分之三向他转过来,他的长鼻子的阴影盖住他整个左脸,跟那阴影缠在一起的冷笑,亮晶晶的、讥讽的眼睛,傲慢的表情,好像拔净了毛的整个矮小身体,都化成双份,在叶戈鲁什卡的眼前跳动,这时候他本人不像是小丑,倒像是人在梦中偶尔见到的一种大概像恶魔之类的东西了。

"您这儿有个中了魔的人啊,莫伊谢·莫伊谢伊奇!求上帝跟他同在吧!"赫利斯托福尔神甫微笑着说,"您应当把他安置到什么地方去,或者给他娶个老婆……他不像是个正常的人了……"

库兹米乔夫生气地皱起眉头。莫伊谢·莫伊谢伊奇又不安地、试探地瞧瞧兄弟，瞧瞧客人。

"索罗蒙，出去！"他厉声说道，"出去！"

他还添了一句犹太话。索罗蒙猛的哈哈一笑，走出去了。

"怎么回事？"莫伊谢·莫伊谢伊奇惊慌地问赫利斯托福尔神甫。

"他忘了形了，"库兹米乔夫回答，"说话粗鲁，自以为了不起。"

"我早就料到了！"莫伊谢·莫伊谢伊奇恐怖地叫道，合起掌来，"唉，我的上帝！我的上帝！"他低声喃喃道，"请你们务必行行好，包涵一下，别生气。他这人真怪，真怪！唉，我的上帝！我的上帝！他是我的亲兄弟，可他除了给我找麻烦以外，我从他那儿什么也得不到。你们知道，他呀……"

莫伊谢·莫伊谢伊奇用手指头指着脑门子，画了个圆圈，接着说：

"脑筋不正常啊……他是个没希望的人了。我不知道该拿他怎么办才好！他不喜欢人，不尊敬人，也不怕人……你们知道，他嘲笑每个人，净说蠢话，对什么人都不客气。说来你们可能不信，有一回瓦尔拉莫夫上这儿来了，索罗蒙对他说了些话，惹得他拿起鞭子把我和他都打了一顿……可是何苦拿鞭子抽我呢？难道能怪我不对？上帝夺去他的脑筋，那么这是上帝的意旨，难道能怪我不对吗？"

十分钟过去了，莫伊谢·莫伊谢伊奇仍旧在低声地唠唠叨叨，叹着气说：

"他晚上不睡觉，老是想啊，想啊，想啊，他究竟在想些什么，只有上帝才晓得。要是晚上去看他，他就生气，笑。他连我也不喜欢……而且他什么也不要！先父去世的时候，给我们每人留下六千卢布。我买下这个旅店，结了婚，现在有了子女；他呢，把钱丢进炉子里烧掉了。真是可惜！真是可惜！何苦烧掉？你不要，可以给我啊，何苦烧掉呢？"

忽然那扇安着滑轮的门吱吱嘎嘎响起来，地板在什么人的脚步声中颤动。一股冷空气向叶戈鲁什卡袭来，他觉得好像有只大黑鸟飞过他面前，贴近他的脸扇着翅膀。他睁开眼睛……舅舅站在长沙发旁边，手里提着袋子，准备动身。赫利斯托福尔神甫拿着宽边的礼帽，正在对什么人鞠躬，微笑，然而不像平素那样笑得温柔而动情，却恭敬而勉强，这种笑容跟他的脸很不相称。莫伊谢·莫伊谢伊奇呢，好像他的身体断成了三截，而他正在稳住自己，极力不叫自己的身子散开似的。只有索罗蒙站在墙角，交叉着两只手，若无其事，照旧轻蔑地微笑。

"请尊驾原谅我们这儿不干净！"莫伊谢·莫伊谢伊奇哼哼唧唧地说，现出又痛苦又欢喜的笑容，不再理会库兹米乔夫和赫利斯托福尔神甫，一心稳住自己的身子，免得散开，"我们是些粗人，尊驾！"

叶戈鲁什卡揉一揉眼睛，房间中央果然站着一位尊驾，是个年轻、丰满、很美的女人，穿一身黑衣服，戴一顶草帽。叶戈鲁什卡还没来得及看清她的相貌，就不知因为什么缘故忽然想起了白天在山上看见的那棵孤零零的、苗条的白杨。

"瓦尔拉莫夫今天经过此地没有？"女人的声音问道。

"没有，尊驾！"莫伊谢·莫伊谢伊奇回答说。

"要是明天您看见他，请他上我家里去一会儿。"

忽然，十分意外，叶戈鲁什卡看见离自己的眼睛半俄寸①远的地方有两道丝绒样的黑眉毛，一对棕色的大眼睛，一张娇嫩的女性的脸蛋儿，带着两个酒涡儿，微笑从酒涡那儿放射出来，就跟阳光从太阳里放射出来一样，有一股挺好闻的香气。

"好一个漂亮的孩子！"女人说，"这是谁家的孩子？卡齐米尔·米哈伊洛维奇，瞧，多么可爱啊！我的上帝啊，他睡着了！我亲爱的小胖子……"

女人亲热地吻叶戈鲁什卡两边的脸蛋儿。他微笑了，可是想到自己是在睡觉，就闭紧眼睛。门上的滑轮吱吱嘎嘎地叫起来，传来了匆忙的脚步声：不知什么人正在走进走出。

"叶戈鲁什卡！叶戈鲁什卡！"他听见两个低沉的声音小声说，"起来，要走了！"

不知道是谁，大概是杰尼斯卡吧，扶他站起来，搀着他的胳膊。在路上，他微微睁开眼睛，又看见了那个吻过他的、穿一身黑衣服的美丽女人。她站在房中央，瞧他走出去，微笑着，和气地对他点头。他走近房门，看见一个英俊、魁伟的黑发男子，戴一顶礼帽，裹着皮护腿。这人一定是陪那个贵妇人来的。

"唷！"外面传来吆喝马的声音。

在这所房子大门口，叶戈鲁什卡看见一辆华贵的新马车和一对黑马。车夫座上坐着一个穿号衣的车夫，手里拿一根长鞭子。送客人出来的，只有索罗蒙一个人。他的脸由于要笑而紧张着，看样子好像非常急于等客人走掉，好痛快地笑他们一场似的。

---

① 1俄寸等于4.4厘米。

"这是德兰尼茨卡雅伯爵小姐。"赫利斯托福尔神甫爬上马车,小声说。

"对了,德兰尼茨卡雅伯爵小姐。"库兹米乔夫小声地重说一遍。

伯爵小姐的光临所产生的印象大概很强烈,因为就连杰尼斯卡都压低声音说话,直到马车走出四分之一俄里,他回过头远远地望去,看不见那个旅店,只看见一点昏暗的亮光时,才敢拿起鞭子抽那匹枣红马,吆喝一声。

四

这个使人捉摸不透的、神秘的瓦尔拉莫夫虽然索罗蒙看不起,可是大家谈得那么多,就连那个美丽的伯爵小姐也要找他,那么他究竟是个什么人呢?半睡半醒的叶戈鲁什卡挨着杰尼斯卡并排坐在车夫座上心里想着的正是这个人。他从没见过这个人,不过屡次听到人家说起他,也常常在想象中描摹他的样子。他知道瓦尔拉莫夫有好几万俄亩①的土地,有十万只羊,有很多的钱。关于他的生活方式和职业,叶戈鲁什卡只知道他老是"在这一带地方转来转去",老是有人找他。

在家里,叶戈鲁什卡还听说过很多关于德兰尼茨卡雅伯爵小姐的事。她也有好几万俄亩的土地,许多的羊,一个养马场,很多的钱,可是她并不"转来转去",却住在自己阔绰的庄园上。伊万·伊万内奇为了接洽生意,曾不止一次到伯爵小姐家里去过,他和其他熟人讲过许多关于那个庄园的奇谈趣

---

① 1 俄亩等于 1.09 公顷。

事,比方说,他们讲:伯爵小姐的客厅里,四壁挂着波兰历代皇帝的御像,摆着一个大座钟,那钟做成悬崖的样子,崖上站着一头金马,嵌着宝石眼睛,扬起前蹄,马身上坐着一个金骑士,每逢钟响,他就向左右挥舞马刀。据说伯爵小姐每年大约开两次舞会,请来全省的贵族和文官,就连瓦尔拉莫夫也来参加。全体宾客喝的茶是用银茶炊烧的,他们吃的都是各种珍品(比方说在冬天,到了圣诞节,他们吃得到马林果和草莓),客人们随着音乐跳舞,乐队一天到晚奏乐不停……

"她长得多么美啊!"叶戈鲁什卡想起她的脸儿和笑容,暗自想道。

库兹米乔夫大概也在想伯爵小姐,因为车子已经走出两俄里了,他却说:

"那个卡齐米尔·米哈伊洛维奇可真能揩她的油!您该记得,前年我向她买羊毛的时候,他在我买的一批货色上就赚了大约三千。"

"要想叫波兰人不是这个样子是不可能的。"赫利斯托福尔神甫说。

"可是她倒一点也不在意。据说她年轻,愚蠢。脑子糊涂得很!"

不知什么缘故,叶戈鲁什卡一心只想到瓦尔拉莫夫和伯爵小姐,特别是想伯爵小姐。他那睡意蒙眬的脑子里根本拒绝平凡的思想,弥漫着一片云雾,只保留着神话里的怪诞形象,它们具有一种便利,好像会自动在脑筋里生出来,不用思索的人费什么力,而且只要使劲摇一摇头,那些形象就又会自动消灭,无影无踪了。再者他四周的一切东西也没有一样能使他生出平凡的思想。右边是一带乌黑的山峦,好像遮挡着什么神秘可怕的东西似的。左边地平线上整个天空布满红霞,谁也闹不清究竟是因为有什么地方起了火呢,还是月亮就要升上来。如同白天一样,远方还是看得清的,可是那点柔和的淡紫色,给黄昏的暗影盖住,不见了。整个草原藏在暗影里,就跟莫伊谢·莫伊谢伊奇的小孩藏在被子底下一样。

七月的黄昏和夜晚,鹌鹑和秧鸡已经不再叫唤,夜莺也不在树木丛生的峡谷里唱歌,花卉的香气也没有了。不过草原还是美丽,充满了生命。太阳刚刚下山,黑暗刚刚笼罩大地,白昼的烦闷就给忘记,一切全得到原谅,草原从它那辽阔的胸脯里轻松地吐出一口气。仿佛因为青草在黑暗里看不见自己的衰老似的,草地里升起一片快活而年轻的鸣叫声,这在白天是听不到的;曜曜声,吹哨声,搔爬声,草原的低音、中音、高音,合成一种不断的、单调的闹声,在那种闹声里默想往事,忧郁悲伤,反而很舒服。单调的唧唧声像催眠曲似的催人入睡;你坐着车,觉着自己就要睡着了,可是忽然不知从什么地方传来一只没有睡着的鸟发出短促而不安的叫声,或者听到一种来历不明的声音,像是谁在惊奇地喊叫:"啊-啊!"接着,睡意又把你的眼皮合上了。或者,你坐车走过一个峡谷,那儿生着灌木,就会听见一种被草原上的居民叫做"睡鸟"的鸟,对什么人叫道:"我睡啦!我睡啦!我睡啦!"又听见另一种鸟在笑,或者发出歇斯底里的哭声,那是猫头鹰。它们究竟为谁而叫,在这平原上究竟有谁听它们叫,那只有上帝才知道,不过它们的叫声却含着很多的悲苦和怨艾……空气中有一股禾秸、枯草、迟开的花的香气,可是那香气浓重,甜腻,温柔。

透过暗影,样样东西都看得见,只是各种东西的颜色和轮廓却很难辨清。样样东西都变得跟它本来的面目不同了。你坐车走着,忽然看见前面大路旁边站着一个黑影,像个修士。他站在那儿一动也不动,等着,手里不知拿着什么东西……别是土匪吧?那黑影越来越近,越变越大,这时候它就在马车旁边了,你这才看出原来这不是人,却是一丛孤零零的灌木或者一块大石头。这类稳稳不动、有所等待的人影站在矮山上,藏在坟墓背后,从杂草里探出头来。它们全都像人,引人起疑。

月亮升上来了,夜变得苍白、无力。暗影好像散了。空气透明,新鲜,温暖;到处都看得清楚,甚至辨得出路边一根根的草茎。在远处的空地上可以看见头盖骨和石头。可疑的、像是修士的人形由月夜明亮的背景衬托着,显得更黑,也好像更忧郁了。在单调的鸣叫声中越来越频繁地夹着不知什么东西发出的"啊!——啊!"的惊叫声,搅扰着静止的空气,还可以听见没有睡着的或者正在梦呓的鸟的叫声。宽阔的阴影游过平原,就像云朵游过天空一样。在那不可思议的远方,要是你长久地注视它,就会看见模模糊糊、奇形怪状的影像升上来,彼此堆砌在一块儿……那是有点阴森可怕的。人只要瞧一眼布满繁星的微微发绿的天空,看见天空既没有云朵,也没有污斑,就会明白温暖的空气为什么静止,大自然为什么小心在意,不敢动一动,它战战兢兢,舍不得失去哪怕是一瞬间的生活。至于天空那种没法测度的深邃和无边无际,人是只有凭了海上的航行和月光普照下的草原夜景才能有所体会的。天空可怕、美丽、亲切,显得懒洋洋的,诱惑着人们,它那缠绵的深情使人头脑昏眩。

你坐车走了一个钟头,两个钟头……你在路上碰见一所沉默的古墓或者一块人形的石头,上帝才知道那块石头是在什么时候,由谁的手立在那儿的。夜鸟无声无息地飞过大地。

渐渐地,你回想起草原的传说、旅客们的故事、久居草原的保姆所讲的神话,以及凡是你的灵魂能够想象和能够了解的种种事情。于是,在唧唧的虫声中,在可疑的人影上,在古墓里,在蔚蓝的天空中,在月光里,在夜鸟的飞翔中,在你看见而且听见的一切东西里,你开始感到美的胜利、青春的朝气、力量的壮大和求生的热望。灵魂响应着美丽而严峻的故土的呼唤,一心想随着夜鸟一块儿在草原上空翱翔。在美的胜利中,在幸福的洋溢中,透露着紧张和愁苦,仿佛草原知道自己孤独,知道自己的财富和灵感对这世界来说白白荒废了,没有人用歌曲称颂它,也没有人需要它。在欢乐的闹声中,人听见草原悲凉而无望地呼喊着:歌手啊! 歌手啊!

"唷! 你好,潘捷列! 一切都顺利吗?"

"谢天谢地,伊万·伊万内奇!"

"你们看见瓦尔拉莫夫没有,伙计们?"

"没有,我们没看见。"

叶戈鲁什卡醒来,睁开眼睛。车子停住了。大路上靠右边,有一长串货车向前一直伸展到远处,许多人在车子近旁走动。所有的货车都载着大捆的羊毛,显得很高,圆滚滚的,马呢,就显得又小又矮了。

"好,那么,我们现在就赶到莫罗勘派那儿去!"库兹米乔夫大声说,"犹太人说瓦尔拉莫夫要在莫罗勘派那儿过夜。既是这样,那就再会吧,伙计们! 愿主跟你们同在!"

"再会,伊万·伊万内奇!"有几个声音回答。

"对了,我说,伙计们,"库兹米乔夫连忙又喊道,"你们把我的这个小孩子带在身边吧! 何必叫他白白陪着我们受车子的颠簸呢? 把他放在你车上的羊毛捆上边,潘捷列,让他慢慢地走，我们却要赶路去了。下来，叶戈尔！去吧，没关系！……"

叶戈鲁什卡从车夫座位上下来。好几只手抓住他，把他高高地举到半空中，接着，他发现自己落到一个又大又软、沾着露水、有点潮湿的东西上面。这时候他觉得天空离他近了，土地离他远了。

"喂，把小大衣拿去！"杰尼斯卡在下面很远的地方嚷道。

他的大衣和小包袱从下面丢上来，落在叶戈鲁什卡身旁。他不愿意多想心思，连忙把包袱放在脑袋底下，拿大衣盖在身上，伸直了腿，因为碰到露水而微微耸起肩膀，满意地笑了。

"睡吧，睡吧，睡吧……"他想。

"别亏待他，你们这些鬼！"他听见杰尼斯卡在下面说道。

"再见，伙计们！愿主跟你们同在！"库兹米乔夫叫道，"我拜托你们啦！"

"你放心吧，伊万·伊万内奇！"

杰尼斯卡吆喝着马儿，马车吱吱嘎嘎地滚动了，然而不是顺着大路走，却是往旁边什么地方走去。随后有大约两分钟的沉静，仿佛车队睡着了似的，只能听见远远的那只拴在马车后面的铁桶的叮咚声渐渐消失。后来，车队前头有人喊道：

"基留哈！上路啦！"

最前面的一辆货车吱吱嘎嘎地响起来，然后第二辆、第三辆也响了。……叶戈鲁什卡觉得自己躺着的这辆货车摇晃着，也吱吱嘎嘎地响起来。车队出发了，叶戈鲁什卡抓紧拴羊毛捆的绳子，又满意地笑起来，把口袋里的蜜饼放好，就睡着了，跟往常睡在家里的床上一样……

等他醒来，太阳已经升起来，一座古坟遮挡着太阳，可是太阳极力要把亮光洒向世界,用力朝四面八方射出光芒,使得地平线上洋溢着一片金光。叶戈鲁什卡觉得太阳走错了地方,因为昨天太阳是从他背后升起来的,现在却大大地偏左了……而且整个景色也不像昨天。群山没有了。不管你往哪边看,四面八方,都铺展着棕色的、无精打采的平原,无边无际。平原上,这儿那儿隆起一些小坟,昨天那些白嘴鸦又在这儿飞来飞去。前面远处,有一个村子的钟楼和农舍现出一片白颜色。今天凑巧是星期日,乌克兰人都待在家里,烤面包,烧菜,这可以从每个烟囱里冒出来的黑烟看出来,那些烟像一块蓝灰色的透明的幕那样挂在村子上。在两排农舍中间的空当儿上,在教堂后面,露出一条蓝色的河,河对面是雾蒙蒙的远方。可是跟昨天相比,再也没有一样东西比道路的变化更大了。一种异常宽阔的、奔放不羁的、雄伟强大的东西在草原上伸展出去,成了大道。那是一条灰色长带,经过车马和人们的践踏,布满尘土,跟所有的道路一样,只是路面有好几十俄丈宽。这条道路的辽阔使得叶戈鲁什卡心里纳闷,引得他产生了神话般的幻想。有谁顺着这条路旅行呢?谁需要这么开阔的天地呢?这真叫人弄不懂,古怪。说真的,那些迈着大步的巨人,例如伊里亚·慕洛梅茨[①]和大盗索罗维[②],至今也许还在罗斯生活着,他们的高头大马也没死吧。叶戈鲁什卡瞧着这条道路,幻想六辆高高的战车并排飞驰,就跟在《圣经》故事的插图上看见的一样。每辆战车由六头发疯的野马拉着,高高的车轮搅起滚滚的烟尘升上天空,驾驭那些马的是只有在梦中才能看见或者在神话般的幻想中才能出现的那种

①② 俄罗斯民谣中的勇士。

人。要是真有那些人的话，他们跟这草原和大道是多么相称啊！

在大道的右边，挂着两股电线的电线杆子一直伸展到大道的尽头。它们越变越小，进了村庄，在农舍和绿树后面消失了，然后又在淡紫色的远方出现，成了很小很细的短棍，像是插在地里的铅笔。大鹰、猛隼、乌鸦停在电线上，冷眼瞧着走动的货车队。

叶戈鲁什卡躺在最后一辆货车上，能看见这整个一长串的货车。货车队的货车一共有二十来辆，每三辆一定有个车夫。在叶戈鲁什卡躺着的最后一辆货车旁边走着一个老头儿，胡子雪白，跟赫利斯托福尔神甫那样又瘦又矮，可是他有一张给太阳晒成棕色的、严厉的、沉思的脸。很可能这个老人并不严厉，也没在沉思，不过他的红眼皮和又尖又长的鼻子给他的脸添了一种严肃冷峻的表情，那些习惯了老是独自一人思考严肃事情的人就会有那样的表情。跟赫利斯托福尔神甫一样，他戴着一顶宽边的礼帽，然而不是老爷戴的那种，而是棕色毡子做成的，与其说像一顶礼帽，倒不如说像一个切去尖顶的圆锥体。他光着脚。大概因为在寒冷的冬天他在货车旁边行走，可能不止一回冻僵，于是养成了一种习惯吧，他走路的时候总是拍大腿，顿脚。他看见叶戈鲁什卡醒了，就瞧着他，耸起肩膀，仿佛怕冷似的，说：

"哦，睡醒了，小子！你是伊万·伊万内奇的儿子吧？"

"不，我是他的外甥……"

"伊万·伊万内奇的外甥？瞧啊，现在我脱了靴子，光着脚蹦蹦跳跳。我这双脚痛，挨过冻，不穿靴子倒还舒服些……倒还舒服些，小子……这么一说，你是他的外甥？他倒是个好人,挺不错……愿主赐他健康……挺不错……我是指伊万·伊万内奇……他上莫罗勘派那儿去了……啊,主,求您怜悯我们!"

老头儿讲起话来好像也怕冷似的,断断续续,不肯爽快地张开嘴巴。他发不好唇音,含含糊糊,仿佛嘴唇冻住了似的。他对叶戈鲁什卡讲话的时候没笑过一回,显得很严峻的样子。

前面相隔两辆货车,有一个人走着,穿一件土红色的长大衣,戴一顶鸭舌帽,穿着高筒靴子,靴筒松垂下来,手里拿一根鞭子。这人不老,四十岁上下。等到他扭回头来,叶戈鲁什卡就看见一张红红的长脸,生着稀疏的山羊胡子,右眼底下凸起一个海绵样的瘤子。除了那个很难看的瘤子以外,他还有一个特点非常惹人注意:他左手拿着鞭子,右手挥舞着,仿佛在指挥一个肉眼看不见的唱诗班似的。他不时把鞭子夹在胳肢窝底下,然后用两只手指挥,独自哼着什么曲子。

再前面一个车夫是个身材细长像条直线的人,两个肩膀往下溜得厉害,后背平得跟木板一样。他把身子挺得笔直,好像在行军,或者吞下了一管尺子似的。他的胳膊并不甩来甩去,却跟两条直木棒那样下垂着。他迈步的时候两条腿如同木头,那样子像是玩具兵,差不多膝头也没弯,可是尽量把步子迈大;老头儿或者那个生着海绵样的瘤子的人每迈两步,他只要迈一步就行了,所以看起来他好像比他们走得慢,落在后面似的。他脸上绑着一块破布,脑袋上有个东西高起来,看上去像是修士的尖顶软帽。他上身穿乌克兰式的短上衣,满是补丁,下身穿深蓝色的肥裤子,散着裤腿,脚上一双树皮鞋。

那些远在前面的车夫,叶戈鲁什卡就看不清了。他伏在车上,在羊毛捆上挖个小洞,闲着没事做,抽出羊毛来编线玩。

在他下面走路的老头儿却原来并不像人家凭他的脸色所想象的那么冷峻和严肃。他一开口讲话，就停不住嘴了。

"你上哪儿去啊？"他顿着脚，问。

"上学去。"叶戈鲁什卡回答。

"上学去？嗯……好吧，求圣母保佑你。不错。一个脑筋固然行，可是两个更好。上帝给这人一个脑筋，给那人两个脑筋，甚至给另一个人三个脑筋……给另一个人三个脑筋，这是实在的……一个脑筋天生就有，另一个脑筋是念书得来的，再一个是从好生活里来的。所以你瞧，小兄弟，要是一个人能有三个脑筋，那可不错。那种人不但活得舒服，死得也自在。死得也自在……我们大家将来全要死的。"

老头儿搔一搔脑门子，抬起他的红眼睛瞧一瞧叶戈鲁什卡，接着说：

"去年从斯拉维扬诺塞尔布斯克来的老爷玛克辛·尼古拉伊奇，也带着他的小小子去上学。不知道他在那儿书念得怎么样了，不过那小子挺不错，挺好……求上帝保佑他们，那些好老爷。对了，他也送孩子去上学……斯拉维扬诺塞尔布斯克一定没有念书的学堂。没有……不过那个城挺不错，挺好……给老百姓念书的普通学堂倒是有的，讲到求大学问的学堂，那儿就没有了……没有了，这是实在的。你叫什么名字？"

"叶戈鲁什卡。"

"那么，正名是叶戈里①……神圣的殉教徒，胜利者叶戈里，他的节日是四月二十三日。我的教名是潘捷列……潘捷

---

① 即叶戈尔。

列·扎哈罗夫·霍洛多夫……我们是霍洛多夫家……我是库尔斯克省契木城的人,那地方你也许听说过吧。我的弟兄们学了手艺,在城里干活儿,不过我是个庄稼汉……我一直是庄稼汉。大概七年前,我上那儿去过……那是说,我回家里去过。乡下去了,城里也去了……我是说,去过契木。那时候,谢天谢地,他们大伙儿都还活着,挺硬朗,可现在我就不知道了……有人也许死了……也到了该死的时候,因为大伙儿都老了,有些人比我还老。死也没什么,死了也挺好,不过,当然,没行忏悔礼可死不得。再也没有比来不及行忏悔礼横死更糟的了。横死只有魔鬼才喜欢。要是你想行完忏悔礼再死,免得不能进入主的大殿,那就向殉教徒瓦尔瓦拉祷告好了。她替人说情。她是那样的人,这是实在的……因为上帝指定她在天上占这么一个地位,就是说,人人都有充分的权利向她祷告,要求行忏悔礼。"

潘捷列只顾自己唠叨,明明不管叶戈鲁什卡在不在听。他懒洋洋地讲着,自言自语,既不抬高声音,也不压低声音,可是在短短的时间里却能够讲出许多事情来。他讲的话全是由零碎的片断合成的,彼此很少联系,叶戈鲁什卡听着觉得一点趣味也没有。他所以讲这些话,也许只是因为沉默地度过了一夜以后,如今到了早晨,需要检查一下自己的思想,看它们是不是全在罢了。他讲完忏悔礼以后,又讲起那个斯拉维扬诺塞尔布斯克城的玛克辛·尼古拉伊奇。

"对了,他带着小小子……他带着,这是实在的……"

有一个车夫本来远远地在前面走,忽然离开他原来的地方,跑到一边去,拿鞭子抽一下地面。他是个身材高大、肩膀很宽的汉子,年纪三十岁左右,生着卷曲的金黄色头发,显然很有力气,身体结实。凭他的肩膀和鞭子的动作来看,凭他的姿势所表现的那种恶狠狠的样子来看,他所打的是个活东西。另外有个车夫跑到他那儿去了,这是一个矮胖的小个子,长着又大又密的黑胡子,穿一件坎肩和一件衬衫,衬衫的底襟没有掖在裤腰里。这个车夫用低沉的像咳嗽一样的声音哈哈大笑起来,叫道:

“哥儿们,德莫夫打死了一条毒蛇!真的!”

有些人,单凭他们的语声和笑声就可以正确地判断他们的智慧。这个生着黑胡子的汉子正好就是这类幸运的人。从他的语声和笑声,听得出他笨极了。生着金色头发的德莫夫打完了,就拿鞭子从地面上挑起一根像绳子样的东西,哈哈笑着,把它扔在车子旁边。

“这不是毒蛇,是草蛇!”有人嚷道。

那个走路像木头、脸上绑着破布的人快步走到死蛇那儿,看一眼,举起他那像木棍样的胳膊,双手一拍。

“你这囚犯!”他用低沉的、悲痛的声音叫道,“你干吗打死这条小蛇呀?它碍了你什么事,你这该死的?瞧,他打死了一条小蛇!要是有人照这样打你,你怎么样?”

“不该打死草蛇,这是实在的……”潘捷列平心静气地唠叨着,“不该打死……又不是毒蛇嘛。它那样子虽然像蛇,其实是个性子温和、不会害人的东西……它喜欢人……草蛇是这样的……”

德莫夫和那生着黑胡子的人大概觉得难为情,因为他们大声笑着,不回答人家的抱怨,懒洋洋地走回自己的货车那儿去了。等到后面一辆货车驶到死蛇躺着的地方,脸上绑着破布的人就凑近草蛇弯下腰去,转身对潘捷列用含泪的声音问道：

"老大爷，他干吗打死这草蛇呀？"

这时候叶戈鲁什卡才看见他的眼睛挺小，暗淡无光，脸色灰白，带着病容，也好像暗淡无光，下巴挺红，好像肿得厉害。

"老大爷，他干吗打死它呀？"他跟潘捷列并排走着，又说一遍。

"他是个蠢人，手发痒，所以才打死它，"老头儿回答说，"不过不应该打死草蛇……这是实在的……德莫夫是个捣蛋鬼，大家都知道，碰见什么就打死什么，基留哈也不拦住他。他原该出头拦住他，可是他倒'哈哈哈''嘀嘀嘀'的……不过，你呢，瓦夏，也别生气……何必生气呢？打死就算了，随他去好啦……德莫夫是捣蛋鬼，基留哈因为头脑糊涂才会那样……没什么……他们是不懂事的蠢人，随他们去吧。叶美里扬就从来也不碰不该碰的东西……他从来也不碰，这是实在的……因为他是个受过教育的人，他们呢，蠢……叶美里扬不同……他就不碰。"

那个穿土红色大衣、长着海绵样的瘤子的车夫，本来在指挥一个肉眼看不见的唱诗班，这时候听见人家提起他的名字，就站住，等着潘捷列和瓦夏走过来，跟他们并排往前。

"你们在谈什么？"他用嘶哑的、透不出气的声音问道。

"喏，瓦夏在这儿生气，"潘捷列说，"所以，我就跟他讲话，好让他消消气……哎哟，我这双挨过冻的脚好痛哟！哎哟，哎哟！就因为今天是礼拜天，主的节日，脚才痛得更厉害了！"

"那是走出来的。"瓦夏说。

"不，小伙子，不是的……不是走出来的，走路的时候倒还舒服点。等我一躺下,一暖和,那才要命哟。走路在我倒还轻松点。"

穿着土红色大衣的叶美里扬夹在潘捷列和瓦夏当中走着,挥动胳膊,仿佛他们打算唱歌似的。挥了不大工夫,他放下胳膊,绝望地干咳一声。

"我的嗓子坏了!"他说,"真是倒霉!昨天一晚上,今天一上午,我老是想着我们先前在马利诺夫斯基家婚礼上唱的《求主怜悯》这首三部合唱的圣歌;它就在我的脑子里,就在我的喉咙口……仿佛要唱出来似的,可是真要唱吧,却又唱不出来!我的嗓子坏了!"

他沉默了一分钟,想到什么,又说下去:

"我在唱诗班里唱过十五年,在整个卢甘斯克工厂里也许没有一个人的嗓子及得上我。可是,见鬼,前年我在顿涅茨河里洗了个澡,从那以后,我就连一个音符也唱不准了。喉咙受凉了。我没有了嗓子,就跟工人没有了手一样。"

"这是实在的。"潘捷列同意。

"说到我自己,我明白自己已经是个没希望的人,完了。"

这当儿,瓦夏凑巧看见叶戈鲁什卡。他的眼睛就变得油亮,比先前更小了。

"原来有位少爷跟我们一块儿走!"他拿衣袖遮住鼻子,仿佛害臊似的,"好一个尊贵的车夫!留下来跟我们一块儿干吧,你也赶车子、运羊毛好了。"

他想到一个人同时是少爷,又是车夫,大概觉得很稀奇,很有趣,因为他嘿嘿地大笑起来,继续发挥他这种想法。叶美里扬也抬头看看叶戈鲁什卡,可是只随意看一眼,目光冷淡。他在想自己的心事,要不是瓦夏谈起,大概就不会留意到有叶戈鲁什卡这么个人了。还没过上五分钟,他又挥动胳膊,然后向他的同伴们描摹他晚上想起来的婚歌《求主怜悯》的美妙。他把鞭子夹在胳肢窝底下,挥动两条胳膊。

货车队在离村子一俄里远一个安着取水吊杆的水井旁边停住。黑胡子基留哈把水桶放进井里,肚子贴着井壁,伏在上面,把头发蓬松的脑袋、肩膀、一部分胸脯伸进那黑洞里去,因此叶戈鲁什卡只看得见他那两条几乎不挨地的短腿了。他看见深深的井底水面上映着他脑袋的影子,高兴起来,发出低沉的傻笑声,井里也发出同样的回声应和着。等到他站起来,他的脸和脖子红得跟红布一样。第一个跑过去喝水的是德莫夫。他一面笑一面喝水,常常从水桶那儿扭过头来对基留哈讲些好笑的事,然后他回转身,放开嗓门说出五个难听的词儿,那声音响得整个草原都听得见。叶戈鲁什卡听不懂这类词儿的意思,可是他很清楚地知道这些词很恶劣。他知道他的亲戚和熟人对这些词默默地抱着恶感。不知什么缘故,他自己也有那种感觉,而且素来认为只有喝醉的和粗野的人才享有大声说出这些词的特权。他听着德莫夫的笑声,想起草蛇惨遭毒手,就对这人感到一种近似痛恨的感情。事有凑巧,德莫夫偏偏在这当儿看见了叶戈鲁什卡,叶戈鲁什卡已经从车上爬下来,往水井走去。他哈哈大笑,叫道:

“哥儿们,老头儿昨天晚上生了个男孩子!”

基留哈用他的男低音笑起来,笑得直咳嗽。还有个人也笑。叶戈鲁什卡涨红了脸,从此断定德莫夫是个很坏的人。

德莫夫生着金色的鬈发,没戴帽子,衬衫敞着怀,看上去很漂亮,长得非常强壮。从他的一举一动都可以看出他爱捣乱,力气大,深知自己的本事。他扭动着肩膀,两手插在腰上,说笑的声音比谁都响亮,仿佛打算用一只手举起一个很重的东西,震惊全世界似的。他那狂妄的、嘲弄的眼光在大道、货车、天空上溜来溜去,不肯停留在什么东西上,好像因为无事可做,很想找个人来一拳打死,或者找个东西来取笑一番似的。他分明谁也不怕,什么也拦不住他,叶戈鲁什卡对他有什么看法,他大概一点也不放在心上……可是叶戈鲁什卡已经从心底里恨他那金发、他那光溜的脸、他那力气,带着憎恶和恐惧听他的笑声,已经打定主意要找点骂人的话来报复他了。

潘捷列也走到水桶这儿来了。他从衣袋里拿出一个小绿杯子,那原是神像前的长明灯,然后他用一小块破布把它擦干净,在水桶里舀满水,喝完了,再舀满,再喝完,然后用破布把它包起来,放进衣袋。

"老爷爷,你为什么用灯喝水?"叶戈鲁什卡惊奇地问道。

"有人凑着桶子喝水,有人用灯喝水,"老头儿支支吾吾地说,"各人有各人的章法……你凑着桶子喝水,好,那就喝个够吧……"

"你这宝贝儿啊,你这小美人哟!"瓦夏忽然用爱抚的、含泪的声调说,"我的心肝啊!"

他的眼睛凝望着远方,那两只眼睛变得油亮,含着笑意,他的脸上带着方才看叶戈鲁什卡时候的那种表情。

"你在跟谁说话?"基留哈问。

"我说的是一只可爱的小狐狸……跟小狗那样仰面朝天躺在那儿玩呢……"

人人开始眺望远方,寻找那只狐狸,可是什么也看不见。只有瓦夏一个人用他那混浊的灰眼睛看见了什么,而且看得入了迷。他的眼睛非常尖,这是叶戈鲁什卡后来才知道的。

他看得那么远,因此荒凉的棕色草原对他来说永远充满生命和内容。他只要往远方一看,就会瞧见狐狸啦,野兔啦,大鸨啦,或者别的什么远远躲开人的动物。看见一只奔跑的野兔或者一只飞翔的大鸨,那是没有什么稀奇的,凡是走过草原的人都看得见,可是未必人人都有本领看见那些不是在奔逃躲藏,也不是在仓皇四顾,而是在过着家庭生活的野生动物。瓦夏却看得见玩耍的狐狸、用小爪子洗脸的野兔、啄翅膀上羽毛的大鸨、钻出蛋壳的小鸨。由于眼睛尖,瓦夏除了大家所看见的这个世界以外,还有一个自己独有而别人没份的世界。那世界多半很美,因为每逢他看见什么,看得入迷的时候,谁也不能不嫉妒他。

货车队往前走的时候,教堂正敲钟召人去做弥撒。

五

这一串货车在一个村子外面一条河旁停下来。太阳跟昨天一样炎热,一点风也没有,叫人发闷。河岸上有几株杨柳,可是树的阴影不落在土地上,却映在水面上,变得一无用处了,就连躺在货车底下的阴影里,也还是闷热不堪,使人心里憋得慌。水映着天空而发蓝,热烈地引诱人们到它那儿去。

叶戈鲁什卡直到现在才注意到一个车夫,叫斯乔普卡,是个十八岁的乌克兰小伙子,上身穿一件长衬衫,没系腰带,下身穿一条肥裤子,散着裤腿,走起路来裤腿像旗子一样飘动。他很快地脱下衣服,顺着高陡的河岸跑下去,扑通一声跳进水里。他钻进水里三回,然后仰面朝天地游泳,快活得闭上眼睛。他的脸带着微笑,起着皱纹,好像他觉得又痒又痛,而且

159

感到好笑似的。

在找不到地方躲避溽暑和窒闷的热天,水的拍溅声和游泳者很响的呼吸声在人们的耳朵里就成了美妙的音乐。德莫夫和基留哈学斯乔普卡的样,也赶紧脱光衣服,大声笑着,预先体味着舒服的味道,接连跳进水里。那条安静的、不起眼的小河里就响彻了喷鼻声、拍水声、嚷叫声。基留哈咳嗽,欢笑,嚷叫,好像他们要叫他淹死似的,德莫夫呢,追他,极力要拉住他的后腿。

"哈——哈——哈!"他嚷叫着,"逮住他!抓住他!"

基留哈扬声大笑,痛快得很,可是他脸上的表情却跟原先在陆地上一样惊愕,发愣,仿佛有人偷偷溜到他背后,拿斧背打了他的脑袋似的。叶戈鲁什卡也脱掉衣服,可是并没有走下河岸的高坡,却一阵风似地往前猛跑几步,飞下去,离水面有一俄丈半高。他的身体在空中画了一道弧线,落进水里,沉得很深,可是没有碰到底。有一股不知什么力量使他感到又凉快又舒服,把他托起来,送回水面上来了。他钻出水面,喷鼻子,吹水泡,睁开眼睛。可是太阳正巧映在贴近他脸的水面上。先是耀眼的光点,随后是彩虹和黑斑,照进了他的眼睛。他赶紧又沉进水里,在水里睁开眼睛,看见一片迷茫的绿色,就跟月夜的天空一样。原先那股力量又不让他沉到水底,不让他待在凉爽里,却把他托上水面来。他钻出水面,深深呼一口气,不但胸膛里觉得畅快清新,就连肚子里也感觉到了。然后,为了要尽情享受河水,他就让自己随意玩各种花样:仰面躺在水面上,享享福,拍拍水,翻个跟头,然后背朝上游,侧着身子游,仰面游,立着游,总之随自己高兴,游累了为止。对岸长着茂密的芦苇,河岸让太阳涂上一层金光,芦花像美丽的穗子似的低垂到水面上。有一个地方,芦苇在颤动,芦花点头,传来水的拍溅声,原来斯乔普卡和基留哈在那儿"抓"虾呢。

"虾! 瞧,哥儿们,虾!"基留哈得意地叫道,果然捞出一只虾来。

叶戈鲁什卡游到芦苇那儿,沉进水里,开始在芦苇根的周围摸索。他在又稀又粘的淤泥里找来找去,摸到一个尖尖的、手碰上去不舒服的东西,也许真的就是一只虾。可是这当儿不知谁抓住他的后腿,把他拉到水面上去了。叶戈鲁什卡让水呛得喘不过气来,咳嗽着,睁开眼睛,看见面前是捣蛋鬼德莫夫那张水淋淋的、笑嘻嘻的脸。这个捣蛋鬼正在喘气,从他的眼神看来,他打算把这玩笑再开下去。他一手拉紧叶戈鲁什卡的腿,已经抬起另一只手要掐他的脖子了;叶戈鲁什卡又讨厌又害怕,仿佛不愿意他碰到自己,又害怕那大力士会淹死他,就挣脱他的手说:

"傻瓜! 我要给你一个嘴巴!"

他觉得这还不够表现他的痛恨,想了一想,又说:

"坏蛋! 狗崽子!"

可是德莫夫却满不在乎,已经不再答理叶戈鲁什卡,游着水去找基留哈了,嘴里嚷着:

"哈-哈-哈! 咱们来捉鱼吧! 伙计,捉鱼吧!"

"行啊,"基留哈同意道,"这儿一定有很多鱼……"

"斯乔普卡,跑到村子里去,向庄稼人借个网子来!"

"他们不肯给的!"

"他们肯的! 你央求他们好了! 跟他们说,看在上帝分上,求他们借给我们,因为我们跟朝山进香的人差不多啊。"

"这是实在的!"

斯乔普卡就爬出水来，赶快穿上衣服，帽子也没戴，肥肥的裤腿一扇一扇的，跑到村子那边去了。叶戈鲁什卡自从跟德莫夫起了冲突以后，就觉得水失去了一切魅力。他走出水来，开始穿衣服。潘捷列和瓦夏坐在高陡的河岸上，垂下双腿，瞧着游泳的人。叶美里扬光着身子站在岸边水里，水齐膝头。他一只手拉着草，深怕摔下去，另一只手摩挲自己的身子。他那瘦削的肩胛骨，加上眼睛底下的疙瘩和他弯着腰、分明怕水的样子，使他显得滑稽可笑。他面容认真，严厉。他生气地瞧着水，好像打算把水痛骂一顿，因为以前顿涅茨河水使他受了凉，倒了嗓。

"你为什么不游泳？"叶戈鲁什卡问瓦夏。

"哦，不为什么……我不喜欢游泳……"瓦夏回答。

"你的下巴怎么会肿的？"

"有病……我从前在火柴厂做过工，少爷……大夫说，我的下巴就因为这个缘故才肿的。那儿的空气于人的身体有害。除了我以外，还有三个伙伴的下巴也肿了，其中有一个的下巴完全腐烂了。"

斯乔普卡不久就拿着网子回来了。德莫夫和基留哈在水里泡了许久，身上开始现出淡紫色，嗓子发哑，可是他们还是热心地捉鱼。他们先到芦苇旁边一个水深的地方去捉。那儿的河水齐到德莫夫的脖子，淹及矮小的基留哈的脑袋。基留哈嘴里呛进水去，吹出水泡。德莫夫被带刺的芦苇绊了一下，摔下去，缠在网子里。两个人在水里胡乱挣扎，闹出一片响声。他们打鱼的结果只是胡闹一场罢了。

"水深得很，"基留哈哑着嗓子说，"什么也捉不着！"

"别拉呀，你这鬼东西！"德莫夫嚷着，极力要把网撒在合适的地方，"用手抓紧！"

"在这儿你们什么也捉不着，"潘捷列在岸上对他们嚷道，"你们反而把鱼吓跑了，笨蛋！悄悄往左边去！那边水浅一点！"

有一回，一条大鱼在网子上面一闪；他们全都啊地叫了一声，德莫夫用拳头朝着那条鱼溜去的地方打了一拳，他的脸现出懊丧的神情。

"唉！"潘捷列叫道，顿一顿脚，"你们放跑了一条鲈鱼！它跑了！"

德莫夫和基留哈悄悄往左边移去，渐渐摸索到一个水比较浅的地方，在那儿认真地打起鱼来。他们离开货车已经大约有三百步远；可以看见他们一声不响，轻轻地迈腿，极力往水深处和靠近芦苇的地方走去，撒出渔网，他们为了吓唬鱼，把它赶进网里去，就用拳头打水，把芦苇弄得沙沙地响。他们从芦苇那儿走到对岸，把网子拉过去，然后现出失望的神气，高高地抬起膝头，走回芦苇丛里。他们在谈话，可是讲的是什么，谁也听不见。太阳晒他们的背，苍蝇叮他们，他们的身子从淡紫色变成了深红色。斯乔普卡手里拿着桶子，跟在他们后面，把衬衫一直卷到胳肢窝底下，用牙齿衔着衬衫的底襟。每逢得了手，捉到鱼，他总是举起那条鱼来，让它在阳光里发亮，嚷道：

"瞧，什么样的鲈鱼啊！已经有五条了！"

每逢德莫夫、基留哈、斯乔普卡拉出网来，就可以看见他们在网里的烂泥里摸索很久，把一些东西放进桶里，把另外的东西丢掉。有时他们在网子里找着什么东西，就互相传递，好奇地察看一番，然后又把它丢掉……

"什么东西啊?"岸上的人对他们喊道。

斯乔普卡回答了一句什么话,可是很难听清。随后,他爬出水来,双手捧着桶子,忘了把衬衫放下来,向货车那边跑去。

"桶满了!"他喘吁吁地嚷道,"再给我一个桶!"

叶戈鲁什卡朝桶子里看一看,果然满了。一条小狗鱼把它的丑鼻子探出水面,四周聚集着许多虾和小鱼。叶戈鲁什卡伸手到桶底,搅动水,狗鱼躲到虾底下去,换了一条鲈鱼和一条鲤鱼浮到水面上来了。瓦夏也朝桶子里瞧了瞧。他的眼睛跟先前看见狐狸一样变得油亮,脸色柔和了。他在桶里拿起一个什么东西,放在嘴里,嚼起来。可以听见他嚼出咯吱咯吱的声音。

"伙伴们,"斯乔普卡惊讶地说,"瓦夏在吃活的鲄鱼呐! 呸!"

"不是鲄鱼,是鲦鱼。"瓦夏安静地回答说,仍旧在咀嚼。

他从嘴里拉出一根鱼尾巴来,温柔地看一下,又放回嘴里。他咀嚼的时候,牙齿发出咯吱咯吱的声音,叶戈鲁什卡觉得眼前看见的好像不是人。瓦夏的肿下巴,他那没有光彩的眼睛,他那非常尖锐的眼神,他嘴里的鱼尾巴,他嚼鱼时那种温柔的神情,使他活像一头牲畜。

叶戈鲁什卡在他身旁觉得无聊。而且打鱼也已结束。他在货车旁边走来走去,想了一想,由于烦闷,就慢慢地往村子那边走去。

过了不久,他已经站在教堂里,脑门子贴在人家的发出大麻气味的背上,听唱诗班歌唱。弥撒快要做完了。叶戈鲁什卡听不懂教堂里唱的是什么,也就没心思听下去。他听了一会儿,打个呵欠,开始观看别人的后脑勺和背脊。有一个人由于刚刚洗过澡，后脑勺又红又湿，他认出是叶美里扬。他脑后的一圈头发剪得比平常人高，鬓角的头发也剪得比常人高，两只红耳朵竖起，活像两片牛蒡，仿佛耳朵自己也觉得生的不是地方似的。叶戈鲁什卡瞧着他的后脑勺和他的耳朵，不知怎么，觉得他大概很不幸。叶戈鲁什卡想起他用两只手指挥的样子，嘶哑的嗓子，洗澡时候的胆怯神气，觉得十分可怜他，很想对他说几句亲切的话。

"我也在这儿！"他拉拉他的袖子说。

凡是在唱诗班中唱高音或低音的人，特别是一生中哪怕只做过一回指挥的人，总是惯于用严厉而厌恶的神气看待孩子们。就是后来离开了唱诗班，他们也不会改掉这种习惯。叶美里扬转过身来向着叶戈鲁什卡，皱起眉头看他一眼，说：

"别在教堂里淘气！"

于是叶戈鲁什卡往前挤去，更靠近神龛一点。在这儿，他看见一些有趣的人。在右边，众人前面，有一个太太和一个老爷站在地毯上。他们身后各有一把椅子。老爷穿着新烫平的茧绸裤子，站在那儿一动也不动，就跟行敬礼的兵一样，把他那剃光胡子的发青的下巴翘得高高的。在他那竖起的衣领上，在发青的下巴上，在小小的秃顶上，在细手杖上，都现出一种了不起的尊贵气派。由于尊严过了分，他的脖子使劲伸直，他的下巴那么用力地翘起来，好像他的脑袋随时准备脱落，向上飞去似的。太太呢，又胖又老，戴着白绸披巾，偏着头，看样子好像刚刚赐了谁什么恩典，想要说："唉，不必费事道谢了！我不喜欢那样……"地毯四周站着许多乌克兰人，像一堵厚墙。

叶戈鲁什卡走到神龛那儿，开始吻神像。他在每个神像面前不慌不忙地跪下去叩头,还没站起来就回头看那些做弥撒的人,然后站起来吻神像。他的前额碰到冰凉的地板,使他觉得很舒服。等到教堂看守人从圣坛上下来,拿一把长镊子夹灭烛心,叶戈鲁什卡就很快地从地板上跳起来,跑到他跟前去。

"圣饼发过了没有?"他问。

"没有了,没有了……"看守人阴沉地喃喃道,"用不着在这儿等了……"

弥撒做完了。叶戈鲁什卡不慌不忙地走出教堂,到广场上去溜达。他生平已经见过不少村子、广场、农民,因此现在他眼睛所遇到的东西完全引不起他的兴趣。他没事可做,想要干点儿什么事来消磨时间,就走进一家铺子。铺子门口挂着一块宽阔的红布门帘。这家店分成两边,挺宽敞,然而光线不足,一边卖衣料和食品杂货,另一边摆着成桶的焦油,天花板上吊着马轭,两边都有皮子和焦油的好闻的气味。店里地板上洒过水,洒水的人大概是个大幻想家和自由思想家,因为整个地板简直布满了图案和符咒的花样。吃得挺胖的店老板,有着一张宽脸和一把圆胡子,大概是大俄罗斯人,站在柜台里边,肚子顶住一张斜面的办公桌。他正在嚼着糖喝茶,每喝一口就长长地吁一口气。他的脸上流露着十足的冷淡,可是在每一声长吁中都可以听出这样的意思:"等着吧,我要揍你一顿!"

"给我一戈比的葵花子!"叶戈鲁什卡对他说。

店老板扬起眉毛,从柜台里面走出来,往叶戈鲁什卡的衣袋里倒了一个戈比的葵花子,他是用一个空的生发油小瓶量葵花子的。叶戈鲁什卡并不想走。他对那一盒盒蜜饼仔细看

了很久,想了一想,用手指着那些年陈日久而生出褐色霉斑的粘在一块儿的小蜜饼,问道:

"这种蜜饼多少钱一个?"

"一戈比买两个。"

叶戈鲁什卡从口袋里拿出前一天犹太女人送给他的那块蜜饼,问道:

"像这样的饼你这儿要卖多少钱?"

老板用手接过那块饼来,翻来覆去看了一番,扬起一道眉毛。

"像这样的吗?"他问。

然后他扬起另一道眉毛,沉吟一下,答道:

"三个戈比两个……"

随后是沉默。

"您是谁家的孩子?"老板问道,拿过一个红的铜茶壶来为自己斟茶。

"伊万·伊万内奇的外甥。"

"叫伊万·伊万内奇的人多的是哟。"老板说,吁口气。他的目光掠过叶戈鲁什卡的头顶朝门口望过去,沉默一下,问道:"您想喝茶吗?"

"劳驾……"叶戈鲁什卡有点勉强地同意道,其实他非常想念早茶。

老板替他斟好一杯茶,随带给他一块已经被人啃过的糖。叶戈鲁什卡在一张折椅上坐下,喝起来。他还想问一磅①糖杏仁卖多少钱,刚要开口问,忽然一位顾客走进来了,老板就

~~~~~~~~~

① 此处指俄磅,1 俄磅等于 409.5 克。

把他那杯茶放在一边，去做生意。他领着顾客走到冒出焦油气味的那半边去，跟他谈了很久。顾客大概是个很固执、很有主见的人，不断地摇头，表示不赞成，一步步向门口退去。老板总算把他说服了，开始为他往一个大口袋里倒燕麦。

"你管这个也叫燕麦？"顾客悲叹地说，"这不是燕麦，这是麸皮，连鸡见了都会觉得好笑……不行，我要到邦达连柯那儿去！"

叶戈鲁什卡回到河边的时候，岸上正有一小堆篝火在冒烟。这是车夫们在烧饭。斯乔普卡站在烟雾里，拿一把缺口的大勺在锅里搅动。旁边不远的地方，基留哈和瓦夏，被烟熏红了眼睛，坐在那儿收拾鱼。他们面前放着布满烂泥和水草的渔网，上面躺着亮闪闪的鱼和爬来爬去的虾。

叶美里扬刚从教堂里回来不久，坐在潘捷列身旁，挥动胳臂，用哑嗓子唱着，声音小到刚刚能够让人听见："我们对您唱着……"德莫夫在那些马儿身旁走动。

基留哈和瓦夏收拾好鱼，就连鱼带活虾一齐放进水桶，洗一洗干净，从桶里统统倒进沸滚的水里。

"放油吗？"斯乔普卡问，用大勺撇掉水面上的沫子。

"何必呢？鱼自己会出油的。"基留哈回答。

斯乔普卡从火上端下锅子来以前，先往水里放了三大把小米和一勺盐。末后，他尝了尝口味，吧嗒几下嘴唇，舔舔勺子，满意得喉咙里咔咔地响，这意思是说稀饭煮熟了。

除了潘捷列以外，大家都围着锅子坐下，用勺子吃起来。

"喂，你们！给那小子一个勺子！"潘捷列严厉地说，"大概他也想吃！"

"我们这是乡下人的饭食！……"基留哈叹了口气，说。

"人饿了，就是乡下人的饭食也是好吃的。"

他们就给叶戈鲁什卡一个勺子。他吃起来，然而不是坐着，却站在锅子旁边，低头瞧着锅里就跟瞧着深渊似的。锅里冒出鱼腥味，小米里常碰到鱼鳞。虾用勺舀不起来，吃饭的人干脆就用手到锅子里去捞。瓦夏在这方面尤其毫无顾忌，不但在稀饭里弄湿了手，还浸湿了袖子。不过，叶戈鲁什卡仍旧觉得稀饭挺好吃，使他想起在家的时候母亲逢到斋日常给他烧的虾汤。潘捷列坐在一旁，嚼着面包。

"老大爷，你怎么不吃?"叶美里扬问他。

"我不吃虾……去它的!"老头儿说，嫌弃地扭转身去。

他们一面吃饭，一面随意谈话。从谈话里叶戈鲁什卡听出他这些新朋友，尽管年龄和性格不同，却有一个使他们彼此相像的共同点:他们这些人过去的情况都很好，现在都不妙。讲起自己过去的事，他们个个都喜形于色，他们对待现在却差不多带着轻蔑的态度。俄罗斯人喜欢回忆，却不喜欢生活，这一点叶戈鲁什卡还不懂。这顿饭还没吃完，他就已经深深相信，围住锅子坐着的这些人都是受尽命运的捉弄和凌辱的人。潘捷列说:想当初在没有铁路以前，他常押着货车队在莫斯科和下诺夫戈罗德中间来往，赚到那么多的钱，简直不知道该怎么花才好。而且那年月的商人是什么样的商人，那年月的鱼是什么样的鱼，一切东西多么便宜啊! 现在呢，道路短了，商人吝啬了，老百姓穷了，粮食贵了，样样东西都缩得极小了。叶美里扬告诉他们说:从前他在卢甘斯克工厂的唱诗班里做事，有挺好的嗓子，又善于看乐谱。现在呢，变成农民，靠哥哥过活了。哥哥拨给他几匹马，打发他出来干活，为此，哥哥拿去他的一半收入。瓦夏原先在火柴厂做工。基留哈从前在一个好人家当车夫,在全区被人认为是个驾三匹马的上等车夫。德莫夫是一个富裕的农民的儿子,生活舒适,玩玩乐乐,无忧无虑;可是他刚满二十岁的那年,他那严厉专横的父亲想要训练他干正事,生怕住在家里会惯坏他,就打发他来干运输的行业,就跟没有田地的农民或者工人一样。只有斯乔普卡一个人没说什么,不过从他的没胡子的脸上可以看出,他过去的生活一定也比现在好得多。

一提起父亲,德莫夫就皱起眉头,不吃了。他阴郁地瞧着他的同伴们,把眼光停在叶戈鲁什卡身上。

"你这邪教徒,把帽子脱掉!"他粗鲁地说,"难道可以戴着帽子吃东西?你还算是上流人呐!"

叶戈鲁什卡摘下帽子,没说话,可是再也尝不出稀饭的好滋味了,也没听到潘捷列和瓦夏怎样为他抱不平。对那捣蛋鬼的愤恨,在他的胸膛里郁闷地翻腾着。他下了决心,不管怎样也要叫这人吃点苦头。

饭后,大家走到货车那边,在阴影里躺下来。

"我们马上就要动身了吗,老爷爷?"叶戈鲁什卡问潘捷列。

"上帝叫我们什么时候走,我们就什么时候走……现在还不动身,天太热……唉,主,这是您的旨意,圣母……躺下吧,小子!"

不久,每一辆货车下面都传出打鼾的声音。叶戈鲁什卡很想再到村子里去,可是想了一想,却打个呵欠,挨着老头儿躺下去了。

六

货车在河边待了一整天，等到太阳落下去，才从原地动身。

叶戈鲁什卡又躺在羊毛捆上，货车轻声地吱吱嘎嘎响，摇晃个不停。潘捷列在下面走着，顿脚，拍大腿，嘴里唠唠叨叨。空中响起草原的音乐，跟昨天一样。

叶戈鲁什卡仰面朝天躺着，把手枕在脑袋底下，看上面的天空。他瞧见晚霞怎样灿烂，后来又怎样消散。保护天使用金色的翅膀遮住地平线，准备睡下来过夜了。白昼平安地过去，安静和平的夜晚来临了，天使可以安宁地待在天上他们的家里了……叶戈鲁什卡看见天空渐渐变黑，暗影落在大地上，星星接连地亮起来。

每逢不移开自己的眼睛，久久地凝望着深邃的天空，那么不知什么缘故，思想和感情就会汇合成为一种孤独的感觉。人们开始感到一种无可补救的孤独，凡是平素感到接近和亲切的东西都变得无限疏远，没有价值了。那些千万年来一直在天空俯视大地的星星，那本身使人无法理解，同时又对人的短促生涯漠不关心的天空和暗影，当人跟它们面对面，极力想了解它们的意义的时候，却用它们的沉默压迫人的灵魂，那种在坟墓里等着我们每个人的孤独，就来到人的心头，生活的实质就显得使人绝望，显得可怕了……

叶戈鲁什卡想到奶奶，她现在安眠在墓园里樱桃树底下，他想起她怎样躺进棺材里，两枚五戈比的铜钱压在她的眼睛上，后来人家又怎样给她盖上棺材，把她放进墓穴，他还想起一小块一小块的泥土落在棺材盖上那种低沉的响声……他想象他的奶奶躺在漆黑狭窄的棺材里,孤苦伶仃,没人照应。他的想象画出奶奶怎样忽然醒来,不知道自己在什么地方,就敲打棺材盖子,喊救命,到头来害怕得衰弱不堪,又死了。他想象母亲死了,赫利斯托福尔神甫死了,德兰尼茨卡雅伯爵小姐死了,索罗蒙死了。可是,不管他怎样极力想象自己离家很远,无依无靠,孤苦伶仃,死僵僵地睡在黑暗的坟墓里,却总也想不出那是什么样的情形。就他个人来说,他不承认自己有死的可能,觉得自己永远也不会死……

可是已经到了该死的时候的潘捷列却在下面走动,数说自己的思想。

“挺不错,是好老爷……”他喃喃道,“他的小子给带去上学;可是他在那边怎么样,那就不知道了……在斯拉维扬诺塞尔布斯克,我是说,那儿没有一个学堂能教人大学问……没有,这是实在的。不过那小子好,挺不错……等他长大,会做他父亲的帮手……你,叶戈里,现在还是个小不点儿,可是你将来会长大,养活你爹娘……上帝是这么规定的……‘孝敬你的父亲和你的母亲’……我自己也有过儿女,可是他们都烧死了……我的老婆烧死了,儿女也烧死了……这是实在的,在主显节①晚上,我们那小木房着火了……当时我不在家,我赶车到奥廖尔去了。赶车到奥廖尔去了……玛丽亚冲出屋来,到了街上,可是想起小孩还睡在屋里,就跑回去,结果跟孩子一块儿烧死了……是啊……第二天他们只找着碎骨头。”

午夜光景,车夫们和叶戈鲁什卡又围绕一小堆篝火坐着。

——————————
① 基督教的节日,在旧俄历一月六日。

等到杂草烧起来，基留哈和瓦夏就到山沟里的什么地方去取水。他们消失在黑暗里，不过一直听得见他们铁桶子叮咚的响声和他们讲话的声音，可见山沟一定不远。篝火的火光在地上铺了一大片闪烁的光点，虽然明月当空，火光以外却好像是一片漆黑，什么也看不见。亮光照着车夫们的眼睛，他们只看见大道的一部分。那些货车载着货包，套着马儿，在黑暗里几乎看不清，样子像是一条不定型的大山脉。离篝火二十步远，在大道跟旷野交界的地方，立着一个坟墓上的木头十字架，向一侧歪斜着。叶戈鲁什卡在篝火还没烧起来以前，还能看见远处东西的时候，留意到大道的另一边也立着一个同样歪斜的旧十字架。

基留哈和瓦夏提着水回来，倒满锅子，把锅子架在火上。斯乔普卡手里拿着那把缺口的勺儿，站在锅子旁边的烟雾里，呆望着水，等沫子浮上来。潘捷列和叶美里扬并排坐着，闷声不响，不知在想什么。德莫夫趴在地上，用拳头支起脑袋，瞧着火，斯乔普卡的影子在他身上跳动，因此他漂亮的脸一会儿给黑暗盖住，一会儿又突然发红……基留哈和瓦夏在不远的地方走动，收捡杂草和桦树皮来烧火。叶戈鲁什卡把两只手放在衣袋里，站在潘捷列身旁，瞧着火怎样吞吃杂草。

大家都在休息，思索着什么，匆匆看一眼十字架，一块块红光正在十字架上跳动。孤零零的坟墓显得忧郁，好像在沉思，极有诗意……坟墓显得多么沉静，在这种沉静里可以感到这儿存着一个身世不详、躺在十字架底下的人的灵魂。那个灵魂在草原上觉得好受吗？在月夜，它不悲伤吗？靠近坟墓的一带，草原也显得忧郁，凄凉，若有所思，青草悲伤，蟊斯的叫声好像也拘束多了……没有一个过路的人不记起那个孤独的灵魂，一个劲儿地回头看那座坟墓，直到那坟远远地落在后面，掩藏在雾气里……

"老爷爷，为什么立着这个十字架？"叶戈鲁什卡问。

潘捷列瞧一瞧十字架，然后又瞧一瞧德莫夫，问道：

"米科拉①，这不就是早先割草人打死商人们的那块地方吗？"

德莫夫勉强用胳臂肘撑起身子来，瞧一瞧大路，答道：

"就是这地方……"

随后是沉默。基留哈折断一些枯草，把它们捏成一团，塞在锅子底下。火燃得更旺了。斯乔普卡笼罩在黑烟里，十字架的影子在大道上货车旁边的昏光里跑来跑去。

"对了，是他们打死的……"德莫夫勉强地说着，"有两个商人，爷儿俩，坐着车子去卖神像。他们在离这儿不远的一家客栈里住下，现在那家客栈由伊格纳特·福明开着。老的喝多了酒，夸起口来，说是他身边带着很多钱。大家全知道，商人都是爱说大话的家伙，求上帝别让我们犯那种毛病才好……他们在我们这班人面前总是忍不住要装得阔气些。当时有些割草人在客栈里过夜。商人夸口的话，他们全听见了，就起了意。"

"啊主！……圣母！"潘捷列叹道。

"第二天，天刚亮，"德莫夫说下去，"商人准备动身了，割草人要跟他们搭帮走。'一块儿走吧，老爷。这样热闹点，危险也少一点，因为这是个偏僻的地方啊……'商人为了不让神像被碰坏，就得步行，这刚好合了割草人的心意……"

<hr>

① 尼古拉的俗称。

德莫夫爬起来,跪着,伸一个懒腰。

"是啊,"他接着说,打了个呵欠,"先是平平安安,可是等
到商人走到这个地方,割草人就拿起镰刀来收拾他们了。儿
子是个有力气的小伙子,从他们一个人的手里抢过一把镰刀,
也回手砍起来……临了,当然,那些家伙得了手,因为他们一
共有八个人。他们把那两个商人砍得身上没留下一块好地
方。他们完事以后,就把两个人从大道上拉走,把父亲拉到大
道一边,把儿子拉到另一边。这个十字架的对面路边上,还有
一个十字架呢……那个十字架究竟还在不在,那我就不知道
了……我在这儿看不见。"

"还在。"基留哈说。

"据说他们事后只找到很少的一点儿钱。"

"很少一点儿,"潘捷列肯定道,"只找到一百卢布。"

"对了,后来他们当中有三个人死了,因为商人也用镰刀
把他们砍得很重……他们流血过多。有一个人给商人砍掉一
只手,据说他缺一只手跑了四俄里路,人家才在靠近库里柯沃
村的一个山冈上找着他。他蹲着,头伏在膝头上,仿佛在想心
事,可是细细一瞧,原来已经咽了气,死了……"

"他们是顺着路上的血迹才找到他的……"潘捷列说。

大家瞧着十字架,又沉静下来。不知从什么地方,多半是
从山沟那边吧,飘来鸟儿的悲鸣:"我睡了! 我睡了! ……"

"世界上有许多坏人哟。"叶美里扬说。

"多着呐,多着呐!"潘捷列肯定地说,往火那边挪近一点
儿,带着好像害怕的神情,"多着呐,"他接着低声说,"那样的
人,我这一辈子见过好多好多……坏人……正派人和规矩人
我见过不少,有罪的人呢,数也数不清……圣母,拯救我们,怜

悯我们吧……我记得大概三十年前，也许还不止三十年，有一回我给莫尔尚斯克城的一个商人赶车。那商人是个出色的人，相貌堂堂，身边带着钱……那个商人……他是好人，挺不错……就这么着，我们到一个客栈去住夜。俄罗斯的客栈跟这一带的客栈可不同。在那儿，院子里搭天篷，就跟堆房一样，或者不妨说，跟有钱人家庄园上的谷仓一样。只是谷仓还要高一点。得，我们就在那儿住下了，挺不错。我那位商人住一个房间，我呢，跟马住在一块儿，样样事情都合情合理。就这么着，哥儿们，我在睡觉以前祷告一番，到院子里溜达一下。那天晚上挺黑，什么也看不见，要看也是白费劲。我就这么走了一阵，又回到货车旁边，快要走到了，忽然看见亮光一闪。这是怎么回事？老板跟伙计好像早就上床睡了，客栈里除了商人和我以外又没别的住客……这亮光是打哪儿来的呢？我起了疑……我走过去……往亮光那儿走……求主怜悯我！圣母拯救我！我这么一瞧，原来靠近地面有个小窗子，外面安着铁格子……在正房底下……我趴在地上，往里瞧；我这一看不要紧，周身都凉了……"

基留哈极力不出声地拿一把杂草塞进火里。老头儿等枝子哗哗剥剥爆过，哧哧响过以后，说下去：

"我往那儿这么一瞧，原来是个地窖，好大哟，漆黑，阴凄凄的……有一个桶，上面摆着一盏小提灯。地窖中央站着十来个人，穿着红衬衫，卷起袖子，在磨长刀……哎呀！原来我们住进黑店，掉到强盗窝里来了！……这可怎么办？我跑到商人那儿，悄悄叫醒他，说：'你别害怕，商家，'我说，'可是咱们的事儿不妙……咱们掉进强盗窝里来了。'我说。他的脸色顿时变了，问道：'我们现在怎么办呢，潘捷列？我带着很多孤儿的钱呐……至于我这条命,'他说,'那随上帝的意思好了。我不怕死,可是丢掉了孤儿的钱才可怕呀。'他说。这可怎么办?大门上了锁。坐车也好,走路也好,都出不去……要是有一道围墙,那倒也好翻过去,可是院子上面有天篷啊!……'喂,商家,你也不用害怕,'我说,'对上帝祷告好了。也许主不肯让孤儿受屈。就在这儿待着吧,'我说,'别有什么动静,趁这工夫,也许我会想出什么办法来……'好!……我就向上帝祷告,上帝叫我想出妙法来了……我爬上马车,轻轻地……轻轻地,不让别人听见,拉掉房顶上的麦秸,挖了个小洞,往外爬……往外爬……然后我跳下房顶,顺大路拼命跑。我跑啊跑的,累得要死……大概我一口气跑了有五俄里路,也许还不止五里……谢天谢地,我一瞧,前边有个村子。我跑到一所农舍跟前,敲窗子。'东正教徒啊,'我说,就把事情原原本本讲给他们听了,'别眼看基督徒的灵魂毁掉吧……'我把大家全叫醒了……农民们会齐了,跟我一块儿去……有人拿着绳子,有人拿着棒子,有人拿着草叉子……我们打进客栈的院门,直奔地窖……强盗们刚刚磨完刀子,正要去杀商人。农民们逮住他们,一个也没漏网,把他们捆起来,押到官长那儿去了。商人一高兴,送给他们三百卢布,给我五个金币,写下了我的姓名作为纪念。据说后来在地窖里搜到好多好多的人骨头。人骨头……可见,他们抢了人家的钱,埋掉尸首,好不留一点痕迹……嗯,后来,他们在莫尔尚斯克让刽子手给收拾了。"

潘捷列讲完故事,四下看看听讲的人。他们一声不响,瞧着他。水已经开了,斯乔普卡在撇沫子。

"油准备好了吗?"基留哈小声问他。

"等一等……马上就去拿。"

斯乔普卡拿眼睛盯紧潘捷列,跑到货车那边去,仿佛生怕自己不在,潘捷列又开头讲别的故事似的。不久他就拿着一个小小的木碗回来,开始在碗里把生猪油研碎。

"又有一回,我也是跟一个商人一块儿上路……"潘捷列说下去,声音跟先前一样低,眼睛睐也不睐。"他的名字,我现在还记得,是彼得·格里戈里伊奇。他是个好人……那商人……我们也是住在一个客栈里……他住一个小房间,我跟马睡在一块儿……老板夫妇好像挺好,挺和气。伙计们也好像没什么。可是,哥儿们,我睡不着,我的心觉出来了! 觉出来了,就是这么的。大门开着,四下里有许多人,可我还是好像害怕,心不定。大家早已睡下。夜深了。不久就该起床,可是只有我一个人躺在马车里,合不上眼睛,仿佛我是猫头鹰似的。后来,哥儿们,我听见这样的声音,'咚! 咚! 咚!'有人悄悄走到马车这儿来了。我探出头去一看,原来是个乡下女人,只穿一件衬衣,光着脚……'你有什么事,大嫂?'我问。她呢,周身发抖,脸色慌张……'起来好人!'她说,'糟了! ……老板他们起了坏心……他们要干掉你那个商人。'她说,'我亲耳听见老板跟老板娘叽叽咕咕地商量……'果然,我不是白担心!'你是谁?'我问。'我是他们的厨娘,'她说……好! ……我就从马车上下来,到商人那儿去。我叫醒他,一五一十告诉他,说:'彼得·格里戈里伊奇,事情不妙……老爷,以后再睡吧,趁现在还有时间,赶紧穿好衣服,'我说,'咱们尽早躲开灾祸吧……'他刚刚穿衣服,门就开了,了不得! ……我这么一看,圣母呀! 客栈老板和他老婆带着三个伙计走进我们房里来了……看来,他们跟工人也勾结起来了。'这位客商有不少钱,拿出来大家分,'他们说……这五个人手里都拿着长刀……长刀……老板锁上房门,说:'向上帝祷告吧,旅客……要是你们叫起来,'他说,'我们就干脆不准你们在临死的时候祷告……'谁还叫得出来啊!我们害怕得嗓子里都堵住,喊也喊不出来了……商人哭着说:'正教徒!你们决心杀死我,'他说,'是因为看中我的钱。那么要杀就杀吧,反正我既不是第一个,也不是末一个,我们商人已经有很多人在客栈里被人谋害了。可是,教友们,'他说,'为什么要杀死我的车夫呢?为什么要连累他为我的钱遭殃?'他说得那么沉痛!可是老板对他说:'要是我们让他活着,'他说,'那他就会第一个告发我们,'他说,'杀一个也好,杀两个也好,反正都一样。犯七件罪,倒一次霉……向上帝祷告吧,你们所能做的只有这件事,用不着废话了!'商人和我就并排跪下,哭哭啼啼地向上帝祷告。他想起他的子女。我那时候还年轻,要活下去……我们瞧着神像,祷告,真是伤心啊,就连现在回想起来也要掉泪……老板娘那个娘儿们瞧着我们说:'你们是好人,'她说,'你们到了另一个世界可别记我们的仇,也别求上帝惩罚我们,我们是因为穷才做这种事的。'我们祷告了又祷告,哭了又哭,上帝可就听见我们的声音了。他必是可怜我们了……老板刚刚揪住商人的胡子,要拿刀砍他的脖子,忽然院子里有人敲窗子!我们都吓一跳,老板的手放下来了……有人敲着窗子,嚷着:'彼得·格里戈里伊奇,你在这儿吗?收拾好,咱们走吧!'老板他们瞧见有人来找商人,害了怕,溜了……我们连忙走到院子里,把马套上车子,一会儿就没影儿了……"

"到底是谁敲的窗子?"德莫夫问。

"敲窗子？一定是圣徒或者天使。不会有别人……我们赶着车子走出院子时，街上一个人也没有……这是上帝干的！"

潘捷列还讲了些别的故事。在他所有的故事里，"长刀"总要出现，听起来全像是胡诌出来的。这些故事是他从别人那儿听来的，还是很久以前自己编出来的，后来记性差了，就把经历和幻想混淆起来，两者分不清楚了呢？这都可能，可是有一件事却奇怪：这一回，以及后来一路上每回讲故事的时候，他只乐意讲一些分明编造出来的故事，却从来不提真正经历过的事。当时叶戈鲁什卡却把那些故事当做实有其事，每句话都信以为真了。后来他才暗暗觉得奇怪：这么一个人，这辈子走遍了俄罗斯，见闻那么广博，妻子儿女已经活活烧死，居然这么轻视自己的丰富生活，每回篝火旁边坐着，要就一声不响，要就讲些从没发生过的事情。

他们喝稀饭的时候，都闷声不响，只想着刚才听到的故事。生活可怕而奇异，所以在俄罗斯不管讲多么可怕的故事，也不管拿什么强盗窝啦，长刀啦，种种奇迹啦，来装饰它，那故事总会在听讲人的灵魂中引起真实的感受，也许只有学识丰富的人才会怀疑地斜起眼睛，不过就连他也会一声不响。路边的十字架、黑压压的羊毛捆、辽阔的平原、聚在篝火旁边的那些人的命运，这一切本身就又奇异又可怕，传说和神话的离奇怪诞反倒苍白失色，跟生活混淆起来了。

大家凑在锅边吃着，唯独潘捷列坐在一旁，用小木碗喝粥。他的调羹跟别人的不一样，是柏木做的，上面有个小十字架。叶戈鲁什卡瞅着他，想起那做杯子用的长明灯，就轻声问斯乔普卡：

"为什么老爷爷独自坐在一边?"

"他是个旧派教徒。"斯乔普卡和瓦夏小声回答,同时他们说话的神情显得仿佛在讲一种短处或者秘密的恶习似的。

大家沉默着,想心事。听过那些可怕的故事以后,谁也不想讲平凡的事情了。在沉静中,瓦夏忽然挺直身子,用他那没有光彩的眼睛凝神瞧着一个地方,竖起耳朵来。

"怎么回事?"德莫夫问他。

"有人来了。"瓦夏回答道。

"你看见他在哪儿?"

"在那边! 有个微微发白的东西……"

在瓦夏瞧着的那边,除了黑暗以外什么也看不见。大家静听,可是没听见脚步声。

"他从大路上来了?"德莫夫问。

"不,是从旷野上来……上这边来了。"

在沉默中过了一分钟。

"也许是葬在那儿的商人正在草原上溜达吧。"德莫夫说。

大家斜眼看那十字架,面面相觑,忽然哄笑起来;他们为自己的恐惧害臊了。

"他为什么要出来走呢?"潘捷列问,"只有大地不肯收留的人才会夜里出来行走。那两个商人没什么……那两个商人已经戴上殉教徒的荆冠了……"

可是忽然他们听见了脚步声。有人匆匆忙忙地走来。

"他带着什么东西呢。"瓦夏说。

他们开始听见青草在走过来的那个人的脚底下沙沙地响,杂草喀嚓喀嚓地响。可是在篝火的亮光外面什么也看不见。临了,脚步声近了,有个人咳了一声。闪烁的亮光好像让开一条路,事情终于清楚了,车夫们忽然看见面前站着一个人。

不知道是因为火光摇抖不定呢,还是因为大家想先看清来人的脸,总之,怪极了,他们第一眼看见的,先不是他的脸,也不是他的衣服,却是他的笑容。那是一种非常善良、开朗、温柔的笑容,就跟刚被叫醒的小娃娃一样,而且那是一种富于感染力的笑容,叫人很难不用笑容回报他。等到大家看清楚,这才知道原来那陌生人是个三十岁上下的男子,长得难看,没有一点出众的地方。他是个身材很高的乌克兰人,长鼻子,长胳膊,长腿。他处处都显得长,只有他的脖子很短,使他的背有点驼。他上身穿一件干净的、领口绣花的白衬衫,下身穿着白色的肥裤子,脚蹬新的高筒靴,跟车夫们一比,简直像个大少爷。他抱着一个又大又白,第一眼看上去样子古怪的东西,而且有一管枪的枪身从他肩膀后面探出来,也很长。

他从暗处走进亮光的圈子里,站住,好像在地里生了根。他有半分钟的工夫瞧着车夫们,仿佛要说:"瞧啊,我的笑容多么好看!"然后他朝篝火迈近一步,笑得越发开朗,说:

"面包和盐①,哥儿们!"

"欢迎你!"潘捷列代表大家回答。

这个生人把怀里抱着的东西放在篝火边(原来那是一只打死的大鸨),又对他们打一次招呼。

大家都走到大鸨那儿,开始细细地看它。

"好一只鸟! 你拿什么打死它的?"德莫夫问。

____

① 对正在吃饭的人的问候辞。

"大砂弹……霰弹打不中它,它不容易接近……买下吧,哥儿们!我只要二十戈比就把它卖给你们。"

"我们要它有什么用,这东西顶好烤着吃,拿它一煮大概就会煮硬,那就咬不动了……"

"唉,真要命!要是把它拿到庄园上的老爷那儿去,他们倒会给我半个卢布。可是路远着呐,足足有十五俄里!"

这个来历不明的人坐下来,取下枪,放在身旁。他好像困了,没精神,笑眯眯的,给火光照得眯细眼睛,大概想起了什么痛快的事。他们递给他一把勺子。他吃起来。

"你到底是什么人?"德莫夫问他。

陌生人没听见这句问话。他没回答,甚至也没看德莫夫一眼。这笑嘻嘻的人大概没尝出稀饭的滋味,因为他有点懒洋洋地、无意识地喝着,临到把勺子举到唇边,有时候勺子里盛得很满,有时候却完全是空的。他并没喝醉酒,不过他的脑子里却有什么荒唐的想法在浮动。

"我在问你:你是什么人啊?"德莫夫又问了一遍。

"我?"来历不明的人一怔,说,"康斯坦丁·兹沃内克,罗夫诺地方人。离这儿大约有四俄里路。"

康斯坦丁想赶紧表明他并不是像他们那样的农民,而要高一等,就连忙添一句:

"我们有养蜂场,而且还养猪。"

"你是跟爸爸住在一块儿,还是另外单过?"

"现在我自己单过,我们分家了。这个月,过了圣彼得节,我成亲了!现在我是娶了媳妇的人!……从办喜事到现在有十八天了。"

"好事!"潘捷列说,"结婚挺不错……这是上帝赐福给

183

你……"

"年轻的老婆待在家里睡觉,他却到草原上来溜达,"基留哈笑道,"怪人!"

仿佛自己身上顶怕痛的地方给人掐了一下似的,康斯坦丁打了个哆嗦,笑起来,脸红了……

"可是主啊,她不在家!"他连忙从嘴边移开勺子说,带着快活和惊奇的表情看一遍所有的人,"她不在家,她回娘家待两天! 真的,她走了,我就跟没结婚一样……"

康斯坦丁摆摆手,摇摇脑袋。他打算继续想下去,可是他脸上流露着的欣喜妨碍他想心事。他好像坐得不舒服似的,换了个姿势,笑起来,又摇摇手。他不好意思把他的愉快的念头讲给陌生人听,可又忍不住想要把自己的欢喜告诉别人。

"她上杰米多沃村去看她妈了!"他说,脸红了,把枪换一个地方放,"她明天会回来……她说她回来吃中饭。"

"你闷得慌吗?"德莫夫问。

"啊,主,你想会怎样呢? 我们成亲没几天,她就走了……不是吗? 哦,不过呢,她是个活泼伶俐的姑娘,要是我说得不对,让上帝惩罚我! 她呀,那么好,那么招人喜欢,那么爱笑、爱唱,简直是一团烈火! 她在我身边的时候,我的脑筋给弄得迷迷糊糊,可是她一走,我又失魂落魄,跟傻瓜似的在草原上逛荡。我吃完中饭就出来走,真要命。"

康斯坦丁揉揉眼睛,瞧着火,笑了。

"那么,你爱她……"潘捷列说。

"她那么好,那么招人喜欢,"康斯坦丁又说一遍,没听见潘捷列的话,"一个挺好的主妇,又聪明又明事理,在全省的老百姓家里再也找不到像她那样的了。她走了……不过,她一定也惦记我,我知道!我明白,那只小喜鹊!她说明天吃中饭以前回来……这可真是想不到的事啊!"康斯坦丁差不多嚷起来,忽然提高声调,交换一下坐的姿势,"现在她爱我,惦记我,不过当初她还不肯嫁给我呢!"

"可是你吃啊!"基留哈说。

"她不肯嫁我!"康斯坦丁没去听他,接着说,"我追了她三年!我原先是在卡拉契克市集上瞧见她的。我爱她爱得要命,差点没上吊……我住在罗夫诺,她住在杰米多沃,两下里相隔十五俄里路,我简直找不着机会。我打发媒人去见她,她说:'不行!'唉,这只喜鹊啊!我送她这个,送她那个,耳环啦,蜜饼啦,半普特蜂蜜啊,可她还是说:'不行!'真是没办法。不过要是仔细一想,我哪儿配得上她呢?她年轻,漂亮,一团烈火似的,我呢,岁数大,不久就要满三十了,况且长得实在太漂亮,一把大胡子跟一把钉子似的,脸孔也真干净,上面满是疙瘩。我哪儿能跟她相比哟!只有一点还好:我们家富裕,可是瓦赫拉敏基家也不错啊。他们有六头牛,雇着两个长工。哥儿们,我爱她,入了迷……我睡不着,吃不下,满脑子的心事,整天迷迷糊糊,求上帝别叫我们受这份罪才好!我想见她的面,可是她住在杰米多沃……你们猜怎么着?上帝可以作证,我不是说谎:一个星期总有三回,我一步一步走着上那儿去,就为了看她一眼。我扔下活儿不干了!我胡思乱想,甚至想上杰米多沃去做个长工,好跟她挨近一点。我好苦哟!我妈找巫婆来。我爸爸打过我十来回。我足足吃了三年苦,于是下了决心:就是入地狱我也要上城里做马车夫去……这是说,我不走运!刚过复活节,我就上杰米多沃去跟她见最后一面……"

康斯坦丁把头往后一仰,发出一阵细碎的畅快笑声,仿佛刚才很巧妙地捉弄了什么人似的。

"我看见她跟一些年轻小伙子在河边,"他接着说,"我的火上来了……我把她叫到一边,对她说了各式各样的话,大概有一个钟头……她就此爱上我了!她有三年不喜欢我,可是就因为我那一番话,她爱上我了!……"

"你对她说了些什么呢?"德莫夫问。

"说什么?我记不得了……怎么记得住?当时我的话像水管里流出来的水,一刻也不停:哇啦哇啦!现在呢,我却连一个字也说不上来了……哪,她就这么嫁给我了……现在她找她妈去了,这喜鹊一走,我就到草原上来逛荡。我在家里待不住。我受不了!"

康斯坦丁笨拙地把脚从自己身子底下抽出来,在地上躺平,脑袋枕着拳头,然后又起来,坐好。这时候,人人都十分明白这是一个陶醉在爱情中的幸福人,而且幸福到了痛苦的地步。他的微笑、眼睛、一举一动都表现了使他承受不了的幸福。他坐立不安,不知道该照什么样的姿势坐着,该怎么办才不致给他那无数愉快的思想压得筋疲力尽。他在这些生人面前倾吐了心里的话以后,才算能安静地坐好,眼望着火,出神了。

看到这个幸福的人,大家都觉得烦闷,也渴望幸福。人人都心事重重。德莫夫站起来,轻轻地在篝火旁走着。从他的脚步,从他肩胛骨的动作,看得出他难受,烦闷。他站住,瞧着康斯坦丁,坐下来。

这时候篝火熄了。火光不再闪动,那一块红就缩小,暗淡了……火越灭得快,月亮就显得越亮。现在他们看得清辽阔的道路、羊毛捆、货车的辕杠、嚼草料的马儿了。在大道的对面,朦胧地现出另一个十字架……

德莫夫用手托着脸颊,轻声哼着一支悲凉的歌。康斯坦丁带着睡意微笑,细声细气地随着他唱。他们唱了半分钟,就又沉默了……叶美里扬身子抖了一下,活动胳臂肘,手指头也动起来。

"哥儿们!"他用恳求的声音说,"咱们来唱支圣歌!"

眼泪涌上他的眼眶。

"哥儿们!"他又说一遍,拿手按着心,"咱们来唱支圣歌吧!"

"我不会。"康斯坦丁说。

人人都拒绝,于是叶美里扬就一个人唱起来。他挥动两条胳膊,点头,张开嘴,可是他的嗓子里只发出一种干哑而无声的喘息。他用胳膊唱,用脑袋唱,用眼睛唱,甚至用他的瘤子唱,唱得热烈而痛苦。他越是想使劲从胸膛里挤出一个音符来,他的喘息就越是不出声……

叶戈鲁什卡跟大家一样,也很郁闷。他回到自己的货车旁边,爬上羊毛捆,躺下来。他瞧着天空,想着幸福的康斯坦丁和他的妻子。为什么人要结婚呢?为什么这世界上要有女人?叶戈鲁什卡给自己提出这个模糊的问题,心里想,要是男人身边老是有个温柔、快活、漂亮的女人,那他一定快活吧。不知什么缘故,他想起了德兰尼茨卡雅伯爵小姐,暗想跟那样一个女人一块儿生活大概很愉快。要不是这个想法使他非常难为情,他也许很愿意跟她结婚呢。他想起她的眉毛、双眸、马车、塑着骑士的座钟……宁静而温暖的夜晚扑到他身上来,在他耳旁小声说着什么。他觉得仿佛那个可爱的女人向他凑过来,笑嘻嘻地看他,想吻他似的……

那堆火只留下两个小小的红眼睛,越变越小。车夫们和康斯坦丁坐在残火旁边,黑糊糊的一片,凝神不动,看起来,他们现在的人数好像比先前多得多。两个十字架都可以看清了。远远的,远远的,在大道旁边,闪着一团红光,大概也是有人在烧稀饭吧。

"我们的母亲俄罗斯是全世界的领——袖!"基留哈忽然扯大嗓门唱起来,可是唱了半截就停住,没唱下去。草原的回声接住他的声音,把它带到远处去,仿佛愚蠢本身用沉甸甸的轮子滚过草原似的。

"现在该动身啦!"潘捷列说,"起来,孩子们。"

他们套马的时候,康斯坦丁在货车旁边走动,赞美他的老婆。

"再会,哥儿们!"等到货车队出发,他叫道,"谢谢你们的款待! 我还要上火光那边去。我受不了!"

他很快就消失在黑暗里,可以长时间听到他迈步走向火光照耀的地方,对别的陌生人去诉说他的幸福。

第二天叶戈鲁什卡醒来,正是凌晨。太阳还没升上来。货车队停住了。有一个人,戴一顶白色无边帽,穿一身便宜的灰布衣服,骑一头哥萨克的小马,正在最前面的一辆货车旁边跟德莫夫和基留哈讲话。前面离这个货车队大约两俄里,有一些又长又矮的白色谷仓和瓦顶的小屋。小屋旁边既看不见院子,也看不见树木。

"老爷爷,那是什么村子?"叶戈鲁什卡问。

"那是亚美尼亚人的庄子,小子,"潘捷列回答,"亚美尼亚人住在那儿。那个民族挺不错……那些亚美尼亚人。"

那个穿灰衣服的人已经跟德莫夫和基留哈讲完话,勒住他的小马,朝庄子那边望。

"瞧,这算是哪门子事啊!"潘捷列叹道,也朝庄子那边望,在清晨的冷空气中耸起肩膀,"他先前派一个人到庄子里去取一个什么文件,那个人至今没回来……原该派斯乔普卡去才对!"

"这人是谁,老爷爷?"叶戈鲁什卡问道。

"瓦尔拉莫夫。"

我的上帝!叶戈鲁什卡连忙翻身起来,跪着,瞧那顶白色的无边帽。很难看出这个穿着大靴子、骑着难看的小马、在所有的上流人都睡觉的时候跑来跟农民讲话的矮小而不显眼的人原来就是那个神秘的、叫人捉摸不透的、人人都在找他而他又永远"在这一带地方转来转去"、比德兰尼茨卡雅伯爵小姐还要有钱的瓦尔拉莫夫。

"这个人挺不错,挺好……"潘捷列说,朝庄子那边望,"求上帝赐给他健康,挺好的一位老爷……姓瓦尔拉莫夫,名叫谢敏·亚历山德雷奇……小兄弟,这个世界就靠这类人支撑着。这是实在的……公鸡还没叫,他就已经起床了……换了别人,就一定在睡觉,或者在家里陪客人闲扯,可是他却一天到晚在草原上活动……他转来转去……什么事情他都不放松……"

瓦尔拉莫夫的眼睛没离开那庄子,嘴里在讲着什么。那匹小马不耐烦地调动它的脚。

"谢敏·亚历山德雷奇,"潘捷列叫道,脱掉帽子,"您派斯乔普卡去吧! 叶美里扬,喊一声,就说派斯乔普卡去一趟!"

可是这时候总算有个人骑着马从庄子那边来了。那人的身子向一边歪得很厉害，马鞭在头顶上面挥动，像鸟那样快地飞到货车队这儿来，仿佛在表演勇敢的骑术，打算引得每个人的惊叹似的。

"那人一定是替他办事的骑手，"潘捷列说，"他大概有一百个这样的骑手，说不定还要多呢。"

骑马的人来到第一辆货车旁边，勒住他的马，脱掉帽子，交给瓦尔拉莫夫一个小本子。瓦尔拉莫夫从小本子里抽出几张纸来，看了看，叫道：

"伊凡楚克的信在哪儿呀？"

骑士接过小本子去，看一看那些纸，耸耸肩膀。他开口讲话，大概在替自己辩白，要求让他再骑马到庄子里去。小马忽然动一下，仿佛瓦尔拉莫夫变得重了一点似的。瓦尔拉莫夫也动了动。

"滚开！"他生气地叫道，朝骑马的人挥动鞭子。

然后他勒转马头，一面瞧小本子里的纸，一面让那头马漫步沿着货车队走动。等他走到货车队的最后一辆，叶戈鲁什卡就凝神瞅着他，好看清他。瓦尔拉莫夫是个老头儿。他那平淡无奇、给太阳晒黑、生着一小把白胡子的俄罗斯人的脸，颜色发红，沾着露水，布满小小的青筋。那张脸跟伊万·伊万内奇一样，也现出正正经经的冷淡表情，现出热衷于事务的表情。不过，在他和伊万·伊万内奇中间，毕竟可以感到很大的不同！伊万·伊万内奇舅舅的脸上除了正正经经的冷淡表情以外，永远有操心和害怕的神气，唯恐找不到瓦尔拉莫夫，唯恐误了时间，唯恐错过了好价钱。像这种自己做不得主的小人物所特有的表情，在瓦尔拉莫夫的脸上和身上就找不出来。

这个人自己定价钱,从不找人,也不仰仗什么人。他的外表尽管平常,可是处处,甚至在他拿鞭子的气派中,都表现出他意识到自己的力量和一贯主宰草原的权力。

他骑马走过叶戈鲁什卡身边,却没有看他一眼,倒是多承小马赏脸,瞧了瞧叶戈鲁什卡。它用愚蠢的大眼睛瞧着,就连它也很冷淡。潘捷列对瓦尔拉莫夫鞠躬。瓦尔拉莫夫留意到了,眼睛还是没离开纸,声音含糊地说:

"你好,老头儿!"

瓦尔拉莫夫跟骑马的人的谈话以及他挥动鞭子的气派显然给货车队所有的人都留下了威风凛凛的印象。大家的脸色严肃起来。骑马的人被这位大人物的震怒吓掉了魂,没戴帽子,松着缰绳,停在最前面那辆货车旁边。他一声不响,好像不相信今天一开头就会这么倒霉似的。

"很凶的老人……"潘捷列嘟哝着说,"可惜他太凶!不过他挺不错,是个好人……他并不无缘无故骂人……没什么……"

看完那些纸以后,瓦尔拉莫夫就把小本子塞进衣袋里。小马仿佛知道他的心意似的,不等吩咐,就颤动一下,顺着大道朝前疾驰了。

七

当天晚上,车夫歇下来烧稀饭。这一回,从一天开头起,人人都有一种不明不白的愁闷感觉。天气闷热,大家喝下许多水,可还是不解渴。月亮升上来,十分红,模样儿阴沉,仿佛害了病。星星也昏沉沉的,暗影更浓了,远处更朦胧。大自然好像有了什么预感,无精打采。

篝火四周没有昨晚的那种活跃的景象和生动的谈话了。大家都觉得烦闷,即便讲话也打不起精神,没有兴致。潘捷列光是唉声叹气,抱怨两条腿,不时讲到横死。

德莫夫伏在地上,沉默着,嚼一根干草。他脸上现出嫌恶的表情,好像那根草气味不好闻似的,他的脸色凶狠而疲乏……瓦夏抱怨下巴发痛,预言要变天了。叶美里扬没有挥动胳膊,呆坐着,闷闷地瞧着火。叶戈鲁什卡也疲乏了。这种缓慢的旅行使他感到腻味,白昼的炎热烤得他头痛。

他们烧稀饭的时候,德莫夫由于心烦而跟他的同伴找碴儿吵架。

"这个长着瘤子的家伙,舒舒服服地坐在那儿,老是头一个伸出勺子来!"他说,恶狠狠地瞧着叶美里扬,"贪吃! 老是头一个抢到锅子旁边坐好。他在唱诗班唱过歌,就自以为是老爷! 像你们这种唱诗的,在这条大道上要饭的多得很!"

"你为什么跟我过不去?"叶美里扬问,也生气地瞧着他。

"就是要你别头一个忙着往锅子里舀东西吃。别以为自己有什么了不起!"

"你是混蛋,就是这么的。"叶美里扬用嘶哑的声音说。

潘捷列和瓦夏凭经验知道这种谈话通常会闹出什么结局来,就出头调解,极力劝德莫夫不要无端骂人。

"什么唱诗的……"那个捣蛋鬼不肯罢休,反而冷笑,"那种玩意儿谁都会唱。坐在教堂的门廊上唱:'看在基督的面上,赏我几个钱吧!'哼! 你们还怪不错的呢!"

叶美里扬没有开口。他的沉默反倒惹恼了德莫夫。他带着更大的怒气瞧着那个先前在教堂里唱诗的人,说:

"我只是不愿意理你罢了,要不然我真要叫你知道知道你自己是个什么玩意儿!"

"可是你为什么跟我过不去,你这个马泽帕①?"叶美里扬冒火了,"我惹你了吗?"

"你叫我什么?"德莫夫问道,站起来,眼睛充血,"什么?我是马泽帕? 是吗? 好,给你点颜色看看! 叫你自己去找吧!"

德莫夫从叶美里扬的手里抢过勺子来,往远处一扔。基留哈、瓦夏、斯乔普卡都跳起来,跑去找勺子。叶美里扬用恳求和询问的眼光瞧着潘捷列。他的脸忽然变小,变皱,眼睛眨巴起来,这位先前唱诗班的歌手像小孩似的哭起来了。

叶戈鲁什卡早就恨德莫夫,这时候觉得空气一下子闷得使人受不了,仿佛篝火的火焰烤他的脸似的。他恨不得赶快跑到黑暗中的货车那儿去,可是那捣蛋鬼的气愤而烦闷的眼睛把他吸引住了。他渴望说几句非常伤人的话,就往德莫夫那边迈近一步,上气不接下气地说道:

"你比谁都坏! 我看不惯你!"

这以后,他原该跑到货车那边去,可是他站在那儿动不得,接着说:

"到下一个世界,你会在地狱里遭火烧! 我要告到伊万·伊万内奇那儿去! 不准你欺侮叶美里扬!"

"嘿,你瞧!"德莫夫冷笑道,"嘴上的奶还没干的小猪猡,

---

① 马泽帕(1644—1709),一六八七至一七〇八年的乌克兰首领。一七〇〇至一七二一年北方战争时期,他带领四五千哥萨克人投奔瑞典王查理十二世。后来瑞典军队在波尔塔瓦战败,马泽帕同查理十二世一起逃跑。

倒管教起别人来啦。要不要我拧你的耳朵?"

叶戈鲁什卡觉得透不过气来。他以前从没这样过,此刻忽然周身发抖,顿着脚,尖声叫道:

"打他!打他!"

眼泪从他眼睛里流出来。他觉得难为情,就踉踉跄跄跑回货车那边去。他的尖叫产生了什么影响,他没看见。他躺在货包上哭,胳膊和腿抽搐着,小声说:

"妈妈!妈妈!"

这些人,篝火四周的阴影,黑压压的羊毛捆,远处每分钟都在发亮的闪电,这一切,现在全使他觉得阴森可怕。他胆战心惊,绝望地问自己:这是怎么回事,他为什么跑到这陌生的地方来,夹在一群可怕的庄稼汉中间呢?现在他舅舅、赫利斯托福尔神甫、杰尼斯卡在哪儿呀?为什么他们这么久还没来?莫非他们忘掉他了?他一想到自己给人忘掉,丢在这里,听凭命运摆布,就周身发凉,害怕得很,有好几回突然站起身来,要跳下羊毛捆,一口气顺着大道跑回去,头也不回,但是转念想到在路上一定会遇到乌黑而阴森的十字架和远处闪着的电光,他才忍住了……只有他小声叫着"妈妈!妈妈!"的时候,他才觉得好过一点……

车夫们一定也害怕。叶戈鲁什卡从篝火旁边跑开以后,他们先是沉默很久,然后含糊地低声谈着什么,说是有个什么东西就要来了,他们得赶快动身,躲开它才好……他们连忙吃完晚饭,熄掉火,沉默地套车。从他们匆忙的动作和断续的语句可以看出他们预料有什么灾难要来了。

快要动身上路的时候,德莫夫走到潘捷列面前,压低声音问道:

"他叫什么名字？"

"叶戈里……"潘捷列回答。

德莫夫一只脚踩着一个车轮，抓住捆在货包上的绳子，爬上车来。叶戈鲁什卡看见了他的脸和生着卷曲头发的脑袋。那张脸苍白，疲倦，愁闷，可是已经没有恶狠狠的表情了。

"叶戈里！"他轻声说，"得了，打我吧！"

叶戈鲁什卡奇怪地瞧着他，这当儿电光一闪。

"不要紧，打我好了！"德莫夫重说一遍。

他没等到叶戈鲁什卡打他，或者跟他讲话，又跳下车来，说：

"我心里好闷哟！"

然后，他摇摇晃晃，动着肩胛骨，懒洋洋地顺着那一串货车慢慢走去，用半是悲伤半是烦恼的声调反复地说：

"我心里好闷哟！主啊！你别生我的气了，叶美里扬，"他走过叶美里扬身边的时候说，"我们这种生活没有什么指望，苦透了！"

右边现出一道闪电，好像这闪电映在镜子里似的，远处立刻也现出一道闪电。

"叶戈里，接住！"潘捷列扔上来一个又大又黑的东西，叫道。

"这是什么呀？"叶戈鲁什卡问。

"篷布！天要下雨了，把它盖在身上吧。"

叶戈鲁什卡坐起来，瞧一瞧自己的四周。远方明显地变黑，白光闪着，现在每分钟不止一回了，像是眼皮在一眨一眨似的。黑暗好像由于太重，向右边歪过去了。

"老爷爷，要有雷雨吗？"叶戈鲁什卡问道。

"哎哟,我这双冻坏了的脚好痛哟!"潘捷列没听见孩子的话,拖长声调说,顿着脚。

左边天空好像有人在划火柴。一道苍白的、磷光样的细带闪了一闪,就灭了。人们可以听见一股声浪,仿佛远处有人在铁皮房顶上走动。大概是光着脚在房顶上走,因为铁皮发出沉闷的隆隆声。

"要下大雨了!"基留哈嚷道。

在远方和右边地平线中间,现出一道闪电,明晃晃的,照亮了一部分草原,照亮了无云的天空和黑暗相连的地方。密密层层的乌云不慌不忙地移过来;又大又黑的破布片从那团云的边上挂下来。左右两面的地平线上也有这样的碎片互相压挤,堆得高高的。雨云的外表破碎而蓬松,仿佛它喝醉了酒,在胡闹似的。天上响起了清晰的、一点儿也不含混的隆隆雷声。叶戈鲁什卡在胸前画十字,连忙披上大衣。

"我好闷哟!"德莫夫的嚷叫声从前面的货车那边飘来,从他的声调听得出他又生气了,"我好闷哟!"

忽然间起了一阵狂风,来势那么猛,差点儿刮跑了叶戈鲁什卡的包袱和篷布。篷布被风吹动,向四面八方飞舞,拍打着货包和叶戈鲁什卡的脸。风呼啸着,在草原上飞驰,滴溜溜地乱转,刮得青草发出一片响声,雷声和车轮的吱嘎声反而听不见了。这风从黑色的雨云里刮下来,卷起滚滚的灰尘,带来雨水和潮湿土地的气味。月光昏暗,仿佛变得肮脏了。星星越发黯淡。人可以看见滚滚的烟尘跟它的阴影顺着大道的边沿急急忙忙跑到后面什么地方去。这时候旋风盘旋着,从地面上的尘土里卷走枯草和羽毛,大概升上了天空,风滚草多半在黑色的雨云旁边飞翔,它们一定害怕得很! 可是透过迷眼的灰土,除了闪电的亮光以外,什么也看不见。

叶戈鲁什卡心想,马上要下大雨了,就跪了下来,拿篷布盖住自己的身子。

"潘捷列——列!"前面有人嚷道,"啊……啊……哇!"

"我听不见!"潘捷列拖长声音大声回答。

"啊……啊……哇!"

雷声愤怒地响起来,在天空从右边滚到左边,随后再滚回去,消失在最前面那辆货车附近。

"神圣的,神圣的,神圣的,万能的主啊,"叶戈鲁什卡小声说着,在胸前画十字,"愿您的荣耀充满天上和人间……"

漆黑的天空张开嘴,吐出白色的火来,立刻又响起了雷声。雷声刚刚收歇,就来了一道极宽的闪电,叶戈鲁什卡从篷布的裂缝里忽然看见通到远方的整个宽阔的大道,看见所有的车夫,甚至看清了基留哈的坎肩。这时候左边那些黑色碎云往上移动,其中有一片云粗野而笨拙,像是伸出的爪趾,直向月亮那边伸过去。叶戈鲁什卡决心闭紧眼睛,不去理会,等着这一切结束。

不知什么缘故,雨很久不来。叶戈鲁什卡巴望雨云也许会过去,就从篷布里往外张望。天色黑得可怕。叶戈鲁什卡既看不见潘捷列,又看不见羊毛捆,也看不见自己。他斜起眼睛往前不久还有月亮的地方看,可是那边一片漆黑,跟货车的上空一样。在黑暗中,电光似乎更白,更亮,照得他的眼睛发痛。

"潘捷列!"叶戈鲁什卡叫道。

没有人答话。可是这时候风总算最后一回撩一下篷布,跑到不知什么地方去了。可以听见一种平匀沉着的响声。一滴又大又凉的水落在叶戈鲁什卡的膝上,又一滴在他手上爬。他发现自己的膝头没盖好,想要整理一下篷布,可是这当儿有些什么东西洒下来,劈劈啪啪地拍打着大道,然后拍打车杠,拍打羊毛捆。原来那是雨点。雨点和篷布好像互相了解似的,开始急速而快活地谈起天来,喊喊喳喳跟两只喜鹊一样。

叶戈鲁什卡跪在那儿,或者更正确地说,坐在自己的靴子上。雨拍打篷布的时候,他往前探身,好遮住膝头,因为膝头忽然湿了。他好容易盖好膝头,可是不到一分钟,又觉得身后背脊底下和腿肚子上面有一种刺骨的、不舒服的潮湿感觉。他就恢复原先的姿势,听凭膝头去让雨淋,暗自盘算该怎样摆布那块在黑地里看不见的篷布才对。可是他的胳膊已经湿了。雨水淌进袖子和衣服里,肩胛骨觉得冷冰冰的。他决意什么也不管,呆坐在那儿不动,等待雨过了再说。

"神圣的,神圣的,神圣的……"他小声念道。

忽然,正好在头顶上方,发出一下可怕的、震耳欲聋的霹雳声,天空碎裂了。他蜷起身子,屏住呼吸,等着碎片落在他的后脑勺和背上。他的眼睛偶然睁开,看见一道亮得刺眼的光在他的手指上、湿袖子上、从篷布流到羊毛捆以后再淌到地上的细细的水流上,闪烁了五回。又传来同样猛烈可怕的打击声。天空现在不是发出隆隆声或者轰响声,却发出像干木头爆裂一样的破碎声。

"特拉拉!达!达!达!"雷声清楚地响着,滚过天空,跌跌绊绊,摔在前面货车附近或者后面远处什么地方,发出一声恶毒而断续的"特拉拉!……"

先前,闪电只不过可怕罢了,可是加上这种雷声,却显得凶恶了。它们那种魔光穿透闭紧的眼皮,弄得人周身发凉。

怎么样才能不看见它们呢？叶戈鲁什卡决意把脸转到后面去。他四肢着地小心地爬着，好像生怕给人看见似的，手掌在湿羊毛捆上滑着，转过身去了。

"特拉！达！达！"这声音在他头顶上滚着，落到货车底下，爆炸开来，"拉拉拉！"

叶戈鲁什卡又偶然睁开眼睛，不料看见了新的危险：有三个高大的巨人，手里拿着长矛，跟在车后面。电光照亮他们的矛尖，很清楚地照出他们的身躯。他们躯体高大，遮着脸，垂着头，脚步沉重。他们显得十分忧愁，没精打采，心事重重。他们跟着货车走，也许并没有什么恶意，不过他们挨得这么近，总还是有点可怕。

叶戈鲁什卡赶快扭回身子朝着前面，周身发抖，喊叫起来：

"潘捷列！老爷爷！"

"特拉！达！达！"天空回答他。

他睁大眼睛看车夫们在不在。有两个地方射出闪电来，照亮通到远方去的大路、整个货车队和所有的车夫。雨水汇成小河沿着道路流去，水泡跳动不定。潘捷列在货车旁边走着，他的高帽子和肩膀上盖着一小块篷布，他既没表现恐怖，也没露出不安，仿佛被雷声震聋耳朵，让闪电照瞎了眼睛一样。

"老爷爷，巨人！"叶戈鲁什卡哭着对他嚷道。

可是老爷爷没听见。前面走着叶美里扬。他从头到脚盖着一块大篷布，成了一个三角形。瓦夏身上什么也没盖，照旧像木头一样走着，高高地抬起脚，膝头却不弯。在电光中，仿佛货车并没驶动，车夫们呆立不动，瓦夏的举起的脚也僵住了……

叶戈鲁什卡又叫老爷爷。他没听到回答，就一动不动地坐着，不再等雨停了。他相信再过一分钟雷就会把他劈死，相信只要偶尔一睁开眼，就会看见那些可怕的巨人。他不再在胸前画十字，不再叫老爷爷，不再想念母亲，光是冻得发僵，相信暴风雨永远也不会完结了。

可是忽然有了人声。

"叶戈里啊，你睡着了还是怎么的？"潘捷列在下面喊道，"下来！耳朵聋了，小傻瓜！……"

"这才叫做暴风雨呢！"一个不熟悉的低音说；喉咙里咔咔地响，好像刚刚喝干了一杯上好的白酒似的。

叶戈鲁什卡睁开眼睛。下面货车旁边站着潘捷列、三角形的叶美里扬和那些巨人。那些巨人现在身材矮多了。叶戈鲁什卡仔细一看，原来他们是些普通的农民，肩头上扛着的不是长矛，却是铁的草叉。从潘捷列和三角形中间的夹缝里望出去，可以看见一间矮木房的明亮的窗子在放光。可见货车队在一个村子里停下了。叶戈鲁什卡撩开篷布，拿起包袱，连忙爬下货车。现在左近有了人声和灯光明亮的窗子，虽然雷声还是跟先前那样隆隆地响，整个天空布满长条的闪电，他却不再觉得害怕了。

"这场暴风雨好，挺不错……"潘捷列唠叨着说，"感谢上帝……我的脚倒因为这场雨痛得没那么厉害了，这场暴风雨挺不错……爬下来了，叶戈里？好，上小屋里去吧……挺不错……"

"神圣的，神圣的，神圣的……"叶美里扬声音干哑地说，"雷一定在什么地方劈倒了什么东西……你们是这一带的人吗?"他问巨人。

"不,是从格里诺沃村来的……我们是格里诺沃村的人。我们在普拉捷罗夫老爷家里干活。"

"是打麦子吧?"

"样样都做。眼前我们还在收小麦。这闪电,这闪电啊!好久没有过这样的暴风雨了……"

叶戈鲁什卡走进小屋。他迎面遇到一个瘦瘦的、尖下巴的驼背老太婆。她手里拿着一支油烛,眯缝着眼睛,长声地叹气。

"上帝赐给我们一场什么样的暴风雨哟!"她说,"我们家的人在外面草原上过夜。他们要受罪了,心爱的人! 把衣服脱掉吧,小少爷,脱衣服吧……"

叶戈鲁什卡冻得打战,难受得耸起肩头,脱下湿透了的大衣,然后张开胳膊,劈开腿,站了很久没动弹。稍稍一动就会在他身上引起一种不愉快的寒冷和潮湿的感觉。衬衫的袖子和后背是湿的,裤子粘在大腿上,水从脑袋上往下滴……

"小孩子,站在那儿劈开腿是做什么啊?"老太婆说,"来,坐下!"

叶戈鲁什卡大大地劈开两条腿,走到桌子那儿,在一张凳子上靠近一个什么人的头坐下。那个头动起来,鼻子里喷出一股气息,嘴里发出嚼东西的声音,然后又安静了。从这个头起,顺着凳子,耸起一座盖着羊皮袄的小山。原来那是一个农妇在睡觉。

老太婆叹着气走出去,不久就带着一个西瓜和一个甜瓜回来了。

"吃吧，小少爷！另外我没有东西可以请你吃了……"她说，打了个呵欠，随后在桌子抽屉里找一阵，拿出一把又长又尖的小刀来，很像强盗在客栈里用来杀死商人的那种刀，"吃吧，小少爷！"

叶戈鲁什卡好像害热病似的打冷战，就着黑面包吃了一片甜瓜，然后又吃了一片西瓜，吃了以后他感到越发冷了。

"我们家的人在外面草原上过夜……"他吃东西的时候，老太婆叹道，"主震怒了！……我原想在神像前面点支蜡烛，可是我不知道斯捷潘尼达把蜡烛放在哪儿了。吃吧，小少爷，吃吧……"

老太婆打了个呵欠，把右手伸到背后，搔了搔她的左肩膀。

"现在准有两点钟了，"她说，"再过一会儿就是起床的时候了。我们家的人在草原上过夜……他们一定全身湿透了……"

"奶奶，"叶戈鲁什卡说，"我想睡觉。"

"躺下，小少爷，躺下吧……"老太婆叹道，打个呵欠，"主耶稣基督！我原本睡着了，忽然听见好像有人在打门。我醒来一看，原来是主赐给我们这场暴风雨……我原想点起蜡烛来，可是没找着。"

她一面自言自语，一面从凳子上拿下一堆破烂，多半就是她自己的被褥，又从炉边一个挂钉上摘下两件羊皮袄，开始替叶戈鲁什卡铺床。

"这场暴风雨还没收歇，"她唠唠叨叨地说，"只求没人挨到雷劈才好。我们家的人在草原上过夜……躺下，睡吧，小少爷……基督跟你同在，小孙孙……甜瓜我不拿走，你起床的时候也许还想吃一点。"

老太婆的叹气和呵欠，睡熟的农妇的匀称的鼻息，小屋的半明半暗，窗外的雨声，使得人犯困。叶戈鲁什卡不好意思在老太婆面前脱衣服。他只脱掉靴子，就躺下，拉过羊皮袄来盖在身上。

"小子躺下了？"过一会儿他听见潘捷列小声说。

"躺下了！"老太婆小声回答，"主震怒了，震怒了！雷打了又打，听不出什么时候才会完……"

"一会儿就会过去的……"潘捷列低声说，坐下来，"雷声小多了……伙伴们到人家的小屋里去了，只有两个留在外面看马……伙伴们……不得不这样啊……马会给人牵走的……我在这儿坐一会儿，然后去换班……不得不这样，会给人牵去的……"

潘捷列和老太婆并排坐在叶戈鲁什卡脚旁，用嘶嘶的声音低声攀谈着，叹息和呵欠穿插在他们的谈话里。叶戈鲁什卡怎么也暖和不过来。他身上盖着沉甸甸的、温暖的羊皮袄，可是他周身发抖，胳膊和腿抽搐着，内脏在战栗……他在羊皮袄底下脱掉衣服，可是这也没用。他的寒颤越来越厉害。

潘捷列走出去换班看马，后来又回来。叶戈鲁什卡仍旧睡不着觉，浑身发抖。有个什么东西压住他的脑袋和胸膛，他闷得难受。他不知道那是什么东西，究竟是两个老人低微的谈话声呢，还是羊皮的刺鼻气味。他吃过的西瓜和甜瓜在他嘴里留下一种不爽快的、金属样的滋味。再说，他被跳蚤叮着。

"老爷爷，我冷！"他说，自己也听不出这是自己的声音了。

"睡吧,小孙孙,睡吧……"老太婆叹道。

基特迈动他那小小的细腿,来到床边,挥动胳膊,然后长高了,升到天花板,变成风车了。赫利斯托福尔神甫不是像坐在马车里的那个样子,却穿着整齐的法衣,手里拿着洒圣水的刷子,绕着风车走动,把圣水洒在风车上,风车就不转动了。叶戈鲁什卡知道这是做梦,就睁开眼睛。

"老爷爷!"他叫道,"给我水喝!"

谁也没答话。叶戈鲁什卡觉得躺在那儿闷得受不了,感到不舒服。他就起来,穿好衣服,走出小屋。早晨已经来临。天空阴暗,可是雨倒不下来。叶戈鲁什卡打着冷战,拿潮湿的大衣裹紧自己的身子,穿过泥泞的院子,在寂静中倾听着。他的眼光碰到一个小小的牲畜房,那儿有一扇半开着的芦苇编的门。他探进头去瞧瞧那个小屋,走了进去,在黑暗的墙角边一堆干粪上坐下来。

他那沉重的脑袋里纠结着乱糟糟的思想,嘴里有一种金属的味道,又干又苦。他瞧着自己的帽子,把那上面的孔雀毛理直,想起先前跟母亲一块儿去买这顶帽子的情景。他把手放进口袋里,拿出一团棕色的、黏糊糊的烂泥。这块烂泥怎么会来到他口袋里的?他想一想,闻了闻:有蜂蜜的气味。啊,原来是犹太人的蜜饼!这块饼给水泡得稀烂,啊,可怜的东西!

叶戈鲁什卡翻看着自己的大衣。那是一件灰色的大衣,钉着骨制的大扣子,裁成礼服的样式。这是一件贵重的新衣,所以在家里从不挂在前堂,而跟母亲的衣服一块儿挂在寝室里。只是逢到假日,才准他穿。叶戈鲁什卡瞧着这件衣服,不由得为它可惜,想起他和大衣如今只能听凭命运摆布,想起他再也不能回家,就哀哀地哭了起来,哭得差点从粪堆上一头栽倒。

一只沾着雨水的白毛大狗,脸上挂着一绺绺白毛,跟卷发纸一样,走进牲畜房来,奇怪地瞪着叶戈鲁什卡。它好像在想:究竟是汪汪叫好呢,还是不叫为好。它断定没有叫的必要,就小心地走到叶戈鲁什卡面前,吃了那团黏糊糊的烂东西,又走出去了。

"这是瓦尔拉莫夫手下的人!"有人在街上喊道。

等到哭够了,叶戈鲁什卡就走出牲畜房来,绕过一个水塘,往街上走去。货车正巧停在门口的大路上。淋湿的车夫们迈动沾满泥泞的脚在货车旁边徘徊,或者坐在车杠上,没精打采,睡意蒙眬,跟秋天的苍蝇一样。叶戈鲁什卡看着他们,心想:"做个农民,多么枯燥,多么不舒服呀!"他走到潘捷列那边,跟他并排在车杠上坐下来。

"老爷爷,我冷!"他说,打着冷战,把手塞进袖管里。

"不要紧,我们很快就要到了,"潘捷列打个呵欠说,"不要紧,你会暖和起来的。"

货车队很早就出发了,因为天气还不热。叶戈鲁什卡躺在羊毛捆上,虽然太阳不久就在天空出现,晒干了他的衣服、羊毛捆、土地,他却还是冷得打战。他一闭上眼,就又瞧见基特和风车。他想呕吐,身子发重,就极力赶走这些幻象,可是它们一消灭,捣蛋鬼德莫夫就红着眼睛,举起拳头,大吼一声扑到叶戈鲁什卡身上来,要不然就是听见那个诉苦声:"我心里好闷哟!"瓦尔拉莫夫骑着哥萨克小马走过去。幸福的康斯坦丁也走过去,微笑着,抱着大鸨。这些人是多么沉闷,多么叫人受不了,多么惹人厌烦啊!

有一回（那是将近黄昏了），他抬起头来想向人要水喝。货车队停在一座跨过宽阔河面的大桥上。桥下河面上冒着黑烟，透过烟雾可以看见一只轮船，后面用绳子拖着一条驳船。前边，河对面，有一座花花绿绿的大山，山上点缀着房屋和教堂。山脚下，在一列货车旁边，有一辆机车在奔驰……

叶戈鲁什卡以前从没见过轮船，没见过机车，也没见过大河。现在他瞧着它们，却既不害怕，也不惊奇，他的脸上甚至没有现出一点像是好奇的神气。他只觉得恶心，连忙伏下，用胸脯贴着羊毛捆的边。他吐了。潘捷列看到这情景，嗽嗽喉咙，摇了摇头。

"我们的小子病了！"他说，"一定是肚子受了凉……小子……离家在外……这真糟糕！"

八

货车队停在一个离码头不远、供商人住宿的大客栈门口。叶戈鲁什卡从货车上爬下来，听见一个很耳熟的声音。有个人搀他下来，说：

"我们昨天傍晚就到这儿了……今天等了你们一整天。我们原想昨天赶上你们，可是在路上没碰见你们，我们走的是另一条路。嘿，你把大衣揉得好皱呀！你可要挨舅舅的骂了！"

叶戈鲁什卡细瞧说话人的那张像大理石般的脸，这才想起他就是杰尼斯卡。

"你舅舅和赫利斯托福尔神甫这时候在客栈房间里，"杰尼斯卡接着说，"他们在喝茶呢。去吧！"

他领着叶戈鲁什卡走进一所两层楼的房子,里面又黑暗又阴森,就跟他们县城里的慈善机关一样。叶戈鲁什卡和杰尼斯卡穿过前堂,走完一道阴暗的楼梯和一条狭窄的长过道,走进一个小房间。果然,伊万·伊万内奇和赫利斯托福尔神甫正坐在房间里茶桌旁边喝茶。两个老人一看见小男孩,脸上现出又惊奇又快活的神气。

"啊哈!叶戈尔·尼古拉——伊奇,"赫利斯托福尔神甫用唱歌似的声调说,"罗蒙诺索夫先生!"

"啊,贵族老爷!"库兹米乔夫说,"欢迎欢迎。"

叶戈鲁什卡脱掉大衣,吻了舅舅和赫利斯托福尔神甫的手,在桌旁坐下来。

"喂,一路上怎么样,puer bone①?"赫利斯托福尔神甫替他斟了茶,问他,脸上照例带着愉快的笑容,"恐怕腻味了吧?求上帝保佑我们,万万别叫我们坐货车或者骑牛赶路了!上帝宽恕我们吧:走了又走,往前一看,总是一片草原,铺展开去,跟先前一样,看不见尽头!这不是赶路,简直是受罪嘛。你为什么不喝茶?喝呀!在你随着那一串货车赶路,还没来到这儿的时候,我们已经把所有的事都圆满地办完了。感谢上帝!我们已经把羊毛卖给切列巴辛了,只求上帝能让大家都这么顺利就好了……我们赚了一笔钱。"

一看见自家人,叶戈鲁什卡就感到一种难以遏止的愿望:要想诉一诉苦。他没听赫利斯托福尔神甫的话,只是想着怎样开口,主要诉什么苦。可是赫利斯托福尔神甫的声调显得很不好听,刺耳,妨碍他集中注意,搅乱了他的思想。他在桌

---

① 拉丁语:好孩子。

旁没坐满五分钟就站起来,走到长沙发那里躺下。

"咦,咦!"赫利斯托福尔神甫惊奇地说,"你怎么不喝茶?"

叶戈鲁什卡一面仍旧在想诉什么苦,一面用额头抵着沙发背,忽然号啕大哭起来。

"咦,咦!"赫利斯托福尔神甫重说一遍,站起来,走到长沙发那儿,"叶戈里,你怎么了?你干吗哭呀?"

"我……我病了!"叶戈鲁什卡开口说。

"病了?"赫利斯托福尔神甫慌了,"这可不好,小兄弟……在路上怎么能生病呢?哎哟,你怎么啦,小兄弟……嗯?"

他伸出手去放在叶戈鲁什卡的额头上,又摸摸他的脸蛋儿,说:

"对,你的额头很烫……你一定着了凉,要不然,就是吃了什么东西……向上帝祷告吧。"

"给他吃点奎宁……"伊万·伊万内奇说,慌了。

"不。应当给他吃点热的……叶戈里,要喝点汤吗?嗯?"

"不……不想喝。"叶戈鲁什卡回答说。

"你觉着冷还是怎么的?"

"先前倒是觉着冷,可是现在……现在觉着热了。我浑身酸痛……"

伊万·伊万内奇走到长沙发那儿,摸一摸叶戈鲁什卡的额头,慌张地嗽一嗽喉咙,回到桌子那儿。

"这样吧,你索性脱掉衣服,躺下睡吧,"赫利斯托福尔神甫说,"你该好好睡一觉才成。"

他帮着叶戈鲁什卡脱掉衣服,给他放好枕头,替他盖上被子,再拿伊万·伊万内奇的大衣盖在上面。然后他踮起脚尖走开,在桌旁坐下来。叶戈鲁什卡闭上眼睛,立刻觉得好像不是在旅馆房间里,而是在大道边上,挨近篝火。叶美里扬挥动胳膊,德莫夫红着眼睛趴在地上,讥诮地瞧着叶戈鲁什卡。

"打他,打他!"叶戈鲁什卡嚷道。

"他说梦话了……"赫利斯托福尔神甫低声说。

"真是麻烦!"伊万·伊万内奇叹道。

"得拿油和醋来把他擦一擦才行。上帝保佑,他的病明天就会好了。"

为了要摆脱噩梦,叶戈鲁什卡睁开眼睛,对火望着。赫利斯托福尔神甫和伊万·伊万内奇已经喝完茶,正在小声讲话。神甫幸福地微笑着,看来,他怎么也忘不了他在羊毛上赚了一笔钱。使他高兴的,与其说是赚了钱,不如说是想着他回到家,可以把一大家子人聚集在自己周围,狡猾地眯眯眼睛,哈哈大笑。他先得瞒住他们大家,说他按照比实价低的价钱把羊毛卖了,然后他就拿出一个肥大的钱夹交给女婿米海罗说:"喏,拿去吧!瞧,生意就该这样做!"库兹米乔夫好像还不满足。他的脸上跟先前一样表现出一本正经的冷淡和操心的神情。

"唉,要是早知道切列巴辛肯出这样的价钱,"他低声说,"那我就不会在家乡把那三百普特卖给玛卡罗夫了。真要命!不过,谁知道这儿的价钱涨上去了?"

一个穿白衬衫的人把茶炊端出去,点亮墙角上神像前面的长明灯。赫利斯托福尔神甫凑近他的耳朵低声说着什么。那个人做出诡秘的脸相,就像在搞阴谋似的,仿佛说:"我明白了。"然后走出去,不久就又回来,把一个容器放在长沙发底下。伊万·伊万内奇在地板上给自己铺了被褥,打了几回呵欠,懒洋洋地做完祷告,就躺下去了。

"我想明天上教堂去……"赫利斯托福尔神甫说,"我认识那儿的圣器看守人。做完弥撒我应当去看看主教,不过据说他病了。"

他打了个呵欠,吹熄了灯。现在,只有神像前面的长明灯放光了。

"据说他不见客,"赫利斯托福尔神甫继续说,脱去衣服,"这样一来,我只好见不到他的面就走了。"

他脱下长衣,叶戈鲁什卡看见眼前站着鲁滨孙·克鲁梭。鲁滨孙在一个小碟里搅动什么东西,走到叶戈鲁什卡面前,小声说:

"罗蒙诺索夫,你睡着了?起来吧!我拿油和醋擦一擦你的身子。这是很灵的,你只要向上帝祷告就行了。"

叶戈鲁什卡连忙翻身坐起来。赫利斯托福尔神甫脱掉孩子的内衣,耸起肩膀,断断续续地呼吸,好像谁在呵他的痒似的。他开始擦叶戈鲁什卡的胸膛。

"凭圣父、圣子、圣灵的名义……"他小声说:"趴好,背朝上!……这就行了。明天病就会好了,不过以后别再造罪了……你烫得跟火似的!大概起暴风雨的时候,你们正在路上吧?"

"正在路上。"

"哪能不生病!凭圣父、圣子、圣灵的名义……哪能不生病!"

赫利斯托福尔神甫擦完叶戈鲁什卡的身子以后,给他穿上内衣,替他盖好,在他身上画个十字,就走了。后来,叶戈鲁什卡看见他向上帝祷告。大概这老人背熟了许多祷告词,因为他在神像前面站了许久,小声念着。他念完祷告,对着窗口、房门、叶戈鲁什卡、伊万·伊万内奇一一画了十字,在一张小的长沙发上躺下来,没垫枕头,拉过自己的长衣盖在身上。过道上一只挂钟敲了十下。叶戈鲁什卡想起到天亮还有很长一段时间,就烦恼得用脑门子抵住长沙发的靠背,不再努力摆脱那些朦胧的、郁闷的梦景了。可是早晨却远比他预料的来得快。

他觉得他躺在那儿,用脑门子抵住长沙发的靠背,并没过多久,可是等到他睁开眼来,斜射的阳光却已经透过小客房里的两扇窗子,照在地板上了。赫利斯托福尔神甫和伊万·伊万内奇不在房间里。房间已经打扫过,明亮,舒服,有赫利斯托福尔神甫的气味:他身上老是冒出柏枝和晒干的矢车菊的气味(在家里,他常用矢车菊做洒圣水用的刷子和神龛的装饰品,因此他身上浸透了那些气味)。叶戈鲁什卡瞧着枕头,瞧着斜射的阳光,瞧着自己那双现在已经擦干净、并排摆在长沙发左近的靴子,瞧啊瞧的,笑起来了。他看到自己不是躺在羊毛捆上,看到四周的东西样样都是干的,看到天花板上并没有闪电和雷,倒觉得奇怪了。

他跳下长沙发,开始穿衣服。他觉得身体挺好。昨天的病只留下一点儿痕迹,大腿和脖子还有点发软。这样看来,油和醋奏了效。他想起昨天模模糊糊地看见的轮船、火车头、宽阔的河流等等,于是连忙穿上衣服,好跑到码头上去看一看。他漱洗完毕,穿上红布衬衫,忽然门锁喀哒一响,赫利斯托福尔神甫在门口出现了,戴着高礼帽,帆布长衣外面罩着棕色绸法衣，手里拄着长木杖。他面带笑容，满脸放光（刚刚从教堂回来的老人总是满脸放光的），把圣饼和一包什么东西放在桌子上，祈祷过后，说：

"求上帝怜恤我们！哦，你身体怎么样？"

"现在好了。"叶戈鲁什卡回答，吻他的手。

"感谢上帝……我刚做完弥撒回来……我刚才去看一个我认识的圣器看守人。他约我到他家里去喝茶，可是我没去。我不喜欢一早就上别人家里去做客。愿上帝跟他同在！"

他脱掉法衣，摩挲一下自己的胸膛，不慌不忙地解开那个小包。叶戈鲁什卡看见一小罐鱼子、一小片风干的咸鱼肉和一块法国面包。

"瞧，我路过一家活鱼店的时候买来的，"赫利斯托福尔神甫说，"平常日子原本不该这么奢侈，可是我想，家里有病人，这就可以原谅了。鱼子酱挺好，是鲟鱼的……"

穿白衬衫的那个人端来茶炊和一个放着茶具的盘子。

"吃吧，"赫利斯托福尔神甫说，把鱼子抹在一片面包上，递给叶戈鲁什卡，"现在尽管吃啊玩啊都没关系，可是你念书的时候就要到了。记住，念书要专心，用功，也好有个出息。凡是应该背熟的，你就背熟；遇到你应当用自己的话来说明内在的含义而不涉及外部形式的，那就用你自己的话来说。要努力把各门功课都学好。有的人算术学得挺好，可是却从没听说过彼得·莫吉拉[①]；有的人倒知道彼得·莫吉拉，可是又不会说明月亮。不行，你得把书念到样样都懂才行！要学好拉丁文、法文、德文……当然还有地理啦、历史啦、神学啦、哲

<hr />

① 彼得·莫吉拉(1596—1647)，俄国宗教学者，写过许多宗教书。

学啦、数学啦……等你不慌不忙,一边祷告上帝,一边勤奋地学会了各门功课,那就要出去做事了。要是你样样都懂,那就任什么行业干起来都便当。你只要用功念书,求得神恩,上帝就会指点你做什么样的人。医生啦,法官啦,工程师啦……"

赫利斯托福尔神甫在一小片面包上抹了一点点鱼子,放进嘴里,说:

"使徒保罗说过:不要学古怪的、邪道的学问。当然,如果那是巫术,不合法的技术,或者像扫罗①从另一个世界招来鬼魂的法术,或是于人于己全没用处的学问,那就还是不学的好。你应该只学上帝所赞同的那些学科。你得学……神圣的使徒们用各种语言讲话,那你就学各种语言。伟大的巴西尔②研究数学和哲学,那你就学数学和哲学。圣涅斯托尔③写历史,那你就学历史,写历史。要学圣徒的榜样……"

赫利斯托福尔用茶碟喝茶,擦了擦上髭,摇一下头。

"好!"他说,"我受的是老式教育,现在我已经忘了许多,不过我跟别人还是生活得不同。比都没法比呢。比方说,到一个人多的地方去赴宴或者参加大会,说上一句拉丁话,或者提到历史或哲学方面的事,人家听了就会满意,我自己也满意……或者区里的法官们来了,要人主持宣誓仪式,别的教士怕难为情,可是我跟法官啦,检察官啦,律师啦,却随随便便,毫不拘礼。我谈吐文雅,跟他们喝喝茶,说说笑笑,问问他们

① 古以色列王。《圣经》上关于扫罗招鬼魂的传说见《旧约·撒母耳记(上)》,第二十八章。
② 巴西尔(约330—379),教会活动家、神学家,小亚细亚凯撒里亚主教。
③ 圣涅斯托尔,生活在十一世纪至十二世纪的古俄罗斯作家,编年史编纂者;基辅山洞修道院教士。

我不知道的事……他们也挺愉快。就是这么的,小兄弟……学问是光明,愚昧是黑暗。念书吧!当然,念书是很难的,现在念书要化不少钱……你妈是个寡妇,她靠抚恤金过活,可是呢……"

赫利斯托福尔神甫战战兢兢地瞧一下门口,接着小声说:

"伊万·伊万内奇会帮忙的。他不会不管你。他自己没有子女,他会帮你的。别担心。"

他做出严肃的脸容,更加小声地说:

"只是你要记住,叶戈里,别忘了你母亲和伊万·伊万内奇,求上帝让你别忘记。十诫教你孝敬母亲,伊万·伊万内奇是你的恩人,等于是你的父亲。要是你将来有了学问,求上帝不要让你因为别人比你笨就讨厌别人,看不起别人,那样一来,你就要倒霉,倒霉了!"

赫利斯托福尔神甫举起手来,小声重复了一遍:

"你就要倒霉!倒霉了!"

赫利斯托福尔神甫唠叨起来,如同俗话所说的,讲得津津有味;看来不到吃午饭的时候绝不肯罢休。可是门开了,伊万·伊万内奇走了进来。舅舅匆忙地打个招呼,就在桌旁坐下,开始很快地喝茶。

"好,所有的事全办妥了,"他说,"今天可以回家了,不过叶戈尔的事还得操一下心。得把他安置一下。我姐姐说,她有个朋友娜斯塔西娅·彼得罗夫娜,住在此地一个什么地方,她也许肯收留他在她那儿寄宿和搭伙。"

他在皮夹里翻来翻去,从里面抽出一张揉皱的纸,念道:

"'小下街,娜斯塔西娅·彼得罗夫娜·托斯库诺娃,住在自己购置的房子里。'得马上去找她才成。真是麻烦!"

喝完早茶以后过了不久,伊万·伊万内奇带着叶戈鲁什卡走出客栈。

"真是麻烦!"舅舅嘟哝道,"你像牛蒡似的粘在我身上,去你的! 你们要学问,要争做上等人,却要我倒霉,为你们受罪……"

他们穿过院子的时候,货车和车夫都已经不在了。他们一清早就离开此地,到码头上去了。院子里远处的一个角落里,停着那辆熟悉的、黑黝黝的马车,马车旁边站着那几匹枣红马,正在吃燕麦。

"再见,马车!"叶戈鲁什卡想道。

起先,他们顺着大街爬上坡去,爬了很久,然后他们穿过一个大市场。在那儿,伊万·伊万内奇向一个警察打听小下街在哪儿。

"喔唷!"警察笑了笑,说,"路还远着呐,顺这条路要一直走到牧场!"

他们一路上遇见好几辆街头马车,可是只有碰到特殊情况,或者遇到大节期,舅舅才容许自己享受一下坐马车的乐趣。叶戈鲁什卡和他在铺着石板的街上走了很久,然后又在只有人行道而未铺路面的街上走了很久,最后走到了既未铺路面也没有人行道的街上。等到他们的腿和舌头把他们送到小下街,他俩都满脸通红,摘下帽子擦汗了。

"劳驾告诉我,"伊万·伊万内奇对一个坐在街门旁边小凳上的老人说,"娜斯塔西娅·彼得罗夫娜·托斯库诺娃的房子在哪儿?"

"这儿没有姓托斯库诺娃的,"老人想了一想,答道,"也许你找的是季莫申科吧。"

"不,托斯库诺娃……"

"对不起,这儿没有姓托斯库诺娃的……"

伊万·伊万内奇耸一耸肩膀,慢慢往前走去。

"您用不着再找!"老人在他们后面叫道,"我说没有就是没有!"

"听着,老大娘,"伊万·伊万内奇对一个在墙角摆小摊卖葵花子和梨的老太婆说,"娜斯塔西娅·彼得罗夫娜·托斯库诺娃的房子在哪儿?"

老太婆惊奇地瞧着他,笑了。

"难道娜斯塔西娅·彼得罗夫娜现在还住在自己的房子里?"她问道,"主啊,自从她嫁了女儿,把自己的房子让给她的女婿,到现在已经有八年了!现在她女婿住在那儿呐。"

她的眼神仿佛表示:"你们这些傻瓜怎么会连这样一点儿小事都不知道?"

"那她现在住在哪儿呢?"伊万·伊万内奇问道。

"主啊!"老太婆惊奇地叫道,合起掌来,"她早已租房子另住了,她把自己的房子让给女婿已经有八年了。您这是怎么啦?"

她大概料着伊万·伊万内奇也会吃惊得叫起来:"这不可能呀!!"

然而伊万·伊万内奇很平静地问道:

"那么她租住的房子在哪儿?"

这个女小贩卷起袖口,用赤裸的胳膊指点着,同时用尖细刺耳的声音嚷道:

"照直走,照直,照直……等到走过一所小红房子,左边就有一条小巷子。您走进小巷子,找到右边第三个门就是……"

伊万·伊万内奇和叶戈鲁什卡走到小红房子那儿,向左拐弯,走进小巷子,直奔右边的第三家门口。在很旧的灰色街门两旁伸展着灰色的围墙,墙上有着很大的裂缝。右面那部分围墙大幅度向前倾斜,有倒塌的危险,街门左边的围墙却往后面,往院子里面歪斜。街门本身倒笔直立着,好像没有选定往哪边倒才方便一点:究竟该往外倒呢,还是往里倒。伊万·伊万内奇推开一个小小的边门,他和叶戈鲁什卡就看见一个大院子,里面长满了杂草和牛蒡。离街门一百步远,立着一所小房子,红房顶,绿百叶窗。有一个胖女人,卷起袖口,撩起围裙,站在院子中央,正在往地下洒什么东西,用一种跟女小贩那样尖细刺声的声调嚷道:

"咕!……咕!咕!"

她身后有一条生着尖耳朵的红毛狗坐在地上。它一看见客人,就往小门这边跑来,送上一片男高音的叫声(凡是红狗都用男高音叫)。

"您找谁?"女人叫道,把手放在眼睛上,遮住阳光。

"您好!"伊万·伊万内奇也叫道,一面挥动手杖,赶走那条红毛狗,"劳驾告诉我,娜斯塔西娅·彼得罗夫娜·托斯库诺娃住在这儿吗?"

"就住在这儿!您找她有什么事?"

伊万·伊万内奇和叶戈鲁什卡朝她走去。她怀疑地瞧着他们,又问一遍:

"您找她有什么事?"

"也许您就是娜斯塔西娅·彼得罗夫娜吧?"

"嗯,就是我!"

"幸会幸会……是这样的,您的老朋友奥莉迦·伊万诺夫娜·科尼亚泽娃问候您。这是她的小儿子。我呢,也许您记得,就是她的亲弟弟伊万·伊万内奇……您原是我们县城的人……您生在我们那地方,而且是在那地方出嫁的……"

随后是沉默。胖女人呆呆地瞧着伊万·伊万内奇,好像不信他的话,或者没听懂他的话似的,然后她满脸通红,合拢两只手,她围裙里的燕麦撒了下来,眼睛里迸出了眼泪。

"奥莉迦·伊万诺夫娜!"她尖叫道,兴奋得直喘气,"我最亲爱的人!啊,圣徒呀,我干吗像傻子似的呆站在这儿?我的漂亮的小天使!……"

她搂住叶戈鲁什卡,眼泪沾湿了他的脸,哭得泪人儿似的。

"主啊!"她说,绞着手,"奥莉迦的小儿子!真是招人疼!跟他妈像极啦!长得跟他妈一模一样!可是你们干吗站在院子里啊?请到屋里坐吧!"

她匆匆朝那所房子走去,一面走,一面哭着,喘着,讲着。客人们跟着她走。

"我的房间还没收拾好呢!"她说,领着客人走进一个闷不通风的小客堂,那儿装点着许多神像和许多花盆,"啊,圣母!瓦西里沙,至少去把百叶窗打开!我的小天使!这孩子有多漂亮,简直没法儿形容!我不知道奥列琪卡①有这样一个小儿子!"

等到她安静下来,跟客人们处熟以后,伊万·伊万内奇就要求跟她单独谈一谈。叶戈鲁什卡走进另一个小房间,那儿

---

① 奥莉迦的爱称。

放着一架缝纫机,窗口挂着一只鸟笼,笼里装着一只椋鸟,这儿跟客堂里一样,也有许多神像和花盆。靠近缝纫机站着一个小姑娘,一动也不动,脸儿给太阳晒黑,腮帮子跟基特一样胖乎乎的,身上穿着干净的花布连衣裙。她眼睛一眨也不眨地瞧着叶戈鲁什卡,大概觉得很窘。叶戈鲁什卡瞧着她,沉默一会儿,问道:

"你叫什么名字?"

小姑娘微微动了动嘴唇,做出一副哭相,小声答道:

"阿特卡……"

这意思是说她叫卡特卡。

"他准备住在您这儿,"伊万·伊万内奇在客堂里小声说,"如果您肯费心的话,我们就按月给您十卢布。他倒不是宠坏了的孩子,挺安分的……"

"我真不知道该跟您说什么才好,伊万·伊万内奇!"娜斯塔西娅·彼得罗夫娜含着眼泪叹道,"十个卢布倒很好,不过带领别人的孩子却叫人害怕!他也许会生病什么的……"

等到叶戈鲁什卡被叫回客堂去,伊万·伊万内奇已经站在那儿,手里拿着帽子在告辞了。

"好了,那么,现在就让他留在您这儿了,"他说,"再见!你待在这儿吧,叶戈尔!"他对外甥说,"在这儿别胡闹;你得听娜斯塔西娅·彼得罗夫娜的话……再见! 我明天再来。"

他走了。娜斯塔西娅·彼得罗夫娜又搂抱叶戈鲁什卡,叫他小天使,流着泪,准备开饭。三分钟以后,叶戈鲁什卡坐在她身旁,回答她的无穷无尽的问题,喝着又油又烫的白菜汤了。

那天傍晚,他又在桌旁坐下,把头枕在一只手上,静听娜斯塔西娅·彼得罗夫娜讲话。她呢，时而笑，时而哭，对他讲起他母亲年轻时候的事，讲起她自己的婚姻，讲起她的子女……一只蟋蟀在炉子里喓喓地叫，灯头发出轻微的嗡嗡声。女主人低声讲着，在兴奋中不时地把顶针掉在地上。她的小孙女卡嘉就爬到桌子底下去拾，每回都在桌子底下坐很久，多半是在端详叶戈鲁什卡的脚。叶戈鲁什卡听着，半睡半醒，瞅着老太婆的脸、她那生着毛的痣和一条条泪痕……他觉得难过起来，很难过！他给安置在一只箱子上睡下，又受到嘱咐：要是他晚上想吃东西，可以自己到小过道里窗台上拿点童子鸡吃，它上面覆盖着一只盆子。

第二天早晨伊万·伊万内奇和赫利斯托福尔神甫来辞行。娜斯塔西娅·彼得罗夫娜很高兴，正要烧茶炊，可是伊万·伊万内奇忙得很，摇摇手说：

"我们没有工夫喝茶吃糖！我们马上就要动身。"

在分别以前，大家坐下来，沉默了一分钟。娜斯塔西娅·彼得罗夫娜长叹一声，用泪汪汪的眼睛瞧着神像。

"好，"伊万·伊万内奇站起来，开口说，"那么你留在这儿了……"

忽然，那种一本正经的冷淡表情从他脸上消失，他脸色微微发红，带着苦笑说：

"记住，你要用功读书……别忘记妈，听娜斯塔西娅·彼得罗夫娜的话……要是你念书的成绩好，叶戈尔，那我不会不管你。"

他从衣袋里拿出钱夹来，扭转身去，背对着叶戈鲁什卡，在零钱里摸索很久，找到一个十戈比的银币，就递给叶戈鲁什卡。赫利斯托福尔神甫叹口气，不慌不忙地为叶戈鲁什卡祝福。

"凭圣父,圣子,圣灵的名义……要好好念书,"他说,"用功念书,小兄弟……要是我死了,那就在你祷告的时候提到我。喏,我也给你一个十戈比的银币……"

叶戈鲁什卡吻他的手,哭了。他心里有个声音在对他说:他从此再也不会见到这个老人了。

"娜斯塔西娅·彼得罗夫娜,我已经在中学里报过名了,"伊万·伊万内奇说,听他的声调,仿佛在这客堂里停着一具死尸似的,"到八月七日,请您带他去参加入学考试……好,再见! 愿上帝跟您同在! 再见,叶戈尔!"

"您至少总该喝杯茶呀!"娜斯塔西娅·彼得罗夫娜用悲哀的声调说道。

叶戈鲁什卡的眼眶里含满泪水,没有看见舅舅和赫利斯托福尔神甫怎样走出去。他跑到窗口,可是他们已经不在院子里了,刚才汪汪叫的红毛狗从街门口跑回来,现出已经尽了职责的神气。叶戈鲁什卡自己也不知道为什么,一下子跳起来,飞出房外去了。等他跑出街门,伊万·伊万内奇摇着弯柄的手杖,赫利斯托福尔神甫摇着长木杖,刚刚转过弯去。叶戈鲁什卡这才感到:这以前他所熟悉的一切东西随着这两个人一齐像烟似的永远消失了。他周身发软,往小凳上一坐,用悲伤的泪珠迎接这种对他来说现在还刚刚开始的、不熟悉的新生活……

这生活会是什么样子呢?

1888 年

精 神 错 乱

一

一天傍晚,医科学生迈尔和莫斯科绘画雕塑建筑专科学校学生雷布尼科夫,去看他们的朋友,法律系学生瓦西里耶夫,邀他跟他们一块儿去逛 C 街。瓦西里耶夫起初很久不肯答应,可是后来穿上大衣,随他们一起走了。

关于堕落的女人,瓦西里耶夫知道得很少,只听别人说起过或者从书本上看到过,至于她们居住的房子,他有生以来一次也没有去过。他知道人间有些不道德的女人,在不幸的景况,例如环境、不良的教育、贫穷等压力下不得不出卖自己的名誉去换钱。她们没有体验过纯洁的爱情,她们没有儿女,她们享受不到公民的权利。她们的母亲和姐妹为她们痛哭,仿佛她们已经死了似的。科学鄙弃她们,把她们看成坏人,男人用"你"称呼她们。可是尽管这样,她们却没有丧失上帝的形象①。她们都体会到自己的罪恶,希望得救,凡是可以使她们

① 《旧约·创世记》载:"我们要照着我们的形象,按着我们的样式造人……"这句话的意思是:她们仍旧是人。

得救的办法,她们总是尽心竭力去做。固然,社会不会原谅人们的过去,但是在上帝的眼里,埃及的圣徒马利亚①并不比别的圣徒低下。每逢瓦西里耶夫在街上凭装束或神态认出一个堕落的女人来,或者在幽默刊物上看到对那种女人的描写,他就总是想起以前在书上读过的一个故事:一个青年男子,心地纯洁,富于自我牺牲的热情,爱上一个堕落的女人,请求她做他的妻子,可是她觉得自己不配享受这种幸福,就服毒自尽了。

瓦西里耶夫住在特威尔斯科依大街上一条小巷子里。他跟两个朋友一块儿走出家门的时候将近十一点钟。不久以前下过今年第一场雪,大自然的一切给这场新雪盖没了。空气里弥漫着雪的气味,脚底下的雪微微地咯吱咯吱响。地面、房顶、树木、大街两旁的长凳,都那么柔软、洁白、清新,这使得那些房屋看上去跟昨天不一样了。街灯照得更亮,空气也更清澈,马车的辘辘声更加响亮。在新鲜、轻松、冷冽的空气里,人的灵魂也不禁迸发出一种跟那洁白松软的新雪相近的感情。

"一种不可知的力量呀,"医科学生用他那好听的男中音唱起来,"违背我的本心把我领到这凄凉的河岸……"②

"看那磨坊呀……"艺术家接着他的歌声唱起来,"它已经坍塌……"

"看那磨坊呀……它已经坍塌……"医科学生重复唱道,拧起眉毛,悲凉地摇头。

他停住唱,用手擦了擦脑门子,想一想下面的歌词,然后

---

① 指耶稣所宽恕的一个荡妇,见《新约·路加福音》第七章。
② 达尔戈梅斯基的歌剧《美人鱼》中公爵的咏叹调。

又大声唱起来,声音那么好听,招得街上的行人都回过头来看他:

> 从前我自由自在,
>
> 在这儿有过自由的恋爱……

这三个人走进一家饭馆,没脱大衣,靠着柜台各自喝了两杯白酒。瓦西里耶夫喝第二杯以前,发现自己的酒杯里有一点软木塞的碎屑,就把杯子举到眼睛跟前,眯起他那近视的眼睛看了很久。医科学生不明白他这种表情,就说:

"喂,你瞧什么?劳驾,别想大道理。白酒是给我们喝的,鲟鱼是给我们吃的,女人是给我们玩的,雪是给我们踩的。至少让我们照普通人那样生活一个傍晚吧!"

"可是我什么话也没说啊……"瓦西里耶夫笑着说,"难道我不肯去吗?"

喝了白酒,他胸中发热。他带着温情看他的朋友,欣赏他们,羡慕他们。这两个健康、强壮、快活的人多么平静自若,他们的精神和灵魂多么完整而又洒脱啊!他们爱唱歌,喜欢看戏,能画画儿,健谈,酒量大,而且喝完酒以后第二天不会头痛。他们又风雅又放荡,又温柔又大胆。他们能工作,也能愤慨,而且会无缘无故哈哈大笑,说荒唐话。他们热烈,诚实,能够自我牺牲,作为人来说,他们在各方面都不比他瓦西里耶夫差。他自己却每走一步路,每讲一句话都顾虑重重,多疑,慎重,随时把小事情看成大问题。他希望至少有一个晚上能够照他的朋友那样无拘无束,摆脱自己的羁绊才好。需要喝白酒吗?他要喝,即使第二天他会头痛得裂开也不管。他们拉他到女人身边去吗?那他就去。他会嘻嘻哈哈,打打闹闹,快活地招呼过路的行人……

他笑着走出饭馆。他喜欢他的朋友戴一顶揉绉的宽边呢帽，做出艺术家不修边幅的神气；另外一个戴着一顶海狗皮的鸭舌帽，他并不穷，却故意装成有学问的名士派的模样。他喜欢雪，喜欢街灯的苍白亮光，喜欢行人的鞋底在新雪上留下的清楚而乌黑的脚印。他喜欢那种空气，特别是空气中那种清澄的、温柔的、纯朴的，仿佛处女样的情调，这种情调在大自然中一年只能见到两次，那是在大雪盖没万物的时候和春季晴朗的白昼或者月夜河中冰面崩裂的时候。

"一种不可知的力量呀，"他低声唱着，"违背我的本心把我领到这凄凉的河岸……"

不知什么缘故，这几句歌词一路上没有离开他和他朋友的舌头，他们三个人信口唱着，彼此的歌声却又合不上拍子。

瓦西里耶夫的脑海里正在想象大约十分钟以后他和他的朋友们怎样敲门，怎样溜进小小的黑暗的过道和房间，悄然走到女人身边去，他自己怎样利用黑暗划一根火柴，于是忽然眼前一亮，看见一张受苦的脸和一副惭愧的笑容。那个身世不明的女人也许生着金发，也许生着黑发，不过她的头发一定披散着，她多半穿一件白睡衣。她见了亮光吓一跳，窘得不得了，说："我的天呐！您这是干什么呀？吹灭它！"那情形可怕得很，不过倒也新奇有趣。

二

几个朋友从特鲁勃诺依广场拐弯，走上格拉切夫卡大街，便很快走进一条巷子，那条巷子瓦西里耶夫只闻其名，却没有来过。他看见两长排房子,窗户里灯火辉煌,大门洞开,还听见钢琴和提琴的欢畅乐声从各个门口飘出来,混成一片奇怪的嘈杂声,仿佛在黑暗中有一个目力看不见的乐队正在房顶上调弦似的。瓦西里耶夫不由得吃了一惊,说:

"妓院好多呀!"

"这算得了什么!"医科学生说,"在伦敦比这儿多十倍呢。那儿总有十来万这种女人。"

马车夫安静而冷漠地坐在车座上,跟所有巷子里的车夫一样。两旁人行道上的行人也跟别的巷子里的行人一样。谁也不慌张,谁也不竖起衣领来遮挡自己的脸,谁也不带着责备的神情摇头……这种无所谓的态度、钢琴和提琴的杂乱声、明亮的窗口、敞开的大门,使人感到一种毫不掩饰、无所顾忌、厚颜无耻、大胆放肆的味道。大概古代奴隶市场上也是这么欢畅嘈杂,人们的面容和步态也这么淡漠吧。

"我们从开始的地方开始吧。"艺术家说。

几个朋友走进一个窄过道,过道里点着一盏反光灯,照得很亮。他们推开门,就有一个穿黑礼服的男子,懒洋洋地从前厅一张黄色长沙发那儿站起来,他睡眼惺忪,脸上的胡子没刮,像个仆役模样。这地方有洗衣房的气味,另外还有酸醋的气味。穿堂里有一扇门通向一个灯火明亮的房间。医科学生和艺术家在门口站住,伸出脖子一齐往房间里瞧。

"Buona sera, signori, rigolletto – hugenotti – traviata!"①艺术家开口了,还照戏台上的动作脱帽行礼。

---

① 意大利语:开头几个词的意思是:晚安,先生们。其余的词是含糊地模仿歌剧台词开玩笑。

"Havanna－tarakano－pistoleto！"①医科学生说，把帽子贴紧胸口，深深一鞠躬。

瓦西里耶夫站在他们后面。他原想也跟演戏那样脱帽行礼，说点胡闹的话，可是他只能笑一笑，而且感到一种跟害臊差不多的困窘，焦急地等着看这以后会发生什么事。门口出现一个十七八岁的金发小姑娘，头发剪得短短的，穿一件短短的淡蓝色连衣裙，胸前用白丝带打了个花结。

"你们干吗站在门口？"她说，"脱掉大衣，上客厅里来啊。"

医科学生和艺术家一面仍旧讲着意大利语，一面走进客厅。瓦西里耶夫迟疑不决地随着他们走进去。

"诸位先生，脱掉大衣！"仆役厉声说，"不能穿着大衣进去。"

客厅里除了金发姑娘以外还有一个女人，长得又高又胖，裸露着手臂，生着不是俄罗斯人的脸相。她在钢琴旁边坐着，膝头上摊着纸牌，在摆牌阵。她理也不理那几位客人。

"别的姑娘在哪儿？"医科学生问。

"她们在喝茶，"金发姑娘说，"斯捷潘，"她喊了一声，"去告诉那些小姐，说有几位大学生来了！"

过了不大工夫，又有一个姑娘走进客厅里来。她穿一件有蓝条纹的鲜红色连衣裙，脸上不高明地涂着厚厚一层粉，额头给头发遮住，眼睛一眨也不眨地瞪着，带着惊恐的神情。她一进门，立刻用刺耳而有劲的低声唱起一支歌来。随后，又来了一个姑娘，接着，又来了一个……

---

① 意大利语：是对歌剧台词的含糊的模仿。

这一切，瓦西里耶夫看不出有什么新奇有趣的地方。他觉得这个客厅、这架钢琴、这镶了廉价镀金框子的镜子、这花结、这一身有蓝条子的连衣裙、这些麻木而淡漠的脸，他仿佛早已在什么地方见过，而且见过不止一次似的。至于那种黑暗、那种寂静、那种神秘、那种惭愧的笑容，他原先预料会在这儿看到并使他惊恐的种种东西却连影子也没有。

样样东西都平常、枯燥、无味。只有一件事微微挑动他的好奇心，那就是可以在檐板上、荒唐的画片上、衣服上、花结上看到的仿佛故意想出来的俗气。这种俗气自有它的特色，与众不同。

"这一切是多么贫乏和愚蠢啊！"瓦西里耶夫想，"我眼前所看见的这些无聊现象有什么力量能够诱惑一个正常的人，惹得他去犯那种可怕的罪，用一个卢布买一个活人呢？为了光彩、美、风雅、激情、爱好而犯罪，我倒能够了解，可是这儿到底有什么呢？人们在这儿究竟为了什么而犯罪呢？不过……我不必再想下去了！"

"大胡子，请我喝一杯黑啤酒！"金发姑娘对他说。

瓦西里耶夫立刻窘了。

"遵命……"他说，很有礼貌地一鞠躬，"不过，小姐，请原谅，我……我不能奉陪。我不喝酒。"

过了大约五分钟，几个朋友走出门，上别家去了。

"喂，为什么你刚才要黑啤酒？"医科学生气愤地说，"好一个财主！你无缘无故白白扔掉了六个卢布！"

"既然她要喝，那为什么不可以顺顺她的心呢？"瓦西里耶夫辩白说。

"你不是顺她的心，倒顺了老鸨的心。那是老鸨吩咐她们,叫她们要客人请客的,沾光的是老鸨。"

"看那磨坊啊……"艺术家唱起来,"它已经坍塌……"

走进第二家的门,几个朋友只在前堂站了一会儿,没有走进客厅。这儿跟第一家一样,也有个穿黑礼服的男子,睡眼惺忪,像仆役的模样,从前堂里长沙发上站起来。瓦西里耶夫瞧着仆役,瞧着他的脸和他那身旧礼服,暗想:"一个普普通通的俄国老百姓,在命运把他扔到这儿来当仆役之前,他该尝到过多少辛酸呀!他原先住在哪儿,是干什么的?他以后会落到什么下场呢?他结过婚没有?他母亲在哪儿?她知道他在这儿做仆役吗?"瓦西里耶夫从此每到一家妓院就不由自主地首先注意仆役。在一家妓院里(算起来大概是第四家),有一个矮小干瘪、身体衰弱的仆役,坎肩上挂着一串表链。他正在看一份"小报",他们走进门,他也没理会。不知什么缘故,瓦西里耶夫看着他的脸,就觉得一个有着这种脸的人一定会偷东西,杀人,做假见证。那张脸也真是有趣:宽额头,灰眼睛,扁鼻子,闭紧的薄嘴唇,神情呆板而又蛮横,就跟一只在追野兔的小猎狗一样。瓦西里耶夫暗想:最好摸一摸这个仆役的头发,看看究竟是硬的,还是软的。它一定跟狗毛那么硬吧。

三

艺术家喝下两杯黑啤酒,忽然有点醉意,活泼得反常。

"我们再走一家!"他两手来回摆动,命令道,"我要带你们到顶上等的一家妓院去。"

他带着朋友走进在他心目中算是顶上等的一家妓院以

后,就坚决表示要跳卡德里尔舞。医科学生嘟嘟哝哝,说是这样就得给乐师一个卢布,不过后来他总算答应一起跳了。他们就跳起舞来。

顶上等的妓院跟顶下等的妓院一样糟。这儿也有那种镜子和画片,也有那样的发式和连衣裙。看着房间里的布置和女人身上的衣裳,瓦西里耶夫这才明白过来:这并不是俗气,而是一种可以说是C街独有、别处绝找不到的趣味乃至风尚,一种不是出于偶然,而是历年养成、在丑恶方面十分完备的东西。走完八家以后,他看着衣服的花色、长衣裾、鲜艳的花结、水兵式的女装、脸上浓得发紫的胭脂,就再也不觉得奇怪了。他明白这儿的一切非这样不可,万一有个女人打扮得像个普通人,或者万一墙上挂着一幅雅致的画片,那么整条街的总情调反倒会给破坏了。

"她们多么不善于卖笑啊!"他想,"难道她们不明白坏事只有在显得很美、藏起本相的时候,在披着美德的外衣的时候,才能迷人吗?朴素的黑衣服、苍白的脸、凄凉的浅笑、黑暗的房间,比这种粗俗的浓艳强得多。愚蠢啊! 就算她们自己不明白这层道理,她们的客人也总该教会她们才是……"

一个姑娘穿着波兰式的衣服,边上镶着白毛皮,走到他跟前来,在他身旁坐下。

"可爱的黑发男子,您为什么不跳舞啊?"她问,"您为什么这么烦闷呢?"

"是因为无聊。"

"请我喝点拉斐特酒①吧。那您就不会觉得无聊了。"

① 法国拉斐特地方产的一种红葡萄酒。

瓦西里耶夫没答话。他沉默了一会儿,然后问:

"您几点睡觉?"

"早晨六点钟。"

"那么什么时候起床?"

"有时候两点钟,有时候三点钟。"

"你们起来以后,干些什么事呢?"

"喝咖啡,到六点多钟吃饭。"

"吃些什么呢?"

"平平常常……总是肉汤啦,白菜汤啦,煎牛排啦,甜点心啦。我们的老板娘待姑娘们挺好。可是您问这些事做什么?"

"哦,随便问问罢了……"

瓦西里耶夫很想跟这姑娘谈许多事情。他生出强烈的愿望,想弄明白她是哪儿人,她父母在不在世,他们是不是知道她在这儿,她怎样到这妓院里来的,她究竟是快活而满足呢,还是满脑子黯淡的思想而悲伤郁闷。她日后是不是打算跳出她目前的处境……可是他怎么也想不出该从什么地方讲起,也想不出该用怎样的方式提出问题来才不致唐突她。他想了很久才问:

"您多大岁数?"

"八十了。"少女打趣说,瞧着艺术家跳舞时候手脚做出来的怪相笑起来。

忽然间,不知为了什么事,她哈哈大笑,说了一句很长的轻狂话,声音响得很,人人都听得见。瓦西里耶夫大吃一惊,不知道该让自己的脸做出什么表情来才好,勉强地笑一笑。只有他一个人微笑,别人呢,他的朋友也好,乐师也好,女人们也好,连看也没看坐在他旁边的姑娘一眼,仿佛根本没听见她的话似的。

"请我喝点拉斐特酒吧!"他的邻座又说。

瓦西里耶夫觉得她的白毛皮边和她的嗓音讨厌,就从她身边走开了。他感到又热又闷,他的心开始跳得挺慢,可是很猛,就跟锤子敲击似的:一!二!三!

"我们走吧!"他拉拉艺术家的袖子说。

"等一会儿,让我跳完舞再说。"

艺术家和医科学生快要跳完卡德里尔舞,瓦西里耶夫为了不再看那些女人,就观察乐师们。一个仪表优雅、戴着眼镜、面貌很像巴赞元帅①的老人正在弹钢琴。一个青年留着淡褐色的胡子,穿着顶时髦的衣服,在拉提琴。那青年的脸容并不愚蠢,也不枯瘦,而且正好相反,聪明,年轻,鲜嫩。他的装束讲究,而且风雅,他的提琴也拉得很有感情。这就来了一个问题:他和那位仪表优雅的老人怎么会到这儿来的呢?他们坐在这地方怎么会不害臊呢?他们瞧着那些女人会有什么感想呢?

要是那架钢琴和那把提琴是由两个衣衫褴褛、饿得发慌、闷闷不乐、喝醉了酒、脸容愚蠢或枯瘦的人弹奏,那么他们在这儿出现也许还容易理解。照目前这种情形,瓦西里耶夫却没法理解了。他想起从前读过的关于堕落的女人的故事,他如今却发现那个带着惭愧的笑容的人的形象跟他眼前所看见的人没有任何共同之处。他觉得自己看见的仿佛不是堕落的女人,却像是属于另一个完全独特的世界里的人,那世界对他

---

① 巴赞(1811—1888),法国元帅。

来说既陌生又不易理解,要是以前他在戏院的舞台上看到这个世界,或者在书本里读到这个世界,他一定不会相信……

那个衣服上镶着白毛皮的女人又扬声大笑,高声说了一句难听的话。一种嫌恶的感觉抓住他。他脸红了,走出房间去。

"等一会儿,我们一起走!"艺术家对他喊道。

四

"方才我们跳舞的时候,"医科学生说,这时候他们三个人已经走出来,到了街上,"我跟我的舞伴攀谈了一阵。我们谈的是她第一回恋爱。他,那位英雄,是斯摩棱斯克城的会计,家里有妻子和五个孩子。那时候她才十七岁,跟爹妈住在一块儿,她爹卖肥皂和蜡烛。"

"他是用什么来征服她的心的?"瓦西里耶夫问。

"他花了五十个卢布替她买了内衣。鬼才知道是怎么回事!"

"这样看来,他倒会从他舞伴那儿打听出她的恋爱史来,"瓦西里耶夫想到医科学生,"可是我却不会……"

"诸位先生,我要回家去了!"他说。

"为什么?"

"因为我在这种地方不知道该怎样应付才好。而且我觉得无聊、厌恶。这儿有什么可以叫人快活的呢?要是她们是人,倒也罢了,可是她们是野人,是动物。我要走了。你们呢,随你们的便好了。"

“别这样，格里沙①，格里戈里，好人……”艺术家苦苦哀求道，缠住瓦西里耶夫，“来吧！我们再去逛一家，然后就滚它的！……求求你！格里沙！”

他们劝得瓦西里耶夫回心转意，领他走上楼梯。那地毯、镀金的栏杆、开门的守门人、装饰前堂的彩画墙面，处处都使人感到 C 街的风尚，不过更加完备，更加壮观罢了。

“真的，我要回家去！”瓦西里耶夫一面说，一面脱大衣。

“得了，得了，老兄……”艺术家说，吻他的脖子，“别耍脾气……格里戈里，做个好朋友！我们一块儿来的，我们也一块儿走。你这个人也真不近人情。”

“我可以到街上去等你们。真的！我觉得这种地方讨厌！”

“得了，得了，格里沙……既是这种地方讨厌，那你就从旁观察一下吧！你明白吗？观察一下！”

“一个人总得客观地考察万物才行。”医科学生严肃地说。

瓦西里耶夫走进客厅，坐下来。房间里除了他和他的朋友以外，还有许多客人：两个步兵军官，一个秃顶、白发、戴金边眼镜的绅士，两个测量学院的未长须的青年学生，一个醉醺醺的、有着演员脸相的男子。所有的姑娘全跟那些客人做伴去了，理也不理瓦西里耶夫。只有一个穿着 à la Aida② 的衣服的姑娘斜起眼看了看他，不知因为什么缘故笑了笑，打着呵欠说：

① 格里沙是格里戈里的小名。
② 法语：阿依达式。阿依达是歌剧《阿依达》的女主人公，原是埃塞俄比亚公主，后被埃及所俘。

"来了个黑发男子……"

瓦西里耶夫心跳起来,脸上发烧。他一方面在这些客人面前觉得害臊,一方面感到腻味和苦恼。他脑子里老是有一个念头煎熬着他:他,一个正派的、热情的人(他至今认为自己是这样的人),却憎恨这些女人,对她们除了厌恶之外再也没有别的感觉。他既不怜悯这些女人,也不怜悯那些乐师和那些仆役。

"这是因为我没有努力去了解她们的缘故,"他想,"与其说她们像人,不如说像动物,不过话说回来,她们仍旧是人,她们有灵魂。先得了解她们,然后才能下判断……"

"格里沙,别走,等等我们!"艺术家朝他喊了这么一句,就不知到哪儿去了。

医科学生不久也不见了。

"对了,得努力了解一下才行。这样是不行的……"瓦西里耶夫接着想下去。

他开始紧张地注意每个女人的脸,寻找惭愧的笑容。可是,要么他不善于考察她们的脸,要么这些女人没有一个觉得惭愧,总之,他在每张脸上看见的只有那呆板的表情:那种日常的庸俗的烦闷和满足。愚蠢的眼睛,愚蠢的笑容,愚蠢刺耳的语声,无耻的动作,此外就没有别的了。大概她们过去都有一段风流韵事,对象是个会计,起因是五十卢布的内衣,而目前呢,她们在生活里没有别的乐趣,只求有咖啡喝,有三道菜的午饭吃,有酒喝,有卡德里尔舞跳,能够睡到下午两点钟……就行了。

既然一点也看不到惭愧的笑容,瓦西里耶夫就寻找有没有一张清醒明白的脸。他的注意力落在一张苍白的、有点困倦的、无精打采的脸上……那是一个黑发女人，年纪不算很轻了，穿一身亮闪闪的衣服。她坐在一把安乐椅上，瞧着地板想心事。瓦西里耶夫从房间这一头走到那一头，仿佛无意中在她身旁坐下来。

"我得先说些俗套话打头，"他想，"然后再转到严肃的问题上……"

"您穿的这身衣服好漂亮！"他说，用手指头摸了摸她那三角头巾上的金线穗子。

"哦，真的吗……"黑发女人无精打采地说。

"您是哪儿人？"

"我？远得很……切尔尼戈夫省人。"

"好地方。那地方好得很。"

"不管什么地方，只要我们不在那儿，就会觉着它好。"

"可惜我不会形容大自然，"瓦西里耶夫想，"要是我会形容一下切尔尼戈夫的风景，就说不定会打动她的心。没问题，那地方既是她的家乡，她一定爱那地方。"

"您在这儿觉得烦闷吗？"

"当然，无聊得很。"

"您既然觉得无聊，为什么不离开这儿呢？"

"我上哪儿去呢？去要饭吗？"

"就是要饭也比在这儿过活轻松得多。"

"这您是怎么知道的？您要过饭吗？"

"对了，从前我没钱交学费的时候，四处告帮来着。即使我没要过饭，这层道理是十分明白的。叫花子不管怎样总算是个自由人，您却是个奴隶。"

黑发女人伸了个懒腰，把困倦的眼睛转过去瞧着仆役，他正托着一个盘子,盘子上摆着玻璃杯和矿泉水。

"请我喝一杯黑啤酒吧。"她说,又打了个呵欠。

"黑啤酒……"瓦西里耶夫想,"万一你的弟兄或母亲这当儿走进来,你会怎样?那你会怎么说?他们又会怎么说?我看,那会儿才该要一杯黑啤酒呢……"

忽然传来了哭泣的声音。从仆役端着矿泉水走进去的那个隔壁房间里,很快地走出一个金发男子,满脸通红,瞪着气呼呼的眼睛。他身后跟着高大肥胖的鸨母,尖着嗓子嚷道:

"谁也不准许您打姑娘的嘴巴!我们招待过身份比你高得多的客人,他们都不动手打人!骗子!"

人声喧哗。瓦西里耶夫心里害怕,脸色发白。隔壁房间里有人号啕痛哭,哭得那么伤心,受了欺凌的人就是这样哭的。他这才领会到,在这儿生活的确实是人,真正的人,她们跟别处的人一样也会觉得受委屈,难过,哭泣,求救……原本那种沉重的憎恨和厌恶的感觉就变成深切的怜悯和对打人者的气愤。他跑进有哭声的房里去。隔着一张桌子,隔着大理石桌面上摆着的好几排酒瓶,他看见一张痛苦的、沾着泪痕的脸,他就朝那张脸伸过手去,还朝桌子迈进一步,可是立刻又害怕地退回来。原来那哭泣的女人喝醉了酒。

人们围着那个金发男子,瓦西里耶夫却从这闹嚷嚷的人群中挤出来,心灰意懒,战战兢兢,跟孩子似的,他觉得这个陌生的、他所不能理解的世界里的人仿佛要追他,打他,拿下流话骂他似的……他从挂衣钩上摘下他的大衣,一口气跑下楼去了。

五

他站在妓院附近，倚着一道围墙，等他的朋友们出来。钢琴和提琴的声音欢畅，放纵，撒野，悲伤，在空中合成一片杂音，这混乱的声音跟先前一样，好像是黑暗里房顶上有个肉眼看不见的乐队在调弦。要是抬头往黑暗里看一眼，那么整个漆黑的背景上布满活动着的白点：天在下雪。雪片落进灯光照到的地方，就在空中懒洋洋地飘飞，跟羽毛一样，而且更加懒洋洋地落到地下。在瓦西里耶夫的四周，细雪成团地旋转，落在他的胡子上，眉毛上，睫毛上……马车夫、马、行人全变白了。

"雪怎么会落到这条巷子里来！"瓦西里耶夫想，"这些该死的妓院！"

他的腿因为方才跑下楼梯而累得发软。他喘着气，仿佛在爬山似的。他的心跳得那么响，连他自己也听得见。他给一种欲望煎熬着，打算赶快走出这条巷子，回家去，可是另外还有一种欲望比这欲望更强烈，那就是一心要等着他的朋友出来，好把自己的沉重感觉向他们发泄一下。

这些妓院里有许多事情他弄不懂，那些沉沦的女人的灵魂对他来说仍旧跟从前一样神秘，不过他现在才明白这儿的情形比可能设想的还要糟得多。要是那个服毒自尽的、自觉有罪的女人叫做堕落的女人，那么要想给眼前这些随着杂乱的乐声跳舞、说出一长串下流话的女人起一个恰当的名字就难了。她们不是正在毁灭，而是已经毁灭了。

"这儿在干着坏事，"他想，"然而犯罪的感觉却没有，求救的希望也没有。人们卖她们,买她们,把她们泡在酒里,叫她们染上种种恶习,她们呢,跟绵羊似的糊里糊涂,满不在乎,什么也不懂,我的上帝啊!我的上帝啊!"

他也明白,凡是叫做人的尊严、人格、上帝的形象的一切,在这里都受到彻底的玷污,用醉汉的话来说,就是"整个儿垮了",这是不能单单由这条巷子和麻木的女人负责的。

一群大学生走过他面前,周身沾满白雪,快活地说说笑笑。其中有一个又高又瘦的学生站定下来,瞧一眼瓦西里耶夫的脸,用醉醺醺的声音说:

"咱们是同行!喝醉了,老兄?对不对,老兄?没什么,去痛快一下!走!别垂头丧气,好小子!"

他抓住瓦西里耶夫的肩头,把自己的又冷又湿的小胡子凑到他脸上,然后脚下一滑,身子摇摇晃晃,摇着两只手说:

"站稳,别摔跟头!"

他笑起来,跑着追他的同伴去了。

从嘈杂的声音里,传来了艺术家的声音:

"不准你们打女人!我不准,真该死!你们这些流氓!"

门口出现了医科学生。他往四下里张望,一眼看见瓦西里耶夫,就用激动的声调说:

"原来你在这儿!听我说,真的,简直不能跟叶戈尔一块儿出来玩!他是什么玩意儿,我简直不懂!他又闹出乱子来了!你听见没有?叶戈尔!"他朝着门里喊叫,"叶戈尔!"

"我不准你们打女人!"艺术家的尖嗓音从上面传下来。

不知什么又笨又重的东西从楼梯上往下滚。原来是艺术家从楼上摔下来了。他分明是给人推下楼来的。

他从地上爬起来,挥着帽子,现出恶狠狠的愤慨的脸相,

伸出拳头朝楼上挥舞着,嚷道:

"流氓!狠心的家伙!吸血鬼!我不准你们打女人!居然打喝醉酒的弱女子!哼,你们……"

"叶戈尔,……得了,叶戈尔,……"医科学生开始央求他,"我拿人格向你担保,我下次再也不跟你一块儿出来玩了。我拿人格担保,一定!"

艺术家渐渐平静下来,几个朋友往回家的路上走去。

"一种不可知的力量啊,"医科学生唱着,"违背我的本心把我领到这凄凉的河岸……"

"'看那磨坊啊……'"过一会儿艺术家接着唱起来,"'现在它已经坍塌……'好大的雪啊,圣母!格里沙,刚才你为什么走了?你是个胆小鬼,娘们儿,就这样。"

瓦西里耶夫在朋友身后走着,瞧着他们的后背,心里暗想:

"二者必居其一:要么我们只是觉着卖淫是坏事,其实我们把它夸张了;要么卖淫真跟大家所认定的那样是件天大的坏事,那我这些好朋友就跟《田地》①上面所画的叙利亚和开罗的居民们那样,成了奴隶主、暴徒、杀人犯。眼下他们在唱歌,大笑,讲得头头是道,可是方才他们岂不是利用别人的饥饿、无知、麻木来满足自己的私欲吗?他们的确是那样,我自己就是见证人。他们的人道、他们的医学、他们的绘画,有什么用处?这些凶手的科学、艺术、高尚的感情使我想起一个故事里的猪油。有两个土匪,在树林里杀死一个叫花子,开始瓜分他的衣服,却在他的讨饭袋里找到一块猪油。'巧得很,'

---

① 旧俄时代一种风行的画报。

一个土匪说,'让我们来吃掉它吧。''你这是什么话？怎么能做这种事呢？'另一个惊慌地叫道,'难道你忘了今天是星期三吗？'他们就都没有吃。他们杀了人,走出树林,同时相信自己是严格的持斋者。同样,这两个人花钱买了女人以后,扬长而去,现在还自以为是艺术家和科学家呢……"

"听着,你们！"他尖刻而气愤地说,"你们为什么上这种地方来？难道,难道你们就不明白这种事有多么可怕？你们的医学说:这些女人个个都会害肺痨病或者什么别的病而提早死亡。艺术说:在精神方面她们死得更早些。她们每个人都因为一生中平均要接五百个嫖客而死……姑且就算五百吧。她们每个人都是给五百个男人害死的。你们就在那五百个当中！那么,要是你们每个人一生当中在这儿或者别的同类地方逛过二百五十次,那就是你们两个人共同害死一个女人！难道你们不懂吗？难道这不可怕？你们两个、三个、五个,合起来害死一个愚蠢而饥饿的女人！啊,难道这不可怕？我的上帝啊！"

"我早就知道会有这样的结局,"艺术家皱着眉说,"我们真不该同这傻瓜和蠢材一块儿来！你当是这会儿你的脑子里生出了伟大的思想,伟大的观念吗？不对,鬼才知道你在想些什么,而决不是思想！这会儿你带着仇恨和憎恶瞧着我,可是依我看来,你与其这么瞧着我,还不如多开二十家妓院的好。你眼光里包含的恶比整个这条巷子里的恶还要多！走,沃洛佳,去他的！他是个傻瓜,蠢材,就是这么的……"

"我们人类总是自相残杀,"医科学生说,"当然,这是不道德的,可是你唱高调也还是没用啊。再会！"

在特鲁勃诺依广场上,这几个朋友告别,分手了。只剩下瓦西里耶夫一个人了,他就迅速地顺着林荫道走去。他害怕黑暗,害怕那大片大片地落下来、好像要盖没全世界的雪,害怕在雪雾中闪烁着微光的街灯。他的灵魂给一种没来由的、战战兢兢的恐怖占据了。偶尔有行人迎面走过来,而他却惊恐地躲开他们。他觉得仿佛有许多女人,光是女人,从四面八方走拢来,瞧着他……

"现在开头儿了,"他想,"我马上就要精神错乱了……"

六

在家里,他躺在床上,周身发抖,说道:

"活人!活人!我的上帝,她们是活人啊!"

他千方百计刺激他的想象,一会儿幻想自己是堕落的女人的弟兄,一会儿是她的父亲,一会儿又成了涂脂抹粉的堕落女人本身。这一切都使他满心害怕。

不知为什么,他觉得,不管怎样,他得立刻解决这个问题才行,他觉得这问题似乎不是别人的问题,而是他自己的问题。他费了不小的劲,克制绝望的情绪,在床上坐起来,双手捧着头,开始思索怎样才能拯救今天看到的那类女人。他是受过教育的人,解决各种问题的方法在他是很熟悉的。他虽然异常激动,却严格地遵守那种方法。他回想这个问题的历史和有关的文献,从房间的这一头走到那一头,走了这么一刻钟,极力回想现代为了拯救这类女人而进行过的种种实验。他有很多好心的朋友和熟人住在法尔茨费因公寓、加里亚希金公寓、涅恰耶夫公寓、叶奇金公寓里……他们当中有不少诚实、无私的人。其中有些人尝试过拯救这类女人的工作……

"这些为数不多的尝试,"瓦西里耶夫想,"可以分成三组。有些人从卖淫窟里把女人赎出来以后,替她租一个房间,给她买一架缝纫机,她便做起女裁缝来。而且,不管他有心还是无意,总之,他花钱赎出她以后,就使她成了他的情妇,然后,等到大学毕业,他就走了,把她转交给另一个上流男子,仿佛她是一件东西似的。于是那堕落的女人仍旧是堕落的女人。还有些人呢,替她赎身以后,也给她租一个单独的房间,少不得也买上一架缝纫机,极力教她念书,对她讲宗教教义,给她买书看。这女人就住下来,觉得这事儿挺新鲜,乘一时的兴致踏起缝纫机来,可是随后就厌倦了,瞒着那个宣教士偷偷地接客,或者索性跑回可以睡到下午三点钟、喝到咖啡、吃到饱饭的地方去了。最后还有一种顶热心肠、顶肯自我牺牲的人,他们采取勇敢而又坚决的步骤。他们跟那些女人正式结婚。等到那厚颜无耻、娇生惯养或者愚蠢而受尽痛苦的动物做了妻子,主妇,后来又成了母亲,她的生活和她的人生观就整个儿翻了一个身,到后来在这妻子和母亲身上就很难认出原先那个堕落的女人了。对,结婚是最好的办法,也许还是唯一的办法。"

　　"可是不行!"瓦西里耶夫大声说,倒在床上,"首先我没法跟这样的女人结婚!要做那种事,人得是圣徒,不会憎恨,不懂什么叫厌恶才行。不过,姑且假定我、医科学生、艺术家能够克制自己,娶了她们,假定她们都给人娶去了,可是结果会怎样呢?结果会怎样呢?结果就会这样:一方面,在这儿,在莫斯科,她们给人娶去了,另一方面,在斯摩棱斯克,一个会计什么的又会糟踏另一个姑娘,于是那姑娘会同从萨拉托夫、下诺夫戈罗德、华沙……来的姑娘一齐涌到这儿来补那些空缺。而且你拿伦敦那些成千成万的女人怎么办呢？你拿汉堡那些女人怎么办呢？"

煤油灯开始冒烟。瓦西里耶夫却没注意到。他又走来走去，还是在想心事。现在他换了一个方式提出问题：必须怎么办才能使得堕落的女人不再被人需要？为要达到这个目的，就得使那些买她们、害死她们的男人充分感到他们所扮的奴隶主角色是多么不道德，使他们不由得害怕才行。先得救男人。

"在这方面，艺术和科学显然没有什么用处……"瓦西里耶夫想，"唯一的办法就是传播教义。"

他就开始想象明天晚上他站在那条巷子的拐角，对每一个行人说：

"您上哪儿去？您去干什么？要存着敬畏上帝的心才行啊！"

他转过身去对那些冷漠的车夫说：

"你们为什么把车子停在这儿？你们怎么会不生气？你们怎么会不愤慨？你们总该信奉上帝，知道这种事有罪，人干了这种事会下地狱吧，那你们怎么一声不响呢？不错，你们跟她们无亲无故，不过要知道，她们也有父亲，有弟兄，跟你们一模一样啊……"

瓦西里耶夫的一个朋友曾经谈论瓦西里耶夫，说他是个有才能的人。有的人有写作的才能、演戏的才能、绘画的才能，可是他有一种特别的才能——博爱的才能。他对一切痛苦有敏锐的感觉。如同好演员总是在自己身上演出别人的动作和声音一样，瓦西里耶夫也善于在自己的灵魂里体会别人的痛苦。他看见别人哭泣，自己就流泪。他在病人身旁，就觉得自己也有病,呻吟起来。要是看到暴力,他就觉得暴力正在摧残自己,害怕得跟小孩似的,而且等到害怕过后总要跑过去搭救。别人的痛苦刺激他,使他激动,弄得他放不下,摆不开,等等。

这个朋友的话究竟对不对,我不知道,不过,当他以为他这个问题已经解决的时候,他的感觉却有点近似着魔。他又哭又笑,嘴里念出明天他要说的话,对那些肯听他的话、跟他一块儿站在街角上说教的人生出热爱来。他坐下来写信,暗自立下种种誓言……

这一切所以很像着魔,是因为这情形没维持很久。瓦西里耶夫不久就疲乏了。伦敦、汉堡、华沙那儿的无数女人压在他身上,就跟一座大山压着土地似的。他面对那许多女人不由得胆怯,心慌。他想起自己不善于言谈,想起自己又胆怯又腼腆,想起那些冷漠的人不见得愿意听他的话,了解他的话,因为他不过是个法律系三年级的学生,一个胆怯的小人物罢了,又想起真正的传教工作不仅在于用嘴说话,还在于动手实干……

天已经大亮,马车已经在街道上辘辘地响起来,瓦西里耶夫却一动也不动地躺在长沙发上,直着眼睛发呆。他不再想到女人,也不再想到男人,不再想到传教工作。他整个注意力已经转到折磨他的那种精神痛苦上去了。那是一种麻木的、空洞的、说不清楚的痛苦,既像是哀伤,又像是极端的恐怖,又像是绝望。他指得出来哪儿发痛:就在胸口,他的心底下。可是他又没法拿别样的痛苦与之相比。过去,他害过很厉害的牙痛,害过胸膜炎和神经痛,可是拿那些来跟这种精神痛苦相比,简直算不得什么。有了这种痛苦,生活也好像可憎了。学位论文、他已经写好的那篇出色的文章、他所热爱的那些人、对堕落的女人的拯救,总之昨天他还热爱或对之冷淡的一切。现在一想起来却跟车声、仆役的匆忙脚步声、白昼的阳光……一样刺激他。要是这时候有谁在他眼前做出一件天大的好事或者可恶的暴行,他会觉得那两种行为同样讨厌。在他的脑海里缓慢地游荡的种种思想里,只有两个思想不刺激他:一个是他随时有弄死自己的力量,还有一个是这痛苦不会超过三天,这后一个,他是凭经验知道的。

他躺了一会儿,站起来,绞着手,又在房间里走动,然而不是照往常那样从这个房角走到那个房角,却是顺着墙边兜圈子。他走过镜子,偶尔在镜子里照一照。他的脸苍白而消瘦,他的两个鬓角凹下去,他的眼睛又大又黑,一动也不动,仿佛是别人的眼睛似的,流露出不能忍受的精神痛苦的表情。

中午时分,艺术家来敲门。

"格里戈里,你在家吗?"他问。

他听不到答话,站了一会儿,沉吟一下,用乌克兰土话回答自己:

"不在。这个可恶的家伙必是上大学去了。"

他就走了。瓦西里耶夫在床上躺下来,把头塞在枕头底下,痛苦得哭起来,眼泪越流得畅,他的精神痛苦也变得越厉害。等到天黑下来,他想到在前面等着他的痛苦的夜晚,就满心是恐怖的绝望。他连忙穿好衣服,跑出房间,让房门敞开着,上街去了,没有必要,而且也没有目的。他没有问一问自己要上哪儿去,就顺着萨多夫大街很快地走下去。

雪跟昨天那样下得紧,那是解冻的时令。他把手拢在袖管里,周身发抖,听见车轮声、公共马车的铃声、行人的脚步声就害怕。瓦西里耶夫顺着萨多夫大街一直走到苏哈列夫塔，然后又走到红门，从那儿拐弯走到巴斯曼大街。他走进一家小酒馆，喝下一大杯白酒，可是那也没使他觉得畅快些。他走到拉兹古里亚，往右拐弯，走进一条以前从没来过的小巷子。他走到一座古老的桥边，桥下是水声喧哗的雅乌扎河，他站在桥头。可以看见红营房一长排窗子里的灯光。瓦西里耶夫一心想用新的感觉或者别的痛苦来摆脱他眼前的精神痛苦，可又不知道该怎么办才好，他哭泣着，颤抖着，解开大衣和上衣，露出赤裸的胸膛，迎着潮湿的雪和风。可是这也没减轻他的痛苦。随后，他凑着桥上的栏杆弯下腰，低头瞧着雅乌扎河漆黑的、滚滚的流水，很想一头栽下去，倒不是因为厌恶生活，也不是想自杀，却是打算至少叫自己受点伤，用这种痛苦来摆脱那种痛苦。可是漆黑的河水、黑暗的空间、铺着白雪的荒凉河岸，都可怕得很。他打了个冷战，往前走去。他沿着红营房走了一个来回，然后下坡，进了一个矮林，又从矮林回到桥上……

"不行，回家，回家去！"他想，"在家里似乎会好过点……"

他就往回走。他回到家，脱掉湿大衣和帽子，在房间里沿着墙边兜圈子，就这么不知疲倦地一直走到天亮。

七

第二天早晨艺术家和医科学生来看他，他正痛苦地呻吟着，在房间里跑个不停，衬衫已经撕碎，手也咬破了。

"看在上帝面上！"他一看见他的朋友就哭着说，"随你们

247

爱上哪儿就带我上哪儿，你们认为该怎么办，就怎么办吧！只是看在上帝面上，快点救救我才好！我要弄死我自己了！"

艺术家脸色变白，慌了手脚。医科学生也差点哭起来，可是想到做医生的在生活里不论遇到什么事都应该冷静严肃，就冷冷地说：

"这是你神经出了毛病。可是不要紧。马上到大夫那儿去。"

"随你们怎么办好了，只是看在上帝面上，快点才好！"

"你不用发急，你得尽力控制自己才成。"

医科学生和艺术家伸出发抖的手替瓦西里耶夫穿好衣服，带他出去，到了街上。

"米哈依尔·谢尔盖伊奇早就想跟你认识了，"在路上医科学生说，"他是个很可爱的人，医道也高明得很。他是一八八二年毕业的，可是经验已经很丰富。他对待大学生就像对待同学那样。"

"赶快，赶快……"瓦西里耶夫催促道。

米哈依尔·谢尔盖伊奇是一个胖胖的金发医师，他接待这几位朋友时，半边脸微笑着，态度又客气，又庄严，又冷静。

"艺术家和迈尔已经跟我讲到过您的病，"他说，"很愿意为您效劳。怎么样？请坐吧……"

他让瓦西里耶夫在书桌旁边一把大圈椅上坐下，把一个烟盒送到他跟前。

"怎么样？"他开口说，摸着他的膝头，"我们来谈正事吧……您多大岁数？"

他提问题，医科学生回答那些问题。他问瓦西里耶夫的父亲害过什么特别的病没有，是不是常喝醉酒，有没有什么残酷的行为或者古怪的脾气。他又用同样的问题问到他祖父、母亲、姐妹、弟兄。他听到瓦西里耶夫的母亲有很好听的歌喉,有时候还上台演戏,就忽然活泼起来,问:

"对不起,您可记得您母亲对舞台的兴趣浓不浓?"

大约二十分钟过去了。瓦西里耶夫讨厌那位医师一个劲儿摸他的膝头,老是讲那一套话。

"大夫,您那些问题,依我看来,"他说,"是想弄明白我的病有没有遗传性。"

医师又问瓦西里耶夫年轻时候干过什么秘密的坏事没有,脑袋受过伤没有,有没有什么爱好、怪癖、特别的嗜好。凡是勤恳的医师通常问到病人的种种问题,即使有一半不回答,也丝毫无损于病人的健康,可是米哈依尔·谢尔盖伊奇、医科学生、艺术家,全都现出一本正经的脸色,仿佛只要瓦西里耶夫有一个问题答不上来,就会前功尽弃似的。医师听到答话以后,不知为什么,总在一片纸上记下来。听说瓦西里耶夫学过自然科学,眼前在学法律,医师便深思起来……

"去年他写过一篇精彩的文章……"医科学生说。

"对不起,别搅扰我,您妨碍我集中思想,"医师说,用半边脸笑了笑,"是的,当然,这对病的形成也不无关系。紧张的脑力劳动,疲劳过度……对了,对了。您常喝酒吗?"他对瓦西里耶夫说。

"很少喝。"

又过了二十分钟。医科学生开始压低声音述说自己对这次犯病的直接原因的看法,说到前天艺术家、瓦西里耶夫和他怎样去逛 C 巷。

瓦西里耶夫听他的朋友们和那位医师讲到那些女人和那

条悲惨的巷子的时候用那么淡漠的、镇静的、冷冰冰的口吻，觉得奇怪极了……

"大夫，请您只回答我一个问题，"他说，按捺自己的火气，免得说话粗鲁，"卖淫是不是坏事？"

"好朋友，这还有问题吗？"医师说，表现出这个问题他早已解决了的神情，"这还有问题吗？"

"您是精神病医师吧？"瓦西里耶夫粗鲁地问。

"对了，精神病医师。"

"也许你们大家都对！"瓦西里耶夫说着，站起来，开始从房间的这一头走到那一头，"也许吧！可是我却觉得奇怪！我学了两门学问，你们就看做了不起的成就，又因为我写过一篇论文，而那篇论文不出三年就会给人丢到一边，忘得精光，我却被你们捧上了天。可是由于我讲到那些堕落女人的时候不能像讲到这些椅子的时候那样冷冰冰，我却要受医师的诊治，被人叫做疯子，受到怜悯！"

不知因为什么缘故，瓦西里耶夫忽然心中充满难忍难熬的怜悯，他可怜自己，可怜他的同学，可怜前天见过的那些人，也可怜医师。他哭起来，倒在那把圈椅上。

他的朋友们探问地瞧着医师。那个医师现出完全了解这种眼泪和这种绝望的神情，现出自认为在这方面是专家的神情，走到瓦西里耶夫跟前，一句话也没说，给他喝下一种药水，然后，等到他平静点，就脱掉他的衣服，开始检查他皮肤的敏感程度、膝头的反射作用，等等。

瓦西里耶夫觉得舒畅一点了。等到他从医师家里走出来，他已经觉得难为情，马车的辘辘声不再刺激他，心脏底下那块重负也越来越轻，仿佛在溶化似的。他手上有两个方子：

一个是溴化钾①,一个是吗啡②……这些药他从前也吃过!

在街上,他站定一会儿,想了想,就向两个朋友告辞,懒洋洋地往大学走去。

1888 年

---

① ② 都是镇静剂。

跳来跳去的女人

一

在奥莉加·伊万诺夫娜的婚礼上,她所有的朋友和相好的熟人都来参加了。

"瞧瞧他吧,真的,他不是有点与众不同吗?"她往她丈夫那边点一点头,对朋友说,仿佛要解释她为了什么缘故才嫁给这个普通的、很平常的、在无论哪一方面都没有什么了不起的男人似的。

她的丈夫奥西普·斯捷潘内奇·德莫夫是医师,论官品是九品文官。他在两个医院里做事,在一个医院里做编制外的主任医师,在另一个医院里做解剖师。每天早晨从九点钟到中午,他给门诊病人看病,查病房,午后搭上公共马车到另一个医院去,解剖死去的病人。他私人也行医,可是收入很少,一年不过有五百卢布光景。如此而已。此外关于他还有什么可说的呢? 另一方面,奥莉加·伊万诺夫娜和她的朋友,相好的熟人,却不是十分平常的人。他们每个人都在某一方面有出众的地方,多多少少有点名气,有的已经成名,给人看做名流了;有的即使还没有成名,将来却有成名的灿烂希望。

有一个剧院的演员,早已是公认的大天才,他是一个优雅、聪明、谦虚的男子,又是出色的朗诵家,教奥莉加·伊万诺夫娜朗诵。有一个歌剧演员,是个性情温和的胖子,叹口气对奥莉加·伊万诺夫娜郑重说明,她毁了自己,要是她不发懒,肯下决心,她就会成为出色的歌唱家。其次,有好几个画家,其中打头的一个是风俗画家、动物画家、风景画家里亚博夫斯基,他是很漂亮的金发青年,年纪在二十五岁左右,画展开得很成功,把最近画成的一张画卖了五百卢布,他修改奥莉加·伊万诺夫娜的画稿,说她将来很可能有所成就。此外,还有一个拉大提琴的音乐家,他的乐器总是发出呜咽的声音,他公开声明在他认识的一切女人当中,能够给他伴奏的只有奥莉加·伊万诺夫娜一个人。再其次,有一个文学家,年纪轻轻,可是已经出了名,写过中篇小说、剧本、短篇小说。此外还有谁呢?喏,还有瓦西里·瓦西里奇,是地主,乡绅,业余的插图家和饰图家,深深爱好古老的俄罗斯风格、民谣和史诗,在纸上,瓷器上,用烟熏黑的盘子上,他简直能够创造奇迹。这伙逍遥自在的艺术家已经给命运宠坏,尽管文雅而谦虚,可是只有在生病的时候才会想起天下还有医师这种人,德莫夫这个姓氏在他们听起来就跟西多罗夫或者塔拉索夫差不多。在这伙人当中,德莫夫显得陌生,多余,矮小,其实他个子挺高,肩膀挺宽。看上去,他仿佛穿着别人的礼服,长着店员那样的胡子。不过如果他是作家或者画家,那人家就会说他凭他的胡子会叫人联想到左拉①了。

有一个演员对奥莉加·伊万诺夫娜说:她配上她那亚麻

---

① 左拉(1840—1902),法国著名作家,留一把大胡子。

色的头发和结婚礼服，很像是一棵到了春天开满娇嫩的白花、仪态万方的樱桃树。

"不，您听着！"奥莉加·伊万诺夫娜对他说，挽住他的胳臂，"这件事怎样突然发生的呢？您听着，听着……我得告诉您，爸爸跟德莫夫同在一个医院里做事。可怜的爸爸害了病，德莫夫就在他的床边一连守了几天几夜。了不起的自我牺牲啊！您听着，里亚博夫斯基……还有您，作家，听着。这事很有意思。您走过来一点儿。了不起的自我牺牲啊，真诚的关心！我也一连好几夜没睡觉，坐在爸爸身旁。忽然间，了不得，公主赢得了英雄的心！我的德莫夫没头没脑地掉进了情网。真的，有时候命运就有这么离奇。嗯，爸爸死后，他有时候来看我，有时候在街上遇见我。有这么一个晴朗的傍晚，冷不防，他忽然向我求婚了……就跟晴天霹雳似的……我哭了一宵，我自个儿也没命地掉进了情网。现在呢，您瞧，我做他的妻子了。他结实，强壮，跟熊似的，不是吗？现在，他的脸有四分之三对着我们，光线暗，看不清楚，不过，等到他把脸完全转过来，那您得瞧瞧他的脑门子。里亚博夫斯基，您说说看，那脑门子怎么样？德莫夫啊，我们正在讲你呐！"她向丈夫叫道，"上这儿来。把你那诚实的手伸给里亚博夫斯基……这就对了。你们交个朋友吧。"

德莫夫温和而纯朴地微笑着，向里亚博夫斯基伸出手，说：

"幸会幸会。当年有个姓里亚博夫斯基的跟我同班毕业。他是您的亲戚吗？"

二

奥莉加·伊万诺夫娜二十二岁,德莫夫三十一岁。他们婚后过得挺好。奥莉加·伊万诺夫娜在客厅的四面墙上挂满了她自己的和别人的画稿,有的配了镜框,有的没配。靠近钢琴和放家具的地方,她用中国的阳伞、画架、花花绿绿的布片、短剑、半身像、照片……布置了一个热闹而好看的墙角……在饭厅里,她用民间版画裱糊墙壁,挂上树皮鞋和小镰刀,墙角立一把大镰刀和一把草耙,于是布置成了一个俄罗斯风格的饭厅。在寝室里,她用黑呢蒙上天花板和四壁,在两张床的上空挂一盏威尼斯式的灯,门边安一个假人,手拿一把戟,好让这房间看上去像是一个岩穴。人人都认为这对青年夫妇有一个很可爱的小窝。

每天上午十一点钟起床以后,奥莉加·伊万诺夫娜就弹钢琴,或者要是天气晴朗,就画点油画。然后,到十二点多钟,她坐上车子去找女裁缝。德莫夫和她只有很少一点钱,刚够过日子,因此她和她的裁缝不得不想尽花招,好让她常有新衣服穿,去引人注目。往往她用一件染过的旧衣服,用些不值钱的零头网边、花边、长毛绒、绸缎,简直就会创造奇迹,做出一种迷人的东西来,不是衣服,而是梦。从女裁缝那儿出来,奥莉加·伊万诺夫娜照例坐上车子到她认识的一个女演员那儿去,打听剧院的新闻,顺便弄几张初次上演的新戏或者福利演出站的戏票。从女演员家里一出来,她还得到一个什么画家的画室去,或者去看画展,然后去看一位名流,要么是约请他到自己家里去,要么是回拜,再不然就光是聊聊天儿。人人都快活而亲切地欢迎她，口口声声说她好，很可爱，很了不起……那些她叫做名人和伟人的人，都把她看做自己人，看做平等的人，异口同声地向她预言说，凭她的天才、趣味、智慧，她只要不分心，不愁没有大成就。她呢，唱歌啦，弹钢琴啦，画油画啦，雕刻啦，参加业余的演出啦，可是所有这些，她干起来并不是凑凑数，而是表现了才能。不管她扎彩灯也好，梳妆打扮也好，给别人系领带也好，她做得都非常有艺术趣味、优雅、可爱。可是有一方面，她的才能表现得比在别的方面更明显，那就是，她善于很快地认识名人，不久就跟他们混熟。只要有个人刚刚有点小名气，刚刚引得人们谈起他，她就马上认识他，当天跟他交成朋友，请他到她家里来了。每结交一个新人，在她都是一件十足的喜事。她崇拜名人，为他们骄傲，天天晚上梦见他们。她如饥如渴地寻找他们，而且永远也不能满足她这种饥渴。旧名人过去了，忘掉了，新名人来代替了他们，可是对这些新人，她不久也就看惯，或者失望了，就开始热心地再找新人，新伟人，找到以后又找。这是为了什么呢？

到四点多钟，她在家里跟丈夫一块儿吃饭。他那种朴实、那种健全的思想、那种和蔼，引得她感动，高兴。她常常跳起来，使劲抱住他的头，不住嘴地吻它。

"你啊，德莫夫，是个聪明而高尚的人，"她说，"可是你有一个很严重的缺点。你对艺术一点兴趣也没有。你否定了音乐和绘画。"

"我不了解它们，"他温和地说，"我这一辈子专心研究自然科学和医学，根本没有工夫对艺术发生兴趣。"

"可是，要知道，这可很糟呢，德莫夫！"

"怎么见得呢？你的朋友不了解自然科学和医学，可是你并没有因此责备他们。各人有各人的本行嘛。我不了解风景画和歌剧,不过我这样想:如果有一批聪明的人为它们献出毕生的精力,另外又有一批聪明的人为它们花大笔的钱,那它们一定有用处。我不了解它们,可是不了解并不等于否定。"

"来,让我握一下你那诚实的手!"

饭后,奥莉加·伊万诺夫娜坐车去看朋友,然后到剧院去,或者到音乐会去,过了午夜才回家。天天是这样。

每到星期三,她家里总要举行晚会。在这些晚会上,女主人和客人们不打牌,不跳舞,借各种艺术来消遣。剧院的演员朗诵,歌剧演员唱歌,画家们在纪念册上绘画(这类纪念册奥莉加·伊万诺夫娜有很多),大提琴家拉大提琴,女主人自己呢,也画画,雕刻,唱歌,伴奏。遇到朗诵、奏乐、唱歌的休息时间,他们就谈文学、戏剧、绘画,争辩起来。在座的没有女人,因为奥莉加·伊万诺夫娜认为所有的女人除了女演员和她的女裁缝以外都乏味、庸俗。这类晚会没有一回不出这样的事:女主人一听到门铃声就吃一惊,脸上带着得意的神情说:"这是他!"这所谓"他"指的是一个应邀而来的新名流。德莫夫是不在客厅里的,而且谁也想不起有他这么一个人。不过,一到十一点半钟,通到饭厅去的门就开了,德莫夫总是带着他那好心的温和笑容出现,搓着手说:

"诸位先生,请吃点东西吧。"

大家就走进饭厅,每一回看见饭桌上摆着的老是那些东西:一碟牡蛎、一块火腿或者一块小牛肉、沙丁鱼、奶酪、鱼子酱、菌子、白酒、两瓶葡萄酒。

"我亲爱的 maître d'hôtel①!"奥莉加·伊万诺夫娜说,快活得合起掌来,"你简直迷人啊!诸位先生,瞧他的脑门子!德莫夫,把你的脸转过来。诸位先生,瞧,他的脸活像孟加拉的老虎,可是那神情却善良可爱跟鹿一样。啊,宝贝儿!"

客人们吃着,瞧着德莫夫,心想:"真的,他是个挺好的人。"可是不久就忘了他,只顾谈戏剧、音乐、绘画了。

这一对年轻夫妇挺幸福。他们的生活,水样地流着,没一点儿挂碍。不过,他们蜜月的第三个星期却过得不十分美满,甚至凄凉。德莫夫在医院里传染到丹毒,在床上躺了六天,不得不把他那漂亮的黑发剃光。奥莉加·伊万诺夫娜坐在他身旁,哀哀地哭。可是等到他病好一点,她就用一块白头巾把他那剃掉头发的头包起来,开始把他画成沙漠地带以游牧为生的阿拉伯人。他俩都快活了。他病好以后又到医院去,可是大约三天以后,他又出了岔子。

"我真倒霉,奥莉卡!"有一天吃饭时候,他说,"今天我做了四次解剖,我一下子划破两个手指头。直到回家我才发现。"

奥莉加·伊万诺夫娜吓慌了。他却笑着说,这没什么要紧,他做解剖的时候常常划破手。

"奥莉卡,我一专心工作,就变得大意了。"

奥莉加·伊万诺夫娜担心他会害血中毒症,就天天晚上做祷告,可是结果总算没出事。生活又和平而幸福地流着,无忧无虑。眼前是幸福的,而且紧跟着春天就要来了,它已经在远处微微地笑,许下了一千种快活事。幸福不会有尽头的!

‒‒‒‒‒‒‒‒‒‒‒‒‒‒‒‒‒‒

① 法语:膳食总管。

四月、五月、六月,到城外远处一座别墅去,散步,素描,钓鱼,听夜莺唱歌。然后,从七月直到秋天,画家们到伏尔加流域去旅行,奥莉加·伊万诺夫娜要以这团体不能缺少的一分子的身份参加这次旅行。她已经用麻布做了两身旅行服装,为了旅行还买下颜料、画笔、画布、新的调色板。里亚博夫斯基差不多每天都来找她,看她的绘画有了什么进步。每逢她把画儿拿给他看,他就把手深深地插进衣袋里,抿紧嘴唇,哼了哼鼻子,说:

"是啊……您这朵云正在叫唤:它不是夕阳照着的那种云。前景有点儿嚼烂了,有点儿地方,您知道,不大对劲……您那个小木房有点儿透不过气来,悲惨惨地哀叫着……那个犄角儿应当画得暗一点儿。不过大体上还不错……我很欣赏。"

他越是讲得晦涩难解,奥莉加·伊万诺夫娜反倒越容易听懂。

三

降灵周①第二天,午饭后,德莫夫买了点凉菜和糖果,到别墅去看他的妻子。他已经有两个星期没看见她,十分惦记。他起先坐在火车车厢里,后来在一大片树林里找他的别墅,时时刻刻觉着又饿又累,巴望待一会儿他会多么逍遥自在地跟他妻子吃一顿晚饭,然后睡一大觉。他看着他带的一包东西,心里挺高兴,里面包着鱼子酱、奶酪、白鲑鱼。

① 基督教的节日,复活节后的第七周。

259

等到他找着别墅，认出是它，太阳已经在下山了。一个老女仆说太太不在家，大概不久就回来。那别墅样子难看，天花板很低，糊着写字的纸，地板不平，尽是裂缝。那儿一共有三个房间。一个房间里摆一张床，另一个房间里有画布啦，画笔啦，脏纸啦，男人的大衣和帽子啦，随意丢在椅子上和窗台上。在第三个房间里，德莫夫看见三个不认得的男子。有两个长着黑头发，留着胡子，另一个刮光了脸，身材很胖，大概是演员。桌子上有一个茶炊，水已经烧开了。

"您有什么事？"演员用男低音问，不客气地瞧着德莫夫，"您要找奥莉加·伊万诺夫娜吗？等一等吧，她马上就要来了。"

德莫夫就坐下来，等着。有一个黑发的男子睡意蒙眬、无精打采地瞧着他，给自己斟了一杯茶，问道：

"您也许想喝茶吧？"

德莫夫又渴又饿，可是他谢绝了茶，怕的是把吃晚饭的胃口弄坏。不久，他就听到了脚步声和熟悉的笑声。门砰的一响，奥莉加·伊万诺夫娜跑进房间里来了，戴一顶宽边草帽，手里提一个盒子，她身后跟着里亚博夫斯基，脸蛋绯红，兴高采烈，拿着一把大阳伞和一个折凳。

"德莫夫！"奥莉加·伊万诺夫娜叫道，快活得涨红了脸，"德莫夫！"她又叫一遍，把她的头和两只手都放到他的胸口上，"你来了！为什么你这么久没有来？为什么？为什么？"

"我哪儿有空儿，亲爱的？我老是忙，好容易有点空儿，不知怎么火车钟点又老是不对。"

"可是看见了你，我多么高兴啊！我整宵整宵地梦见你，我直担心你别害了病。啊，你再也不知道你有多么可爱，你来得多么凑巧！你要做我的救星了。也只有你才能救我！明天这儿要举行一个顶顶别致的婚礼，"她接着说，笑了，给她丈夫系好领带。"火车站上有一个年轻的电报员，姓契凯尔杰耶夫，要结婚了。他是个漂亮的小伙子，是啊，并不愚蠢。你要知道，他脸上有一种强有力的、熊样的表情……可以把他画成一个年轻的瓦利亚格人①呢。我们这班消夏的游客，对他发生了好感，答应他说我们一定参加他的婚礼……他是个没有钱的、孤单单的、胆小的人。当然，不同情他是罪过的。想想吧，做完弥撒就举行婚礼，然后大家从教堂里出来，步行到新娘家里去……你知道，树木苍翠，鸟儿啼叫，一摊摊阳光照在青草上，我们这些人呢，被绿油油的背景衬托着，成了五颜六色的斑点，这可很别致，有法国印象派的味道呢。可是，德莫夫，我穿什么衣服到教堂去呢？"奥莉加·伊万诺夫娜说，做出要哭的脸相。"在这儿，我什么也没有，简直是什么也没有！衣服没有，花也没有，手套也没有……你务必要救救我才好。既然你来了，那就是命运吩咐你来救我了。拿着这个钥匙，我的好人儿，回家去，把衣柜里我那件粉红色连衣裙拿来。你知道那件衣服，它就挂在前面……然后，到堆房里，在右边地板上你会瞧见两个硬纸盒。打开上面的盒子，那里面全是花边，花边，花边，还有各种零头的料子，在那下面就是花了。把那些花统统小心地拿出来，可别压坏它们，亲爱的，回头我要在那些花里挑选一下……另外再给我买副手套。"

"好吧，"德莫夫说，"明天我去取了，派人给你送来。"

"明天怎么成啊？"奥莉加·伊万诺夫娜问，惊奇地瞧着

---

①　古代北欧的一个漂泊民族名，相传古俄罗斯最早的王公就是它的后裔。

他，"明天怎么来得及啊？明天头一班火车九点钟才开，可是十一点钟就举行婚礼了。不行，亲爱的，要今天去才成，务必要今天去！要是明天你来不了，那就打发一个人送来也成。是啊，去吧……那班客车马上就要开到了。别误了车，宝贝儿。"

"好吧。"

"唉，我多么舍不得放你走啊，"奥莉加·伊万诺夫娜说，眼泪涌到她的眼眶里，"我这个傻瓜呀，为什么应许了那个电报员呢？"

德莫夫赶紧喝下一杯茶，拿了一个面包圈，温和地微笑着，到车站去了。那些鱼子酱、奶酪、白鲑鱼，都给那两位黑头发的先生和那个胖演员吃掉了。

四

七月里一个平静的月夜，奥莉加·伊万诺夫娜站在伏尔加河一条轮船的甲板上，一会儿瞧着河水，一会儿瞧着美丽的河岸。里亚博夫斯基站在她身旁，对她说，水面上的黑影不是阴影，而是梦。他还说，迷人的河水以及那离奇的光辉，深不可测的天空和忧郁而沉思的河岸，都在述说我们生活的空虚，述说人世间有一种高尚、永恒、幸福的东西，人要是忘掉自己，死掉，变成回忆，那多么好啊。过去的生活庸俗而乏味，将来呢，也毫无价值，而这个美妙的夜晚一辈子只有一回，不久也要过去，消融在永恒里。那么，为什么要活着呢？

奥莉加·伊万诺夫娜一会儿听着里亚博夫斯基的说话声，一会儿听着夜晚的宁静，暗自想着：她自己是不会死的，永远也不会死。她以前从没见过河水会现出这样的蓝宝石色,还有天空、河岸、黑影、她灵魂里洋溢着的控制不住的喜悦,都在告诉她,说她将来会成为大艺术家,说在远方那一边,在月光照不着的那一边,在一个广漠无垠的天地里,成功啦,荣耀啦,人们的爱戴啦,都在等她……她眼也不睬地凝神瞧着远方,瞧了很久,好像看见成群的人、亮光,听见音乐激昂的节奏、痴迷的喊叫,看见她自己穿一身白色连衣裙,花朵从四面八方像雨点般落在她身上。她还想到跟她并排站着、用胳膊肘倚着船边栏杆的这个人,是个真正伟大的人,天才,上帝的选民……这以前他的一切创作都优美,新颖、不平凡,可是等到他那绝世的天才成熟了,绚烂起来,他的创作就会惊天动地,无限高超,这是只要凭他那张脸,凭他的说话方式,凭他对大自然的态度就看得出来的。他用他自己的话语,照他所独有的方式,讲到黑影、黄昏的情调、月光,使人不能不感到他那驾驭大自然的威力是多么摄人心魄。他本人很漂亮,有独创能力。他的生活毫无牵挂,自由自在,超然于一切世俗烦恼以外,跟鸟儿的生活一样。

"天凉了。"奥莉加·伊万诺夫娜说,打了个冷战。

里亚博夫斯基拿自己的斗篷给她披上,凄凉地说:

"我觉着我落在您的掌心里了。我成了奴隶。为什么您今天这样迷人啊?"

他一直凝神瞧着她,动也不动。他的眼睛可怕,她不敢看他了。

"我发疯地爱您……"他凑着她的耳朵说,他的呼吸吹着她的脸蛋儿,"只要对我说一个字,我就不活下去,丢开艺术了……"他十分激动,嘟嘟哝哝说,"您爱我吧,爱我吧……"

"不要说这种话，"奥莉加·伊万诺夫娜说，闭上眼睛，"这真可怕。而且，拿德莫夫怎么办呢？"

"德莫夫是什么人？为什么跑出来一个德莫夫？德莫夫跟我什么相干？这儿只有伏尔加、月亮、美丽、我的爱、我的痴迷，压根儿就没有什么德莫夫不德莫夫……唉！我什么也不知道……我不管过去，只求眼前给我一会儿……一会儿的快乐吧！"

奥莉加·伊万诺夫娜的心跳起来。她有心想一想她的丈夫，可是她觉得一切往事，以及她的婚姻、德莫夫、她的晚会，都显得渺小，琐碎，朦胧，不必要，远而又远了……真的，德莫夫是什么人？为什么跑出来一个德莫夫？德莫夫跟她什么相干？而且，他究竟是实有其人呢，还是只不过是个梦？

"对他那么一个普通而又平凡的人来说，过去他享受到的幸福也就足够了，"她想，用手蒙上脸，"随他们批评我好了，随他们诅咒我好了。我呢，偏要这样，情愿灭亡。偏要这样，情愿灭亡！……生活里的一切都该体验一下才对。天呐，多么可怕，可又多么痛快啊！"

"啊，怎么着？怎么着？"画家喃喃地说，搂住她，贪婪地吻她的手，她软绵绵地想推开他，"你爱我吗？爱吗？爱吗？啊，什么样的夜晚！美妙的夜晚啊！"

"是啊，什么样的夜晚！"她小声说，瞧着他那双含着眼泪而发亮的眼睛。然后她很快地往四下里看一眼，搂住他，使劲吻他的嘴唇。

"我们靠近基涅西莫了！"在甲板的那一头，有人说。

他们听到沉甸甸的脚步声。那是饮食间里的仆役走过他们身旁。

"听着，"奥莉加·伊万诺夫娜对那人说，幸福得又哭又笑，"给我们拿点葡萄酒来。"

画家激动得脸色发白，坐在凳子上，用爱慕而感激的眼睛瞧着奥莉加·伊万诺夫娜，然后闭上眼睛，懒洋洋地微笑着说：

"我累了。"

他把脑袋倚在栏杆上。

五

九月二日天气温暖，没有风，可是天色阴沉。一清早，伏尔加河上飘着薄雾，九点钟以后下起小雨来了。天色一点也没有晴朗的希望。喝早茶的时候，里亚博夫斯基对奥莉加·伊万诺夫娜说画画儿是顶吃力不讨好、顶枯燥乏味的艺术，说他算不得画家，说只有傻瓜才会认为他有才能，说啊说的，忽然无缘无故拿起一把小刀，划破了他的一张最好的画稿。喝完茶以后，他满脸愁容，坐在窗口，眺望伏尔加。可是伏尔加没有一点光彩，混浊暗淡，看上去冷冰冰的。一切，一切，都使人想起凄凉萧索的秋天就要来了。两岸苍翠的绿毯、日光灿烂的反照、透明的蓝色远方，以及大自然一切华丽的盛装，现在仿佛统统从伏尔加那里搬走，收在箱子里，留到来春再拿出来似的。乌鸦在伏尔加附近飞翔，讥诮它："光啦！光啦！"里亚博夫斯基听着它们聒噪，想到自己已经走下坡路，失去了才能，想到在人世间，一切都是有条件的、相对的、愚蠢的，想到他不应该缠上这个女人……总之，他心绪不好，胸中郁闷。

奥莉加·伊万诺夫娜坐在隔板那一面的床上，用手指头梳理她那美丽的亚麻色头发,一会儿幻想自己在客厅里,一会儿在卧室里,一会儿在丈夫的书房里。她的想象带她到剧院里,到女裁缝家里,到出名的朋友家里。现在他们在干什么?他们想念她吗?筹备晚会的时令已经开始了。还有德莫夫呢?亲爱的德莫夫!他在信上多么温存,多么稚气而哀伤地求她赶快回家呀!他每月给她汇来七十五卢布。她写信告诉他说,她欠那些画家一百卢布,他就把那一百卢布也汇来了。多么善良而慷慨的人!旅行使得奥莉加·伊万诺夫娜厌倦了,她觉着无聊,恨不能赶快躲开这些乡下人,躲开河水的潮气,摆脱周身不干净的感觉才好,这种不干不净是她从这个村子迁移到那个村子,住在农民家里时时刻刻都感到的。要不是因为里亚博夫斯基已经对那些画家认真地答应过要跟他们在此地一直住到九月二十日,那他们今天就可以走了。要是今天能够走掉,那多好!

"我的上帝啊,"里亚博夫斯基唉声叹气,"到底什么时候才会出太阳呀?没有太阳,我简直没法接着画那幅阳光普照的风景画了!……"

"可是你有一张画稿画的是阴云的天空,"奥莉加·伊万诺夫娜说,从隔板那一面走过来,"你记得吗,在右边的前景上是一片树林,左边是一群母牛和公鹅?现在你不妨把它画完。"

"哼!"画家皱起眉头,"画完它!难道您当我有那么笨,自己都不知道自己该做什么!"

"你对我的态度变得好厉害哟!"奥莉加·伊万诺夫娜叹口气。

"哼,那才好。"

奥莉加·伊万诺夫娜的脸抖着。她走开,到火炉那边去,呜呜地哭了。

"对,只差眼泪了。算了吧! 我有一千种理由要哭,可我就不哭。"

"一千种理由!"奥莉加·伊万诺夫娜哭道,"顶重要的理由是您已经嫌弃我了。对了!"她说,哭起来,"实话实说,您在为我们的恋爱害臊。您一个劲儿防着那些画家发现我们的关系,其实要瞒也瞒不住,他们早就全都知道了。"

"奥莉加,我只求您一件事,"画家恳求道,把手按住心口,"只求一件事:别折磨我! 此外,我也不求您别的了。"

"可是请您赌咒说您仍旧爱我!"

"这真是磨人!"画家咬着牙说,跳起来,"搞到最后我只好去跳伏尔加河,或者发疯了事! 躲开我!"

"好,打死我吧,打死我吧!"奥莉加·伊万诺夫娜叫道,"打死我吧!"

她又哭起来,走到隔板的那一面去了。雨哗哗地落在小屋的草顶上。里亚博夫斯基抱着头,在小屋里走来走去,然后现出果断的脸色,仿佛要向谁证明什么似的,戴上帽子,把枪挂在肩上,走出小屋去了。

他走后,奥莉加·伊万诺夫娜在床上躺了很久,哭着。起初,她心想索性服毒,让里亚博夫斯基一回来就发觉她死了才好。然后她的幻想把她带到客厅里,带到丈夫的书房里,她想象自己一动也不动地坐在德莫夫身旁,全身享受着安宁和洁净,到傍晚就坐在剧院里,听玛西尼①唱歌。她想念文明,想

---

① 当时在俄国演唱的一个意大利歌唱家。

267

念城里的热闹和名人,把心都想痛了。一个农妇走进小屋来,不慌不忙地动手生炉子烧饭。屋里弥漫着木炭烧焦的气味,空中满是淡蓝的烟雾。画家们回来了,穿着泥泞的高筒靴,脸上沾着雨水,凝神瞧着画稿,用安慰的口气自言自语,说是哪怕遇到坏天气,伏尔加也自有它的妩媚。墙上,那个不值钱的钟滴答滴答响……受了冻的苍蝇聚在墙角里圣像四周,嗡嗡地叫。人可以听见蟑螂在凳子底下那些大皮包中间爬来爬去……

里亚博夫斯基直到太阳下山才回到家。他把帽子丢在桌子上,没脱他那泥泞的靴子,脸色苍白,筋疲力尽地倒在长凳上,闭上眼睛。

"我累了……"他说,皱着眉头,竭力想抬起眼皮来。

奥莉加·伊万诺夫娜为要对他亲热,表示她没生气,就走到他面前,默默地吻他一下,把梳子放到他金色的头发里。她想给他梳一梳头。

"怎么回事?"他说,打个冷战,睁开了眼睛,仿佛有什么凉东西碰到他身上似的,"怎么回事? 请您躲开我,我求求您。"

他推开她,走掉了。她觉着他脸上现出憎恶和厌烦的神情。这当儿,一个农妇小心翼翼地用两只手给他端来一盆白菜汤,奥莉加·伊万诺夫娜看见她那大手指头浸到汤里去了。腆起肚子的肮脏的农妇、里亚博夫斯基吃得津津有味的白菜汤、小屋、她起先由于简朴和艺术性的杂乱而深深爱过的整个生活,现在都使她觉得可怕。她忽然觉得受了侮辱,就冷冷地说:

"我们得分开一个时期才成,要不然,由于无聊,我们会大吵一架的。我可不愿意这样。我今天要走了。"

"怎么走法?骑着棍子走?"

"今天是星期四,因此九点半钟有一班轮船到这儿。"

"哦?不错,不错……嗯,好,走吧……"里亚博夫斯基轻声说,用毛巾代替食巾擦了擦嘴,"你在这儿闷得慌,没事可干。谁要留你,谁就一定是个大利己主义者。走吧,到本月二十号以后我们就可以见面了。"

奥莉加·伊万诺夫娜兴高采烈地收拾行李。她的脸蛋儿甚至高兴得发红了。她问她自己:难道真的她不久就要在客厅里画画,在寝室里睡觉,在铺着桌布的桌上吃饭了?她心里轻松,她不再生画家的气了。

"我把颜料和画笔统统留给你,里亚博夫斯基,"她说,"凡是留下来的,你都带着就是……注意,我走以后,别犯懒,别闷闷不乐,要工作。你是个好样的,里亚博夫斯基!"

到九点钟,里亚博夫斯基给了她临别的一吻,她心想这是为了免得在轮船上当着那些画家的面吻她。然后,他就送她到码头去。轮船不久就开来,把她装走了。

过了两天半,她回到家里。她兴奋得直喘,没脱掉帽子和雨衣就走进客厅,从那儿又走到饭厅。德莫夫没穿上衣,只穿着坎肩,敞着怀,靠饭桌坐着,正在用叉子磨快刀子。他面前的碟子上放着一只松鸡。奥莉加·伊万诺夫娜走进住宅的时候,相信她得把一切事情瞒住丈夫才成,她相信自己有那个力量,也有那个本事。可是现在,她一看见他那欢畅、温和、幸福的微笑和那双亮晶晶的、快活的眼睛,就觉得瞒住这个人跟毁谤、偷窃、杀人一样的卑鄙,可恶,不可能,而且她也没有力量这样做。一刹那间她决定把一切发生过的事向他和盘托出。

她让他吻她，搂她，然后在他面前跪下来，蒙上脸。

"怎么了？怎么了，亲爱的？"他温存地问，"你想家了吧？"

她抬起臊得通红的脸，用惭愧的、恳求的眼光瞧他。可是恐惧和羞耻不容她说出实话来。

"没什么……"她说，"我没什么……"

"我们坐下来吧，"他说，搀起她来，扶她在桌子旁边坐下，"这就对了……你吃松鸡吧。你饿了，小可怜。"

她贪婪地吸进家里的亲切的空气，吃着松鸡。他呢，温存地瞧着她，高兴地笑了。

六

大概直到冬季过了一半，德莫夫才开始怀疑自己受着欺骗。倒仿佛他自己良心不清白似的，他每回遇见妻子，再也不能够面对面地瞧她的眼睛，也不再快活地微笑了。为了少跟她单独待在一块儿，他常常带着他的同事科罗斯捷列夫回家来吃饭，那是个身材矮小、头发剪短、满脸皱纹的男子，每逢跟奥莉加·伊万诺夫娜说话，总是窘得把他那件上衣的所有纽扣一会儿解开，一会儿扣上，然后用右手捻左边的唇髭。吃饭时候，两个医生谈到横膈膜一升高，有时候就会使心脏发生不规则的跳动，或者谈到近来常常遇到很多神经炎病例，再不然就讲到前一天德莫夫在解剖一个经诊断害"恶性贫血"的病人尸体的时候却在胰腺里发现了癌。他们所以谈医学，仿佛只是为了给奥莉加·伊万诺夫娜一个沉默的机会，也就是不必撒谎的机会似的。饭后，科罗斯捷列夫在钢琴那儿坐下来，

德莫夫就叹口气,对他说:

"唉,老兄! 对,可不是! 弹个悲调的曲子吧。"

科罗斯捷列夫就耸起肩膀,伸开手指头,弹了几个音,用男高音唱起来:"指给我看啊,有什么地方俄罗斯农民不呻吟。"[1]德莫夫就又叹一口气,用拳头支着头,沉思起来。

奥莉加·伊万诺夫娜近来的举动非常不检点。她每天早晨醒来,心绪总是很坏,心想她已经不爱里亚博夫斯基,因此,谢谢上帝,事情就此了结了。可是喝完咖啡,她又寻思:里亚博夫斯基使她失去了丈夫,现在呢,她既失去了丈夫,又失去了里亚博夫斯基。然后她想起她那些熟人说里亚博夫斯基正在为画展准备一张惊人的画儿,是用波列诺夫[2]风格画成的、风俗和风景的混合画,凡是到过他画室的人,看见那种画儿,都看得入迷。不过她心想:他是在她的影响下才创造出这张画儿来的,总之多亏有她的影响,他才大大地变得好起来。她的影响是那么有益,那么重要,要是她离开他,那他也许会完蛋。她又想起上回他来看她的时候,穿一件带小花点的灰色上衣,系一根新领带,懒洋洋地问她:"我漂亮吗?"凭他那种潇洒的风度、长长的鬈发、蓝蓝的眼睛,他也真的很漂亮(或者,也许只是乍一看才显得漂亮吧),而且他对她很温柔。

奥莉加·伊万诺夫娜想起许多事情,盘算了一阵,就穿好衣服,十分激动地坐上马车,到里亚博夫斯基的画室去了。她发现他兴高采烈,为他那幅真正美丽的画儿得意。他蹦蹦跳跳,十分顽皮,不管人家提出多么严肃的问题,总是打个哈哈

---

① 俄国诗人涅克拉索夫的诗句。

② 波列诺夫(1844—1927),俄罗斯的现实主义风景画家。

了事。奥莉加·伊万诺夫娜嫉妒里亚博夫斯基画出那张画儿,痛恨那张画儿,可是她出于礼貌,只好在那张画儿面前默默地站了五分钟光景,仿佛见到什么神圣的东西似的叹一口气,轻轻地说:

"是啊,这样的画儿以前你还从来没有画过。要知道,简直叫人生出满腔敬畏的心情呢。"

然后,她开始要求他爱她,别丢开她,要求他怜悯她这个可怜而不幸的人。她哭,吻他的手,逼他赌咒说他爱她,还对他说:缺了她的好影响,他就会走上岔路,完蛋。等到她扫了他的兴,觉着她自己有说不尽的委屈,就坐上车到女裁缝那儿去,或者到她认识的女演员那儿去要戏票。

要是她在他的画室里没找到他,就给他留下一封信,信上赌咒说:如果他当天不来看她,她准定服毒自尽。他害了怕,就去看她,留下来吃午饭。虽然她的丈夫在座,他却并不顾忌,用话顶撞她,她也照样还敬他。两个人都觉得彼此要拆也拆不开,都觉得对方是暴君和敌人,都气愤,在气愤中却没留意到他们两人的举动很不得体,连头发剪短的科罗斯捷列夫也全看明白了。饭后,里亚博夫斯基匆匆告辞,走了。

"您上哪儿去?"奥莉加·伊万诺夫娜在前厅带着憎恨瞧着他,问道。

他皱起眉头,眯细眼睛,信口念出一个他俩都认得的女人的名字。他明明在讪笑她的醋意,有意惹她生气。她就回到她的寝室,倒在床上。她由于嫉妒、烦恼、又委屈又羞耻的感觉,咬着枕头,哇哇地哭起来。德莫夫在客厅里丢下科罗斯捷列夫,走进寝室来,又慌张又着急,低声说:

"别哭得这么响,亲爱的……这是何苦呢?……这种事千万不要声张出去……千万别让人看出来……你知道,已经发生的事是不能挽救的了。"

沉重的嫉妒简直要弄得她的太阳穴炸开来,她不知道怎样才能平息这种嫉妒,同时她又觉着事情仍旧可以挽回,于是她把泪痕斑斑的脸洗一下,扑上粉,飞快地跑到刚才提到过的那个女人家里去了。她在那女人家里没找到里亚博夫斯基,就坐上车,到另一个女人家里,然后又到第三个女人家里……起初,照这样乱跑,她还觉着难为情,可是后来她跑惯了,往往一个傍晚跑遍她认识的一切女人的家,为的是找到里亚博夫斯基。大家也都明白这是怎么回事。

一天,她对里亚博夫斯基讲起她的丈夫:

"这个人用宽宏大量压迫我!"

她很喜欢这句话,她遇到那些知道她跟里亚博夫斯基的关系的画家,一谈起她的丈夫,她就把胳膊用力地一挥,说道:

"这个人用宽宏大量压迫我!"

他们的生活方式跟去年一模一样。每到星期三,他们总是举行晚会。演员朗诵,画家绘画,大提琴家弹奏,歌唱家演唱。照例一到十一点半钟,通到饭厅去的门就开了,德莫夫带着笑容说:

"诸位先生,请吃点东西吧。"

奥莉加·伊万诺夫娜照旧找名流,找到了又不满足,就再找。她每天晚上照旧很迟才回来。可是德莫夫却不像去年那样已经睡觉,他坐在他的书房里,在写什么东西。他三点钟左右才上床睡觉,八点钟就起来了。

一天傍晚,她正准备到剧院去,站在穿衣镜面前,忽然德莫夫走进她的寝室来,穿着礼服,打着白领结。他温和地微笑着,跟从前那样快活地瞧着他妻子的眼睛。他的脸放光。

"我刚才宣读了我的学位论文。"他说,坐下来,揉着他的膝头。

"宣读?"奥莉加·伊万诺夫娜问。

"嗬嗬!"他笑了,伸出脖子瞧镜子里他妻子的脸,因为她仍旧背对着他站在那儿,理她的头发,"嗬嗬!"他又笑一遍,"你知道,他们很可能给我病理总论的讲师资格。看样子恐怕会的。"

从他那神采焕发的、幸福的脸容看得出来,只要奥莉加·伊万诺夫娜跟他一块儿高兴,一块儿得意,那他样样事情都会原谅她,不但现在原谅,将来也一样,他会把一切都忘掉。可是她不懂什么叫做"讲师资格",或者"病理总论",此外,她担心误了戏,就什么话也没说。

他在那儿坐了两分钟,然后,带着自觉有罪的笑容走出去了。

七

那是很不平静的一天。

德莫夫头痛得厉害。他早晨没喝茶,也没去医院,一直躺在书房里一张土耳其式长沙发上。中午十二点多钟奥莉加·伊万诺夫娜照例出门去找里亚博夫斯基,想给他看她画的静物写生画,还要问他昨天为什么没来看她。她觉得这张画儿并没什么价值,她画它只不过要找一个不必要的借口到画家那儿去一趟罢了。

她没有拉铃就照直走进门去看他。她在门道脱雨鞋的时候,仿佛听见一个什么东西轻轻跑进画室去了,带着女人衣襟的沙沙声。她赶紧往里一看,只瞧见一段棕色的女裙闪了一闪,藏到一幅大画后面去了。有一块黑布蒙着那张画儿和画架,直盖到地板上。没有问题,有个女人躲起来了。想当初她奥莉加·伊万诺夫娜自己就常在那张画儿后面避难!里亚博夫斯基分明很窘,仿佛对她的光临觉着奇怪似的,向她伸出两只手,赔着笑脸说:

"啊啊!看见您很高兴。有什么好消息吗?"

奥莉加·伊万诺夫娜的眼睛里满是泪水。她又害羞又心酸。哪怕给她一百万卢布,她也绝不肯当着那个陌生的女人,那个情敌,那个虚伪的女人的面讲一句话,那女人现在正站在画儿背后,多半在恶毒地暗笑吧。

"我带给您一幅画稿……"她用细微的声音怯生生地说,嘴唇发抖,"Nature morte. ①"

"哦哦!……画稿吗?"

画家用手接过那幅素描,一边瞧着一边走,仿佛不经意地走进了另一个房间。

奥莉加·伊万诺夫娜乖乖地跟着他走。

"Nature morte.……上等货,"他嘟嘟哝哝地说,渐渐押起韵来了,"罗……诺……祸……"

从画室里传来匆匆的脚步声和衣襟的沙沙声。这样看来,她已经走了。奥莉加·伊万诺夫娜恨不能大叫一声,拿起一个重东西照准画家的脑袋打过去,然后走掉,可是她泪眼模糊,什么也看不见,羞得什么似的,觉得自己已经不是奥莉

---

① 法语:静物。

加·伊万诺夫娜,也不是画家,只是个小小的甲虫了。

"我累了……"画家瞧着那幅画稿,懒洋洋地说,摇晃脑袋,好像要打退睡意似的,"当然,这幅画儿挺不错,不过今天一幅,去年一幅,过一个月又一幅……您怎么会画不腻呢?换了我是您,我就不画这劳什子,认真搞音乐什么的了。您本来就不能做画家,您是音乐家。可是您知道,我多累啊!我马上去叫他们拿点茶来……好吗?"

他走出房间,奥莉加·伊万诺夫娜听见他对他的听差交代几句话。为了避免告辞和解释,尤其是为了避免哭出来,她趁里亚博夫斯基还没回来,赶快跑到门道,穿上雨鞋,走到街上。这时候,她呼吸才算畅快,觉得她跟里亚博夫斯基,跟绘画,跟方才在画室里压在她心上的沉重的羞辱感觉,从此一刀两断了。什么都完了!

她坐上车子到女裁缝那儿,然后去看昨天刚到此地的巴尔纳伊①,又从巴尔纳伊那儿到一家乐谱店,心里时时刻刻盘算怎样给里亚博夫斯基写一封又冷又狠、充满个人尊严的信,怎样到开春或是夏天跟德莫夫一块儿到克里米亚去,在那儿跟过去的生活一刀两断,从头过起新的生活。

傍晚很迟了,她才回到家。她没有脱掉外衣就走进客厅,坐下来写信。里亚博夫斯基对她说什么她做不了画家,现在为了报复,她就还敬他几句,写道,他年年画的老是那一套东西,天天讲的老是那一套话。她还写道,他已经站住不动,除了已有的成绩以外此后他休想有什么成绩了。她还想写下去,说他过去大大叨了她的好影响的光,如果他从此走下坡

---

① 德国话剧演员。

路,那只是因为她的影响被各式各样的暧昧人物,例如今天藏在画儿背后的那个家伙,抵消了。

"亲爱的!"德莫夫在书房里叫道,没有开门,"亲爱的!"

"你有什么事?"

"亲爱的,你不要上我屋里来,只在门口站住好了。是这么回事……前天我在医院里传染了白喉,现在……我病了。快去请科罗斯捷列夫来。"

奥莉加·伊万诺夫娜对丈夫素来称呼姓,她对她熟识的男人都是这样称呼的。她不喜欢他的教名奥西普,因为那名字总叫她联想到果戈理的奥西普①,和一句俏皮话:"奥西普,爱媳妇;阿西福,开席铺。"现在她却叫道:

"奥西普,不会的!"

"快去吧! 我病了……"德莫夫在门里面说,她可以听见他走回去,在长沙发上躺下来,"快去吧!"他的声音含糊地传来。

"这是怎么回事?"奥莉加·伊万诺夫娜想,吓得周身发凉,"这病危险得很呐!"

她完全不必要地举着蜡烛走进寝室。在那儿,她盘算着她该怎么办,无意中往穿衣镜里看自己一眼。她瞧见她那苍白的、惊骇的脸,高袖口的短上衣,胸前的黄褂子,裙子上特别的花条,觉着自己又可怕又难看。她忽然热辣辣地感到对不起德莫夫,对不起他对她的那种深厚无边的爱情,对不起他年轻的生命,甚至对不起他好久没来睡过的那张空荡荡的小床。她想起他那常在的、温和的、依顺的笑容。她哀哀地哭了一

①　果戈理的剧本《钦差大臣》中的一个仆人。

277

场,给科罗斯捷列夫写一封央求的信。那已经是夜里两点钟了。

八

早晨七点多钟,奥莉加·伊万诺夫娜由于没有睡足而脑袋发沉,头发没有梳,模样很不好看,脸上带着惭愧的神情,走出寝室来。这时候有一位先生,留着一把黑胡子,大概是医师,走过她面前,到前堂去了。屋里有药的气味。科罗斯捷列夫站在书房的门旁,用右手捻着左边的唇髭。

"对不起,我不能让您进去看他,"他阴沉地对奥莉加·伊万诺夫娜说,"这病会传染人的。况且,实际上,您也不必进去。反正他在发高烧,说昏话。"

"他真的得了白喉吗?"奥莉加·伊万诺夫娜小声问。

"老实说,他是自作孽,不可活,"科罗斯捷列夫嘟嘟哝哝地说,没有回答奥莉加·伊万诺夫娜问的话,"您知道他怎样传染到这病的?星期二那天,他用吸管吸一个害白喉的男孩子的薄膜。这是为什么?这是愚蠢⋯⋯是啊,胡闹⋯⋯"

"他病得重吗?很重吗?"奥莉加·伊万诺夫娜问。

"对了,据说这是顶厉害的那种白喉。真的,应当把希列克请来才对。"

一个矮小的红发男子来了,鼻子很长,讲话带犹太人的口音。然后来了一个高大、伛偻、头发蓬松的人,看样子像是大助祭。随后又来了一个很胖的青年,生一张红脸,戴着眼镜。这是医师们到他们的同事身旁来轮流值班。科罗斯捷列夫值完班,并不回家,却留在这儿,像阴影似的在各房间里穿来穿去。女仆忙着给值班的医师端茶,常跑到药房去,因此没有人收拾房间了。到处都安安静静,阴阴惨惨。

奥莉加·伊万诺夫娜坐在自己的寝室里,心想这是上帝来惩罚她了,因为她欺骗她的丈夫。那个沉默寡言、从不诉苦、使人不能理解的人,脾气温柔得失去了个性,又过分的忠厚,变得缺乏意志,为人软弱,这时候却独自待在一个地方,冷冷清清,躺在他那长沙发上受苦,一句抱怨的话也不说。要是他说出抱怨的话来,哪怕是在高热中,值班的医师也会知道毛病并不是单单出在白喉上。他们就会去问科罗斯捷列夫。他是什么都知道的,无怪他瞧着他朋友的妻子的时候,眼神好像在说:她才是真正的主犯,白喉不过是她的同谋犯罢了。现在她不再回想伏尔加河上的那个月夜,也不再回想那些爱情的剖白,更不回想他们在农舍里的诗意生活,而只回想:她,由于无聊的空想,由于娇生惯养,已经用一种又脏又黏的东西把自己从头到脚统统弄脏,从此休想洗得干净了……

“哎呀,我做假做得太厉害了!”她记起她跟里亚博夫斯基那段烦心的恋爱,不由得想道,“这种事真该死! ……”

到四点钟,她跟科罗斯捷列夫一块儿吃午饭。他一点东西也不吃,光是喝红葡萄酒,皱着眉头。她也什么都没吃。她有时候暗自祷告,向上帝起誓:要是德莫夫病好了,她一定再爱他,做他的忠实妻子。有时候她又暂时忘了自己,瞧着科罗斯捷列夫,暗想:“做一个默默无闻的普通人,没有一点儿出众的地方,再加上生着那么一张满是皱纹的脸,一点儿也不懂礼貌,难道不乏味吗?”有时候她又觉着上帝一定会立刻来弄死她,因为她担心传染,一次也没到她丈夫的书房里去过。总之,她心绪麻木阴郁,相信她的生活已经毁掉,再怎么样也没法挽救了……

饭后，天擦黑了。奥莉加·伊万诺夫娜走进客厅，科罗斯捷列夫正躺在睡椅上睡觉，把一个金线绣的绸垫子枕在脑袋底下。"希——普——啊，"他在打鼾，"希——普——啊。"

医师们来值班，进进出出，却始终没有留意这种杂乱。一个陌生的人躺在客厅里睡觉和打鼾也好，墙上挂着那么多的画稿也好，房间布置得那么别致也好，这房子的女主人头发蓬松，衣冠不整也好，总之，现在，这一切全引不起一丁点儿兴趣了。有一位医师偶尔不知因为什么笑了一声，那笑声带一种古怪而胆怯的音调，听了甚至叫人害怕。

等到奥莉加·伊万诺夫娜第二回走进客厅里来，科罗斯捷列夫已经不在睡觉，而是坐着抽烟了。

"他得了鼻腔白喉症，"他低声说，"心脏已经跳得不正常了。真的，事情不妙。"

"那么您去请希列克吧。"奥莉加·伊万诺夫娜说。

"他已经来过了。发现白喉转到鼻子里去的，就是他。唉，希列克有什么用！真的，希列克一点用也没有。他是希列克，我是科罗斯捷列夫，如此而已。"

时间拖得长极了。奥莉加·伊万诺夫娜在一张从早上起就没收拾过的床上和衣躺下，迷迷糊糊睡着了。她梦见整个宅子里从地板到天花板，装满一大块铁，只要能够把那块铁搬出去，大家就会轻松快活了。等到醒过来，她才想起那不是铁，而是德莫夫的病。

"Nature morte，祸……"她想，又变得什么都想不起来了，"罗……诺……希列克怎么样？西列克……东列克……南列克……现在我的朋友们在哪儿啊？他们知道我们遭了难吗？

主啊,救救我……怜恤我。西列克……东列克……"

那块铁又来了……时间拖得很长,可是楼下的钟常常敲响。门铃一个劲儿响,医师们陆陆续续进来……女仆走来,端着盘子,上面摆着一个空玻璃杯。她问道:

"要我把床收拾一下吗,太太?"

听不到答话,她就走了。下面的钟敲着。她梦见伏尔加河上的雨。又有人走进寝室来,仿佛是一个陌生人。奥莉加·伊万诺夫娜跳起来,认出那人是科罗斯捷列夫。

"现在什么时候?"她问。

"将近三点钟。"

"哦,什么事?"

"还有什么好事! ……我是来告诉您:他去世了……"

他呜呜地哭了,在床边挨着她坐下,用袖口擦眼泪。她一下子还明白不过来,可是紧跟着周身发凉,开始慢慢地在胸前画十字。

"他去世了……"他用细微的声音再说一遍,又哭了,"他死,是因为他牺牲了自己……对科学来说,这是多大的损失啊!"他沉痛地说,"要是拿我们全体跟他比一下,他真称得起是伟大的人,不平凡的人! 什么样的天才啊! 他给我们大家多大的希望呀!"科罗斯捷列夫接着说,绞着手,"我的上帝啊,像这样的科学家现在我们就是打着火把也找不着了。奥西卡·德莫夫,奥西卡·德莫夫,你凭什么落到这个地步啊!唉唉,我的上帝啊!"

科罗斯捷列夫灰心得用两只手蒙上脸,摇头。

"而且他有那么大的道德力量!"他接着说,好像越来越气恼什么人似的,"这是一个善良、纯洁、仁慈的灵魂,不是人,是水晶!他为科学服务,为科学而死。他一天到晚跟牛一样地工作,谁也不怜惜他。这个年轻的科学家,未来的教授,却不得不私人行医,晚上做翻译工作,好挣下钱来买这些……无聊的废物!"

科罗斯捷列夫带着憎恨瞧着奥莉加·伊万诺夫娜,伸出两只手抓起被单,气冲冲地撕扯它,倒好像都怪被单不好似的。

"他不怜惜自己,别人也不怜惜他。唉,真的,空谈一阵有什么用!"

"对,真是一个天下少有的人!"客厅里有人用男低音说。

奥莉加·伊万诺夫娜回想她跟他一块儿过的全部生活,从头到尾所有的细节一个也不漏。她这才忽然明白:他果然是一个天下少有的、不平凡的人,拿他跟她认识的任什么人相比,真要算是伟大的人。她想起去世的父亲以及所有跟他共事的医师怎样看待他,她这才明白他们都认定他是一个未来的名人。墙啊,天花板啊,灯啊,地板上的地毯啊,好像一齐对她讥讽地眨眼,仿佛要说:"错过机会啰!错过机会啰!"她哭着冲出寝室,跑过客厅里一个不相识的男子身边,奔进丈夫的书房里去。他一动也不动地躺在一张土耳其式长沙发上,从腰部以下盖着一条被子。他的脸消瘦干瘪得可怕,脸色又黄又灰,活人脸上是看不见那种颜色的。只有凭了那个额头,凭了黑眉毛,凭了熟悉的微笑,才认得出他就是德莫夫。奥莉加·伊万诺夫娜赶快摸他的胸、他的额头、他的手。胸口还有余温,可是额头和那双手却凉得摸上去不舒服了。那对半睁半闭的眼睛没有瞧着奥莉加·伊万诺夫娜,却瞧着被子。

"德莫夫!"她大声喊叫,"德莫夫!"

她想对他说明过去的事都是错误,事情还不是完全没法挽救,生活仍旧可以又美丽又幸福。她还想对他说,他是一个天下少有的、不平凡的、伟大的人,她会一生一世地尊崇他,向他膜拜,感到神圣的敬畏……

"德莫夫!"她叫他,拍他的肩膀,不相信他从此不会再醒来了,"德莫夫!德莫夫啊!"

客厅里,科罗斯捷列夫正在对女仆发话:

"干吗一个劲儿地死问?您上教堂看守人那儿去,问一声靠养老院养活的那些老太婆住在哪儿。她们自会擦洗尸身,装殓起来,该做的事都会做好。"

1892 年

第六病室

一

医院的院子里有一幢不大的厢房,四周长着密密麻麻的牛蒡、荨麻和野生的大麻。这幢厢房的屋顶生了锈,烟囱半歪半斜,门前台阶已经朽坏,长满杂草,墙面的灰泥只剩下些斑驳的残迹。这幢厢房的正面对着医院,后墙朝着田野,厢房和田野之间由一道安着钉子的灰色院墙隔开。那些尖头朝上的钉子、那围墙、那厢房本身,都有一种特别的、阴郁的、罪孽深重的景象,只有我们的医院和监狱的房屋才会这样。

要是您不怕被荨麻扎伤,那您就顺着通到厢房的那条羊肠小道走过去,瞧瞧里面在干些什么吧。推开头一道门,我们就走进了前堂。在这儿,沿着墙,靠火炉的旁边,丢着一大堆医院里的破烂东西。褥垫啦,破旧的长袍啦,裤子啦,细蓝条子的衬衫啦,没有用处的破鞋啦,所有这些破烂堆在一块儿,揉得很皱,混在一起,正在腐烂,冒出一股闷臭的气味。

看守人尼基达是个年老的退伍兵,衣服上的军章已经褪成棕色。他老是躺在那堆破烂东西上,两排牙齿中间衔着一支烟斗。他的脸相严厉而枯瘦,他的眉毛滋出来,给那张脸添上了草原的看羊狗的神情,他的鼻子发红,身材矮小,虽说长得清瘦,筋脉嶙嶙,可是气派威严,拳头粗大。他是那种心眼简单、说干就干、办事牢靠、脑筋迟钝的人。在人间万物当中他最喜爱的莫过于安分守己,因此相信对他们是非打不可的。他打他们的脸,打他们的胸,打他们的背,碰到哪儿就打哪儿,相信要是不打人,这地方就要乱了。

随后您就走进一个宽绰的大房间,要是不把前堂算在内的话,整个厢房里就只有这么一个房间。这儿的墙壁涂了一层混浊的淡蓝色灰粉,天花板熏得挺黑,就跟不装烟囱的农舍一样。事情很清楚,这儿到冬天,炉子经常冒烟,房间里净是煤气。窗子的里边钉着一排铁格子,很难看。地板颜色灰白,满是木刺。酸白菜、灯心的焦味、臭虫、阿摩尼亚味,弄得房间里臭烘烘的,您一进来,这种臭气就使您觉着仿佛走进了动物园。

房间里放着几张床,床脚钉死在地板上。有些穿着医院的蓝色长袍、按照老派戴着睡帽的男子在床上坐着或者躺着。这些人都是疯子。

这儿一共有五个人。只有一个人出身贵族,其余的全是小市民。顶靠近房门的那个人是个又高又瘦的小市民,唇髭棕红发亮,眼睛沾着泪痕,坐在那儿用手托着头,瞧着一个地方发呆。他一天到晚伤心,摇头,叹气,苦笑。人家讲话,他很少插嘴;人家问他什么话,他也总是不答话。人家给他吃食,他就随手拿起来吃下去,喝下去。从他那痛苦的、喀喀的咳嗽声,他那消瘦,他那脸颊上的红晕看来,他正在开始害肺痨病。

他旁边是一个矮小活泼、十分爱动的老头,留一把尖尖的小胡子、长着跟黑人那样鬈曲的黑头发。白天,他在病室里从这个窗口走到那个窗口，或者坐在床上照土耳其人那样盘着腿。他像灰雀那样不住地打唿哨，轻声唱歌，嘿嘿地笑。到了晚上他也显出孩子气的欢乐和活泼的性格。他从床上起来祷告上帝，那就是，拿拳头捶胸口，用手指头抓门。这是犹太籍傻子莫依谢依卡，二十年前他的帽子作坊焚毁的时候发了疯。

在第六病室的所有病人当中，只有他一个人得到允许，可以走出屋子，甚至可以走出院子上街。他享受这个特权已经很久，这大概因为他是医院里的老病人，又是一个安分的、不伤人的傻子，本城的小丑。他在街上给小孩和狗包围着的情景，城里人早已看惯了。他穿着破旧的长袍，戴着可笑的睡帽，穿着拖鞋，有时候光着脚，甚至没穿长裤，在街上走来走去，在民宅和小店的门口站住讨一个小钱。有的地方给他一点克瓦斯喝，有的给他一点面包吃，有的给他一个小钱，因此他总是吃得饱饱的，满载而归。凡是他带回来的东西，尼基达统统从他身上搜去归自己享用。这个兵干起这种事来很粗暴，怒气冲冲，把犹太人的口袋底都翻出来，而且要上帝做见证，赌咒说他绝不让这个犹太人再上街，说他认为这种不安分守己的事比世界上任何什么事都坏。

莫依谢依卡喜欢帮人的忙。他给同伴们端水，他们睡熟了，他就给他们盖被。他应许每个人说：他从街上回来，一定给他们每个人一个小钱，给每个人缝一顶新帽子。他还用一把调羹喂他左边的邻居吃东西，那人是一个瘫子。他这样做不是出于同情，也不是出于人道主义性质的考虑，而是模仿他右边的邻居格罗莫夫的举动，不知不觉地受了他的影响。

伊万·德米特里奇·格罗莫夫是个大约三十三岁的男子，出身贵族家庭，做过法院的民事执行吏和十二品文官，害着被虐狂。他要么躺在床上,蜷着身子,要么就在房间里从这头走到那头,仿佛在锻炼身体。他很少坐着。他老是怀着一种朦胧的、不明确的担心,因此总是激动,焦躁,紧张。只要前堂传来一丁点儿沙沙声或者院子里有人叫一声,他就抬起头来,竖起耳朵:是不是有人来抓他了?是不是有人在找他?遇到这种时候,他脸上就现出极其不安和憎恶的神情。

我喜欢他这张颧骨很高的宽脸,脸色老是苍白而愁苦,像镜子那样映出一个被挣扎和长期的恐惧苦苦折磨着的灵魂。他这种愁眉苦脸是古怪而病态的,可是深刻纯真的痛苦在他脸上刻下来的细纹,却显出智慧和理性,他的眼睛射出热烈而健康的光芒。我也喜欢这个人本身,他殷勤,乐于为人出力,除了对尼基达以外,对一切人都异常体贴。不管谁掉了一个扣子或者一把调羹,他总是连忙从床上跳下来,捡起那件东西。每天早晨他都要向同伴们道早安,临睡也要向他们道晚安。

除了他经常保持紧张状态并且露出愁眉苦脸以外,他的疯病还有下面的表现。每到傍晚,有时候他把身上的短小的长袍裹一裹紧,周身发抖,牙齿打战,很快地从房间这头走到那头,在床铺之间穿来穿去。看上去,他仿佛在发高烧。从他忽然站住,瞧一眼同伴的样子看来,他分明想说什么很重要的话,可是大概想到他们不会听他讲,也听不懂他的话,就烦躁地摇摇头,仍旧走来走去。然而不久,说话的欲望就压倒一切顾虑,占了上风,他管不住自己,热烈奔放地讲起来。他的话又乱又急,像是梦呓,前言不搭后语,常常叫人听不懂,不过另一方面,不管在话语里也好,声调里也好,都可以使人听出一种非常优美的东西。他一讲话,您就会在他身上看出他既是疯子,又是正常的人。他那些疯话是很难写到纸上来的。他讲到人的卑鄙,讲到蹂躏真理的暴力,讲到将来终有一天会在地球上出现的灿烂生活,讲到时时刻刻使他想起强暴者的麻木残忍的铁窗格。结果他的话就变成由许多古老然而还没过时的歌合成的一首凌乱而不连贯的杂曲了。

二

大约十二年前或者十五年前,一个姓格罗莫夫的文官住在本城大街上他自己的房子里,这是一个有地位又有家产的人。他有两个儿子,谢尔盖和伊万。谢尔盖在大学读到四年级的时候,得急性肺痨病死了,他的死亡仿佛给忽然降到格罗莫夫家中的一大串灾难开了个头。谢尔盖葬后不出一个星期,老父亲因为伪造文件和挪用公款而送审,不久以后就害伤寒,在监狱医院里去世了。房子连同所有的动产都被拍卖,撇下伊万·德米特里奇和他母亲没法生活了。

原先在父亲生前,伊万·德米特里奇住在彼得堡,在大学里念书,每月收到六七十个卢布,根本不懂什么叫做穷,现在他却得一下子改变他的生活了。他为了挣几个小钱而不得不一天到晚去教课,做抄写工作,尽管这样却仍旧要挨饿,因为他把全部收入都寄给母亲维持生活了。伊万·德米特里奇受不了这样的生活;他灰心丧气,身体虚弱,就离开大学,回家来了。在这儿,在这小城里,他托人情在县立学校里谋到一个教员的位子,可是跟同事们处不好,学生也不喜欢他,不久他就辞职了。他母亲去世了。他有六个月没找到工作,光靠面包和水生活,后来作了法院的民事执行吏。他一直干这个差使,后来就因病被辞了。

他还在年纪轻轻、做大学生的时候，就从来没有让人觉得是个健康的人。他素来苍白，消瘦，动不动就着凉。他吃得少，睡不酣。他只要喝上一杯葡萄酒，就头晕，发歇斯底里病。他一向喜欢跟人们来往，可是由于他那爱生气的脾气和多疑的性格，他跟任何人都不接近，也没有交到朋友。他总是满心看不起地批评城里人，说是他觉着他们那种浑浑噩噩的愚昧和昏昏沉沉的兽性生活又恶劣又讨厌。他用男高音讲话，响亮，激烈，要么带着愤怒和愤慨的口气，要么带着热中和惊奇的口气，不过他永远讲得诚恳。不管人家跟他谈什么，他老是把话题归结到一件事上去：在这个城里生活又无聊又烦闷，一般人没有高尚的趣味，过着黯淡而毫无意义的生活，用强暴、粗鄙的放荡、伪善来使这生活添一点变化；坏蛋吃得饱，穿得好，正人君子却忍饥受寒；这个社会需要创办学校、立论正直的地方报纸、剧院、公开的演讲、知识力量的团结；必须让这个社会看清楚自己，为自己害怕才成。他批评人们的时候，总是涂上浓重的色彩，只用黑白两色，任何其他的色调都不用。依他看来，人类分成正直的人和坏蛋，中间的人是没有的。提起女人和爱情，他总是讲得热烈而入迷，可是他从没恋爱过一回。

在这个城里，尽管他尖刻地批评人，容易冲动，可是大家都喜爱他，背地里总是亲切地叫他万尼亚①。他那天生的体贴、乐于帮忙的性情、正派的作风、道德的纯洁，他那又旧又小的礼服、病弱的外貌、家庭的不幸，在人们心中勾起一种美好、

----

① 伊万的爱称。

热烈、忧郁的感情。再说，他受过很好的教育，念过许多书，照城里人的看法，他无所不知，在这个城里像是一部备人查考的活字典。

他看过很多书。他老是坐在俱乐部里，兴奋地扯着稀疏的胡子，翻看杂志和书籍。凭他的脸色看得出来他不是在看书，而是在吞吃那些书页，几乎来不及嚼烂它们。人们必须认为看书是他的一种病态的嗜好，因为不管他碰到什么，哪怕是去年的报纸或者日历，也一概贪婪地抓过来，读下去。他在家里总是躺着看书。

三

有一次，那是秋天的一个早晨，伊万·德米特里奇竖起大衣的领子，蹚着烂泥，穿过后街和小巷，带着一张执行票到一个小市民家里去收钱。他心绪郁闷，每天早晨他总是这样的。在一条小巷里，他遇见两个戴镣铐的犯人，有四个带枪的兵押着他们走。以前伊万·德米特里奇常常遇见犯人，他们每一次都在他心里引起怜悯和别扭的感情，可是这回的相逢却在他心上留下一种特别的奇怪印象。不知什么缘故，他忽然觉得他也可能戴上镣铐，像那样走过泥地，被人押送到监狱里去。他到那个小市民家里去过以后，在回到自己家里去的路上，在邮政局附近碰见一个他认识的警官，那人跟他打招呼，并排顺着大街走了几步，不知什么缘故，他觉得这很可疑。他回到家里，那一整天都没法把那两个犯人和荷枪的兵从脑子里赶出去，一种没法理解的不安心理搅得他没法看书，也没法集中脑力思索什么事。到傍晚他没有在自己屋里点上灯，一晚上也睡不着觉,不住的暗想:他可能被捕,戴上镣铐,送进监牢里去。他知道自己从来没做过什么犯法的事,而且能够担保将来也绝不会杀人,不会放火,不会偷东西。不过,话说回来,偶然在无意中犯下罪,不是很容易吗? 而且受人诬陷,最后,还有审判方面的错误,不是也可能发生吗? 难怪老百姓的年代久远的经验教导人们:谁也不能保险不讨饭和不坐牢。在眼下这种审判程序下,审判方面的错误很有可能,没有什么可奇怪的。凡是对别人的痛苦有职务上、业务上的关系的人,例如法官、警察、医师等,时候一长,由于习惯的力量,就会变得麻木不仁,即使有心,也不能不采取敷衍了事的态度对待他们的当事人;在这方面,他们跟在后院屠宰牛羊却看不见血的农民没有什么不同。法官既然对人采取敷衍了事、冷酷无情的态度,那么为了剥夺无辜的人的一切公民权,判他苦役刑,就只需要一件东西,那就是时间。只要有时间来完成一些法定手续(法官们正是因此才拿薪水的),就大功告成了。事后,你休想在这个离铁路线有二百俄里远的、肮脏的、糟糕的小城里找到正义和保障! 再者,既然社会认为一切暴力都是合理而适当的必要手段,各种仁慈行为,例如宣告无罪的判决,会引起沸沸扬扬的不满和报复情绪,那么,就连想到正义不也可笑吗?

到早晨,伊万·德米特里奇起床,满心害怕,额头冒出冷汗,已经完全相信他随时会被捕了。他想,既然昨天的阴郁思想这么久都不肯离开他,可见其中必是有点道理。的确,那些思想绝不会无缘无故钻进他脑子里来。

有一个警察不慌不忙地走过他的窗口,这可不会没有来由。那儿,在房子附近,有两个人站着不动,也不言语。为什么他们沉默呢？

从此，伊万·德米特里奇一天到晚提心吊胆。凡是路过窗口或者走进院子里来的人，他都觉得是间谍和暗探。中午，县警察局长照例坐着一辆双马马车走过大街，这是他从近郊的庄园坐车到警察局去，可是伊万·德米特里奇每回都觉得他的车子走得太快，而且他的脸上有一种特别的神情：他分明急着要去报告，说城里有一个很重要的犯人。门口有人一拉铃，一敲门，伊万·德米特里奇就打一个冷战，每逢在女房东屋里碰到生客，就坐立不安。他一遇见警察和宪兵就微笑，打唿哨，为了显得满不在乎。他一连好几夜担心被捕而睡不着觉，可又像睡熟的人那样大声打鼾，呼气，好让女房东以为他睡着了。因为，要是他睡不着，那一定是他在受良心的煎熬：这就是了不起的罪证！事实和常识使他相信所有这些恐惧都是荒唐，都是心理作用。要是往大处看，那么被捕也好、监禁也好，其实并没有什么可怕的，只要良心清白就行，可是他越是有理性、有条理地思考，他那内心的不安反而变得越发强烈痛苦。这倒跟一个隐士的故事相仿了：那隐士想在一片密林里给自己开辟一小块空地，他越是辛辛苦苦用斧子砍，树林反而长得越密越盛。到头来，伊万·德米特里奇看出这没有用处，就索性不再考虑，完全听凭绝望和恐惧来折磨自己了。

他开始过隐居的生活，躲开人们。他早先就讨厌他的职务，现在他简直干不下去了。他深怕他会被人蒙骗，上了什么圈套，趁他不防备往他口袋里塞一点贿赂，然后揭发他，或者他自己一不小心在公文上出了个错，类似伪造文书，再不然丢了别人的钱。奇怪的是在别的时候他的思想从来没有像现在这样灵活机动，千变万化过，他每天想出成千种不同的理由来认真担忧他的自由和名誉。可是另一方面,他对外界的兴趣,特别是对书的兴趣,却明显地淡薄,他的记性也非常靠不住了。

春天,雪化了,在墓园附近的一条山沟里发现了两个部分腐烂的尸体,一个是老太婆,一个是男孩,都带着因伤致死的痕迹。城里人不谈别的,专门谈这两个死尸和没有查明的凶手。伊万·德米特里奇为了不让人家认为是他杀了人,就在街上走来走去,微微笑着,一遇见熟人,脸色就白一阵红一阵,开始表白说再也没有比杀害弱小和无力自卫的人更卑鄙的罪行了。可是这种做假的行为不久就弄得他厌烦了,他略略想了一阵,就决定处在他的地位,他顶好是躲到女房东的地窖里去。他在地窖里坐了一整天,后来又坐上一夜,和一个白天,实在冷得厉害,挨到天黑就像贼那样悄悄溜回自己的房间里去了。他在房间中央呆站着,一动也不动地听着,直到天亮。大清早,太阳还没出来,就有几个修理炉灶的工人来找女房东。伊万·德米特里奇明明知道这些人是来翻修厨房里的炉灶的,可是恐惧却告诉他说,他们是假扮成修理炉灶工人的警察。他悄悄溜出住所,没穿外衣,没戴帽子,满腔害怕,沿着大街飞跑。狗汪汪叫着在他身后追来,一个农民在他身后什么地方呼喊,风在他耳朵里呼啸,伊万·德米特里奇觉得在他背后,全世界的暴力合成一团,正在追他。

人家拦住他,把他送回家,打发他的女房东去请医师。安德烈·叶菲梅奇(关于他以后还要提到)吩咐在他额头上放个冰袋,要他服一点儿稠樱叶水,忧虑地摇摇头,走了,临行对女房东说,他不再来了,因为人不应该打搅发了疯的人。伊万·德米特里奇在家里没法生活,也得不到医疗,不久就给送到医院里去,安置在花柳病人的病室里。他晚上睡不着觉,任性胡闹,搅扰病人,不久就由安德烈·叶菲梅奇下命令,转送到第六病室去了。

过了一年,城里人已经完全忘掉了伊万·德米特里奇,他的书由女房东堆在一个敞棚底下的一辆雪橇上,给小孩子陆续偷走了。

四

伊万·德米特里奇左边的邻居,我已经说过,是犹太人莫依谢依卡。他右边的邻居是一个农民,胖得臃肿,身材差不多滚圆,脸容痴呆,完全缺乏思想的痕迹。这是一个不动的、贪吃的、不爱干净的动物,早就丧失思想和感觉的能力。他那儿经常冒出一股令人窒息的刺鼻的臭气。

尼基达给他收拾脏东西的时候,总是狠命打他,使足力气,一点也不顾惜自己的拳头。可怕的还不是他挨打,这是谁都能习惯的;可怕的倒是这个呆钝的动物挨了拳头,却毫无反应,一声不响,也不动一动,眼睛里没有一点表情,光是稍微摇晃几下身子,好比一只沉甸甸的大圆桶。

第六病室里第五个,也就是最后一个病人,是一个小市民,从前做过邮政局的检信员。这是一个矮小的、相当瘦的金发男子,脸容善良,可又带点调皮。根据他那对聪明镇静的眼睛闪着明亮快活的光芒来判断,他很有心计,心里有一桩很重大的、愉快的秘密。他在枕头和褥子底下藏着点东西,从来不拿给别人看,倒不是怕人家抢去或者偷走,而是因为不好意思拿出来。有时候他走到窗口,背对着同伴,把一个什么东西戴在胸口上,低下头看它。要是你在这样的时候走到他面前去,他就慌里慌张,赶紧从胸口扯下一个什么东西来。不过要猜破他的秘密,却也不难。

"请您跟我道喜吧,"他常对伊万·德米特里奇说,"我已经由他们呈请授予带星的斯坦尼斯拉夫二等勋章了。带星的二等勋章是只给外国人的,可是不知什么缘故他们愿意为我破例,"他微笑着说,迷惑地耸耸肩膀,"是啊,老实说,我可真没料到!"

"这类事我一点也不懂。"伊万·德米特里奇阴郁地声明说。

"可是您知道我早晚还会得着什么勋章吗?"原先的检信员接着说,调皮地眯细眼睛,"我一定会得着瑞典的'北极星'。为了那样的勋章,真值得费点心思呢。那是一个白十字,有一条黑丝带。那是很漂亮的。"

大概别处任什么地方的生活都不及这所厢房里这样单调。早晨,除了瘫子和胖农民以外,病人都到前堂去,在一个大木桶那儿洗脸,用长袍的底襟擦脸。这以后他们就用带把的白铁杯子喝茶,这茶是尼基达从医院主楼拿来的。每人只许喝一杯。中午他们喝酸白菜汤和麦糊,晚上吃中午剩下来的麦糊。空闲的时候,他们就躺着,睡觉,看窗外,从这个墙角走到那个墙角。天天这样。甚至原先的检信员也老是谈他的那些勋章。

第六病室里很难见到新人。医师早已不收疯人了。再者,世界上喜欢访问疯人院的人总是很少的。每过两个月,理发师谢苗·拉扎里奇就到这个厢房里来一趟。至于他怎样给那些疯人理发,尼基达怎样帮他的忙,这个醉醺醺、笑嘻嘻的理发师每次光临的时候病人怎样大乱,我就不愿意再描写了。

除了理发师以外,还从来没有一个人来看一看这个厢房。病人们注定了一天到晚只看见尼基达一个人。

不过近来,医院主楼里却在散布一种相当奇怪的流言。

风传医师开始常到第六病室去了。

五

奇怪的流言!

安德烈·叶菲梅奇·拉京医师从某一点来看是一个与众不同的人。据说他年纪很轻的时候十分信神,准备干教士的行业。一八六三年在中学毕业的时候,他有心进一个宗教学院,可是他父亲,一个内外科的医师,似乎刻薄地挖苦他,干脆声明说,要是他去做教士,就不认他做儿子。这话是真是假,我不知道,不过安德烈·叶菲梅奇不止一回承认他对医学或者一般的专门科学素来不怎么爱好。

不管怎样,总之,他在医科毕业以后,并没出家做教士。他并不显得特别信教,他现在跟初作医师时候一样,不像是宗教界的人。

他的外貌笨重、粗俗,跟农民一样。他的脸相、胡子、平顺的头发、又壮又笨的体格,都叫人联想到大道边上小饭铺里那种吃得挺胖、喝酒太多、脾气很凶的老板。他那严厉的脸上布满细小的青筋,他眼睛小,鼻子红。他身材高,肩膀宽,因而手脚也大,仿佛一拳打出去准能致人死命似的。可是他的脚步轻,走起路来小心谨慎,蹑手蹑脚。要是他在一个窄过道里碰见了谁,他总是先站住让路,说一声"对不起!"而且他那讲话声音,出人意料,并不粗,而是尖细柔和的男高音。他的脖子上长着一个不大的瘤子,使他没法穿浆硬的衣领,因此他老是穿软麻布或者棉布的衬衫。总之,他的装束不像个医生。一套衣服,他一穿就是十年。新的衣服,他通常总是到犹太人的铺子①里去买,经他穿在身上以后,就跟旧衣服一样又旧又皱。他看病也好,吃饭也好,拜客也好,总是穿着那套衣服,可是这倒不是因为他吝啬,而是因为对自己的仪表全不在意。

安德烈·叶菲梅奇到这个城里来就职的时候,这个"慈善机关"的情形糟极了。病室里,过道上,医院的院子里,臭得叫人透不过气来。医院的杂役,助理护士和他们的孩子,跟病人一块儿住在病房里。大家抱怨说这地方没法住,因为蟑螂、臭虫、耗子太多。外科病室里丹毒从没绝迹过。整个医院里只有两把外科手术刀,温度计连一个也没有。浴室里存放土豆。总务处长、女管理员、医士,一齐向病人勒索钱财。安德烈·叶菲梅奇的前任是一个老医师,据说似乎私下里卖医院的酒精,还罗致护士和女病人,成立了一个后宫。这些乱七八糟的情形,城里人是十分清楚的,甚至把它说得言过其实,可是大家对待这种现象却满不在乎。有人还辩白说躺在医院里的只有小市民和农民,他们不可能不满意,因为他们家里比医院里还要糟得多。总不能拿松鸡来给他们吃啊!还有人辩白说:没有地方自治局的资助,单靠这个小城本身是没有力量维持一个好医院的,谢天谢地,这个医院即使差一点,可是总算有了一个。新成立的地方自治局,在城里也好,在城郊也好,根本没有开办诊疗所,推托说城里已经有医院了。

---

① 这种铺子里的东西价钱便宜。

安德烈·叶菲梅奇视察医院以后,断定这个机构道德败坏,对病人的健康极其有害。依他看来,目前所能做的顶聪明的办法就是把病人放出去,让医院关门。可是他考虑到单是他一个人的意思办不成这件事,况且这样办了也没用,就算把肉体的和精神的污秽从一个地方赶出去,它们也会搬到另外一个地方去。那就只好等它们自己消灭。再说,人们既开办了一个医院,容许它存在下去,可见他们是需要它的。偏见以及日常生活中的种种坏事和丑事都是必要的,因为日子一长,它们就会化为有益的东西,如同粪肥变成黑土一样。人世间没有一种好东西在起源的时候会不沾一点肮脏的。

等到安德烈·叶菲梅奇上任办事以后,他对那种乱七八糟的情形分明相当冷淡。他只要求医院的杂役和助理护士不要在病房里过夜,购置了装满两个柜子的外科器械。至于总务处长、女管理员、医士、外科的丹毒等,仍旧维持原状。

安德烈·叶菲梅奇十分喜爱智慧和正直,可是讲到在自己四周建立一种合理而正直的生活,他却缺乏毅力,缺乏信心来维护自己这种权利。下命令、禁止、坚持,他根本办不到。这就仿佛他赌过咒,永远不提高喉咙说话,永远不用命令的口气似的。要他说一句"给我这个"或者"把那个拿来"是很困难的;他要吃东西的时候,总是迟疑地嗽一嗽喉咙,对厨娘说:"给我喝点茶才好。……"或者"给我开饭才好。"至于吩咐总务处长别再偷东西,或者赶走他,再不然干脆取消这个不必要的、寄生的职位,他是根本没有力量办到的。安德烈·叶菲梅奇每逢遭到欺骗或者受到奉承,或者看到一份他分明知道是假造的账单送来请他签署的时候,他就把脸涨得跟龙虾一样红,觉着于心有愧,不过还是签了字。每逢病人向他抱怨说他

们在挨饿,或者责怪助理护士粗暴,他就发窘,惭愧地嘟哝道:

"好,好,以后我来调查一下……多半这是出了什么误会……"

起初安德烈·叶菲梅奇工作得很勤快。他每天从早晨起到吃午饭的时候止一直给病人看病,动手术,甚至接生。女人们说他工作用心,诊断很灵,特别是妇科病和小儿科病。可是日子一长,因为这工作单调无味而且显然无益,他分明厌烦了。今天接诊三十个病人,到明天一瞧,加到三十五个了,后天又加到四十个,照这样一天天,一年年地干下去,城里的死亡率并没减低,病人仍旧不断地来。从早晨起到吃午饭为止要对四十个门诊病人真正有所帮助,那是体力上办不到的,因此这就不能不成为骗局。一年接诊一万二千个门诊病人,如果简单地想一想,那就等于欺骗了一万二千人。讲到把病重的人送进病房,照科学的规则给他们治病,那也是办不到的,因为规则倒是有,科学却没有。要是他丢开哲学,照别的医生那样一板一眼地依规则办事,那么首先,顶要紧的事情就是消除肮脏,改成干净和通风,取消臭烘烘的酸白菜汤,改成有益健康的营养食品,取消盗贼,改用好的助手。

不过话说回来,既然死亡是每个人正常的、注定的结局,那又何必拦着他死呢?要是一个小商人或者文官多活个五年十载,那又有什么好处呢?要是认为医疗的目的在于借药品减轻痛苦,那就不能不提出一个问题来:为什么要减轻痛苦呢?第一,据说痛苦可以使人达到精神完美的境界;第二,人类要是真学会了用药丸和药水来减轻痛苦,就会完全抛弃宗教和哲学,可是直到现在为止,在这两种东西里,人们不但找到了逃避各种烦恼的保障,甚至找到了幸福。普希金临死受到极大的痛苦,可怜的海涅躺在床上瘫了好几年,那么其余的人,安德烈·叶菲梅奇也好,玛特辽娜·萨维希娜也好,生点病有什么关系?反正他们的生活根本没有什么内容,再要没有痛苦,就会完全空虚,跟阿米巴的生活一样了。

安德烈·叶菲梅奇给这类想法压垮,心灰意懒,不再天天到医院里去了。

六

他的生活是这样过的。他照例早晨八点钟起床,穿好衣服,喝茶。然后他在自己的书房里坐下看书,或者到医院里去。那边,在医院里,门诊病人坐在又窄又黑的小过道里等着看病。医院的杂役和助理护士在他们身边跑来跑去,皮靴在砖地上踩得咚咚地响;穿着长袍、形容憔悴的病人也从这儿过路。死尸和装满脏东西的器具也从这儿抬过去。小孩子啼哭,过堂风吹进来。安德烈·叶菲梅奇知道这种环境对发烧的、害肺痨的、一般敏感的病人是痛苦的,可是那又有什么办法呢?在候诊室里,他遇见医士谢尔盖·谢尔盖伊奇,那是一个矮胖子,脸蛋很肥,洗得干干净净,胡子刮光,态度温和沉稳,穿一身肥大的新衣服,看上去与其说像医士,倒不如说像枢密官。他在城里私人行医,生意做得很大。他打着白领结,自以为比医师精通医术,因为医师不另外私人行医。在候诊室的墙角神龛里放着一个大圣像,面前点着一盏笨重的长明灯,旁边有一个读经台,蒙着白罩子。墙上挂着主教的像、圣山修道院的照片、一圈圈干枯的矢车菊。谢尔盖·谢尔盖伊奇信教,喜欢庄严的仪式。圣像是由他出钱设置的。每到星期日,他指定一个病人在这候诊室里大声念赞美歌。念完以后,谢尔盖·谢尔盖伊奇就亲自拿着手提香炉,摇着它,散出里面的香烟,走遍各病室。

病人很多,可是时间很少,因此诊病工作就只限于简短地问一问病情,发给一点药品,例如挥发性油膏或者蓖麻油等等。安德烈·叶菲梅奇坐在那儿,用拳头支着脸颊,沉思着,随口问话。谢尔盖·谢尔盖伊奇也坐下,搓着手,偶尔插一句嘴。

"我们生病,受穷,"他说,"那是因为我们没有好好地向仁慈的上帝祷告。对了!"

安德烈·叶菲梅奇诊病的时候从来也不动手术。他早已不干这种事,一看见血心里就不愉快地激动起来。每逢他不得不扳开小孩的嘴,看一下喉咙,而小孩哭哭啼啼,极力用小手招架的时候,他耳朵里的闹声就会弄得他头晕,眼睛里涌出眼泪来。他连忙开个药方,摆一摆手,让女人赶快把孩子带走。

在诊病时候,病人的胆怯和前言不搭后语,再加上身边坐着的庄严的谢尔盖·谢尔盖伊奇、墙上的相片、二十多年以来他反反复复问过不知多少次的那些话,不久就弄得他厌烦了。他看过五六个病人以后就走了。他走后,余下的病人由医士接着看下去。

安德烈·叶菲梅奇回到家里,愉快地想到:谢天谢地,他已经很久没有私人行医,现在没有人会来打搅他了,就立刻在书房里桌子旁边坐下,开始看书。他看很多书,老是看得津津有味。他的薪水有一半都用在买书上,他的住处一共有六个房间,其中有三个房间堆满了书籍和旧杂志。他最爱看的是历史书和哲学书。医学方面，他却只订了一份《医师》，而且他总是从后面看起。每回看书，他老是一连看好几个钟头，中间不停顿，也不觉着累。他看书不像伊万·德米特里奇过去那样看得又快又急，而是慢慢地看，集中心力，遇到他喜欢的或者不懂的段落常常停一停。书旁边总是放着一小瓶白酒，旁边放一根腌黄瓜或者一个盐渍苹果，不是盛在碟子里，而是干脆放在粗呢桌布上。每过半个钟头，他就倒一杯白酒，慢慢喝下去，眼睛始终没离开书。随后，他不用眼睛去看，光是用手摸到黄瓜，咬下一小截来。

到下午三点钟，他就小心地走到厨房门口，嗽一嗽喉咙说："达留希卡，给我开饭才好……"

吃过一顿烧得很差、不干不净的午饭以后，安德烈·叶菲梅奇就把两条胳膊交叉在胸口上，在房间里走来走去，思索着。钟敲四下，后来敲五下，他始终走来走去思索着。偶尔厨房的门吱吱嘎嘎响起来，达留希卡那张带着睡意的红脸从门里探出来。

"安德烈·叶菲梅奇，到您喝啤酒的时候了吧？"她操心地问。

"没有，还没到时候……"他回答，"我要等一会儿……我要等一会儿……"

照例，到了傍晚，邮政局长米哈依尔·阿韦良内奇来了，他在全城当中是唯一没有惹得安德烈·叶菲梅奇讨厌的人。米哈依尔·阿韦良内奇从前是个很有钱的地主，在骑兵队里当差，后来家道中落，为贫穷所迫，晚年就到邮政部门里做事了。他精神旺盛，相貌健康，白色络腮胡子蓬蓬松松，风度文雅，嗓音响亮而好听。他心眼好，感情重，可是脾气躁。每逢邮政局里有个主顾提出抗议,或者不同意他的话,或者刚要辩理,米哈依尔·阿韦良内奇就涨红脸,周身发抖,用雷鸣般的声调叫道:"闭嘴!"因此这个邮政局早就出了名,到这个机关去一趟真要战战兢兢。米哈依尔·阿韦良内奇喜欢而且尊重安德烈·叶菲梅奇,因为他有学问,心灵高尚。可是他对本城的别的居民总是很高傲,仿佛他们是他的部下似的。

"我来了!"他走进安德烈·叶菲梅奇的房间说,"您好,老兄!您恐怕已经讨厌我了吧,对不对?"

"刚好相反,我很高兴,"医师回答说,"我见着您总是很高兴。"

两个朋友在书房里一张长沙发上坐下来,沉默地抽一会儿烟。

"达留希卡,给我们拿点啤酒来才好!"安德烈·叶菲梅奇说。

他们仍旧一句话也不说,把第一瓶酒喝完。医师沉思着,米哈依尔·阿韦良内奇现出畅快活泼的神情,仿佛有什么极其有趣的事要讲一讲似的。谈话总是由医师开头。

"多么可惜啊,"他轻轻地、慢慢地说,摇着头,没有瞧他朋友的脸(他从来不瞧人家的脸),"真是可惜极了,尊敬的米哈依尔·阿韦良内奇,我们城里简直没有一个人能够聪明而有趣地谈一谈天,他们也不喜欢谈天。这对我们就是很大的苦事了。甚至知识分子也不免于庸俗。我跟您保证,他们的智力水平一点也不比下层人高。"

"完全对。我同意。"

"您知道,"医师接着轻声说,音调抑扬顿挫,"在这个世界上,除了人类智慧的最崇高的精神表现以外,一切都是无足轻重而没有趣味的。智慧在人和兽类中间划了一条明显的界线,暗示人类的神圣性,甚至在一定程度上由它代替了实际并不存在的不朽。因此,智慧成为快乐的唯一可能的源泉了。可是在我们四周,我们却看不见,也听不见智慧,这就是说我们的快乐被剥夺了。不错,我们有书,可是这跟活跃的谈话和交际根本不一样。要是您容许我打个不完全恰当的比喻的话,那我就要说,书是音符,谈话才是歌。"

"完全对。"

接着是沉默。达留希卡从厨房里走来,站在门口,用拳头支住下巴,带着茫然的哀伤神情,想听一听。

"唉!"米哈依尔·阿韦良内奇叹口气,"要希望现在的人有脑筋,那可是休想!"

他就叙述过去的生活是多么健康、快乐、有趣,从前俄罗斯的知识分子多么聪明,他们对名誉和友情有多么高尚的看法。借出钱去不要借据。朋友遭了急难而自己不出力帮忙,那是被人看做耻辱的。而且从前的出征、冒险、交锋是什么样子啊!什么样的朋友,什么样的女人!再说高加索,好一个惊人的地区!有一个营长的妻子,是个怪女人,常穿上军官的军服,傍晚骑马到山里去,单身一个人,向导也不带。据说她跟一个山村里的小公爵有点风流韵事。

"圣母啊,母亲啊……"达留希卡叹道。

"那时候我们怎样地喝酒!我们怎样地吃饭啊!那时候有多么激烈的自由主义者!"

安德烈·叶菲梅奇听着,却没听进去。他一边喝啤酒,一边在想什么。

"我常常盼望有些聪明的人,跟他们谈一谈天,"他忽然打断米哈依尔·阿韦良内奇的话说，"我父亲使我受到很好的教育，可是他在六十年代的思想影响下，硬叫我做医生。我觉得当时要是没听从他的话，那我现在一定处在智力活动的中心了。我多半做了大学一个系里的教员了。当然，智慧也不是永久的，而是变动无常的，可是您已经知道我为什么对它有偏爱。生活是恼人的牢笼。一个有思想的人到了成年时期，思想意识成熟了，就会不由自主地感到他关在一个无从脱逃的牢笼里面。确实，他从虚无中活到世上来原是由不得自己做主，被偶然的条件促成的……这是为什么呢？他想弄明白自己生活的意义和目的，人家却什么也说不出来，或者跟他说些荒唐话。他敲门，可是门不开。随后死亡来找他，这也是由不得他自己做主的。因此，如同监狱里的人被共同的灾难联系着，聚在一块儿就觉着轻松得多一样，喜欢分析和归纳的人只要凑在一起，说说彼此的骄傲而自由的思想来消磨时间，也就不觉得自己是关在牢笼里了。在这个意义上说来，智慧是没有别的东西可以代替的快乐。"

"完全对。"

安德烈·叶菲梅奇没有瞧朋友的脸，继续轻声讲聪明的人，讲跟他们谈天，他的话常常停顿一下，再往下讲。米哈依尔·阿韦良内奇专心听着，同意说："完全对。"

"您不相信灵魂不朽吗？"邮政局长忽然问。

"不，尊敬的米哈依尔·阿韦良内奇；我不相信，而且也没有理由相信。"

"老实说，我也怀疑。不过我又有一种感觉，好像我永远也不会死似的。我暗自想道，得了吧，老家伙，你也该死了！可是我的灵魂里却有个小小的声音说：'别信这话，你不会死的!'……"

九点钟过后不久，米哈依尔·阿韦良内奇就告辞了。他在前堂穿上皮大衣，叹口气说：

"可是命运把我们送到什么样的穷乡僻壤来了！顶恼人的是我们不得不死在这儿。唉！……"

七

安德烈·叶菲梅奇送走朋友以后，就在桌旁坐下，又开始看书。傍晚的宁静以及后来夜晚的宁静，没有一点响声来干扰。时间也仿佛停住，跟医师一块儿呆呆地看书，好像除了书和带绿罩子的灯以外什么也不存在似的。医师那粗俗的、农民样的脸渐渐放光，在人的智慧的活动面前现出感动而入迷的笑容。"啊，为什么人类不会长生不死呢？"他想。为什么人要有脑中枢和脑室，为什么人要有视力、说话能力、自觉能力、天才呢？这些不都是注定了要埋进土里，到头来跟地壳一同冷却，然后在几百万年中间随着地球围绕太阳旋转，既没有意义，也没有目的吗？只为了叫人变凉，然后去旋转，那根本用不着把人以及人的高尚的、近似神的智慧从虚无中拉出来，然后仿佛开玩笑似的再把他变成泥土。

这是新陈代谢！可是用这种代替不朽的东西来安慰自己，这是多么懦弱啊！自然界所发生的这种无意识的变换过程甚至比人的愚蠢还要低劣，因为，不管怎样，愚蠢总还含得有知觉和意志，在那种过程里却什么也没有。只有在死亡面前恐惧多于尊严的懦夫才会安慰自己说：他的尸体迟早会长成青草，长成石头，长成癞蛤蟆的……在新陈代谢中见到不朽是奇怪的,就像一个宝贵的提琴砸碎,没用了以后却预言装提琴的盒子会有灿烂的前途一样。

每逢时钟敲响,安德烈·叶菲梅奇就把身子往圈椅的椅背上一靠,闭上眼睛,为的是思索一会儿。他在刚从书上读到的优美思想的影响下,不由得对他的过去和现在看一眼。过去是可憎的,还是不想为妙。可是现在也跟过去一样。他知道:如今正当他的思想随同凉下去的地球围绕太阳旋转的时候,在那跟医师住宅并排的大房子里,人们却在疾病和肉体方面的污秽中受苦,有的人也许没睡觉,正在跟虫子打仗,有的人正在受着丹毒的传染,或者因为绷带扎得太紧而呻吟。也许病人在跟助理护士打牌,喝酒。每年有一万二千个人受到欺骗,全部医院工作跟二十年前一样,建立在偷窃、污秽、毁谤、徇私上面,建立在草率的庸医骗术上面。医院仍旧是个不道德的机构,对病人的健康极为有害。他知道尼基达在那安着铁窗子的第六病室里殴打病人,也知道莫依谢依卡每天到城里走来走去讨饭。

另一方面,他也很清楚地知道:在最近二十五年当中医学起了神话样的变化。当初他在大学念书的时候,觉着医学不久就会遭到炼金术和玄学同样的命运。可是如今每逢他晚上看书,医学却感动他,引得他惊奇,甚至入迷。真的,多么意想不到的辉煌,什么样的革命啊!由于有了防腐方法,伟大的皮罗戈夫①认为就连 in spe② 都不能做的手术,现在也能做了。普通的地方自治局医师都敢于做截除膝关节的手术。一百例

<hr style="border: none; border-top: 1px dotted;" />

① 皮罗戈夫(1810—1881),俄国外科学家和解剖学家。
② 拉丁文:在将来。

腹腔切开术当中只有一例造成死亡。讲到结石病,那已经被人看做小事,甚至没人为它写文章了。梅毒已经能够根本治疗。另外还有遗传学说、催眠术、巴斯德①与科赫②的发现、以统计做基础的卫生学,还有我们俄罗斯的地方自治局医师的工作!精神病学以及现代的精神病分类法、诊断法和医疗法,跟过去相比,成了十足的厄尔布鲁士③。现在不再往疯子的头上泼冷水,也不再给他们穿紧身衣了,人们用人道态度对待疯子,据报纸上说甚至为他们开舞会,演剧了。安德烈·叶菲梅奇知道,就现代的眼光和水平来看,像第六病室这样糟糕的东西也许只有在离铁路线两百俄里远的小城中才会出现,在那样的小城里市长和所有的市议员都是半文盲的小市民,把医生看做术士,即使医生要把烧熔的锡灌进他们的嘴里去,也得相信他,不加一点批评,换了在别的地方,社会人士和报纸早就把这个小小的巴士底④捣得稀烂了。

"可是这又怎么样呢?"安德烈·叶菲梅奇睁开眼睛,问自己,"由此能得出什么结论来呢?有防腐方法也罢,有科赫也罢,有巴斯德也罢,可是事情的实质却一点也没有改变。患病率和死亡率仍旧一样。他们给疯子开舞会,演戏,可是仍旧不准疯子自由行动。可见这都是胡扯和瞎忙,最好的维也纳医院和我的医院实际上并没有什么差别。"

然而悲哀和一种近似嫉妒的感觉却不容他漠不关心。这大概是由于疲劳的缘故吧。他那沉甸甸的头向书本垂下去,

①　巴斯德(1822—1895),法国生物学家。
②　科赫(1843—1910),德国微生物学家。
③　高加索地区的高山。
④　一七八九年法国大革命时巴黎民众所捣毁的黑暗监狱。

他就用两只手托住脸,使它舒服一点,暗想道:

"我在做有害的事。我从人们手里领了薪水,却欺骗他们。我不正直。不过,话要说回来,我自己是无能为力的,我只是一种不可避免的社会罪恶的一小部分,所有县里的文官都有害,都白拿薪水……可见我的不正直不能怪我,要怪时代……我要是生在二百年以后,就会成为另一个人了。"

等到时钟敲了三下,他就吹熄灯,走进寝室。他并没有睡意。

八

两年前,地方自治局表示慷慨,议决每年拨出三百卢布作为补助金,供城中医院作扩充医务人员用,直到将来地方自治局的医院开办为止。县医师叶夫根尼·费奥多雷奇·霍博托夫也应邀进城来协助安德烈·叶菲梅奇。这个人还很年轻,甚至没到三十岁。他身量高,头发黑,颧骨高,眼睛小。他的祖先多半是异族人。他来到本城的时候,一个钱也没有,只有一个又小又破的手提箱,还带着一个难看的年轻女人,他管她叫厨娘。这女人有个要喂奶的孩子。叶夫根尼·费奥多雷奇平时脚穿高筒皮靴,戴一顶硬帽檐的大檐帽,冬天穿一件短羊皮袄。他跟医士谢尔盖·谢尔盖伊奇和会计主任交成了好朋友,可是不知什么缘故却把别的职员叫做贵族,而且躲着他们。他的整个住宅里只有一本书:《一八八一年维也纳医院最新处方》①。他去看病人,总要随身带着这本小书。一到傍

---

① 《第六病室》发表在一八九二年,那本书相当旧了。

晚他就到俱乐部去打台球,他不喜欢打牌。他在谈话中很喜欢用这类字眼:"无聊之至","废话连篇","故布疑阵",等等。

他每个星期到医院里来两次,查病房,看门诊。医院里完全不用消毒方法,放血用拔血罐,这些都使他愤慨,可是他也没有运用新方法,怕的是这样会得罪安德烈·叶菲梅奇。他把他的同行安德烈·叶菲梅奇看做老滑头,疑心他有很多的钱,私下里嫉妒他。他恨不得占据到他的职位才好。

九

那是春天,三月底,地上已经没有积雪,椋鸟在医院的花园里啼叫了。一天黄昏,医师送他的朋友邮政局长走到大门口。正巧这当儿犹太人莫依谢依卡带着战利品回来,走进院子里。他没戴帽子,一双光脚上套着低腰雨鞋,手里拿着一小包人家施舍的东西。

"给我一个小钱!"他对医师说,微微笑着,冷得直哆嗦。

安德烈·叶菲梅奇素来不肯回绝别人的要求,就给他一个十戈比的银币。

"这多么糟,"他瞧着犹太人的光脚和又红又瘦的足踝,暗想,"瞧,脚都湿了。"

这在他心里激起一种又像是怜悯又像是厌恶的感情,他就跟在犹太人的身后,时而看一看他的秃顶,时而看一看他的足踝,走进了那幢厢房。医师一进去,尼基达就从那堆破烂东西上跳下来,立正行礼。

"你好,尼基达,"安德烈·叶菲梅奇温和地说,"发一双靴子给那个犹太人穿才好,不然他就要着凉了。"

"是,老爷。我去报告总务处长。"

"劳驾。你用我的名义请求他好了。就说是我请他这么办的。"

从前堂通到病室的门敞开着。伊万·德米特里奇躺在床上,用胳膊肘支起身子,惊慌地听着不熟悉的声音,忽然认出了来人是医师。他气得周身发抖,从床上跳下来,脸色气愤、发红,眼睛往外鼓着,跑到病室中央。

"大夫来了!"他喊一声,哈哈大笑,"到底来了!诸位先生,我给你们道喜。大夫赏光,到我们这儿来了!该死的败类!"他尖声叫着,带着以前病室里从没见过的暴怒,跺一下脚,"打死这个败类!不,打死还嫌便宜了他!把他淹死在粪坑里!"

安德烈·叶菲梅奇听见这话,就从前堂探进头去,向病室里看,温和地问道:

"这是为什么?"

"为什么?"伊万·德米特里奇嚷道,带着威胁的神情走到他面前,急忙把身上的长袍裹紧一点,"为什么?你是贼!"他带着憎恶的神情说,努起嘴唇像要啐出一口痰去,"骗子!刽子手!"

"请您消一消气,"安德烈·叶菲梅奇说,抱愧地微笑着,"我跟您担保我从没偷过什么东西;至于别的话,您大概说得大大地过火了。我看得出来您在生我的气。我求您,消一消气,要是可能的话,请您冷静地告诉我:您为什么生气?"

"那么您为什么把我关在这儿?"

"因为您有病。"

"不错,我有病。可是要知道,成十成百的疯子都逍遥自在地走来走去,因为您糊涂得分不清疯子跟健康的人。那么,为什么我跟这些不幸的人必得像替罪羊似的替大家关在这儿? 您、医士、总务处长,所有你们这医院里的混蛋,在道德方面不知比我们每个人要低下多少,那为什么关在这儿的是我们而不是你们? 道理在哪儿?"

"这跟道德和道理全不相干。一切都要看机会。谁要是关在这儿,谁就只好待在这儿。谁要是没关起来,谁就可以走来走去,就是这么回事。至于我是医生,您是精神病人,这是既说不上道德,也讲不出道理来的,只不过是刚好机会凑巧罢了。"

"这种废话我不懂……"伊万·德米特里奇用闷闷的声调说,在自己床上坐下来。

尼基达不敢当着医师的面搜莫依谢依卡。莫依谢依卡就把一块块面包、纸片、小骨头摊在他自己的床上。他仍旧冻得打哆嗦,用犹太话讲起来,声音像唱歌,说得很急。他多半幻想自己在开铺子了。

"放我出去吧。"伊万·德米特里奇说,他的嗓音发颤。

"我办不到。"

"可是为什么? 为什么呢?"

"因为这不是我能决定的。请您想想看,就算我放您出去了,那于您又有什么好处呢? 您出去试试看。城里人或者警察会抓住您,送回来的。"

"不错,不错,这倒是实话……"伊万·德米特里奇说,用手心擦着脑门,"这真可怕! 可是我该怎么办呢? 怎么办呢?"

安德烈·叶菲梅奇喜欢伊万·德米特里奇的声调、他那年轻聪明的容貌和那种愁苦的脸相。他有心对这年轻人亲热点,安慰他一下。他就在床边挨着他坐下,想了一想,开口说:

"您问我该怎么办。处在您的地位,顶好是从这儿逃出去。然而可惜,这没用处。您会被人捉住。社会在防范罪人、神经病人和一般不稳当的人的时候,总是不肯善罢甘休的。剩下来您就只有一件事可做,那就是心平气和地认定您待在这个地方是不可避免的。"

"这是对任什么人都没有必要的。"

"只要有监狱和疯人院,那就总得有人关在里面才成。不是您,就是我。不是我,就是另外一个人。您等着吧,到遥远的未来,监狱和疯人院绝迹的时候,也就不会再有窗上的铁格,不会再有这种长袍了。当然,那个时代是早晚要来的。"

伊万·德米特里奇冷笑。

"您说起笑话来了,"他说,眯细了眼睛,"像您和您的助手尼基达之流的老爷们跟未来是一点关系也没有的。不过您放心就是,先生,美好的时代总要来的!让我用俗话来表一表我的看法,您要笑就尽管笑好了:新生活的黎明会放光,真理会胜利,那时候节日会来到我们街上!我是等不到那一天了,我会死掉,不过总有别人的曾孙会等到的。我用我整个灵魂向他们欢呼,我高兴,为他们高兴!前进啊!求主保佑你们,朋友们!"

伊万·德米特里奇闪着亮晶晶的眼睛站起来,向窗子那边伸出手去,继续用激动的声调说:

"我从这铁格窗里祝福你们!真理万岁!我高兴啊!"

"我看不出有什么特殊的理由要高兴，"安德烈·叶菲梅奇说，他觉得伊万·德米特里奇的举动像是演戏，不过他也还是很喜欢，"将来，监狱和疯人院都不会有，真理会像您所说的那样胜利，不过要知道，事物的本质不会变化，自然界的规律也仍旧一样。人们还是会像现在这样害病，衰老，死掉。不管将来会有多么壮丽的黎明照亮您的生活，可是您到头来还是会躺进棺材，钉上钉子，扔到墓穴里去。"

"那么，长生不死呢？"

"唉，算了吧！"

"您不相信，可是我呢，却相信。不知是在陀思妥耶夫斯基还是伏尔泰①的一本书里，有一个人物说：要是没有上帝，人就得臆造出一个来。我深深地相信：要是没有长生不死，伟大的人类智慧早晚也会把它发明出来。"

"说得好，"安德烈·叶菲梅奇说，愉快地微笑着，"您有信心，这是好事。人有了这样的信心，哪怕幽禁在四堵墙当中，也能生活得很快乐。您以前大概在哪儿念过书吧？"

"对了，我在大学里念过书，可是没有毕业。"

"您是个有思想、爱思考的人。在随便什么环境里，您都能保持内心的平静。那种极力要理解生活的、自由而深刻的思索，那种对人间无谓纷扰的十足蔑视，这是两种幸福，比这更高的幸福人类还从来没有领略过。您哪怕生活在三道铁栅

---

① 法国作家伏尔泰（1694—1778）在《致关于三个冒充者的新书的作者》中说："如果不存在上帝，就该臆造一个。"俄国作家陀思妥耶夫斯基在小说《卡拉玛佐夫兄弟》中引用了上述的话，并且增补了一句：而且确实，人类臆造出上帝来了。

栏里,却仍旧能够享受这种幸福。第奥根尼①住在一个桶子里,可是他比世界上所有的皇帝都幸福。"

"您那个第奥根尼是傻瓜,"伊万·德米特里奇阴郁地说,"您干吗跟我提什么第奥根尼,说什么理解生活?"他忽然生气了,跳起来叫道,"我爱生活,热烈地爱生活! 我害被虐狂,心里经常有一种痛苦的恐惧。不过有时候我充满生活的渴望,一到那种时候我就害怕自己会发疯。我非常想生活,非常想!"

他激动得在病室里走来走去,然后压低了嗓音说:

"每逢我幻想起来,我脑子里就生出种种幻觉。有些人走到我跟前来了,我听见说话声和音乐声了,我觉得我好像在一个树林里漫步,或者沿海边走着,我那么热烈地渴望着纷扰,渴望着奔忙……那么,请您告诉我,有什么新闻吗?"伊万·德米特里奇问,"外头怎么样了?"

"您想知道城里的情形呢,还是一般的情形?"

"哦,先跟我讲一讲城里的情形,再讲一般的情形吧。"

"好吧。城里乏味得难受……你找不着一个人来谈天,也找不着一个人可以让你听他谈话。至于新人是没有的。不过最近倒是来了一个姓霍博托夫的年轻医师。"

"居然在我还活着的时候就有人来了。他是怎么样的一个人,粗俗吗?"

"对了,他不是一个有教养的人。您知道,说来奇怪……

<hr />

① 第奥根尼(约前400—约前325),古希腊哲学家。关于他的生活,有很多传说保留下来。人们断言第奥根尼由于是禁欲主义的信徒而住在木桶里。据传说,这个哲学家大白天举着灯找有权利称为人的人。

凭各种征象看来,我们的大城里并没有智力停滞的情形,那儿挺活跃,可见那边一定有真正的人,可是不知什么缘故,每回他们派到我们这儿来的都是些看不上眼的人。这真是个不幸的城!"

"是的,这是个不幸的城!"伊万·德米特里奇叹道,他笑起来,"那么一般的情形怎么样? 人家在报纸和杂志上写了些什么文章?"

病室里已经暗下来了。医师站起来,立在那儿,开始叙述国内外发表了些什么文章,现在出现了什么样的思想潮流。伊万·德米特里奇专心听着,提出些问题,可是忽然间,仿佛想起什么可怕的事,抱住头,在床上躺下,背对着医师。

"您怎么了?"安德烈·叶菲梅奇问。

"您休想再听见我说一个字!"伊万·德米特里奇粗鲁地说,"躲开我!"

"这是为什么?"

"我跟您说:躲开我! 干吗一股劲儿地追问?"

安德烈·叶菲梅奇耸一耸肩膀,叹口气,出去了。他走过前堂的时候说:

"把这儿打扫一下才好,尼基达……气味难闻得很!"

"是,老爷。"

"这个年轻人多么招人喜欢!"安德烈·叶菲梅奇一面走回自己的寓所,一面想,"从我在此地住下起,这些年来他好像还是我所遇见的第一个能够谈一谈的人。他善于思考,他所关心的也正是应该关心的事。"

这以后,他看书也好,后来上床睡觉也好,总是想着伊万·德米特里奇。第二天早晨他一醒,就想起昨天他认识了一个头脑聪明、很有趣味的人,决定一有机会就再去看他一趟。

十

伊万·德米特里奇仍旧照昨天那种姿势躺着,双手抱住头,腿缩起来。他的脸却看不见。

"您好,我的朋友,"安德烈·叶菲梅奇说,"您没有睡着吧?"

"第一,我不是您的朋友,"伊万·德米特里奇把嘴埋在枕头里说,"第二,您白忙了,您休想再听见我说一个字。"

"奇怪……"安德烈·叶菲梅奇狼狈地嘟哝着,"昨天我们谈得挺和气,可是忽然间不知什么缘故,您怄气了,一下子什么也不肯谈了……大概总是我说了什么不得体的话,再不然也许说了些不合您的信念的想法……"

"是啊,居然要我来相信您的话!"伊万·德米特里奇说,欠起身来,带着讥讽和惊慌的神情瞧着医师。他的眼睛发红,"您尽可以上别处去侦察,探访,可是您在这儿没什么事可做。我昨天就已经明白您为什么上这儿来了。"

"古怪的想法!"医师笑着说,"那么您当我是密探吗?"

"对了,我就是这么想的……密探也好,大夫也好,反正是奉命来探访我的,这总归是一样。"

"唉,真的,原谅我说句实话,您可真是个……怪人啊!"

医师在床旁边一张凳子上坐下,不以为然地摇摇头。

"不过,姑且假定您的话不错吧,"他说,"就算我在阴险地套出您的什么话来,好把您告到警察局去。于是您被捕,然后受审。可是您在法庭上和监狱里难道会比待在这儿更糟吗？就算您被判终身流放,甚至服苦役刑,难道这会比关在这个厢房里还要糟吗？我觉得那也不见得更糟……那么您有什么可怕的呢？"

这些话分明对伊万·德米特里奇起了作用。他安心地坐下了。

这是下午四点多钟,在这种时候安德烈·叶菲梅奇通常总是在自己家中各房间里走来走去,达留希卡问他到了喝啤酒的时候没有。外面没有风,天气晴朗。

"我吃完饭出来溜达溜达,顺便走进看看您,正像您看到的那样,"医师说,"外面完全是春天了。"

"现在是几月？三月吗?"伊万·德米特里奇问。

"是的,三月尾。"

"外面很烂吗？"

"不,不很烂。花园里已经有路可走了。"

"眼下要是能坐上一辆四轮马车到城外什么地方去走一趟,倒挺不错,"伊万·德米特里奇说,揉揉他的红眼睛,好像半睡半醒似的,"然后回到家里,走进一个温暖舒适的书房……请一位好大夫来治一治头痛……我已经好久没有照普通人那样生活过了。这儿糟透了！糟得叫人受不了!"

经过昨天的兴奋以后,他累了,无精打采,讲话不大起劲。他的手指头发抖,从他的脸相看得出他头痛得厉害。

"温暖舒适的书房跟这个病室并没有什么差别,"安德烈·叶菲梅奇说,"人的恬静和满足并不在人的外部,而在人的内心。"

"您这话是什么意思？"

"普通人从身外之物,也就是说从马车和书房,寻求好的或者坏的东西,可是有思想的人却在自己内心寻找那些东西。"

"请您到希腊去宣传那种哲学吧。那边天气暖和,空中满是酸橙的香气,这儿的气候却跟这种哲学配不上。我跟谁谈起第奥根尼来着? 大概就是跟您吧?"

"对了,昨天跟我谈过。"

"第奥根尼用不着书房或者温暖的住处,那边没有这些东西也已经够热了。只要睡在桶子里,吃吃橙子和橄榄就成了。可是如果他有机会到俄罗斯来生活,那他慢说在十二月,就是在五月里也会要求住到屋里去。他准会冻得缩成一团呢。"

"不然。寒冷如同一般说来任何一种痛苦一样,人能够全不觉得。马可·奥勒留①说:'痛苦是一种生动的痛苦概念:运用意志的力量改变这个概念,丢开它,不再诉苦,痛苦就会消灭了。'②这话说得中肯。大圣大贤,或者只要是有思想、爱思索的人,他们之所以与众不同就在于蔑视痛苦,他们永远心满意足,对任什么事都不感到惊讶。"

"那么我就是呆子了,因为我痛苦,不满足,对人的卑劣感到惊讶。"

"您这话说错了。只要您多想一想,您就会明白那些搅

<hr />

① 马可·奥勒留(121—180),罗马帝国皇帝,是斯多葛派最后的一个大哲学家。

② 在契诃夫故乡塔干罗格的契诃夫私人图书馆里保存着《马可·奥勒留·安东尼皇帝关于对自己重要的事物的思考》一书,上有契诃夫的很多批注。此处的一段话即引自该书。

得我们心思不定的外在事物都是多么渺小。人得努力理解生活，真正的幸福就在这儿。"

"理解……"伊万·德米特里奇说，皱起眉头，"什么外在，内在的……对不起，我实在不懂。我只知道，"他说，站起来，怒冲冲地瞧着医师，"我只知道上帝是用热血和神经把我创造出来的，对了，先生！人的机体组织如果是有生命的，对一切刺激就一定有反应。我就有反应！受到痛苦，我就用喊叫和泪水来回答；遇到卑鄙，我就愤慨。看见肮脏，我就憎恶。依我看来，说实在的，只有这才叫做生活。这个有机体越低下，它的敏感程度也越差，对刺激的反应也就越弱。机体越高级，也就越敏感，对现实的反应也就越有力。这点道理您怎么会不懂？您是医师，却不懂这些小事！为要蔑视痛苦，永远知足，对任什么事也不感到惊讶，人得先落到这种地步才成，"伊万·德米特里奇就指了指肥胖的、满身是脂肪的农民说，"要不然，人就得在苦难中把自己磨练得麻木不仁，对苦难失去一切感觉，换句话说，也就是停止生活才成。对不起，我不是大圣大贤，也不是哲学家，"伊万·德米特里奇愤愤地接着说，"那些道理我一点也不懂。我也不善于讲道理。"

"刚好相反，您讲起道理来很出色。"

"您模仿的斯多葛派①，是些了不起的人，可是他们的学说远在两千年前就已经停滞不前，一步也没向前迈进，将来也不会前进，因为那种学说不切实际，不合生活。那种学说只在那些终生终世致力于研究和赏玩各种学说的少数人当中才会

---

① 自公元前四世纪起在古代奴隶占有制社会兴起的一个哲学派别，鼓吹人完全听从命运的宿命论观点。

得到成功,可是大多数人都不懂。任何鼓吹对富裕冷淡、对生活的舒适冷淡、对痛苦和死亡加以蔑视的学说,对绝大部分人来说是完全没法理解的,因为这大部分人从来也没有享受过富裕,也从没享受过生活的舒适。对他们来说,蔑视痛苦就等于蔑视生活本身,因为人的全部实质就是由饥饿、寒冷、委屈、损失等感觉以及哈姆莱特式的怕死感觉构成的。全部生活不外乎这些感觉。人也许会觉得生活苦恼,也许会痛恨这种生活,可是绝不会蔑视它。对了,所以,我要再说一遍:斯多葛派的学说绝不会有前途。从开天辟地起一直到今天,您看得明白,不断进展着的是奋斗、对痛苦的敏感、对刺激的反应能力……"

伊万·德米特里奇忽然失去思路,停住口,烦躁地揉着额头。

"我本来想说一句重要的话,可是我的思路断了,"他说,"我刚才说什么来着? 哦,对了! 我想说的是这个:有一个斯多葛派为了给亲人赎身,就自己卖身做了奴隶。那么,您看,这意思是说,就连斯多葛派对刺激也是有反应的,因为人要做出这种舍己救人的慷慨行为,就得有一个能够同情和愤慨的灵魂才成。眼下,我关在这个监狱里,已经把以前所学的东西忘光了,要不然我还能想起一点别的事情。拿基督来说,怎么样呢? 基督对现实生活的反应是哭泣,微笑,忧愁,生气,甚至难过。他并没有带着微笑去迎接痛苦,他也没有蔑视死亡,而是在客西马尼花园里祷告,求这杯子离开他。"①

伊万·德米特里奇笑起来,坐下去。

① 见《新约·马太福音》第二十六章第三十六节。

"就算人的安宁和满足不在外界，而在自己的内心，"他说，"就算人得蔑视痛苦，对任什么事也不感到惊讶。可是您到底根据什么理由鼓吹这些呢？您是圣贤？是哲学家？"

"不，我不是哲学家，不过人人都应当鼓吹这道理，因为这是入情入理的。"

"不，我要知道您凭什么自以为有资格谈理解生活，谈蔑视痛苦等等？难道您以前受过苦？您懂得什么叫做痛苦？容我问一句，您小时候挨过打吗？"

"没有，我的父母是厌恶体罚的。"

"我父亲却死命地打过我。我父亲是个很凶的、害痔疮的文官，鼻子挺长，脖子发黄。不过，我们还是来谈您。您有生以来从没被人用手指头碰过一下，谁也没有吓过您，打过您，您结实得跟牛一样。您在您父亲的翅膀底下长大成人，用他的钱求学，后来一下子就谋到了这个俸禄很高而又清闲的差使。您有二十多年一直住着不花钱的房子，有炉子，有灯火，有仆人，同时您有权利爱怎么干就怎么干，爱干多少就干多少，哪怕不做一点事也不要紧。您本性是一个疲沓的懒汉，因此您把您的生活极力安排得不让任什么事来打搅您，不让任什么事来惊动您，免得您动一动。您把工作交给医士跟别的坏蛋去办。您自己呢，找个温暖而又清静的地方坐着，攒钱，看书，为了消遣而思索各种高尚的无聊问题，而且，"说到这儿，伊万·德米特里奇看着医师的红鼻子，"喝酒。总之，您并没见识过生活，完全不了解它，对现实只有理论上的认识。至于您蔑视痛苦，对任什么事都不感到惊讶，那完全是出于一种很简单的理由。什么四大皆空啦，外界和内部啦，把生活、痛苦、死亡看得全不在意啦，理解生活啦、真正的幸福啦，这都是最适合俄罗斯懒汉的哲学。比方说,您看见一个农民在打他的妻子。何必出头打抱不平呢?让他去打好了,反正他俩早晚都要死的。况且打人的人在打人这件事上所污辱的倒不是挨打的人,而是他自己。酗酒是愚蠢而又不像样子的,可是喝酒的结果也是死,不喝酒的结果也是死。一个农妇来找您,她牙痛……哼,那有什么要紧?痛苦只不过是痛苦的概念罢了。再说,人生在世免不了灾病,大家都要死的,因此,娘们儿,去你的吧,别妨碍我思索和喝酒。一个青年来请教:他该怎样做,怎样生活才对。换了别人,在答话以前总要好好想一想,可是您的回答却是现成的:努力去理解啊,或者努力去追求真正的幸福啊。可是那个荒唐的'真正的幸福'究竟是什么东西呢?当然,回答是没有的。在这儿,我们关在铁格子里面,长期幽禁,受尽折磨,可是这很好,合情合理,因为这个病室跟温暖舒适的书房之间根本没有什么分别。好方便的哲学:不用做事而良心清清白白,并且觉着自己是大圣大贤……不行,先生,这不是哲学,不是思想,也不是眼界开阔,而是懒惰,托钵僧①作风,浑浑噩噩的麻木……对了!"伊万·德米特里奇又生气了,"您蔑视痛苦,可是如果用房门把您的手指头夹一下,您恐怕就要扯着嗓门大叫起来了!"

"可是也许我并不叫呢。"安德烈·叶菲梅奇说,温和地笑笑。

"对,当然!瞧着吧,要是您一下子中了风,或者假定有个傻瓜和蛮横的家伙利用他自己的地位和官品当众侮辱您一场,而且您知道他侮辱了您仍旧可以逍遥法外,哼,到那时候

---

① 指伊斯兰教或印度教的被人目为圣者的沿街乞讨者。

您才会明白您叫别人去理解和寻求真正的幸福是怎么回事了。"

"这话很有独到之处，"安德烈·叶菲梅奇说，愉快地笑起来，搓着手，"您那种对于概括的爱好使我感到愉快的震动。多承您刚才把我的性格勾勒一番，简直精彩得很。我得承认，跟您谈话使我得到很大的乐趣。好，我已经听完您的话，现在要请您费心听我说一说了……"

十一

这次谈话接下去又进行了一个多钟头，分明给安德烈·叶菲梅奇留下了深刻的印象。从此他天天到这个厢房里来。他早晨去，吃过午饭后也去，到了天近黄昏，他往往仍旧在跟伊万·德米特里奇交谈。起初伊万·德米特里奇见着他还有点拘束，疑惑他存心不良，就公开表示自己的敌意，可是后来他跟他处熟了，他那声色俱厉的态度就换成了鄙夷讥诮的态度。

不久医院里传遍一种流言，说是安德烈·叶菲梅奇医师开始常到第六病室去了。谢尔盖·谢尔盖伊奇也好，尼基达也好，助理护士也好，谁都不明白他为什么到那儿去，为什么在那儿一连坐上好几个钟头，到底谈了些什么，为什么不开药方。他的行动显得古怪。米哈依尔·阿韦良内奇常常发现他不在家，这在过去是从来没有过的事。达留希卡也很心慌，因为现在医师不按一定的时候喝啤酒，有时候连吃饭都耽误了。

有一天，那已经是在六月末尾，霍博托夫医师去看望安德烈·叶菲梅奇，商量点事。他发现医师没有在家，就到院子里去找他。在那儿有人告诉他，说老医师到精神病人那儿去了。霍博托夫走进厢房，在前堂里站住，听见下面的谈话：

"我们永远也谈不拢，您休想叫我改信您那种信仰，"伊万·德米特里奇愤愤地说，"您完全不熟悉现实，您从来没有受过苦，反而像蚂蟥那样靠别人的痛苦生活着，我呢，从生下来那天起直到今天却一直不断地受苦。因此我老实对您说，我认为在各方面我都比您高明，比您有资格。您不配教导我。"

"我根本没有存心叫您改信我的信仰，"安德烈·叶菲梅奇低声说，惋惜对方不肯了解他的心意，"问题不在这儿，我的朋友。问题不在于您受过苦而我没受过。痛苦和欢乐都是暂时的，我们不谈这些，不去管它吧。问题在于您跟我都在思考，我们看出彼此都是善于思考和推理的人，那么不管我们的见解多么不同，这却把我们联系起来了。我的朋友，要是您知道我是多么厌恶那种普遍存在的狂妄、平庸、愚钝，而我每次跟您谈话的时候是多么高兴就好了！您是有头脑的人，我觉得跟您相处很快活。"

霍博托夫推开一点门缝儿，往病室里看了一眼。戴着睡帽的伊万·德米特里奇跟安德烈·叶菲梅奇医师并排坐在床上。疯子愁眉苦脸，打哆嗦，颤巍巍地裹紧身上的长袍。医师一动不动地坐在那儿，头低垂着，脸色发红，显得凄苦而悲伤。霍博托夫耸一耸肩膀，冷笑一声，跟尼基达互相看一眼。尼基达也耸一耸肩膀。

第二天霍博托夫跟医士一块儿到厢房里来。两个人站在前堂里偷听。

"咱们的老大爷似乎完全疯了！"霍博托夫走出厢房时

候说。

"主啊,饶恕我们这些罪人吧!"庄重的谢尔盖·谢尔盖伊奇叹道,小心的绕过泥塘,免得弄脏他那双擦得很亮的靴子,"老实说,尊敬的叶夫根尼·费奥多雷奇,我早就料着会出这样的事了!"

十二

这以后,安德烈·叶菲梅奇开始发觉四周有一种神秘的空气。杂役、助理护士、病人,一碰见他就追根究底地瞧他,然后交头接耳地说话。往常他总是喜欢在医院花园里碰见总务处长的女儿玛霞小姑娘,可是现在每逢他带着笑容向她跟前走过去,想摩挲一下她的小脑袋,不知因为什么缘故她却躲开他,跑掉了。邮政局长米哈依尔·阿韦良内奇听他讲话,也不再说"完全对",却莫名其妙地慌张起来,含糊地说:"是啊,是啊,是啊……"而且带着悲伤的、深思的神情瞧他。不知什么缘故,他开始劝他的朋友戒掉白酒和啤酒,不过他是一个有礼貌的人,在劝的时候并不直截了当地说,只是用了种种暗示,先对他讲起一个营长,那是一个极好的人,然后谈到团里的神甫,也是一个很好的人,他俩怎样贪酒,害了病,可是戒掉酒以后,病就完全好了。安德烈·叶菲梅奇的同事霍博托夫来看过他两三回,也劝他戒酒,而且无缘无故地劝他服用溴化钾①。

八月里安德烈·叶菲梅奇收到市长一封信,说是有很要

---

① 一种医治神经疾病的镇静剂。

紧的事请他去谈一谈。安德烈·叶菲梅奇按照约定的时间到了市政厅,发现在座的有军事长官、政府委派的县立学校的校长、市参议员、霍博托夫,还有一位胖胖的、头发金黄的先生,经过介绍,原来是一位医师。这位医师姓一个很难上口的波兰姓,住在离城三十俄里远的一个养马场上,现在凑巧路过这个城。

"这儿有一份申请关系到您的工作部门,"等到大家互相招呼过,围着桌子坐下来以后,市参议员对安德烈·叶菲梅奇说,"叶夫根尼·费奥多雷奇刚才在这儿对我们说起医院主楼里的药房太窄了,应当把它搬到一个厢房里去。这当然没有问题,要搬也可以搬,可是主要问题在于厢房需要修理了。"

"对了,不修理不行了,"安德烈·叶菲梅奇想了一想,说,"比方说,要是把院子角上那个厢房布置出来,改作药房的话,我想至少要用五百卢布。这是一笔不生产的开支。"

大家沉默了一会儿。

"十年前我已经呈报过,"安德烈·叶菲梅奇低声说下去,"照现在的形式存在着的这个医院对这个城市来说,是一种超过了它负担能力的奢侈品。这个医院是在四十年代建筑起来的,不过那时候的经费跟现在不同。这个城市在不必要的建筑和多余的职位方面花的钱太多了。我想,换一个办法就可以用同样多的钱来维持两个模范的医院。"

"好,那您就提出另外一个办法吧!"市参议员活跃地说。

"我已经向您呈请过把医疗部门移交地方自治局办理。"

"对,您要是把钱移交地方自治局,他们就会把它贪污了事。"头发金黄的医师笑着说。

"这是照例如此的。"市参议员同意道，也笑了。

安德烈·叶菲梅奇用无精打采、暗淡无光的眼睛瞧着金黄头发的医师说：

"我们得公道才对。"

他们又沉默了一会儿。茶端上来了。不知什么缘故，军事长官很窘，就隔着桌子碰了碰安德烈·叶菲梅奇的手说：

"您完全把我们忘了，大夫。不过，您是个修士：您既不打牌，也不喜欢女人。您跟我们这班人来往一定觉着没意思。"

大家谈起一个正派人住在这个城里多么无聊。没有剧院，没有音乐，俱乐部最近开过一次跳舞晚会，女人倒来了二十个上下，男舞伴却只有两个。青年男子不跳舞，却一直聚在小卖部附近，或者打牌。安德烈·叶菲梅奇没有抬起眼睛瞧任何人，低声慢慢讲起来，说到城里人把他们生命的精力、他们的心灵和智慧，都耗费在打牌和造谣上，不善于，也不愿意，把时间用在有趣的谈话和读书方面，不肯享受智慧所提供的快乐，这真是可惜，可惜极了。只有智慧才有趣味，才值得注意，至于别的一切东西，那都是卑贱而渺小的。霍博托夫专心地听他的同事讲话，忽然问道：

"安德烈·叶菲梅奇，今天是几月几号？"

霍博托夫听到回答以后，就和金黄头发的医师用一种连自己也觉得不高明的主考人的口气开始盘问安德烈·叶菲梅奇今天是星期几，一年当中有多少天，第六病室里是不是住着一个了不起的先知。

回答最后一个问题的时候，安德烈·叶菲梅奇脸红了，说：

"是的,他有病,不过他是一个有趣味的年轻人。"

此外他们没有再问他别的话。

他在前厅穿大衣的时候,军事长官伸出一只手来放在他的肩膀上,叹口气说:

"现在我们这些老头子到退休的时候了!"

安德烈·叶菲梅奇走出市政厅,才明白过来,原来这是一个奉命考察他的智力的委员会。他回想他们对他提出的种种问题,就涨红了脸,而且现在,不知因为什么缘故,生平第一回沉痛地为医学惋惜。

"我的上帝啊,"他想起那些医师刚才怎样考察他,不由得暗想,"要知道,他们前不久刚听完精神病学的课,参加过考试,怎么会这样一窍不通呢?他们连精神病学的概念都没有!"

他生平第一回感到受了侮辱,生气了。

当天傍晚,米哈依尔·阿韦良内奇来看他。这个邮政局长没有向他打招呼,径直走到他跟前,拉住他的双手,用激动的声调说:

"我亲爱的,我的朋友,请您向我表明您相信我的真诚的好意,把我看做您的朋友!……我的朋友!"他不容安德烈·叶菲梅奇开口讲话,仍旧激动地接着说下去,"我因为您有教养,您心灵高尚而喜爱您。听我说,我亲爱的。那些医生受科学规章的限制,不能对您说真话,可是我要像军人那样实话实说:您的身体不大好!请您原谅我,我亲爱的,不过这是实情,您四周的人早就注意到这一点了。叶夫根尼·费奥多雷奇医师刚才对我说:为了有利于您的健康,您务必要休养一下,散散心才成。完全对!好极了!过几天我就要度假日,出外去换一换空气。请您表明您是我的朋友，我们一块儿走！仍照往日那样，我们一块儿走。"

"我觉得我的身体十分健康，"安德烈·叶菲梅奇想了一想，说，"我不能走。请您容许我用别的办法来向您表明我的友情。"

丢开书本，丢开达留希卡，丢开啤酒，一下子打破已经建立了二十年的生活秩序，出外走一趟，既不知道到哪儿去，也不知道为什么要去，这种想法一开头就使他觉着又荒唐又离奇。可是他想起了市政厅里的那番谈话，想起了他从市政厅出来，在回家的路上经历到的沉重心情，那么认为暂时离开这个城，躲开那些把他看做疯子的蠢人，倒也未尝不可。

"那么您究竟打算到哪儿去呢？"他问。

"到莫斯科去，彼得堡去，华沙去……在华沙，我消磨过我一生中最幸福的五个年头。那是多么了不起的城啊！去吧，我亲爱的！"

十三

一个星期以后，人们向安德烈·叶菲梅奇建议，要他休养一下，也就是说要他提出辞呈，他满不在乎地照着做了。再过一个星期，米哈依尔·阿韦良内奇就和他坐上一辆邮车，到就近的火车站去了。天气凉快，晴朗，天空蔚蓝，远处风景看得清清楚楚。他们离火车站有两百俄里远，坐马车走了两天，在路上住了两夜。每逢在驿站上他们喝的茶用没有洗干净的杯子盛来，或者车夫套马车费的时间久了一点，米哈依尔·阿韦良内奇就涨紫了脸，周身发抖，嚷道："闭嘴！不准强辩！"一坐上马车,他就一会儿也不停地说话,讲起他当初在高加索和波兰帝国旅行的情形。他有过多少奇遇,有过什么样的遭际啊!他讲得很响,同时还惊奇地瞪起眼睛,弄得听的人以为他是在说谎。再者,他一面说话,一面对着安德烈·叶菲梅奇的脸喷气,对着他的耳朵哈哈大笑。这弄得医师很别扭,妨碍他思考,不容他聚精会神地思索。

为了省钱,他们在火车上乘三等车,坐在一个不准吸烟的车厢里。有一半的乘客是上等人。米哈依尔·阿韦良内奇不久就跟所有的人认识了,从这个座位换到那个座位,大声地说他们大不该在这样糟糕的铁路上旅行。简直是骗人上当!如果骑一匹好马赶路,那就大不相同:一天走一百俄里的路,赶完了路还精神抖擞,身强力壮。讲到我们收成不好,那是因为宾斯克沼泽地带排干了水。总之,什么事都乱七八糟。他兴奋起来,讲得很响,不容别人开口。这种夹杂大声哄笑和指手画脚的不停的扯淡,闹得安德烈·叶菲梅奇很疲劳。

"我们这两个人当中究竟谁是疯子呢?"他懊恼地想,"究竟是我这个极力不惊吵乘客的人呢,还是这个自以为比大家都聪明有趣,因此不容人消停的利己主义者?"

在莫斯科,米哈依尔·阿韦良内奇穿上没有肩章的军衣和镶着红丝绦的裤子。他一上街就戴上军帽,穿上军大衣,兵士们见着他都立正行礼。安德烈·叶菲梅奇现在觉得这个人把原来所有的贵族气派中的一切优点都丢掉,只留下了劣点。他喜欢有人伺候他,哪怕在完全不必要的时候也是一样。火柴就在他面前的桌子上,他自己也看见了,却对仆役嚷叫,要他拿火柴来。有女仆在场,他却只穿着衬里衣裤走来走去,并不觉着难为情。他对所有的仆人，哪怕是老人，也一律称呼"你"①，遇到他生了气，就骂他们是傻瓜和蠢货。安德烈·叶菲梅奇觉得这是老爷派头，可是恶劣得很。

首先，米哈依尔·阿韦良内奇领他的朋友到伊文尔斯卡雅教堂去。他热心地祷告，叩头，流泪，完事以后，深深地叹口气说：

"即使人不信神，可是祷告一下，心里也好像踏实点。吻圣像吧，我亲爱的。"

安德烈·叶菲梅奇很窘，吻了吻圣像，同时米哈依尔·阿韦良内奇努起嘴唇，摇头，小声祷告，眼泪又涌上了眼眶。随后，他们到克里姆林宫去，观看皇家的炮和皇家的钟，甚至伸出手指头去摸一摸。他们欣赏莫斯科河对面的风景，游览救世主教堂和鲁缅采夫博物馆。

他们在捷斯托夫饭店吃饭。米哈依尔·阿韦良内奇把菜单看了很久，摩挲着络腮胡子，用一种素来觉得到了饭店就像到了家里一样的美食家的口气对仆役说：

"我们倒要瞧瞧今天你们拿什么菜来给我们吃，天使！"

十四

医师走来走去，看这看那，吃啊喝的，可是他只有一种感觉：恼恨米哈依尔·阿韦良内奇。他一心想离开他的朋友休息一下，躲着他，藏起来，可是那位朋友却认为自己有责任不放医师离开身边一步，尽量为他想出种种消遣办法。到了没

---

① 意谓有礼貌的人对仆人应该称呼"您"。

有东西可看的时候,他就用谈天来给他解闷儿。安德烈·叶菲梅奇一连隐忍了两天,可是到第三天他就向朋友声明他病了,想留在家里待一整天。他的朋友回答说,既是这样,那他也不出去。实在,也该休息一下了,要不然两条腿都要跑断了。安德烈·叶菲梅奇在一个长沙发上躺下,脸对着靠背,咬紧牙齿,听他朋友热烈地向他肯定说:法国早晚一定会打垮德国,莫斯科有很多骗子,单凭马的外貌绝看不出马的长处。医师耳朵里嗡嗡地响起来,心扑扑地跳,可是出于客气,又不便请他的朋友走开或者住口。幸亏米哈依尔·阿韦良内奇觉着坐在旅馆房间里闷得慌,饭后就出去散步了。

等到只剩下自己一个人,安德烈·叶菲梅奇就让自己沉湎于休息的感觉里。一动不动地躺在长沙发上,知道屋里只有自己一个人,这是多么痛快啊!没有孤独就不会有真正的幸福。堕落的天使之所以背弃上帝,大概就因为他一心想孤独吧,而天使们是不知道什么叫做孤独的。安德烈·叶菲梅奇打算想一想近几天来他看见了些什么,听见了些什么,可是米哈依尔·阿韦良内奇却不肯离开他的脑海。

"话说回来,他度假日,跟我一块儿出来旅行,还是出于友情,出于慷慨呢,"医师烦恼地想,"再也没有比这种友情的保护更糟糕的事了。本来他倒好像是个好心的、慷慨的、快活的人,不料是个无聊的家伙。无聊得叫人受不了。有些人就是这样,平素说的都是聪明话,好话,可是人总觉得他们是愚蠢的人。"

这以后一连几天,安德烈·叶菲梅奇声明他生病了,不肯走出旅馆的房间。他躺着,用脸对着长沙发的靠背,遇到他的朋友用谈话来给他解闷儿,他总是厌烦。遇到他的朋友不在,他就养神。他生自己的气，因为他跑出来旅行，他还生他朋友的气，因为他一天天地变得贫嘴，放肆了。他无论如何也不能把他的思想提到严肃高尚的方面去。

"这就是伊万·德米特里奇所说的现实生活了，它把我折磨得好苦，"他想，气恼自己这样小题大做，"不过这也没什么要紧……将来我总要回家去，一切就会跟先前一样了……"

到了彼得堡，局面仍旧是那样。他一连好几天不走出旅馆的房间，老是躺在长沙发上，只有为了喝啤酒才起来一下。

米哈依尔·阿韦良内奇时时刻刻急着要到华沙去。

"我亲爱的，我上那儿去干什么？"安德烈·叶菲梅奇用恳求的声音说，"您一个人去，让我回家好了！我求求您了！"

"那可无论如何也不成！"米哈依尔·阿韦良内奇抗议道，"那是个了不起的城。在那儿，我消磨过我一生中顶幸福的五个年头呢！"

安德烈·叶菲梅奇缺乏坚持自己主张的性格，勉强到华沙去了。到了那儿，他没有走出过旅馆的房间，躺在长沙发上，生自己的气，生朋友的气，生仆役的气，这些仆役固执地不肯听懂俄国话。米哈依尔·阿韦良内奇呢，照常健康快活，精神抖擞，一天到晚在城里溜达，找他旧日的熟人。他有好几回没在旅馆里过夜。有一天晚上他不知在一个什么地方过了一夜，一清早回到旅馆里，神情激动极了，脸涨得绯红，头发乱蓬蓬。他在房间里从这头走到那头，走了很久，自言自语，不知在讲些什么，后来站住说：

"名誉第一啊！"

他又走了一阵，忽然双手捧住头，用悲惨的声调说：

"对了,名誉第一啊! 不知我为什么起意来游历这个巴比伦①,真是该死! 我亲爱的,"他接着对医师说,"请您看轻我吧,我打牌输了钱! 请您给我五百卢布吧!"

安德烈·叶菲梅奇数出五百个卢布,一句话也没有说就交给了他的朋友。他的朋友仍旧因为羞臊和气愤而涨红了脸,没头没脑地赌了一个不必要的咒,戴上帽子,走出去了。大约过了两个钟头,他回来了,往一张圈椅上一坐,大声叹一口气说:

"我的名誉总算保住了! 走吧,我的朋友! 在这个该死的城里,我连一分钟也不愿意再待了。骗子! 奥地利的间谍!"

等到两个朋友回到他们自己的城里,那已经是十一月了,街上积了很深的雪。霍博托夫医师接替了安德烈·叶菲梅奇的职位。他仍旧住在原来的寓所,等安德烈·叶菲梅奇回来,腾出医院的寓所。那个被他称作"厨娘"的丑女人已经在一个厢房里住下了。

关于医院又有新的流言在城里传布。据说那丑女人跟总务处长吵过一架,总务处长就跪在她的面前告饶。

安德烈·叶菲梅奇回到本城以后第一天就得出外去找住处。

"我的朋友,"邮政局长不好意思地对他说,"原谅我提一个唐突的问题:您手里有多少钱?"

安德烈·叶菲梅奇一句话也没有说,数一数自己的钱说:

"八十六卢布。"

---

① 借喻"乱糟糟的城",典出基督教经书《旧约·创世记》。

"我问的不是这个，"米哈依尔·阿韦良内奇慌张地说，没听懂他的意思，"我问的是您一共有多少家底？"

"我已经告诉您了，八十六卢布……以外我什么也没有了。"

米哈依尔·阿韦良内奇素来把医师看做正人君子，可是仍旧疑心他至少有两万存款。现在听说安德烈·叶菲梅奇成了乞丐，没有钱来维持生活，不知什么缘故他忽然流下眼泪，拥抱他的朋友。

十五

安德烈·叶菲梅奇在一个女小市民别洛娃家一所有三个窗子的小房子里住下来。在这所小房子里，如果不算厨房，就只有三个房间。医师住在朝街的两个房间里，达留希卡和带着三个孩子的女小市民住在第三个房间和厨房里。有时候女房东的情人，一个醉醺醺的农民，上她这儿来过夜。他晚上吵吵闹闹，弄得达留希卡和孩子们十分害怕。他一来就在厨房里坐下，开始要酒喝，大家就都觉着很不自在。医师动了怜悯的心，把啼哭的孩子带到自己的房间里，让他们在地板上睡下。这样做，使他感到很大的快乐。

他跟先前一样，八点钟起床，喝完早茶以后坐下来看自己的旧书和旧杂志。他已经没有钱买新的了。要就是因为那些书都是旧的，要就是或许因为环境变了，总之，书本不再像从前那样紧紧抓住他的注意力，他看书感到疲劳了。为了免得把时间白白度过，他就给他的书开一个详细书目，在书脊上粘贴小签条；这种机械而费事的工作，他倒觉着比看书还有趣味。这种单调费事的工作不知怎么弄得他的思想昏睡了。他什么也不想,时间过得很快。即使坐在厨房里跟达留希卡一块儿削土豆皮,或者挑出荞麦粒里的皮屑,他也觉着有趣味。一到星期六和星期日,他就到教堂去。他站在墙边,眯细眼睛,听着歌声,想起他的父亲、他的母亲,想起大学,想起各种宗教,他心里变得平静而忧郁。事后他走出教堂,总惋惜礼拜式结束得太快。

他有两次到医院里去看望伊万·德米特里奇,想跟他谈天。可是那两回伊万·德米特里奇都非常激动,气愤;他请医师不要来搅扰他,因为他早就讨厌空谈了。他说他为自己的一切苦难只向那些该死的坏蛋要求一种补偿:单人监禁。难道连这么一点儿要求他们也会拒绝他吗?那两回安德烈·叶菲梅奇向他告辞,祝他晚安的时候,他没好气地哼一声,回答说:

"滚你的吧!"

现在安德烈·叶菲梅奇不知道该不该再去看望他。不过他心里还是想去。

从前,在吃完午饭以后的那段时间,安德烈·叶菲梅奇总是在房间里走来走去,思索,可是现在从吃完午饭起直到喝晚茶的时候止,他却一直躺在长沙发上,脸对着靠背,满脑子的浅薄思想,无论如何也压不下去。他想到自己做了二十几年的事,既没有得到养老金,也没有得到一次发给的补助金,不由得愤愤不平。不错,他工作得不勤恳,不过话说回来,所有的工作人员,不管勤恳也好,不勤恳也好,是一律都领养老金的。当代的正义恰好就在于官品、勋章、养老金等不是根据道德品质或者才干,却是一般地根据服务,不论什么样的服务,而颁给的。那为什么只有他一个人是例外呢？他已经完全没有钱了。他一走过小杂货店，一看见女老板，就觉着害臊。到现在他已经欠了三十二个卢布的啤酒钱。他也欠小市民别洛娃的钱。达留希卡悄悄地卖旧衣服和旧书，还对女房东撒谎，说是医师不久就要收到很多很多钱。

他恼恨自己，因为他在旅行中花掉了他积蓄的一千卢布。那一千卢布留到现在会多么有用啊！他心里烦躁，因为人家不容他消消停停过日子。霍博托夫认为自己有责任偶尔来看望这个有病的同事。安德烈·叶菲梅奇觉得他处处都讨厌：胖胖的脸、恶劣而尊大的口气、"同事"那两个字、那双高筒皮靴。顶讨厌的是他自以为有责任给安德烈·叶菲梅奇医病，而且自以为真的在给他看病。每回来访，他总带来一瓶溴化钾药水和几粒大黄药丸。

米哈依尔·阿韦良内奇也认为自己有责任来看望这个朋友，给他解闷儿。每一回他走进安德烈·叶菲梅奇的屋里总是装出随随便便的神情，不自然地大声笑着，开始向他保证说今天他气色大好。谢谢上帝，局面有了转机。从这样的话里，人就可以推断他认为他朋友的情形没有希望了。他还没有归还他在华沙欠下的债，心头压着沉重的羞愧，觉着紧张，因此极力大声地笑，说些滑稽的话。他的奇闻轶事现在好像讲不完了，这对安德烈·叶菲梅奇也好，对他自己也好，都是痛苦的。

有他在座，安德烈·叶菲梅奇照例躺在长沙发上，脸对着墙，咬紧牙关听着，他的心上压着一层层的水锈。他的朋友每来拜访一回，他就觉着这些水锈堆得更高一点，好像就要涌到他的喉头来了。

为了压下这些无聊的感触,他就赶紧暗想:他自己也罢,霍博托夫也罢,米哈依尔·阿韦良内奇也罢,反正早晚都会死亡,甚至不会在大自然中留下一点痕迹。要是想象一百万年以后有个精灵飞过地球上空,那么这个精灵就只会看见黏土和光秃的峭壁。一切东西,文化也好,道德准则也好,都会消灭,连一棵牛蒡也不会长出来。那么,在小店老板面前觉着害臊,有什么必要呢?那个不足道的霍博托夫,或者米哈依尔·阿韦良内奇的讨厌的友情,有什么道理呢?这一切都琐琐碎碎,毫无意义。

可是这样的想法已经无济于事了。他刚刚想到一百万年以后的地球,穿着高筒靴的霍博托夫或者勉强大笑的米哈依尔·阿韦良内奇就从光秃的峭壁后面闪出来,甚至可以听见含羞带愧的低语声:"讲到华沙的债,好朋友,过几天我就还给您……一定。"

十六

有一天,米哈依尔·阿韦良内奇饭后来了,安德烈·叶菲梅奇正躺在长沙发上。凑巧,霍博托夫同时带着溴化钾药水也来了。安德烈·叶菲梅奇费力地爬起来,坐好,把两条胳膊支在长沙发上。

"今天您的气色比昨天好多了,我亲爱的,"米哈依尔·阿韦良内奇开口说,"对了,您显得挺有精神。真的,挺有精神!"

"您也真的到了该复原的时候了,同事,"霍博托夫说,打个呵欠,"大概这种无聊的麻烦事您自己也腻烦了。"

"咱们会复原的!"米哈依尔·阿韦良内奇快活地说,"咱们会再活一百年的! 一定!"

"一百年倒活不了,再活二十年是总能行的,"霍博托夫安慰说,"没关系,没关系,同事,别灰心……那种病只不过是给您故布疑阵罢了。"

"我们还要大显身手呢!"米哈依尔·阿韦良内奇哈哈大笑,拍一拍他朋友的膝头,"我们还要大显身手呢! 明年夏天,求上帝保佑,咱们到高加索去玩一趟,骑着马到处逛一逛——驾! 驾! 驾! 等到我们从高加索回来,瞧着吧,大概还要热热闹闹地办一回喜事呐。"讲到这儿,米哈依尔·阿韦良内奇调皮地眨一眨眼,"我们会给您说成一门亲事的,好朋友……我们会给您说成一门亲事的……"

安德烈·叶菲梅奇忽然觉着那点儿水锈涌到喉头上来了。他的心猛烈地跳起来。

"这是庸俗!"他说,很快地站起来,走到窗子那边去,"难道你们不明白你们说的是些庸俗的话吗?"

他本来想温和而有礼貌地讲下去,可是他违背本心,忽然攥紧拳头,高高地举到自己的头顶上。

"躲开我!"他嚷道,嗓音变了,脸涨得通红,浑身发抖,"出去,你们俩都出去! 你们俩!"

米哈依尔·阿韦良内奇和霍博托夫站起来,瞧着他,先是愣住,后来害怕了。

"出去,你们俩!"安德烈·叶菲梅奇不断地嚷道,"蠢材! 愚人! 我既不要你们的友情,也不要你的药品,蠢材! 庸俗! 可恶!"

霍博托夫和米哈依尔·阿韦良内奇狼狈地互相看一眼,

跟跄地退到门口,走进了前堂。安德烈·叶菲梅奇抓起那瓶溴化钾,对他们背后扔过去。药水瓶摔在门槛上,砰的一声碎了。

"滚蛋!"他跑进前堂,用含泪的声音嚷道,"滚!"

等到客人走了,安德烈·叶菲梅奇就在长沙发上躺下来,像发烧一样地哆嗦,反反复复说了很久:

"蠢材!愚人!"

等到他的火气平下来,他首先想到可怜的米哈依尔·阿韦良内奇现在一定羞愧得不得了,心里难受,他想到这件事做得真可怕。以前还从来没有出过这样的事。他的智慧和客气到哪儿去了?对人间万物的理解啦,哲学性质的淡漠啦,都到哪儿去了?

医师又是羞愧,又是生自己的气,一夜也没有能够睡着,第二天早晨大约十点钟就动身到邮局去,向邮政局长道歉。

"以前发生的事,我们不要再提了,"米哈依尔·阿韦良内奇十分感动,握紧他的手,叹口气说,"谁再提旧事,就叫谁的眼睛瞎掉。留巴甫金!"他忽然大喊一声,弄得所有的邮务人员和顾客都打了个哆嗦,"搬椅子来。你等着!"他对一个农妇嚷道,她正把手伸进铁栅栏,向他递过一封挂号信来,"难道你没看见我忙着吗?过去的事我们就不要再提了,"他接着温和地对安德烈·叶菲梅奇说,"我恳求您,坐下吧,我亲爱的。"

他沉默了一会儿,揉着自己的膝头,然后说:

"我心里一点也没有生您的气。害病可不是闹着玩儿的事,我明白。昨天您发了病,吓坏了医师跟我,事后关于您我们谈了很久。我亲爱的,您为什么不肯认真地治一治您的病呢？难道可以照这样下去吗？原谅我出于友情直爽地说一句，"米哈依尔·阿韦良内奇小声说，"您生活在极其不利的环境里：狭窄，肮脏，没有人照料您，也没有钱治病……我亲爱的朋友，我跟医师全心全意地恳求您听从我们的忠告：到医院里去养病吧！在那儿有滋补的吃食，有照应，有人治病。咱们背地里说一句，叶夫根尼·费奥多雷奇虽然举止粗俗，不过他精通医道，咱们倒可以完全信任他。他已经答应我说他要给您治病。"

安德烈·叶菲梅奇被这种真诚的关心和忽然在邮政局长脸颊上闪光的眼泪感动了。

"我尊敬的朋友，不要听信那种话！"他小声说，把手按在胸口上，"不要听信那种话！那全是骗人的！我的病只不过是这么回事：二十年来我在全城只找到一个有头脑的人，而他又是个疯子。我根本没有害病，只不过我落进了一个魔圈里，出不来了。我觉得随便怎样都没关系，我准备承担一切。"

"进医院去养病吧，我亲爱的。"

"我是无所谓的，哪怕进深渊也没关系。"

"好朋友，答应我：您样样都听叶夫根尼·费奥多雷奇的安排。"

"遵命，要我答应我就答应。可是我再说一遍，我尊敬的朋友，我落进了一个魔圈里。现在不管什么东西，就连朋友的真心同情在内，也只有一个结局：引我走到灭亡。我正在走向灭亡，我也有勇气承认这个事实。"

"好朋友，您会复原的。"

"何必再说这种话呢？"安德烈·叶菲梅奇愤愤地说，"很少有人在一生的结尾不经历到我现在所经历到的情形。临到有人告诉您说您肾脏有病或者心房扩大之类的话,因此您开始看病的时候,或者有人告诉您说您是疯子或者罪犯,总之换句话说,临到人家忽然注意您,那您就得知道您已经落进魔圈里,再也出不来了。您极力想逃出来,可是反而陷得越发深了。那您就索性听天由命吧,因为任何人力都已经不能挽救您了。我觉得就是这样。"

这当儿窗洞那里挤满了人。为了免得妨碍人家的工作,安德烈·叶菲梅奇就站起来告辞。米哈依尔·阿韦良内奇又一次取得他的诺言,然后送他到外边门口。

当天,将近傍晚,出人意料,霍博托夫穿着短羊皮袄和高筒靴到安德烈·叶菲梅奇家里来了,用一种仿佛昨天根本没出过什么事的口气说道:

"我是有事来找您的,同事。我来邀请您:您愿意不愿意跟我一块儿去参加会诊? 啊?"

安德烈·叶菲梅奇心想霍博托夫大概要他出去散步解一解闷儿,或者真的要给他一个赚点儿钱的机会,就穿上衣服,跟他一块儿走到街上。他暗自高兴,总算有个机会可以把他昨天的过失弥补一下,就此和解了。他心里感激霍博托夫,因为昨天的事他绝口不提,分明原谅他了。这个没有教养的人会有这样细腻的感情,倒是很难料到的。

"您的病人在哪儿?"安德烈·叶菲梅奇问。

"在我的医院里。我早就想请您去看一看了……那是一个很有趣的病例。"

他们走进医院的院子,绕过主楼,向那住着疯人的厢房走去。不知什么缘故他们走这一路都没有说话。他们一走进厢房,尼基达照例跳起来,挺直了身子立正。

"这儿有一个病人两侧肺部忽然害了并发症,"霍博托夫跟安德烈·叶菲梅奇一块儿走进病室,低声说,"您在这儿等一会儿,我马上就来。我只是为了去拿我的听诊器。"

说完,他就出去了。

十七

天渐渐黑下来。伊万·德米特里奇躺在床上,把脸埋在枕头里。那个瘫子一动也不动地坐着,轻声地哭,努动嘴唇。胖农民和从前的检信员睡觉了。屋里寂静无声。

安德烈·叶菲梅奇在伊万·德米特里奇的床上坐下,等着。可是半个钟头过去了,霍博托夫没来,尼基达却抱着一件长袍、一身不知什么人的衬里衣裤、一双拖鞋,走进病室里来。

"请您换衣服,老爷,"他轻声说,"您的床在这边,请到这边来,"他又说,指一指一张空床,那分明是不久以前搬进来的,"不要紧,求上帝保佑,您会复原的。"

安德烈·叶菲梅奇心里全明白了。他一句话也没说,依照尼基达的指点,走到那张床边坐下。他看见尼基达站在那儿等着,就脱光身上的衣服,觉着很害臊。然后他穿上医院的衣服,衬裤很短,衬衫却长,长袍上有熏鱼的气味。

"求上帝保佑,您会复原的。"尼基达又说一遍。

他把安德烈·叶菲梅奇的衣服收捡起来,抱在怀里,走出去,随手关上了门。

"没关系……"安德烈·叶菲梅奇想,害臊地把长袍的衣襟掩上,觉着穿了这身新换的衣服像是一个囚犯,"这也没关

344

系……礼服也好，制服也好，这件长袍也好，反正是一样……"

可是他的怀表怎么样了？侧面衣袋里的笔记簿呢？他的纸烟呢？尼基达把他的衣服拿到哪儿去了？这样一来，大概直到他死的那天为止，他再也没有机会穿长裤、背心、高筒靴了。这种事，乍一想，不知怎的，有点古怪，甚至不能理解。安德烈·叶菲梅奇到现在还相信小市民别洛娃的房子跟第六病室没有什么差别，这世界上的一切都无聊、空虚。然而他的手发抖，脚发凉，一想到待一会儿伊万·德米特里奇起来，看见他穿着长袍，就不由得害怕。他站起来，在房间里走了一个来回，又坐下。

在那儿，他已经坐了半个钟头，一个钟头，他厌烦得要命。难道在这种地方人能住一天，一个星期，甚至像这些人似的一连住好几年吗？是啊，他已经坐了一阵，走了一阵，又坐下了。他还可以再走一走，瞧一瞧窗外，再从这个墙角走到那个墙角。可是这以后怎么样呢？就照这样像个木头人似的始终坐在这儿思考吗？不，这样总不行啊。

安德烈·叶菲梅奇躺下去，可是立刻坐起来，用衣袖擦掉额头上的冷汗，于是觉着整个脸上都有熏鱼的气味了。他又走来走去。

"这一定是出了什么误会……"他说，茫然摊开两只手，"这得解释一下才成，一定是出了什么误会……"

这当儿伊万·德米特里奇醒来了。他坐起来，用两个拳头支着腮帮子。他吐了口唾沫。然后他懒洋洋地瞧一眼医师，起初分明不明白这是怎么回事。可是不久他那带着睡意的脸就现出了恶毒的讥讽神情。

"啊哈！好朋友，他们把您也关到这儿来了！"他眯细一只眼睛，用带着睡意而发哑的声音说，"我很高兴。您以前吸别人的血，现在人家要吸您的血了。好极了！"

"这一定是出了什么误会。"安德烈·叶菲梅奇给伊万·德米特里奇的话吓坏了，慌张地说。他耸一耸肩膀，再说一遍："这一定是出了什么误会……"

伊万·德米特里奇又吐口唾沫，躺下去。

"该诅咒的生活！"他嘟哝说，"这种生活真叫人痛心，感到气愤，要知道它不是以我们的痛苦得到补偿来结束，不是像歌剧里那样庄严地结束，却是用死亡来结束。临了，来几个医院杂役，拉住死尸的胳膊和腿，拖到地下室去。呸！不过，那也没关系……到了另一个世界里，那就要轮着我们过好日子了……到那时候我要从那个世界到这里来显灵，吓一吓这些坏蛋。我要把他们吓得白了头。"

莫依谢依卡回来了，看见医师，就伸出手。

"给我一个小钱！"他说。

十八

安德烈·叶菲梅奇走到窗口去，瞧着外面的田野。天已经黑下来，右面天边一个冷冷的、发红的月亮升上来了。离医院围墙不远，至多不出一百俄丈的地方，矗立着一所高大的白房子，由一道石墙围起来。那是监狱。

"这就是现实生活！"安德烈·叶菲梅奇想，他觉着害怕了。

月亮啦，监狱啦，围墙上的钉子啦，远处一个烧骨场上腾起来的火焰啦,全都可怕。他听见身后一声叹息。安德烈·叶菲梅奇回过头去,看见一个人胸前戴着亮闪闪的星章和勋章,微微笑着,调皮地眨眼。这也显得可怕。

安德烈·叶菲梅奇极力对自己说:月亮或者监狱并没有什么蹊跷的地方。勋章是就连神智健全的人也戴的,人间万物早晚会腐烂,化成黏土。可是他忽然满心绝望,双手抓住窗上的铁窗格,使足力气摇它。坚固的铁窗格却一动也不动。

随后,为了免得觉着可怕,他走到伊万·德米特里奇的床边,坐下。

"我的精神支持不住了,我亲爱的,"他喃喃地说,发抖,擦掉冷汗,"我的精神支持不住了。"

"可是您不妨谈点儿哲学啊。"伊万·德米特里奇讥诮地说。

"我的上帝,我的上帝啊……对了,对了……有一回您说俄罗斯没有哲学,然而大家都谈哲学,连小人物也谈。其实,小人物谈谈哲学,对谁都没有什么害处啊,"安德烈·叶菲梅奇说,那声音仿佛要哭出来,引人怜悯似的,"可是我亲爱的,为什么您发出这种幸灾乐祸的笑声呢?小人物既然不满意,怎么能不谈哲学呢?一个有头脑、受过教育的人,他有神那样的相貌,有自尊心,爱好自由,却没有别的路可走,只能到一个肮脏愚蠢的小城里来做医师,把整整一辈子消磨在拔血罐、蚂蟥、芥子膏上面!欺骗,狭隘,庸俗!啊,我的上帝!"

"您在说蠢话了。要是您不愿意做医师,那就去做大臣好了。"

"不行,我什么也做不成。我们软弱啊,亲爱的。……以前我满不在乎,活泼清醒地思考着,可是生活刚刚粗暴地碰到我,我的精神就支持不住……泄气了……我们软弱啊,我们不中用……您也一样,我亲爱的。您聪明,高尚,从母亲的奶里吸取了美好的激情,可是刚刚走进生活就疲乏,害病了……我们软弱啊,软弱啊!"

随着黄昏来临,除了恐惧和屈辱的感觉以外,另外还有一种没法摆脱的感觉不断折磨安德烈·叶菲梅奇。临了,他明白了:他想喝啤酒,想抽烟。

"我要从这儿出去,我亲爱的,"他说,"我要叫他们在这儿点个灯……这样我可受不了……我不能忍受下去……"

安德烈·叶菲梅奇走到门口,开了门,可是尼基达立刻跳起来,挡住他的去路。

"您上哪儿去?不行,不行!"他说,"到睡觉的时候了!"

"可是我只出去一会儿,在院子里散一散步!"安德烈·叶菲梅奇慌张地说。

"不行,不行。这是不许可的。您自己也知道。"

尼基达砰的一声关上房门,用背抵住门。

"可是,就算我出去一趟,对别人又有什么害处呢?"安德烈·叶菲梅奇问,耸一耸肩膀,"我不明白!尼基达,我一定要出去!"他用发颤的嗓音说,"我要出去!"

"不许捣乱,这可要不得!"尼基达告诫说。

"鬼才知道这是怎么回事!"伊万·德米特里奇忽然叫道,他跳下床,"他有什么权利不放我们出去?他们怎么敢把我们关在这儿?法律上似乎明明说着不经审判不能剥夺人的自由啊!这是暴力!这是专横!"

"当然,这是专横!"安德烈·叶菲梅奇听到伊万·德米特里奇的叫声,添了点儿勇气,说道,"我一定要出去,非出去不可！他没有权利！我跟你说：你放我出去！"

"听见没有，愚蠢的畜生？"伊万·德米特里奇叫道，用拳头砰砰地敲门，"开门！要不然我就把门砸碎！残暴的家伙！"

"开门！"安德烈·叶菲梅奇叫道，浑身发抖，"我要你开门！"

"你尽管说吧！"尼基达隔着门回答道，"随你去说吧！"

"至少去把叶夫根尼·费奥多雷奇叫到这儿来！就说我请他来……来一会儿！"

"明天他老人家自己会来。"

"他们绝不会放我们出去！"这当儿伊万·德米特里奇接着说，"他们要把我们在这儿折磨死！啊，主，难道下一个世界里真的没有地狱，这些坏蛋会得到宽恕？正义在哪儿？开门，坏蛋，我透不出气来啦！"他用嘎哑的声调喊着，用尽全身力量撞门，"我要把我的脑袋碰碎！杀人犯！"

尼基达很快地开了门，用双手和膝盖粗暴地推开安德烈·叶菲梅奇，然后抡起胳膊，一拳打在他的脸上。安德烈·叶菲梅奇觉着有一股咸味的大浪兜头盖上来，把他拖到床边去。他嘴里真的有一股咸味：多半他的牙出血了。他好像要游出这股大浪似的挥舞胳膊，抓住什么人的床架，同时觉得尼基达在他背上打了两拳。

伊万·德米特里奇大叫一声。大概他也挨打了。

然后一切都安静了。淡淡的月光从铁格子里照进来，地板上铺着一个像网子那样的阴影。这是可怕的。安德烈·叶菲梅奇躺在那儿，屏住呼吸：他战兢兢地等着再挨打。他觉着好像有人拿一把镰刀，刺进他的身子，在他胸中和肠子里搅了几下似的。他痛得咬枕头，磨牙，忽然在他那乱糟糟的脑子里清楚地闪过一个可怕的、叫人受不了的思想：这些如今在月光里像黑影一样的人，若干年来一定天天都在经受这样的痛苦。这种事他二十多年以来怎么会一直不知道，也不想知道？他不懂痛苦，根本没有痛苦的概念，可见这不能怪他，不过他那跟尼基达同样无情而粗暴的良心却使得他从后脑勺直到脚后跟都变得冰凉了。他跳起来，想用尽气力大叫一声，赶快跑去打死尼基达，然后打死霍博托夫、总务处长、医士，再打死他自己。可是他的胸膛里却发不出一点声音，他的腿也不听他使唤了。他喘不过气来，拉扯胸前的长袍和衬衫，撕得粉碎，然后倒在床上，不省人事了。

十九

第二天早晨他头痛，耳朵里嗡嗡地响，觉得周身不舒服。他想起昨天他的软弱，并不害臊。昨天他胆怯，甚至怕月亮，而且真诚地说出了这以前他万没料到自己会有的感情和思想。比方说，想到小人物爱谈哲学是由于不满足。可是现在，他什么也不在意了。

他不吃不喝，躺在那儿一动也不动，也不说话。

"对我说来，什么都一样了，"他们问他话的时候，他想，"我不想回答了……对我说来，什么都一样了。"

午饭后，米哈依尔·阿韦良内奇来了，送给他四分之一磅的茶叶和一磅果冻。达留希卡也来了，在床边站了整整一个钟头，脸上现出茫然的悲伤神情。霍博托夫医师也来看他。他拿来一瓶溴化钾药水，吩咐尼基达烧点什么熏一熏病室。

将近傍晚,安德烈·叶菲梅奇因为中风而死了。起初他感到猛烈的寒颤和恶心;仿佛有一种使人恶心的东西浸透他的全身,甚至钻进他的手指头,从肚子里往上冒,涌到他的脑袋里,淹没他的眼睛和耳朵。一切东西在他眼前都变成绿色了。安德烈·叶菲梅奇明白他的末日已经到了,想起伊万·德米特里奇、米哈依尔·阿韦良内奇、成百万的人,都相信长生不死。万一真会不死呢?可是他并不希望不死,他只想了一想就算了。他昨天在书上读到过一群非常美丽优雅的鹿,如今在他的面前跑过去。随后有一个农妇向他伸出手来,手里拿着一封挂号信……米哈依尔·阿韦良内奇说了句什么话。后来一切都消散,安德烈·叶菲梅奇永远昏过去了。

杂役们走来,抓住他的胳膊和腿,把他抬到小教堂里去了。在那儿他躺在桌子上,睁着眼睛,晚上月光照着他。到早晨,谢尔盖·谢尔盖伊奇来了,对着耶稣钉在十字架上的雕像虔诚地祷告一番,把他前任长官的眼睛阖上了。

第二天安德烈·叶菲梅奇下了葬。送葬的只有米哈依尔·阿韦良内奇和达留希卡。

1892 年

挂在脖子上的安娜

一

婚礼以后,就连清淡的凉菜也没有;新婚夫妇各自喝下一杯酒,就换上衣服,坐马车到火车站去了。他们没有举行欢乐的结婚舞会和晚餐,没有安排音乐和跳舞,却到二百俄里以外参拜圣地去了。许多人都赞成这个办法,说莫杰斯特·阿列克谢伊奇已经身居要职,而且年纪也不算轻,热闹的婚礼或许不大相宜了。再者,一个五十二岁的官吏跟一个刚满十八岁的姑娘结婚,音乐就叫人听着乏味了。大家还说:莫杰斯特·阿列克谢伊奇是一个循规蹈矩的人,其所以想出到修道院去旅行一趟,是特意要让年轻的妻子知道:就连在婚姻中,他也把宗教和道德放在第一位。

人们纷纷到车站去给这对新婚夫妇送行。一群亲戚和同事站在那儿,手里端着酒杯,专等火车一开就嚷"乌拉",新娘的父亲彼得·列昂契奇戴一顶高礼帽,穿着教员制服,已经喝醉,脸色很苍白,不住地端着酒杯向窗子那边伸过头去,恳求地说:

"阿纽达①！阿尼娅②，阿尼娅！有一句话要跟你说！"

阿尼娅在窗口弯下腰来凑近他，他就凑着她的耳朵小声说话，用一股酒臭气熏着她，用呼出来的气吹着她的耳朵，结果她什么也听不明白。他在她脸上、胸上、手上画十字，同时他的呼吸发颤，眼泪在他眼睛里发亮。阿尼娅的兄弟，那两个中学生，彼佳和安德留沙，在他背后拉他的制服，用忸怩的口气悄悄说：

"爸爸，够了……爸爸，别说了……"

火车开了，阿尼娅看见她父亲跟着车厢跑了几步，脚步踉跄，他的酒也洒了，他的脸容多么可怜、善良、惭愧啊。

"乌——拉！"他嚷道。

现在只剩下这对新婚夫妇在一起了。莫杰斯特·阿列克谢伊奇瞧一下车室，把东西放到架子上去，在年轻的妻子对面坐下来，微微笑着。他是个中等身材的官吏，相当丰满，挺胖，保养得很好，留着长长的络腮胡子，却没留上髭。他那剃得光光、轮廓鲜明的圆下巴看上去像是脚后跟。他脸上最有特色的一点是没有唇髭，只有光秃秃的、新近剃光的一块肉，那块肉渐渐过渡到像果冻一样颤抖的肥脸蛋上去。他风度尊严，动作从容，态度温和。

"现在我不由得想起一件事情来了，"他微笑着说，"五年前柯索罗托夫接受二等圣安娜勋章，去向公爵大人道谢的时候，公爵大人说过这样的话：'那么您现在有三个安娜了：一个挂在您的纽扣眼上，两个挂在您的脖子上。'这得说明一下。当时柯索罗托夫的太太，一个爱吵架的轻佻女人，刚刚回

①② 安娜的爱称。

到他家里来，她的名字就叫做安娜。我希望等我接受二等安娜勋章的时候，大人不会有理由对我说这种话。"

他那双小眼睛微笑着。她也微笑，可是一想到这个人随时会用他那粘湿的厚嘴唇吻她，而且她没有权利拒绝，就觉着心慌。他那胖身子只要微微一动，就会吓她一跳；她觉得又可怕又恶心。他站起来，不慌不忙地从脖子上取下勋章，脱掉上衣和坎肩，穿上长袍。

"这样就舒服一点了。"他在阿尼娅身边坐下来说。

她想起参加婚礼的时候多么痛苦，那时候她觉着不管司祭也好，来宾也好，总之，教堂里所有的人都忧愁地瞧着她，暗自问着：这么一个可爱的漂亮姑娘为什么，究竟为什么嫁给这么一个没有趣味、上了岁数的人呢？只不过那天早晨，她还因为一切布置得很好而高兴，可是后来在举行婚礼的时候，现在坐在火车车厢里的时候，她却觉着做错了事，上了当，荒唐可笑了。现在她跟一个阔人结婚了，可是她仍旧没有钱，她的结婚礼服是赊账缝制的。今天她父亲和弟弟来给她送行，她从他们的面容看得出他们身边连一个小钱也没有。今天他们有晚饭吃吗？明天呢？不知什么缘故她觉着眼下她不在家，她父亲和那两个男孩坐在家里正在挨饿，而且跟母亲下葬后第一天傍晚那样感到凄凉。

"啊，我是多么不幸！"她想，"为什么我那么不幸啊？"

莫杰斯特·阿列克谢伊奇是个庄重的、不惯于跟女人打交道的人，他挺别扭地搂一搂她的腰，拍一拍她的肩膀。她却想着钱，想着母亲，想着母亲的死。她母亲去世以后，她父亲彼得·列昂契奇，一个中学里的图画和习字教员，喝上了酒，紧接着家里就穷了。男孩们没有皮靴和雨鞋穿，她父亲给拉到调解法官那儿去,有一个法警跑来把家具列了清单……多么丢脸啊!阿尼娅只得照料喝醉的父亲,给弟弟补袜子,上市场。遇到有人称赞她年轻漂亮,风度优雅,她就觉着全世界都在瞧她的便宜的帽子和靴子上用墨水染过的窟窿。每到夜里她就哭,心里充满不安的、摆脱不掉的思想,老是担心她父亲很快就会因为他的嗜好而被学校辞退,那他会受不了,于是也跟母亲一样死掉。可是后来他们所认识的一些太太们出头张罗起来,开始替阿尼娅找一个好男人。不久她们就找到了这个莫杰斯特·阿列克谢伊奇,既不年轻,也不好看,可是有钱。他在银行里大约有十万存款,还有一个租赁出去的祖传的田庄。这个人规规矩矩,很得上司的赏识。人家对阿尼娅说,要他请求大人写封信给中学校长,甚至给督学,以免彼得·列昂契奇被辞掉,那在他是很容易办到的……

她正在回想这些事,却忽然听见音乐声飘进窗口来,掺杂着嗡嗡的说话声。原来火车在一个小车站上停住了。月台后面的人群里,有一个手风琴和一个吱嘎吱嘎响的便宜提琴正在奏得热闹,军乐队的声音从高高的桦树和白杨后面,从浸沉在月光中的别墅那边传来。别墅里一定在开跳舞晚会。别墅的住客和城里人遇到好天气,总要到这儿来透一透新鲜空气,如今他们正在月台上走来走去。这当中有一个人是所有的消夏别墅的房东,富翁,他是一个又高又胖的黑发男子,姓阿尔狄诺夫。他生着暴眼睛,脸长得像亚美尼亚人,穿一身古怪的衣服。他上身穿一件衬衫,胸前没系扣子,脚上穿一双带马刺的高筒靴,一件黑斗篷从肩膀上奔拉下来,拖在地上像长后襟一样。两条猎狗跟在他身后,用尖鼻子嗅着地面。

眼泪仍旧在阿尼娅的眼睛里闪亮,可是她现在不再回想

她母亲,不再想到钱,不再想到她的婚事了。她跟她认得的中学生和军官们握手,欢畅地微笑着,很快地说:

"你们好!生活得怎么样?"

她走出去,站在两个车厢中间的小平台上,让月光照着她,好让大家都看见她穿着漂亮的新衣服,戴着帽子。

"为什么我们的火车停在这儿不走?"她问。

"这儿是个让车站,"别人回答她说,"他们在等邮车开来。"

她看见阿尔狄诺夫在看她,就卖弄风情地眯细眼睛,大声讲法国话。于是,因为她自己的声音那么好听,因为她听见了音乐,因为月亮映在水池上,又因为阿尔狄诺夫,那出名的风流男子和幸运的宠儿,那么热切而好奇地瞧着她,还因为大家的兴致都很好,她忽然觉着快活起来。等到火车开动,她所认识的军官们向她行军礼告别,她索性哼起树林后面军乐队轰轰响着送来的波利卡舞曲了。她一面走回车室,一面觉得方才在那小车站上好像已经得到保证:不管怎样,她将来一定会幸福的。

这对新婚夫妇在修道院里盘桓了两天,然后回到城里。他们住在公家的房子里。每逢莫杰斯特·阿列克谢伊奇出去办公,阿尼娅就弹钢琴,或者郁闷得哭一阵,再不然就在一个躺椅上躺下来,看小说,或者翻时装杂志。吃饭时候,莫杰斯特·阿列克谢伊奇吃得很多,谈政治,谈任命、调职、褒奖,还谈到人必须辛苦工作,说是家庭生活不是取乐,而是尽责,说一个个的戈比都当心着用,卢布自然就会来了,又说他把宗教和道德看得比世界上任何东西都要紧。他手里捏紧一把餐刀像拿着一把剑似的,说:

"各人都应当有各人的责任!"

阿尼娅听着他讲话,心里害怕,吃不下去,通常总是饿着肚子从桌旁站起来。饭后她丈夫睡午觉,鼾声很响,她就出门回到自己家去。她父亲和弟弟带着一种特别的神情瞧她,仿佛刚才在她进门以前,他们正在骂她不该为钱嫁给一个她并不爱的枯燥无味的男子似的。她的沙沙响的衣服、她的镯子、她周身上下那种太太气派,使他们觉得拘束,侮辱了他们。他们在她面前有点窘,不知道该跟她谈什么好,不过他们还是跟从前那样爱她,吃饭时候她不在座还会觉着不惯。她坐下来跟他们一块儿喝白菜汤,喝粥,吃那种有蜡烛气味的羊油煎出来的土豆。彼得·列昂契奇用发抖的手拿起小酒瓶斟满他的酒杯,带着贪馋的神情,带着憎恶的神情匆匆喝干,然后喝第二杯,第三杯……彼佳和安德留沙,那两个生着大眼睛的、又白又瘦的男孩,夺过小酒瓶来,着急地说:

"喝不得了,爸爸……够了,爸爸……"

阿尼娅也不安,央求他别再喝了。他却忽然冒火了,用拳头捶桌子。

"我不准人家管我!"他嚷着,"顽皮的男孩! 淘气的姑娘! 我要把你们统统赶出去!"

不过他的声音流露出软弱和忠厚,谁也不怕他。饭后他总是仔细地打扮自己。他脸色苍白,下巴上因为刮胡子不小心而留下一个口子。他伸长了瘦脖子,在镜子前面足足站半个钟头,加意修饰,一会儿梳头,一会儿捋黑唇髭,周身洒上香水,把领带打成花结,然后他戴上手套和高礼帽,出门给私人授课去了。如果那是放假的日子,他就待在家里绘画或者弹小风琴,那个琴就呼呼响,咕咕叫起来。他极力弹出匀称和谐

的声音,边弹边唱,要不然就向男孩们发脾气:

"可恶的东西!坏蛋!你们把这乐器弄坏了!"

每到傍晚,阿尼娅的丈夫就跟那些同住在公家房子里的同事们打牌。在打牌的时候,那些官员的太太也聚到一起来,她们都是些丑陋的、装束粗俗的、跟厨娘一样粗鲁的女人。于是种种诽谤的话就在这房子里传开了,那些话跟这些官太太本身一样的丑恶和粗俗。有时候莫杰斯特·阿列克谢伊奇带着阿尼娅到剧院去。在休息时间,他从不放她离开身边一步,挽着她的胳臂走过走廊和休息室。每逢他跟什么人打过招呼以后,就立刻小声对阿尼娅说:"他是五等文官……公爵大人接见过他……"或者"这人家道殷实……有房产……"他们走过小吃部的时候,阿尼娅很想吃点甜食,她喜欢吃巧克力糖和苹果糕,可是她没有钱,又不好意思问丈夫要。他呢,拿起一个梨,用手指头揉搓一阵,犹疑不定地问:

"多少钱一个?"

"二十五个戈比!"

"好家伙!"他回答,把那只梨放回原位。不过不买东西就走出小吃部又不像话,他就要了瓶矿泉水,自己把一瓶全喝光,眼泪都涌到他眼睛里来了。在这种时候,阿尼娅总是恨他。

或者他忽然涨得满脸通红,很快地对她说:

"向那位老太太鞠躬!"

"可是我不认识她。"

"没关系。她是税务局长的太太!我说,你倒是鞠躬啊!"他固执地埋怨道,"你的脑袋又不会掉下来。"

阿尼娅就鞠躬,她的脑袋也果然没有掉下来,可是这使她难过。她丈夫要她做什么她就做,同时她又恼恨自己,因为他把她当做最傻的傻瓜那样欺骗她。她原是只为了钱才跟他结婚的,不料现在她比婚前更缺钱。早先,她父亲至少有时候还给她一枚二十戈比银币,可是现在她连一个小钱也没有。偷偷拿钱,或者跟他要钱,她都办不到。她怕她丈夫,她在他面前发抖。她觉着她灵魂里仿佛早就存着对这个人的惧怕似的。从前她小时候总觉得中学校长是世界上顶威严可怕的一种力量,好比乌云似的压下来,或者像火车头似的开过来,要把她压死似的。另一个同样的力量是公爵大人,这是全家常常谈起,而且不知因为什么缘故大家都害怕的一个人。此外还有十个别的力量,不过少可怕一点,其中有上髭刮得光光的,严厉、无情的中学老师们。现在,最后来了莫杰斯特·阿列克谢伊奇这个循规蹈矩的人,他连相貌都长得像校长。在阿尼娅的想象中所有这些力量合成一个力量,活像一只可怕的大白熊,威逼着像她父亲这样的弱者和罪人。她不敢说顶撞的话,勉强赔着笑脸,每逢受到粗鲁的爱抚,被那种使她心惊胆战的搂抱所玷污的时候,还要装出快乐的神情。

彼得·列昂契奇只有一回大着胆子向他借五十卢布,好让他还一笔很讨厌的债,可是那是多么受罪啊!

"好吧,我给您这笔钱,"莫杰斯特·阿列克谢伊奇想了一想说,"可是我警告您,往后您要是不戒酒,我就再也不帮您忙了。一个在政府机关里做事的人养成这样的嗜好是可耻的!我不能不向您提起一件人人都知道的事实:许多有才干的人都是被这种嗜好毁掉的,然而他们一戒掉酒,也许能逐渐成为头面人物。"

随后是很长的句子:"按照……""由于这种情形的结

局……""只因为上述的种种"。可怜的彼得·列昂契奇受了侮辱而十分难堪,反倒更想喝酒了。

男孩们总是穿着破靴子和破裤子来看望阿尼娅,他们也得听取他的教训。

"各人都应当有各人的责任!"莫杰斯特·阿列克谢伊奇对他们说。

他不给他们钱。可是他送给阿尼娅镯子、戒指、胸针,说是这些东西留到急难的日子自有用处。他常常打开她锁着的抽屉柜,查看一下那些东西还在不在。

二

这当儿冬天来了。还在圣诞节以前很久,当地报纸就发布消息,说一年一度的冬季舞会"定于"十二月二十九日在贵族俱乐部举行。每天傍晚打完牌以后,莫杰斯特·阿列克谢伊奇总是很兴奋,跟那些官太太们交头接耳,担心地打量阿尼娅,随后在房间里从这头走到那头,走上很久,想心事。最后,一天晚上,夜深了,他在阿尼娅面前站定,说:

"你应当做一件跳舞衣服。听明白没有?只是请你跟玛丽亚·格里戈里耶夫娜和娜塔利娅·库兹明尼希娜商量一下。"

他给了她一百卢布。她收下钱,可是她在定做跳舞衣服的时候并没有找谁商量,只跟父亲提了一下。她极力揣摩她母亲会穿什么样的衣服参加舞会。她那故去的母亲素来打扮得最时髦,老是为阿尼娅忙碌,把她打扮得漂漂亮亮跟洋娃娃一样,教她说法国话,教她把马祖尔卡舞跳得极好(她在婚前做过五年家庭女教师）。阿尼娅跟母亲一样会用旧衣服改成新装,用汽油洗手套,租赁 bijoux① 穿戴起来。她也跟母亲一样善于眯细眼睛,娇声娇气地说话,做出妩媚的姿势,遇到必要时候装得兴高采烈,或者做出哀伤的、叫人琢磨不透的神情。她从父亲那儿继承了黑色的头发和眼睛、神经质、经常打扮得很漂亮的习惯。

在动身去参加舞会的半个钟头以前,莫杰斯特·阿列克谢伊奇没穿礼服走进她的房间,为了在她的穿衣镜面前把勋章挂在自己脖子上,他一见她的美丽和那身新做的轻飘衣服的灿烂夺目,不由得着了迷,得意地摩挲着他的络腮胡子说:

"原来我的太太能够变成这个样子……原来你能够变成这个样子啊!阿纽达!"他接着说下去,却忽然换了庄严的口气,"我已经使得你幸福了,那么今天你也可以办点事来使我幸福一下。我请求你想法跟公爵大人的太太拉拢一下!看在上帝的分上,求你办一办!有她出力,我就能谋到高级陈报官的位子!"

他们坐车去参加舞会。他们到了贵族俱乐部,门口有看门人守着。他们走进前厅,那儿有衣帽架、皮大衣,仆役川流不息,袒胸露背的太太们用扇子遮挡着穿堂风。空气里有煤气灯和士兵的气味。阿尼娅挽着丈夫的胳臂走上楼去,耳朵听着音乐声,眼睛看着大镜子里她全身给许多灯光照着的影子,心头不由得涌上来一股欢乐,就跟那回在月夜下在小车站上一样感到了幸福的预兆。她带着自信的心情骄傲地走着,她第一回觉着自己不是姑娘,而是成年的女人,她不自觉地模

---

① 法语:贵重的首饰。

仿故去的母亲的步态和气派。这还是她生平第一回觉着自己阔绰和自由。就连丈夫在身旁，她也不觉着难为情，因为她跨进俱乐部门口的时候，已经本能地猜到：老丈夫在身旁不但一点也不会使她减色，反而会给她添上一种男人十分喜欢的、搔得人心痒的神秘意味。大厅里乐队已经在奏乐，跳舞开始了。阿尼娅经历过公家房子里的那段生活以后，目前遇到这种亮光、彩色、音乐、闹声，就向大厅里扫了一眼，暗自想道："啊，多么好啊！"她立刻在人群里认出了她所有的熟人，所有以前在晚会上或者游园会上见过的人，所有的军官、教师、律师、文官、地主、大官、阿尔狄诺夫和那些上流社会的太太们。这些太太有的浓妆艳抹，有的露出一大块肩膀和胸脯，有的漂亮，有的难看，她们已经在慈善市场的小木房和售货亭里占好位子，开始卖东西，替穷人募捐了。有一个身材魁伟、戴着肩章的军官（她还是当初做中学生的时候在旧基辅街跟他认识的，可是现在想不起他的姓名了）好像从地底下钻出来一样，请她跳华尔兹舞。她就离开丈夫，翩翩起舞，马上觉得自己好像在大风暴中坐着一条小帆船随波起伏，丈夫已经远远地留在岸上了似的……她热烈而痴迷地跳华尔兹舞，然后跳波利卡舞，再后跳卡德里尔舞，从这个舞伴手上飞到另一个舞伴手上，给音乐声和嘈杂声闹得迷迷糊糊，讲起话来俄国话里夹几句法国话，发出娇滴滴的声调，不住嗤嗤地笑，脑子里既没有想她丈夫，也没有想别的人，别的事。她引得男子纷纷艳羡，这是明明白白的，而且也不可能不这样。她兴奋得透不出气，颤巍巍地抓紧扇子，觉着口渴。她父亲彼得·列昂契奇穿一件有汽油味的、揉皱的礼服，走到她面前，递给她一小碟红色冰激凌。

"今天你真迷人，"他快活地瞧着她说，"我从没像今天这么懊悔过，你不该急急忙忙地结婚……何必结婚呢？我知道你是为我们的缘故才结婚的，可是……"他用发抖的手拿出一卷钞票来，说，"今天我收到了教课的薪水，可以还清我欠你丈夫的那笔钱了。"

她把小碟递到他手里，立刻就有人扑过来，一转眼间就把她带到远处去了。她从舞伴的肩膀上望出去，一眼看见她父亲搂住一位太太，在镶木地板上滑着走，带她在大厅里回旋。

"他在没有喝醉的时候多么可爱啊！"她想。

她跟原先那个魁伟的军官跳马祖尔卡舞；他庄严而笨重，像一具穿着军服的兽尸，一面走动一面微微扭动肩膀和胸脯，微微顿着脚，仿佛他非常不想跳舞。她呢，在他四周轻盈地跳来跳去，用她的美貌和裸露的脖子打动他的心。她的眼睛兴奋地燃烧着，她的动作充满热情。他却变得越来越冷淡，像皇帝发了慈悲似的向她伸出手去。

"好哇，好哇！……"旁观的人们说。

可是魁伟的军官也渐渐的来劲了。他活泼起来，兴奋起来，已经给她的妩媚迷住，满腔热火，轻盈而年轻地跳动着，她呢，光是扭动肩膀，调皮地瞧着他，仿佛她已经是皇后，而他是奴隶似的。这当儿她觉着整个大厅里的人都在瞧他们，每个人都呆住了，而且嫉妒他们。魁伟的军官还没来得及为这场舞蹈向她道谢，忽然人群让出一条路来，男人们有点古怪地挺直身子，垂下两只手贴在裤缝上……原来，燕尾服上挂着两颗星章的公爵大人向她走过来了。是的，公爵大人确实向她走过来了，因为他的眼睛直勾勾地瞧着她，脸上现出甜蜜的笑容，同时像在咀嚼什么东西似的舔着自己的嘴唇，他每逢看见漂亮女人总要这样。

"真高兴,真高兴……"他开口了,"我要下命令罚您的丈夫坐禁闭室,因为他把这样一宗宝贝一直藏到现在,瞒住我们。我是受我妻子的委托来找您的,"他接着说,向她伸出胳膊,"您得帮帮我们的忙……嗯,对了……应当照美国人的办法那样……发给您一份美人奖金才对……嗯,对了……美国人……我的妻子等得您心焦了。"

他带她走到小木房那儿,给她引见一个上了岁数的太太,那太太的脸下半部分大得不成比例,因此看上去倒好像她嘴里含着一块大石头似的。

"帮帮我们的忙吧,"她带点鼻音娇声娇气地说,"所有的美人儿都在为我们的慈善市场工作,只有您一个人不知什么缘故却在玩乐。为什么您不肯帮帮我们的忙呢?"

她走了,阿尼娅就接替她的位子,守着茶杯和银茶炊。她这儿的生意马上就兴隆起来。阿尼娅卖一杯茶至少收一个卢布,硬逼那个魁伟的军官喝了三杯。富翁阿尔狄诺夫生着一双暴眼睛,害着气喘病,也走过来了。他不像夏天阿尼娅在火车站看见的那样穿一身古怪的衣服,而是跟大家一样穿着燕尾服了。他两眼盯紧阿尼娅,喝下一杯香槟酒,付了一百卢布,然后喝点茶,又给了一百,始终没开口说话,因为他害气喘病而透不过气来……阿尼娅招来买主,收下他们的钱,她已经深深相信:她的笑容和眼光一定能给这些人很大的快乐。她这才明白:她生下来是专为过这种热闹、灿烂,有音乐、舞蹈和许多崇拜者的欢笑生活。她许久以来对于那种威逼着她、要把她活活压死的力量的恐惧依她看来显得可笑了,现在她谁也不怕,只是惋惜母亲已经去世,要是如今在场,一定会为她的成功跟她一块儿高兴呢。

彼得·列昂契奇脸色已经发白，不过两条腿还算站得稳，他走到小木房这儿来，要一小杯白兰地喝。阿尼娅脸红了，料着他会说出什么不得体的话（她已经因为自己有一个这样穷酸、这样平凡的爸爸而觉着难为情了），可是他喝干那杯酒，从他那卷钞票里抽出十卢布来往外一丢，一句话也没说就尊严地走了。过了一会儿，她看见他跟一个舞伴参加大圆舞①，这时候脚步已经不稳，嘴里不断地嚷着什么，弄得他的舞伴十分狼狈。阿尼娅想起三年前他在舞会上也这样脚步踉跄，吵吵嚷嚷，结果被派出所所长押回家来睡觉，第二天校长威吓他说要革掉他的差使。这种回忆来得多么不是时候啊！

等到小木房里的茶炊熄灭，疲乏的女慈善家们把自己的进款交给那位嘴里含着石头的上了岁数的太太，阿尔狄诺夫就伸出胳膊来挽住阿尼娅，走到大厅里去，那儿已经为全体参加慈善市场的人们开好了晚饭。吃晚饭的只不过二十来个人，可是很热闹。公爵大人提议干杯："在这堂皇的餐厅里，应当为今天市场的服务对象，那些廉价食堂的兴隆而干杯。"陆军准将提议"为那种就连大炮也要屈服的力量干杯"，大家就纷纷举起酒杯跟太太们碰杯。真是快活极了，快活极了！

临到阿尼娅由人送回家去，天已经大亮，厨娘们上市场去了。她高高兴兴，带着醉意，脑子里满是新印象，累得要命，就脱掉衣服，往床上一躺，立刻睡着了……

当天下午一点多钟，女仆来叫醒她，通报说阿尔狄诺夫先生来拜访了。她赶快穿好衣服，走进客厅。阿尔狄诺夫走后

---

① 一种法国的舞蹈。

不久,公爵大人就来了,为她参加慈善市场工作而向她道谢。他带着甜蜜蜜的笑容瞧她,像是在咀嚼什么东西似的舔着嘴唇,吻她的小手,请求她准许他以后再来拜访,然后告辞走了。她呢,站在客厅中央,又吃惊又迷惑,不相信她的生活这么快就起了变化,惊人的变化。这当儿她丈夫莫杰斯特·阿列克谢伊奇走进来了……现在他站在她面前也现出那种巴结的、谄笑的、奴才般的低声下气神情了,这样的神情在他遇见权贵和名人的时候她常在他脸上看见。她又是快活,又是气愤,又是轻蔑,而且相信自己无论说什么话也没关系,就咬清每个字的字音说:

“滚开,蠢货!”

从这时候起,阿尼娅再也没有一个空闲的日子了,因为她时而参加野餐,时而出去游玩,时而演出。她每天都要到夜半以后才回家,在客厅地板上睡一觉,过后却又动人地告诉大家说她怎样在花丛底下睡觉。她需要很多的钱,不过她不再怕莫杰斯特·阿列克谢伊奇了,花他的钱就跟花自己的一样。她不央求他,也不硬逼他,光是派人给他送账单或者条子去。“交来人二百卢布,”或者“即付一百卢布。”

到复活节,莫杰斯特·阿列克谢伊奇领到了二等安娜勋章。他去道谢的时候,公爵大人放下报纸,在圈椅上坐得更靠后一点。

“那么现在您有三个安娜了,”他说,看着自己的白手和粉红色的指甲,“一个挂在您的纽扣眼上,两个挂在您的脖子上。”

莫杰斯特·阿列克谢伊奇出于谨慎举起两个手指头来放在嘴唇上,免得笑声太响。他说:

"现在我只巴望小符拉吉米尔出世了。我斗胆请求大人做教父。"

他指的是四等符拉吉米尔勋章。他已经在揣想将来他怎样到处去讲自己这句妙语双关的话了。这句话来得又机智又大胆，妙极了。他本来还想说点同样妙的话，可是公爵大人又埋下头去看报，光是对他点一点头……

阿尼娅老是坐上三匹马拉着的车子到处奔走，她跟阿尔狄诺夫一块儿出去打猎，或是演独幕剧，或是出去吃晚饭，越来越不大去找自己家里的人。现在他们吃饭没有她来做伴了。彼得·列昂契奇酒瘾比以前更大，钱却没有，小风琴早已卖掉抵了债。现在男孩们不放他一个人上街去，总是跟着他，深怕他跌倒。每逢他们在旧基辅街上遇见阿尼娅坐着由一匹马驾辕、一匹马拉套的双马马车出来兜风，同时阿尔狄诺夫代替车夫坐在车夫座上的时候，彼得·列昂契奇就脱下高礼帽，想对她嚷一声，可是彼佳和安德留沙揪住他的胳膊，恳求地说：

"不要这样，爸爸……别说了，爸爸！……"

1895 年

带阁楼的房子

画家的故事

一

　　这是六七年前的事了,当时我在某省某县,住在地主别洛库罗夫的庄园上。他是个青年人,起床很早,平时穿着腰部带褶的长外衣,每到傍晚就喝啤酒,老是对我抱怨说,他从没得到过任何人的同情。他在花园中一所小房里住着,我却住在地主的老宅子一个有圆柱的大厅里,那儿除了我用来睡觉的一张宽阔的长沙发和我用来摆纸牌卦①的一张方桌以外,别的家具一无所有。那儿的一个亚摩司式的旧火炉里,哪怕在没风的天气,也老是发出轻微的嗡嗡声,而在暴风雨的时候,整个房子就都颤摇,仿佛要咔嚓一声倒下来,土崩瓦解似的,特别是夜里,所有十个大窗子突然被闪电照亮,那才有点吓人呢。

　　我命中注定了经常闲散,简直什么事也不做。我一连几个钟头从我的窗子里望出去,瞧着天空,瞧着飞鸟,瞧着林荫

———————————

　　① 摆纸牌猜卦。

道,或者把邮递员给我送来的信件报纸之类统统读完,或者睡觉。有的时候我走出房外,到一个什么地方去散步,直到暮色很深才回来。

有一次我走回家来,无意中闯进一个我不熟识的庄园里去了。太阳已经在落下去,黄昏的阴影在开花的黑麦地里铺开来。有两行老云杉立在那儿,栽得很密,生得很高,好比两堵连绵不断的墙,夹出一条幽暗而美丽的林荫道。我轻巧地越过一道栅栏,顺着那条林荫道走去,地上盖着云杉的针叶,有一俄寸厚,走起来滑脚。那儿安静而阴暗,只有树梢高处有的地方颤抖着明亮的金光,蜘蛛网上闪着虹彩。空中有一股针叶的气味,浓得叫人透不出气来。后来我拐一个弯,走上一条两旁是椴树的长林荫道。这儿也荒凉而古老,去年的树叶悲伤地在我的脚下沙沙响。树木之间的昏光里隐藏着阴影。右边古老的果园中有一只金莺用微弱的嗓音不起劲地歌唱,它一定也老了。可是后来椴树林也到了尽头,我走过一所有露台而且带阁楼的白房子。出乎意外,我的眼前豁然开朗,出现了一个地主的庭院,一个宽阔的池塘,边上有个浴棚,栽着一丛碧绿的柳树。对岸有一个村子,矗立着一座高而窄小的钟楼,楼顶上的十字架映着夕阳,像在燃烧。一时间,我感到一种亲切而又很熟悉的东西的魅力,倒好像以前我小的时候见过这些景物似的。

一个石砌的白色大门口由院子里通到野外,大门古老而坚固,上面雕着狮子,门口站着两个姑娘。其中年纪大一点的那个,生得苗条,苍白,很美,头上的栗色密发蓬蓬松松,长着一张倔强的小嘴,神态严峻,看也不看我。另一个还十分年轻,不过十七八岁,也苗条而苍白,生一张大嘴和一双大眼睛,看见我路过就惊奇地瞧着我，说了句英国话，神情忸怩。我觉得那两张可爱的脸也好像以前早就认识似的。我一面走回家去，一面觉得仿佛做了一场美梦。

这以后不久，有一天中午，我和别洛库罗夫正在我们的房子附近散步，忽然出乎意料，有一辆安着弹簧的四轮马车沙沙响地滚过草地，走进院子里来，车上坐着的就是那两个姑娘当中的一个。她是年纪大一点儿的那个。她是带着认捐单来替遭了火灾的人募捐的。她眼睛没有看着我们，严肃而详尽地向我们说明西亚诺沃村有多少所房子烧毁，有多少男女村民和儿童无家可归，救灾委员会初步打算采取什么步骤，而她现在就是那个委员会的一个成员。她要我们写下认捐的款项以后，收起认捐单，立刻开始告辞。

"您完全忘了我们，彼得·彼得罗维奇，"她对别洛库罗夫说，向他伸出手去以便握手，"您来吧，如果某某先生（她说出我的姓）愿意看一看他的才能的崇拜者在怎样生活而光临寒舍，我的母亲和我是会很高兴的。"

我鞠躬。

她走后，彼得·彼得罗维奇讲起来。这个姑娘，依他的说法，是上流人家出身，名叫莉季娅·沃尔恰尼诺娃，她同母亲和妹妹所住的庄园，如同池塘对岸的村子一样，都叫谢尔科夫卡。她父亲从前在莫斯科地位显赫，做到三品文官，后来去世。尽管广有家财，沃尔恰尼诺娃一家人却不论冬夏总是住在乡下，从不离开。莉季娅在她们的谢尔科夫卡村一个由地方自治局开办的学校里做一名教师，每个月领二十五个卢布的薪金。她自己的用项全靠这笔钱开支，由于自食其力而感到自豪。

"是个很有趣的家庭,"别洛库罗夫说,"也许,过一天我们到她们家里去一趟吧。她们见到您会很高兴。"

有一个假日,我们吃过中饭以后,想起沃尔恰尼诺娃一家人,就动身到谢尔科夫卡去。她们,母亲和两个女儿,都在家。母亲叶卡捷琳娜·帕夫洛夫娜以前大约很美,现在却未老先衰,害着哮喘病,神态忧郁,精神恍惚,极力跟我谈绘画。她从女儿那儿知道我也许会到谢尔科夫卡来,就连忙回想她在莫斯科的画展上见过我的两三张风景画,现在就问我在那些画里打算表现什么。莉季娅,或者按她在家里的称呼,莉达,大半在跟别洛库罗夫说话,很少跟我谈天。她神情严肃,不带笑容地问他为什么不到地方自治局去工作,为什么地方自治局的会议一次也没有参加过。

"这不好,彼得·彼得罗维奇,"她责备道,"这不好。该害臊才是。"

"说得对,莉达,说得对,"母亲同意道,"这不好。"

"我们全县都由巴拉京把持在手心里,"莉达转过身来对着我,继续说,"他自己做地方自治局执行处主席,把县里所有的职位都分给他那些侄子和女婿,想干什么就干什么。必须斗争才行。青年人应当组成强有力的一派,可是您看,我们的青年人是什么样子。该害臊才是,彼得·彼得罗维奇!"

妹妹叶尼娅在他们议论地方自治局的时候,没有开口。她从不参加严肃的谈话,家里的人还没有把她看成大人,由于她小而叫她米修司,因为她小时候就是把她的家庭女教师叫做 Mucc① 的。她一直带着好奇心瞧我,临到我翻看照片簿,

① 英语:小姐的译音。

她就解释说:"这是舅舅……这是教父。"而且伸出小小的手指头指点照片。这时候她就像小孩子那样把肩膀挨着我,我就近看见了她那柔弱而没有发育起来的胸脯、消瘦的肩膀、发辫、由腰带勒紧的苗条身材。

我们玩槌球,打 lawn-tennis①,在花园里散步,然后在晚饭席上坐很久。在立着圆柱而且又大又空的厅里住过以后,来到这个不大而又舒适的房子里,看见墙上没贴粗劣的彩色画,听见大家对仆人一律称呼"您",我感到颇为自在。由于有莉达和米修司在场,在我的心目中一切都显得年轻而纯洁,一切都带着正派的意味。晚饭席上,莉达又对别洛库罗夫谈起地方自治局,谈起巴拉京,谈起学校图书室。她是个活跃、真诚、有信念的姑娘,听她讲话是有趣的,只是她讲得太多,声音太响,也许这是因为她在学校里讲课讲惯了吧。可是我的彼得·彼得罗维奇从大学时代起就养成习惯,喜欢把一切谈话都变成争论,而且讲起话来枯燥无味,疲沓冗长,明明要显出他自己是个聪明进步的人。他比画手势,而他的袖子却带翻了佐料碟,弄得桌布上湿了一大摊,不过除了我以外,好像谁也没看见似的。

我们回家的路上,黑暗而清静。

"良好的教养不是表现在自己不把佐料碟碰翻在桌布上,而是表现在别人做出了这样的事,自己只做没看见。"别洛库罗夫说,叹了口气,"是啊,这是很好的、有知识的一家人。我已经跟上流人隔绝了,唉,完全隔绝了! 而这全是因为工作,工作啊!"

---

① 英语:网球。

他讲起人要是做一个模范的农业经营者,就非辛苦工作不可。我却心里暗想:他是个多么沉闷懒散的人!他一严肃地谈到什么事,就紧张地拖长"啊"的尾音,工作起来也像说话那样慢吞吞,老是迟误,错过时机。我对他的办事才干是不大相信的,因为我托他把信带到邮局去寄,他却一连几个星期揣在口袋里忘了寄。

"最痛心的,"他跟我并排走着,嘟哝说,"最痛心的是辛辛苦苦地工作却得不到任何人的同情。一点同情也得不到!"

二

我从此常到沃尔恰尼诺娃家里去,照例我在露台的下面一层台阶上坐着。我被不满意自己的心情煎熬着,为我的生活惋惜,它过去得那么快,那么没有趣味。我老是在想:我的心变得那么沉重,要能把它从胸膛里挖出去才好。同时露台上有人在说话,或者可以听见连衣裙的窸窣声,或者有人在翻书页。不久我就习惯了这儿的生活:白天莉达总是给病人看病,分发书籍,常常不戴帽子,打着阳伞到村子里去,傍晚就大声谈论地方自治局,谈论学校。这个苗条美丽、神态永远严峻、小嘴轮廓优美的姑娘开口谈正事的时候,总是干巴巴地对我说:

"您对这种事是不感兴趣的。"

她对我没有好感。她所以不喜欢我,是因为我是风景画家,不在我的图画里画人民的困苦,而且依她看来,我对她所坚定地相信的工作是漠不关心的。我不由得想起从前我在贝加尔湖①畔遇到过一个布略特族的姑娘，穿着中国蓝布的衬衫和裤子，骑着马，我问她能不能把她的烟袋卖给我。我们谈话的时候，她轻蔑地瞧着我的欧洲人的脸容和帽子，不一会儿就懒得跟我讲话，吆喝着马，疾驰而去。莉达恰好也是这样把我看做外人而蔑视我。外表上她一点也不露出厌恶我的样子，不过这一点我是能感觉到的，于是我坐在露台的下面一层台阶上，生出一肚子闷气，就说，自己不是医生而给农民治病，无异于欺骗农民，再者自己有两千俄亩土地而要做慈善家，那是很容易的。

至于她的妹妹米修司，却丝毫也没有什么操劳的事，跟我一样十足悠闲地打发她的生活。她早晨起床以后，立刻拿过一本书来，在露台上一把很深的圈椅上坐下，两只小小的脚几乎挨不到地，开始看书，要不然就拿着书躲到椴树的林荫道上去，再不然索性走出大门以外，到旷野去。她成天价读书，贪婪地看着书本，只因为她的目光有的时候变得疲乏而呆板，而且她的脸色极其苍白，别人才能猜出这种阅读使得她的脑筋多么劳累。每逢我到这儿来，她见到我就微微涨红脸，活泼起来，睁着她的大眼睛，讲起家里发生的事，例如仆人的房间里煤烟起了火，或者工人在池塘里捉到一条大鱼。平日她照例穿着淡色的衬衫和蓝色的裙子。我们一起散步，摘些樱桃做果酱用，或者划船。每逢她跳起来够樱桃，或者划动船桨，她的瘦弱的胳膊就从肥大的衣袖里露出来。或者我在画一个速写稿，她就站在一旁，看得出了神。

① 在西伯利亚的东部，中国境外的西北部（顺便提到，一八九〇年契诃夫赴库页岛时路过此地）。

七月末一个星期日,早晨九点钟光景,我来到沃尔恰尼诺娃家里。我在花园里蹓跶,离正房相当远,寻找白蘑,今年夏天这种菌生得多极了。然后我在白蘑旁边做上记号,准备以后跟叶尼娅一块儿来采。空中刮着暖和的风。我看见叶尼娅和她的母亲都穿着假日的浅色连衣裙,从教堂走回家来,叶尼娅拉住帽子,怕风吹掉。后来我听见她们在露台上喝茶。

对我这个一无牵挂而且为我的经常闲散寻找理由的人来说,夏天,在我们庄园里,这类假日的早晨总是格外迷人的。每逢碧绿的花园还沾着露水,在阳光下闪闪发光,显得那么幸福,每逢房子附近弥漫着木樨草和夹竹桃的香气,青年人刚从教堂里回来,在花园里喝茶,每逢大家都装束得那么可爱,高高兴兴,每逢你知道所有这些健康、饱暖、美丽的人在这漫长的一整天里什么事也不会做,你就不由得希望整个生活都能这样才好。现在我就是这样想着,在花园里走来走去,准备照这样没有工作、没有目标地走它一整天,走它整整一个夏季。

叶尼娅提着一个篮子走来。她脸上带着那么一种神情,仿佛知道或者预感到会在园子里找到我似的。我们采菌,谈话,每逢她问我什么话,她就走到前边去,看一看我的脸。

"昨天我们村子里发生了奇迹,"她说,"瘸腿的女人佩拉格娅病了整整一年,任什么医师和药物都无济于事,可是昨天来了一个老太婆,嘴里念了一阵,病就好了。"

"这算不了什么,"我说,"不应当光是在病人和老太婆身上寻找奇迹。难道健康就不是奇迹?还有生活本身呢?凡是不能理解的东西,那就是奇迹。"

"您对不能理解的东西就不害怕?"

"不。我见着我不理解的现象,总是勇敢地迎上前去,不对它屈服。我比它们高。人应当感到自己高于狮子、老虎、繁星,高于自然界的万物,甚至高于不可理解的以及似乎是奇迹的东西,否则他就算不得人,而是见着什么都怕的老鼠。"

叶尼娅认为我既是艺术家,就知道很多的东西,而且能够准确地猜出我不知道的东西。她希望我把她领到永恒和美的领域里去,领到我必定十分熟悉的、高一等的世界里去。她跟我谈上帝,谈永恒的生活,谈奇迹的东西。我不承认在我死后我和我的想象力会永久消灭,就回答说:"是的,人是不朽的","是的,永恒的生活在等待我们"。她听着,相信了,也不要求我提出证据来。

我们往正房走去,她忽然停住脚,说:

"我们的莉达是个了不起的人。不是这样吗?我热烈地爱她,随时能为她牺牲我的性命。不过您说说看,"叶尼娅伸手摸了摸我的衣袖说,"您说说看,为什么您总是跟她争论?为什么您生气呢?"

"因为她说得不对。"

叶尼娅不以为然地摇头,眼泪涌上了她的眼眶。

"这是多么不可理解啊!"她说。

这时候莉达不知刚从哪儿回来,站在门廊那儿,手里拿着马鞭子,苗条,美丽,照着阳光,在对一个工人交代什么话。她匆匆忙忙,大声说话,给两三个病人看过病,后来带着办事的操心脸色走遍各处房间,时而打开这个立柜,时而打开那个立柜,不久又走上阁楼去。大家找了她很久,叫她吃午饭,可是直到我们吃完菜汤,她才来吃。所有这些琐碎的细节不知什么缘故我至今都记得,而且很喜爱,就连那一整天,虽然没发生什么特别的事,我也记得很清楚。饭后叶尼娅靠在一把深圈椅里看书,我在露台的底下一层台阶上坐着。我们没有讲话。整个天空乌云四合,下起稀疏的细雨。天热,风早已止住,仿佛这一天永远不会结束似的。叶卡捷琳娜·帕夫洛夫娜走到露台上我们这边来,带着睡意,摇着扇子。

"啊,妈妈,"叶尼娅说,吻她的手,"白天睡觉对你身体是有害的。"

她们相亲相爱。一个人走进花园里,另一个人就站在露台上,瞧着树林,叫道:"喂,叶尼娅!"或者:"妈妈,你在哪儿呀?"她们两个人老是一块儿祷告,有共同的信仰,即使不讲话,也彼此了解得很清楚。她们对人们的态度也相同。叶卡捷琳娜·帕夫洛夫娜不久也跟我处熟,相好了,只要我有两三天没去,就打发人来问我身体好不好。她也像米修司那样热心地瞧我的画稿,也那么不嫌烦琐,一老一实地告诉我发生了一些什么事,常常向我透露她的家庭秘密。

她对大女儿是极其尊崇的。莉达从来也不撒娇,只讲严肃的事。她过着她的独特的生活,在母亲和妹妹的心目中是一个神圣而略微带点神秘的人,犹如水兵看待老是坐在舰长室里的海军上将一样。

"我们的莉达是个了不起的人,"母亲说,"不是吗?"

这时候细雨飘飞,我们谈起了莉达。

"她是个了不起的人,"母亲说,然后像阴谋家那样压低了嗓子,战兢兢地回头看一眼,补充说,"这样的人是白天打着灯笼也找不到的,不过呢,您知道,我却也渐渐有点担心了。学校啦,药房啦,书本啦,这些都挺好,可是何必走极端呢?要知道,她已经二十三岁出头,现在总应该认真想一想自己了。老是这么为书本和药品忙碌,却没有看见生活在过去……应该出嫁了。"

叶尼娅由于专心看书而面色苍白,头发蓬乱,微微抬起头来,仿佛自言自语似的,瞧着母亲说:

"妈妈,一切都是天意!"

她又埋下头去看书。

别洛库罗夫来了,穿着腰部带褶的长外衣和绣花衬衫。我们玩棒球,打网球,后来天黑了,我们在晚饭席上坐很久,莉达又讲起学校,讲起把全县把持在手里的巴拉京。这天傍晚我从沃尔恰尼诺娃家里出来,带走了长而又长和闲散无事的这一天的种种印象,忧郁地感到人世间的一切事情不管多么长久,总是要完结的。叶尼娅把我们送到大门口,也许因为这一天从早到晚我都是跟她在一起度过的,我觉得我缺了她似乎感到寂寞无聊,觉得这个可爱的家庭对我来说是亲近的,于是在这整个夏季当中我头一次起意要认真画我的画了。

"您说说看,为什么您生活得这么枯燥无味,毫无光彩?"我跟别洛库罗夫一块儿走回家去,对他说,"我的生活乏味,沉闷,单调,那是因为我是个画家,我是个怪人,我从年轻的时候起嫉妒、不满意自己、不相信自己的工作之类的心情就把我折磨得好苦,我素来贫穷,我是个流浪汉。可是您呢,您是个健康正常的人,是地主,是主人,那您为什么生活得这么没有趣味,从生活里取得的这么少呢?比方说,您为什么至今没爱上莉达或者叶尼娅呢?"

"您忘了我爱着另外一个女人。"别洛库罗夫回答说。

他指的是他的女伴柳博芙·伊万诺夫娜,跟他同住在那所小房里。我每天看见那个极其丰满而近乎肥胖的女人神态尊严,近似一只养得过肥的母鹅,在花园里散步,穿着俄国式的衣服,戴着项链,老是打着阳伞,仆人不时去叫她吃饭或者喝茶。三年前她租下一间厢房做别墅用,就此在别洛库罗夫家里住下,看样子要永远住下去了。她比他年纪大十岁,把他管束得很严,每次他走出家门,都要先征得她的许可。她常用男人的嗓音痛哭,在那样的时候我就打发人去对她说,如果她不止住哭,我就从宅子里搬走,她才不哭了。

等我们走到家里,别洛库罗夫就在长沙发上坐下,皱起眉头思索着。我开始在大厅里走来走去,感到一阵淡淡的激动,就像在恋爱似的。我有心谈一谈沃尔恰尼诺娃一家人。

"莉达只能爱像她那样热衷于医院和学校的地方自治工作者,"我说,"啊,为了那样的姑娘,不但可以做地方自治工作者,甚至不妨像神话所说的那样穿破铁鞋呢。还有米修司呢?这个米修司多么可爱啊!"

别洛库罗夫开始讲一种时代病:悲观主义,说得很长,拖着长音念"啊"字。他讲得振振有辞,从他的声调听起来倒好像我在跟他争论似的。你看见一个人坐在那儿,不住说话,不知道他什么时候才会走掉,那你心中郁闷透了,哪怕几百俄里方圆的荒凉单调而又干枯的草原也不致引起这样的郁闷。

"问题不在于悲观主义,也不在于乐观主义,"我气愤地说,"而在于一百个人当中倒有九十九个没脑筋。"

别洛库罗夫认为这话指的是他,生了气,走掉了。

三

"公爵在马洛泽莫沃村做客,问你好,"莉达不知从哪儿回来,脱着手套,对母亲说,"他讲了许多有趣的事……他答应在全省会议上重提在马洛泽莫沃村开设医疗所的问题,不过他说:希望不大。"然后她转过身来对我说:"对不起,我总是忘记您对这种事不会发生兴趣。"

我感到气愤。

"为什么不会发生兴趣呢?"我问,耸起肩膀,"这只不过是您不愿意知道我的意见罢了,不过我向您保证,我对这个问题是很感兴趣的。"

"是吗?"

"是的。依我的看法,在马洛泽莫沃村设立医疗所是完全不需要的。"

我的气愤感染了她。她瞧着我,眯细眼睛,问道:

"那么什么才需要?风景画吗?"

"连风景画也不需要。什么都不需要。"

她脱完手套,打开刚才邮递员送来的报纸。过一分钟,她分明按捺住她的怒火,轻声说:

"上个星期安娜因为难产而死掉了,可是如果附近有个诊疗所,她就会活下来。连风景画家先生们,我觉得,在这方面也得有某种信念才对。"

"我在这方面有很明确的信念,我向您担保,"我回答说,她却用报纸遮住她的脸,仿佛不愿意听似的,"照我看来,医疗所啦,学校啦,读书室啦,药房啦,在现在条件下是只为奴役服务的。人民已经被一条巨大的锁链拴住,您不是砍断这条锁链,反而添上些新的环节,这就是我的信念。"

她抬起眼睛来瞧着我,冷冷地一笑。我极力抓住我的主要思想,继续说道:

"重要的不是安娜死于难产,而是所有那些安娜、玛芙拉、佩拉格娅从一大早到天黑弯着腰操劳,由于力不胜任的劳动而生病,一生一世为挨饿和生病的孩子发抖,一生一世害怕死亡和疾病,一生一世医病,很早就憔悴,很早就苍老,在污秽和恶臭当中死掉。她们的孩子长大了,重演那套旧故事,这种情形已经有好几百年,千千万万的人只为有一口饭吃而生活得比牲畜都不如,经常担惊害怕。他们的处境的全部惨痛就在于他们没有工夫想到他们的灵魂,没有工夫想到他们的形象和样式①。饥饿、寒冷、牲畜般的恐惧、繁重的劳动,像雪崩那样压下来,把他们通往精神活动的条条道路全部堵死,而精神活动才是人和牲畜的区别所在,才是唯一使人值得生活下去的东西。您用医院和学校去帮助他们,可是您用这些东西并没有解除他们的桎梏,反而加深了他们的奴役状态,因为您给他们的生活里带来了新的迷信,给他们增添了需求的项目,更不要说他们为了买发泡膏和书本就得付钱给地方自治局,因而就得更加弯着腰劳动了。"

"我不想跟您争论,"莉达放下报纸说,"这种话我已经听见过了。我只想对您说一句:人不能揣起手坐着不动。不错,我们没有拯救人类,而且也许在许多方面还犯了错误,不过我们是在做我们所能做的事,那我们就是对的。有文化的人最崇高神圣的任务就在于为人们服务,我们就是在尽我们的能力服务。您不满意,可是话说回来,一个人做事不能叫人人都满意。"

"说得对,莉达,说得对。"母亲说。

---

① 指上帝或人的尊严,典出《旧约·创世记》:"神说,我们要照着我们的形象,按着我们的样式造人。"

有莉达在座，她总是胆怯，一面讲话，一面不安地瞧着她，生怕自己说出什么多余的或者不得当的话来。她从不反驳她的话，总是同意；说得对，莉达，说得对。

"教农民识字，给他们看思想冬烘和文笔粗俗的书本，为他们开设医疗所，那是既不能消除蒙昧，也不能减少死亡率的，就像您窗子里的光照不亮广大的花园一样，"我说，"您没有给他们任何好处。您干预这些人的生活的结果，无非是创造了新的需求，新的劳动理由而已。"

"哎呀，我的上帝，可是要知道，人总得做事才行！"莉达懊恼地说，从她的口气里可以听出她认为我的见解无聊，而且鄙视它。

"必须把人从繁重的体力劳动里解放出来，"我说，"必须松掉他们的枷锁，给他们喘息的时间，让他们不致一辈子守在炉灶和洗衣盆旁边，守在田野上，也有时间考虑灵魂，考虑上帝，可以广泛地发挥他们的精神能力。每个人的使命就在于精神活动，在于探讨真理和生活意义。等到您使得粗笨的、牲畜般的劳动在他们成为不必要，使得他们感到自由，那您就会看出那些书本和药房是什么样的嘲弄了。人一旦认识到自己的真正使命，那么能够满足他的就只有宗教、科学、艺术，而不是那些无聊的东西。"

"解除劳动！"莉达冷笑道，"难道这是可能的吗？"

"可能。您自己分担一份他们的劳动就行。如果我们大家，城市和乡村的居民们，无一例外，全体同意：凡是人类用来满足生理需要而耗费的劳动由大家平均承担，那我们每个人也许一天只要工作两三个钟头就够了。请您设想一下，我们大家，富人和穷人，每天只工作三个钟头，我们其余的时间一概是空闲的。您再设想一下，为了少依赖体力，少辛苦，我们发明机器来代替劳动，而且极力把我们的需求的项目减少到最低限度。我们锻炼我们自己，锻炼我们的孩子，让他们不怕饥饿、寒冷，让我们不致像安娜、玛芙拉、佩拉格娅那样经常为她们的健康发抖。请您设想一下，我们不医病，不开药房、烟厂、酿酒厂，那么最后我们会剩下多少空闲的时间！我们大家就共同把这种闲暇献给科学和艺术。如同有的时候整个村社的农民一齐出动去修路一样，我们大家也齐心合力去探求真理和生活的意义，那么，我相信，真理会很快为人们所发现，人类就会摆脱对于死亡的那种经常痛苦不堪的恐惧，甚至会摆脱死亡本身。"

"不过，您自相矛盾，"莉达说，"您说科学，科学，可是您又反对识字。"

"我反对的是在只有酒店的招牌可看和偶尔有几本看不懂的书可读的情况下教人识字。这样的识字从留里克①时代起就延续下来，果戈理的彼得鲁希加②早就会读书，可是乡村呢，留里克时代是什么样子，现在也还是什么样子。需要的不是识字，而是广泛发挥精神能力和自由。需要的不是小学，而是大学。"

"您也反对医学。"

"是的。医学只有在以疾病作为自然现象加以研究而不是为了医病的时候才是需要的。真要是谈医治，那么要医治的也不应当是病，而是病因。消除了主要的病因——体力劳

---

① 留里克，俄罗斯的建国者，八六二至八七九年在位。
② 俄国作家果戈理的长篇小说《死魂灵》中主人公乞乞科夫的仆人。

动——那就不会有病。我不承认治病的科学，"我激动地继续说，"科学和艺术，如果是真正的科学和艺术，那就不是致力于暂时的目标，不是致力于局部的目标，而是致力于永恒而普遍的目标。它们寻求真理和生活意义，探索上帝和灵魂。如果把它们同当代的贫困和怨恨结合在一起，同药房和图书室结合在一起，那它们反而会使生活复杂，加重生活负担。我们有许多医师、药剂师、律师，识字的人也多起来，然而生物学家、数学家、哲学家、诗人却完全没有。人的全部智慧、全部精神力量都用在满足暂时的、转眼就过去的需要上了……科学家、作家、画家都在紧张地工作，由于他们的努力，生活的舒适在一天天地增长，肉体方面的需求在加多，可是真理却还远得很，人像以前一样仍旧是最残暴卑劣的野兽，整个局势趋向于人类大多数退化，永远失去一切生活能力。在这样的条件下，画家的生活是没有意义的，他越有才能，他的地位就越古怪，越不可理解，因为仔细一看，原来他工作是供残暴卑劣的野兽消遣，维护现行社会制度的。我现在不想工作，将来也无意工作……什么都不需要，叫这个世界掉到地狱里去才好！"

"米修司，你出去。"莉达对妹妹说，显然认为我的话对那样年轻的姑娘有害。

叶尼娅凄凉地看一看姐姐和母亲，走出去了。

"凡是打算为自己的漠不关心辩解的人，总是说这一类的漂亮话，"莉达说，"否定医院和学校，比治病和教书容易得多。"

"说得对，莉达，说得对。"母亲同意道。

"您口口声声说您不工作了，"莉达继续说，"显然，您对您的工作估价很高。那我们就不要再争吵，我们永远也谈不拢,因为您方才那么鄙夷地评价过的图书室和药房,即使设备极不完善,我也认为高于世界上的一切风景画。"说完,她立刻转过脸去对着她的母亲,用完全不同的口气说:"公爵自从到我们这儿来过以后,瘦得多,模样大变了。他们要把他送到维琪①去。"

她对她母亲谈公爵,是为了不跟我说话。她脸色通红,为了掩盖她的激动,她像近视眼那样,弯下腰去凑近桌子,做出看报的样子。我再坐下去,就会惹人不愉快。我就告辞,回家去了。

四

外面很安静,池塘对面的村子已经睡熟,一点灯火也看不见,只有池塘的水面上映着繁星的淡光而微微发亮。在雕着狮子的大门旁边,叶尼娅站着不动,她在等我,为的是送我一程。

"村子里大家都睡了,"我对她说,极力在黑地里看清她的脸,见到一对悲伤的黑眼睛瞧着我,"酒店老板和偷马贼都安然地睡了,而我们这些上流人却互相生气,争吵不休。"

那是八月间一个忧郁的夜晚,其所以忧郁,是因为已经有秋意了。月亮正在从紫红的云里钻出来,略微照亮道路以及两旁乌黑的冬麦田。常有星星坠落下来。叶尼娅跟我并排在道路上走着,她极力不看天空,免得看见陨落的星星,不知什么缘故那些星使她害怕。

<hr>

① 法国城名,那儿有矿泉,是疗养地。

"我觉得您说得对,"她说,由于夜间的潮气而冷得发抖,"如果人们能够共同献身于精神活动,他们不久就会了解一切。"

"当然。我们是高级生物,如果我们真正认清人类天才的全部力量,只为高尚的目标生活,我们就会变成跟天神一样。可是这种事永远不会发生,人类会退化,天才连影踪也剩不下。"

等到大门已经看不见,叶尼娅就停住脚,匆匆握一下我的手。

"晚安,"她颤抖着说,她身上只穿着一件衬衫,冷得缩起脖子,"您明天来吧。"

我想到只剩下我一个人生闷气,对自己和别人都不满意,就害怕起来,也极力不去看那些陨落的星星。

"您再陪我一会儿吧,"我说,"我求求您。"

我爱叶尼娅。我所以爱她,大概是因为她总是接我和送我,因为她温柔热情地瞧着我。她的苍白的脸、她的细脖子、她的瘦胳膊、她的娇弱、她的闲散、她的书,都是多么美丽动人!智慧吗?我不能断定她有不同寻常的智慧,不过我欣赏她眼界开阔,这也许是因为她的想法跟严峻美丽而不喜欢我的莉达不同。叶尼娅爱我是因为我是画家,我的才能征服了她的心。我满心想只为她一个人绘画,我把她幻想成我小小的皇后,跟我一块儿去占领那些树木、田野、迷雾、彩霞,占领那美妙迷人的大自然,而在那里我一直感到孤独得心灰意懒,感到我是个多余的人。

"您再留一会儿吧,"我要求说,"我求求您了。"

我脱掉我身上的大衣,披在她的受冻的肩膀上。她怕穿着男人的大衣显得可笑而难看,就笑起来,把它扔在地下。这时候我就抱住她,不住地吻她的脸、肩膀、手。

"明天见!"她轻声说,小心地、仿佛生怕侵犯夜晚的宁静似的,拥抱我,"我们一家人之间是不隐瞒彼此的秘密的,我得马上去告诉妈妈和姐姐……这真可怕! 妈妈倒没什么,妈妈喜欢您,可是莉达呀!"

她往大门口跑去。

"再见!"她叫道。

然后有两分钟光景我听见她在奔跑。我不想回家去,再者也没有必要急着回家。我犹豫不定地站了一会儿,慢吞吞地退回去,想再看一看她住的那所房子,那所可爱的、纯朴的、古老的房子。阁楼上的窗子像眼睛似的瞧着我,显得什么事情都了解似的。我走过露台,到了网球场旁边,在老榆树底下摸着黑在一张长凳上坐下,从那儿瞧着那所房子。米修司就住在阁楼里,那儿的窗子射出明亮的光,后来变成柔和的绿色,那是因为灯上加了一个罩子。人影在移动……我满腔的温情,心里平静,满意自己。我满意的是我还能够入迷,能够爱人,同时我又觉得不自在,因为我想到这时候,离我几步远,在那所房子的一个房间里住着莉达,她不喜欢我,也许还痛恨我。我坐在那儿,一直等着,不知道叶尼娅会不会出来。我倾听着,觉得阁楼里好像有人在谈话似的。

将近一个钟头过去了。绿色的光熄灭,人影看不见了。月亮高高地停在房子上空,照亮沉睡的花园和小径。房子前面的花坛里,大丽花和玫瑰花可以看得很清楚,似乎都是一种颜色。天气很冷了。我就走出花园,在路上拾起我的大衣,不慌不忙地走回家去。

第二天午饭后,我来到沃尔恰尼诺娃家里。通到花园里去的玻璃门敞开着。我在露台上坐了一会儿,等着叶尼娅随时会从花坛后面走到网球场上来,或者在一条林荫道上出现,或者她的说话声从房间里传来。后来我走进客厅,又走进饭厅。一个人影也没有。我从饭厅里出来,走过一条长过道,来到前厅,然后又退回去。这儿,在过道上,有几个门口,其中的一个门里响起莉达的说话声。

　　"上帝……送给……乌鸦……"她大声说,拖着长音,大概在教人默写,"上帝送给乌鸦……一小块……干酪……是谁呀?"她听见我的脚步声,忽然叫道。

　　"是我。"

　　"哦! 对不起,我现在不能出来见您,我在教达霞功课。"

　　"叶卡捷琳娜·帕夫洛夫娜在花园里吗?"

　　"不在,今天早晨她同妹妹动身到平扎省我的姨母家里去了。而且她们今年冬天大概要出国……"她沉吟一下,补充道,"上帝送给乌鸦……一小块干酪……写完了吗?"

　　我走到前厅,什么也没想,站住,从那儿眺望池塘,眺望村子,莉达的声音传到我的耳朵里来:

　　"一小块干酪……上帝送给乌鸦一小块干酪……"

　　我顺着第一回到这儿来的路走出庄园去,只是顺序相反:先从院子里走进花园,经过正房,然后顺着椴树的林荫道走去……在那儿,一个小男孩追上我,交给我一封短信。"我已经把一切都告诉姐姐了,她要求我跟您分手,"我读那封信,"我不能违拗她而伤她的心。求上帝赐给您幸福,您原谅我吧。但愿您知道我和妈妈哭得多么悲伤!"

　　后来是那条云杉的幽暗的林荫道、坍倒的栅栏……田野上,那时候黑麦开花,秧鸡鸣叫,现在却只有些母牛和腿上套着绊绳的马在徘徊。高坡上有些地方生出绿油油的冬麦。日常的清醒心情来到我的心头,我不由得为我在沃尔恰尼诺娃家里讲过的那些话害臊,跟以前一样感到生活乏味。我回到家里,收拾行李,当天傍晚就动身到彼得堡去了。

此后我再也没有见过沃尔恰尼诺娃一家人。不久以前有一次我动身到克里米亚去,在火车上遇见别洛库罗夫。他还是像先前那样穿着腰部带褶的长外衣和绣花衬衫,等到我问起他身体可好,他就回答说:托福托福。我们谈起来。他已经卖掉他原有的庄园,另外买了一处小一点的,写在柳博芙·伊万诺夫娜的名下。关于沃尔恰尼诺娃一家人,他讲得不多。莉达,依他说来,仍然住在谢尔科夫卡,在学校里教儿童读书。她逐步在她的四周聚合了一群同情她的人,组成一个强有力的派别,在最近一次地方自治局的选举中"击败了"一直把全县把持在手心里的巴拉京。关于叶尼娅,别洛库罗夫只告诉我说,她没在家里住着,不知到哪儿去了。

我已经在开始忘掉那所带阁楼的房子,只有偶尔在绘画或者读书的时候,忽然无缘无故,想起那窗子里的绿色灯光,或者想起那天晚上我这个堕入情网的人走回家去,冷得搓着手,我的脚步在野地里踩出来的响声。更加少有的是某些时候,孤独煎熬着我,我满心凄凉,就不由得模模糊糊地想起往事,于是不知什么缘故,我渐渐地开始觉得她也在想我,等我,我们会见面的……

米修司,你在哪儿啊?

1896 年

农　民

一

　　莫斯科旅馆"斯拉夫商场"的一个仆役尼古拉·契基尔杰耶夫害病了。他的两条腿麻木,脚步不稳,因此有一天他手里托着一个盘子,盘子里盛着一份火腿加豌豆,顺过道走着,绊一个筋斗,摔倒了。他只好辞去职务。他已经把他自己和他妻子所有的钱都花在治病上,他们没法生活了,而且闲着没事做也无聊,就决定应该回家乡,回村子里去。在家里不但养病便当些,生活也便宜些。俗语说:"在家千日好,出门一时难"①,这话不是没有道理的。

　　将近黄昏,他到了他的故乡茹科沃。据他小时候的记忆,故乡的那个家在他的心目中是个豁亮、舒服、方便的地方,可是现在一走进木房,他简直吓一跳,那么黑、那么窄、那么脏。他妻子奥莉加和他女儿萨莎是跟他同路来的,她们瞧着那个不像样的大炉子发了呆,它差不多占据半间屋子,给煤烟和苍蝇弄得污黑。好多的苍蝇哟!炉子歪了,墙上的原木歪歪斜

---

　　① 原文直译是"在家庭的四面墙壁里有帮助"。

斜,好像小木房马上就要坍下来似的。在前面墙角靠近圣像的地方。贴着瓶子上的商标纸和剪下来的报纸,这些是用来代替画片的。穷啊,穷啊！大人一个也不在家。大家都收庄稼去了。炉台上坐着一个八岁上下的、淡黄色头发的姑娘,没洗脸,露出冷冷淡淡的神情,她甚至没有看一眼这些走进来的人。下面,一只白猫正在炉叉上蹭痒痒呢。

"猫咪!猫咪!"萨莎叫它,"猫咪!"

"我们这只猫听不见,"那小姑娘说,"它聋了。"

"为什么?"

"是啊。它挨了打。"

尼古拉和奥莉加头一眼就瞧出来这儿的生活是什么样子,可是彼此都没说话。他们一声不响地放下包袱,一声不响地走出门外,到街上去了。从尽头数起他们的木房算是第三家,看上去好像是顶穷苦、顶古老的一家。第二家也好不了多少。可是尽头的一家却有铁皮房顶,窗上挂着窗帘。那所木房孤零零地立在那儿,四周没有围墙,那是一个小饭铺。所有的木房排成一单行,整个小村子安静而沉思,从各处院子里伸出柳树、接骨木、山梨树的枝子,有一种愉快的景象。

在农民住房的背后,有一道土坡溜到河边,直陡而险峻,这儿那儿的黏土里露出一块块大石头。在陡坡上,有一条小路顺着那些石头和陶工所挖的坑旁边蜿蜒出去。一堆堆碎陶器的破片,有棕色的,有红色的,在各处垒得很高。坡下面铺展着一片广阔、平整、碧绿的草场,草已经割过,如今农民的牲口正在那儿蹓跶。那条河离村子有一俄里远,在美丽的、树木茂密的两岸中间弯弯曲曲流过去。河对岸又是一个广阔的草场,有一群牲口和长长的好几排白鹅。过了草场,跟河这边一样,有一道陡坡爬上山去。坡顶上有一个村子和耸起五个拱顶的教堂,再远一点是一个老爷的房子。

"你们这儿真好!"奥莉加说,对着教堂在胸前画十字,"主啊,多么宽敞啊!"

正好这当儿钟声响起来,召人去做彻夜祈祷(这是星期六的黄昏)。下面有两个小姑娘,抬着一桶水,回过头去瞧着教堂,听那钟声。

"这会儿,'斯拉夫商场'正在开饭……"尼古拉沉思地说。

尼古拉和奥莉加坐在陡坡的边上,观赏日落,看金黄和绯红的天空怎样映在河面上,映在教堂的窗子上,映在空气中。空气柔和、沉静、难以形容的纯净,这在莫斯科是从来也没有的。太阳下山,成群的牲口走过去,咩咩地、哞哞地叫着,鹅从对岸飞过河来,然后四下里又沉静了。柔和的亮光融解在空气里,昏暗的暮色很快地降下来。

这当儿尼古拉的父母,两个干瘦的、驼背的、掉了牙的老人,身材一般高,回家来了。两个女人,儿媳妇玛丽亚和菲奥克拉,本来在对岸的地主庄园上工作,也回家来了。玛丽亚是尼古拉的哥哥基里亚克的妻子,有六个孩子。菲奥克拉是他弟弟杰尼斯的妻子,有两个孩子,杰尼斯出外当兵去了。尼古拉一走进木房,看见全家的人,看见高板床上、摇篮里、各处墙角里那些动弹着的大大小小的身体,看见两个老人和那些女人怎样用黑面包泡在水里,狼吞虎咽地吃下去,他就暗想:他这么生着病,一个钱也没有,回到这里来,而且带着家眷,是做错了,做错了!

"哥哥基里亚克在哪儿?"他们互相招呼过后,他问。

"他在一个商人那儿做看守人,"他父亲回答,"他住在那边树林子里。他呢,倒是个好样儿的庄稼汉,就是酒喝得太厉害。"

"他不是挣钱的人!"老太婆辛酸地说,"咱们这一家的庄稼汉都倒霉,都不带点什么回家来,反倒从家里往外拿。基里亚克喝酒,老头子呢,也认得那条上小饭铺去的路,这种罪孽也用不着瞒了。这是圣母生了咱们的气。"

由于来了客人,他们烧起茶炊来。茶有鱼腥气,糖是灰色的,而且已经有人咬过。蟑螂在面包和碗盏上爬来爬去。喝这种茶叫人恶心,谈话也叫人不舒服,谈来谈去总离不了穷和病。可是他们还没喝完一杯茶,忽然院子里传来响亮的、拖长的、醉醺醺的声音:

"玛——丽亚!"

"看样子好像基里亚克来了,"老头子说,"说起他,他就来了。"

一片沉寂。过了不大工夫,嚷叫声又响起来,又粗又长,好像是从地底下发出来的:

"玛——丽亚!"

大儿媳妇玛丽亚脸色变白,缩到炉子那边去。这个结实的、宽肩膀的、难看的女人的脸上会现出这么害怕的神情,看上去很有点古怪。她女儿,那个原先坐在炉台上、神情淡漠的小姑娘,忽然大声哭起来。

"你号什么,讨厌鬼!"菲奥克拉对她吆喝道。她是一个漂亮的女人,身体也结实,肩膀也宽,"他不会打死她,不用怕!"

尼古拉已经从老头子口里听说玛丽亚不敢跟基里亚克一

块儿住在树林子里。每逢他喝醉酒,他总来找她,大吵大闹,死命地打她一顿。

"玛——丽亚!"嚷叫声从门口传来。

"看在基督面上,救救我,亲人们,"玛丽亚嘟嘟哝哝地说,喘着气,仿佛浸在很冷的水里似的,"救救我,亲人们……"

木房里的孩子有那么多,他们一齐哭起来。萨莎学他们的样,也哭起来。先是传来一声醉醺醺的咳嗽,随后有一个身材高大、满脸黑胡子的农民,戴着一顶冬天的帽子走进木房里来,由于小灯射出昏暗的光,他的脸看不清,显得很吓人。这人就是基里亚克。他走到妻子跟前,抢起胳膊,一拳头打在她脸上。她没喊出一点声音就给这一拳打昏了,一屁股坐下去,她的鼻子里立刻流出血来。

"好不害臊,好不害臊,"老头子嘟哝着,爬到炉台上去,"而且当着客人的面!造孽哟!"

老太婆一声不响地坐在那儿,弓着身子想心事。菲奥克拉摇着摇篮……显然,基里亚克感到自己招人害怕,心里得意,索性抓住玛丽亚的胳膊,拉她到门口,像野兽似的吼叫,为了显得更可怕些,可是这当儿他忽然瞧见客人,就停住手。

"哦,他们已经来了……"他说,放了妻子,"亲兄弟跟他家里的人……"

他在圣像前面念完祷告,摇摇晃晃,睁大他那发红的醉眼,接着说:

"亲兄弟跟他家里的人到爹娘家里来了……就是说,打莫斯科来的。就是说,莫斯科那个古时候的京城,所有的城市的母亲……原谅我……"

他在靠近茶炊的一张长凳上坐下,开始喝茶,在一片沉寂里独有他凑着小碟大声地喝茶……他喝了十来杯,然后在长凳上躺下,打起鼾来。

他们分头睡下。尼古拉因为有病,就跟老头子一块儿睡在炉台上。萨莎躺在地板上,奥莉加跟别的女人一块儿到板棚里去了。

"算了,算了,亲人儿,"她说,挨着玛丽亚在干草上躺下来,"眼泪消不了愁!忍一忍就行了。《圣经》上说:谁要是打你的右脸,就把左脸也送上去……算了,算了,亲人儿!"

然后,她压低嗓音用唱歌样的声调跟她们讲莫斯科,讲她的生活,讲她怎样在那些带家具的房间里做女仆。

"在莫斯科呀,房子都挺大,是用石头砌的,"她说,"教堂好多好多哟,四十个四十都不止,亲人儿。那些房子里都住着上等人,真好看,真文雅!"

玛丽亚说她不但从来没有到过莫斯科,就连故乡的县城也没去过。她认不得字,也不会祷告,就连"我们的父"①也不知道。她和她的弟媳菲奥克拉(这时候她坐在不远的地方听着呢)都十分不开展,什么也不懂。她们俩都不喜欢自己的丈夫。玛丽亚怕基里亚克。每逢只剩下她一个人跟他待在一块儿,她就害怕得发抖,而且一挨近他就总是被他喷出的浓烈的酒气和烟气熏得头痛。菲奥克拉一听到人家问起丈夫不在,是不是闷得慌,就没好气地回答说:

"滚他妈的!"

她们谈了一会儿,就不响了……

---

① 祈祷文的开头几个字。

天气凉了。一只公鸡在板棚附近逼尖了喉咙喔喔地啼着，搅得人睡不着。等到淡蓝色的晨光射进每条板缝，菲奥克拉就悄悄地爬起来，走出去，随后听见她匆匆地跑到什么地方去了，她那双光脚踩出一片吧嗒吧嗒的声音。

二

奥莉加到教堂里去，带着玛丽亚一路去了。她们顺小路下坡，向草场走去，两个人兴致都挺好。奥莉加喜欢空旷的乡野。玛丽亚觉着这个妯娌是一个贴心的亲人。太阳升上来了。一只带着睡意的鹰在草场上面低低地飞翔，河面黯淡无光，有些地方有雾飘浮，可是从对面的高岸上面已经伸过一长条亮光来。教堂发亮了，白嘴鸦在地主的花园里哇哇地叫得很欢。

"老头子倒没什么，"玛丽亚讲起来，"可是老奶奶挺凶，总是吵架。咱们自己的粮食只够吃到谢肉节，现在我们在小饭铺里买面粉，所以她不痛快。她说：'你们吃得太多了。'"

"算了，算了，亲人儿！忍一忍就行了。经上写着：上我这儿来吧，所有你们这些辛苦劳累的人。"

奥莉加用唱歌样的声调平心静气地说着，她的步子像参拜圣地的女人的那种步子，又快又急。她每天念《福音书》，念得挺响，学教堂执事的那种腔调，有很多地方她看不懂，可是那些神圣的句子却把她感动得流泪，她一念到"如果"和"暂且"那类字，就觉着晕晕乎乎，心都不跳了。她信仰上帝，信仰圣母，信仰圣徒。她相信不管欺负什么人，普通人也好，德国人也好，茨冈也好，犹太人也好，都不应该。她相信甚至不怜恤动物的人都会倒霉。她相信这些是写在圣书上的,因此,每逢她念《圣经》上的句子,即使念到不懂的地方,她的脸容也会变得怜悯、感动、放光。

"你是哪儿的人?"玛丽亚问她。

"我是弗拉基米尔省的人。可是我早就到莫斯科去了,那时候我才八岁。"

她们走到河边。河对岸有个女人站在水边上,正在脱衣服。

"那是咱们家的菲奥克拉,"玛丽亚认出来了,"她刚才过河到老爷的庄园上去了。她去找老爷手下的男管事。她胡闹,爱骂人,真不得了!"

眉毛乌黑,头发蓬松的菲奥克拉年纪还轻,身体跟姑娘家一样结实,从岸坡上跳下去,用脚拍水,向四面八方送出浪花去。

"她爱胡闹,真不得了!"玛丽亚又说一遍。

河上架着一道摇晃的小木桥,桥底下清洁透亮的河水里游着成群的、宽额头的鲦鱼。碧绿的灌木丛倒映在水里,绿叶上的露珠闪闪发亮。天气暖起来,使人感到愉快。多么美丽的早晨啊! 要是没有贫穷,没有那种可怕的、无尽头的、使人躲也没处躲的赤贫,大概人世间的生活也会那样美丽吧! 这时候只要回头看一眼村庄,昨天发生的一切事情就会生动地想起来,她们本来在四周的风光里感到的那种令人陶醉的幸福,这时候就一下子消灭了。

她们走进教堂。玛丽亚站在门口,不敢再往前走。虽然要到八点多钟教堂才会打钟作弥撒,她却不敢坐下去。她始终照这样站在那儿。

正在念《福音书》的时候，人群忽然分开，闪出一条路来让地主一家人走过去。有两个姑娘穿着白色连衣裙，戴着宽边帽子，走进来，跟她们一块儿来的还有一个脸蛋儿又胖又红的男孩，穿着海军服。她们一来，感动了奥莉加。她第一眼看去，就断定她们是上流社会的、有教养的、优雅的人。可是玛丽亚皱起眉头阴沉而郁闷地瞟着她们，仿佛进来的不是人，而是妖怪，要是她不让出路来，就会被踩死似的。

每回辅祭用男低音高声念着什么，她总觉着仿佛听见了一声喊叫："玛——丽亚！"她就打冷战。

三

村子里的人已经听说这些客人来了，做完弥撒以后，马上有许多人聚到那小木房里去。列昂内切夫家的人、玛特维伊切夫家的人、伊里巧夫家的人，都来打听他们那些在莫斯科做事的亲戚。茹科沃村所有的青年，只要认得字，会写字，就都送到莫斯科去，专门在旅馆或者饭馆里做仆役（就跟河对面那个村子里的青年都送到面包房里去做学徒一样）。这早已成了风气，从农奴制时代①就开始了。先是有一个茹科沃的农民名叫卢卡·伊万内奇的，现在已经成为传奇人物了，那时候在莫斯科的一个俱乐部里做食堂的侍役，只肯推荐同乡去做事。等到那些乡亲得了势，就找他们的亲戚来，把他们安插在旅馆里和饭馆里。从那时候起，附近一带的居民就把茹科沃这个村子不叫做别的，只叫做下贱村或者奴才村了。尼古

---

① 农奴解放令是在一八六一年颁布的。

拉在十一岁那年给送到莫斯科去,由玛特维伊切夫家的伊万·马卡雷奇谋了个事,当时伊凡·马卡雷奇在隐居饭店当差。现在,尼古拉带着一本正经的神情对玛特维伊切夫家的人说:

"伊万·马卡雷奇是我的恩人,我得日日夜夜为他祷告上帝,因为多亏他提拔,我才成了上流人。"

"我的爷啊,"伊万·马卡雷奇的妹妹,一个身材很高的老太婆,含着泪说,"我们一直没得着一点他的消息,那个亲人。"

"去年冬天他在奥蒙那一家当差,听说这一季他到城外一个花园饭店去了……他老了! 是啊,往年夏天,他每天总要带着大约十个卢布回家,可是现在到处生意都清淡,这就苦了老人家了。"

女人们和那些老太婆瞧着尼古拉的穿了毡靴的脚,瞧着他那苍白的脸,悲凉地说:

"你不是挣钱的人了,尼古拉·奥西培奇,你不是挣钱的人了! 真的不行了!"

大家全都疼爱萨莎。她已经满十岁了,可是她个子小,很瘦,看上去不过七岁的样子。别的小姑娘,都是脸蛋儿晒得黑黑的,头发胡乱地剪短,穿着褪了色的长衬衫,她夹在她们当中,却脸蛋儿白白的,眼睛又大又黑,头发上系着红丝带,显得滑稽可笑,倒好像她是一头小野兽,在旷野上给人捉住,带到小木房里来了似的。

"她认得字呐!"奥莉加夸道,温柔地瞧着她的女儿,"念一念吧,孩子!"她说,从墙角拿出一本《福音书》来,"你念,让那些正教徒听一听。"

那本《福音书》又旧又重，皮封面，书边摸脏了。它带来一种空气，仿佛修士们走进房里来了似的。萨莎抬起眉毛，用唱歌样的声音响亮地念起来：

"'他们去后有主的使者……向约瑟梦中显现，说：起来，带着小孩子同他母亲……'"

"'小孩子同他母亲……'"奥莉加跟着念了一遍，激动得涨红了脸。

"'逃往埃及，……住在那里，等我吩咐你，因为希律必寻找小孩子，要除灭他……'"①

听到这里，奥莉加再也忍不住，就哭起来。玛丽亚看着她那样子，就也抽抽搭搭地哭了，随后伊万·马卡雷奇的妹妹也跟着哭。老头子不住咳嗽起来，跑来跑去要找一件礼物送给孙女，可是什么也没找到，只好挥一挥手，算了。等到念完经，邻居们就走散，回家去了。他们都深受感动，十分满意奥莉加和萨莎。

由于这天是节日，一家人就在家里待了一天。老太婆（不管丈夫也好，儿媳妇也好，孙子孙女也好，统统都叫她老奶奶）样样事情都要亲自做。她亲自生炉子，烧茶炊，甚至自己给田里的男人们送午饭去，事后却又抱怨说累得要死。她老是担心家里人吃得太多，担心丈夫和儿媳妇闲坐着不做事。一会儿，她仿佛听见饭铺老板的鹅从后面溜进她的菜园里来了，她就捞起一根长棍子跑出小木房，到那些跟她自己一样瘦小干瘪的白菜旁边尖声喊上半个钟头，一会儿，她又觉着仿佛

---

① 见《新约·马太福音》。"小孩子"是耶稣，"约瑟"是耶稣母亲马利亚的丈夫，当时希律王要提耶稣，所以全家逃了。

有一只乌鸦偷偷来衔她的小鸡,就一边骂着,一边向乌鸦冲过去。她一天到晚生气,发牢骚,常常叫骂得那么响,弄得街上的行人都站住脚听。

她待她的老头子很不和气,一会儿骂他懒骨头,一会儿骂他瘟疫。他是个没有主张而很不可靠的人,要不是因为她经常督促他,也许他真就什么活也不干,光是坐在炉台上扯淡了。他对儿子说起他的一些仇人,讲个没完没了,抱怨邻居每天欺负他,听他讲话是乏味的。

"是啊,"他的话头拉开了,手叉在腰上,"是啊……在圣十字架节①以后,过了一个星期,我把干草按一普特三十戈比的价钱卖出去了,是我自个儿要卖的……是啊……挺好……所以,你瞧,有一天早晨我把干草搬出去,那是我自个儿要干,我又没招谁惹谁。偏偏赶上时辰不利,我看见村长安契普·谢杰尔尼科夫打小饭铺里出来。'你把它拿到哪儿去,你这混蛋?'他说啊说的,给我一个耳光。"

基里亚克害着很厉害的醉后头痛,在他弟弟面前觉得不好意思。

"这白酒害得人好苦啊。唉,我的天!"他嘟哝着,摇着他那胀痛的脑袋,"看在基督的分上,原谅我,亲兄弟和亲弟妹。我自己也不快活啊。"

因为这天是节日,他们在小饭铺里买了一条鲥鱼,用鲥鱼头熬汤。中午,他们坐下来喝茶,喝了很久,喝得大家都出了汗。他们真也好像让茶灌得胀大了。然后他们又喝鱼汤,大家都就着一个汤钵舀汤喝。至于鲥鱼,老奶奶却藏起来了。

---

① 基督教的节日,在九月十四日。

傍晚，一个陶器工人在坡上烧汤钵。下面草场上，姑娘们围成一个圆圈跳舞，唱歌。有人拉手风琴。河对面也在烧窑，也有姑娘唱歌，远远听来歌声柔美而和谐。小饭铺里面和小饭铺左近，农民们闹得正有劲。他们用醉醺醺的嗓音杂七杂八地唱歌，互相咒骂，骂得非常难听，吓得奥莉加只有发抖的份儿，嘴里念着：

"啊，圣徒！……"

使她吃惊的是这种咒骂滔滔不绝，而且骂得顶响、骂得顶久的反而是快要入土的老头子。姑娘们和孩子们听着这种咒骂，一点也不难为情，他们明明从小就听惯了。

过了午夜，河两岸陶窑里的火已经微下去，可是在下面的草场上，在小饭铺里，大家仍旧在玩乐。老头子和基里亚克都醉了，胳膊挽着胳膊，肩膀挤着肩膀，走到奥莉加和玛丽亚所睡的板棚那边去。

"算了吧，"老头儿劝道，"算了吧……她是挺老实的娘们儿……这是罪过……"

"玛——丽亚！"基里亚克嚷道。

"算了吧……罪过……她是个很不错的娘们儿。"

两个人在堆房旁边站了一分钟，就走了。

"我啊，爱——野地——里的花！"老头子忽然用又高又尖的中音唱起来，"我啊，爱——到草场上去摘它！"

然后他啐口痰，骂了句难听的话，走进小木房里去了。

四

老奶奶把萨莎安置在菜园附近，吩咐她看守着，别让鹅钻进来。那是炎热的八月天。小饭铺老板的鹅可能从后面钻进菜园里来，可是眼下它们正在干正经事，它们在小饭铺附近拾麦粒，平心静气地一块儿聊天，只有一只公鹅高高地昂起头，仿佛打算看一下老太婆是不是拿着棍子赶过来了。别的鹅也可能从坡下跑上来，可是眼下它们正在远远的河对面打食，在草场上排成白白的一条长带子。萨莎站了一会儿，觉着无聊，看见鹅没来，就跑到陡坡的边上去了。

在那儿她看见玛丽亚的大女儿莫特卡一动也不动地站在一块大石头上，瞧着教堂。玛丽亚生过十三个孩子，可是只有六个孩子还活着，全是姑娘，没有一个男孩，顶大的才八岁。莫特卡光着脚，穿一件长长的衬衫，站在太阳地里。太阳直直地晒着她的脑袋，可是她不在意，仿佛化成了石头。萨莎站在她旁边，瞧着教堂，说：

"上帝就住在教堂里。人点灯和蜡烛，可是上帝点绿的、红的、蓝的小圣像灯，跟小眼睛似的。夜里上帝就在教堂里走来走去，最神圣的圣母和上帝的侍者尼古拉陪着他走——咚，咚，咚！……守夜人吓坏了，吓坏了！算了，算了，亲人儿，"她说，学她母亲的话，"等到世界的末日来了，所有的教堂就都飞上天去了。"

"带——着——钟——楼————齐——飞？"莫特卡用低音问道，拖长每个字的字音。

"带着钟楼一齐飞。世界的末日来了，好心的人就上天堂，爱发脾气的人呢，可就要在永远燃着的、不灭的火里烧一烧了，亲人儿。上帝会对我妈和玛丽亚说：'你们从没欺负过人，那就往右走，上天堂去吧。'可是对基里亚克和老奶奶呀，他就要说：'你们往左走，到火里去。'在持斋的日子吃了荤腥东西的人也要送到火里去。"

她抬头看天，睁大眼睛，说：

"瞧着天空，别眨眼睛，那你就会看见天使。"

莫特卡也开始看天，在沉静中过了一分钟。

"看见没有？"萨莎问。

"没有。"莫特卡用低音说。

"可是我看见了。天空中有些小天使在飞，扇着小翅膀，一闪一闪的，跟小蚊子一样。"

莫特卡想了一想，眼睛瞧着地下问：

"老奶奶会遭到火烧吗？"

"会的，亲人儿。"

从这块石头直到紧底下，有一道光滑的慢坡，长满柔软的绿草，谁一看见，就想伸出手去摸一摸，或者在那上面躺一躺。萨莎躺下，滚到坡底下去了。莫特卡现出庄重而严肃的脸相喘着气，也躺下去，往下滚。她往下一滚，衬衫就卷到她肩膀上去了。

"多好玩呀！"萨莎说，高兴得很。

她们俩走到顶上预备再滚下去，可是正好这当儿那熟悉的尖嗓音响起来了。啊呀，多么可怕！那老奶奶，没了牙，瘦得皮包骨，驼着背，短短的白发在风里飘动，正拿着一根长棍子把鹅赶出菜园去，哇哇地叫着：

"它们糟践了所有的白菜，这些该死的东西！把你们宰了才好，你们这些该诅咒三次的恶鬼，祸害，为什么你们不死哟！"

她一眼看见那两个小女孩，就丢下棍子，拾起一根枯树枝，伸出又干又硬的手指头一把掐住萨莎的脖子，活像加了一个套包子,开始抽她。萨莎又痛又怕,哭起来,这当儿那只公鹅却伸直脖子,摇摇摆摆迈动两条腿,走到老太婆这边来,咕咕地叫了一阵,这才归到它的队里去,招得所有的雌鹅都用称赞的口气向它致敬:"嘎——嘎——嘎!"后来,老奶奶又打莫特卡。这一打,莫特卡的衬衫就又卷上去了。萨莎伤透了心,大声哭着,跑到小木房里去申诉。莫特卡跟着她跑,她也哭,可是嗓音粗得多,眼泪也不擦,脸湿得仿佛在水里泡过一样。

"我的圣徒啊!"奥莉加瞧见她俩走进小木房来,吓慌了,叫道,"圣母啊!"

萨莎刚开头讲她的事,老奶奶就尖声叫着、骂着,走进来了,然后菲奥克拉生气了,屋子里闹得乱哄哄的。

"没关系,没关系!"奥莉加脸色苍白,心里很乱,摩挲萨莎的脑袋,极力安慰这孩子,"她是你的奶奶,生她的气是罪过的。没什么,孩子。"

尼古拉本来已经给这种不断的吵嚷、饥饿、烟子、臭气闹得筋疲力尽,本来已经痛恨而且看不起贫穷,本来已经在妻子和女儿面前为自己的爹妈害臊,这时候就把两条腿从炉台奔拉下来,用气恼的、含泪的声音对他母亲说:

"您不能打她!您根本没有权利打她!"

"得了吧,你就待在炉台上等着咽气吧,你这病包儿!"菲奥克拉恶狠狠地顶撞他,"鬼支使你们上这儿来的,你们这些吃闲饭的!"

萨莎和莫特卡和家里所有的小女孩都躲到炉台上尼古拉的背后去,缩在一个角落里,在那儿一声不响,害怕地听着大人讲话,人可以听见她们的小小的心在怦怦地跳。每逢一个家庭里有人害很久的病,没有养好的希望了,就往往会发生一种可怕的情形:所有那些跟他贴近的人都胆怯地、悄悄地在心底里盼望着他死,只有小孩子才害怕亲近的人会死,一想到这个总要战战兢兢。现在,那些小姑娘屏住气息,脸上现出凄凉的神情,瞧着尼古拉,暗想他不久就要死了,她们就想哭,一心想对他说点什么亲切的、怜恤的话才好。

他呢,紧挨着奥莉加,仿佛求她保护他似的,用颤抖的声音轻轻对她说:

"奥里亚①,亲爱的,我在这儿住不下去了。我没有力量了。看在上帝的分上,看在天上的基督的份上,你写封信给你妹妹克拉夫季·阿勃拉莫夫娜吧。叫她把她所有的东西都卖掉,当掉,叫她把钱给我们寄来,我们好离开这儿。啊,上帝呀,"他痛苦地接着说,"哪怕让我看一眼莫斯科也好!哪怕让我梦见它也是好的,亲爱的!"

黄昏来了,小木房里黑了,大家心里都发闷,一句话也说不出来。生气的老奶奶拿黑面包的碎皮泡在一个碗里,吃了很久,足足有一个钟头。玛丽亚给奶牛挤完奶,提进一桶牛奶来,放在一张凳子上。然后老奶奶把桶里的牛奶灌进罐子里,也灌了很久,不慌不忙,明明很满意,因为眼下正是圣母升天节的斋期,谁也不能喝牛奶,这些牛奶就可以原封不动地留下来了。她只在一个茶碟里倒了一点点,留给菲奥克拉的小娃娃吃。等到老奶奶和玛丽亚把罐子送到地窖里去,莫特卡却忽然跳起来,从炉台上溜下去,走到凳子那儿,瞧见凳子上摆着那个装着面包皮的木头碗,就把茶碟里的牛奶倒一点在碗里。

---

① 奥莉加的爱称。

老奶奶回到小木房里来，又吃她的面包皮。这当儿萨莎和莫特卡坐在炉台上瞧着她，心里暗暗高兴，因为她已经吃了荤腥，现在包管要下地狱了。她们得了安慰，就躺下去睡觉。萨莎一面迷迷糊糊地睡着，一面暗自描画最后审判的可怕情景：有一个大炉子烧着火，那炉子像陶窑，魔鬼长着牛样的犄角，周身漆黑，用一根长棍子把老奶奶赶进火里去，就跟刚才老奶奶自己赶鹅一样。

五

圣母升天节晚上十点多钟，正在坡下草场上游玩的男孩和女孩，忽然大惊小怪地叫起来，往村子那边跑。那些上边，坐在峭壁边上的人起初怎么也弄不明白这是怎么回事。

"着火了！着火了！"焦急的嚷叫声从底下传上来，"村里着火了！"

坐在坡上的人回头一看，就有一幅可怕的、不同寻常的景象映进他们的眼帘。村子尽头的几个小木房中，有一个小木房的草顶上升起一个火柱，有一俄丈高，火舌往上卷着，向四面八方撒出火星去，仿佛喷泉在喷水。猛然间，整个房顶燃成一片明亮的火焰，火烧的爆裂声传过来。

月光朦胧，整个村子已经笼罩在颤抖的红光里。黑影在地面上移动，空中弥漫着烧焦的气味。从坡底下跑上来的人一个劲儿地喘气，抖得一句话也说不出来，他们互相推挤，摔倒，他们不习惯明亮的光芒，变得什么也看不见，彼此都认不清了。这真吓人。特别吓人的是在火焰上空，烟雾里面，飞着一些鸽子。小饭铺里还不知道起火的事，大家继续在唱歌，拉手风琴,仿佛压根儿没出什么岔子似的。

"谢苗大叔家里着火了!"有人粗声粗气地大叫一声。

玛丽亚在她的小木房附近跑来跑去,哭哭啼啼,绞着手,牙齿打战,其实火还远得很,在村子的那一头呢。尼古拉穿着毡靴走出来,孩子们穿着小衬衣一个个往外跑。乡村警察小屋左近,一块铁板敲响了。当当当的声音飘过空中。这急促而不停的响声闹得人心里发紧,浑身发凉。那些老太婆站在一旁,举着圣像。母羊、小牛、奶牛,从院子里给赶到街上来了。衣箱啦,羊皮袄啦,桶啦,也搬出来了。一匹黑毛的雄马,素来跟成群的马隔开,因为它踢它们,伤它们,这时候却撒开了缰,嘶叫着,踏得咚咚响地在村子里跑来跑去,跑了一两个来回,后来忽然在一辆大车旁边猛地站住,扬起后蹄踢那车子。

河对面教堂里的钟也响起来。

在起火的小木房旁边又热又亮,地上的每一根小草都可以看清楚。在一口抢救出来的衣箱上坐着谢苗,这是一个生着棕红色头发的农民,长着大鼻子,穿一件上衣,戴一顶便帽,扣在脑袋上,一直碰到耳朵。他的妻子扑在地上,脸朝下,神志昏迷,嘴里哼哼唧唧。一个八十岁上下的老头儿,身材矮小,留一把大胡子,看上去活像一个地精①。他不是本村的人,可显然跟这场火灾有关系,他在火场旁边走来走去,没戴帽子,抱着一个白包袱。火焰映在他的秃顶上。村长安契普·谢杰尔尼科夫,黑黑的脸,黑黑的头发,跟茨冈一样,手里拿着一把斧子,走到小木房那儿,把一个个的窗子接连砍掉

①　西欧神话中守护地下财宝的丑陋的侏儒。

（谁也不知道为什么缘故），然后开始砍门廊。

"娘们儿，拿水来！"他嚷道，"把机器弄来！快办！"

方才在小饭铺里闹酒的农民们把救火的机器拉来了。他们全醉了，不断地绊绊跌跌，脸上露出束手无策的神情，眼睛里泪汪汪的。

"姑娘们，拿水来！"村长嚷着，他也醉了，"快办，姑娘们！"

妇女和姑娘跑下坡到泉水那儿，再提着装满水的大桶和小桶爬上坡，把水倒进机器里，再跑下坡去。奥莉加、玛丽亚、萨莎、莫特卡，都去取水。女人们和男孩们用唧筒压水，水龙带唑唑地响，村长把水龙带时而指着门，时而指着窗子，有时候用手指头堵住水流，这样一来，吱吱声越发尖了。

"真是一条好汉，安契普！"好些人的称赞声音嚷着，"加一把劲！"

安契普蹿进起火的过道屋，在里面哇哇地喊：

"用唧筒压水！惨遭不幸，教徒们，出力啊！"

一群农民站在旁边，什么也不干，瞧着火发呆。谁也不知道该做什么，他们什么事也不会做。而四周围全是麦子垛、干草、板棚、成堆的枯树枝。基里亚克和他父亲老奥西普，两人都带着几分醉意，也站在那儿。仿佛要为自己的袖手旁观辩护似的，老奥西普对伏在地上的女人说：

"何必拿脑袋撞地，大嫂？这小木屋保过火险啊，那你还愁什么？"

谢苗把起火原因一会儿对这个人讲一遍，一会儿又对那个人讲一遍：

"就是那个老头子，那个抱着包袱的老头子，茹科夫将军的家奴……他从前在我们的将军家里做厨子,但愿将军的灵魂升入天堂! 今天傍晚他上我家来:'留我在这儿过夜吧,'他说……是啊,当然,我们就喝了一小盅……老婆忙着烧茶炊,想请老头子喝点茶,可是活该倒霉,她把茶炊搁在门道上了,烟囱里的火星一直吹到顶棚上,吹到干草上,就这么出了事。我们自己都差点给烧死。老头子的帽子烧掉了,真罪过!"

那块铁板被人不断地敲着,河对岸教堂里的钟一个劲儿地鸣响。奥莉加周身给火光照着,气也透不出来,害怕地瞧着红色的羊和在烟雾里飞翔的粉红色鸽子。她时而跑下坡去,时而跑上来。她觉得钟声跟尖剌似的钻进她的灵魂,觉得这场火永远也烧不完,觉得萨莎丢了……等到小木屋的天花板咔嚓一声坍下来,她心想这一下子包管全村都要起火,就浑身发软,再也提不动水,在岸坡的边上坐下来,把桶子放在身旁。她的身旁和她的身后都有农妇们坐着嚎啕大哭,仿佛在哭死人一样。

这当儿,从河对岸地主的庄园里来了两辆大车,车上坐着地主家的管事们和工人们,带着一架救火机。有一个年纪很轻的大学生骑着马赶来,穿着白色海军上衣,敞着怀。他们用斧子劈砍,声音很响,又把梯子安在起火的房架子上,立刻有五个人由大学生带头爬上去。那大学生涨红了脸,用尖利的嘶哑声调和仿佛干惯了救火的事的口气嚷着。他们拆开那个小木屋,把一根根木头卸下来,把畜栏、篱笆、附近的干草堆都移开了。

"不准他们捣毁东西!"人群里有人用很凶的声音喊叫,"不准!"

基里亚克带着坚决的神气走到小木屋去,仿佛要拦阻新来的人毁掉东西似的,可是有一个工人把他一把拉回来,在他脖子上打了一拳。这引起了笑声,那工人又打他一拳,基里亚克就倒下去,四肢着地,爬回人群里去了。

从河对岸还来了两个戴帽子的漂亮姑娘,大概是大学生的姊妹。她们站在远点的地方,看这火灾。拆下来的木头不再燃烧,可是冒着浓烟。大学生操纵水龙带,先对着木头冲,然后对着农民冲,再后又对那些提水的女人冲。

"乔治!"两个姑娘责备地、不安地斥责他,"乔治!"

火烧完了。直到人群开始走散,他们才注意到天亮了,大家的脸色苍白,有点发青,一清早残星在天空消失的时候人的脸色总是这样的。农民们一面走散,一面笑着,拿茹科夫将军的厨子和他那顶烧掉的帽子说了一阵笑话。他们已经有意把这场火灾变成笑谈,甚至好像惋惜火熄得太快了。

"您救火很有本事,少爷!"奥莉加对大学生说,"您应当到我们莫斯科去,那儿差不多天天有火灾!"

"您莫非是从莫斯科来的?"一位小姐问。

"正是这样。我丈夫原先在斯拉夫商场当差。这是我女儿,"她说,指一指萨莎,萨莎觉着冷,正偎在她身边,"她也是莫斯科人。"

两位小姐跟大学生说了一句法国话,他就给萨莎一个二十戈比的钱。老奥西普看在眼里,他的脸上顿时放出了希望的光。

"感谢上帝,老爷,幸好没风,"他对大学生说,"要不然一下子就都烧光了。老爷,好心的贵人,"他又说,声音放低了,而且觉着不好意思,"清早天冷,想法暖一暖才好……求您恩典赏几个钱买一小瓶酒喝吧。"

他没得着钱,就大声嗽了嗽喉咙,磨磨蹭蹭走回家去了。后来奥莉加站在岸坡的边上,瞧那两辆车子涉水过河,看那位少爷穿过草场。河对岸有一辆马车等着他们。她走进小木屋,对丈夫赞赏地说:

"那几个人真好!长得也好看!两位小姐出落得跟天使一样。"

"叫她们咽了气才好!"困倦的菲奥克拉恶狠狠地说。

六

玛丽亚认定自己不幸,常说巴不得死了才好,菲奥克拉却刚好相反,觉得这生活里样样东西,例如穷困、肮脏、不停的咒骂,都合她的胃口。人家给她什么,她不分好歹拿着就吃。不管到了哪儿,也不用被褥,她倒头就睡。她把脏水随手倒在门廊上,或者从门槛上泼出去,然后再光着脚蹚着泥水塘走过去。从头一天起她就恨尼古拉和奥莉加,这也正是因为他们不喜欢这生活。

"我倒要看看你们在这儿吃什么,莫斯科的贵人!"她幸灾乐祸地说,"我倒要看看!"

有一天早晨,那已经是九月初了,菲奥克拉从坡下担着两桶水回来,脸冻得发红,健康而美丽,这当儿玛丽亚和奥莉加正坐在桌子旁边喝茶。

"又是茶又是糖!"菲奥克拉讥诮地说,"两位贵夫人!"她放下水桶,补了一句,"她们倒养成了天天喝茶的派头。小心点,别让茶胀死!"她接着说,憎恨地瞧着奥莉加,"她在莫斯科养得肥头胖脸,这油篓子!"

她抡起扁担来,一下子打在奥莉加的肩头上,弄得两个妯娌只能把两手举起,轻轻一拍,说:

"啊呀,圣徒!……"

然后菲奥克拉下坡到河边去洗衣服,一路上高声痛骂,弄得木房里都听得见。

白昼过去了,然后来了秋天悠长的黄昏。他们在小木屋里缠丝线,人人都做,只有菲奥克拉例外,她过河去了。他们从附近的工厂里拿来这丝,全家人一齐工作,挣一点点钱,一个星期才挣二十戈比左右。

"当初,在东家手底下,日子倒好过得多,"老头子一面缠丝,一面说,"干完活就吃,吃了就睡,一样挨着一样。午饭有白菜汤和麦粥,晚饭也是白菜汤和麦粥。黄瓜和白菜多的是:随你吃,吃得你心满意足。那时候也严得多。人人都守本分。"

小木房里只点一盏小灯,灯光昏暗,灯芯冒烟。要是有人遮住灯光,一个大黑影就会落在窗上,人就能看见明亮的月光。老奥西普不慌不忙地讲起来,说到在农奴解放以前人们怎样生活,说起在这一带,现在固然穷了,生活乏味了,可是当初人们怎样带着猎犬、快腿狗、受过特别训练的猎狗去打猎,在围捕野兽的时候,农民都喝到白酒。成串的大车队怎样载着被打死的飞禽,送到莫斯科年轻的东家那边去。他又说到坏农奴怎样给人用桦树条打一顿,或者发配到特威尔的领地上去,好农奴怎样受到嘉奖。老奶奶也有话讲。她什么都记得,一样也没忘。她讲到她的女东家是一个好心的、信神的女人,她丈夫却是酒徒和浪子,他们所有的女儿都嫁给一些天晓得的人物：一个嫁给酒徒，一个嫁给小市民，一个私奔了（老奶奶当时是个年轻的姑娘，帮过她的忙），她们三个不久都郁郁地死了，她们的母亲也一样。想起这些事，老奶奶甚至洒下几滴眼泪。

忽然有人来敲门，大家都吃一惊。

"奥西普大叔，留我住一夜吧！"

随后走进来一个矮小的、秃顶的老头子，他就是茹科夫将军的厨子，也就是帽子被烧掉的那个人。他坐下，听着，然后他也开始回忆，讲各式各样的往事。尼古拉坐在炉台上，垂着两条腿，听着，详细问他旧日为老爷烧些什么菜。他们谈到肉饼、肉排、各种汤、各种佐料，那厨子样样事情也都记得清楚，举出一些现在已经不烧的菜，比方说有一种用牛眼睛做的菜，名叫"早晨醒"。

"那时候你们烧'上将肉排'吗？"尼古拉问。

"不烧。"

尼古拉不以为然地摇摇头，说：

"唉！你们这些半吊子的厨子！"

小女孩们在炉台上坐着或者躺着，眼也不睐地瞧着炉台下面。那儿好像有很多的孩子，仿佛是云端里的小天使。她们爱听故事。她们时而高兴时而害怕，不住叹气，打冷战，脸色发白。老奶奶讲的故事比所有的故事都有趣味，她们就屏住呼吸听着，动也不敢动。

大家默默地躺下去睡觉。老年人给那些故事搅得心不定，兴奋起来，心想年纪轻轻的，那是多好啊，青春，不管是什么样儿，在人的记忆里留下的总是活泼、愉快、动人的印象。至于死，那是冷酷得多么可怕，而死又不很远了，还是别想它的好！小灯熄了。黑暗啦,给月光照得明晃晃的两个小窗子啦,寂静啦,摇篮的吱吱嘎嘎声音啦,不知什么缘故,只使得他们想到生活已经过去,再也没法子把它拉回来了。……刚刚迷迷糊糊,刚刚沉入遗忘的境界,忽然不知什么人碰了碰肩膀,朝自己的脸上吹一口气,睡意就没有了,身体觉着发麻,种种有关死亡的想头钻进脑子里来。翻一个身再睡,死亡倒是忘掉了,可是关于贫穷、饲料、面粉涨价等种种早就有的枯燥而沉闷的思想又在脑子里出现了,过一会儿,又不由得想起生活已经过去,再也没法子把它拉回来了……

"唉,主啊!"厨子叹气。

不知什么人轻轻地,轻轻地敲着小窗子。一定是菲奥克拉回来了。奥莉加起来,打个呵欠,小声念一句祷告,开了房门,然后走到外面门道里拉开门栓。可是没有人走进来,只有一阵冷风从街上吹进来,门道忽然给月光照亮了。从敞开的门口可以瞧见寂静而荒凉的街道和在天空浮游的月亮。

"是谁啊?"奥莉加喊一声。

"我,"传来了回答,"是我。"

靠近门口,贴着墙边,站着菲奥克拉,全身一丝不挂。她冻得打哆嗦,牙齿打战,在明亮的月光里显得很白、很美、很怪。她身上的阴影和照在皮肤上的月光,使人看来黑白分明。她的黑眉毛和结实而年轻的乳房特别清楚地显露出来。

"河对岸那些胡闹的家伙把我的衣服剥光,照这样把我赶出来了……"她说,"我只好没穿衣服,走回家来……就这么光着身子。给我拿件衣服穿上吧。"

"你倒是进屋里来啊!"奥莉加小声说,也开始发抖了。

"不要让老家伙们看见才好。"

事实上,老奶奶已经在动弹,咕噜了,老头子问:"是谁啊?"奥莉加把她自己的衬衫和裙子送出去,帮菲奥克拉穿上,然后她俩极力不出声地掩上门,轻手轻脚地走进屋里来。

"是你吗,野东西?"老奶奶猜出是谁了,生气地咕噜着,"该死的,夜游鬼……怎么不死哟!"

"没关系,没关系,"奥莉加小声说,给菲奥克拉穿好衣服,"没关系,亲人儿。"

一切又都沉静了,这屋子里的人素来睡不稳,各人都给一种捣乱的、纠缠不已的东西闹得睡不熟:老头子背痛,老奶奶心里满是焦虑和恶意,玛丽亚担惊害怕,孩子身上疥疮发痒,肚里饥饿。现在他们的睡眠也还是不安。他们不断地翻身,说梦话,起来喝水。

菲奥克拉忽然哇的一声哭了,粗声粗气,可是立刻又忍住,只是时不时地抽抽搭搭,她的哭声越来越轻,越来越含混,到后来就完全静下来了。河对面偶尔传来报时的钟声,可是那钟敲得挺古怪,先是五下,后是三下。

"唉,主啊!"厨子叹道。

瞧着窗口,谁也弄不清究竟是月亮仍旧在照耀呢,还是天已经亮了。玛丽亚起床,走出去。可以听见她在院子里挤牛奶,说:"站稳!"老奶奶也出去了。小木屋里还黑着,可是一切物件都已经可以看清楚了。

尼古拉通宵没睡着,从炉台上下来。他从一个绿箱子里拿出自己的燕尾服,穿上,走到窗口,摩平衣袖,揪一揪燕尾服的后襟,微微一笑。然后他小心地脱下这身衣服,放回箱子里,再躺下去。

玛丽亚走进来,开始生炉子。她明明没有睡足,现在一边

走才一边醒过来。她一定做了什么梦,或者也许昨晚的故事来到了她的脑海里吧,因为她在炉子前面舒服地伸了个懒腰,说:

"是啊,自由好得多!"

七

老爷来了,村里的人这样称呼县警察所长。他什么时候来,为什么来,大家早在一个星期以前就知道了。茹科沃村只有四十家人,可是他们欠下官府和地方自治局的税款已经积累到两千多卢布了。

县警察所长在小饭铺里停下。在那儿,他"喝了两杯茶",然后步行到村长家里去。村长家门的附近已经有一群欠缴税款的人等着了。村长安契普·谢杰尔尼科夫尽管年轻,只不过三十岁出点头,却很凶,总是帮着上级说话,其实他自己挺穷,也总不能按期纳税。大概他很喜欢做村长,喜欢权力的感觉,他没有别的法子,只好借严厉来表现他的权力。在全村开会时候,人人怕他,听他的话。往往,在街上,或者在小饭铺附近,他忽然抓住一个醉汉,倒绑上他的手,把他关进禁闭室里去。有一回他甚至逮捕老奶奶,把她拘留在禁闭室里,关了一天一夜,因为她替奥西普出席村会,在会上骂街。他从没在城里住过,也从没看过书,可是他不知从哪儿学来各式各样文绉绉的字眼,喜欢插在谈话里用一用,人家虽然不能常常听懂他的意思,倒也因此敬重他。

奥西普带着他的缴税底册走进村长的小木屋,那县警察所长,一个瘦瘦的老头子,生着又长又白的络腮胡子,穿一件灰色衣服,正坐在过道屋墙角一个桌子那儿,写什么东西。小木屋里干干净净,四壁贴着从杂志上剪下来的画片,花花绿绿,在靠近圣像顶显眼的地方贴一张以前保加利亚巴丹堡公爵的照片。桌子旁边站着安契普·谢杰尔尼科夫,两条胳膊交叉在胸口上。

“他欠一百十九个卢布,大人,”轮到奥西普的时候,他说,“在复活节以前他付过一卢布,打那时候以后没给过一个钱。”

县警察所长抬头看奥西普,问:

“这是为什么,老兄?”

“发发慈悲吧,大人,”奥西普开口了,激动起来,“容我回禀,去年从留托列茨基来的一位老爷对我说,‘奥西普,’他说,‘把你的干草卖给我……你卖了吧,’他说。那有什么不行?我有大约一百普特要卖呢,都是娘们儿在水草场上割来的……好,我们就成交了……这事儿干得挺好,我自己个儿要卖的……”

他抱怨村长,一个劲儿扭回头去瞧那些农民,倒好像要请他们来作见证似的,他脸红,冒汗,他的眼睛变得尖利而凶狠。

“我不懂你说这些干什么,”县警察所长说,“我问你……我问你为什么不缴欠款?你们都不缴,难道这要我来负责吗?”

“我缴不出来嘛!”

“这些话是岂有此理,大人,”村长说,“固然,契基尔杰耶夫家道贫寒,不过请您问问别人好了,此中症结都在白酒上,他们是一班胡作非为之徒。糊涂之至。”

县警察所长写下几个字,然后镇静地对奥西普说话,口气

平和,仿佛跟他要一杯水喝似的:

"出去。"

不久他就坐上车走了。他坐上一辆简便的四轮马车,咳嗽着,甚至只凭他那又长又瘦的背影也看得出他已经记不得奥西普、村长、茹科沃的欠款,只在想他自己的心事了。他还没走出一俄里路,安契普·谢杰尔尼科夫已经从契基尔杰耶夫的小木屋里拿着茶炊走出来。老奶奶跟在后面,用尽气力尖声叫道:

"不准你拿走! 不准你拿走,该死的!"

他迈开大步,走得很快,她呢,在后面紧紧地追他,驼着背,气冲冲,喘吁吁,差点跌倒。她的头巾滑到肩膀上,她的白头发看上去好像带点绿颜色,在风里飘着。她忽然站住,像一个真正的叛党似的,握着拳头使劲捶胸,用拖长的声音比平时更响地嚷着,好像在痛哭似的:

"正教徒啊,信仰上帝的人啊! 圣徒啊,他们欺侮我! 亲人啊,他们挤对我! 哎呀,哎呀,好人啊,替我伸冤报仇!"

"老奶奶,老奶奶!"村长厉声说,"不得无理取闹!"

契基尔杰耶夫家的小木屋里缺了茶炊显得沉闷极了。茶炊丢了不要紧,可是这却有点叫人难堪,含着点侮辱意味,仿佛这家的名誉也完了似的。要是村长拿走桌子、所有的凳子、所有的盆盆罐罐,那倒好些,这地方不会显得这么空荡荡。老奶奶哇哇地叫,玛丽亚呜呜地哭,小姑娘们看见她们流眼泪,也哭了。老头子自觉有罪,坐在墙角,无精打采,闷声不响。尼古拉也一声不响。老奶奶爱他,为他难过,可是现在却忘了怜悯,忽然哇啦哇啦地骂他,责备他,对准他的脸摇拳头。她尖声叫道,这全得怪他不好,是啊,他在信上夸口,说什么在

"斯拉夫商场"他一个月挣五十卢布,那为什么他汇给他们那么一点点钱?为什么他上这儿来,而且把家眷也带来?要是他死了,上哪儿去找钱来葬他?……尼古拉、奥莉加、萨莎的样儿,看起来真叫人心酸。

老头子嗽了嗽喉咙,拿起帽子,找村长去了。天擦黑了。安契普·谢杰尔尼科夫正在炉子旁边焊什么东西,鼓起腮帮子,屋里满是炭气。他的孩子们挺瘦,没有洗脸洗手,不见得比契基尔杰耶夫家的小孩强多少,正在地板上爬着玩。他妻子是一个难看而长着雀斑的女人,大着肚子,正在缠丝。他们是一个极穷的、不幸的家庭。只有安契普一个人看上去还算结实、漂亮。有一张长凳上摆着五个茶炊,排成一行。老头子对巴丹堡①念了祷告,然后说:

"安契普,发发慈悲,把茶炊还给我吧!看在基督的面上!"

"拿三个卢布来,那你就可以取走。"

"我拿不出来嘛。"

安契普鼓起腮帮子,火呜呜地响,吱吱地叫,亮光映在茶炊上。老头子揉搓着帽子,想了一想,说:

"把它还给我吧!"

黑皮肤的村长好像变得完全漆黑,活像一个魔法师。他扭过头来对着奥西普发话,吐字很快,声音很凶:

"这全得由地方行政长官决定。到本月二十六日,你可以到行政会议去口头或者书面申诉你不满的理由。"

***

① 前面叙过,他是保加利亚公爵,他的相片贴在圣像旁边,老头子原该对圣像念祷告,不料忙忙乱乱地弄错了。

奥西普一个字也没听懂,可是也算满意,就回家去了。

过了十天光景,县警察所长又来了,待了一个钟头就坐上车走了。那些天,天气寒冷而且有风,河老早就结冰了,可是雪仍旧没下。道路难走,人们很痛苦。在一个节日的前夜,有几个邻居到奥西普家里来坐着闲谈。他们摸着黑说话,因为做工是有罪的,他们就没点灯。消息倒有几个,不过听着都十分不痛快。例如为了抵欠款,有两三家的公鸡被捉去送到乡公所,不料在那儿死掉了,因为没有人喂它们。羊也给捉去,而且捆在一块儿运走,每过一个村子就换一回大车,其中有一只死掉了。那么现在就有一个问题要解答:这都该怪谁呢?

"该怪地方自治局!"奥西普说,"不怪它,还怪谁?"

"当然,该怪地方自治局。"

虽然谁也不知道地方自治局是什么东西,可是样样事情,什么欠款啦,欺压啦,歉收啦,都怪在地方自治局身上。这种情形从很早以前就开始了,那时候有些富农自己开工厂、商店、客栈,做了地方自治局的议员,却始终不满意地方自治局,便在自己的工厂和酒馆里痛骂它。

他们谈到上帝还不把雪送下来,谈到该去砍柴了,可是坑坑洼洼的道路上没法走车子,也不能步行。原先,十五年到二十年以前,在茹科沃,大家谈的话要有趣味得多。在那年月,看起来每个老人心里好像都藏着一份秘密,仿佛他知道什么,正在盼着什么似的。他们谈加金色火漆印的圣旨,谈土地的划分,谈新土地,谈埋藏的财宝,总之,他们的话里暗示着什么。现在呢,茹科沃的人根本没有什么秘密,他们的全部生活就像都摊在手心上一样,大家看得明明白白。他们没别的可谈,只能谈贫穷和饲料,谈天还下不雪……

大家沉静了一阵。然后他们又想起公鸡和羊，又开始争论该怪谁不对。

"该怪地方自治局！"奥西普垂头丧气地说，"不怪它，还怪谁呢？"

八

教区的教堂在六俄里以外的柯索果罗沃村里，农民们只有不得已的时候，例如给孩子施洗礼，举行婚礼，或者举行教堂葬仪，才去一趟。他们做礼拜，通常是到河对面的教堂去。到了节日，遇上好天气，姑娘们就打扮漂亮，成群结伙地去做弥撒。她们穿着红的、黄的、绿的衣服，走过草场，看上去很快活。不过遇着坏天气，她们就都待在家里了。为了忏悔和领圣餐，她们总是到教区的教堂去。在复活节后的一周内，神甫举着十字架走遍各个小木屋，向每一个在大斋期间没有能够领圣餐的人要十五戈比。

老头子不信上帝，因为他差不多从没想到过上帝。他承认神奇的事，可是他觉得这只可能跟女人有关系。人家在他面前谈起宗教或者奇迹，向他提出关于这类事情的问题，他总是搔搔头皮，勉强地说：

"谁知道呢！"

老奶奶信上帝，可是她的信仰有点朦朦胧胧，在她的脑海里一切事情都掺混在一起，她刚想起罪恶、死亡、灵魂的得救，贫穷和烦恼立刻就插进来，盘踞她的脑海，她马上忘了刚才在想什么。祷告词一点也记不得，通常在傍晚躺下去睡觉以前，她总站在圣像面前，小声说：

"喀山的圣母,斯摩棱斯克的圣母,三臂的圣母……"

玛丽亚和菲奥克拉经常在胸前画十字,每年持斋,可是完全是应景儿。孩子都没学过祷告,也没人向他们讲起过上帝,传授过训诫,只是不准他们在斋期吃荤腥罢了。别的家庭也差不多,相信的人少,理解的人也少。同时大家又都喜欢《圣经》,温柔而敬仰地喜爱它。可是他们都没有书,也没有人念《圣经》,讲《圣经》。奥莉加有时候对他们念《福音书》,他们就尊敬她,对她和萨莎都恭恭敬敬地称呼"您"。

遇到当地教堂的命名节和祷告仪式,奥莉加常常到邻村去,到县城去。县城里有两个修道院和二十七个教堂。她痴痴迷迷,在朝圣的路上完全忘了家人,一直到回来的路上才会忽然发现自己有丈夫,有女儿,就高兴起来,笑眯眯、喜洋洋地说:

"上帝赐福给我了!"

村子里发生的事,她觉得厌恶,使她痛苦。到圣伊利亚节①,他们喝酒。到圣母升天节,他们喝酒。到圣十字架节,他们喝酒。圣母节②是茹科沃教区的节日,逢到这个节期,农民们一连喝三天酒。他们喝光了村社公积金五十卢布,然后还要挨家敛钱拿来喝酒。头一天,契基尔杰耶夫家宰了一头公羊。早晨,中午,傍晚,连吃三顿羊肉。他们吃得很多,到夜里孩子们还要起来再找补一点。那三天,基里亚克喝得酩酊大醉,他把所有的东西,连帽子和靴子也在内,统统换酒喝了,而且死命地打玛丽亚,打得她昏过去,一定要往她头上浇水,

~~~~~~~~~~

① 基督教的节日,在七月二十日。
② 基督教的节日,在十月一日。

她才能醒过来。事后，大家都觉得害臊，恶心。

然而，甚至在茹科沃，在这"奴才村"，每年也总有一回隆重的真正的宗教盛典。那是在八月，他们抬着赐予生命的圣母从这村走到那村，走遍全县。到了茹科沃所盼望的这一天，正好没风，天色阴沉。姑娘们一清早就穿上鲜艳华丽的衣服，出去迎接圣像，将近傍晚才把它抬进村子来，排成严肃的行列，举着十字架，唱着歌，同时河对面教堂的钟全部响起来。一大群本村和外村的人堵住街道，吵吵嚷嚷，尘土飞扬，挤成一团……老头子也好，老奶奶也好，基里亚克也好，大家都对圣像伸出手去，热切地瞧着它，哭哭啼啼地叫道：

"保护神啊，母亲！ 保护神啊！"

大家好像忽然明白人间和天堂并不是两隔开的，明白有钱有势的人还没有把一切都夺去，明白他们在遭受欺侮，遭受奴役，遭受沉重而难堪的贫穷，遭受可怕的白酒的祸害的时候，还有神在保佑他们。

"保护神啊，母亲！"玛丽亚哭道，"母亲！"

可是祈祷做完，圣像抬走了，一切就又恢复老样子，小饭铺里又传出粗鲁而酒醉的声音。

只有富裕的农民才怕死，他们越阔，就越不相信上帝和灵魂的得救，只因为害怕在人世的寿命会完结，才点蜡烛，做礼拜，以防万一。贫穷的农民并不怕死。人家当着老头子和老奶奶的面说他们活得太久，到死的时候了，可是他们满不在乎。他们一点也没顾忌地当着尼古拉的面对菲奥克拉说，等尼古拉死了，她丈夫杰尼斯就可以得到优待从军队里退伍，回家来了。玛丽亚呢，不但不怕死，反而惋惜死亡这么久还不来。她的小孩一死，她倒高兴。

他们不怕死,可是对于各种疾病,他们却过分地害怕。只要生一点点小毛病,肠胃不消化啦,着了点凉啦,老奶奶就在炉台上躺下,盖得严严的,不断地大声哀叫:"我要死——了!"老头子赶紧去请神甫,老奶奶就领圣餐,受临终涂油礼。他们常常谈到受凉,谈到蛔虫,谈到瘤子,说是瘤子在胃里移动,滚到心脏那儿去了。他们顶怕的是着凉,因此就是夏天也穿厚衣服,躺在炉台上取暖。老奶奶喜欢看病,常坐上车子到医院去,到了那儿她老是说她自己才五十八岁,而不说七十岁。她认为医生如果知道她的真岁数,就不肯给她看病,反而会说她该死了。她通常一清早就动身到医院去,随身带去两三个小姑娘,傍晚才回来,肚子挺饿,怒气冲冲,给自己带回来药水,给小姑娘带回来药膏。有一回她把尼古拉也带去,这以后他喝了两个星期的药水,说是觉得好一点了。

老奶奶认识周围三十俄里以内所有的医生、医士、巫医,其中她一个也不中意。在圣母节那天,神甫举着十字架走遍各个小木屋,教堂执事对她说:城里监狱附近住着一个小老头儿,做过军医士,医道很好,劝她去找他。老奶奶听了他的劝。等到头一场雪落下地,她就坐车进城,带回一个小老头子,留着胡子,穿一件长上衣,是一个皈依正教的犹太人,脸上满是蓝色的细血管。那当儿正好有些短工在小木屋里工作。一个老裁缝戴着极大的眼镜,正拿一件破烂的衣服裁成背心,还有两个年轻小伙子在用羊毛擀成毡靴。基里亚克因为酗酒而给革掉了差使,这时候住在家里,跟裁缝并排坐着,修理一个套包子。小木屋里又挤又闷,臭烘烘的。皈依正教的犹太人诊察了尼古拉,说是须得给病人放血。

他放上拔血罐去,老裁缝、基里亚克、小姑娘们站在一旁

425

瞧着,他们觉着他们仿佛瞧见疾病从尼古拉身子里流出来了。尼古拉也瞧着吸血的罐子附在他胸膛上,渐渐充满浓浓的血,觉得好像真有什么东西从他身子里出去似的,就满意地微笑了。

"这挺好,"裁缝说,"求上帝保佑,这对你有好处。"

那皈依正教的人放了十二罐血,然后又放十二罐,喝了茶,坐车走了。尼古拉开始发抖,他的脸瘦下去,照女人们的说法,缩成一个小拳头了。他的手指头发青。他盖上一条被子和一件羊皮袄,可是觉着越来越冷。将近傍晚,他觉着很不好过,要求把自己放在地板上,请裁缝不要抽烟,然后他在羊皮袄下面安安静静地躺着。将近早晨,他死了。

九

啊,这个冬天多么寒冷,多么长啊!

到圣诞节,他们自己的粮食已经吃完,只好买面粉吃了。基里亚克现在住在家里,每到傍晚就吵闹,弄得人人害怕,到了早晨又因为头痛和羞愧而难过,他那样子看上去很是可怜。饥饿的母牛的叫声昼夜不停地从畜栏那边传来,叫得老奶奶和玛丽亚的心都碎了。仿佛故意捣乱似的,天气始终非常冷,雪堆得很高,冬天拖延下去。到报喜节①,刮了一场真正的冬天的暴风雪。在复活节后的一周内又下了一场雪。

不过,不管怎样,冬天毕竟过完了。到四月初,白昼变得温暖,夜晚仍旧寒冷。冬天还不肯退让,可是终于来了温暖的

---

① 基督教的节日,在俄旧历三月二十五日。

一天,打退了冬季,于是小河流水,百鸟齐鸣。河边的整个草场和灌木给春潮淹没,茹科沃和对岸的高坡中间那一大块地方被一片汪洋大水占据,野鸭子在水面上这儿一群那儿一群地飞起飞落。每天傍晚,火红的春霞和华美的云朵造成新的、不平凡的、离奇的景致,日后人们在画儿上看见那种彩色和那种云朵的时候简直不会相信是真的。

仙鹤飞得很快很快,发出哀伤的叫声,声音里好像有一种召唤的调子。奥莉加站在斜坡的边上,长久地望着水淹的草场,瞧着阳光,眺望那明亮的、仿佛变得年轻的教堂,流下了眼泪,喘不过气来,因为她恨不得快快走掉,随便到哪儿去,即使到天涯海角去也行。大家已经决定让她重回莫斯科去当女仆,叫基里亚克也跟她一路去,谋个差使,做个管院子的或者雇工什么的。啊,快点走才好!

土地一干,天气一暖,他们就打点着动身了。奥莉加和萨莎背上背着包袱,脚上穿着树皮鞋,天刚亮就走了。玛丽亚也出来,送她们一程。基里亚克身体不舒服,只好再在家里待一个星期。奥莉加最后一次对着教堂在胸前画个十字,念了一阵祷告。她想起自己的丈夫,可是没哭,只是脸皱起来,变丑了,像老太婆一样。这一冬,她变得瘦多了,丑多了,头发也有点花白,脸上失去从前那种动人的风韵和愉快的微笑,现在只有她经历到的愁苦所留下的一种悲哀的、听天由命的神情了。她的目光有点迟钝呆板,仿佛耳朵聋了似的。她舍不得离开这个村子和这儿的农民。她想起他们怎样抬走尼古拉,在每一个小木屋旁边怎样为他做安魂祭,大家怎样同情她的悲痛,陪着她哭。在夏天和冬天有过一些日子,这些人生活得仿佛比牲口还糟,跟他们在一块儿生活真可怕,他们粗野、不老实、肮脏、醺醉。他们生活得不和睦,老是吵嘴,因为他们不是互相尊重,而是互相害怕和怀疑。谁开小酒馆,灌醉人民?农民。谁把村社、学校、教堂的公款盗用了,喝光了?农民。谁偷邻居的东西,放火烧房子,为一瓶白酒到法庭上去做假见证?谁在地方自治局和别的会议上第一个出头跟农民们作对?农民。不错,跟他们一块儿生活是可怕的。不过话说回来,他们也是人,他们跟普通人一样受苦,流泪,而且在他们的生活里没有一件事无法使人谅解。劳动是繁重的,使人一到夜晚就周身酸痛,再者冬季严寒,收获稀少,住处狭窄,任何帮助也得不到,也没有一个地方可以去寻求帮助。比他们有钱有势的人是不可能帮助人的,因为他们自己就粗野、不老实、醺醉,骂起人来照样难听。任何起码的小官儿或者地主的管事都把农民当做叫花子,即使对村长和教会的长老讲话也只称呼"你",自以为有权利这样做。再者,那些爱财的、贪心的、放荡的、懒惰的人到村子里来只是为了欺压农民、掠夺农民、吓唬农民罢了,哪儿谈得上什么帮助或者做出好榜样呢?奥莉加想起冬天基里亚克被押去挨打的时候那两位老人的悲悲惨惨、忍气吞声的表情……现在,她可怜所有这些人,为他们难过。她一边走,一边老是回过头去瞧那些小木屋。

送出三俄里以后,玛丽亚告别,然后她跪下来,把脸凑到地面,哭诉起来:

"又剩下我孤单单一个人了,我这可怜的人啊,多么可怜,多么不幸啊……"

她照这样哭诉很久。奥莉加和萨莎很久很久还看见她跪在地上,双手抱着脑袋,一个劲儿地向一边不知对谁叩头,一些白嘴鸦在她头顶上飞来飞去。

太阳升高了,天热起来。茹科沃村远远地落在后面了。走路是畅快的,奥莉加和萨莎不久就忘了村子,也忘了玛丽亚,她们多么高兴,样样东西都吸引她们。时而出现一个古老的坟丘,时而出现一长排电线杆子,一根挨着一根,伸展到不知什么地方去,到了地平线就不见了。电线神秘地嗡嗡响,时而她们远远看到一个小农庄,完全给一片苍翠遮住,飘来一股潮气和大麻的香气,不知什么缘故她们觉得好像那儿住着一些幸福的人似的,时而出现一匹皮包骨的瘦马,在田野上成为孤零零的一个白点。百灵鸟不停地歌唱,鹌鹑互相呼应。秧鸡不断尖声叫着,仿佛谁猛地丢出一个旧铁环去似的。

中午,奥莉加和萨莎走进一个大村子。那儿,在宽阔的街道上,她们遇见一个小老头,就是茹科夫将军家的厨子。他挺热,他那冒汗的、红红的秃顶在阳光里发亮。起初,他和奥莉加彼此都没认出来,后来他们正好同时看见对方,认出来了,却都走各的路,一句话也没说。有一个小木屋比别家显得新一点,阔气一点,奥莉加就在它那敞开的窗前站住,鞠一躬,提高喉咙,用尖细的、唱歌样的声调说:

"东正教的教徒啊,看在基督的分上多多周济周济吧,好让上帝保佑您,让您的爹娘在天国得到永久的安息。"

"东正教的教徒啊,"萨莎唱起来,"看在基督的分上,多多周济周济吧,好让上帝保佑您,让您的爹娘在天国……"

1897 年

套 中 人

误了时辰的猎人们在米罗诺西茨科耶村边上村长普罗科菲的堆房里住下来过夜了。他们一共只有两个人:兽医伊万·伊万内奇,和中学教师布尔金。伊万·伊万内奇姓一个相当古怪的双姓:奇姆沙-吉马莱斯基,这个姓跟他一点也不相称,全省的人就简单地叫他的本名和父名伊万·伊万内奇。他住在城郊一个养马场上,这回出来打猎是为了透一透新鲜空气。然而中学教师布尔金每年夏天都在 Ⅱ 伯爵家里做客,对这个地区早已熟透了。

他们没睡觉。伊万·伊万内奇是一个又高又瘦的老人,留着挺长的唇髭,这时候坐在门口,脸朝外,吸着烟斗。月亮照在他身上。布尔金躺在房里的干草上,在黑暗里谁也看不见他。

他们讲起各种各样的事。顺便他们还谈到村长的妻子玛芙拉。她是一个健康而不愚蠢的女人,可是她一辈子从没走出过她家乡的村子,从没见过城市或者铁路,近十年来一直守着炉灶,只有夜间才到街上去走一走。

"这有什么可奇怪的!"布尔金说,"那种性情孤僻,像寄生蟹或者蜗牛那样极力缩进自己的硬壳里去的人,这世界上有不少呢。也许这是隔代遗传的现象,重又退回从前人类祖先还不是群居的动物而是孤零零地住在各自洞穴里的时代的现象,不过,也许这只不过是人类性格的一种类型吧,谁知道呢?我不是博物学家,探讨这类问题不是我的事。我只想说像玛芙拉那样的人并不是稀有的现象。是啊,不必往远里去找,就拿一个姓别里科夫的人来说好了,他是我的同事,希腊语教师,大约两个月前在我们城里去世了。当然,您一定听说过他。他所以出名,是因为他即使在顶晴朗的天气出门上街,也穿上套鞋,带着雨伞,而且一定穿着暖和的棉大衣。他的雨伞总是装在套子里,怀表也总是装在一个灰色的麂皮套子里,遇到他拿出小折刀来削铅笔,就连那小折刀也是装在一个小小的套子里的。他的脸也好像蒙着一个套子,因为他老是把脸藏在竖起的衣领里面。他戴黑眼镜,穿绒衣,用棉花堵上耳朵。他一坐上出租马车,总要叫马车夫支起车篷来。总之,在这人身上可以看出一种经常的、难忍难熬的心意,总想用一层壳把自己包起来,仿佛要为自己制造一个所谓的套子,好隔绝人世,不受外界影响。现实生活刺激他,惊吓他,老是闹得他六神不安。也许为了替自己的胆怯、自己对现实的憎恶辩护吧,他老是称赞过去,称赞那些从没存在过的东西。实际上他所教的古代语言,对他来说,也无异于他的套鞋和雨伞,使他借此躲避了现实生活。

"'啊,希腊语多么响亮,多么美!'他说,现出甜滋滋的表情。他仿佛要证明这句话似的,眯起眼睛,举起一个手指头,念道:'Anthropos!'①

"别里科夫把他的思想也极力藏在套子里。只有政府的

---

① 希腊语:人。

告示和报纸上的文章,其中写着禁止什么事情,他才觉得一清二楚。看到有个告示禁止中学生在晚上九点钟以后到街上去,或者看到一篇文章要求禁止性爱,他就觉着又清楚又明白:这种事是禁止的,这就行了。他觉着在官方批准或者允许的事里面,老是包含着使人起疑的成分,包含着隐隐约约还没说透的成分。每逢经当局批准,城里成立一个戏剧小组,或者阅览室,或者茶馆,他总要摇摇头,低声说:

"'当然,行是行的,这固然很好,可是千万别闹出什么乱子来啊。'

"凡是违背法令、脱离常轨、不合规矩的事,虽然看来跟他毫不相干,却惹得他垂头丧气。要是他的一个同事参加祈祷式去迟了,或者要是他听到流言,说是中学生顽皮闹事,再不然要是有人看见一个女校的女学监傍晚陪着军官玩得很迟,他总是心慌意乱,一个劲儿地说:千万别闹出什么乱子来啊。在教务会议上,他那种慎重、他那种多疑、他那种纯粹套子式的论调,简直压得我们透不出气,他说什么不管男子中学里也好,女子中学里也好,青年人都品行恶劣,教室里吵吵闹闹,哎呀,只求这种事别传到上司的耳朵里去才好!哎呀,千万别闹出什么乱子来啊,还说如果把二年级的彼得罗夫和四年级的叶果罗夫开除,那倒很好。后来怎么样?他凭他那种唉声叹气、他那种垂头丧气、他那苍白的小脸上的黑眼镜(您要知道,那张小脸活像黄鼠狼的脸),把我们都降伏了,我们只好让步,减少彼得罗夫和叶果罗夫的品行分数,把他们禁闭起来,最后终于把他俩开除了事。他有一种古怪的习惯:常来我们的住处访问。他来到一位教师家里,总是坐下来,就此一声不响,仿佛在考察什么事似的。他照这样一言不发地坐上一两个钟头，就走了。他把这叫做'跟同事们保持良好关系'。显然，这类拜访，这样呆坐，在他是很难受的。他所以来看我们，只不过是因为他认为这是对同事们应尽的责任罢了。我们这些教师都怕他。就连校长也怕他。您瞧，我们这些教师都是有思想的、极其正派的人，受过屠格涅夫和谢德林的教育，然而这个老穿着套鞋、拿着雨伞的人，却把整个中学辖制了足足十五年！可是光辖制中学算得了什么？全城都受他辖制呢！我们这儿的太太们到星期六不办家庭戏剧晚会，因为怕他知道。有他在，教士们到了斋期就不敢吃荤，不敢打牌。在别里科夫这类人的影响下，在最近这十年到十五年间，我们全城的人变得什么都怕。他们不敢大声说话，不敢发信，不敢交朋友，不敢看书，不敢周济穷人，不敢教人念书写字……"

伊万·伊万内奇想说点什么，嗽了嗽喉咙，可是他先点燃烟斗，瞧了瞧月亮，然后才一板一眼地讲起来：

"是啊，有思想的正派人，既读屠格涅夫，又读谢德林，还读勃克尔①等等，可是他们却屈服，容忍这种事……问题就在这儿了。"

"别里科夫跟我同住在一所房子里，"布尔金接着说，"同住在一层楼上，他的房门对着我的房门。我们常常见面，我知道他在家里怎样生活。他在家里也还是那一套：睡衣啦，睡帽啦，护窗板啦，门闩啦，一整套各式各样的禁条和忌讳，还有：'哎呀，千万别闹出什么乱子来啊！'吃素对健康有害，可是吃荤又不行，因为人家也许会说别里科夫不持斋。他就吃用奶

---

① 勃克尔(1821—1862)，英国历史学家、社会学家、哲学家。

油煎的鲈鱼,这东西固然不是素食,可也不能说是斋期禁忌的菜。他不用女仆,因为怕人家对他有坏看法,于是雇了个六十岁上下的老头子做厨子,名叫阿法纳西,这人老是醉醺醺的,神志不清,从前做过勤务兵,好歹会烧一点菜。这个阿法纳西经常站在门口,两条胳膊交叉在胸前,老是长叹一声,嘟哝那么一句话:

"'眼下啊,像他们那样的人可真是多得不行!'

"别里科夫的卧室挺小,活像一口箱子,床上挂着帐子。他一上床睡觉,就拉过被子来蒙上脑袋;房里又热又闷,风推动关紧的门,炉子里嗡嗡地响,厨房里传来叹息声,不祥的叹息声……

"他躺在被子底下战战兢兢。他生怕会出什么事,深怕阿法纳西来杀他,生怕小偷溜进来,然后他就通宵做噩梦,到早晨我们一块儿到学校去的时候,他闷闷不乐,脸色苍白。他所去的那个有很多人的学校,分明使得他满心的害怕和憎恶。跟我并排走路,对他那么一个性情孤僻的人来说,显然也是苦事。

"'我们的教室里吵得很凶,'他说,仿佛极力要找一个理由说明他的愁闷似的,'太不像话了。'

"您猜怎么着,这个希腊语教师,这个套中人,还差点结了婚。"

伊万·伊万内奇很快地回头瞟一眼堆房,说:

"您开玩笑了!"

"真的,尽管说起来古怪,可是他的确差点结了婚。有一个新的史地教师,一个原籍乌克兰,名叫米哈伊尔·萨维奇·科瓦连科的人,派到我们学校里来了。他不是一个人来的,而是带着他姐姐瓦连卡一路来的。他是个高高的、皮肤发黑的青年，手挺大，从他的脸相就看得出他说话是男低音，果然他的嗓音像是从桶子里发出来的一样：'嘭，嘭，嘭！……'她呢，已经不算年轻，年纪有三十岁上下了，可是她长得也高，身材匀称，黑眉毛，红脸蛋，一句话，她简直不能说是姑娘，而是蜜饯水果，活泼极了，谈笑风生，老是唱小俄罗斯的抒情歌曲，老是哈哈大笑。她动不动就发出响亮的笑声：'哈哈哈！'我记得我们初次真正认识科瓦连科姐弟是在校长的命名日宴会上。在那些死板板的、又紧张又沉闷的，甚至把赴命名日宴会也看做公差的教师中间，我们忽然看见一个新的阿佛洛狄忒①从浪花里钻出来。她两手叉着腰，走来走去，笑啊唱的，翩翩起舞。……她带着感情唱《风在吹》，然后又唱一支抒情歌曲，随后又唱一支。她把我们大家，连别里科夫也在内，都迷住了。他挨着她坐下，露出甜滋滋的笑容，说：

"'小俄罗斯语言的柔和清脆使人联想到古希腊语言。'

"这句话她听着受用，她就开始热情而恳切地对他讲起他们在加佳奇县有一个庄园，她的妈就住在庄园里，那儿有那么好的梨，那么好的甜瓜，那么好的卡巴克②！乌克兰人把南瓜叫做卡巴克，把酒馆叫做希诺克，他们用红甜菜和白菜熬的红甜菜汤：'可好吃了，可好吃了，简直好吃得要命！'

"我们听啊听的，忽然大家灵机一动，生出了同样的想法。

"'要是把他们配成夫妇，那倒不错。'校长太太轻声对

① 希腊神话中爱和美的女神，相当于古罗马神话中的维纳斯，她在海里诞生，从浪花里钻出来。
② 音译，在俄语中意为酒馆。

我说。

"不知什么缘故,我们大家这才想起来:原来我们的别里科夫还没结婚;这时候我们才觉着奇怪:不知怎么,他生活里这样一件大事,我们以前竟一直没有理会,完全忽略了。他对女人一般采取什么态度呢?这种终身大事的要紧问题他怎样替他自己解决的?这以前我们一点也没有关心过这件事。也许我们甚至不允许自己想到:一个不问什么天气总是穿着套鞋、睡觉总要挂上帐子的人,也会热爱什么人吧。

"'他已经四十多岁了,她呢,也三十了……'校长太太说明她的想法,'我看她肯嫁给他的。'

"在我们内地,由于闲得无聊的缘故,什么事没做出来过,多少不必要的蠢事啊!这是因为必要的事大家却根本不做。是啊,比方说,这个别里科夫,既然大家甚至不能想象他是一个可以结婚的人,那我们何必忽然要给他撮合婚事呢?校长太太啦,学监太太啦,我们中学里的所有太太们,都活跃起来,甚至变得好看多了,仿佛忽然发现了生活目标似的。校长太太在剧院里订下一个包厢,我们一看,原来瓦连卡坐在她的包厢里面,扇着扇子,满脸放光,高高兴兴。她旁边坐着别里科夫,身材矮小、背脊拱起,看上去好像刚用一把钳子把他从家里夹来的一样。我在家里办小晚会,太太们就要求我一定邀请别里科夫和瓦连卡。总之,机器开动了。看来瓦连卡也并不反对出嫁。她在她弟弟那儿生活得不大快活,他们只会成天价吵啊骂的。比方说,有过这样一个场面:科瓦连科顺了大街大踏步走着,他是又高又壮的大汉,穿一件绣花衬衫,一绺头发从帽子底下钻出来奔拉在他的额头上,一只手拿着一捆书,另一只手拿着一根有节疤的粗手杖。他身后跟着他姐姐,也拿着书。

"'可是你啊,米哈伊里克①,这本书绝没看过!'她大声争辩说,'我告诉你,我敢赌咒:你压根儿没看过!'

"'我跟你说我看过嘛!'科瓦连科大叫一声,把手杖在人行道上顿得直响。

"'唉,我的上帝,米哈伊里克! 你为什么发脾气? 要知道,我们谈的是原则问题啊。'

"'我跟你说我看过嘛!'科瓦连科嚷道,声音更响了。

"在家里,要是有外人在座,他们也一个劲儿地争吵。这样的生活多半使她厌烦,盼望着有自己的小窝了。况且,也该想到她的年纪,现在已经没有工夫来挑啊拣的,跟什么人结婚都行,即使是希腊语教师也将就了。附带还要说一句:我们的小姐们大多数都不管跟谁结婚,只要能嫁出去就算。不管怎样吧,瓦连卡对我们的别里科夫开始表示明显的好感了。

"别里科夫呢? 他也常去拜望科瓦连科了,就跟他常来拜望我们一样。他去了就坐下,一声不响。他沉默着,瓦连卡就对他唱《风在吹》,或者用她那双黑眼睛沉思地瞧着他,再不就忽然扬声大笑:

"'哈哈哈!'

"在恋爱方面,特别是在婚姻方面,外人的怂恿总会起很大作用。所有的人,他的同事们和太太们,开始向别里科夫游说:他应当结婚了,他的生活没有别的缺憾,只差结婚了。我们大家向他道喜,做出一本正经的脸色说了各种俗套,例如,'婚姻是终身大事'等等。况且,瓦连卡长得不坏,招人喜欢,

① 米哈伊尔的爱称。

她是五等文官的女儿,有田庄,尤其要紧的是,她是第一个待他诚恳而亲热的女人。于是他昏了头,决定真该结婚了。"

"哦,到了这一步,就应该拿掉他的套鞋和雨伞了。"伊万·伊万内奇说。

"您只要一想就明白:这是办不到的。他把瓦连卡的照片放在自己桌子上,不断地来找我,谈瓦连卡,谈家庭生活,谈婚姻是终身大事,常到科瓦连科家去,可是他一点也没改变生活方式。甚至刚好相反,结婚的决定对他起了像害病一样的影响。他变得更瘦更白,好像越发深地缩进他的套子里去了。

"'瓦尔瓦拉①·萨维希娜我是喜欢的,'他对我说,露出淡淡的苦笑,'我也知道人人都必须结婚,可是……您知道,这件事发生得这么奇突……总得细细想一想才成。'

"'有什么可想的?'我对他说,'一结婚,就万事大吉了。'

"'不成,婚姻是终身大事,人先得估量一下将来的义务和责任……免得日后闹出什么乱子。这件事弄得我六神不安,现在我通宵睡不着觉。老实说,我害怕:她和她弟弟有一种古怪的思想方法。您知道,他们议论起事情来有点古怪。她的性情又很活泼。结婚倒不要紧,说不定就要惹出麻烦来了。'

"于是他没求婚,一个劲儿地拖延,弄得校长太太和我们所有的太太都烦恼极了。他时时刻刻在估量将来的义务和责任,同时他又差不多天天跟瓦连卡出去散步,也许他认为这是在他这种情形下照理该做的事吧。他常来看我,为的是谈家

---

① 这名字的爱称即上文的瓦连卡。

庭生活。要不是因为忽然闹出一场 kolossalische Scandal①,他临了多半会求婚,因而促成一桩不必要的、愚蠢的婚事。在我们这儿,由于闲得无聊,没事情做,照那样结了婚的,正有成千上万的先例呢。

"应该说明一下:瓦连卡的弟弟科瓦连科从认识别里科夫的第一天起,就痛恨他,受不了他。

"'我不懂,'他常对我们说,耸一耸肩膀,'我不懂你们怎么能够跟这个告密的家伙,那副叫人恶心的嘴脸处得下去。唉!诸位先生,你们怎么能在这儿生活下去啊!你们这儿的空气闷死人,糟透了!难道你们能算是导师,教师吗?你们是官僚,你们这儿不是学府,而是城市警察局,而且有警察岗亭里那股酸臭气味。不行,诸位老兄,我在你们这儿再住一阵,就要回到我的田庄上去,在那儿捉捉虾,教教乌克兰的小孩子念书了。我是要走的,你们呢,尽可以跟你们的犹大留在这儿,叫他遭了瘟才好!'

"要不然他就哈哈大笑,笑得流出眼泪来,时而用男低音,时而用非常尖细的嗓音,摊开双手,问我:

"'他干吗上我这儿来坐着?他要干什么?他一直坐在那儿发呆。'

"他甚至给别里科夫起了一个外号叫'蜘蛛'。当然,关于他姐姐瓦连卡打算跟'蜘蛛'结婚的事,我们对他绝口不谈。有一回校长太太向他暗示说,要是他姐姐跟别里科夫这么一个稳重的、为大家所尊敬的人结婚,那倒是一件好事。他就皱起眉头,嘟哝道:

① 德语:大笑话。

"'这不关我的事;哪怕她跟毒蛇结婚也由她。我不喜欢干涉别人的事。'

"现在,您听一听后来发生的事吧。有个促狭鬼画了一张漫画,画着别里科夫打着雨伞,穿着套鞋,卷起裤腿,正在走路,臂弯里挽着瓦连卡,下面缀着题名:'恋爱中的 anthropos'。您要知道,那神态画得像极了。那位画家一定画了不止一夜,因为男子中学和女子中学里的教师们、宗教学校的教师们、衙门里的官儿,每人都接到一份。别里科夫也接到一份。这幅漫画给他留下极其难堪的印象。

"我们一块儿从房子里走出去,那天正好是五月一日,星期日,我们全体教师和学生事先约定在学校里会齐,然后一块儿步行到城郊的一个小树林里郊游。我们动身了,他脸色发青,比乌云还要阴沉。

"'天下有多么歹毒的坏人!'他说,他的嘴唇发抖了。

"我甚至可怜他了。我们走啊走的,忽然间,您猜怎么着,科瓦连科骑着自行车来了,在他身后,瓦连卡也骑着自行车,涨红了脸,筋疲力尽,可是快活,兴高采烈。

"'我们先走一步!'她嚷道,'天气多么好啊! 多么好,简直好得要命!'

"他们俩走远,不见了。我的别里科夫的脸色从发青变成发白,好像呆住了。他站住,瞧着我……

"'请问,这是怎么回事?'他问,'或者,也许我的眼睛骗了我吗? 难道中学教师和女人骑自行车还成体统吗?'

"'这有什么不成体统的?'我说,'让他们尽管骑自行车,快快活活玩一阵好了。'

"'可是这怎么行?'他叫起来,看见我平心静气,感到惊

讶,'您在说什么呀?!'

"他大为震动,不愿意再往前走,回家去了。

"第二天他老是心神不定地搓手,打哆嗦,从他的脸色看得出他身体不舒服,还没到放学的时候,他就走了,这还是他生平第一回呢。他没吃午饭。虽然门外已经完全是夏天天气,可是将近傍晚,他却穿得暖暖和和的,慢腾腾地走到科瓦连科家里去了。瓦连卡不在家,他只碰到她弟弟在家。

"'请坐吧。'科瓦连科冷冷地说,皱起眉头:他的脸上带着睡意,饭后他打了个盹儿,刚刚醒来,心绪很坏。

"别里科夫沉默地坐了十分钟光景,然后开口了:

"'我上您这儿来,是为了减轻我心里的负担。我心里沉重得很,沉重得很。有个不怀好意的家伙画了一张漫画,把我和另一个跟您和我都有密切关系的人画成可笑的样子。我认为我有责任向您保证我跟这事没一点关系……我没有做出什么事来该得到这样的讥诮,刚好相反,我的举动素来在各方面都称得起是正人君子。'

"科瓦连科坐在那儿生闷气,一句话也不说。别里科夫等了一会儿,然后压低喉咙,用悲凉的声调接着说:

"'另外我还有件事情要跟您谈一谈。我已经教书多年了,您最近才开始工作。我是一个比您年纪大的同事,认为有责任给您进一个忠告。您骑自行车,这种消遣对青年的教育工作者来说是完全不成体统的。'

"'怎么见得?'科瓦连科用男低音问。

"'难道这还用解释吗,米哈伊尔·萨维奇,难道这不是理所当然吗?如果教师骑自行车,那还能希望学生做出什么好事来?他们所能做的就只有头朝下,拿大顶走路了!既然政府还没有发出通告,允许做这种事,那就做不得。昨天我吓了一大跳!我一看见您的姐姐,眼前就变得一片漆黑。一个女人或者一个姑娘骑自行车,这太可怕了!'

"'说实在的,您到底要怎么样?'

"'我所要做的只有一件事,就是忠告您,米哈伊尔·萨维奇。您是青年人,您前途远大,您的举动得十分十分小心才成,您却这么马马虎虎,唉,多么马马虎虎!您穿着绣花衬衫出门,经常拿着些书在大街上走来走去,现在呢,又骑什么自行车。校长会听说您和您姐姐骑自行车的,然后,这事又会传到督学的耳朵里,……这还会有好下场吗?'

"'讲到我姐姐和我骑自行车,这不干别人的事!'科瓦连科说,涨红了脸,'谁要来管我的家事和私事,我就叫谁滚他的蛋!'

"别里科夫脸色苍白,站起来。

"'要是您用这种口吻跟我讲话,那我就不能再讲下去了,'他说,'我请求您在我面前谈到上司的时候永远不要这样说话。您对当局应当尊敬才对。'

"'难道我说了当局什么坏话吗?'科瓦连科问,生气地瞟着他,'请您躲开我。我是正直的人,不愿意跟您这样的先生讲话。我不喜欢告密的人。'

"别里科夫心慌意乱,匆匆忙忙地穿大衣,脸上带着恐怖的神情。要知道这还是他生平第一回听到这么不客气的话。

"'随您怎么说,都由您,'他一面走出前堂,到楼梯口去,一面说,'只是我得跟您预先声明一下:说不定有人偷听了我们的话;为了避免我们的谈话被人家误解,避免闹出什么乱子起见,我得把我们的谈话内容报告校长先生……把大意说明

一下。我不能不这样做。'

"'报告？去,报告去吧!'

"科瓦连科在他后面一把抓住他的衣领,使劲一推,别里科夫就滚下楼去,他的套鞋乒乒乓乓地响。楼梯又高又陡,不过他滚到楼下却安然无恙,站起来,摸了摸鼻子,看他的眼镜碎了没有。可是,他滚下楼的时候,偏巧瓦连卡回来了,还带着两位太太。她们站在楼下,呆呆地瞧着,这在别里科夫却比任什么事情都可怕。看样子,他情愿摔断脖子和两条腿,也不愿意成为取笑的对象:是啊,这样一来,全城的人都会听说这件事,还会传到校长耳朵里,传到督学耳朵里去。哎呀,千万别闹出什么乱子来啊! 人家又会画一张漫画,到头来就会弄得他奉命辞职吧……

"等到他站起来,瓦连卡才认出是他。她瞧着他那滑稽的脸相、他那揉皱的大衣、他那套鞋,不明白是怎么回事,以为他是自己不小心摔下来的,就忍不住扬声大笑,响得整个房子都可以听见:

"'哈哈哈!'

"这一串响亮而清脆的'哈哈哈'就此结束了一切:结束了婚事,结束了别里科夫的人间生活。他没听见瓦连卡说了些什么话,他什么也没看见。一到家,他第一件事就是从桌子上撤去瓦连卡的照片,然后他躺下,从此再也没有起床。

"大约三天以后,阿法纳西来找我,问我要不要派人去请医生,因为据他说,他的主人不大对头。我走到别里科夫的屋里去。他躺在帐子里,盖着被子,一声不响:不管问他什么话,他总是回答一声'是'或者'不',此外就闷声不响了。他躺在那儿,阿法纳西呢,满脸愁容,皱着眉头,在他旁边走来走去,深深地叹气,可是像酒馆一样冒出白酒的气味。

"过了一个月,别里科夫死了。我们都去送葬,那就是说,两个中学校和宗教学校的人都去了。这时候他躺在棺材里,神情温和、愉快,甚至高兴,仿佛暗自庆幸终于装进一个套子里,从此再也不必出来了似的。是啊,他的理想实现了!老天爷也仿佛在对他表示敬意,他出殡的时候天色阴沉,下着雨。我们大家都穿着套鞋,打着雨伞。瓦连卡也去送葬,等到棺材下了墓穴,她哭了一阵。我发现乌克兰的女人总是不笑就哭,对她们来说不哭不笑的心情是没有的。

"老实说,埋葬别里科夫那样的人是一件大快人心的事。我们从墓园回来的时候,露出忧郁谦虚的脸相,谁也不肯露出快活的感情,像那样的感情,我们很久很久以前做小孩子的时候,遇到大人不在家,我们到花园里去跑一两个钟头,享受充分自由的时候,都经历过。啊,自由啊,自由!只要有一点点自由的影子,只要有可以享受自由的一线希望,人的灵魂就会长出翅膀来。难道不是这样吗?

"我们从墓园回来,心绪极好。可是一个星期还没过完,生活又过得跟先前一样,跟先前一样的严峻、无聊、杂乱了,这样的生活固然没有奉到明令禁止,不过也没有得到充分的许可啊。局面并没有变得好一点。确实,我们埋葬了别里科夫,可是另外还有多少这种套中人活着,将来也还不知道会有多少呢!"

"问题就在这儿。"伊万·伊万内奇说,点上了他的烟斗。

"那样的人,将来不知道还会有多少!"布尔金又说一遍。

这个中学教师从堆房里走出来。他是一个矮胖的男子,头顶全秃了,留着一把黑胡子,差不多齐到腰上。有两条狗跟他一块儿走出来。

"多好的月色,多好的月色!"他抬头看,说道。

这时候已经是午夜了。向右边瞧,可以看见整个村子,一条长街远远地伸出去,大约有五俄里长。一切都浸在深沉而静寂的睡乡里,没有一点动静,没有一点声音,人甚至不能相信大自然能够这么静。人在月夜看着宽阔的村街和村里的茅屋、干草垛、睡熟的杨柳,心里就会变得恬静。这时候村子给夜色包得严严紧紧,躲开了劳动、烦恼、忧愁,安心休息,显得那么温和、哀伤、美丽,看上去仿佛星星在亲切而动情地瞧着它,大地上不再有坏人坏事,一切都挺好似的。左边,村子到了尽头,便是田野。可以看见田野远远地一直伸展到天边。在这一大片浸透月光的旷野上也是没有动静,没有声音。

"问题就在这儿了,"伊万•伊万内奇又说一遍,"我们住在城里,空气污浊,十分拥挤,写些无聊的文章,玩'文特',这一切岂不就是套子吗?至于在懒汉、爱打官司的人、无所事事的蠢女人中间消磨我们的一生,自己说而且听人家说各式各样的废话,这岂不也是套子吗?嗯,要是您乐意,那我就给您讲一个很有教益的故事。"

"不,现在也该睡了,"布尔金说,"留到明天再讲吧。"

他俩走进堆房,在干草上睡下来。他俩盖好被子,刚要昏昏睡去,忽然听见轻轻的脚步声:吧嗒,吧嗒……有人在离堆房不远的地方走着,走了一会儿站住了,过一分钟又是吧嗒,吧嗒……狗汪汪地叫起来。

"这是玛芙拉在走来走去。"布尔金说。

脚步声渐渐听不见了。

"你看着人们做假,听着人们说假话,"伊万•伊万内奇翻了个身说，"人们却因为你容忍他们的虚伪而骂你傻瓜。你忍受侮辱和委屈，不敢公开说你跟正直和自由的人站在一边，你自己也做假，还微微地笑，你这样做无非是为了混一口饭吃，得到一个温暖的角落，做个一钱不值的小官儿罢了。不成，不能再照这样生活下去了！"

"算了吧，您扯到别的题目上去了，伊万·伊万内奇，"教师说，"睡吧！"

过了大约十分钟，布尔金睡着了。可是伊万·伊万内奇不住地翻身，叹气，后来他起来，又走出去，坐在门边，点上烟斗。

1898 年

醋　栗

从大清早起,整个天空布满了雨云。那天没风,不热,可是使人烦闷,遇到灰色的阴天日子,乌云挂在田野的上空,久久不散,看样子会下雨,却又不下,那就会碰到这样的天气。兽医伊万·伊万内奇和中学教师布尔金已经走累了,依他们看来田野好像没有尽头似的。向前望去,远远的隐约可以看见米罗诺西茨戈耶村的风车,右边有一排高岗,伸展出去,越过村子,到远方才消失。他们俩都知道那是河岸,那儿有草场、绿油油的柳树、庄园,要是站在一个高岗的顶上望出去,就可以看见同样辽阔的田野,看见电报线,看见远处一列火车,像是毛毛虫在爬,遇到晴朗天气在那儿甚至看得见城市。如今,遇到这没风的天气,整个大自然显得那么温和,正在沉思。伊万·伊万内奇和布尔金对这片田野生出满腔热爱,两人都心想:这个地方多么辽阔、多么美丽啊。

"上回我们在村长普罗科菲的堆房里,"布尔金说,"您打算讲一个故事来着。"

"对了,那时候我本来想讲一讲我弟弟的事。"

伊万·伊万内奇深深地叹一口气,点上烟斗,预备开口讲故事,可是正巧这当儿下雨了。过了大约五分钟,雨下大了,连绵不断,谁也说不清什么时候雨才会停。伊万·伊万内奇和布尔金站住，考虑起来。狗已经淋湿，站在那儿，用后腿夹着尾巴，带着温柔的神情瞧他们。

"我们得找个地方避一避雨才好，"布尔金说，"那就到阿廖欣家去吧。离这儿挺近。"

"那我们就去吧。"

他们往斜下里拐过去，穿过已经收割过的田地，时而照直走，时而往右走，后来走到大道上了。不久出现了白杨和花园，后来出现了谷仓的红房顶。有一条河，河水闪闪发光，于是眼界豁然开朗，前面是一大片水，有一个磨坊和一个白色的浴棚。这就是阿廖欣所住的索菲诺村。

磨坊在工作，声音盖过了雨声，水坝在颤抖。有几匹淋湿的马垂着头，站在大车旁边。人们披着麻袋走来走去。这儿潮湿、泥泞、不舒服，河水仿佛冰凉，不怀好意似的。伊万·伊万内奇和布尔金已经觉得周身潮湿、不干净、不舒服，脚沾着烂泥而变得挺重，他们穿过水坝，爬上坡，往地主的谷仓走去，都不说话，仿佛在互相生气似的。

有一个谷仓里筛谷机轰轰地响。门开着，滚滚的灰尘冒出来。阿廖欣本人就站在门口，这是一个四十岁光景的男子，又高又胖，头发挺长，与其说像地主，倒不如说像教授或者画家。他穿一件白的、可是好久没洗过的衬衫，拦腰系一根绳子，算是腰带，下身没穿长裤，只穿一条衬裤，靴子上也沾着烂泥和麦秸。他的眼睛和鼻子扑满灰尘，变得挺黑。他认出了伊万·伊万内奇和布尔金，显然很高兴。

"请到正房里去吧，两位先生，"他说，微微笑着，"我马上就来，用不了一分钟。"

那所房子高大，有两层楼。阿廖欣住在楼下的两个房间里,那儿有拱顶和小窗子,原先是管家们居住的。屋里设备简单,有黑面包、便宜的白酒、马具的气味。楼上的正房他难得去,只有客人来了他才去一趟。伊万·伊万内奇和布尔金走进那所房子,遇到一个使女,是个年轻女人,长得很美,他俩一下子都站住,互相瞧了一眼。

"你们再也想不出来我看见你们有多么高兴,两位先生,"阿廖欣说,跟着他们一块儿走进前堂,"真是想不到!佩拉格娅,"他对那使女说,"给客人找几件衣服来换一换吧。顺便,我也要换一换。只是我先得去洗个澡,因为我大概打春天起就没洗过澡了。两位先生,你们愿意到浴棚里去吗?他们也好趁这工夫在这儿打点一下。"

美丽的佩拉格娅那么娇弱,看上去又那么温柔,她给他们送来毛巾和肥皂,阿廖欣就陪着客人到浴棚里去了。

"是啊,我很久没洗过澡了,"他一面脱衣服一面说,"你们看,我的浴棚挺好,这还是我父亲盖起来的,可是不知怎么,我总是没工夫洗澡。"

他在台阶上坐下,给他的长头发和脖子擦满肥皂,他四周的水就变成棕色了。

"对了,我看也是的……"伊万·伊万内奇瞧着他的头,意味深长地说。

"我很久没洗过澡了……"阿廖欣难为情地重说一遍,又用肥皂洗起来,他四周的水就变成深蓝色,跟墨水一样了。

伊万·伊万内奇走到外面去,扑通一声跳进水里,冒着雨游泳,抡开胳膊划水。他把水搅起波浪,弄得白色的百合在水浪上摇摇摆摆。他一直游到河当中水深处,扎一个猛子,过一分钟在另一个地方钻出来,接着再往远里游去,老是扎猛子,极力想够到河底。"哎呀,我的上帝啊!……"他反复说着,游得痛快极了。"哎呀,我的上帝啊!……"他游到磨坊那儿,跟农民们谈一阵,再游回来,平躺在水塘中央,仰起脸来承受雨水。布尔金和阿廖欣已经穿好衣服,准备走了,可是他仍旧在游泳,扎猛子。

"哎呀,我的上帝啊!……"他说,"哎呀,求主怜恤我!……"

"您也游得够了!"布尔金对他嚷道。

他们回到房子里。一直等到楼上的大客厅里点上灯,布尔金和伊万·伊万内奇穿好绸长袍和暖拖鞋,在圈椅上坐下,阿廖欣本人也洗好脸,梳好头,穿好新上衣,在客厅里走来走去,显然很痛快地享受着干净、温暖、干衣服、轻便的鞋,一直等到俊俏的佩拉格娅没一点声音地在地毯上走着,温柔地微笑,用盘子端来加了果酱的茶,一直到了这时候,伊万·伊万内奇才开口讲他的故事,而且仿佛不光是布尔金和阿廖欣在听,就连藏在金边镜框里、严厉而沉静地瞧着他们的那些老老少少的太太以及军官也在听似的。

"我们一共弟兄两个,"他开口了,"我伊万·伊万内奇和我弟弟尼古拉·伊万内奇,他比我大约小两岁。我学技术行业,做了兽医。尼古拉从十九岁起就已经在税务局里工作。家父奇姆沙-吉马莱斯基本来是少年兵①,可是后来他升上去,作了军官,给我们留下世袭的贵族身份和一份小小的田产。他死后,那份小田产抵了债,可是,不管怎样,我们的童年

---

① 在十九世纪中叶的俄国,兵士的儿子从出生的那天起就编入军籍,到相当年龄就入军事学校受训。

是在乡下自由自在地度过去的。我们完全跟农民的孩子一样，一天到晚在田野上，在树林里度过，看守马匹，剥树皮，钓鱼，等等……你们知道，只要人一辈子钓过一次鲈鱼，或者在秋天见过一次鸫鸟南飞，瞧着它们在晴朗而凉快的日子里怎样成群飞过村庄，那他就再也不能做一个城里人，他会一直到死都苦苦地盼望自由的生活。我弟弟在税务局里老是惦记乡下。一年年过去了，他却一直坐在他那老位子上，老是抄写那些文件，老是想着一件事：怎样才能回到乡下去。他这种怀念渐渐成为明确的渴望，化成梦想，只求找个靠河或者近湖的地方给自己买下一个小小的庄园才好。

"他是个温和善良的人，我喜欢他，可是这种把自己关在自家小庄园里过一辈子的愿望，我却素来不同情。人们通常说：一个人只需要三俄尺的土地①。可是要知道，三俄尺的土地是死尸所需要的地方，而不是活人需要的。现在还有人说，要是我们的知识分子贪恋土地，盼望有个庄园，那是好事。可是要知道，这种庄园也就是三俄尺土地。离开城市，离开斗争，离开生活的喧嚣，隐居起来，躲在自己的庄园里，这算不得生活，这是自私自利，偷懒，这是一种修道主义，可又是不见成绩的修道主义。人所需要的不是三俄尺土地，也不是一个庄园，而是整个地球，整个大自然，在那广大的天地中人才能够尽情发挥他自由精神的所有品质和特点。

"我弟弟尼古拉坐在他那办公室里，梦想将来怎样喝他自己家里的白菜汤，那种汤怎样散发满院子的清香，他怎样在绿草地上吃饭，怎样在太阳底下睡觉，怎样一连好几个钟头坐

---

① 指墓穴的长度。

在大门外的凳子上眺望田野和树林。农艺书和日历上所有那些农艺建议，成了他的欢乐，成了他心爱的精神食粮。他也喜欢看报，可是他光看报纸上的一种广告，说某地有若干亩田地，连同草场、庄园、小溪、花园、磨坊和活水的池塘等一并出售。他脑子里就暗暗描出花园的幽径、花卉、水果、椋鸟巢、池塘里的鲫鱼，总之，你们知道，诸如此类的东西。这些想象的图画因他看到的广告不同而有所不同，可是不知什么缘故，其中每一个画面都一定有醋栗。他不能想象一个庄园，一个饶有诗意的安乐窝里会没有醋栗。

　　"'乡村生活自有它舒服的地方，'他常说，'在阳台上一坐，喝一喝茶，自己的小鸭子在池塘里泅水，各处一片清香，而且……而且醋栗成熟了。'

　　"他常画他田庄的草图，而每一回他的草图上都离不了这几样东西：(一)主人的正房，(二)仆人的下房，(三)菜园，(四)醋栗。他生活节俭，省吃省喝，上帝才知道他穿的是什么衣服，活像叫花子，可是不断地攒钱，存在银行里。他变得贪财极了。我一瞧见他就痛心，常给他点钱，遇到过节也总要寄点钱给他，可是他连这点钱也收藏起来。一个人要是打定了主意，那你就拿他没办法了。

　　"许多年过去了，他调到别的省里去了。他年纪也已经过四十岁，却仍旧看报上的广告，存钱。后来我听说他结婚了。他仍旧存心要买一个有醋栗的庄园，就娶了一个又老又丑的寡妇，其实对她一点感情也谈不上，只因为她有几个臭钱罢了。跟她结婚以后，他生活仍旧吝啬，老是弄得她吃不饱，同时，他把她的钱存在银行里，却写上他自己的名字。早先她嫁给一个邮政局长，跟他一块儿过活的时候，吃惯馅饼，喝惯

452

果子露酒,可是跟第二个丈夫一块儿过日子,却连黑面包也吃不够;过着这样的生活,她开始憔悴,而且不出三年就把灵魂交给上帝了①。当然,我的弟弟一分钟也没想过她的死要由他负责。金钱跟白酒一样,会把人变成怪物。从前我们城里有个垂危的商人。他临死叫人给他端来一碟蜂蜜,把他所有的钱钞和彩票就着蜜一古脑儿吃到肚子里,让谁也得不着。有一回我正在一个火车站检查牲口,正巧有个马贩子摔到火车头底下,压断了一条腿。我们把他抬到候车室里,血哗哗地流,样子真是可怕,可是他老是求大家找回他的腿,老是放心不下:原来那条压断的腿所穿的靴子里有二十卢布,他深怕那点钱丢了。"

"您岔到别的事情上去了。"布尔金说。

"我的弟媳死后,"伊万·伊万内奇沉吟了半分钟,接着说,"我弟弟就开始给他自己物色一份田产。当然,尽管物色了五年,到头来仍旧会出错,买下来的东西跟所想望的迥然不同。我弟弟尼古拉托中人买成一个抵押过的庄园,有一百一十二俄亩土地,有主人的正房,有仆人的下房,有花园,可是单单没有果树园,没有醋栗,没有池塘和小鸭子。河倒是有,可是河水的颜色跟咖啡一样,因为田产的一边是造砖厂,另一边是烧兽骨的工场②。可是我的尼古拉·伊万内奇倒也并不十分难过,他订购二十株醋栗树,栽好,照地主的排场过起来了。

"去年我去探望他。我心想我要去看看那儿的情况怎么样。我弟弟在来信上称它为'楚木巴罗克洛夫芜园,又称吉

---

① 意思是"死了"。

② 烧兽骨是为了制胶。

马莱斯科耶'。我是在下午到达那个'又称吉马莱斯科耶'的。天挺热。到处都是沟渠、围墙、篱笆、栽成一行行的杉树，弄得人不知道怎样才能走到院子里去，应该把马拴在哪儿。我向房子走去，迎面遇见一条红毛的肥狗，活像一头猪。它想叫一声，可又懒得叫。厨娘从厨房里走出来，是一个光脚的胖女人，看样子也像一头猪。她说主人吃过饭后正在休息。我走进去看我弟弟。他在床上坐着，膝上盖一条被子。他老了，胖了，皮肉发松，他的脸颊、鼻子、嘴唇，全都往前拱出去，眼看就要跟猪那样咕咕叫着钻进被子里去了。

"我们互相拥抱，哭了几声，一半因为高兴，一半也因为凄凉地想到我们原先都年轻，现在两人却白发苍苍，快要入土了。他穿好衣服，领我出去看他的田庄。

"'怎么样，你在这儿过得好吗？'我问。

"'哦，还不坏，谢谢上帝，我过得很好。'

"他不再是往日那个畏畏缩缩的、可怜的文官，而是真正的地主，老爷了。他已经在这儿住熟，习惯，而且觉得很有味道了。他吃得很多，常到浴棚去洗澡，长得胖起来，已经跟村社和两个工厂打过官司，农民若不称呼他'老爷'，就老大地不高兴。他还带着老爷气派郑重其事地关心他的灵魂的得救，就做起好事来，然而并不是简简单单地做，却是摆足了架子做的。然而那是什么样的好事啊！他用苏打和蓖麻子油给农民治各种病，到了他的命名日就在村子中央作一回谢恩祈祷，然后摆出半桶白酒来请农民喝，自以为事情就该这么办。啊，那可怕的半桶白酒！今天，这位胖地主拉着农民们到地方行政长官那儿去控告他们放出牲畜来践踏他的庄稼，明天遇上隆重的节日，却请那些农民喝半桶白酒，他们喝酒，嚷着：

'乌拉!'喝醉了的人就给他叩头。生活只要变得好一点,吃得饱,喝得足,闲着不做事,就会在俄罗斯人身上培养出顶顶骄横的自大。尼古拉·伊万内奇当初在税务局里自己甚至不敢有自己的见解,现在说起话来却没有一句不是真理,而且总是用大臣的口气:'教育是必要的,但是对老百姓来说,还未免言之过早。''体罚总的来说是有害的,可是遇到某些情形,这却是有益的,不可缺少的。'

"'我了解老百姓,我会应付他们,'他说,'老百姓都喜欢我。我只要动一动手指头,老百姓就会把我要办的事统统给我办好。'

"请注意,这些话都是带着贤明而慈悲的笑容说出来的。他把'我们这些贵族''我以贵族的身份看来'反反复复说了二十遍。他分明已经不记得我们的祖父是农民、父亲是兵了。就连我们的姓,奇姆沙-吉马莱斯基,实际上是个不相称的姓,他现在也觉着响亮、高贵、十分中意了。

"可是问题不在他,而在我自己了。我要跟你们讲一讲我在他那庄园上盘桓了短短几个钟头,我自己起了什么变化。傍晚,我们正在喝茶,厨娘端来满满一盘醋栗放在桌子上。这不是买来的,而是他自己家里种的,自从那些灌木栽下以后,这还是头一回收果子。尼古拉·伊万内奇笑起来,对那些醋栗默默地瞧了一分钟,眼睛里含着一泡眼泪,他兴奋得说不出话来。然后他拿起一颗醋栗送进嘴里,瞧着我,现出小孩子终于得到心爱的玩具那种得意的神情,说:

"'多好吃啊!'

"他狼吞虎咽地吃起来,不住地反复说道:

"'啊,真好吃! 你尝一尝吧!'

"那些醋栗又硬又酸,可是普希金说得好:'我们喜爱使人高兴的谎话,胜过喜爱许许多多的真理。'①我看见了一个幸福的人,他的心心念念的梦想显然已经实现,他的生活目标已经达到,他所想望的东西已经到手,他对他的命运和他自己都满意了。不知什么缘故,往常我一想到人的幸福,就不免带一点哀伤的感觉,这一回亲眼看到幸福的人,我竟生出一种跟绝望相近的沉重感觉。夜里我心头特别沉重。他们在我弟弟的卧室的隔壁房间里为我搭好一张床,我听见他没有睡着,老是爬下床来,走到那盘醋栗跟前,拿一颗吃一吃。我心想:实际上有多少满足而幸福的人啊!这是一种多么令人沮丧的势力!你们看一看这种生活吧:强者骄横而懒惰,弱者无知而且跟牲畜那样生活着,处处都是叫人没法相信的贫穷、拥挤、退化、酗酒、伪善、撒谎……可是偏偏所有的屋子里也好,街上也好,却一味的心平气和,安安静静。一个城市的五万居民当中竟没有一个人叫喊一声,大声发泄一下他的愤慨。我们看见人们到市场上去买食物,白天吃饭,晚上睡觉,他们说废话,结婚,衰老,心平气和地送死人到墓园去。可是那些受苦受难的人,那些在幕后什么地方正在进行着的人生惨事,我们却没看见,也没听见。处处都安静而太平,提抗议的只有那些没声音的统计表:若干人发了疯,若干桶白酒喝光了,若干儿童死于营养不良……这样的世道显然是必要的,幸福的人所以会感到逍遥自在,显然只是因为那些不幸的人沉默地背着他们的重担,缺了这种沉默想要幸福就办不到。这是普遍的麻木不

---

① 引自普希金的诗《英雄》,但引文不全,原文是:"我们喜爱使人高兴的谎话,胜过喜爱许许多多卑微的真理。"

仁。每一个幸福而满足的人的房门背后都应当站上一个人，拿一个小锤子经常敲着门，提醒他：天下还有不幸的人，不管他自己怎样幸福，可是生活早晚会向他露出爪子来，灾难早晚会降临：疾病啦，贫穷啦，损失啦，到那时候谁也不会看见谁，谁也不会听见他，就跟现在他看不见别人，听不见别人一样。可是拿小锤子的人却没有，幸福的人无忧无虑地生活下去，日常的小烦恼微微地激动他，就跟微风吹动白杨一样，真是天下太平。

　　"那天晚上我才明白：我也幸福而满足，"伊万·伊万内奇接着说，站起来了，"我在吃饭和打猎的时候也教导过别人，说应该怎样生活，怎样信仰宗教，怎样驾驭老百姓。我也常说学问是光明，教育是必不可少的，可是对普通人来说，目前只要认得字，能写字，也就够了。我常说：自由是好东西，我们生活中不能没有它，就跟不能没有空气一样，不过我们得等待。对了，我常说那样的话，现在我却要问：'为什么要等？'"伊万·伊万内奇问，生气地瞧着布尔金，"我问你们：为什么要等？根据什么理由？人们就告诉我说：什么事都不是一下子就能办到的；各种思想都要渐渐地到一定的时期才能在生活里实现。可是这话是谁说的？有什么证据能够证明这话对？你们引证事物的自然规律，引证社会现象的合法性，可是我，一个有思想的活人，站在一道壕沟面前，本来也许可以从上面跳过去，或者在上面搭座桥走过去，却偏要等它自动封口，或者等它让淤泥填满，难道这样的事还说得上什么规律和合法性？再说一遍，为什么要等？等到没有了生活的力量才算吗？可是人又非生活不可，而且也渴望生活！

　　"那一次一清早，我从弟弟家里出来，走了，从此我在城

457

里住着就感到不能忍受。城里的那种和平安静压得我不好受。我不敢看人家的窗子,因为这时候再也没有比幸福的一家人团团围住桌子喝茶的光景更使我难受的了。我已经老了,不适宜作斗争了,我甚至不会憎恨人了。我只能满心地悲伤,生气,烦恼,一到夜里,我的脑子里种种思想纷至沓来,弄得我十分激动,睡不着觉……唉,要是我年轻点就好了!"

伊万·伊万内奇激动得从这个墙角走到那个墙角,反复地说:

"要是我年轻点就好了!"

他忽然走到阿廖欣面前,先是握住他的一只手,后来又握住他的另一只手。

"帕维尔·康斯坦丁内奇!"他用恳求的声调说,"不要心平气和,不要容您自己昏睡!趁您还年轻力壮,血气方刚,要永不疲倦地做好事情!幸福是没有的,也不应当有。如果生活有意义,有目标,那意义和目标就绝不是我们自己的幸福,而是比这更伟大更合理的东西。做好事情吧!"

这些话,伊万·伊万内奇是带着可怜样的、恳求的笑脸说出来的,仿佛他本人为自己请求一桩什么事似的。

然后这三个人在客厅里挑了三张圈椅各据一方坐下来,沉默了。伊万·伊万内奇的故事既没满足布尔金,也没满足阿廖欣。金边镜框里的将军们和太太们在昏光中显得像是活人,低下眼睛来瞧他们,在这样的时候听那个可怜的、吃醋栗的文官的故事觉得乏味得很。不知什么缘故他们很想谈一谈或者听一听高雅的人和女人的事。他们所在的这个客厅里,样样东西,蒙着套子的枝形烛架啦,圈椅啦,脚底下的地毯啦,都在述说如今在镜框里低下眼睛瞧他们的那些人,从前就在这房间里走动过,坐过,喝过茶,现在俊俏的佩拉格娅正在这儿没一点声音地走来走去;这倒比一切故事都美妙得多呢。

阿廖欣困得要命,他一清早两点多钟就起床干农活儿,现在他的眼皮粘在一起了,可是他生怕客人等他走后也许会讲出什么有趣的故事,就流连着没走。他并没细想伊万·伊万内奇刚才所讲的是不是有道理,正确,反正他的客人没谈起麦粒,也没谈起干草,也没谈起煤焦油,所谈的都是跟他的生活没有什么直接关系的事,他不由得暗自高兴,盼望他们接着谈下去才好……

“不过,现在该睡了,”布尔金说,站起来,“请允许我跟你们道一声晚安吧。”

阿廖欣道了晚安,走下楼回到自己的住处去。客人们仍旧待在楼上。他俩被人领到一个大房间里过夜,房间里安着两张旧的雕花木床,墙角有一个象牙的耶稣受难像的十字架。那两张凉快的大床由俊俏的佩拉格娅铺好了被褥,新洗过的床单冒出好闻的气味。

伊万·伊万内奇一声不响地脱掉衣服,躺下。

“主啊,饶恕我们这些罪人吧!”他说,拉过被子来蒙上头。

他的烟斗放在桌子上,冒出一股浓烈的烟草的焦气。布尔金很久睡不着觉,不住地纳闷,想不出这股难闻的气味是打哪儿来的。

雨点通宵抽打着窗上的玻璃。

1898 年

约 内 奇

一

每逢到这个省城来的人抱怨这儿的生活枯燥而单调,当地的居民仿佛要替自己辩护似的,就说正好相反,这个城好得很,说这儿有图书馆、剧院、俱乐部,常举行舞会,最后还说这儿有些有头脑的、有趣味的、使人感到愉快的人家,尽可以跟他们来往。他们还提出图尔金家来,说那一家人要算是顶有教养,顶有才气的了。

那一家人住在本城主街上自己的房子里,跟省长的官邸相离不远。伊万·彼得罗维奇·图尔金本人是一个胖胖的、漂亮的黑发男子,留着络腮胡子,常常为了慈善性的募捐举办业余公演,自己扮演老年的将军,咳嗽的样儿挺可笑。他知道许多趣闻、谜语、谚语,喜欢开玩笑,说俏皮话,他脸上老是露出这么一种表情:谁也弄不清他是在开玩笑呢,还是说正经话。他的妻子薇拉·约瑟福夫娜是一个身材瘦弱、模样俊俏的夫人,戴着夹鼻眼镜,常写长篇和中篇小说,喜欢拿那些小说当着客人朗诵。女儿叶卡捷琳娜·伊万诺夫娜是一个年轻的姑娘,会弹钢琴。总之,这个家庭的成员各有各的才能。图尔金一家人殷勤好客,而且带着真诚的纯朴,兴致勃勃地在客人面前显露各自的才能。他们那所高大的砖砌的房子宽敞,夏天凉快,一半的窗子朝着一个树木苍郁的老花园,到春天就有夜莺在那儿歌唱。每逢家里来了客人,厨房里就响起叮叮当当的菜刀声,院子里散布一股煎洋葱的气味,这总是预告着一顿丰盛可口的晚餐要开出来了。

当德米特里·约内奇·斯达尔采夫医师刚刚奉派来做地方自治局医师,在离城九俄里以外的嘉里日住下来的时候,也有人告诉他,说他既是有知识的人,那就非跟图尔金家结交不可。冬天,有一天在大街上他经人介绍跟伊万·彼得罗维奇相识了。他们谈到天气、戏剧、霍乱,随后伊万·彼得罗维奇就邀他有空上自己家里来玩。到春天,有一天正逢节期,那是耶稣升天节①,斯达尔采夫看过病人以后,动身到城里去散散心,顺便买点东西。他不慌不忙地走着去(他还没置备马车),一路上哼着歌:

在我还没喝下生命之杯里的泪珠的时候……②

在城里,他吃过午饭,在公园里逛一阵,后来忽然想起伊万·彼得罗维奇的邀请,仿佛这个念头自动来到他心头似的,他就决定到图尔金家去看看他们是些什么样的人。

"您老好哇?"伊万·彼得罗维奇说,走到门外台阶上来接他,"看见这么一位气味相投的客人驾到,真是高兴得很,

---

① 基督教的节日,在复活节后的第四十日。

② 意思是"在我还不懂愁苦的时候……",这是诗人杰尔维格的诗《悲歌》,经另一诗人亚科甫科夫编成歌曲。

高兴得很。请进。我要把您介绍给我的贤妻。薇罗琪卡①，我跟他说过，"他接着说，同时把医师介绍给他妻子，"我跟他说过，按照法律他可没有任何理由老是坐在医院的家里，他应该把公余的时间用在社交上才对。对不对，亲爱的？"

"请您坐在这儿吧，"薇拉·约瑟福夫娜说，叫她的客人坐在她身旁，"您满可以向我献献殷勤。我丈夫固然爱吃醋，他是奥赛罗②，不过我们可以做得很小心，叫他一点也看不出来。"

"哎，小母鸡，你这宠坏了的女人……"伊万·彼得罗维奇温柔地喃喃道，吻了吻她的额头，"您来得正是时候，"他又转过身来对客人说，"我的贤妻写了一部伟乎其大的著作，今天她正打算高声朗诵一遍呢。"

"好让③，"薇拉·约瑟福夫娜对丈夫说，"dites que l'on nous donne du thé."④

斯达尔采夫由他们介绍，跟叶卡捷琳娜·伊万诺夫娜，一个十八岁的姑娘，见了面。她长得很像母亲，也瘦弱，俊俏。她的表情仍旧孩子气，腰身柔软而苗条。她那已经发育起来的处女胸脯，健康而美丽，叫人联想到春天，真正的春天。然后他们喝茶，外加果酱、蜂蜜，还有糖果和很好吃的饼干，那饼干一送进嘴里就立时溶掉。等到黄昏来临，别的客人就渐渐来了，伊万·彼得罗维奇用含着笑意的眼睛瞧着每一个客

①　薇拉的爱称。
②　英国剧作家莎士比亚所著剧本《奥赛罗》中的男主人公。他疑妻不贞，杀死了她。
③　俄文"伊万"等于法文的"让"。
④　法语：叫人给我们拿茶来。

人,说:

"您老好哇?"

然后,大家都到客厅里坐下来,现出很严肃的脸色。薇拉·约瑟福夫娜就朗诵她的长篇小说。她这样开头念:"寒气重了……"窗子大开着,从厨房飘来菜刀的叮当声和煎洋葱的气味……人们坐在柔软的、深深的圈椅里,心平气和。在客厅的昏暗里灯光那么亲切地眱着眼。眼前,在这种夏日的黄昏,谈笑声从街头阵阵传来,紫丁香的香气从院子里阵阵飘来,于是寒气浓重的情景和夕阳的冷光照着积雪的平原和独自赶路的行人的情景,就不容易捉摸出来了。薇拉·约瑟福夫娜念到一个年轻美丽的伯爵小姐怎样在自己的村子里办学校,开医院,设立图书馆,怎样爱上一个流浪的画家。她念着现实生活里绝不会有的故事,不过听起来还是很受用,很舒服,使人心里生出美好宁静的思想,简直不想站起来……

"真不赖……"伊万·彼得罗维奇柔声说。

有一位客人听啊听的,心思飞到很远很远的什么地方去了,用低到刚刚能听见的声音说:

"对了……真的……"

一个钟头过去了,又一个钟头过去了。附近,在本城的公园里,有一个乐队在奏乐,歌咏队在唱歌。薇拉·约瑟福夫娜合上她的稿本,大家沉默五分钟,听着歌咏队合唱的《卢契努希卡》,那支歌道出了小说里所没有的,现实生活里所有的情趣。

"您把您的作品送到杂志上发表吗?"斯达尔采夫问薇拉·约瑟福夫娜。

"不,"她回答,"我从来不拿出去发表。我写完,就藏在柜子里头。何必发表呢?"她解释道,"要知道,我们已经足可以维持生活了。"

不知因为什么缘故,人人叹一口气。

"现在,科契克①,你来弹个什么曲子吧。"伊万·彼得罗维奇对女儿说。

钢琴的盖子掀开,乐谱放好,翻开。叶卡捷琳娜·伊万诺夫娜坐下来,两只手按琴键,然后使足了气力按,按了又按,她的肩膀和胸脯颤抖着。她一个劲儿地按同一个地方,仿佛她不把那几个琴键按进琴里面去就决不罢休似的。客厅里满是铿锵声,仿佛样样东西,地板啦,天花板啦,家具啦……都发出轰隆轰隆的响声。叶卡捷琳娜·伊万诺夫娜正在弹一段很难的曲子,那曲子所以有趣味就因为它难,它又长又单调。斯达尔采夫听着,幻想许多石块从高山上落下来,一个劲儿地往下落,他巴望着那些石块快点停住,别再落了才好。同时,叶卡捷琳娜·伊万诺夫娜紧张地弹着,脸儿绯红,劲头很大,精力饱满,一绺卷发披下来盖在她的额头,很招他喜欢。他在嘉里日跟病人和农民一块儿过了一冬,现在坐在这客厅里,看着这年轻的、文雅的、而且多半很纯洁的人,听着这热闹的、冗长可又高雅的乐声,这是多么愉快,多么新奇啊……

"嗯,科契克,你以前从没弹得像今天这么好,"当女儿弹完,站起来的时候,伊万·彼得罗维奇说,眼里含着一泡眼泪,"死吧,丹尼司,你再也写不出更好的东西来了。"②

大家围拢她,向她道贺,表示惊奇,说他们有很久没听到

① 叶卡捷琳娜的爱称。

② 这是极高的赞语,似是波乔木金公爵对伟大的俄罗斯剧作家冯维辛说的,那是在一八七二年喜剧《纨绔少年》初次公演以后。

过这么好的音乐了。她默默地听着,微微地笑,周身显出得意的神态。

"妙极了!好极了!"

"好极了!"斯达尔采夫受到大家的热情的感染,说,"您是在哪儿学的音乐?"他问叶卡捷琳娜·伊万诺夫娜,"是在音乐学院吗?"

"不,我刚在准备进音乐学院,眼下我在家里跟扎夫洛芙斯卡娅太太学琴。"

"您在这儿的中学毕业了?"

"哦,没有!"薇拉·约瑟福夫娜替她回答,"我们在家里请了老师。您会同意,在普通中学或者贵族女子中学里念书说不定会受到坏影响。年轻的女孩子正当发育的时候是只应该受到母亲的影响的。"

"可是,我还是要进音乐学院。"叶卡捷琳娜·伊万诺夫娜说。

"不,科契克爱她的妈妈。科契克不会干伤爸爸妈妈心的事。"

"不嘛,我要去!我要去!"叶卡捷琳娜·伊万诺夫娜逗趣地说,耍脾气,还跺了一下脚。

吃晚饭的时候,轮到伊万·彼得罗维奇来显才能了。他眼笑脸不笑地谈趣闻,说俏皮话,提出一些荒谬可笑的问题,自己又解答出来。他始终用一种他独有的奇特语言高谈阔论,那种语言经长期的卖弄俏皮培养成功,明明早已成了他的习惯:什么"伟乎其大"啦,"真不赖"啦,"一百二十万分地感谢您"啦,等等。

可是这还没完。等到客人们酒足饭饱,心满意足,聚集在前厅,拿各人的大衣和手杖,他们身旁就来了个听差帕夫卢沙,或者,按照这家人对他的称呼,就是巴瓦,一个十四岁的男孩,头发剪得短短的,脸蛋儿胖胖的。

"喂,巴瓦,表演一下!"伊万·彼得罗维奇对他说。

巴瓦就拉开架势,向上举起一只手,用悲惨惨的声调说:"苦命的女人,死吧!"

大家就哈哈大笑。

"真有意思。"斯达尔采夫走到街上,想道。

他又走进一个酒店,喝点啤酒,然后动身回家,往嘉里日走去。一路上,他边走边唱:

在我听来,你的声音那么亲切,那么懒散……①

走完九俄里路,上了床,他却一丁点倦意也没有,刚好相反,他觉得自己仿佛能够高高兴兴地再走二十俄里似的。

"真不赖……"他想,笑着昏昏睡去。

二

斯达尔采夫老是打算到图尔金家去玩,不过医院里的工作很繁重,他无论如何也抽不出空闲工夫来。就这样,有一年多的时间在辛劳和孤独中过去了。可是有一天,他接到城里来的一封信,装在淡蓝色信封里……

薇拉·约瑟福夫娜害偏头痛②,可是最近科契克天天吓

① 这是普希金抒情诗《夜》中的一行,在谱成歌曲时作曲家已略加更动。原句不是这样,而是"在你听来,我的声音那么亲切,那么懒散……"
② 偏头痛是一种神经性的头痛。

唬她,说是她要进音乐学院,那病就越发常犯了。全城的医师都给请到图尔金家去过,最后就轮到了地方自治局医师。薇拉·约瑟福夫娜写给他一封动人的信,信上求他来一趟,解除她的痛苦。斯达尔采夫去了,而且从此以后常常,常常上图尔金家去……他果然给薇拉·约瑟福夫娜略微帮了点忙,她已经在对所有的客人说他是个不同凡响的、医道惊人的医师了。不过,现在他上图尔金家去,却不再是为了医治她的偏头痛了……

那天正逢节日。叶卡捷琳娜·伊万诺夫娜坐在钢琴前弹完了她那冗长乏味的练习曲。随后他们在饭厅里坐了很久,喝茶,伊万·彼得罗维奇讲了个逗笑的故事。后来,门铃响了,伊万·彼得罗维奇得上前厅去迎接客人。趁这一时的杂乱,斯达尔采夫十分激动地低声对叶卡捷琳娜·伊万诺夫娜说:

"我求求您,看在上帝面上,别折磨我,到花园里去吧!"

她耸耸肩头,仿佛觉得莫名其妙,不明白他要拿她怎么样似的。不过她还是站起来,去了。

"您一弹钢琴就要弹上三四个钟头,"他跟在她的后面走着,说,"然后您陪您母亲坐着,简直没法跟您讲话。我求求您,至少给我一刻钟的工夫也好。"

秋天来了,古老的花园里宁静而忧郁,黑色的树叶盖在人行道上。天已经提早黑下来了。

"我有整整一个星期没看见您,"斯达尔采夫接着说,"但愿您知道那是多么苦就好了!请坐。请您听我说。"

在花园里,他们两个人有一个喜欢流连的地方:一棵枝叶繁茂的老枫树底下的一个长凳。这时候他们就在长凳上坐下来。

"您有什么事？"叶卡捷琳娜·伊万诺夫娜用办公事一样的口吻干巴巴地问。

"我有整整一个星期没看见您了，我有这么久没听见您的声音。我想念得好苦，我一心巴望着听听您说话的声音。那您就说吧。"

她那份娇嫩，她那眼睛和脸颊的天真神情，迷住了他。就是在她的装束上，他也看出一种与众不同的妩媚，由于朴素和天真烂漫的风韵而动人。同时，尽管她天真烂漫，在他看来，她却显得很聪明，很开展，超过她目前的年龄了。他能够跟她谈文学，谈艺术，想到什么就跟她谈什么，还能够对她发牢骚，抱怨生活，抱怨人们，不过，在这种严肃的谈话的半中央，有时候她会忽然没来由地笑起来，或者跑回房里去。她跟这城里的差不多所有的女孩子一样，看过很多书（一般说来本城的人是不大看书的，本地图书馆里的人说，要不是因为有这些女孩子和年轻的犹太人，图书馆尽可以关掉）。这使得斯达尔采夫无限的满意，每回见面，他总要兴奋地问她最近几天看了什么书，等到她开口讲起来，他就听着，心里发迷。

"自从我上回跟您分别以后，这个星期您看过什么书？"他现在问，"说一说吧，我求求您了。"

"我一直在看皮谢姆斯基①写的书。"

"究竟是什么书呢？"

"《一千个农奴》，"科契克回答，"皮谢姆斯基的名字真可笑，叫什么阿列克谢·菲奥菲拉克特奇！"

① 皮谢姆斯基（1821—1881），俄国批判现实主义作家。

"您这是上哪儿去啊?"斯达尔采夫大吃一惊,因为她忽然站起来,朝房子那边走去,"我得跟您好好谈一谈才行,我有话要说……哪怕再陪我坐上五分钟也行,我央求您了!"

她站住,好像要说句话,后来却忸怩地把一张字条塞在他手里,跑回正房,又坐到钢琴那儿去了。

"请于今晚十一时,"斯达尔采夫念道,"赴墓园,于杰梅季墓碑附近相会。"

"哼,这可一点也不高明,"他暗想,清醒过来,"为什么挑中了墓场? 这是什么意思呢?"

这是明明白白的:科契克在开玩笑。说真的,既然城里有大街和城市公园可以安排做相会的地方,那么谁会正正经经地想起来约人三更半夜跑到离城那么远的墓园去相会? 他身为地方自治局医师,又是明情达理的稳重人,却唉声叹气,接下字条,到墓园去徘徊,做出现在连中学生都会觉得可笑的傻事,岂不丢脸? 这番恋爱会弄到什么下场呢? 万一他的同事听到这种事,会怎么说呢? 这些,是斯达尔采夫在俱乐部里那些桌子旁边走来走去,心中暗暗想着的,可是到十点半钟,他却忽然动身上墓园去了。

他已经买了一对马,还雇了一个车夫,名叫潘捷列伊蒙,穿一件丝绒的坎肩。月光照耀着。空中没有一丝风,天气暖和,然而是秋天的那种暖和。城郊屠宰场旁边,有狗在叫。斯达尔采夫叫自己的车子停在城边一条巷子里,自己步行到墓园去。"各人有各人的怪脾气,"他想,"科契克也古怪,谁知道呢? 说不定她不是在开玩笑,也许倒真会来呢。"他沉湎于这种微弱空虚的希望,这使得他陶醉了。

他在田野上走了半俄里路。远处,墓园现出了轮廓,漆黑

469

的一长条,跟树林或大花园一样。白石头的围墙显露出来,大门也看得见了……借了月光可以看出大门上的字:"大限临头……"斯达尔采夫从一个小门走进去,头一眼看见的是宽阔的林荫路两边的白十字架、墓碑以及它们和白杨的阴影。四外远远的地方,可以看见一团团黑东西和白东西,沉睡的树木垂下枝子来凑近白石头。仿佛这儿比田野上亮一点似的,枫树的树叶印在林荫路的黄沙土上,印在墓前的石板上,轮廓分明,跟野兽的爪子一样,墓碑上刻的字清清楚楚。初一进来,斯达尔采夫看着这情景惊呆了,这地方,他还是生平第一次来,这以后大概也不会再看见:这是跟人世不一样的另一个天地,月光柔和美妙,就跟躺在摇篮里睡熟了似的,在这个世界里没有生命,无论什么样的生命都没有,不过每棵漆黑的白杨、每个坟堆,都使人感到其中有一种神秘,它应许了一种宁静、美丽、永恒的生活。石板、残花,连同秋叶的清香都在倾吐着宽恕、悲伤、安宁。

四周一片肃静。星星从天空俯视这深奥的温顺。斯达尔采夫的脚步声很响,这跟四周的气氛不相称。直到教堂的钟声响起来,而且他想象自己死了,永远埋在这儿了,他这才感到仿佛有人在瞧他。一刹那间他想到这不是什么安宁和恬静,只不过是由空无所有而产生的不出声的愁闷和断了出路的绝望罢了……

杰梅季墓碑的形状像一个小礼拜堂,顶上立着一个天使。从前有一个意大利歌剧团路过这个城,团里有一个女歌手死了,就葬在这儿,造了这墓碑。本城的人谁也不记得她了,可是墓门上边的油灯反映着月光,仿佛着了火似的。

这儿一个人也没有。当然,谁会半夜上这儿来呢? 可是斯达尔采夫等着。仿佛月光点燃他的热情似的,他热情地等着,暗自想象亲吻和拥抱的情景。他在墓碑旁边坐了半个钟头,然后在侧面的林荫路上走来走去,手里拿着帽子,等着,想着这些坟堆里不知埋葬了多少妇人和姑娘,她们原先美丽妩媚,满腔热爱,每到深夜便给热情燃烧着,浸沉在温存抚爱里。说真的,大自然母亲多么歹毒地要弄人!想到这里觉得多么委屈啊!斯达尔采夫这样暗想着,同时打算呐喊一声,说他需要爱情,说他不惜任何代价一定要等着爱情。由他看来,在月光里发白的不再是一方方大理石,却是美丽的肉体。他看见树荫里有些人影怕难为情地躲躲闪闪,感到她们身上的温暖。这种折磨叫人好难受啊……

仿佛一块幕落下来似的,月亮走到云后面去,忽然间四周全黑了。斯达尔采夫好容易才找到门口(这时候天色漆黑,而秋夜总是这么黑的)。后来他又走了一个半钟头光景才找到停车的巷子。

“我累了。我的脚都站不稳了。”他对潘捷列伊蒙说。

他舒舒服服地在马车上坐下,暗想:

“唉,我这身子真不该发胖!”

三

第二天黄昏,他到图尔金家里去求婚。不料时机不凑巧,叶卡捷琳娜·伊万诺夫娜正在自己的房间里由一个理发匠为她理发。她正准备到俱乐部去参加跳舞晚会。

他只好又在饭厅里坐着,喝了很久的茶。伊万·彼得罗维奇看出客人有心事,烦闷,就从坎肩的口袋里掏出一封可笑的信来,那是由管理田庄的一个日耳曼人写来的,说是"在庄园里所有的铁器已经毁灭,黏性自墙上掉下。"①

"他们大概会给一笔丰厚的嫁资。"斯达尔采夫想,心不在焉地听着。

一夜没睡好,他发觉自己老是发呆,仿佛有人给他喝了很多催眠的甜东西似的。他心里昏昏沉沉,可是高兴、热烈,同时脑子里有一块冰冷而沉重的什么东西在争辩:

"趁现在时机不迟,赶快罢手! 难道她可以做你的对象吗? 她娇生惯养,撒娇使性,天天睡到下午两点钟才起床,你呢,是教堂执事的儿子,地方自治局医师……"

"哎,那有什么关系?"他想,"我不在乎。"

"况且,要是你娶了她,"那块东西接着说,"那么她家的人会叫你丢掉地方自治局的工作,住到城里来。"

"哎,那有什么关系?"他想,"要住在城里就住在城里好了。他们会给一笔嫁资,我们可以挺好地成个家……"

最后,叶卡捷琳娜·伊万诺夫娜走进来,穿着参加舞会的袒胸露背的礼服,看上去又漂亮又利落。斯达尔采夫看得满心爱慕,出了神,一句话也说不出来,光是瞧着她傻笑。

她告辞。他呢,现在没有理由再在这儿待下去了,就站起来,说是他也该回家去了,病人在等着他。

"那也没法留您了,"伊万·彼得罗维奇说,"去吧,请您顺便送科契克到俱乐部去。"

外面下起了小雨,天色很黑,他们只有凭着潘捷列伊蒙的嘶哑的咳嗽声才猜得出马车在哪儿。车篷已经支起来了。

---

① 意思是"铁门都坏了,墙上的泥灰剥落了。"

"我在地毯上走,你在说假话的时候走……"伊万·彼得罗维奇一面搀他女儿坐上马车,一面说,"他在说假话的时候走……走吧!再见!"

他们坐车走了。

"昨天我到墓园去了,"斯达尔采夫开口说,"您啊,好狠心,好刻薄……"

"您真到墓园去了?"

"对了,我去了,等到差不多两点钟才走。我好苦哟……"

"您既不懂开玩笑,那就活该吃苦。"

叶卡捷琳娜·伊万诺夫娜想到这么巧妙地捉弄了一个爱上她的男子,想到人家这么强烈地爱她,心里很满意,就笑起来,可是忽然惊恐地大叫一声,因为这当儿马车猛的转弯走进俱乐部的大门,车身歪了一下。斯达尔采夫伸出胳膊去搂住叶卡捷琳娜·伊万诺夫娜的腰。她吓慌了,就依偎着他,他呢,情不自禁,热烈地吻她的嘴唇和下巴,把她抱得更紧了。

"别再闹了。"她干巴巴地说。

过了一会儿,她不在马车里了。俱乐部的灯光辉煌的大门附近站着一个警察,用一种难听的口气对潘捷列伊蒙嚷道:

"你停在这儿干什么,你这呆鸟?快把车赶走!"

斯达尔采夫坐车回家去,可是不久就又回来了。他穿一件别人的晚礼服,戴一个白色硬领结,那领结不知怎的老是翘起来,一味要从领口上滑开。午夜时分,他坐在俱乐部的休息室里,迷恋地对叶卡捷琳娜·伊万诺夫娜说:

"噢,凡是从没爱过的人,哪儿会懂得什么叫做爱!依我看来,至今还没有人真实地描写过爱情,那种温柔的、欢乐的、痛苦的感情恐怕根本就没法描写出来;凡是领略过那种感情的人,哪怕只领略过一回,也绝不会打算用语言把它表白出来。不过,何必讲许多开场白,何必渲染呢?何必讲许多好听的废话呢?我的爱是无边无际的……我请求,我恳求您,"斯达尔采夫终于说出口,"做我的妻子吧!"

"德米特里·约内奇,"叶卡捷琳娜·伊万诺夫娜想了一想,现出很严肃的表情说,"德米特里·约内奇,承蒙不弃,我感激得很。我尊敬您,不过……"她站起来,立在那儿接着说,"不过,原谅我,我不能做您的妻子。我们来严肃地谈一谈。德米特里·约内奇,您知道,我爱艺术胜过爱生活里的任什么东西,我爱音乐爱得发疯,我崇拜音乐,我已经把我的一生献给它了。我要做一个艺术家,我要名望,成功,自由。您呢,却要我在这城里住下去,继续过这种空洞无益的生活,这种生活我受不了。做太太,啊,不行,原谅我!人得朝一个崇高光辉的目标奋斗才成,家庭生活会从此缚住我的手脚。德米特里·约内奇,"(她念到他的名字就微微一笑,这个名字使她想起了"阿列克谢·菲奥菲拉克特奇"。)"德米特里·约内奇,您是聪明高尚的好人,您比谁都好……"眼泪涌上她的眼眶,"我满心感激您,不过……不过您得明白……"

她掉转身去,走出休息室,免得自己哭出来。

斯达尔采夫的心停止了不安的悸跳。他走出俱乐部,来到街上,首先扯掉那硬领结,长吁一口气。他有点难为情,他的自尊心受了委屈(他没料到会受到拒绝),他不能相信他的一切梦想、希望、渴念,竟会弄到这么一个荒唐的结局,简直跟业余演出的什么小戏里的结局一样。他为自己的感情难过,为自己的爱情难过,真是难过极了,好像马上就会痛哭一场,或者拿起伞来使劲敲一顿潘捷列伊蒙的宽阔的背脊似的。

接连三天,他什么事也没法做,吃不下,睡不着。可是等到消息传来,说是叶卡捷琳娜·伊万诺夫娜已经到莫斯科去进音乐学院了,他倒定下心来,照以前那样生活下去了。

后来,他有时候回想以前怎样在墓园里漫步,怎样坐着马车跑遍全城找一套晚礼服,他就懒洋洋地伸个懒腰,说:

"唉,惹出过多少麻烦!"

四

四年过去了。斯达尔采夫在城里的医疗业务已经很繁忙。每天早晨他匆匆忙忙地在嘉里日给病人看病,然后坐车到城里给病人看病。这时候他的马车已经不是由两匹马而是由三匹系着小铃铛的马拉了。他要到夜深才回家去。他已经发胖,不大愿意走路,因为他害气喘病了。潘捷列伊蒙也发胖。他的腰身越宽,他就越发悲凉地叹气,抱怨自己命苦:赶马车!

斯达尔采夫常到各处人家去走动,会见很多的人,可是跟谁也不接近。城里人那种谈话,那种对生活的看法,甚至那种外表,都惹得他不痛快。经验渐渐教会他:每逢他跟一个城里人打牌或者吃饭,那个人多半还算得上是一个温顺的、好心肠的甚至并不愚蠢的人,可是只要话题不是吃食,比方转到政治或者科学方面来,那人一定会茫然不懂,或者讲出一套愚蠢恶毒的大道理来,弄得他只好摆一摆手,走掉了事。斯达尔采夫哪怕跟思想开通的城里人谈起天来,比方谈到人类,说是谢天谢地,人类总算在进步,往后总有一天可以取消公民证和死刑了，那位城里人就会斜起眼来狐疑地看他，问道："那么到那时候人就可以在大街上随意杀人？"斯达尔采夫在交际场合中，遇着喝茶或者吃晚饭的时候，说到人必须工作，说到生活缺了劳动就不行，大家就会把那些话当做训斥，生起气来，反复争辩。虽然这样，可是那些城里人还是什么也不干，一点事也不做，对什么都不发生兴趣，因此简直想不出能跟他们谈什么事。斯达尔采夫就避免谈话，只限于吃点东西或者玩"文特"。遇上谁家有喜庆的事请客，他被请去吃饭，他就一声不响地坐着吃，眼睛瞧着自己的碟子。筵席上大家讲的话，全都没意思、不公道、无聊。他觉得气愤，激动，可是一句话也不说。因为他老是保持阴郁的沉默，瞧着菜碟，城里人就给他起了个绰号叫"架子大的波兰人"，其实他根本不是波兰人。

像戏剧或者音乐会一类的娱乐，他是全不参加的，不过他天天傍晚一定玩三个钟头的"文特"，倒也玩得津津有味。他还有一种娱乐，那是他不知不觉渐渐养成习惯的：每到傍晚，他总要从衣袋里拿出看病赚来的钞票细细地清点，那都是些黄的和绿的票子，有的带香水味，有的带香醋①味，有的带熏香②味，有的带鱼油味，有时候所有的衣袋里都塞得满满的，约莫有七十个卢布，等到凑满好几百，他就拿到互相信用公司去存活期存款。

叶卡捷琳娜·伊万诺夫娜走后，四年中间他只到图尔金家里去过两次，都是经薇拉·约瑟福夫娜请去的，她仍旧在请人医治偏头痛。每年夏天叶卡捷琳娜·伊万诺夫娜回来跟爹

---

① 一种化妆品，洗脸时和在脸水里用。
② 一种带香味的树脂，在举行宗教上的礼拜式时烧出烟来。

娘同住在一块儿,可是他没跟她见过一回面,不知怎的,两回都错过了。

不过现在,四年过去了。一个晴朗温暖的早晨,一封信送到医院里来。薇拉·约瑟福夫娜写信给德米特里·约内奇说,她很惦记他,请他一定去看她,解除她的痛苦,顺便提到今天是她的生日。信后还附着一笔:"我附和我母亲的邀请。K."

斯达尔采夫想了一想,傍晚就到图尔金家里去了。

"啊,您老好哇?"伊万·彼得罗维奇迎接他,眼笑脸不笑,"彭茹尔杰。①"

薇拉·约瑟福夫娜老得多了,头发白了许多,跟斯达尔采夫握手,装模作样地叹气,说:

"您不愿意向我献殷勤了,大夫。我们这儿您也不来了。我太老,配不上您了。不过现在有个年轻的来了,也许她运气会好一点也说不定。"

科契克呢?她瘦了,白了,可也更漂亮更苗条了。不过现在她是叶卡捷琳娜·伊万诺夫娜,不是科契克了,她失去旧日的朝气和那种稚气的天真烂漫神情。她的目光和神态有了点新的东西,一种惭愧的、拘谨的味儿,仿佛她在图尔金家里是做客似的。

"过了多少夏天,多少冬天啊!"她说,向斯达尔采夫伸出手。他看得出她兴奋得心跳,她带着好奇心凝神瞧着他的脸,接着说,"您长得好胖! 您晒黑了,男人气概更足了,不过大体看来,您还没怎么大变。"

---

① 把法语 Bonjour(您好)加上了俄语语法意在取笑。

这时候,他也觉得她动人,动人得很,不过她缺了点什么,再不然就是多了点什么,他自己也说不清究竟怎么回事了,可是有一种什么东西作梗,使他生不出从前那种感觉来了。他不喜欢她那种苍白的脸色、新有的神情、淡淡的笑容、说话的声音,过不久就连她的衣服,她坐的那张安乐椅,他也不喜欢了。他回想过去几乎要娶她的时候所发生的一些事,他也不喜欢。他想起四年以前使得他激动的那种热爱、梦想、希望,他觉得不自在了。

他们喝茶,吃甜馅饼。然后薇拉·约瑟福夫娜朗诵一部小说。她念着生活里绝不会有的事,斯达尔采夫听着,瞧着她的美丽的白发,等她念完。

"不会写小说,"他想,"不能算是蠢。写了小说而不藏起来,那才是蠢。"

"真不赖。"伊万·彼得罗维奇说。

然后叶卡捷琳娜·伊万诺夫娜在钢琴那儿弹了很久,声音嘈杂。等到她弹完,大家费了不少工夫向她道谢,称赞她。

"幸好我没娶她。"斯达尔采夫想。

她瞧着他,明明希望他请她到花园里去,可是他却一声不响。

"我们来谈谈心,"她走到他面前说,"您过得怎么样?您在做些什么事?境况怎么样?这些日子我一直在想您,"她神经质地说下去,"我原本想写信给您,原来想亲自上嘉里日去看您。我已经下决心要动身了,可是后来变了卦,上帝才知道现在您对我是什么看法。我今天多么兴奋地等着您来。看在上帝面上,我们到花园里去走走吧。"

他们走进花园,在那棵老枫树底下的长凳上坐下来,跟四年前一样。天黑了。

"您过得怎么样？"叶卡捷琳娜·伊万诺夫娜问。

"没什么，马马虎虎。"斯达尔采夫回答。

他再也想不出别的话来。他们沉默了。

"我兴奋得很，"叶卡捷琳娜·伊万诺夫娜说，用双手蒙住脸，"不过您也别在意。我回到家来，那么快活。看见每一个人，我那么高兴，我还没有能够习惯。这么多的回忆！我觉得我们说不定会一口气谈到天明呢。"

现在他挨近了看着她的脸、她那放光的眼睛。在这儿，在黑暗里，她比在房间里显得年轻，就连她旧有那种孩子气的神情好像也回到她脸上来了。实在，她也的确带着天真的好奇神气瞧他，仿佛要凑近一点，仔细看一看而且了解一下这个原先那么热烈那么温柔地爱她却又那么不幸的男子似的。为了那种热爱，她的眼睛在向他道谢。于是他想起以前那些事情，想起最小的细节：他怎样在墓园里走来走去，后来快到早晨怎样筋疲力尽地回到家。他忽然感到悲凉，为往事惆怅了。他的心里开始点起一团火。

"您还记得那天傍晚我怎样送您上俱乐部去吗？"他说，"那时候下着雨，天挺黑……"

他心头的热火不断地烧起来，他要诉说，要抱怨生活……

"唉！"他叹道，"刚才您问我过得怎么样。我们在这儿过的是什么生活哟？哼，简直算不得生活。我们老了，发胖了，泄气了。白昼和夜晚，一天天地过去，生活悄悄地溜掉，没一点光彩，没一点印象，没一点思想……白天，赚钱，傍晚呢，去俱乐部。那伙人全是牌迷，酒鬼，嗓音嘶哑的家伙，我简直受不了。这生活有什么好呢？"

"可是您有工作,有生活的崇高目标啊。往常您总是那么喜欢谈您的医院。那时候我却是个怪女孩子,自以为是伟大的钢琴家。其实,现在凡是年轻的小姐都弹钢琴,我也跟别人一样地弹,我没有什么与众不同的地方,我那种弹钢琴的本事就如同我母亲写小说的本事一样。当然,我那时候不了解您,不过后来在莫斯科,我却常常想到您。我只想念您一个人。做一个地方自治局医师,帮助受苦的人,为民众服务,那是多么幸福。多么幸福啊!"叶卡捷琳娜·伊万诺夫娜热烈地反复说着,"我在莫斯科想到您的时候,您在我心目中显得那么完美,那么崇高……"

斯达尔采夫想起每天晚上从衣袋里拿出钞票来,津津有味地清点,他心里那团火就熄灭了。

他站起来,要走回正房去。她挽住他的胳膊。

"您是我生平所认识的人当中最好的人,"她接着说,"我们该常常见面,谈谈心,对不对?答应我。我不是什么钢琴家,我已经不夸大我自己。我不会再在您面前弹琴,或者谈音乐了。"

他们回到正房,斯达尔采夫就着傍晚的灯光瞧见她的脸,瞧见她那对凝神细看的、悲哀的、感激的眼睛看着他,他觉得不安起来,又暗自想道:"幸亏那时候我没娶她。"

他告辞。

"按照罗马法,您可没有任何理由不吃晚饭就走,"伊万·彼得罗维奇一面送他出门,一面说,"您这态度完全是垂直线。喂,现在,表演一下吧!"他在前厅对巴瓦说。

巴瓦不再是小孩子,而是留了上髭的青年了。他拉开架势,扬起胳膊,用悲惨惨的声调说:

"苦命的女人,死吧!"

这一切都惹得斯达尔采夫不痛快。他坐上马车,瞧着从前为他所珍爱宝贵的乌黑的房子和花园,一下子想到了那一切情景,薇拉·约瑟福夫娜的小说、科契克的热闹的琴声、伊万·彼得罗维奇的俏皮话、巴瓦的悲剧姿势,他心想:这些全城顶有才能的人尚且这样浅薄无聊,那么这座城还会有什么道理呢?

三天以后,巴瓦送来一封叶卡捷琳娜·伊万诺夫娜写的信。她写道:

> 您不来看我们。为什么?我担心您别是对我们变了心吧。我担心,我一想到这个就害怕。您要叫我安心才好,来吧,告诉我说并没出什么变化。
>
> 我得跟您谈一谈。——您的叶·图。

他看完信,想一想,对巴瓦说:

"伙计,你回去告诉她们,说今天我不能去,我很忙。就说过三天我再去。"

可是三天过去了,一个星期过去了,他始终没有去。有一回他坐着车子凑巧路过图尔金家,想起来他该进去坐一坐才对,可是想了一想……还是没有进去。

从此,他再也没到图尔金家里去过。

五

又过了好几年。斯达尔采夫长得越发肥胖,满身脂肪,呼吸困难,喘不过气来,走路脑袋往后仰了。每逢他肥肥胖胖、满面红光地坐上铃声叮当、由三匹马拉着的马车出门,同时那个也是肥肥胖胖、满面红光的潘捷列伊蒙挺直长满了肉的后脑壳,坐上车夫座位,两条胳膊向前平伸,仿佛是木头做的一样,而且向过路的行人嚷着:"靠右,右边走!"那真是一幅动人的图画,别人会觉得这坐车的不是人,却是一个异教的神①。在城里,他的生意忙得很,连歇气的工夫也没有。他已经有一个田庄、两所城里的房子,正看中第三所合算的房子。每逢他在互相信用公司里听说有一所房子正在出卖,他就不客气地走进那所房子,走遍各个房间,也不管那些没穿好衣服的妇女和孩子惊愕张皇地瞧着他,用手杖戳遍各处的房门,说:

"这是书房? 这是寝室? 那么这是什么房间?"

他一面走着说着,一面喘吁吁,擦掉额头上的汗珠。

他有许多事要办,可是仍旧不放弃地方自治局的职务。他贪钱,恨不得这儿那儿都跑到才好。在嘉里日也好,在城里也好,人家已经简单地称呼他"约内奇":"这个约内奇要上哪儿去?"或者,"要不要请约内奇来会诊?"

大概因为他的喉咙那儿叠着好几层肥油吧,他的声调变了,他的语声又细又尖。他的性情也变了,他变得又凶又暴。他给病人看病,总是发脾气。他急躁地用手杖敲地板,用他那种不入耳的声音嚷道:

"请您光是回答我问的话! 别说废话!"

他单身一个人。他过着枯燥无味的生活,他对什么事也不发生兴趣。

① 指木雕的偶像。

他在嘉里日前后所住的那些年间,只有对科契克的爱情算是他唯一的快活事,恐怕也要算是最后一回的快活事。到傍晚,他总上俱乐部去玩"文特",然后独自坐在一张大桌子旁边,吃晚饭。伊万,服务员当中年纪顶大也顶有规矩的一个,伺候他,给他送去"第十七号拉菲特"酒。俱乐部里每一个人,主任也好,厨师也好,服务员也好,都知道他喜欢什么,不喜欢什么,就想尽方法极力迎合他,要不然,说不定他就会忽然大发脾气,拿起手杖来敲地板。

他吃晚饭的时候,偶尔回转身去,在别人的谈话当中插嘴:

"你们在说什么? 啊? 说谁?"

遇到邻桌有人提到图尔金家,他就问:

"你们说的是哪个图尔金家? 你们是说有个女儿会弹钢琴的那一家吗?"

关于他,可以述说的,都在这儿了。

图尔金家呢? 伊万·彼得罗维奇没有变老,一丁点儿都没变,仍旧爱说俏皮话,讲掌故。薇拉·约瑟福夫娜也仍旧兴致勃勃地朗诵她的小说给客人听,念得动人而朴实。科契克呢,天天弹钢琴,一连弹四个钟头。她明显地见老了,常生病,年年秋天跟母亲一块儿上克里米亚去。伊万·彼得罗维奇送她们上车站,车一开,他就擦眼泪,嚷道:

"再会啰!"

他挥动他的手绢。

1898 年

出　诊

　　教授接到利亚利科夫工厂打来的一封电报,请他赶快就去。从那封文理不通的长电报上,人只能看懂这一点:有个利亚利科娃太太,大概就是工厂的厂主,她的女儿生病了,此外的话就看不懂了。教授自己没有去,派他的住院医师科罗廖夫替他去了。

　　他得坐火车到离莫斯科两站路的地方,然后出车站坐马车走大约四俄里。有一辆三匹马拉着的马车已经奉命在车站等科罗廖夫了。车夫戴着一顶插一根孔雀毛的帽子,他对医师所问的一切话都照军人那样高声回答:"决不是!""是那样!"那是星期六的黄昏,太阳正在落下去。工人从工厂出来,成群结伙到火车站去,他们见到科罗廖夫坐着的马车就鞠躬。黄昏、庄园、两旁的别墅、桦树、四周的恬静气氛,使科罗廖夫看得入迷,这时候在假日前夜,田野、树林、太阳,好像跟工人一块儿准备着休息,也许还准备着祷告呢……

　　他生在莫斯科,而且是在那儿长大成人的。他不了解乡村,素来对工厂不感兴趣,也从没到工厂里去过。不过他偶尔也看过讲到工厂的文章,还到厂主家里拜访过,跟他们谈过天。他每逢看见远处或近处有一家工厂,总是暗想从外面来看那是多么安静,多么平和,至于里面,做厂主的大概是彻头彻尾的愚昧,昏天黑地的自私自利,工人做着枯燥无味、损害健康的苦工,大家吵嘴,灌酒,满身的虱子。现在那些工人正在战战兢兢、恭恭敬敬地给四轮马车让路,他在他们的脸上、便帽上、步法上,看出他们浑身肮脏,带着醉意,心浮气躁,精神恍惚。

他的车子走进了工厂大门。他看见两边是工人的小房子,看见许多女人的脸,看见门廊上晾着被子和衬衫。"小心马车!"车夫嚷道,却并不勒住马。那是个大院子,地上没有青草。院子里有五座大厂房,彼此相离不很远,各有一根大烟囱,此外还有一些货栈和棚子,样样东西上都积着一层灰白的粉末,像是灰尘。这儿那儿,就跟沙漠里的绿洲似的,有些可怜相的小花园,和管理人员所住的房子的红色或绿色房顶。车夫忽然勒住马,马车就在一所重新上过灰色油漆的房子前面停住了。这儿有一个小花园,种着紫丁香,花丛上积满尘土。黄色的门廊上有一股浓重的油漆味。

"请进,大夫,"好几个女人的语声在过道里和前厅里说,同时传来了叹息和低语的声音,"请进,我们盼您好久了……真是烦恼。请您往这边走。"

利亚利科娃太太是一个挺胖的、上了岁数的太太,穿一件黑绸连衣裙,袖子样式挺时髦,不过从她的面容看来,她是个普通的、没受过教育的女人。她心神不宁地瞧着大夫,不敢对他伸出手去。她没有那份勇气。她身边站着一个女人,头发剪短,戴着夹鼻眼镜,穿一件花花绿绿的短上衣,长得清瘦,年纪已经不算轻了。女仆称呼她赫里斯京娜·德米特里耶夫娜,科罗廖夫猜想这人是家庭女教师。大概她是这家人里顶有学问的人物,所以受到嘱托来迎接和招待这位大夫吧,因为她马上急急忙忙地开始述说得病的原因,讲了许多琐碎而惹人讨厌的细节,可是偏偏没说出是谁在害病,害的是什么病。

医师和家庭女教师坐着谈话,女主人站在门口一动也不动,等着。科罗廖夫从谈话里知道病人是利亚利科娃太太的独生女和继承人,一个二十岁的姑娘,名叫丽莎。她害病很久了,请过各式各样的医师治过病,昨天夜里,从黄昏起到今天早晨止她心跳得厉害,弄得一家人全没睡觉,担心她别是要死了。

"我们这位小姐,可以说,从小就有病,"赫里斯京娜·德米特里耶夫娜用娇滴滴的声音说,屡次用手擦嘴唇,"医师说她神经有毛病,她小时候害过瘰疬病,可是医师把那病闷到她心里去了,所以我想毛病也许就出在这上面了。"

他们去看病人。病人已经完全是个成人,身材高大,可是长得跟母亲一样难看,眼睛也一样小,脸的下半部分宽得不相称。她躺在那儿,头发蓬松,被子一直盖到下巴上。科罗廖夫第一眼看上去,得了这么一个印象:她好像是一个身世悲惨的穷人,多亏别人慈悲,才把她弄来藏在这儿。他不能相信这人就是五座大厂房的继承人。

"我来看您,"科罗廖夫开口说,"我是来给您治病的。您好。"

他说出自己的姓名,跟她握手,那是一只难看的、冰凉的大手。她坐起来,明明早已习惯让医师看病了,裸露着肩膀和胸脯一点也不在乎,听凭医师给她听诊。

"我心跳,"她说,"通宵跳得厉害极了……我差点吓死!请您给点什么药吃吧。"

"好的!好的!您放心吧。"

科罗廖夫诊查过后,耸一耸肩膀。

"心脏挺好,"他说,"一切都正常,一切都没有毛病。一定是您的神经有点不对头,不过那也是十分平常的事。必须认为,就是神经上的毛病也已经过去了,您躺下来睡一觉吧。"

这当儿一盏灯送进寝室里来。病人看见灯光就眯细眼睛,忽然双手捧着头,号啕大哭起来。于是难看的穷人的印象忽然消散,科罗廖夫也不再觉得那对眼睛小,下半个脸过分宽了。看见一种柔和的痛苦表情,这表情是那么委婉动人,在他看来她周身显得匀称、娇气、朴实了,他不由得想要安慰她,不过不是用药,也不是用医师的忠告,而是用亲切简单的话。她母亲搂住她的头,让她贴紧自己的身子。老太太的脸上现出多么绝望,多么悲痛的神情啊!她,做母亲的,抚养她,把她养大成人,一点不怕花钱,把全部精力都用在她身上,叫她学会法语、跳舞、音乐,为她请过十来个老师,请过顶好的医师,还请一个家庭女教师住在家里。现在呢,她弄不明白她女儿的眼泪是从哪儿来的,为什么她这么愁苦,她不懂,她惶恐,她脸上现出惭愧、不安、绝望的表情,仿佛她忽略了一件很要紧的事,有一件什么事还没做好,有一个什么人还没请来,不过究竟那人是谁,她却不知道了。

"丽桑卡①,你又哭了……又哭了,"她说,把女儿紧紧搂在怀里,"我的心肝,我的宝贝,我的乖孩子,告诉我,你怎么了?可怜可怜我,告诉我吧。"

两个人都哀哀地哭了。科罗廖夫在床边坐下,拿起丽莎

---

① 丽莎的爱称。

的手。

"得了,犯得上这么哭吗?"他亲切地说,"真的,这世界上任什么事都值不得这么掉眼泪。算了,别哭了,这没用处……"

同时他心里暗想:

"她到了该结婚的时候了……"

"我们工厂里的医师给她溴化钾吃,"家庭女教师说,"可是我发觉她吃下去更糟。依我看来,真要是治心脏,那一定得是药水……我忘记那药水的名字了……是铃兰滴剂吧,对不对?"

随后她又详详细细解释一番。她打断医师的话,妨碍他讲话。她脸上带着操心的神情,仿佛认为自己既是全家当中顶有学问的人,那就应该跟医师连绵不断地谈下去,而且一定得谈医学。

科罗廖夫觉得厌烦了。

"我认为这病没有什么大关系,"他走出卧房,对那位母亲说,"既然您的女儿由厂医在看病,那就让他看下去好了。这以前他下的药都是对的,我看用不着换医师。何必换呢?这是普普通通的小病,没什么大不了的……"

他从容地讲着,一面戴手套,可是利亚利科娃太太站在那儿一动也不动,用泪汪汪的眼睛瞧着他。

"现在离十点钟那班火车只差半个钟头了,"他说,"我希望我不要误了车才好。"

"您不能在我们这儿住下吗?"她问,眼泪又顺着她的脸颊流下来了,"我不好意思麻烦您,不过求您行行好……看在上帝面上,"她接着低声说,朝门口看一眼,"在我们这儿住一夜吧。她是我的命根子……独生女……昨天晚上她把我吓坏了,我都沉不住气了……看在上帝面上,您别走!……"

他本来想对她说他在莫斯科还有许多工作要做,说他家里的人正在等他回去,他觉着在陌生人家里毫无必要地消磨一个黄昏再过一个通宵是一件苦事,可是他看了看她的脸,就叹一口气,一言不发地把手套脱掉了。

为了他,客厅和休息室里的灯和蜡烛全点亮了。他在钢琴前面坐下来,翻一会儿乐谱,然后瞧墙上的画片,瞧画像。那些画片是油画,镶着金边框子,画的是克里米亚的风景,浪潮澎湃的海上浮着一条小船,一个天主教教士拿着一个酒杯,那些画儿全都干巴巴,过分雕琢,没有才气……画像上也没有一张美丽的、顺眼的脸,尽是些高颧骨和惊讶的眼睛。丽莎的父亲利亚利科夫前额很低,脸上带着扬扬得意的表情,他的制服像口袋似的套在他那魁伟强壮的身子上面,胸前戴着一个奖章和一个红十字章。房间里缺乏文雅的迹象,奢华的布置也是偶然凑成,并不是精心安排的,一点也不舒适,就跟那套制服一样。地板亮得照眼,枝形吊灯架也刺眼,不知什么缘故他想起一段故事,讲的是一个商人,就是去洗澡的时候,脖子上也套着一个奖章……

从前厅传来交头接耳的语声,有人在轻声地打鼾。忽然,房子外面传来金属的、刺耳的、时断时续的声音,那是科罗廖夫以前从没听到过的,现在他也不懂那是什么声音。这响声在他的心里挑起奇特的、不愉快的反应。

"看样子,怎么也不该留在这儿住下……"他想,又去翻乐谱。

"大夫,请来吃点东西!"家庭女教师低声招呼他。

他去吃晚饭。饭桌很大,上面摆着许许多多凉菜和酒,可是吃晚饭的只有两个人:他和赫里斯京娜·德米特里耶夫娜。她喝红葡萄酒,吃得很快,一面戴起夹鼻眼镜瞧他,一面说话:

"这儿的工人对我们很满意。每年冬天我们工厂里总要演剧,由工人自己演。他们常听到有幻灯片配合的朗读会,他们有极好的茶室,看样子,他们真是要什么有什么。他们对我们很忠心,听说丽桑卡病重了,就为她做祈祷。虽然他们没受过教育,倒是些有感情的人呢。"

"你们这家里仿佛没有一个男人。"科罗廖夫说。

"一个也没有。彼得·尼卡诺雷奇已经在一年半以前去世,剩下来的只有我们这些女人了。因此,这儿一共只有我们三个人。夏天,我们住在这儿,冬天呢,我们住在莫斯科或者波梁卡。我在她们这儿已经住了十一年。跟自家人一样了。"

晚饭有鲟鱼、鸡肉饼、糖煮水果,酒全是名贵的法国葡萄酒。

"请您别客气,大夫,"赫里斯京娜·德米特里耶夫娜说,吃着,攥着拳头擦嘴。看得出来,她觉得这儿的生活满意极了,"请再吃一点。"

饭后,医师被人领到为他准备好床铺的房间里去了。可是他还没有睡意。房间里闷得很,而且有油漆的气味,他就披上大衣,出去了。

外面天气凉爽,天空已经现出微微的曙光,那五座竖着高烟囱的大厂房、棚子、货栈在潮湿的空气里清楚地显出轮廓。由于假日到了,工人没有做工,窗子里漆黑,只有一座厂房里还生着炉子,有两个窗子现出红光,从烟囱里冒出来的烟偶尔裹着火星。院子外边远远的有青蛙呱呱地叫,夜莺在歌唱。

他瞧着厂房和工人在其中睡觉的棚子,又想起每逢看见工厂的时候总会想到的种种念头。尽管让工人演剧啦,看幻灯片啦,请厂医啦,进行各式各样的改良措施啦,可是他今天从火车站来一路上所遇见的工人,跟许久以前,在没有工厂戏剧和种种改良措施以前,他小时候看见的那些工人相比仍旧没有什么两样。他作为医师,善于正确判断那种根本病因无法查明,因而无法医治的慢性病,他把工厂也看做一种不能理解的东西,它的存在原因也不明不白,而且没法消除。他并不是认为凡是改善工人生活的种种措施都是多余的,不过这跟医治不治之症一样。

“当然,这是一种不能理解的事……”他想,瞧着暗红色的窗子,“一千五百到两千个工人在不健康的环境里不停地做工,做出质地粗劣的印花布,半饥半饱地生活着,只有偶尔进了小酒店才会从这种噩梦里渐渐醒过来。另外还有百把人监督工人做工,这百把人一生一世只管记录工人的罚金,骂人,态度不公正,只有两三个所谓的厂主,虽然自己一点工也不做,而且看不起那些糟糕的印花布,倒坐享工厂的利益。可是,那是什么样的利益呢?他们在怎样享受呢?利亚利科娃和她女儿都悲悲惨惨,谁瞧见她们都会觉得可怜,只有赫里斯京娜·德米特里耶夫娜一个人,那戴夹鼻眼镜的、相当愚蠢的老处女,才生活得满意。这么说起来,这五座大厂房里所以有那么多人做工,次劣的花布所以在东方的市场上销售,只是为了叫赫里斯京娜·德米特里耶夫娜一个人可以吃到鲟鱼,喝到红葡萄酒罢了。”

忽然传来一种古怪的声音,就是晚饭以前科罗廖夫听到的那种声音。不知是谁,在一座厂房的近旁敲着一片金属的板子。他敲出一个响声来,可又马上止住那震颤的余音,因此成了一种短促而刺耳的、不畅快的响声,听上去好像"杰儿……杰儿……杰儿……"然后稍稍沉静一会儿,另一座厂房那边也传来同样断断续续的、不好听的响声,那声音更加低沉:"德雷恩……德雷恩……德雷恩……"敲了十一回。显然,这是守夜人在报时:现在是十一点钟了。

他又听见第三座厂房旁边传来:"扎克……扎克……扎克……"于是所有的厂房旁边全都响起了声音,随后木棚背后和门外也有了。在夜晚的静寂里,这些声音好像是那个瞪着红眼的怪物发出来的,那怪物是魔鬼,他在这儿既统制着厂主,也统制着工人,同时欺骗他们双方。

科罗廖夫走出院子,来到空旷的田野上。

"谁在走动?"有人用粗鲁的声音在门口对他喊了一声。

"就跟在监狱里一样……"他想,什么话也没有回答。

走到这儿,夜莺和青蛙的叫声听起来更清楚一点,人可以感到这是五月间的夜晚了。车站那边传来火车的响声。不知什么地方,有几只没睡醒的公鸡喔喔地啼起来,可是夜晚仍旧平静,世界恬静地睡着了。离工场不远的一块空地上,立着一个房架子,那儿堆着建筑材料。科罗廖夫在木板上坐下来,继续思索:

"在这儿觉得舒服的只有女家庭教师一个人,工人做工是为了使她得到满足。不过,那只是表面看来是这样,她在这儿只不过是傀儡罢了。主要的东西是魔鬼,这儿的一切事都是为他做的。"

他想着他不相信的魔鬼,回过头去眺望那两扇闪着火光的窗子。他觉得,仿佛魔鬼正在用那两只红眼睛瞧着他似的,他就是那个创造了强者和弱者相互关系的来历不明的力量,创造了这个现在没法纠正过来的大错误。强者一定要妨害弱者生活下去,这是大自然的法则,可是这种话只有在报纸的论文里或者教科书上才容易使人了解,容易被人接受。至于在日常生活所表现的纷扰混乱里面,在编织着人类关系的种种琐事的错综复杂里面,那条法则却算不得一条法则,反而成了逻辑上的荒谬,因为强者也好,弱者也好,同样在他们的相互关系下受苦,不由自主屈从着某种来历不明的、站在生活以外的、跟人类不相干的支配力量。科罗廖夫就这么坐在木板上想心事,他渐渐生出一种感觉,仿佛那个来历不明的神秘力量真就在自己附近,瞧着他似的。这之际,东方越来越白,时间过得很快。附近连一个人影也没有,仿佛万物都死了似的,在黎明的灰白背景上,那五座厂房和它们的烟囱显得样子古怪,跟白天不一样。人完全忘了那里面有蒸汽发动机,有电气设备,有电话,却不知怎的,一个劲儿想着水上住宅①,想着石器时代,同时感到冥冥之中存在着一种粗暴的、无意识的力量……

又传来那响声:

“杰儿……杰儿……杰儿……杰儿……”

十二下。随后沉寂了,沉寂了这么半分钟,院子的另一头又响起来:

“德雷恩……德雷恩……德雷恩……”

“难听极了!”科罗廖夫想。

“扎克……扎克……”另外一个地方响起来,声音断断续续,尖锐,仿佛很烦躁似的,“扎克……扎克……”

---

① 指古昔湖上生活时代。

为了报告十二点钟,前后一共要用去四分钟工夫。随后大地沉寂了,又给人那种印象,仿佛四周的万物都死去了似的。

科罗廖夫再略略坐一会儿,就走回正房去,可是在房间里又坐了很久,没有上床睡觉。隔壁那些房间里,有人低声说话,有拖鞋的声音,还有光脚走路的声音。

"莫非她又发病了?"科罗廖夫想。

他走出去看一看病人。各房间里已经很亮,一道微弱的阳光射透晨雾,照在客厅的地板上和墙上,颤抖着。丽莎的房门开着,她本人坐在床旁边一张安乐椅上,穿着长袍,没有梳头,围着披巾。窗帘放下来。

"您觉得怎样?"科罗廖夫问。

"谢谢您。"

他摸摸她的脉搏,然后把披在她额头上的头发理一理好。

"原来您没有睡觉,"他说,"外面天气好得很,这是春天了,夜莺在唱歌,您却坐在黑地里想心事。"

她听着,瞧着他的脸,她的眼神忧郁而伶俐。看得出来她想要跟他说话。

"您常这样吗?"他问。

她动一动嘴唇,回答说:

"常这样。我几乎每夜都难熬。"

这当儿院子里守夜人开始报告两点钟了。他们听见:"杰儿……杰儿……"她打了个冷战。

"打更的声音搅得您心不定吗?"他问。

"我不知道。这儿样样事情都搅得我心不定,"她回答说,随后思考了一下,"样样事情都搅得我心不定。我听出您的说话声音里含着同情。我头一眼看见您的时候,不知什么缘故,就觉得样样事都可以跟您谈一谈。"

"那我就请求您谈一谈吧。"

"我要对您说一说我自己的看法。我觉得自己好像没什么病,只是我心不定,我害怕,因为处在我的地位一定会这样,没有别的办法。就是一个顶健康的人,比方说,要是有个强盗在他窗子底下走动,那他也不会不心慌。常常有医师给我看病,"她接着说,眼睛瞧着自己的膝头,现出羞答答的微笑,"当然,我心里很感激,也不否认看病有好处,可是我只盼望跟一个亲近的人谈谈心,倒不是跟医师谈心,而是跟一个能了解我,也指得出我对或者不对的朋友谈心。"

"难道您没有朋友吗?"科罗廖夫问。

"我孤孤单单。我有母亲,我爱她,不过我仍旧孤孤单单。生活就是这个样子……孤独的人老是看书,却很少开口,也很少听到别人的话。在他们,生活是神秘的。他们是神秘主义者,常常在没有魔鬼的地方看见魔鬼。莱蒙托夫的达玛拉①是孤独的,所以她看见了魔鬼。"

"您老是看书吗?"

"对了。您要知道,我从早到晚,全部时间都闲着没事干。我白天看书,到了夜里脑子中空空洞洞,思想没有了,只有些阴影。"

"夜里您看见什么东西吗?"科罗廖夫问。

"没有看见什么,可是我觉着……"

她又微微地笑,抬起眼睛来瞧医师,那么忧郁、那么伶俐

<hr>

① 俄国诗人莱蒙托夫的长诗《恶魔》中的女主人公。

地瞧着他。他觉得她仿佛信任他，要跟他诚恳地谈一谈似的，她也正在那样想。不过她沉默着，也许在等他开口吧。

他知道应该对她说些什么话才对。他明明白白地觉得她得赶快丢下五座厂房和日后会继承到的百万家财，要是他处在她的地位，就会离开这个夜间出巡的魔鬼，他同样明明白白地觉得她自己也在这样想，只等着一个她信任的人来肯定她的想法罢了。

可是他不知道该怎么说才好。怎么说呢？对于已判决的犯人，谁也不好意思问他一声为了什么事情判的罪，同样，对于很有钱的人，谁也不便问一声他们要那么些钱有什么用，为什么他们这么不会利用财富，为什么他们甚至在看出财产造成了他们的不幸的时候还不肯丢掉那种财产。要是谈起这种话来，人照例会觉着难为情，发窘，而且会说得很长的。

"怎么说才好呢？"科罗廖夫暗自盘算着，"再者，有必要说出来吗？"

他没有率直地把心里要说的话说出来，而是转弯抹角地说了一下：

"您处在工厂主人和富足的继承人的地位，却并不满足；您不相信您有这种权利。于是现在，您睡不着觉了。这比起您满足，睡得酣畅，觉得样样事情都顺心当然好得多。您这种失眠是引人起敬的。不管怎样，这是个好兆头。真的，我们现在所谈的这些话在我们父母那一辈当中是不能想象的。他们夜里并不谈话，而是酣畅地睡觉。我们，我们这一代呢，却睡不好，受着煎熬，谈许许多多话，老是想判断我们做得对还是不对。然而，到我们的子孙辈，这个对不对的问题就已经解决了。他们看起事情来会比我们清楚得多。过上五十年光景，生活一定会好过了；只是可惜我们活不到那个时候。要是能够看一眼那时候的生活才有意思呢。"

"我们的子孙处在我们的地位上会怎么办呢？"丽莎问。

"我不知道……大概他们会丢开一切，走掉吧。"

"上哪儿去呢？"

"上哪儿去吗？……咦，爱上哪儿去就上哪儿去啊，"科罗廖夫说，笑起来，"一个有头脑的好人有的是地方可去。"

他看一看表。

"可是，太阳已经升起来了，"他说，"您该睡觉了。那就脱掉衣服，好好睡吧。我认识了您，很高兴，"他接着说，握了握她的手，"您是一个很有趣味的好人。晚安！"

他走回自己的房间，上床睡觉了。

第二天早晨，一辆马车被叫到门前来了，她们就都走出来，站在台阶上送他。丽莎脸色苍白，形容憔悴，头发上插一朵花，身上穿一件白色连衣裙，像过节似的。跟昨天一样，她忧郁地、伶俐地瞧着他，微微笑着，说着话，时时刻刻现出一种神情，仿佛她要告诉他——只他一个人——什么特别的、要紧的事情似的。人们可以听见百灵鸟啭鸣，教堂里钟声叮当地响。厂房的窗子明晃晃地发亮。科罗廖夫坐着车子走出院子，然后顺着大路往火车站走去，这时候他不再想那些工人，不再想水上住宅，不再想魔鬼，只想着那个也许已经很近了的时代，到那时候，生活会跟这宁静的星期日早晨一样的光明畅快。他心想：在这样的春天早晨，坐一辆由三匹马拉着的好马车出来，晒着太阳，是多么愉快啊。

1898 年

宝 贝 儿

退休的八品文官普列米扬尼科夫的女儿奥莲卡①，坐在当院的门廊上，想心事。天气挺热，苍蝇讨厌地钉着人，不飞走。人想到不久就要天黑，心里那么痛快。乌黑的雨云从东方推上来，潮湿的空气时不时地从那边吹来。

库金站在院子中央，瞧着天空。他是剧团经理人，经营着"季沃里"游乐场，他本人就寄住在这个院里的一个厢房内。

"又要下雨了！"他灰心地说，"又要下雨了！天天下雨，天天下雨，好像故意跟我为难似的！这简直是要我上吊！这简直是要我破产！天天要赔一大笔钱！"

他举起双手一拍，朝奥莲卡接着说：

"喏！奥莉加·谢苗诺夫娜，我们过的就是这种日子。真要叫人哭一场！一个人好好工作，尽心竭力，筋疲力尽，夜里也睡不着觉，老是想怎样才能干好。可是结果怎么样？先不先，观众就是些没知识的人，野蛮人。我为他们排顶好的小歌剧、精致的仙境剧，请第一流的演唱家，可是难道他们要看吗？你当是他们看得懂？他们只要看滑稽的草台戏哟！给他们排庸俗的戏就行！其次，请您看看这天气吧，差不多天天晚上都下雨。从五月十号起下开了头,一连下了整整一个五月和一个六月。简直要命!看戏的一个也不来,可是租钱我不是照旧得付?演员的工钱我不是也照旧得给?"

第二天傍晚,阴云又四合了,库金歇斯底里般地狂笑着说:

"那有什么关系?要下雨就下吧!下得满花园灌满水,把我活活淹死就是!叫我这辈子倒霉,到了下一个世界也还是倒霉!让那些演员把我扭到法院去就是!法院算得了什么?索性把我发配到西伯利亚去做苦工好了!送上断头台就是!哈哈哈!"

到第三天还是那一套……

奥莲卡默默地、认真地听库金说话,有时候眼泪从她的眼眶里滚出来。临了,他的不幸打动她的心,她爱上他了。他又矮又瘦,脸色发黄,头发往两边分梳,讲话用的是尖细的男高音,他一讲话就撇嘴。他脸上老是有灰心的神情,可是他还是在她心里挑起一种真正的深厚感情。她老得爱一个人,不这样就不行。早先,她爱她爸爸,现在他害了病,在一个黑房间里坐在一把圈椅上,呼吸困难。她还爱过她的姑妈,往常她姑妈隔一年总要从布良斯克来一回。再往前推,她在上初级中学的时候,爱过她的法语教师。她是个文静的、心好的、体贴人的姑娘,生着温顺柔和的眼睛和很结实的身子。男人要是看见她那胖嘟嘟的红脸蛋儿,看见她那生着一颗黑痣的、柔软白净的脖子,看见她一听到什么愉快的事情脸上就绽开的天真善良的笑容,就会暗想:"对了,这姑娘挺不错……"就也微微地笑,女客呢,在谈话中间往往情不自禁,忽然拉住她的手,忍不住满心爱悦地说:

"宝贝儿!"

这所房子坐落在城边茨冈区,离"季沃里"游乐场不远,她从生出来那天起就一直住在这所房子里,而且她父亲在遗嘱里已经写明这房子将来归她所有。一到傍晚和夜里,她就听见游乐场里乐队奏乐,鞭炮噼啪地爆响,她觉得这是库金在跟他的命运打仗,猛攻他的大仇人——淡漠的观众,她的心就甜蜜地缩紧,她没有一点睡意了。等到天快亮了,他回到家来,她就轻轻地敲自己寝室的窗子,隔着窗帘只对他露出她的脸和一边的肩膀,温存地微笑着……

他就向她求婚,他们结了婚。等到他挨近她,看清她的脖子和丰满结实的肩膀,他就举起双手轻轻一拍,说:

"宝贝儿!"

他幸福,可是因为结婚那天昼夜下雨,灰心的表情就始终没有离开他的脸。

他们婚后过得很好。她掌管他的票房,照料游乐场的内务,记账,发工钱。她那绯红的脸蛋儿,可爱而天真的、像在发光的笑容,时而在票房的小窗子里,时而在饮食部里,时而在后台,闪来闪去。她已经常常对她的熟人说,世界上顶了不起、顶重要、顶不能缺少的东西就是剧院,只有在剧院里才可以享受到真正的快乐,才会变得有教养,有人道主义精神。

"可是难道观众懂得这层道理吗?"她说,"他们只要看滑稽的草台戏!昨天晚场我们演改编的《浮士德》,差不多全场的包厢都空着,不过要是万尼奇卡和我叫他们上演一出庸俗的戏,那您放心好了,剧院里倒会挤得满满的。明天万尼奇卡和我叫他们上演'奥尔菲欧司在地狱'。请您过来看吧。"

凡是库金讲到剧院和演员的话,她统统学说一遍。她也跟他一样看不起观众,因为他们无知,对艺术冷淡。她在彩排的时候出头管事,纠正演员的动作,监视乐师的品行。遇到本城报纸上发表对剧院不满意的评论,她就流泪,然后跑到报馆编辑部去疏通。

演员们喜欢她,说"我和万尼奇卡"和"宝贝儿"。她怜惜他们,稍稍借给他们一点钱。要是他们偶尔骗了她,她就偷偷流几滴眼泪,可是不告到她丈夫那儿去。

冬天他们也过得很好。整个一冬,他们租下本城的剧院演戏,只留出短短的几个空当,或是让给小俄罗斯的剧团,或是让给魔术师,或是让给本地业余爱好者上演。奥莲卡发胖了,由于心满意足而容光焕发。库金却黄下去,瘦下去,抱怨赔累太大,其实那年冬天生意不错。每天夜里他都咳嗽,她就给他喝覆盆子花汁和菩提树花汁,用香水擦他的身体,拿软和的披巾包好他。

"你真是我的心上人!"她将平他的头发,十分诚恳地说,"你真招我疼!"

到四旬斋①,他动身到莫斯科去请剧团。他一走,她就睡不着觉,老是坐在窗前,瞧着星星。这时候她就把自己比作母鸡:公鸡不在窠里,母鸡也总是通宵睡不着,心不定。库金在莫斯科耽搁下来,写信回来说到复活节才能回来,此外,关于"季沃里"他还在信上交代了几件事。可是到受难节②前的星期一,夜深了,忽然传来不吉利的敲门声,不知道是谁在用劲捶那便门,就跟捶一个大桶似的——嘭嘭嘭!睡意蒙眬的厨

---

① 基督教的大斋期,在复活节前的四十日内,纪念耶稣在荒野绝食。
② 基督教的节日,在复活节前的一周,纪念耶稣受难。

娘光着脚啪嗒啪嗒地踩过泥水塘,跑去开门。

"劳驾,请开门!"有人在门外用低沉的男低音说,"有一封你们家的电报!"

奥莲卡以前也接到过丈夫的电报,可是这回不知什么缘故,她简直吓呆了。她用颤抖的手拆开电报,看见了如下的电文:

> 伊万·彼得罗维奇今日突然去世星期二究应如河殡葬请吉示下。

电报上真是那么写的——如"河"殡葬,还有那个完全讲不通的字眼"吉"。电报上是歌剧团导演署的下款。

"我的亲人!"奥莲卡痛哭起来,"万尼奇卡呀,我的爱人,我的亲人!为什么当初我跟你要相遇?为什么我要认识你,爱上你啊?你把你这可怜的奥莲卡,可怜的、不幸的人丢给谁哟?……"

星期二他们把库金葬在莫斯科的瓦冈科沃墓地。星期三奥莲卡回到家,刚刚走进房门,就往床上一倒,放声大哭,声音响得隔壁院子里和街上全听得见。

"宝贝儿!"街坊说,在自己胸前画十字,"亲爱的奥莉加·谢苗诺夫娜,可怜,这么难过!"

三个月以后,有一天,奥莲卡做完弥撒走回家去,悲悲切切,深深地哀伤。凑巧有一个她的邻居瓦西里·安德烈伊奇·普斯托瓦洛夫,也从教堂走回家去,跟她并排走着。他是商人巴巴卡耶夫木材场的经理。他戴一顶草帽,穿一件白坎肩,坎肩上系着金表链,看上去与其说像商人,还不如说像地主。

"万事都由天定，奥莉加·谢苗诺夫娜，"他庄严地说，声音里含着同情的调子，"要是我们的亲人死了，那一定是出于上帝的旨意，遇到那种情形我们应当忍住悲痛，逆来顺受才对。"

他把奥莲卡送到门口，对她说了再会，就往前走了。这以后，那一整天，她的耳朵里老是响着他那庄严的声音，她一闭眼就仿佛看到他那把黑胡子。她很喜欢他。而且她明明也给他留下了好印象，因为不久以后就有一位不大熟识的、上了岁数的太太到她家里来喝咖啡，刚刚在桌旁坐定就立刻谈起普斯托瓦洛夫，说他是一个可靠的好人，随便哪个到了结婚年龄的姑娘都乐于嫁给他。三天以后，普斯托瓦洛夫本人也亲自上门来拜访了。他没坐多久，只不过十分钟光景，说的话也不多，可是奥莲卡已经爱上他了，而且爱得那么深，通宵都没睡着，浑身发热，好像害了热病，到第二天早晨就派人去请那位上了岁数的太太来。婚事很快就讲定，随后举行了婚礼。

普斯托瓦洛夫和奥莲卡婚后过得很好。通常，他坐在木材场里直到吃午饭的时候，饭后就出去接洽生意，于是奥莲卡就替他坐在办公室里，算账，卖货，直到黄昏时候才走。

"如今木材一年年贵起来，一年要涨两成价钱，"她对顾客和熟人说，"求主怜恤我们吧，往常我们总是卖本地的木材，现在呢，瓦西奇卡只好每年到莫吉列夫省去办木材了。运费好大呀！"她接着说，现出害怕的神情双手捂住脸，"好大的运费！"

她觉得自己仿佛已经做过很久很久的木材买卖，觉得生活中顶要紧、顶重大的东西就是木材。什么"梁木"啦，"原木"啦，"薄板"啦，"护墙板"啦，"箱子板"啦，"板条"啦，"木块"啦，"毛板"啦等等，在她听来，那些字音总含着点亲切动人的意味。……夜里睡觉以后，她梦见薄板和木板堆积如山，长得没有尽头的一串大车载着木材从城外远远的什么地方走来。她还梦见一大批十二俄尺高、五俄寸厚的原木竖起来，在木材场上开步走，于是原木、梁木、毛板，彼此相碰，发出干木头的嘭嘭声，一会儿倒下去，一会儿又竖起来，互相重叠着。奥莲卡在睡梦中叫起来，普斯托瓦洛夫就对她温柔地说：

"奥莲卡，你怎么了，亲爱的？在胸前画十字吧。"

丈夫怎样想，她也就怎样想。要是他觉得房间里热，或者现在生意变得清淡，她就也那么想。她丈夫不喜欢任何娱乐，遇到节日总是待在家里。她就也照那样做。

"你们老是待在家里或者办公室里，"熟人们说，"你们应当去看看戏剧才对，宝贝儿，要不然就去看一看杂技也是好的。"

"瓦西奇卡和我没有工夫上剧院去，"她庄重地回答说，"我们是工作的人，我们可没有工夫去看那些胡闹的东西。看戏剧有什么好处呢？"

每到星期六普斯托瓦洛夫和她总是去参加彻夜祈祷，遇到节日就去做晨祷。他们从教堂出来，并排走回家去的时候，总是现出感动的脸容。他们俩周身都有一股好闻的香气，她的绸子连衣裙发出好听的沙沙声。在家里，他们喝茶，吃奶油面包和各种果酱，然后他们吃馅饼。每天中午，他们院子里和大门外街道上，总有红甜菜汤、煎羊肉，或者烧鸭子等等喷香的气味，遇到斋日就有鱼的气味，谁走过他们家的大门口都不能不犯馋。在办公室里，茶炊老是滚沸，他们招待顾客喝茶，吃面包圈。两夫妇每个星期去洗一回澡，并肩走回家来，两个人都是满面红光。

"没什么,我们过得挺好,谢谢上帝,"奥莲卡常常对熟人说,"只求上帝让人人都能过着瓦西奇卡和我这样的生活就好了。"

每逢普斯托瓦洛夫到莫吉列夫省去采办木材,她总是十分想念他,通宵睡不着觉,哭。有一个军队里的年轻兽医斯米尔宁寄住在她家的厢房里,有时候傍晚来看她。他来跟她谈天,打牌,这样就解了她的烦闷。特别有趣味的是他自己的家庭生活的种种事情。他结过婚了,有一个儿子,可是他跟妻子分居,因为她对他变了心,现在他还恨她,每月汇给她四十卢布做儿子的生活费。听到这些话,奥莲卡就叹气,摇头,替他难过。

"唉,求上帝保佑您,"在分手时候,她对他说,举着蜡烛送他下楼,"谢谢您来给我解闷儿,求上帝赐给您健康,圣母……"

她学丈夫的样,神情总是十分庄严稳重。兽医已经走出楼下的门外,她喊住他,说:

"您要明白,弗拉基米尔·普拉托内奇,您应当跟您的妻子和好。您至少应当看在儿子的分上原谅她!……您放心,那小家伙心里一定都明白。"

等到普斯托瓦洛夫回来,她就把兽医和他那不幸的家庭生活低声讲给他听,两个人就叹气,摇头,谈到那男孩,说那孩子一定想念父亲。后来,由于思想上发生了某种奇特的联系,他们两个都到圣像前面去,双双跪下叩头,求上帝赐给他们儿女。

就是这样,普斯托瓦洛夫夫妇在相亲相爱和融洽无间里平静安分地过了六年。可是,唉,一年冬天,瓦西里·安德烈伊奇在场里喝饱热茶,没戴帽子就走出门去卖木材,得了感冒,病了。她请来顶好的医生给他治病,可是病一天天重下去,过了四个月他就死了。奥莲卡就又守寡了。

"你把我丢给谁啊,我的亲人?"她送丈夫下葬后痛哭道,"现在没有了你,我这个苦命的不幸的人怎么过得下去啊?好心的人们,可怜可怜我这个无依无靠的孤魂吧……"

她穿上黑衣服,缝上白丧章,永远不戴帽子和手套了。她不大出门,只是间或到教堂去或者到丈夫的坟上去,老是待在家里,跟修道女一样。直到六个月以后,她才去掉白丧章,开了护窗板。有时候可以看见她早晨跟她的厨娘一块儿上市场去买菜,可是现在她在家里怎样生活,她家里情形怎样,那就只能猜测了。大家也真是在纷纷猜测,因为常看见她在自家的小花园里跟兽医一块儿喝茶,他对她大声念报上的新闻,又因为她在邮政局遇见一个熟识的女人,对那女人说:

"我们城里缺乏兽医的正确监督,因此发生了很多疾病。常常听说有些人因为喝牛奶得了病,或者从牛马身上招来了病。实际上对家畜的健康应该跟对人类的健康那样关心才对。"

她重述兽医的想法,现在她对一切事情的看法跟他一样了。显然,要她不爱什么人,她就连一年也活不下去,她在她家的厢房里找到了新的幸福。换了别人,这种行径就会受到批评,不过对于奥莲卡却没有一个人能够往坏里想,她生活里的一切事情都可以得到谅解。他们俩的关系所起的变化,她和兽医都没对外人讲,还极力隐瞒着,可是这还是不行,因为奥莲卡守不住秘密。每逢他屋里来了客人,军队里的同行,她就给他们斟茶,或者给他们开晚饭,谈起牛瘟,谈起家畜的结核病,谈起本市的屠宰场。他呢,忸怩不安,等到客人散掉,他就抓住她的手,生气地轻声说:

"我早就要求过你别谈你不懂的事! 我们兽医谈到我们的本行的时候,你别插嘴。这真叫人不痛快!"

她惊讶而且惶恐地瞧着他,问道:

"可是,沃洛杰奇卡,那要我谈什么好呢?"

她眼睛里含着一泡眼泪,搂住他,求他别生气。他们俩就都快活了。

可是这幸福没有维持多久。兽医动身,随着军队开拔,从此不回来了,因为军队已经调到很远的什么地方去,大概是西伯利亚吧。于是剩下奥莲卡孤单单一个人了。

现在她简直孤苦伶仃了。父亲早已去世,他的圈椅扔在阁楼上,布满灰尘,缺了一条腿。她瘦了,丑了,人家在街上遇到她,已经不照往常那样瞧她,也不对她微笑了。显然好岁月已经过去,落在后面。现在她得开始过一种新的生活,一种不熟悉的生活,关于那种生活还是不要去想的好。傍晚,奥莲卡坐在门廊上,听"季沃里"的乐队奏乐,鞭炮噼啪地响,可是这已经不能在她心头引起任何思想了。她漠不关心地瞧她的空院子,什么也不想,什么也不盼望,然后等到黑夜降临,就上床睡觉,梦见她的空院子。她固然也吃也喝,不过那好像是出于不得已似的。

顶顶糟糕的是,她什么见解都没有了。她看见她周围的东西,也明白周围发生些什么事情,可是对那些东西和事情没法形成自己的看法,也不知道该说什么好。没有任何见解,那是多么可怕呀! 比方说,她看见一个瓶子,看见天在下雨,或者看见一个乡下人坐着大车走过,可是她说不出那瓶子、那雨、那乡下人为什么存在,它们有什么意义,哪怕拿一千卢布给她,她也什么都说不出来。当初跟库金或普斯托瓦洛夫在一块儿,后来跟兽医在一块儿的时候,样样事情奥莲卡都能解释,随便什么事她都说得出自己的见解,可是现在,她的脑子里和她的心里,就跟那个院子一样空空洞洞。生活变得又可怕又苦涩,仿佛嚼苦艾一样。

渐渐,这座城向四面八方扩张开来。茨冈区已经叫做大街,"季沃里"游乐场和木材场的原址已经辟了一条条巷子,造了新房子。光阴跑得好快!奥莲卡的房子发黑,屋顶生锈,板棚歪斜,整个院子生满杂草和荆棘。奥莲卡自己也老了,丑了。夏天,她坐在走廊上,她心里跟以前一样又空洞又烦闷,充满苦味。冬天,她坐在窗前赏雪。每当她闻到春天的清香,或者风送来教堂的叮当钟声的时候,往事的记忆就突然涌上她的心头,她的心甜蜜地缩紧,眼睛里流出一汪汪眼泪,可是这也只不过有一分钟的工夫,过后心里又是空空洞洞,自己也不知道为什么要活着。黑猫布雷斯卡依偎着她,柔声地咪咪叫,可是这种猫儿的温存不能打动奥莲卡的心。她可不需要这个!她需要的是那种能够抓住她整个身心、整个灵魂、整个理性的爱,那种给她思想、给她生活方向、温暖她的老血的爱。她把黑猫从裙子上抖掉,心烦地对它说:

"走开,走开!……用不着待在这儿!"

照这样,一天天,一年年,过去了,没有一点快乐,没有一点见解。厨娘玛夫拉说什么,她就听什么。

七月里有一天很热,将近傍晚,城里的牲口刚沿街赶过去,整个院里满是飞尘,像云雾一样,忽然有人来敲门了。奥莲卡亲自去开门,睁眼一看,不由得呆住了:原来门外站着兽医斯米尔宁,白发苍苍,穿着便服。她忽然想起了一切,忍不住哭起来,把头偎在他的胸口,一句话也说不出来。她非常激动,竟没有注意到他们俩后来怎样走进房子,怎样坐下来喝茶。

"我的亲人!"她嘟哝着说,快活得发抖,"弗拉基米尔·普拉托内奇! 上帝从哪儿把你送来的?"

"我要在此地长住下来,"他说,"我已经退休,上这儿来打算凭自己的能力谋生计,过一种安定的生活。况且,现在我的儿子已经应该上学了。他长大了。您要知道,我已经跟我的妻子和好了。"

"她在哪儿呢?"奥莲卡问。

"她跟儿子一块儿在旅馆里,我这是出来找房子的。"

"主啊,圣徒啊,就住到我的房子里来好了! 这里还不能安个家吗? 咦,主啊,我又不要你们出房钱,"奥莲卡着急地说,又哭起来,"你们住在这边屋里,我搬到厢房里去住就行了。主啊,我好高兴!"

第二天房顶就上漆,墙壁刷白粉,奥莲卡把两只手叉在腰上,在院子里走来走去发命令。她的脸上现出旧日的笑容,她全身都活过来,精神抖擞,仿佛睡了一大觉,刚刚醒来似的。兽医的妻子到了,那是一个又瘦又丑的女人,留着短短的头发,现出任性的神情。她带着她的小男孩萨沙,他是一个十岁的小胖子,身材矮小得跟他的年龄不相称,生着亮晶晶的蓝眼睛,两腮有两个酒窝。孩子刚刚走进院子,就追那只猫,立刻传来了他那快活而欢畅的笑声。

"大妈,这是您的猫吗?"他问奥莲卡,"等您的猫下了小猫,请您送给我们一只吧。妈妈特别怕耗子。"

奥莲卡跟他讲话,给他茶喝。她胸膛里的那颗心忽然温暖了,甜蜜蜜地收紧,倒仿佛这男孩是她亲生的儿子似的。每逢傍晚他在饭厅里坐下,温习功课,她就带着温情和怜悯瞧着他,喃喃说:

"我的宝贝儿,漂亮小伙子……我的小乖乖,长得这么白净,这么聪明。"

"'海岛者,一片陆地,周围皆水也。'"他念道。

"海岛者,一片陆地……"她学着说,在多年的沉默和思想空虚以后,这还是她第一回很有信心地说出她的意见。

现在她有自己的意见了。晚饭时候,她跟萨沙的爹娘谈天,说现在孩子们在中学里功课多难,不过古典教育也还是比实科教育强,因为中学毕业后,出路很宽,想当医师也可以,想做工程师也可以。

萨沙开始上中学。他母亲动身到哈尔科夫去看她妹妹,从此没有回来。他父亲每天出门去给牲口看病,往往一连三天不住在家里。奥莲卡觉得萨沙完全没人管,在家里成了多余的人,会活活饿死。她就把他搬到自己的厢房里去住,在那儿给他布置一个小房间。

一连六个月,萨沙跟她一块儿住在厢房里。每天早晨奥莲卡到他的寝室里去,他睡得正香,手放在脸蛋底下,一点儿声息也没有。她不忍心叫醒他。

"萨宪卡①,"她难过地说,"起来吧,乖乖!该上学去了。"

---

① 萨沙和萨宪卡都是亚历山大的爱称。

他就起床，穿好衣服，念完祷告，然后坐下来喝早茶。他喝下三杯茶，吃完两个大面包圈，外加半个法国奶油面包。他还没有完全醒过来，因此情绪不好。

"你还没背熟你那个寓言哪，萨宪卡，"奥莲卡说，瞧着他，仿佛要送他出远门似的，"我为你要操多少心啊。你得用功，学习，乖乖……还得听老师的话才行。"

"嗨，请您别管我的事！"萨沙说。

然后他就出门顺大街上学去了。他身材矮小，却戴一顶大制帽，背一个书包。奥莲卡没一点声息地跟在他后面走。

"萨宪卡！"她叫道。

他回头看，她就拿一个枣子或者一块糖塞在他手里。他们拐弯，走进他学校所在的那条胡同，他害臊了，因为后面跟着一个又高又胖的女人。他回转头来说：

"您回家去吧，大妈。现在我可以自己走到了。"

她就站住，瞧着他的背影，眼也不眨，直到他走进校门口不见了为止。啊，她多么爱他！她往日的爱恋没有一回像这么深，以前她从没像现在她的母性感情越燃越旺的时候那么忘我地、那么无私地、那么快乐地献出自己的心灵。为这个头戴大制帽、脸蛋上有酒窝的、旁人的男孩，她愿意交出她整个的生命，而且愿意带着快乐，带着温柔的泪水交出来。这是为什么呢？谁说得出来这是为什么呢？

她把萨沙送到学校，就沉静地走回家去，心满意足，踏踏实实，满腔热爱。她的脸在最近半年当中变得年轻了，微微笑着，喜气洋洋，遇见她的人瞧着她，都感到愉快，对她说：

"您好，亲爱的奥莉加·谢苗诺夫娜！您生活得怎样，宝贝儿？"

"如今在中学里念书可真难啊,"她在市场上说,"昨天一年级的老师叫学生背熟一个寓言,翻译一篇拉丁文,做一个习题,这是闹着玩的吗? ……唉,小小的孩子怎么受得了?"

她开始讲到老师、功课、课本,她讲的话正好就是萨沙讲过的。

到两点多钟,他们一块儿吃午饭,傍晚一块儿温课,一块儿哭。她服侍他上床睡下,久久地在他胸前画十字,小声祷告,然后她自己也上床睡觉,幻想遥远而朦胧的将来,那时候萨沙毕了业,做了医师或者工程师,有了自己的大房子,买了马和马车,结了婚,生了子女……她睡着以后,还是想着这些,眼泪从她闭紧的眼睛里流下她的脸颊。那只黑猫在她身旁躺着叫道:

"咪……咪……咪……"

忽然,响起了挺响的敲门声。奥莲卡醒过来,害怕得透不出气,她的心怦怦地跳。过半分钟,敲门声又响了。

"这一定是从哈尔科夫打来了电报,"她想,周身开始发抖,"萨沙的母亲要叫他上哈尔科夫去了……哎,主啊!"

她绝望了,她的头、手、脚,全凉了,她觉得全世界再也没有比她更倒霉的人了。可是再过一分钟就传来了说话声:原来是兽医从俱乐部回家来了。

"唉,谢天谢地。"她想。

渐渐的,她心里一块石头落了地,又觉得轻松了。她躺下去,想着萨沙,而萨沙在隔壁房间里睡得正香,偶尔在梦中说:

"我揍你! 滚开! 别打人!"

1899 年

新　娘

一

这时候已经是晚上十点钟光景，一轮明月照着花园。在舒明家里，祖母玛尔法·米哈伊洛夫娜吩咐做的晚祷刚刚完事，娜佳到花园里去溜达一会儿，这时候她看见大厅里饭桌上正在摆小吃，祖母穿着华丽的绸衫在忙这样忙那样。安德烈神甫，大教堂的大司祭，正在跟娜佳的母亲尼娜·伊万诺夫娜谈一件什么事，这时候隔着窗子望过去，母亲在傍晚的灯光下，不知什么缘故，显得很年轻。安德烈神甫的儿子安德烈·安德烈伊奇站在一旁，注意地听着。

花园里安静，凉快，宁静的黑影躺在地上。人可以听见远处，很远的什么地方，大概是城外吧，有些青蛙呱呱的叫声。现在有五月的气息了，可爱的五月啊！你深深地呼吸着，热切地想着：眼下，不是在这儿，而是在别的什么地方，在天空底下，在树木上方，远在城外，在田野上，在树林里，春天的生活正在展开，神秘、美丽、丰富、神圣，那是软弱而犯罪的人所不能理解的。不知因为什么缘故，人恨不得哭一场才好。

她，娜佳，已经二十三岁了。她从十六岁起就热切地盼望着出嫁,现在她总算做了安德烈·安德烈伊奇的未婚妻,这个青年现在正站在窗子里面。她喜欢他,婚期已经定在七月七日,可是她并不高兴,夜里也睡不好,兴致提不起来……厨房是在地下室那一层,从敞开的窗子里,她听见人们忙忙碌碌,刀子叮当响着,安着滑轮的门砰砰地开关,那儿飘来烤鸡和醋渍樱桃的气味。不知什么缘故,她觉得整个生活似乎会永远像现在这样过下去,没有变化,没有尽头!

这时候有一个人从正房走出来,在门廊上站住。这人是亚历山大·季莫费伊奇,或者简单地叫做萨沙。他是大约十天前从莫斯科来到她们家里做客的。很久以前,祖母的一个远亲,贵族出身的穷寡妇玛丽亚·彼得罗夫娜,一个带着病容的、瘦小的女人,常到她们家来请求周济。她有个儿子名叫萨沙。不知什么缘故,大家都说他是出色的画家,等到他母亲去世,祖母为了拯救自己的灵魂就送他到莫斯科的科米萨罗夫斯基学校去念书。大约两年以后他转到一个绘画学校去,在那儿差不多念了十五年书才勉强在建筑系毕业。可是他仍旧没做建筑师,却在莫斯科的一个石印工厂里做事。他差不多每年夏天都到祖母这儿来,总是病得很重,以便休息调养一阵。

他现在穿着一件常礼服,扣上纽扣,下身穿一条旧帆布裤子,裤腿下面都磨破了。他的衬衫没熨过,周身上下有一种没精神的样子。他很瘦,眼睛大,手指头又长又瘦,留着胡子,黑脸膛,不过仍旧挺漂亮。他跟舒明家的人很熟,如同自己的亲人一样,他住在他们家里,觉得跟在自己家里似的。他每回来到这儿所住的那个房间,早就叫做萨沙的房间了。

他站在门廊上,看见娜佳,就走到她面前去。

"你们这儿真好。"他说。

"当然,挺好。您应当在这儿住到秋天再走。"

"是的,大概会这样的。也许我要在你们这儿住到九月间呢。"

他无缘无故地笑起来,在她身旁坐下。

"我正坐在这儿,瞧着妈妈,"娜佳说,"从这儿看过去,她显得那么年轻! 当然,我妈妈有弱点,"她沉默了一会儿,补充说,"不过她仍旧是个不同寻常的女人。"

"是的,她很好……"萨沙同意道,"您的母亲,就她本人来说,当然是一个很善良很可爱的女人,可是……怎么跟您说好呢? 今天一清早我偶然到你们家的厨房里去,在那儿我看见四个女仆干脆睡在地板上,没有床,被褥不像被褥,破破烂烂,臭烘烘,还有臭虫,蟑螂……这跟二十年前一模一样,一点变动也没有。哦,奶奶呢,求上帝保佑她,她毕竟是个老奶奶,不能怪她了。可是要知道,您母亲多半会讲法国话,还参加演出。想来,她总该明白的。"

萨沙讲话的时候,总要把两根瘦长的手指头伸到听话人的面前去。

"不知怎么这儿样样事情我都觉得奇怪,看不惯,"他接着说,"鬼才明白为什么,这儿的人什么事都不做。您母亲一天到晚走来走去,跟一位公爵夫人一样,奶奶也什么事都不做,您呢,也一样。您的未婚夫安德烈·安德烈伊奇也是什么事都不做。"

这种话娜佳去年就听过了,仿佛前年也听过。她知道萨沙一开口,总离不了这一套,从前这种话引得她发笑,可是现在不知什么缘故,她听着心烦了。

"这些话是老生常谈,我早就听厌了,"她说,站起来,"您应当想点比较新鲜的话来说才好。"

他笑了,也站起来,两个人一块儿朝正房走去。她又高又美,身材匀称,这时候挨着他,显得很健康,衣服也很漂亮。这一点她自己也体会到了,就替他难过,而且不知什么缘故觉得挺窘。

"您说了许多不必要的话,"她说,"喏,您方才谈到我的安德烈,可是要知道,您并不了解他。"

"我的安德烈……去他的吧,您的安德烈! 我正在替您的青春惋惜呢。"

等到他们走进大厅,大家已经坐下来吃晚饭了。祖母,或者照这家人的称呼,老奶奶,长得很胖,相貌难看,生着两道浓眉,还有一点点唇髭,说话很响,凭她说话的声音和口气可以看出她在这儿是一家之长。她的财产包括集市上好几排的商店和这所有圆柱和花园的旧式房子,可是她每天早晨祷告,求上帝保佑她别受穷,一面祷告一面还流泪。她的儿媳,娜佳的母亲,尼娜·伊万诺夫娜,生着金黄色头发,腰身束得很紧,戴着夹鼻眼镜,每个手指头上都戴着钻石戒指。安德烈神甫是一个掉了牙齿的瘦老头子,看他脸上的表情,总仿佛要说什么很逗笑的话似的。他的儿子安德烈·安德烈伊奇,娜佳的未婚夫,是一个丰满而漂亮的青年,头发卷曲,样子像是演员或者画家。他们三个人正在谈催眠术。

"你在我这儿再住一个星期,身体就会养好了,"奶奶转过身对萨沙说,"只是务必要多吃一点。看你像个什么样儿!"她叹口气,"你那样儿真可怕! 真的,你简直成了个浪子。"

"挥霍掉父亲所赠的资财以后,"安德烈神甫眼睛里带着笑意,慢吞吞地说,"就跟不通人性的牲口一块儿去过活了①……"

"我喜欢我的爹,"安德烈·安德烈伊奇说,摸摸他父亲的肩膀,"他是个非常好的老人。善良的老人。"

大家沉默了一阵。萨沙忽然笑起来,拿起餐巾捂住嘴。

"这么说来,您相信催眠术喽?"安德烈神甫问尼娜·伊万诺夫娜。

"当然,我也不能肯定说我相信,"尼娜·伊万诺夫娜回答,脸上做出很严肃甚至严厉的表情,"不过必须承认,自然界有许多神秘而无从理解的事情。"

"我完全同意您的话,不过我还得加一句:宗教信仰为我们大大地缩小了神秘的领域。"

一只很肥的大火鸡端上来。安德烈神甫和尼娜·伊万诺夫娜仍旧在谈下去。钻石在尼娜·伊万诺夫娜的手指头上发亮,后来眼泪在她眼睛里发亮,她激动起来了。

"虽然我不敢跟您争论,"她说,"不过您也会同意,生活里有那么多解答不了的谜!"

"我敢向您担保:一个也没有。"

吃过晚饭以后,安德烈·安德烈伊奇拉小提琴,尼娜·伊万诺夫娜弹钢琴为他伴奏。十年以前,他在大学的语文系毕了业,可是从来没在任何地方做过事,也没有固定的工作,只是偶尔应邀参加为慈善目的召开的音乐会。在城里大家都称他为艺术家。

───────────

① 指《新约·路加福音》第十五章所写的浪子故事。

安德烈·安德烈伊奇拉小提琴，大家默默地听着。桌子上，茶炊轻声地滚沸，只有萨沙一个人喝茶。后来，钟敲十二下，小提琴的一根弦忽然断了，大家笑起来，于是忙忙碌碌，开始告辞。

娜佳送未婚夫出门以后，走上楼去，回自己的房间，她和母亲住在楼上（楼下由祖母住着）。楼下，仆人把大厅里的灯熄了，萨沙却仍旧坐在那儿喝茶。他老是照莫斯科的风气喝很久的茶，一回要喝七杯。娜佳脱了衣服上床，很久还听见女仆在楼下打扫，奶奶发脾气。最后一切都安静了，只是偶尔听见萨沙在楼下自己的房间里用男低音不时咳嗽几声。

二

娜佳醒来的时候，大概是两点钟，天在亮起来。守夜人在远处什么地方打更。她不想睡了，床很软，躺着不舒服。娜佳在床上坐起来，想心事，跟过去那些五月里的夜晚一样。她的思想也跟昨天晚上一样，单调、不必要、缠着人不放，总是那一套：安德烈·安德烈伊奇怎样开始向她献殷勤，向她求婚，她怎样接受，后来她怎样渐渐地敬重这个善良而聪明的人。可是现在距离婚期只有一个月了，不知什么缘故，她却开始感到恐惧和不安，仿佛有一件什么不明不白的苦恼事在等着她似的。

"滴克搭克，滴克搭克……"守夜人懒洋洋地敲着，"滴克搭克……"

从旧式的大窗子望出去，她可以看见花园，稍远一点有茂盛的紫丁香花丛，那些花带着睡意，冻得软绵绵的。浓重的白雾缓缓地飘到紫丁香上面,想要盖没它。远处树上,带着睡意的白嘴鸦在呱呱地叫。

"我的上帝啊,为什么我这样苦恼!"

也许每个新娘在婚前都有这样的感觉吧。谁知道呢! 要不然这是萨沙的影响? 可是话说回来,接连几年来,萨沙一直在讲这样的话,好像背书一样,他讲起来总显得很天真,很古怪。可是为什么萨沙还是不肯离开她的头脑呢? 为什么呢?

守夜人早已不打更了。窗子跟前和花园里,鸟儿吱吱地叫,花园里的雾不见了。四下里样样东西都给春天的阳光照亮,就跟被微笑照亮了一样。不久,整个花园被太阳照暖,让阳光爱抚着,苏醒过来,露珠跟钻石那样在叶子上放光,这个早已荒芜的老花园在这个早晨显得那么年轻,华丽。

奶奶已经醒了。萨沙粗声粗气地咳嗽起来。娜佳可以听见他们在楼下端来茶炊,搬动椅子。

时间过得很慢。娜佳早已起来,在花园里散步了很久,早晨却仍旧拖延着不肯过去。

后来尼娜·伊万诺夫娜带着泪痕斑斑的脸出现了,手里拿着一杯矿泉水。她对招魂术①和顺势疗法②很有兴趣,看很多的书,喜欢谈自己心里发生的怀疑。所有这些,依娜佳看来,似乎包含着深刻而神秘的意义。这时候,娜佳吻一吻她的母亲,跟她并排走着。

"您为什么哭了,妈妈?"她问。

"昨天晚上,我开始看一个中篇小说,那里面写一个老人

---

① 一种迷信的法术,信奉者认为能把死人的灵魂招来进行笔谈。
② 某些药物大量用于健康人身上则能产生症状,和要用此种药来治的病的症状相似。用微量此种药物治疗疾病的方法即称顺势疗法。

和他的女儿。老人在一个什么机关办公,不料他的上司爱上了他的女儿。我还没看完,不过其中有一个地方看了叫人忍不住流泪。"尼娜·伊万诺夫娜说,喝一口杯子里的水,"今天早晨我想起来,就又哭了。"

"近些天来我心里那么不快活,"娜佳沉默了一会儿,说,"为什么我夜里睡不着觉?"

"我不知道,亲爱的。每逢我夜里睡不着觉,我就紧紧地闭上眼睛,喏,就照这个样儿,而且暗自想象安娜·卡列宁娜①怎样走路,讲话,或者暗自想象古代历史上的一件什么事情……"

娜佳觉得她母亲不了解她,而且也不可能了解。这还是她生平第一回有这样的感觉,她甚至害怕,想躲起来。她就走回自己的房间去了。

下午两点钟,他们坐下来吃午饭。那天是星期三,正是斋日,因此给祖母端上来的是素的红甜菜汤和鳊鱼粥。

为了跟奶奶逗着玩,萨沙又喝他的荤汤,又喝素甜菜汤。大家吃饭的时候,他却一直说笑话,可是他的笑话说得笨拙,一律含着教训,结果就完全不可笑了。每逢说俏皮话以前,他总要举起很瘦很长跟死人一样的手指头,因而使人想到他病得很重,也许在这个世界上活不久了,谁都会为他难过得想流泪。

饭后奶奶回到自己房间去休息。尼娜·伊万诺夫娜弹了一会儿钢琴,然后也走了。

"啊,亲爱的娜佳,"萨沙开始了照例的午饭后的闲谈,

---

① 托尔斯泰著《安娜·卡列宁娜》中的女主人公。

"您要听我的话才好！您要听我的话才好！"

她坐在一张旧式的圈椅上，背往后靠着，闭上眼睛。他就在房间里慢慢走着，从这头走到那头。

"您要出去念书才好！"他说，"只有受过教育的、神圣的人才是有趣味的人，也只有他们才是社会所需要的。要知道，这样的人越多，天国来到人间也就越快。到那时候，你们这城里就渐渐不会有一块石头留下，一切都会翻个身，一切都会变样，仿佛施了什么魔法似的。到那时候，这儿就会有极其富丽堂皇的大厦、神奇的花园、美妙的喷泉、优秀的人……可是这还算不得顶重要。顶重要的是我们所谓的群众，照现在那样生活着的群众，这种恶劣现象，到那时候就不再存在，因为人人都会有信仰，人人都会知道自己为什么活着，再也不会有人到群众里面去寻求支持。亲爱的，好姑娘，走吧！告诉他们大家：您厌倦了这种一潭死水的、灰色的、有罪的生活。至少您自己要明白这层道理才对！"

"办不到，萨沙。我就要结婚了。"

"唉，得了吧！这种事对谁有必要呢？"

他们走进花园，溜达了一会儿。

"不管怎样吧，我亲爱的，您得想一想，您得明白，你们这种游手好闲的生活是多么不干净，多么不道德，"萨沙接着说，"您得明白，比方说，要是您，您的母亲，您的奶奶，什么事也不做，那就是说别人在为你们工作，你们在吞吃别人的生命，难道这样干净吗，不肮脏吗？"

娜佳想说："不错，这话是实在的。"她还想说她自己也明白，可是眼泪涌上她的眼眶，她忽然不再作声，整个心发紧，就回到自己房间里去了。

将近傍晚,安德烈·安德烈伊奇来了,照例拉了很久的小提琴。他总是不爱讲话,喜欢拉小提琴,也许因为一拉小提琴,就可以不用讲话吧。到十一点钟,他已经穿好大衣,要告辞回家去了,却搂住娜佳,开始贪婪地吻她的脸、肩膀、手。

"宝贝儿,我心爱的,我的美人儿!……"他喃喃地说着,"啊,我多么幸福!我快活得神魂颠倒了!"

她却觉得这种话很久很久以前就听过,或者在什么地方……在小说里,在一本早已丢掉的、破破烂烂的旧小说里读到过似的。

萨沙坐在大厅里的桌子旁边喝茶,用他那五根长手指头托着茶碟。奶奶摆纸牌卦,尼娜·伊万诺夫娜在看书。圣像前面的油灯里,火苗劈劈啪啪地爆响,仿佛一切都安静平顺似的。娜佳道了晚安,走上楼去,回到自己的房间,躺下,马上就睡着了。可是如同前一天夜里一样,天刚刚亮,她就醒了。她睡不着,心神不宁,苦恼。她坐起来,把头抵在膝盖上,想到她的未婚夫,想到她的婚礼……不知什么缘故,她想起母亲并不爱她那已经去世的丈夫,现在她一无所有,完全靠她婆婆,也就是奶奶过活。娜佳思前想后,怎么也想不出在这以前为什么会认为妈妈有什么特别的、不平常的地方,怎么会一直没有发现她其实是个普通的、平凡的、不幸的女人。

楼下,萨沙也没睡着,她可以听见他在咳嗽。娜佳想,他是个古怪而天真的人,在他的幻想中,所有那些神奇的花园和美妙的喷泉,都使人觉着有点荒唐。可是不知什么缘故,他那天真,甚至那种荒唐,却又有那么多美丽的地方,只要她一想到要不要出外求学,就有一股凉气沁透她整个的心和整个胸腔,给它们灌满欢欣和快乐的感觉。

"不过，还是不想的好，还是不想的好……"她小声说，"我不应该想这些。"

"滴克搭克……"守夜人在远远的什么地方打更，"滴克搭克……滴克搭克……"

三

六月中，萨沙忽然觉得烦闷无聊，准备回莫斯科去了。

"在这个城里我住不下去，"他阴沉地说，"没有自来水，也没有下水道！我一吃饭就腻味：厨房里脏得不像话……"

"再等一等吧，浪子！"不知什么缘故，奶奶小声劝道，"婚期就在七号啊！"

"我不想再等了。"

"可是你本来打算在我们这儿住到九月间的！"

"不过现在，您看，我不想住下去了。我要工作！"

正巧这年夏天潮湿而阴冷，树木湿漉漉的，花园里样样东西都显得阴沉沉的，垂头丧气，这也实在使得人想要工作。楼下和楼上的房间里响起一些陌生女人说话的声音，奶奶的房间里有达达达的缝纫机声音，这是她们在赶做嫁妆。光是皮大衣，就给娜佳做了六件，其中顶便宜的一件，照奶奶说来，也要值三百卢布！这种忙乱惹得萨沙不痛快，他坐在自己的房间里生闷气，可是大家仍旧劝他留下，他就答应七月一日以前不走了。

时间过得很快。在圣彼得节①那天吃过午饭以后，安德

---

① 基督教的节日，在六月二十九日。

烈·安德烈伊奇跟娜佳一块儿到莫斯科街去再看一回早已租下来、准备给年轻夫妇居住的那所房子。那所房子有两层楼，可是至今只有楼上刚装修好。大厅铺着亮晃晃的地板，漆成细木精镶的样子，有几把维也纳式的椅子、一架钢琴、一个小提琴乐谱架。屋里有油漆的气味。墙上挂着一张大油画，装在金边框子里，画的是一个裸体的女人，她身旁有一个断了柄的淡紫色花瓶。

"好一幅美妙的画儿，"安德烈·安德烈伊奇说，出于尊敬叹了一口气，"这是画家希什马切夫斯基的作品。"

旁边是客厅，摆着一张圆桌子，一张长沙发，几把套着鲜蓝色布套的圈椅。长沙发的上方挂着一张安德烈神甫的大照片，戴着法冠，佩着勋章。然后他们走进饭厅，那儿摆着一个餐具柜，随后走进寝室。这儿光线暗淡，并排放着两张床，看上去好像在布置寝室的时候，认定将来这儿永远很美满，不会有别的情形似的。安德烈·安德烈伊奇领着娜佳走遍各个房间，始终用胳膊搂着她的腰。她呢，觉着衰弱，惭愧，痛恨所有这些房间、床铺、圈椅，那个裸体女人惹得她恶心。她已经明明白白地觉得她不再爱安德烈·安德烈伊奇了，也许从来就没有爱过，可是这句话怎么说出口，对谁去说，而且说了以后要怎么样，她都不明白，而且也没法明白，虽然她整天整夜地在想着这件事……他搂着她的腰，谈得那么热情，那么谦虚，他在自己的住所里走来走去，显得那么幸福。她呢，在一切东西里，却只看见庸俗，愚蠢的、纯粹的、叫人受不了的庸俗。他那搂着她腰的胳膊，她也觉得又硬又凉，跟铁箍一样。她随时都想跑掉，痛哭一场，从窗口跳出去。安德烈·安德烈伊奇领她走进浴室，在这儿他碰了碰一个安在墙上的水龙头，水立刻流出来了。

"怎么样?"他说,放声大笑,"我叫人在阁楼上装了一个水箱,可以盛一百桶水,啴,我们现在就有水用了。"

他们穿过院子,然后走到街上,雇了一辆出租马车。尘土像浓重的乌云似地飞扬起来,好像天就要下雨了。

"你不冷吗?"安德烈·安德烈伊奇说,尘土吹得他眯缝着眼睛。

她没答话。

"你记得,昨天萨沙责备我什么事也不做,"沉默一阵以后,他说,"嗯,他的话很对,对极了!我什么事也不做,而且也做不了。我亲爱的,这是什么缘故?就联想到将来有一天,我也许会在额头上戴一枚帽章,去办公,我都会觉着那么厌恶,这是为什么?为什么我一看见律师,或者拉丁语教师,或者市参议会委员,我就觉着那么不自在?啊,俄罗斯母亲!啊,俄罗斯母亲,你至今还驮着多少游手好闲的、毫无益处的人啊!有多少像我这样的人压在你身上啊,受尽痛苦的母亲!"

他对他什么事不做这一点,得出一个概括的结论,认为这是时代的特征。

"等我们结了婚,"他接着说,"那我们就一块儿到乡下去,我亲爱的,我们要在那儿工作!我们给自己买下不大的一块土地,外带一座花园,一条河,我们要劳动,观察生活……啊,那会多么好!"

他脱掉帽子,头发让风吹得飘扬起来。她呢,听着他讲话,暗自想着:"上帝啊,我要回家!上帝啊!"他们快要到家的时候,车子追上了安德烈神甫的车子。

"瞧,我父亲来了!"安德烈·安德烈伊奇高兴地说,挥动帽子,"真的,我爱我的爹,"他一面给车钱,一面说,"他是个非常好的老人。善良的老人。"

娜佳走进家里,心里觉着气愤,身子也不舒服,心想:整个傍晚会有客人来,她得招待他们,得赔着笑脸,得听小提琴,得听各式各样的废话,而且一味地谈婚礼。奶奶坐在茶炊旁边,穿着绸衫,又华丽又神气,她在客人面前好像总是那么傲慢。安德烈神甫带着他那调皮的笑容走进来。

"看见您玉体安康,十分快慰。"他对奶奶说,很难弄明白他是在开玩笑呢,还是在认真地说这句话。

四

风敲打着窗子,敲打着房顶。呼啸声响起来,家神在火炉里哀伤忧闷地哼他的歌。这时候是夜里十二点多钟。一家人都上床睡了,可是谁也没睡着,娜佳时时刻刻觉着仿佛楼下有人在拉小提琴似的。忽然砰的一声响,大概是一扇护窗板刮掉了。一分钟以后,尼娜·伊万诺夫娜走进来,只穿着衬衫,手里举着一支蜡烛。

"这是什么东西砰的一响,娜佳?"她问。

她母亲,头发梳成一根辫子,脸上现出胆怯的笑容,在这暴风雨的夜晚她显得老了,丑了,矮了。娜佳回想前不久她还认为母亲是个不平常的女人,带着自豪的心情听她讲话,现在她却怎么也想不起那些话了,她所能想起的话都那么软弱无力,不必要。

火炉里传出好几个男低音的歌唱,甚至仿佛听见:"唉,唉,我的上帝!"娜佳坐在床上,忽然使劲抓住头发,痛哭起来。

"妈妈,妈妈,"她说,"我的亲妈,要是你知道我出了什么样的事就好了!我求求你,我央告你,让我走吧!我求求你了!"

"到哪儿去?"尼娜·伊万诺夫娜不明白是怎么回事,在床边坐下来,问道,"要到哪儿去?"

娜佳哭了很久,一句话也说不出来。

"让我离开这个城吧!"最后她说,"不应该举行婚礼,也不会举行婚礼了,你要明白才好!我不爱这个人……就连谈一谈这个人,我都办不到。"

"不,我的宝贝儿,不,"尼娜·伊万诺夫娜赶快说,吓慌了,"你镇静一下,这是因为你心绪不好。这会过去的。这种事常有。多半你跟安德烈拌嘴了吧,可是小两口吵架,只不过是打哈哈呢。"

"得了,你走吧,妈妈,你走吧。"娜佳痛哭起来。

"是啊,"尼娜·伊万诺夫娜沉默了一会儿,说,"不久以前你还是个孩子,是个小姑娘,可是现在已经要做新娘了。自然界是经常新陈代谢的。你自己也没留意,就会变成母亲,变成老太婆的,你也会跟我一样有这么一个倔脾气的女儿。"

"我亲爱的好妈妈,你要知道,你聪明,你不幸,"娜佳说,"你很不幸,那你为什么要说这些庸俗的话呢?看在上帝面上告诉我,为什么呢?"

尼娜·伊万诺夫娜想要说话,可是一句话也说不出来,哽咽了一声,回到自己的房间去了。那些男低音又在炉子里哼起来,忽然变得很可怕。娜佳跳下床来,连忙跑到母亲那儿去。尼娜·伊万诺夫娜,泪痕满面,躺在床上,盖着浅蓝色的被子,手里拿着一本书。

"妈妈,你听我说!"娜佳说,"我求求你,好好想一想,你就会明白了!你只要明白我们的生活多么琐碎无聊,多么有失尊严就好了。我的眼睛睁开了,现在我全看明白了。你那个安德烈·安德烈伊奇是个什么样的人?要知道,他并不聪明,妈妈!主啊,我的上帝!你要明白,妈妈,他愚蠢!"

尼娜·伊万诺夫娜猛的坐起来。

"你和你的祖母都折磨我!"她说,哽咽一声,"我要生活!生活!"她反复说着,两次举起拳头捶胸口,"给我自由!我还年轻,我要生活,你们却把我磨成了老太婆!……"

她哀哀地哭起来,躺下去,在被子底下蜷起身子,显得那么弱小,那么可怜,那么愚蠢。娜佳走回自己的房间,穿好衣服,靠窗口坐下,静等天亮。她通宵坐着,想心事,外面不知什么人老是敲打护窗板,发出呼啸声。

到早晨,奶奶抱怨说,一夜之间风吹掉了花园里所有的苹果,吹断一棵老李树。天色灰蒙蒙,阴惨惨,凄凉,使人想点起灯来。人人抱怨冷,雨抽打着窗子。喝完茶以后,娜佳走进萨沙的房间,一句话也没说,就在墙角一把圈椅前面跪下来,双手蒙住脸。

"怎么了?"萨沙问。

"我忍不下去了……"她说,"以前我怎么能一直在这儿生活下来的,我真不懂,我想不通!现在我看不起我的未婚夫,看不起我自己,看不起整个这种游手好闲、没有意义的生活。"

"得了,得了……"萨沙说,还没听懂这是怎么回事,"还

528

没什么……这挺好。"

"我讨厌这种生活了,"娜佳接着说,"我在这儿连一天也过不下去了。明天我就离开这儿。看在上帝面上,带我一块儿走吧!"

萨沙惊愕地瞧了她一分钟。临了,他明白过来了,高兴得跟小孩一样。他挥舞胳膊,鞋踏起拍子来,仿佛高兴得在跳舞似的。

"妙极了!"他说,搓一搓手,"上帝啊,这多么好!"

她抬起充满爱慕的大眼睛一眨也不眨地瞧着他,仿佛中了魔似的,等着他马上对她说出什么精辟的、有无限重大意义的话来。他还什么话也没跟她讲,可是她已经觉着她的面前展开了一种新的、广大的、这以前她一直不知道的东西,她已经充满期望地凝神望着它,做了一切准备,甚至不惜一死了。

"我明天走,"他想了一想,说,"您到车站来送我好了……我把您的行李装在我的皮箱里面,我替您买好车票。等到第三遍铃响,您就上车,我们就走了。您把我送到莫斯科,然后您一个人到彼得堡去。您有身份证吗?"

"有。"

"我向您发誓,您不会后悔,不会遗憾的,"萨沙热情地说,"您走吧,您去念书吧,然后听凭命运把您带到什么地方去。您把您的生活翻转过来,那就一切都会改变了。主要的是把生活翻转过来,其余的一切都不关紧要。那么明天我们真走了?"

"噢,是啊! 看在上帝分上吧!"

娜佳觉得很激动,心头从来没有这么沉重过,觉得她一定会在痛苦中,在苦恼的思索里打发掉她行前的这一段时间,可是她刚刚走上楼去,回到自己的房间,在床上躺下,就立刻睡着了,脸上带着泪痕和笑容,沉酣地一直睡到傍晚。

五

出租马车雇来了。娜佳已经戴上帽子,穿好大衣,这时候就走上楼去再看一眼她的母亲,再看一下她所有的东西。她在自己的房间里挨着那张仍有余温的床站着,往四下里瞧一遍,然后轻轻地走到她母亲的房间里去。尼娜·伊万诺夫娜在睡觉,房间里很静。娜佳吻了吻她的母亲,理一理她的头发,站了两分钟光景……然后她不慌不忙地走下楼去。

外面雨下得很大。出租马车支起车篷停在门口,上下都淋湿了。

"车上坐了他,就没有你的位子了,娜佳,"祖母说,这时候女佣人开始把手提箱搬上车去,"遇到这种天气还要去给他送行,这是何苦! 你还是待在家里的好。瞧,雨下得好大!"

娜佳想要说一句什么话,可是说不出来。这时候萨沙扶娜佳上车,用毯子盖好她的腿。然后在她的旁边坐下。

"一路平安! 求上帝赐福给你!"祖母站在台阶上喊道,"你,萨莎,到了莫斯科要给我们写信来啊!"

"好,再见,奶奶!"

"求圣母保佑你!"

"唉,这天气!"萨沙说。

直到这时候,娜佳才哭起来。现在她才明白她确实走定了,先前她对奶奶告辞,她瞧着母亲的时候,还不相信真正会走。别了,这个城!她忽然想起一切:安德烈啊,他的父亲啊,新房子啊,裸体女人和花瓶啊,所有这些东西不再惊吓她,也不再压着她的心,却显得幼稚渺小,不住地往后退,越退越远。等到他们在车厢里坐定,火车开动,那整个极其巨大严肃的过去,就缩成了一小团,同时这以前她不大留意的那个广大宽阔的未来,却铺展开来。雨点抽打车窗,从窗子里望出去只看见碧绿的田野,电线杆子和电线上的鸟儿纷纷闪过去。欢乐忽然使她透不出气来:她想起她在走向自由,去念书,这就跟许多年前大家所说的"出外做自由的哥萨克"一样。一时间,她又笑,又哭,又祷告。

"没关系,"萨沙得意地微笑着说,"没关系!"

六

秋天过去了,冬天跟着也过去了。娜佳已经非常想家,天天惦记母亲和祖母。她也想念萨沙。家里的来信,口气平静,和善,仿佛一切已经得到原谅,被人忘掉了似的。五月间,考试完结以后,她动身回家去,身体很好,兴致很高,她中途在莫斯科下车,去看萨沙。他跟去年夏天一模一样,仍旧一脸的胡子,一头散乱的头发,仍旧穿着那件常礼服和帆布裤子,眼睛也仍旧又大又美,可是他的外表看上去不健康,疲惫不堪,他又老又瘦,不断地咳嗽。不知什么缘故,娜佳觉得他又灰色又土气。

"我的上帝啊,娜佳来了!"他说,快活地笑起来,"我的亲人,好姑娘!"

他们在石印工厂里坐了一会儿，那儿满是纸烟的气味，油墨和颜料的气味，浓得闷人。后来他们到他的房间里去，那儿也有烟气和痰的气味。桌上，在一个冰冷的茶炊旁边摆着一个破碟子，上面盖着一小块黑纸，桌上和地板上有许多死苍蝇。处处都表现萨沙把自己的私生活安排得马马虎虎，随遇而安，十分看不起舒适。要是谁跟他谈起他的个人幸福，谈起他的私生活，谈起对他的热爱，他就会一点也不了解，反倒笑起来。

"挺好，样样事情都顺当，"娜佳匆匆忙忙地说，"去年秋天，妈妈到彼得堡来看过我。她说奶奶没生气，只是常常走进我的房间，在墙上画十字。"

萨沙显得很高兴，可是不断地咳嗽，讲起话来声音嘶哑。娜佳一直仔细瞧着他，不能够断定究竟他真的病得很重呢，还是只不过她觉得如此。

"萨沙，我亲爱的，"她说，"要知道，您病了！"

"不，挺好。病是有病，可是不很重……"

"唉，我的上帝！"娜佳激动地叫道，"为什么您不去看病？为什么您不保重您的身体？我宝贵的，亲爱的萨沙。"她说，眼泪从她眼睛里流出来，而且不知什么缘故，在她的想象里浮起来安德烈·安德烈伊奇、那裸体女人和花瓶、现在显得跟童年一样遥远的她那整个过去。她哭起来，因为在她眼里，萨沙不再像去年那么新奇、有见识、有趣了，"亲爱的萨沙，您病得很重很重了。我不知道该做些什么事才能够让您不这么苍白，消瘦。我欠着您那么多的情！您再也想不出来您帮了我多大的忙，我的好萨沙！实际上，您现在是我顶亲切顶贴近的人了。"

他们坐着谈了一阵话。现在,娜佳在彼得堡过了整整一个冬天以后,萨沙,他的话语、他的微笑、他的整个体态,在她看来,成了一种过时的、旧式的、早已活到头,或许已经埋进坟墓里的东西了。

"后天我就要到伏尔加河去旅行,"萨沙说,"喏,然后去喝马乳酒①。我很想喝马乳酒。有一个朋友和他的太太跟我一块儿走。他太太是个了不起的人,我老是怂恿她,劝她出外念书。我要她把她的生活翻转过来。"

他们谈了一阵,就坐车到车站去。萨沙请她喝茶,吃苹果。火车开动了,他向她微笑,挥动手绢,就是从他的腿也看得出来他病得很重,未必会活得很久了。

中午娜佳到了她家乡的那座城。她从车站坐着马车回家,觉着街道很宽,房子又小又扁,街上没有人,她只遇见那个穿着棕色大衣的、德国籍的钢琴调音技师。所有的房子都好像盖满了灰尘。祖母已经十分苍老,仍旧肥胖、相貌难看,她伸出胳膊搂住娜佳,把脸放在娜佳的肩膀上,哭了很久,不能分开。尼娜·伊万诺夫娜也老多了,丑多了,仿佛周身消瘦了,可是仍旧像以前那样束紧腰身,钻石戒指仍在她手指头上发亮。

"我的宝贝儿!"她说,周身发抖,"我的宝贝儿!"

然后她们坐下来,哭着,说不出话来。看得出来,祖母和母亲分明体会到过去已经完了,从此不会回来了:她们在社会上已经没有地位,没有从前那样的荣耀,也没有权利请客了,

---

① 马乳酒有医疗肺结核的功效。

这就如同在轻松的、无忧无虑的生活中,半夜里忽然跑进警察来,大搜一通,原来这家的主人盗用公款或者铸造伪币,于是那轻松的、无忧无虑的生活从此完结了一样!

娜佳走上楼去,看见先前那张床,先前那些挂着素白窗帘的窗子,窗外也仍旧是那个花园,浸沉在阳光里面,充满欢乐,鸟语声喧。她摸一摸自己的桌子,坐下来,思索着。她吃了一顿好饭,喝茶时候吃了些可口的、油腻的鲜奶油。可是总好像缺了点什么,使人觉着房间里空荡荡,天花板低矮。傍晚,她上床睡觉,盖好被子,不知什么缘故,她觉着躺在这暖和的、很软的床上有点可笑。

尼娜·伊万诺夫娜走进来待了一会儿,她坐下,就跟有罪的人一样,畏畏缩缩,小心谨慎。

"嗯,怎么样,娜佳?"她停了一停,问道,"你满意吗? 完全满意吗?"

"满意,妈妈。"

尼娜·伊万诺夫娜站起来,在娜佳的身上和窗子上画十字。

"你看得明白,我开始信教了,"她说,"你要知道,现在我在研究哲学,我老是想啊想的……现在有许多事情在我已经变得跟白昼一样豁亮了。首先我觉着整个生活应当如同透过三棱镜那样地度过去。"

"告诉我,妈妈,祖母的身体怎么样?"

"她好像挺好。那回你跟萨沙一块儿走后,你打来了电报,祖母看完电报,当场就晕倒了。她躺在床上一连三天没动弹。这以后她老是祷告上帝,老是哭。可是现在她好了。"

她站起来,在房间里走来走去。

"滴克搭克……"守夜人打更,"滴克搭克,滴克搭克……"

"首先,整个生活应当如同透过三棱镜那样度过去,"她说,"换句话说,那就是,在我们的意识里,生活应当分析成最单纯的因素,就跟分成七种原色一样,每个因素都得分别加以研究。"

尼娜·伊万诺夫娜后来又说了些什么,什么时候走的,娜佳都没听见,因为她很快就睡着了。

五月过去,六月来了。娜佳在家里已经住惯。祖母忙着张罗茶炊,深深地叹气。每到傍晚,尼娜·伊万诺夫娜就讲她的哲学,她仍旧像食客那样住在这所房子里,哪怕花一个小钱也要向祖母要。家里有许多苍蝇,房间里的天花板好像越来越低了。祖母和尼娜·伊万诺夫娜不出门上街,因为害怕遇见安德烈神甫和安德烈·安德烈伊奇。娜佳在花园里和街道上溜达,瞧那些房屋和灰色的围墙,她觉得这城里样样东西都早已老了,过时了,只不过在等着结束,或者在等着一种年轻的、新鲜的东西开始罢了。啊,只求那种光明的新生活快点来才好,到那时候人就可以勇敢而直率地面对自己的命运,觉着自己对,心情愉快,自由自在! 这样的生活早晚会来! 眼前,虽然奶奶的家里搞成这样:四个女仆没有别的地方可住,只能挤在一个房间里,住在地下室里,住在肮脏的地方,可是总有一天,那个时代一到来,这所房子就会片瓦无存,被人忘掉,谁也想不起它来……给娜佳解闷的只有邻居院里几个顽皮的男孩。她在花园里走来走去的时候,他们敲着篱墙,笑着讥诮她说:

"新娘哟! 新娘哟!"

萨沙从萨拉托夫①寄来一封信。他用快活而歪歪扭扭的笔迹写道,他在伏尔加河的旅行十分圆满,可是他在萨拉托夫害了点小病,喉咙哑了,已经在医院里躺了两个星期。她知道这是怎么回事,她的心里充满一种近似信念的兆头。她感到不愉快,因为不管这兆头也好,想到萨沙也好,都不像从前那样激动了。她热切地要生活,要回彼得堡。她和萨沙的交往固然是亲切的,可是毕竟遥远了,遥远地过去了!她通宵没睡,早晨坐在窗口,听着。她也真听见了楼下的说话声音,惊慌不安的祖母正在着急地问一件什么事。随后有人哭起来⋯⋯等到娜佳走下楼去,祖母正站在墙角,在圣像面前祷告,满脸泪痕。桌子上放着一封电报。

娜佳在房间里来来去去走了很久,听着祖母哭,然后拿起电报读了一遍。电报上通知说亚历山大·季莫费伊奇,或者,简单一点,萨沙,昨天早晨已经在萨拉托夫害肺痨病去世了。

祖母和尼娜·伊万诺夫娜到教堂去布置安魂祭,娜佳呢,仍旧在房间里走了很久,思索着。她看得很清楚:她的生活已经照萨沙所希望的那样翻转过来,现在她在这儿变得孤单,生疏,谁也不需要她,这儿的一切她也不需要,整个的过去已经跟她割断,消灭,好像已经烧掉,连灰烬也给风吹散了似的。她走进萨沙的房间,在那儿站了一会儿。

"别了,亲爱的萨沙!"她想,这时在她面前现出一种宽广辽阔的新生活,那种生活虽然还朦朦胧胧,充满神秘,却在吸引她,召唤她。

她走上楼去,回到自己的房间里收拾行李,第二天早晨向

① 欧俄东部伏尔加河流域的一个城名。

536

家人告辞,生气蓬勃、满心快活地离开了这个城,她觉得,她从此再也不会回来了。

1903 年

"外国文学名著丛书"书目

第 一 辑

书　名	作　者	译　者
伊索寓言	〔古希腊〕伊索	周作人
源氏物语	〔日〕紫式部	丰子恺
堂吉诃德	〔西班牙〕塞万提斯	杨　绛
泰戈尔诗选	〔印度〕泰戈尔	冰　心　石　真
坎特伯雷故事	〔英〕杰弗雷·乔叟	方　重
失乐园	〔英〕约翰·弥尔顿	朱维之
格列佛游记	〔英〕斯威夫特	张　健
傲慢与偏见	〔英〕简·奥斯丁	王科一
雪莱抒情诗选	〔英〕雪莱	查良铮
瓦尔登湖	〔美〕亨利·戴维·梭罗	徐　迟
欧·亨利短篇小说选	〔美〕欧·亨利	王永年
特利斯当与伊瑟	〔法〕贝迪耶	罗新璋
巨人传	〔法〕拉伯雷	鲍文蔚
忏悔录	〔法〕卢梭	范希衡　等
欧也妮·葛朗台 高老头	〔法〕巴尔扎克	傅　雷
雨果诗选	〔法〕雨果	程曾厚
巴黎圣母院	〔法〕雨果	陈敬容
包法利夫人	〔法〕福楼拜	李健吾
叶甫盖尼·奥涅金	〔俄〕普希金	智　量
死魂灵	〔俄〕果戈理	满　涛　许庆道

第 五 辑

书　名	作　者	译　者
卡勒瓦拉（上下）	〔芬兰〕埃利亚斯·隆洛德	孙　用
破戒	〔日〕岛崎藤村	陈德文
戈拉	〔印度〕泰戈尔	刘寿康